rowohlt
HUNDERT AUGEN

DIRK VAN VERSENDAAL

# NYX

ROMAN

ROWOHLT HUNDERT AUGEN

1. Auflage Dezember 2017

Lektorat Susann Rehlein
Satz aus der Utopia, InDesign,
bei Dörlemann Satz, Lemförde
Druck und Bindung
CPI books GmbH, Leck, Germany
ISBN 978 3 498 07069 4

*Für Leo und Viktor*

Nach der Entstehung des Chaos und der Gaia, dann des Tartaros innerhalb der Erde und des Eros, gebiert das Chaos den Erebos (Finsternis) und die Nyx (Nacht), und die Nyx, schwanger von Erebos, gebiert Äther und Hemere (Tag).

HESIOD

Wer ersehnte sich das Meer?
Seine herrliche Einsamkeit, schöner
Als die Vorzimmer der Könige.

RUDYARD KIPLING

## 10° 44' ÖSTLICHER LÄNGE; 59° 54' NÖRDLICHER BREITE

Die Wolkendecke, aus der sie hinabsinken, schluckt alle Farben des Landes, nur eine Gletscherzunge leuchtet bläulich zwischen Granitwänden. In einer Kurve überfliegen sie Wälder und Wasserrinnen, eine Turbulenz lässt sie absacken, dann sieht Polly Sutter die ersten weißen Flecken der Dächer, Schnee auf geparkten Autos, über Baumwipfeln. Mit einem Ruckeln setzt das Fahrgestell auf, die hochwirbelnde Schneegischt strahlt grün vor den Positionslichtern der Piste. Zwischen Wällen aus Schneematsch rollen sie an den Hangar.

Für die Fahrt von Gardermoen in die Stadt leistet sie sich den Expresszug. Zwischen laublosen Hecken fährt er durch das Halbdunkel des Nachmittags, sie sieht Rauch aus Schornsteinen aufsteigen, und einmal glaubt sie, einen Strauß über ein Schneefeld rennen zu sehen. Sein Atem pumpt kleine wattige Wolken hervor, die in der Luft hängen bleiben wie Ballons. Der Vogel ist ausgerissen, stellt sie sich vor, jetzt irrt er durch eine einsame Landschaft und weiß nicht, wohin.

Weil sie sicher sein will, ob sie das Tier wirklich gesehen hat, nimmt sie sich vor, die junge Frau anzusprechen, die ihr mit geradem Rücken gegenübersitzt und telefoniert. Dabei durchkämmt sie unablässig ihre glänzende schwarze Frisur und streicht die ausgefallenen Haare vom Hosenanzug. Als der Zug im Bahnhof einfährt, hat Polly den Strauß vergessen.

Der Portier des Hotels führt sie hinauf in das Zimmer im zweiten Stock. Auf dem Tisch liegt ein Briefumschlag. Es sind ihre Zulassungspapiere und ein Willkommensbrief. Er beginnt mit einem Glückwunsch zu ihrem neuen Arbeitsplatz, ist aber von niemandem unterzeichnet worden. Ohne die Schnürsenkel zu lösen, streift sie ihre Schuhe ab, legt sich aufs Bett und schläft, obwohl ihre Füße eiskalt sind, auf der Stelle ein.

Es ist vier Uhr nachmittags, als Polly erwacht. Sie tritt ans Fenster und blickt in die hell erleuchteten und menschenleeren Unterrichtsräume des Handelsgymnasiums. Sie zählt die Stühle, es sind einhundertvierunddreißig, verlässt dann das Hotel und setzt sich gegenüber vom Konzerthaus in ein Gartencafé. Trotz der Kälte hocken überall Leute vor den Bars, mit Decken über dem Schoß. Sie bestellt ein Glas Rotwein und lässt sich von der Kellnerin sagen, bald werde Schnee fallen, vielleicht noch in der Nacht.

Auf dem Weihnachtsmarkt kauft sie ein Unterhemd und ein Paar grüner Wollsocken. Von einer Bank am Rathausplatz ruft sie Kristin an und erzählt, dass sie in Oslo angekommen und dies ihr letzter Tag an Land ist für sehr lange Zeit. Kristin antwortet, bei ihr sei so weit alles in Ordnung, sie fragt aber nichts. Polly wird unruhig und bereut, angerufen zu haben. Sie unterbricht die Verbindung. Eine Zeitlang beobachtet sie die Gesichter der Vorüberziehenden. Wieder auf der Straße, kauft sie sich einen Beutel Mandarinen. Sie isst im Gehen und spuckt die Kerne aus, sobald sie sicher ist, dass niemand ihr dabei zusieht.

Vor einem haushohen Weihnachtsbaum bleibt sie stehen. *Die Heilsarmee wünscht eine frohe Weihnacht*, steht in krakeliger Schrift auf einem Karton am Fuße des Baums. Vierzehn Lichterketten funkeln in seinen Zweigen. Aus seinem Inneren ist künstliches Gezwitscher zu hören. Die Straßen beginnen sich zu leeren. Fröstelnd kehrt Polly in ihr Hotelzimmer zurück.

Am Morgen fühlt sie sich schon mit dem ersten Augenaufschlagen gejagt. Sie braucht keine zehn Minuten, ihre Sachen zu packen. Hastig verlässt sie das Hotel.

In einer Kaffeerösterei am Hafen sitzt sie allein und blättert zerstreut in einem Stapel Illustrierter. Bevor es an der Zeit ist, bricht sie auf und geht über zweihundertsechsundsechzig rutschige Holzbohlen zur Anlegestelle der Fähre. Feiner Pulverschnee, der über Nacht gefallen ist, wirbelt um ihre Schuhe.

Der Himmel ist von einem milchigen Grau, als sie vom Kai ablegen. Anfangs sitzt sie im Salondeck neben einem österreichischen Ehepaar, das über einen Enkelsohn spricht, der einer Frau wegen nach Angola gezogen ist, das hat der Junge jetzt davon. Er nimmt keine Vernunft an. Er wird schon sehen. Selber schuld.

Polly kann kaum weghören, erst als die tiefstehende Sonne durch die Wolken drängt, steigt sie die Stufen zum Oberdeck hinauf. Sie passieren die winterlich verlassenen Kais von Vippetangen, dann einen Industriehafen, in dem Kriegsschiffe vor Anker liegen. Sie zählt neun, alle im selben stumpfen Grau.

Die Fähre gleitet langsam in ihrer Fahrrinne voran, zwischen Holmen und Inseln mit spartanischen Häuschen, legt aber an Tempo zu, als das Wasser sich öffnet. Sie halten Kurs auf eine Insel, die sich am Horizont wie ein Schiefergebirge auftürmt. Eine launische Verwerfung der Erdkruste, denkt sie, eine gestürzte Zitadelle aus Felsgestein. Nach und nach kann sie einzelne Vorsprünge ausmachen, Kegelstümpfe und zylindrische Aufbauten, Kirchtürmen gleich, von irgendwoher steigt gelber Rauch auf. Was ihr aus der Ferne zerklüftet vorgekommen ist, besteht aus regelmäßigen Schichten, die einander überlappen, und sie begreift, dass dies die Decks der *Nyx* sind und das Ziel ihrer Fahrt.

Im Näherkommen kann sie Schotten und Luken an den Wänden des gewaltigen Schiffes ausmachen, manche quadratisch, andere halbkreisförmig, in einer Ordnung zueinander, die sie nicht durchschaut, aber sofort bewundert. Am meisten faszinieren sie die winzigen Ausbuchtungen an der Bordwand, Balkone oder Ausgucke. Es sind Hunderte.

Bald erstreckt sich der Rumpf des Schiffes wie eine von Giganten errichtete Mauer vor ihnen. Beinah lotrecht steigt sie in die Höhe auf, bis sie als ausgefranster schwarzer Rand gegen das Grau des Himmels prallt. Als das stumpfe Schwarz des Schiffskörpers im Licht der Sonne zu glitzern beginnt wie Katzengold und sie dort oben jemanden stehen sieht, der ihnen zuwinkt, ist Polly ergriffen von der Erhabenheit der Szenerie. Für einen Augenblick ist sie versucht, der winzigen Figur zurückzuwinken.

Aber ich weiß nicht, denkt sie dann und erwägt kurz, ihrem Kapitän zu erklären, dass all dies ein Missverständnis sei, sie im Hafen Oslos vom falschen Kai irrtümlich auf seine Fähre gestiegen und keinesfalls bereit sei, über eine schmale Floßbrücke an Bord dieses schwimmenden Kolosses zu schreiten. Doch ihr fällt ein, dass an Land niemand auf sie warten wird.

## 10° 35' ÖSTLICHER LÄNGE; 59° 17' NÖRDLICHER BREITE

«Hey, Arschloch!»

Kalle Ulfung packt seinen Stiefelspanner, holt aus, visiert die Wand an. Ein trockenes Knallen, als der Holzleisten auf halber Flugstrecke gegen den Bettpfosten prallt. Hätt eh nichts geholfen. Der Kerl von nebenan hört nichts, er fiebert, er säuft. Schert sich um nichts und niemanden.

«Du Lappen! Hallo? Hilfe!»

Wenigstens an eine Wolldecke hätte er denken müssen, sagt Kalle sich. So aber liegt er, nur in Socken und Unterhose, auf dem kalten Boden seiner Kabine. Das Notfalltelefon baumelt neben der Tür, außer Reichweite. Seine Gehhilfe treibt auf ewig durch die Müllstrudel der Sargassosee. Keine Chance, auf die Füße zu kommen.

Sein tägliches Military-Fitnessprogramm hat er ungestört absolvieren wollen, den Reiher, das ausschlagende Pferd, am Ende die Liegestütze. Nach dem vierten Auf und Nieder knallte es im Bizeps. Aufgeschrien hat er vor Schmerz. Sein rechter Arm hing neben ihm wie ein toter Aal, halb vergraben unterm Brustkorb.

Wenn er noch länger hier liegt wie festgenagelt, ist er erledigt. Dem Hohngrinsen der Welt preisgegeben. Krankenträger werden die Tür aufhebeln, ihn auf eine Bahre spannen und hinausschaffen, ob er will oder nicht. Das wär's dann mit seiner Außenkabine. Das wär's mit den Strahlen hellen Lichts, die den winzigsten Dingen Schatten verleihen, den Fusseln und brüchigen Fußnägeln und silbernen Haaren auf dem Boden; die den Urin im Pisspott in flüssiges Rotgold verwandeln können, wenn der Stand der Sonne und der Kurs der *Nyx* sich verbünden.

Kalle holt tief Luft, verlagert sein Gewicht auf die linke Körperseite, stößt sich, so gut es eben geht, mit Bein und Arm hoch und nutzt den Schwung für eine Halbdrehung. Kaum glaubt er, es in die Rückenlage geschafft zu haben, rollt er wieder zurück auf den Bauch. Augenblicklich legt der Schmerz eine Leitung vom Schulterblatt bis in die Fingerspitzen.

Ihm bleibt die Hoffnung auf seinen Rauchtisch, den er seinem spanischen Mitbewohner abgeschwatzt hat in einem Moment, als der sich im Sterben wähnte angesichts einer bevorstehenden Herzklappenoperation. Von den Toten ist der ehemalige Schiffslotse zwar auferstanden, die Brust von Bypässen durchbohrt, das Schmuckstück aus elfenbeinfarbenem Schleiflack jedoch ist Jaime Bareda y Zaldívar jetzt los, der Mann mit dem Namen einer billigen karibischen Zigarre.

Kalle winkelt seinen heilen Arm an, stützt ihn schräg auf und wuchtet sich ein Stück voran. Den Schmerz in der Schulter stöhnt er nach innen weg, das putzige Zucken des kaputten

Armes ignoriert er. Fünf Zentimeter sind geschafft. Eine Handbreit. Dann noch eine. Als Kind hat er davon geträumt, fliegen zu können. Er redete es sich so lange ein, bis er eines Tages auf die Kommode neben dem Bett seiner Großmutter stieg, die Arme ausbreitete, sich nach vorwärts duckte und mit den Füßen abstieß. Mit einem einzigen Flügelschlag schoss er in die Luft, stieg höher und höher, bis er in den Federkissen aufschlug. Immer wieder ist er abgestürzt, bis er den Glauben daran verlor, eines Tages jene unsichtbare Grenze überschreiten zu können, die den Menschen vom Vogel trennt.

Und hier liegt er. Jetzt, achtzig Jahre später. Welcher Traum ist ihm geblieben?

Eine Handbreit.

Zwei Meter geteilt durch Handbreit, wie viele Schmerzen macht das? Erschöpft lässt Kalle den Kopf sinken. Er riecht das Putzmittel, mit dem sie überall an Bord die Böden wischen. Nelken und Zitrone.

Ihn weckt ein schwaches Vibrieren in der Brust. Sie lassen die Maschinen an. Unwillig öffnet er die Augen und starrt, zu sich kommend, auf seine Pyjamahose, die nach der Wäsche auszuwringen er sich keine Mühe gemacht hat. Ihre Beine hängen nass aus dem Waschbecken.

Was hat er da wieder geträumt? Er saß am Steuer eines Cabriolets, der Fahrtwind blies ihm durchs Haar. Über ihm zogen graue Wolken dahin. Da waren Olivenbäume, ein Wasserturm, hohe weiße Kuppeln am Wegesrand. Vor einer Tankstelle machten sie halt. Sie trug ein weißes Kleid. Einen taubenblauen Hut. Es war ein Traum von weit, von lange her. Seit Wochen blitzen die Bilder dieser Frau in Weiß durch seine Träume, eingefroren, gesichtslos. Und dann, beim Erwachen, folgt ihnen die Angst wie ein treues Hündchen.

Die Angst wovor? Irgendwann wird er es erfahren. Mal sehen,

was da noch auf ihn zukommt. Mit Glück wird die Unbekannte sich eines Nachts für ihn entkleiden. Ein bisschen was herzeigen. Bei Träumen weiß man nie. Es lohnt sich, dranzubleiben.

Wieder eine Handbreit.

Die Unterhose hängt ihm mittlerweile auf den Knien. Versuche, wenigstens seinen Schwanz vor der unbegreiflichen Kälte des Kabinenbodens zu bewahren, gibt Kalle auf.

Seit er an dieser verdammten Schlafkur teilnimmt, ist er nicht mehr der Alte. Er träumt wirr, maßlos, ist vergesslich, und jetzt robbt er durch seine Kabine wie ein halbseitig gelähmtes Walross.

Eine Handbreit.

Das Tageslicht versickert vor dem Fenster, als Kalles Finger das kühle, lackierte Holz umfassen. Sprosse um Sprosse zieht er sich am Rauchtischchen hoch.

Erschöpft lehnt er seinen Kopf gegen das Bullauge. Im Osten verfinstert sich der Himmel, dicke klebrige Schneeflocken hat er vorausgeschickt. Träge rutscht die weißliche Pampe über das Fensterglas. Ächzend geht Kalle in die Hocke. Beim Versuch, die Unterhose auf seine Hüfte zu ziehen, erhitzt ihn ein plötzlicher Schweißausbruch derart, dass er panisch das Fenster aufreißt.

Gierig zieht er die kalte Meeresluft ein. Schnee klatscht vom Fensterglas auf seine Socken, was er als angenehm kühlend empfindet. Auch der Geruch des eisigen Oslofjords ist nach seinem Geschmack. Mit zittriger Hand klappt er seine Pillendose auf und wählt den dicksten der Joints, die dort liegen wie Sardinen in der Dose.

Superschlau von mir, auf Vorrat zu drehen, denkt Kalle. Eine einhändig verpfuschte Tüte, das wäre jetzt der krümelige Abschluss eines an Niederlagen reichen Tages, in dessen Verlauf ihm nicht nur ein Arm ausgefallen ist, sondern früh am Morgen schon die Blasenmuskulatur. Was aber, verdammt, steckt in dem Kraut der Mexikanerin, dass er dort unten eine fette Spinne über das Meer rennen sieht? Er kneift die Augen zusammen, und natürlich ist hinter dem Gestrichel aus Schnee und Regen nichts mehr zu sehen von dem Ding.

«Ich hab echt einen im Tee.» Mit dem Handrücken wischt er über seine Stirn. Kalter Schweiß bedeckt die Haut.

Ein weiteres Mal zieht er am Joint, zu kräftig diesmal.

Als der Hustenanfall abebbt, sieht er durch Tränen hindurch, wie die Spinne die Bordwand hinaufrast. Er zählt mindestens sechs Beine an einem metallisch glänzenden Rumpf, der um sich selbst zu rotieren scheint. Noch so ein Hirngespinst, von dem er niemandem erzählen wird. Vielleicht ist ein Blutgerinnsel schuld? Man selbst ist ja der Letzte, dem es auffällt, wenn ein Äderchen platzt. Wie auch immer, das Ding ändert seinen Kurs. Kommt näher.

Kalle zieht seinen Kopf in die Kabine zurück. Überlässt den nur halb gerauchten Joint der frühen Nacht und den Fluten und streckt den Kopf dann doch wieder ins Freie.

Nichts. Das Krabbeltier ist verschwunden.

Mit der Zunge forscht er nach Graskrümeln, die sich zwischen seinen Zähnen versteckt haben. Sammelt sie auf der Zungenspitze, spuckt sie aus.

Da ist es.

Im Schreck schlägt er den Schädel gegen den Metallrahmen. Das Ding ist schnell gewesen. Schräg über seiner Kajüte klebt es an der Bordwand, keine zwanzig Meter entfernt. Was er jetzt sieht, oder zu sehen glaubt, lässt ihn sein Fenster zuschlagen und scheppernd die Jalousie hinabreißen. Er schwört sich, gleich morgen früh nach dem Ursprung des Marihuanas zu forschen, ganz bestimmt jedoch nicht Meldung über das soeben Erlebte zu erstatten.

Kalle Ulfung hat schon einige Leute in den untersten Decks der *Nyx* verschwinden sehen, die Abenteuerliches in die falschen Ohren gebrabbelt haben. Kein Mensch wird ihm glauben. Schon gar nicht er selbst wird noch sicher sein, ob das, was er eben gesehen hat, wirklich ist.

## 10° 35' ÖSTLICHER LÄNGE; 59° 17' NÖRDLICHER BREITE

«Ich will so verdammt gern mit ihr schlafen, dass ich noch verrückt werde.» Ein Ganzkörperseufzen begleitet Reima Virtanens Klage.

«Wie lange bist du an ihr dran?»

«Zwei Monate. Zwei Monate und neun Tage.»

«Und du bist sicher, dass auch sie …?»

«Klar. So wie sie mich manchmal ansieht.» Reima seufzt erneut, diesmal aber nur so obenhin, ein Kehlkopfseufzen.

Rafael van Gouten ist es unangenehm, den Liebesbeichten seines Kollegen in der Enge eines Aufzugs ausgesetzt zu sein. Über vierzig Stockwerke lang wird er Seelsorge leisten müssen. «Warum lässt sie dich dann nicht ran?»

«Ich habe meine Arbeit, sagt sie immer. Ihre Welt ist die der Katheter und Kanülen. Ich kann es nicht fassen.»

«Was jetzt genau?»

«Sie fängt nichts mit verheirateten Männern an, behauptet sie.» Reima hebt seine linke Hand und dreht an einem schlichten breiten Goldring. «Dabei … der hier bedeutet mir nichts. Meine Frau lebt tausend Meilen von hier. Ich will sie nie wiedersehen. Sie mich auch nicht.»

«Hast du ihr das gesagt?»

«Wem? Meiner Frau?» Reima kuckt entsetzt.

«Nein. Der anderen.»

«Ja.»

«Und? Was sagt sie?»

«Sie sagt: Reden kann jeder. Solche Sätze hat sie schon öfter von Männern gehört, sagt sie. Da gehen ihr die Ohren von selbst zu. Ich hab ihr geantwortet, dass ich es ernst meine. Darauf sie: Du hast doch eine Tochter. Ja, hab ich gesagt, die lebt bei der Mutter.»

«Hast du sie schon angefasst? Habt ihr mal gefummelt?»

«Fast. Nein. Ich hab ihre Hand gehalten.»

«Und?»

«Es hat total geknistert. Ich dachte, ich falle tot um. Dann hat sie losgelassen.»

Schwarze Locken umkränzen das Gesicht Reimas wie ein Trauerflor. Sein Afro ist nur ein halber Afro, eine finnische Variante wahrscheinlich. Das kommt vom dauernden Mützentragen, denkt Rafael. «Mach dich rar. Zeig ihr die kalte Schulter. Wenigstens für ein paar Tage.»

«Schaff ich nicht. Erklär ich dir doch gerade. Die Braut macht mich verrückt.»

«Du musst den nächsten Schritt wagen. Küss sie einfach.»

Reima sieht ihn aufgeregt an. Sogar im fahlen Licht des Aufzugs bekommt seine Haut Farbe.

«Du tust so, als hättest du ihr etwas Vertrauliches mitzuteilen, lehnst dich ganz unschuldig vor, doch statt ihr ins Ohr zu flüstern, küsst du sie.»

«Auf den Mund?»

«Für den Anfang reicht die Wange. Du musst schnell sein. Und nimm nicht die Hände zu Hilfe. Das kommt gewalttätig rüber.»

«Es wird nicht klappen. Sie sieht mir schon von weitem an, was ich vorhabe.»

«Probier's im Dunkeln.»

«Die Lichter in ihrem Labor gehen niemals aus.»

«Hol sie von der Arbeit ab. Sieh zu, dass du sie irgendwie in eine dunkle Ecke lotst.»

«Meinst du?» Reima sieht nicht überzeugt aus. «Du kennst dich aus mit solchen Sachen, was?»

Rafael zuckt weltmännisch die Schultern. «Ach was. Ein bisschen.» Die Verzweiflungstaten des Liebeswerbens sind ihm nicht fremd. Sie gehören zum Leben. So sieht er die Sache. Sie passieren Deck 22, als er fragt: «Wo seid ihr euch begegnet?»

«Wäschereidienst. Ich liefere zwei Pakete mit Schutzanzügen im Labor ab, da steht sie vor mir. Sie lächelt mich an, ich lächle zurück, und seither will ich in dieser Sekunde leben. Sie ist die Frau für mich. Ich spür's im Bauch.» Zur Bekräftigung legt Reima beide Hände auf seiner leicht vorstehenden Körpermitte ab.

«Was macht sie so?»

«Sie arbeitet in der Virologie. Die eine Hälfte der Zeit wäscht sie ihre Hände, die andere steckt sie in irgendeinem Sicherheitsanzug. Jede Wette, darunter ist sie nackt. Sie kommt aus Mandalay. Ihr Name ist Mai. Wie der schönste aller Monate.»

Rafael wird heiß in seinem Arbeitsoverall. Er zieht den Reißverschluss auf und fächelt sich Luft zu: «Du könntest eine Krankheit simulieren. Was Langwieriges. Leistenzerrung? Meniskusschaden?»

«Keine Chance. Sie interessiert sich nur für ansteckende Krankheiten. Viren. Bakterien.»

«Vielleicht Streptokokken? Einen Genitalherpes?» Rafael lacht ein Stockwerk lang über seinen eigenen Witz. «Garantiert würde sie sich um dich kümmern.»

«Danke schön. Aber ganz blöd bin ich auch nicht. Seit acht Wochen nehme ich an ihren Impfreihen teil.»

«Ohne Scheiß?»

«Ja, ich lass mir Blut von ihr abzapfen.» Reima streift den Ärmel seiner Thermojacke bis zum Bizeps hoch. «Kuck.»

Es ist schummerig im Aufzug, aber Rafael kann die Einstichspuren in der Armbeuge erkennen.

Mit dem Zeigefinger drückt Reima auf seiner Haut herum, bis ein kleiner Blutstropfen hervorquillt. «So geht das ständig. Sie saugt mich aus.» Er sagt es lächelnd und verwischt das Blut.

Rafael starrt ihn mit Bedauern an. Er weiß nicht, was er sagen soll.

«Sie ist Molekularvirologin. Sie forscht nach Infektionswegen. Antikörpern. Autoimmunkrankheiten. Solche Sachen. Sie ist auf der Suche nach dem gesunden Menschen, behauptet sie.»

«Und da musste sie ausgerechnet auf dich stoßen, was?»

«Ja. Sie hat mich gefragt, ob ich einen Trupp Peitschenwürmer schlucken würde.»

«Und?»

Bevor Reima antworten kann, hält der Aufzug. Deck 47. Eine Frau mit Lederköfferchen steigt ein und grüßt sie mit müdem Gesicht. Rafael glaubt, in ihr eine der Fußpflegerinnen zu erkennen. Unter dem rosa Kittel trägt sie dunkelrote Strumpfhosen. Sie hat einem Toten die Nägel geschnitten, etwas anderes kann es nicht bedeuten, wenn sie nach Mitternacht noch unterwegs ist. Auf Deck 52 steigt sie aus.

«Gestern habe ich von ihr wissen wollen: Ist die Liebe ansteckend?»

«Und?»

«Sie hat nur gelacht. Wenn die Liebe ansteckend wäre, hat sie geantwortet, hätte ich längst einen Impfstoff entwickelt. Stell dir das mal vor!»

«Wissenschaftler sind so. Kaltherzig. Fischblütig. Such dir eine andere. Oder versuch dein Glück am Spieltisch. Ja, geh ins Bordcasino.»

Reima zieht seinen Ehering vom Finger. «Ich werde ihr zeigen, dass ich es ernst meine.»

«Richtig so. Erzähl ihr, du würdest alles für sie aufgeben. Wirf den Ring über Bord.»

«Hier, mach du das für mich.» Reima will ihm den Ring in die Hand drücken.

«Blödsinn. Verkauf ihn und lad sie dafür zum Essen ein. Frauen stehen auf so was.» Rafael schiebt die Hand weg.

«Die nicht. Lass uns durchbrennen, hab ich ihr gestern vorgeschlagen. Wohin, fragte sie mich spöttisch, aufs Golfdeck?»

Reima verfällt in Schweigen. Er schiebt den Goldring auf seinen Finger zurück und sieht betreten zu Boden. Reima kommt aus Lappland, für einen Finnen aber ist er bemerkenswert redselig. Ein Stümper in Liebesdingen ist er auch.

Deck 75 empfängt sie mit Schneeregen. Mit schweren Flocken, die ihnen entgegenstürzen und auf der Haut aufklatschen. Sie klappen ihre Ohrenschützer herunter und zurren die Schutzbrillen fest. Durch einen Brei aus Schnee trotten sie zwischen Frachtcontainern in Richtung Norden. Als sie die schützenden Wände hinter sich lassen, haut der Wind auf sie ein.

«Ist ja lebensgefährlich», murmelt Reima. Er zückt seine Stablampe, ein signalrotes Metallrohr, hebt sie zum Gruß und verschwindet im Halbdunkel.

Rafael folgt der Schienenspur, bis er den kleinen Rangierbahnhof mit den Müllcontainern erreicht. Von den Versorgungskränen am Rande des Bahnhofs bestrahlen zwei große Scheinwerfer das umzäunte Gelände. Ihr Licht ist so hell, dass es das Deck jenseits des Zauns in völlige Dunkelheit taucht.

Es ist sein Job, die Rollwagen, einen nach dem anderen, über die vereisten Schienen zum Blaster zu schieben. Dort nimmt Reima sie in Empfang und speist den Brennofen mit ihrem Inhalt. Rafael zählt sieben Reihen à zehn der graublauen Container, und er fragt sich, ob an Bord der *Nyx* an bestimmten Tagen mehr geschissen wird als an anderen. Und ob dies immer dann geschieht, wenn ausgerechnet er seine Dienste schiebt? Mit wütendem Schwung wuchtet er den vorderen der Container auf die Schienen.

Reima ist ein liebenswerter Mensch, wenn auch problembeladen. Um sein winterliches Herz zu wärmen, stürzt er sich in die Liebe wie in das allerletzte Rettungsboot. Gar nicht so dumm. Ist denn er selbst noch verliebt? Natürlich ist Saïda hochneurotisch. Und wie froh ist sie wirklich, wenn sie einander drei Nächte lang nicht gesehen haben und Rafael plötzlich vor ihrer Tür steht? Der Verdacht steigt in ihm auf, sie könnte zu jenen Menschen gehören, die Romanzen nicht lange nachhängen. Beim Anschieben des dritten Rollwagens verliert er mit seinen zu großen Schutzstiefeln den Halt auf dem seifigen Deck, greift ins Leere statt auf den Griff der Notbremse. Der Rollwagen legt sich kreischend in die Kurve, kippt aus seinem reifbedeckten Schienenstück und entleert im Fallen seinen Inhalt auf das Deck: Windeln. Hunderte gebrauchter Windeln. Riesenbinden, Mulltücher, aus denen es suppt, Einmalunterhosen, aus denen Kötel kullern, die volle Ladung menschlicher Ausscheidungen. Haufen von Kacke und Pisse.

Reima kommt herbeigelaufen, lacht spöttisch auf, hilft ihm hoch, verdrückt sich wieder. Fluchend beginnt Rafael, das verschüttete Frachtgut in den Rollwagen zurückzuschaufeln. Ein Glück, sagt er sich, dass der Wind so heftig bläst und den Gestank verjagt. Deck 75 liegt zweihundertzwanzig Meter über dem Meeresspiegel. Nur von der Kapitänsbrücke aus ist der Ausblick besser, heißt es an Bord. Ihre Aufbauten kann er in der Ferne erkennen. Erleuchtet wie ein Märchenschloss, scheinen sie über dem schwarzen Leib der *Nyx* zu schweben. Es fällt kein Schnee mehr.

Ab und an sieht er Reimas Haarschopf auf der Rampe der Verbrennungsanlage aufleuchten. Wenn die Luken des Blasters sich öffnen und er den Müll an das feurige Maul verfüttert, erstrahlt seine ganze Figur.

Nachdem die Windeln wieder verstaut sind, lässt Rafael sich auf einem Stapel LKW-Reifen nieder. Er zieht die Mütze vom

Kopf, streicht seinen verschwitzten Irokesenkamm in die Senkrechte und fummelt sich eine Zigarette aus der Brusttasche. Sein Feuerzeug streikt. Dieser ewige Wind. Sogar in stillen Nächten, wenn tief unten eine Brise das Meer sanft fächelt, quetscht er sich hier oben als Sturm um die Container und die Rampen des Blasters. Eine Zeitlang noch sieht er Reima bei der Arbeit zu. Als die Kälte an seiner nackten Kopfhaut zu nagen beginnt, steht er auf. Mit Bedacht schiebt er den Rollwagen an. Knirschend gleitet er über die Schienen, gewinnt an Fahrt, da knallt es laut an seinen Arbeitsstiefeln. Die Stablampe, gegen die er getreten ist, schießt davon, wirbelt durch eine Wasserlache, rotiert signalrot an ein paar Tauen vorbei und verschwindet über Bord.

Rafael springt an die Reling. Sofort fährt ihn eine Bö an, der Wind zerrt laut an seinem Overall. Die Lampe stürzt durch die Nacht, ein paar Sekunden noch sieht er ihrem irrlichternden Strahl hinterher. Fasziniert bleibt er stehen. Wolken ziehen eilig über den Mond, der kaum mehr als eine schmale Sichel ist, nicht hell genug, einzelne Wellen auszuleuchten. Von weit weg schimmern die grünen Steuerbordlichter eines Containerschiffs.

Seine Finger umklammern die eiskalte Reling. Er spürt ein leichtes Vibrieren im Metall. Kein Zittern des Schiffsrumpfes, kein Grollen der Maschinen, rein gar nichts hat den Aufbruch der *Nyx* angekündigt. Doch wie immer glaubt Rafael, ein minimales Verrutschen seines Gleichgewichtssinns zu spüren. Seine Träume, das weiß er nach zwei Jahren an Bord, gewinnen an Fahrt in solchen Nächten.

Das regelmäßige Knallen und Fauchen, mit dem der Müll im Schlund des Blasters versinkt, ist verstummt. Wo steckt Reima? Und ist es seine Lampe, die in die Tiefe gestürzt ist?

«Reima!» Er brüllt gegen den Wind an. «Reima!»

Er läuft zum Verbrennungsofen. Hier an der Rampe hat er den liebeskranken Finnen zuletzt gesehen. Die Hitze, die aus dem Schlot aufsteigt, ist angriffslustig. Und was im Blaster endet, wird zu Protoplasma geschmolzen. Zu einem Nullkommanichts.

Rafael beobachtet die grauen Planen auf den entleerten Müllcontainern, lauscht auf ihr Flattern im Wind. Er versucht sich zu orientieren. Gänge gibt es hier genug für ein Labyrinth. In der blaugrauen Dunkelheit am Ende des Weges, der an einer Garage für die Gabelstapler endet, werkelt einer dieser Reparaturroboter. Nachts begegnet man ihnen an den seltsamsten Orten. Sie klopfen Rost von Geländern oder sind mit dem Spleißen von Trossen beschäftigt. Neulich ist ihm einer aus dem Transformatorhäuschen entgegengehüpft, um ein Haar wären sie aufeinandergeprallt.

Seine Hände sind gefühllos vor Kälte. Um sie mit Blut zu versorgen, beginnt er, seine Arme wie Windmühlen zu rotieren, dabei sieht er den Roboter hinter dem Brennofen auftauchen.

Das Ding ist auf vielen Beinen schnell vorangekommen. Groß ist es auch, unter seinen schweren Schritten dröhnt der Boden. Dass Rafael nicht augenblicklich die Flucht ergreift, ist dem Fehlen einer eindeutigen Richtung geschuldet, die das Ungetüm auf seinem Weg einschlägt. Es hüpft nach rechts und nach links, dreht sich in seiner wulstigen Mitte um die Achse, schießt auf ihn zu.

Schutzsuchend wirft sich Rafael vor den nächststehenden Rollwagen, wird im Sprung am Becken getroffen und mit dem Kopf voran zwischen tausend volle Windeln gerammt, wo er seine Nachtschicht auf Deck 75 so frühzeitig wie schmerzensreich beendet.

## 10° 35' ÖSTLICHER LÄNGE; 59° 17' NÖRDLICHER BREITE

*Sein bleicher, nackter Körper leuchtete im Dunkeln. Der ... Kabinensteward ... Messejunge ... stieß einen Seufzer aus, trat zu mir und hob einen Zipfel meines Hemdes an, schob es nach oben, bis seine Hand sich auf meine schwellende Brust legte. Schon öffneten sich meine Beine wie ... von selbst ... ein Gaffelsegel ..., so schnell rang das Begehren meine Schamgefühle nieder. Er begann mit Liebkosungen, wobei er besonders meine ... Wasserlilien ... Rollmöpse ... Spitzbojen ... Schiffsglocken ... sanft drückte, es dann aber doch eilig hatte, zum Mittelpunkt meiner Wollust vorzustoßen. Er näherte sich mit flinken Fingern jenem entzündeten Punkt meines Körpers, den ich ihm allzu willig entgegenschob. Ermutigt durch die Freiheiten, die ich ihm gestattete, griff er nach meiner Hand und führte sie an den monströsen ... Lenzstopfen ... Hafenlümmel ... Blanken Hans ..., der hart und steif aufragte und wie eine ... Bombarde ... Lafette ... auf mich zielte.*

Bombarde? Lafette? Blödsinn, nein. Rosanna Gardella lässt ihre Schreibhand ruhen. Rammsporn, Fockmast, denkt sie, das könnte eher taugen. Seit dem Nachmittag wühlt sie sich durch ihre Zettelkästen, durch das Arsenal ihrer Schreibkunst. Es umfasst Hunderte verschiedenfarbiger Katasterkärtchen, die rings um sie herum verteilt sind, sich auf dem Tisch, auf dem Boden, in ihrem Schoß stapeln. Auf ihnen stehen einzelne Schimpf- und Gossenworte, Fäkalverse und Flüche, die sie nach Themengebieten und Schärfegrad geordnet hat, ein Nachschlagewerk des Vulgären. Es ist kein Wunder, dass sie heute kaum mehr als eine Handvoll Lücken im Text hat füllen können. Zwar will der Kerl es altmodisch, jedoch nur anfangs. Männlich dominant. Gegen

Ende kann es ihm dann nicht derb genug werden. Und maritim soll es sein, vom Heck bis zum Bug. Seemännisch. Nimm uns mit, Kapitän, auf die Reise.

*... und führte sie an den gewaltigen ... Fockmast ..., der aus seiner Mitte hervorstand. Ich richtete mich auf und hauchte einen anfeuernden Kuss auf seine ... Piek ..., worauf sie zwischen meinen Lippen ...*
*Der junge Matrose stöhnte auf und erwiderte meine Dienste mit heißer Inbrunst, sobald ich mich zurücklehnte. Schon bald spürte ich gar nichts anderes mehr als die Papillen seiner lebenslustigen Zunge, die über meine ... zartesten Teile ... Jolle ... strichen wie die Muringleine über den Poller ...*

Papillen? Unmöglich. Obwohl. Hingeschrieben, ganz für sich allein, ist es ein recht schönes Wort. Sobald man es aber dreimal hintereinander ausspricht, stürzt es ab, wird trunkenes Gelalle. Ich bin nicht in Form heut Abend, das macht die feuchte Luft hier oben im Norden, schal und abgestanden wie Spülicht. Davon kriegt niemand einen hoch. Pech für den Spanier. Er wird warten müssen auf seine Sauereien.

Sie stöpselt ihr Hörgerät ein.

Eine Mücke. Eine Mücke in ihrer Kabine. Jetzt, wo sie das Summen hört, sieht sie das Viech auch. Es fliegt sehr schnell, und es wird ihr den Schlaf ruinieren. Wann hat sie zuletzt ein solches Exemplar gesehen? Über ein Jahr muss es her sein, überlegt sie, als die *Nyx* vor den Azoren lag. Beim Kammerjäger sollen wir melden, was mehr als zwei Beine hat und sich noch bewegt, das ist eine klare Ansage an Bord.

Sie faltet ein Geschirrhandtuch der Länge nach, bezieht Stellung in der Mitte ihrer Kabine, winkelt gefechtsbereit den Arm und wartet regungslos ab.

Es klopft an ihrer Tür.

TOD DEM IMPERATOR! Sie liest, was in dicken Lettern auf Laudrups giftgrünem T-Shirt steht, bevor sie in sein Gesicht sieht.

«Es ist spät», tadelt sie.

Søren Laudrups haarloser Schädel leuchtet im Licht des Gangs. Der Däne ist ein großzügiger Kunde. Er entlohnt sie üppig für ihre Schreibdienste. Seine Hand, an der wohl ein Dutzend Ringe stecken, reckt ihr eine Flasche Campari entgegen.

«Hier, hilft gegen die Kälte.» Laudrup klopft ungeduldig auf die Armlehne seines Rollstuhls. Erst jetzt sieht sie, dass ein Plüschaffe oben an der Spitze seines Infusionsständers hockt.

«Acht Seiten habe ich für dich geschrieben.» Sie nimmt die Flasche entgegen und lässt ihn vor der Tür warten, während sie das Manuskript hervorsucht.

Wieder surrt die Mücke an ihrem Ohr.

Bei Laudrup muss es immer sofort losgehen, da wird schon im zweiten Absatz penetriert wie auf dem Pavianfelsen. Aber er ist liebenswert konventionell. Hier ein paar Handschellen, dort Striemen auf der Haut und das Knallen einer Reitgerte, damit ist er zufrieden, und ein Ehebett gehört bei ihm zum Arrangement. Als seine Frau vor Jahren starb, schickten die Sozialbehörden ihn auf die *Nyx*. Ich höre immer diese religiösen Echos aus meiner Kindheit, hat er ihr anvertraut, als sie ihn im ersten Kundengespräch nach seinen geheimen Wünschen fragte.

«Hier. Hilft gegen Kälte.» Sie reicht ihm den Umschlag.

Laudrup nimmt ihn mit einem Grinsen entgegen. Geschickt wendet er seinen Rollstuhl auf der Stelle. «Kuck mal», sagt er und beugt sich vor. TOD DEM TOD! Leuchtgelb steht es auf dem Rücken des T-Shirts.

«Ganz meine Meinung», sagt sie, doch er rollt schon davon. Der Infusionsständer wackelt, und es kommt ihr vor, als winke der Affe ihr von seinem Ausguck zu.

Unschlüssig, ob sie sich noch einmal an den Text für den versauten Spanier machen oder sich der Stechmücke widmen soll, entscheidet sich Rosanna Gardella für die Jagd.

Keine zwei Minuten später erlegt sie das Insekt mit einem gezielten Schlag ihres Geschirrhandtuchs. Die Überreste, gelblich gefärbte Beinchen und Fühler, behaarte Flügel, kleben auf dem Erste-Hilfe-Kasten. Und wenn sie im Kabinenlicht richtig sieht, glitzert dort auch ein Tropfen rubinroten Blutes.

## 8° 33' ÖSTLICHER LÄNGE; 57° 52' NÖRDLICHER BREITE

«Hier?»

«Und hier?»

«Oder da?» Wo immer Polly Sutter auch drückt, der Kerl stöhnt in sein Kissen hinein.

«Was ist mit dieser Stelle?»

«Au.»

Na endlich. Hab ich dich. Ihr Daumen verstärkt den Druck auf die unteren Lendenwirbel.

«Auau.»

«Was fühlst du da? Taubheit? Dumpfe Schmerzen, stechendes Brennen?»

«Beides. Alles.»

«Schon mal in Behandlung gewesen wegen Beinverkürzung? Beckenschiefstand?»

«Nicht dass ich wüsste.»

Polly betrachtet die Rückseite des Mannes, der so gut wie nackt vor ihr auf der Pritsche liegt. Ein sehr ansehnlicher Hintern, findet sie, klein, fest, muskulös. Ein blonder Haarflaum, der sie an Entenküken erinnert. Sechs Leberflecke, alle klein und blass.

Mit einem Auge sieht er sie von schräg unten an, misstrauisch.

«Na los. Wo hast du dir deine Beulen und Schrammen geholt? Bei der Arbeit? Im Trainingsraum? Hast du dich geprügelt? Gefeiert?»

«Ich wurde gerammt.»

«Gerammt?»

«Von einer dieser Arbeitsmaschinen.»

«Aha. Wie sah sie denn aus?»

«Wie die eben so aussehen. Ein paar Beine. Greifarme. Gelenke.» Er schnauft. «Das Ding war groß. Es hat mich durch die Luft gewirbelt wie einen Putzeimer. Als ich wieder zu mir kam, lag ich zwischen vollgekackten Windeln.»

«Wie lange hast du da gelegen?»

«Vier Stunden. Mindestens.»

Sie nimmt sich die Einweisungsmappe vor. Van Gouten, Rafael. Holländer. In ihrem Alter, drei Tage jünger. Ist mit einem Haarschnitt, der verzweifelt um Aufmerksamkeit schreit, und mit schmerzendem Kreuz in ihr Behandlungszimmer gehumpelt und hat es gerade so eben auf die Untersuchungsliege geschafft. Sein Kleiderhaufen, den er achtlos vor dem Fußende abgeworfen hat, stinkt nach Scheiße und Pisse.

«Zwei Frühaufsteher haben dich auf Deck 75 entdeckt. Um drei Uhr vierunddreißig wurdest du unterkühlt und grün und blau geschlagen aus einem Abfallcontainer hervorgezogen.»

«So muss es wohl gewesen sein.»

«Was hattest du dort oben zu suchen?»

«Ich arbeite da, was sonst?» Er sieht sie empört an. «Nachtschicht, viermal die Woche.»

«Alleine?»

«Nein. Immer zu zweit. Das ist Vorschrift. Falls was passiert.»

«Ja, also? Wo war dein Kollege, als du ihn brauchtest?»

«Verschwunden.»

«Verschwunden wohin?»

«Weiß ich doch nicht.»

«Hast du es gemeldet?»

«Nein. Was soll ich denen denn erzählen? Reima Virtanen hat sich in Luft aufgelöst? Oder: Er hat sich in den Verbrennungsofen geworfen? Ist über Bord gestürzt? Oder hat das Ding ihn gefressen?»

«Das Ding?»

«Der Roboter! Die Maschine!»

«Kein Grund, laut zu werden», sagt sie knapp.

Ihr selbst fällt der barsche Ton auf, mit dem sie ihren Patienten befragt. Sie ist müde. Kaum ein Auge hat sie zubekommen, seit sie die *Nyx* am Vortag über einen schwankenden Ponton und die neunzehn Sprossen einer Lotsenleiter betreten hat, ausgerechnet, so ein Pech, die Neunzehn. Seither kommt es ihr vor, als trenne eine unsichtbare Mauer sie von allem, was um sie herum geschieht.

«Ist es schön dort oben? Auf Deck 75?»

«Von Deck 70 an herrscht ewiger Sturm. Ab 150 Stundenkilometern Windgeschwindigkeit darf niemand mehr vor die Tür geschickt werden, nicht mal angeleint. Zum Vergnügen geht dort keiner hoch.»

Sie reicht ihm ein Handtuch. Ächzend rollt er sich herum. Hastig wirft er sich das Handtuch über den Schoß.

«Du bist neu hier, was?», fragt er.

«Ja. Mein erster Tag in der Praxis.»

Van Gouten ist ihr dritter Patient an Bord. Der erste kam mit rheumatischem Fieber zu ihr, ein Mann aus Litauen, siebenundachtzig. Auf ihn folgte eine fünfundneunzigjährige Kubanerin, die über Kurzatmigkeit sowie einen sehr steifen Nacken klagte. Ihr Kopf stand schief wie bei einer Kobra. Instinktiv hat sie auf Klippel-Feil-Syndrom getippt, doch die Frau versicherte, noch keine zwei Tage an Krampfanfällen im Schultergürtel zu leiden, an Spasmen der Halswirbelsäule. Es ist, als ob ein Blitz einschlägt, hat die Frau gesagt und geweint. Rätselhaft. Sie hat die Patientin in die Röntgenabteilung überwiesen.

Und nun liegt dieser Holländer vor ihr, und sie spürt, dass sie mit jeder weiteren Minute, die sie Dienst als Assistenzärztin auf der *Nyx* versieht, abbaut. Sie hat sich einen himmelblauen ersten Tag an Bord vorgestellt, eine sonnige Sicht auf Fjorde und Holme, aber das Einzige, was sie zu sehen bekommt, sind die Innereien eines Riesenschiffs und ein Ausblick durch verschmierte Scheiben auf das graue Einerlei eines Tiefdrucks, der von Nordnordwest über Skandinavien hinwegzieht.

«Was bringt dich hierher?» Van Goutens Frage reißt sie aus ihren Gedanken.

«Der Zufall. Eine Stellenanzeige.» Mehr weiß sie nicht zu antworten. Sie wird sich eine plausible Antwort auf diese Frage einfallen lassen müssen.

«Treibst du Sport?», fragt sie. «Laufen, Gymnastik, Fußball?»

«Nicht dran zu denken. Ich repariere Waschmaschinen, kratze Abflüsse frei, entlüfte Heizungen, ich schließe die Schotten bei Notfallübungen, denn ich habe den Triple-A-Zugang – Access all over …»

«Ist ja gut.»

«Ich stelle Drosselklappen ein, behebe Softwarehavarien …» Er grinst sie an. «Ich arbeite werktags immer, oft an den Wochenenden. Da will ich nicht nach Dienstschluss noch am Reck herumturnen.» Er scheint die Untersuchung für beendet zu halten und macht Anstalten, von seiner Liege hochzukommen.

Auf Brusthöhe drückt sie ihn zurück. Er stöhnt überrascht auf. «Noch sind wir hier nicht fertig.»

Während Polly seine Adduktoren abtastet, lauscht sie der hellen Stimme ihrer Vorgesetzten im Nebenzimmer.

Gesundheitsoffizierin Charanya That Myat Suraswadi, so ihr Namensschild, hat sich ihr mit breitem Lächeln vorgestellt und sie, kaum ist sie an Bord getreten, in ihr neues Leben eingeführt. Die zartgliedrige Frau mit den vielen Namen, die Polly sofort alle miteinander vergessen hat, trug eine zitronengelbe Krawatte zu ihrem Arztkittel und ein Klemmbrett, auf das sie klopfte, wenn es Wichtiges mitzuteilen gab. Wie ein Feldwebel ist sie ihr vorangestürmt, hat sie durch endlose Fluchten grüner und blauer Türen geführt, durch Schotten und Kantinen und an Wachräumen vorbei, es ging mit Fahrstühlen hinauf und über Treppen hinab, sechshundertvierunddreißig Stufen waren es, wenn sie sich bitte, bitte nicht verzählt hat, Quersumme dreizehn, und zwischendurch hat sie Blicke in die Mannschaftskabinen der niederen Ränge werfen dürfen, in schmucklose Zellen mit Etagenbetten und offenen Spinden.

Auf der Versorgungsstation No. 3 wurde ihr von einer Laborantin ein Mikrochip eingepflanzt. Er sah aus wie ein winziger Knochen und verschwand, ein Stechen nur, unter der faltigen Haut zwischen Zeigefinder und Daumen ihrer linken Hand, eingebettet im Bindegewebe zwischen Dermis und Subcutis. Beim Verlassen der OP-Abteilung sah Polly gebannt dabei zu, wie hinter wandhohen Scheiben Roboterarme zitterfrei und zielgenau Biopsienadeln ins Gewebe von Patienten versenkten; gelenkt wurden die Maschinen von Ärzten, die vor Bildschirmen saßen und Befehle in ihr Keyboard tippten.

Suraswadi versicherte ihr, sie würde Tage brauchen, wohl Wochen, auch nur eine grobe Orientierung zu erlangen, dafür jedoch würde sie niemals mit den Schieflagen der Horizontale zu kämpfen haben: «Sickness bags, Sacs vomitoires, Spuckbeutel – du wirst sie nicht finden hier an Bord, nirgends. Und Rettungsboote? Nein, auch die nicht.» Mit weicher Stimme hat sie ihr die Stabilisierungstechnik der *Nyx* erklärt, einer schwimmenden Stadt, deren höchste Gebäude zweihundertzwanzig Meter über der Wasserlinie liegen, deren Bug und Heck vier Kilometer voneinander entfernt sind.

Weitere technische Erläuterungen über Tonnage, Verdrängung und Antrieb überhörte Polly, nur die letzten Worte nicht, mit denen Suraswadi sie am Eingang zu einer Turnhalle, in der jede Menge Alte an Barren und über Medizinbällen hingen, ihrem Zimmerbelegungsoffizier übergab: «Sinken können wir nicht. Dafür ist die *Nyx* zu groß.»

«Steißbein», sagt Polly.

«Was?»

«Du hast dir bei dem Sturz eine Steißbeinluxation zugezogen.»

Ihr Patient lächelt schief, sichtbar erleichtert über den Befund. Man attestiert ihnen irgendwas, solange es nicht Krebs ist oder ein löchriges Herz, sind sie beruhigt. Jedenfalls die Jüngeren reagieren so. Dieser van Gouten hat einen Schönheitsfleck auf der Wange, Wimpern lang wie Federn und große Ohren, die in der Wärme zu glühen begannen. Und gleich wird er sich sehr wundern.

«Eine Steißbeinluxation ist selten, ihre Diagnose umstritten. Aber ich kann dich reparieren, denke ich.»

Er ächzt sich in die Aufrechte, hebt aus der Drehung ein Bein über die Krankenliege und steigt in seine Unterhose. «Wie das?»

«Ich werde dein Steißbein mit dem Zeigefinger von innen und dem Daumen von außen greifen, es vom Kreuzbein rückenwärts ziehen, gleichzeitig dein Kreuzbein leicht in Richtung der Füße drücken. Wenn ich recht habe, wird es dir sofort bessergehen. Wenn ich falschliege, ist vielleicht dein Iliosakralgelenk beschädigt, und du wirst wochenlang nicht arbeiten können. Kannst du mir folgen? Klingt das vernünftig?»

«Vernünftig?» Er sieht verwirrt aus. Aber er nickt.

«Jetzt zieh bitte die Unterhose wieder aus.»

«Wie?»

«Ja, anders kommen wir nicht weiter.»

Er tut, wie sie verlangt.

«Bitte, dreh dich um. Den Rücken zu mir. Und dann bück dich.» Sie streift sich Latexhandschuhe über.

«Bücken?»

«Genau so, nach vorne. Einfach bücken. Noch ein bisschen. Sei so nett.» Um ihn in Bewegung zu versetzen, drückt sie mit der linken Hand auf seine Schulter. Den Zeigefinger der rechten Hand tunkt sie in den Topf mit karibikblauem Gleitgel. «Nun die Beine auseinander.»

«Auseinander?»

«So, ja. Noch ein bisschen mehr. Noch mehr. Jetzt ruhig und tief einatmen. Und denk an eine Sommerwiese.»

«Sommerwiese?»

«Oh, Mann», sagt sie, so gerade eben noch hörbar für den Patienten.

Ihr Zeigefinger nimmt Maß.

## 8° 33' ÖSTLICHER LÄNGE; 57° 52' NÖRDLICHER BREITE

*Der Lotse stieg zu ihr auf die Bootsliege, brachte dabei die Jolle zum Krängen und presste sich gegen sie, sodass sie ein Stück weiter nach vorn rutschte, gefährlich nah an die Reling. Sacht bog er ihren Oberkörper vornüber, während er in das Schlürfen der Bilgepumpe hineinsprach.*

*Sei so gut und schieb dir das Höschen zur Seite. So, genau so. Nein, streif's dir über die Pobacke. Dann streck dein … Kabelgatt … Heckfender … raus. Ein bisschen höher, schaffst du das, ohne von der Persenning zu rutschen?*

*Zeig mal her, welchen Schatz du da unten verborgen hast, lass mal ein bisschen was sehen. Tu mir den Gefallen. Und kannst du dir jetzt mal deinen kleinen Finger ins … Achterdeck … Hinterschiff … Poopdeck … stecken?*

Ich bin zu feinfühlig für diese Art Unflat, sagt sich Rosanna Gardella und schüttelt ihre Hände, bis das Brennen in ihren arthritischen Handgelenken jenes Maß erreicht, das sie als Selbstbestrafung für angemessen hält. Nachdem der Schmerz verebbt ist, schenkt sie sich ein weiteres Glas Bordeaux ein. Bei dieser Art literarischer Arbeit ist es hilfreich, den Kopf so gerade eben nicht klar zu haben. Intuitiv zu sein. Befreit von den Ketten bürgerlicher Moral.

*Von fern tutete ein Schiff, der Geruch von Motoröl und sonnenwarmen Muscheln stieg ihr in die Nase, und plötzlich spürte sie den … Vorderlader … Kaventsmann … des Lotsen, der wild gegen sie stieß, bis er mit einem zielsicheren Stoß Quartier nahm – in der … Bilge … falschen Öffnung. Was tust du da, stöhnte sie.*
*Ich erkläre deinem fabelhaften Hinterteil, wo oben und wo unten ist.*
*Sie schnappte nach Luft.*
*Lass dich fallen, keuchte er.*
*Wohin? Ich liege doch schon.*
*Ohne sich von ihrem Wimmern abschrecken zu lassen, drängte er mit schmerzhaften Stößen …*

Pause. Augen zu. Warten, bis die Scham verpufft. Manche meiner Texte kommen zur Welt wie Zangengeburten, denkt Rosanna, strampelt sich aus dem Fußsack heraus und fegt ihre Katasterkärtchen mit Füßen und Händen zu Haufen zusammen. Sie erhebt sich in schüchtern kreisenden Bewegungen, um die Biegsamkeit ihrer Hüfte und des Beckens auf die Probe zu stellen. Sie findet sie nicht gänzlich schmerzfrei.

Frischluft, das ist es, was sie braucht. Graupelschauer. Während sie sich Schal und Poncho überwirft, nimmt sie sich für ihre Rückkehr vor, den Blutfleck vom Erste-Hilfe-Kasten zu wischen. Er hat die Farbe von Rost angenommen. Ist es ihr Blut, das dort klebt?

Rund um das Schwimmbecken haben sie über den Herbst ein paar Holzbänke und Liegestühle stehen lassen. Unter dem Zeltdach gegenüber dem Sprungturm ist es meist windstill, und selbst wenn es regnet wie jetzt, sitzt hier immer jemand, der froh ist, aus seinen Rätselheften oder den Gedanken an den nahenden Tod gerissen zu werden. Die Dänin Trine Poulsen zum Beispiel. Hat sich drei Tücher auf einmal um den Hals gewickelt und stellt sich schlafend, bis ein neues Opfer naht.

«Wie würdest du einem Außerirdischen erklären, was das ist: Sex?» Rosanna verzichtet auf einleitende Worte.

«Was?» Trine antwortet mit dem Krächzen, wie ein Tag ohne Sprechen es hervorhaucht. «Sind sie gelandet? Auf der *Nyx*?»

«Quatsch. Nur mal so rein hypothetisch. Wenn ihre Sternenflotte hier aufschlüge, wenn sie in friedlicher Absicht kämen und darüber hinaus Interesse an unserer Art der Fortpflanzung mit sich brächten, ja, dann, was würdest du ihnen sagen?»

«Sex ist, was die Kirche Himmel nennt.» Trine räuspert ihre Stimme frei. «Sex erlöst uns von Vereinzelung. Ist unser Weg, die Liebe leiblich zu erleben. Ist die intimste Form von Kommunikation, die uns zur Verfügung steht.» Sie stockt. «Obwohl, Sex geht natürlich auch ohne Liebe. Und ohne andere. Lust kann sich jeder selber machen. Oder jemanden anheuern, der sie entfacht.»

Mit jedem ihrer Sätze scheint eine weitere Schicht ihrer Schläfrigkeit abzubröckeln. «Weil wir einsam, eigentlich immer einsam sind, neigen wir in quälerischer Weise dazu, uns der Illusion hinzugeben, Eros, die stärkste aller Mächte, könne diese Einsamkeit verscheuchen, und sei es nur für Momente. Also begeben wir uns auf die Suche nach dem Geschlechtlichen, nach Sex.» Sie macht eine kleine Pause, setzt dann hinzu: «Aktuelle Eindrücke, neue Gedanken kann ich dir zu diesem Thema leider nicht liefern. Meine Hosen behalte ich seit zwanzig Jahren an.»

Zufrieden registriert Rosanna, dass ihre Bekannte zu hinreichender Geistesschärfe erwacht ist. «Sag mal ehrlich», beginnt sie, bremst sich aber sofort. Sie zögert, rückt die Worte in ihrem Kopf zurecht, verwirft, sucht nach neuen und bringt doch nicht mehr zustande als ein: «Also. Ich fange mal so an.»

«Ja?» Trine mustert sie misstrauisch.

«Mal angenommen. Nur mal angenommen, du würdest …» Jetzt führt kein Weg mehr zurück, endlich rückt sie mit ihrer Frage raus.

«Hast du dich je von hinten …?»

«Na, klar. Du nicht?» Trine lacht vulgär auf.

«Ich meine in echt. In den Hintern.»

«Ach so. Nein. Einen Lustgewinn habe ich mir davon nie versprochen. Lass mich raten. Du sitzt an einer deiner Geschichten?»

«Ja, und ich stecke fest.»

Trine grinst. «Um es mal derbe auszudrücken: Entwicklungsgeschichtlich ist der Schwanz nicht dazu bestimmt, in einen Hintern gerammt zu werden. Analsex ist ein fieses Machtspiel. Verdammt.» Sie stammelt sich in einen bösen Hustenanfall hinein.

Recht hat sie. Auch wenn Trine Poulsen womöglich die Falsche ist, um sie nach den Eigenarten männlicher Sexualität zu befragen. Sie hat Anfang des Jahrhunderts als Mitglied der Kopenhagener Bürgerschaft für das Recht der Frau gekämpft, im Stehen zu pinkeln. In Pissoirs, an belebten Stellen. Selbst für eine Sozialistin war die Idee von Missoirs gewagt, und natürlich hatten die Männer im Stadtparlament ihren Vorschlag abgeschmettert. Trine ist radikal. Trine ist lesbisch.

«Triffst du noch Männer?», fragt sie plötzlich.

«Männer?» Rosanna zuckt gleichgültig mit den Schultern. «Ich bin längst zur Ruhe gekommen. Alles ist im Lot. Aber du? Hast du je einen Kerl geliebt?»

«Körperlich? Ist Ewigkeiten her. Aber wo sind schon die Unterschiede? Im Dunkeln habe ich am Ende keine mehr erkennen können. Ich empfinde Frauen nicht als so fundamental anders. Wir unterscheiden uns in ein paar wesentlichen Dingen, zum Glück. Aber wir haben die gleichen Gefühle.» Trine wendet sich kurz ihrem Rätselheft zu, fragt dann: «Warum schreibst du diese Geschichten?»

«Wie meinst du?»

«Verstehe mich nicht falsch. Ich klage dich nicht an. Natürlich nicht.»

«Natürlich nicht.»

«Kennst du Grenzen?»

«Grenzen für was?»

«Na, belieferst du jeden Geschmack?»

«Es wird dich verwundern, aber ich habe durchaus ein Berufsethos.»

«Ach?» Trine grinst vielsagend.

Rosanna ruckelt ihre Liege in die Waagerechte hinab und zieht ihren Poncho enger um die Brust, bevor sie spricht: «Kein Tod. Keine Kinder. Keine Körperausscheidungen. Und weil sie mich gruseln: keine Amputationen.»

«Was ist mit Tieren?»

«Keine Sekunde lang mag ich mich in jemanden hineinversetzen, der eine ungehörige Nähe zu Ziegen sucht.»

«Sag bloß.»

Rosanna hört einen aggressiven Unterton aus Trines Worten heraus, sie fühlt sich angegriffen. «Hör zu. Meine Geschichten werden nicht gekauft, weil sie aufgeilen. Jedenfalls nicht nur. Meine Geschichten versprechen Herzensregungen.» Sie zögert kurz, legt nach: «Nur selten überkommt mich die Lust, Dinge zu schreiben, von denen anderen Leuten übel wird.»

Trine nickt, in ihrer Miene aber verweilt eine hauchfeine Spur des Vorwurfs. Nach einer Weile fragt sie: «Wann wurdest du eigentlich aufgeklärt?»

«Mit vier oder fünf. Meine Mutter hat das übernommen. Ich sollte so früh wie möglich alles über unseren Körper erfahren, über seine merkwürdigen Teile, die Fortpflanzung. Mein Wissen habe ich dann in der Vorschule verbreitet. Eines Tages zitierte die Lehrerin meine Eltern in die Schule, weil ich mich auf dem Pausenhof lang und breit über Pimmel und Muschi ausließ und darüber, dass Babys nicht vom Storch gebracht werden.»

«Die Missionarin steckt in dir von klein auf, was?»

Rosanna antwortet nicht. Trines Neugierde geht ihr so langsam auf die Nerven.

«Ich werde krank», hüstelt die Dänin. «Meine Lunge krächzt. Mein Hals brennt.» Demonstrativ ruckelt sie mit dem Kopf. «Steif wie ein Schiffsmast.» Sie lässt sich ächzend auf ihre Liege zurückfallen und schließt die Augen.

Schläfrig sieht Rosanna sich um. Leere Handtuchwagen stehen ineinander verkeilt vor den verrammelten Umkleidekabinen. Am Ende der Liegestuhlreihe liegt ein Mann und starrt in die Luft. An seinen Armen stecken Schwimmflügel. Er wartet wohl auf die Eröffnung der Sommersaison.

Das Gespräch hat sie kein einziges Wort weitergebracht. Die Aussicht, in die Kabine zurückzukehren, um sich dort poetisch an rektalen Penetrationen abzuarbeiten, raubt ihr alle Energie. Sie ist eine Dame, in Herrgottsnamen. Und Trine – sie hält sich tapfer, aber ganz bestimmt ist sie von Neid geplagt, weil ihre italienische Freundin ein Auskommen hat, das es ihr erlaubt, in einer Einbettkajüte mit Balkon einen recht komfortablen Lebensabend zu genießen, während sie für wenig Geld und Tag um Tag Kragen für belgische Polizeiuniformen oder türkische Bademäntel nähen muss, aber trotzdem in einer Vierbetthöhle auf Deck 19 haust. Neulich hat sie sich Flöhe eingefangen. Und dann fehlt ihr auch noch das linke Bein. Ich sollte ihr verzeihen, dass sie immerzu schlauer und weltgewandter sein will als ich.

Auf alle Liegestühle, die um das Schwimmbecken herumstehen, haben Möwen oder noch größere Seevögel geschissen. Ihr Kot glitzert metallisch, es ist das Flimmern zermahlener Muscheln. Auf dem Grund des Pools haben sich Getränkedosen und Kronkorken angesammelt, ein zerbrochener Spazierstock liegt dort, eine Badehose. Rosanna schließt die Augen, und dieser alte Sportschwimmer mit seinem unanständigen Tanga fällt ihr ein, der an einem der frühen Sommertage den Sprungturm erklommen hat. Er ist aufs Sprungbrett gestiegen, hat ein paarmal gewippt, sich vergewissert, dass genügend Frauen zu ihm aufsehen, hat zum Köpfer angesetzt, ist geflogen, am Randstein des Beckens aufgeschlagen und hat sein Blut über die grünen Kacheln des Beckens versprüht. Der Pool blieb tagelang geschlossen.

«Dein Schal?»

Vor Rosanna steht ein Mann in seltsamen Stiefeln, Trenchcoat und Tweedmütze. Er reicht ihr das zinnoberrote Wolltuch, das sie sich, als Landgänge noch erlaubt waren, auf dem Basar von Agadir erfeilscht hat. Es muss fortgeweht worden sein.

Sie kennt den Mann vom Sehen. Er ist der schlaksige Typ mit dem weißblonden Schopf und der Eulenbrille.

«Danke. Mit wem habe ich das Vergnügen?»

«Ulfung. Kalle.»

«Das ist doch nicht dein Ernst, oder?»

«Oh, doch. Kalle Ulfung.»

«Die wenigsten Menschen sind boshaft genug, ihrem Kind so einen Namen zu geben. Oder kommst du aus Bullerbü?»

«Ja, meine Eltern waren hundsgemein», antwortet er mit einem anzüglichen Grinsen.

Er zupft sich die Haare aus der Stirn und zieht ab. Sie sieht: bonbonfarbene Socken und ein federnder Gang, alle Achtung, für sein Alter … Nicht einmal Schuppen hat er. Leider hängt ihm der eine Arm schlaff zur Seite herab. Schlaganfall, tippt sie. Der Ärmste.

«Was für ein eitler Geck.» Trine ist aus ihrem Dämmerschlaf erwacht. «Mich beeindruckt er nicht. Männer sind doch zu durchschauen wie Fensterglas.»

Der Regen ist einem leichten Nebel gewichen, der sich von der See her über die Reling schiebt. Rosanna ist an der Küste des Tyrrhenischen Meeres aufgewachsen und nimmt die Wetter des Nordatlantiks als persönliche Beleidigung. In der Ferne macht sie zwei Sanitäter aus. Sie nähern sich im Laufschritt und mit einer Bahre. Kurz glaubt sie, die beiden seien gekommen, um den Schwimmflügel-Mann am Ende der Liegestuhlreihen abzutransportieren. Sie biegen dann aber zwischen zweistöckigen, bunkerartigen weißen Gebäuden ab.

Rosanna fällt ihr perverser spanischer Auftraggeber ein. Sie kämpft sich von der Liege hoch, verabschiedet sich von Trine, die ihr heiser ergiebige literarische Ergüsse wünscht, und zieht davon, um in der Wiener Bäckerei ein paar Vanillekipferln für sich ganz allein zu kaufen. Zum halben Preis, kurz vor Ladenschluss.

Ja, meine dänische Freundin hat recht. Analsex ist ein Machtspiel, er bedeutet die vollständige Kapitulation. Auf ihren eigenen reichen Erfahrungsschatz kann sie in diesem speziellen Fall nicht zurückgreifen. Sie hat sich nie sodomisieren lassen. Der einzige Mann, dem sie eine derartige Intimität unter Umständen gewährt hätte, war an Experimenten nicht interessiert gewesen.

An einem Weihnachtsbaum, der vor den Fenstern des koreanischen Perückensalons aufgestellt worden ist, bleibt sie stehen. Ketten kleiner roter Lichter funkeln in seinen Zweigen. Sie lauscht, ob aus dem Baum Gezwitscher zu hören ist. Befriedigt stellt sie fest, dass in diesem Jahr endlich darauf verzichtet wird, so zu tun, als gäbe es Singvögel an Bord. Fröstelnd geht sie weiter.

Dein himmlischer Pfirsich, so hatte er ihren Hintern genannt und ihn mit Küssen bedeckt. Ihr wird warm. Aus dem Nichts überfällt die Sehnsucht sie nach dem Mann, der vor siebzehn Jahren in ihren Armen gestorben ist.

Mit einer Packung Vanillekipferln im Gepäck kehrt sie auf direktem Weg in ihre Kajüte zurück, tauscht Poncho gegen Seidenkimono, feuchtet eine Ecke ihres Geschirrhandtuchs mit Spucke an, wischt über den Erste-Hilfe-Kasten, bis das Fleckchen rostroten Blutes verschwunden ist, und poliert mit dem Ärmel nach. Mit frisch gewonnener Energie nimmt sie an ihrem Schreibtisch Platz.

*Mit einer Hand stützte der Lotse sich auf die Räucherfischkisten, mit der anderen massierte er ihr lilienweißes Gesäß und klatschte im Wechsel die gespannte Haut der beiden Hügel, die sich wölbten wie Rahsegel vor dem Wind. Eine Mischung aus Wonne und Scham stieg in ihr auf …*

## 8° 33' ÖSTLICHER LÄNGE; 57° 52' NÖRDLICHER BREITE

«Oouuup!»

Rafael van Goutens Schnappen nach Luft, sein Gurgeln, sein Versuch, sich voranschnellend aus den Fängen der Ärztin zu befreien, kommt vergeblich. Er hängt an der Angel wie einer jener Thunfische, nach denen sie in südlichen Breiten von den

Ausflugsbooten der *Nyx* aus fischen, und der Finger, an dem er hängt, hakt in seinem Innersten fest wie ein Dreizack.

«Sommerwiese», stammelt er, als der akute Schmerz in Wellen abebbt, er probeweise die ersten Muskeln entspannt.

«Der Schmerz macht uns zu Menschen», sagt sie nüchtern, während sie ihn unten inwendig nach hinten zieht und oben vorwärtsdrückt. «Manche Leute fahren voll ab auf so was. Also.»

Mehr als ein Stöhnen bringt er nicht hervor. Seine Hände krallen sich in das avocadogrüne Kunstleder der Krankenpritsche, als sie sein Kreuz ein weiteres Stück anhebt und dabei ein Stück tiefer in seine Eingeweide vorstößt.

Dem krampfartigen Zucken, das ihm dienen soll, sich des Glühhakens in seinem Hintern zu entledigen, wird mit Gewalt begegnet: Mit kräftiger Hand drückt sie ihn in die Vorwärtsbeuge zurück, ihr Daumen, er nimmt jedenfalls an, dass es ihr Daumen ist, leistet knapp über seinem Schließmuskel autoritäre Beihilfe.

Sie muss Tierärztin sein, denkt er, während er dem schattenhaften Spiegelbild seiner eigenen Misshandlung auf den Kachelwänden des Behandlungszimmers folgt. Die ein abruptes Ende findet, als die Ärztin mit einem Rucken seine Wirbelsäule zurechtstellt, gleichzeitig seinen Enddarm vom Terrorregime ihres Zeigefingers befreit.

«Auf Deck 75, sagtest du? Was genau ist dort oben passiert?» Flink streift sie sich den Latexhandschuh ab.

Das feuchte Knallen, mit dem dies geschieht, tönt in seinen Ohren wie eine Siegesfanfare. Er hat überlebt. Erschöpft sinkt er seitwärts auf die Liege und horcht in sich hinein. Die Schmerzen verlassen das Schlachtfeld seines Leibes. Hier und dort führen sie Rückzugsgefechte, nur an seinem Darmausgang scheint sich ein Trupp nimmermüder Kämpfer verschanzt zu haben.

«Habt ihr hier viele Leute an Bord, die sich Dinge einbilden?», fragt sie.

«Wie einbilden?»

«Halluzinationen. Hirngespinste.»

«Weshalb fragst du?»

«Nur so. Dies ist mein erster Tag auf See. Aber ich kann mir schon jetzt vorstellen, dass Menschen, die seit Jahren an einem Ort wie diesem leben, sich Dinge einreden. Erträumen.»

«Warum sollten sie?»

«Weil sie Besseres nicht zu tun haben. Aus Langeweile.»

Er nickt. Er nickt noch immer, als sie ihn längst stirnrunzelnd betrachtet. Sein Körper hat sich aus den Fängen dieser Frau befreit, sein Geist ist noch gefangen. Wie hat sie ihm ihren zarten Finger mit viehtreiberischer Wucht in den Unterleib rammen können?

«Einbilden?», fragt er im Bemühen, Anschluss zu finden an ihre Unterhaltung. «Wieso sollte ich mir Roboter einbilden? Das Schiff ist voll von denen.»

Um nicht in ihre porzellanblauen Augen blicken zu müssen, Augen immerhin, die eben noch seinen baumelnden Hodensack von hinten betrachtet haben, sieht er sich um. Zwei Wände voller Metallschubladen, die bis unter die Decke reichen. Eine weitere Wand, weiß gekachelt, eine vierte voller Plakate, der gesundheitliche Nutzen von Vorsorgeimpfungen, die Hygiene in der Altenhilfe.

Sein Blick wandert zur Ärztin zurück.

Sie ist schlank auf eine zähe Art, wie diese Leute, die in der Frühe durch städtische Parkanlagen sprinten, ohne je ins Schwitzen zu geraten. Sie ist zart an den Handgelenken, hat volles Haar und eine prachtvolle Nase. In der Schule wurde sie gehänselt, denkt er. Vogeltöter. Nasenbär. Auch ihn hat man wegen seines Zinkens zu erniedrigen versucht. Aber Männer sollen große Nasen haben.

«Minimale Körpertemperatur, maximaler Melatonin-Spiegel. So sieht es um drei Uhr morgens in uns aus. Achtundneunzig

Prozent aller Menschen schlafen.» Die Ärztin blickt ihn prüfend an. «Die restlichen zwei Prozent kämpfen mit der Schläfrigkeit. Schichtarbeitern wie dir unterlaufen jetzt Fehler. Es ist die Zeit der Unfälle. Wir reagieren so langsam, als wären wir betrunken. Und vielleicht sehen wir die Dinge in einem seltsamen Licht.»

Er begreift sofort, worauf sie hinauswill. «Ich phantasiere nicht. Ich denke, es war ein Kurzschluss. Oder ein Programmierungsfehler. So was gibt's, seit es Roboter gibt. Menschen anzugreifen ist nicht ihr Job, aber manchmal hört man von durchgedrehten Maschinen, oder nicht?»

«Oh ja. Ich habe mir sagen lassen, dass auf der *Nyx* keine Pflegeroboter mehr eingesetzt werden, weil es immer wieder Zwischenfälle gab. Zu spät ausgelöster Alarm. Zu heiß eingeschenkter Tee. Zu volle Windeln.»

«Ich spreche nicht von kleinen Zwischenfällen. Ich rede von Katastrophen. Im frühen Sommer sind zwei Ölsauger im Maschinenraum aufeinander losgegangen. Der Heiztechniker, der dazwischenging, verlor beide Unterschenkel.»

«Aha.» Ihre Stimme klingt zweifelnd. «Ölsauger?»

«Ja. Sie halten die Hydraulik am Laufen. Stellen Ventile, reinigen Rohre.»

«Aber amputieren keine Beine.»

«Frag doch nach. Wir fuhren vor der Küste Mauretaniens. Sie waren nicht aufzuhalten. Der Mann kam aus Taiwan. Reiner Zufall, dass er nicht verblutet ist.»

Nachdenklich sieht sie dabei zu, wie er seine Hemdknöpfe schließt.

«Was weißt du über die *Nyx*?», fragt er.

«Wie meinst du das?»

«Wie groß sie ist. Zum Beispiel.»

«Hab ich nicht vergessen. Viertausendundeinen Meter lang. An ihrer dicksten Stelle tausendzweihundertdreiundsiebzig Meter breit. Das kann auch gar nicht anders sein. Pi. Die dunkle Königin der Zahlen.»

Was ist mit der Frau los?, fragt er sich. «Du wirst schon sehen. Du bist nicht auf einem Schiff gelandet. Dafür ist die *Nyx* zu groß. Sie ist eine Insel. Ein kleiner Kontinent. Und glaube nicht, dass du jemals sein anderes Ende sehen wirst, egal, wo du auch stehst. Du ahnst ja nicht, wie allein man unter Tausenden von Menschen sein kann. Und du solltest keine Schlüsse ziehen, solange du nicht weißt, wie das Leben hier an Bord spielt.»

«So, so.» Sie mustert ihn vom Kopf bis zu den Füßen.

Zum ersten Mal nimmt sie mich als Ganzes wahr. Nicht bloß meinen unteren Verdauungstrakt, denkt er, redet weiter, redet, um sie von der übermenschlichen Größe der *Nyx* zu überzeugen. «Im letzten Winter fuhren wir die Küste nördlich von Peking entlang, ein Taifun hatte uns von hoher See in die Bucht von Bohai vertrieben. Ich machte die Frühschicht, ganz oben an Bord. In der Morgendämmerung tauchten nach und nach diese Millionen von Lastwagen auf, chinesische LKWs, die im Verschiffungshafen von Tianjin auf Halde standen. Hinter uns ging die Sonne auf. Erst schien sie auf ein paar Berggipfel, dann wanderte ihr Licht abwärts, Waldhänge erstrahlten, die Hochhäuser der Stadt aber, diese Millionen von Autos blieben im Schatten. Ich hab es lange nicht begriffen, aber es waren wir, die diesen Schatten warfen.»

«Auf der *Nyx* geht die Sonne niemals unter, was?»

Er ignoriert ihren spöttischen Ton und lässt ein paar Sekunden verstreichen. «Wir liegen nicht in Häfen», sagt er. «Wir sind ein Hafen. Wir fahren kein Festland an. Wir sind das Festland.»

«Deshalb habe ich wohl keine Schwimmweste in meiner Kabine gefunden.»

«Genau. Wir sind der Eisberg. Nicht die Titanic.» Überrascht von seinen wuchtigen Sätzen, legt er nach: «Kein Mensch hat alle

Teile der *Nyx* betreten, ihre Gänge, Schotten, ihre Decks zu sehen bekommen. Nicht einmal ich, dabei gehöre ich zu den wenigen, die ständig und überall an Bord unterwegs sind. Glaubst du, ich hätte je die Kommandobrücke betreten oder auch nur von nahem gesehen? Den afrikanischen Sektor, den asiatischen Sektor?»

«Von denen weiß ich nichts.»

«Du wirst sie nie zu sehen bekommen. Denn sie lassen dich dort nicht hinein. Nicht ohne Passierschein.»

«Warum das?»

«Weil es heißt: Wenn hier jeder könnte, wie er wollte, würde das Chaos regieren. Es sind zu viele Alte an Bord, die sich verirren würden, und wer soll sie dann zurückbringen? Das aber ist nur das eine: Die Alten mögen es nicht gemischtrassig. Sie sind nicht in der Lage, umzudenken, zu akzeptieren, dass es anders aussehende Menschen gibt.»

«So, so.»

«Nix so, so. Du wirst schon sehen. An einem der nächsten windstillen Nachmittage wirst du nach der Arbeit aufbrechen und mitten in einen dieser Adventsumzüge geraten. Es wird dir nicht gleich auffallen, aber diese Trupps sind niemals das, was sich die Internationale so zusammengeträumt hat. Es sind strikt nationale Veranstaltungen. Schon Franzosen und Deutsche und Schweden können sich nicht darauf einigen, ob sie nun Laternen, den Himmel, Mond und Sterne besingen sollen oder doch besser den Kerzenschein und die Glorien des Mittwinters. Und ich rede hier nur von den Europäern. Packt man einen Perser dazu, einen Burkiner, einen Maghrebiner, einen Bolivianer, wird das Ganze …»

«Okay. Ich verstehe.» Sie kritzelt geistesabwesend in seiner Patientenakte herum.

«Nur eines noch. Eine Zeitlang hat man sie alle gemeinsam untergebracht. Es sorgt für Abwechslung, glaubten die Ärzte, es hält den greisen Portugiesen geistig fit, sich mit einem tauben Chinesen verständigen zu müssen. Und? Es gab Mord und Totschlag.»

«Altenheime ohne Rassismus gibt es nicht», beendet sie das Thema. «Aber was ist mit deinem Kollegen von Deck 75? Du musst ihn als vermisst melden.»

«Werd ich», sagt er und denkt: Im Leben nicht.

Behutsam, der wundersamen Heilung seines Steißbeins misstrauend, geht er in die Knie und schnürt seine Schuhe. Ihm bleibt keine Wahl. Er wird Virtanen als vermisst melden müssen. Aber niemand kann ihn dazu zwingen, über die Umstände zu sprechen. Wie hört sich das an: Ein kreiselnder Riesenhummer aus Metall hat mich in die Windelkiste gerammt? Nein, er hat einen Job zu verlieren. Sie sind streng hier an Bord mit Abweichungen jeder Art. Auf dem Festland gehören verhaltensauffällige Leute zum Leben wie Ampeln und Hauskatzen, an Bord eines Schiffes stellt bereits ein einziger Verrückter eine Gefahr dar.

«Es gibt da diese Ärztin, in die mein verschwundener Kollege verliebt ist», sagt er, als er schon an der Tür steht. «Kennst du sie? Ihr seid vielleicht Kolleginnen?»

«Ich weiß hier nichts über niemanden.»

«Ihr Name ist Mai. Sie arbeitet in der Virologie.»

Sie schüttelt den Kopf. «Hier.» Ohne aufzusehen, reicht sie ihm ein hellblaues Blatt Papier. «Deine Krankmeldung.»

Er begreift. Ihr nächster Patient wartet. Und er ist zu einem Protokollbericht geworden.

So also fühlt es sich an, wenn einem der Arsch aufgerissen wird, denkt er, als die Tür hinter ihm zufällt.

Eines der Crew-Fahrräder zu besteigen traut Rafael van Gouten sich nicht, zu lebendig noch flackert der Schmerz. Es kostet ihn eine halbe Stunde, bis er im R-Trakt anlangt. Virtanen bewohnt eine Einzelkabine auf Deck 18.

Niemand öffnet auf sein Klopfen.

Zwanzig weitere Minuten Fußweg führen ihn zu seiner Dienststelle. Über den Breezeway, einen verglasten Quergang, den er sonst meidet, weil er sich dort fühlt wie auf einem Laufsteg, betritt er das Büro des Dispatchers. Es ist verwaist und dämmerig. Durch einen Spalt zwischen den Vorhängen dringt gelbliches Licht herein. Er sieht sich die Wand mit den Einsatzplänen an. Für die kommende Nacht ist Virtanen dem Wäschereidienst zugeteilt, offenbar ahnt hier noch niemand etwas von seinem Verschwinden. In den vergangenen Wochen hat der Finne häufig auf den medizinischen Decks gearbeitet. Alleine im November leistete er zweiundzwanzig Einsätze in der Virologie. Es ist nicht üblich, dass einfache Bordarbeiter wie sie über ihre Dienstpläne bestimmen können. Sie werden zugeteilt. Wie hat es Virtanen dennoch geschafft, in der Virologie Quartier aufzuschlagen?

«Hast du Probleme? Brauchst du Hilfe?» François Ilunga steht wie eingeschweißt in seinen hellgrauen Anzug auf der Schwelle zum Büro. Der Mann aus dem Kongo, den die meisten seiner Kollegen verabscheuen. Sie werfen ihm vor, gerissen und hochmütig zu sein, ihre Schichten nach Laune oder Gutdünken zu verteilen. Rafael verteidigt ihn, wenn auch lau. Dies mag daran liegen, dass sie beide ein ganz privates Botengeschäft auf der *Nyx* betreiben. Niemand ahnt, dass Ilunga ihn gelegentlich mit dem Transport handlicher Pakete beauftragt, die über die normale Schiffspost zu versenden dumm und riskant wäre. Rafael fragt nie nach Art und Herkunft der Waren, dafür gibt es ein Trinkgeld.

«Wird auf Deck 75 aufgezeichnet?», fragt er.

«Keine Ahnung.»

«Es wird jede Ecke an Bord überwacht, da muss es auch Aufzeichnungen vom Blaster geben. Freitag früh, nach Mitternacht.»

«Wende dich an das Security-Zentrum. Dort filmen sie alles und jeden. Bis in die Arschritze rein. Wonach suchst du?»

«Nach Reima Virtanen.»

«Wie meinst du das?»

«Plötzlich war er weg. Verschwunden. Ich will wissen, was mit ihm passiert ist.»

«Was soll denn passiert sein?» Der Dispatcher schiebt schmutzige Teller und halbleere Kaffeetassen auf seinem Schreibtisch zusammen, während Rafael von seinem Zusammenstoß mit einer Putzmaschine erzählt, die er für einen Kampfroboter hält, mindestens jedoch für einen Fall von Kurzschluss, von seiner Vermutung, eine außer Kontrolle geratene Maschine könnte Virtanen verletzt, ja getötet haben.

Wie immer versucht er, einen Blick auf die Krötenhaut an den Innenseiten von Ilungas Händen zu werfen. Als junger Mann hat der Kongolese seine Fingerabdrücke weggebrannt, nur so ist es ihm gelungen, ein Niemand im Weltreich der Asylsuchenden zu bleiben. Sobald die Kapillaren nachwuchsen, verschmorte er seine Haut auf einer heißen Herdplatte, immer wieder. Es waren schließlich die Dänen, die ihm Asyl gewährten. Er heiratete eine Frau aus Fünen, die ihn kein Jahr nach der Hochzeit verließ, weil sie seine Frauengeschichten satthatte.

«Ich rate dir, leise aufzutreten», sagt er, als Rafael auf eine Antwort Ilungas nicht mehr hofft. «Sonst fällt jemandem auf, dass du der Letzte warst, der Virtanen gesehen hat.»

«Was hatte er in der Virologie überhaupt zu suchen?»

«Er hat geputzt. Er hat repariert. Sie haben alle Hände voll zu tun dort. Der wissenschaftliche Dienst hat uns um Hilfe gebeten. Ich hab ihnen den Finnen geschickt.» Ilunga klingt ungeduldig. «Hör mal zu. Ich kann heute noch in keinem See baden, ohne mir vor Angst in die Hosen zu scheißen, in jeder Pfütze seh ich Krokodile. Und weißt du, warum? Weil ich an den Ufern des Lukuga aufgewachsen bin.»

Wen juckt's, sagt sich Rafael, schweigt aber.

«Zu zweit wurden wir geschickt, Feuerholz zu holen. Wir badeten im Fluss, kurz nur, dann spielten wir im warmen Ufersand. Ein feuchtes Klatschen in meinem Rücken ließ mich aufsehen, und da hing mein großer Bruder im Maul dieses Tieres. Es riss einmal sein Maul auf und ließ es zuschnappen. Ich höre bis heute, wie die Zähne sich in sein Fleisch und seine Knochen schlugen. Ich rieche den Gestank des Ungeheuers. Es riss ihn an der Schulter ins schlammige Wasser hinab, um nie wieder aufzutauchen. Aber mit jedem Jahr, das seither vergeht, bin ich mir weniger sicher, ob all dies wirklich geschehen ist.»

Nie hätte Rafael van Gouten gedacht, dass sein Dispatcher ihn einmal so bitter und traurig anblicken würde.

«Und vielleicht glaube ich dir, wenn du sagst, ein Kampfroboter hätte deinen Kollegen angegriffen. Wir haben unsere Gründe, wenn wir Dinge sehen, die andere nicht sehen. Aber wir sollten keinen Zirkus daraus machen.»

## 7° 43' WESTLICHER LÄNGE; 56° 48' NÖRDLICHER BREITE

«Salmis?»

«Oh, ja, mich juckt's schon den ganzen Morgen.» Kalle Ulfung zieht sich die Mütze vom Kopf, streicht die Haare aus der Stirn, zückt seine Geldbörse. Alles mit nur einer Hand.

«Was ist los? Schlaganfall?» Cecilia Pérez Gasca mustert ihn finster.

Sie kann nichts für ihre Blicke, das weiß Kalle. Schuld sind die wie Dolchklingen geschwungenen Brauen über ihren schwarzen Augen; schuld ist natürlich auch ihr Temperament.

«Muskelfaserriss», sagt er. Es klingt verwegener als Zerrung. «Bizeps.»

Pérez Gascas Kiosk liegt am Rand des Olympiabeckens, dem das Wasser fehlt, seit die *Nyx* Anfang November die Porcupine-Tiefseeebene und das milde Klima hinter sich gelassen hat. Die Mexikanerin führt Zigaretten aus Griechenland und argentinische Marzipanschweinchen, Hot Dogs, Trockenblumen, Zuckerstangen, Haarspangen, unter dem Ladentisch Rasierklingen und an Sonntagen deutsche Rostbratwürstchen mit Senf, auch wenn sie auf einer Kreidetafel, einem an der Kioskwand verschraubten Erbe eines ihrer Vorgänger, in verwitterten Buchstaben für *Sex, Drugs and Bacon Rolls* wirbt.

Pérez Gasca ist die Tochter eines Fischers aus Oaxaca, sie ist lang wie ein Maiskolben, ansehnlich wie die Blüten des Klatschmohns, aber viel zu scharfsinnig, als dass Kalle sich traute, sie länger als nötig anzuglubschen. Sie ist kein ganz junges Ding mehr, mit Mitte achtzig. Aber sie hat sich prächtig gehalten, obwohl Neider unterstellen, sie hätte auf operativem Wege nachgeholfen. Er weiß es besser. Nach drei verschwitzten Tropennächten, die sie vor Jahren in Cecilias Kabine mit Körper und Seele teilten, machte sie am taufeuchten Morgen des vierten Tages Schluss. Den Blick auf einen Zipfel Französisch-Polynesiens gerichtet, erklärte sie ihm unmissverständlich die Grundlagen ihrer beider zukünftigen Beziehung: «Männer brauche ich keine mehr.» Seither ist sie seine Potdealerin. Ist er ihr Stammkunde.

«Was ist los hier?», fragt er. «Hast du deine Kunden weggeekelt?»

«Die Grippe geht um. Das Wetter. Die Luft. So kann kein Mensch leben.» Die Dolchklingen über ihren Augen tanzen. «Das halbe Jahr ist Herbst, der Rest ist Wind. Wozu steuern sie immer wieder diese hässlichen Breitengrade an? Na? Um einen Teil von uns in der Kälte krepieren zu lassen.»

«Der Mensch braucht seine Jahreszeiten, sagen die Ärzte. Sonst wird er krank.»

«Hier sind alle schon krank.»

«Wir haben Kurs gen Süden genommen», sucht er sie zu beschwichtigen.

«Süden?», fährt sie ihn an. «Den Süden wird keiner von uns wieder erleben.»

Cecilia hat ordentlich was in der Bluse. Er stellt sich vor, wie er die kleinen Perlmuttknöpfe einen nach dem anderen öffnet und seine Hände auf ihren weichen, birnenförmigen Busen legt. Das Glücksgefühl, das ihn durchströmt, endet jäh. Beim Versuch, die bunte Papiertüte mit den Salmiakrauten aus ihrer Hand entgegenzunehmen, schießt der Schmerz durch seinen lädierten Arm.

«Sonst alles frisch, Ulfung?» Ihr Atem kommt in kleinen Wölkchen, so kalt ist es.

Er nickt. Versucht, frohgemut zu lächeln. «Und selbst?» Sie antwortet nicht.

Ja, wie geht es ihm wirklich? An einem Morgen, der ihn mit Schädeldröhnen geweckt hat, mit beunruhigenden Erinnerungen an den Abend zuvor? Halb aus dem Fenster hängend, hatte er sich einen Joint gegönnt. Dieses Spinnenviech war über die Wellen gelaufen, war die Schiffswand hinaufgerannt wie ein Gecko. Oder etwa nicht? Wie auch immer, er hat anschließend eine traumlose, eine glückliche Nacht verbracht. Keine Braut in Weiß hat ihm zugesetzt. Und jetzt fällt ihm der eigentliche Grund seines Besuchs bei Cecilia ein.

«Woher kommt das Zeug, das du mir verkaufst?»

«Aus Ballerup. Dänemark.»

«Erzähl keine Geschichten.»

«Wenn die Dänen nicht liefern, beziehe ich sie eben aus Finnland. Woher sonst sollen Salmis kommen?»

«Dein Gras. Bhangi. Macoña.»

Sie blickt ihn verwirrt an.

«Ganja. Mota. Yerba.» Er rattert es runter.

«María Juana?» Endlich begreift sie.

Er nickt. «Importware? Eingeschmuggelt? Heimanbau?»

«Passt es dem Herrn nicht? Ist er Besseres gewohnt?» Ihr Mund wird dünn, die Stimme schneidend.

«Nein, alles fein. Es haut nur mächtig rein.»

«Dann ist doch gut.»

An sechs Salmis gleichzeitig lutschend, wohl darauf achtend, dass ihm kein bräunlicher Speichelfaden aus den Mundwinkeln rinnt, sieht Kalle ihr dabei zu, wie sie Streichholzpackungen verschiedener Größe in der Auslage des Kiosks zu Türmchen stapelt. Ärzte haben ihm mehrfach geraten, seinen Salmiakkonsum einzuschränken. Zu viel Salz, Bluthochdruck. Auf die Nieren geht das Zeug auch.

«Sag schon.»

«Du bist ein sturer Bock, was?»

«Kann schon sein.» Er nimmt es als Kompliment.

«Nun. Das Kraut wächst auf den Hügeln KwaZulus.»

«Was?»

«Durban Poison. So nennen sie es.»

«Das erklärt einiges. Wer liefert dir das Zeugs?»

«Geht dich nichts an.»

«Es ist einer dieser Sudanesen, was? Jede Wette.»

«Geht dich noch weniger an.»

Das war's, er liest es ihr an den Augenbrauen ab. Berufsgeheimnis. Aber er würde noch erfahren, wer dieses knallgeile Marihuana auf die *Nyx* schaffte. Die Sudanesen regeln die Versorgung der Kiffer, importieren Khat, Pot, Speedbälle, Koks, das sie mit Backpulver mischen, und an Designerdrogen, was gerade so en vogue ist an Bord. Einstige Kindersoldaten, Milizen, die jetzt einbeinig und mit Krücken unterwegs sind, auf vergoldeten Prothesen. Oder high on dope über die Decks sausen, immer in den neuesten Rollstuhlmodellen von Gucci oder Dior, die Leisten verchromt, die Sitze mit Straußenleder bezogen.

Was er gestern Abend geraucht hat, war nicht dieses nutzlose medizinische Marihuana gewesen, das sie hier verschrieben bekommen, weil es befreit ist von psychoaktiven Substanzen. Wenig THC, jede Menge Cannabidiol. Weil es angeblich gegen Arthritis und Diabetes hilft. Ihm verursacht es bloß ein großflächiges Jucken im Schritt. Aber das darf er den Ärzten nicht erzählen, augenblicklich würden sie sich mit dem Skalpell auf seine Hämorrhoiden stürzen.

Kalle ist von neuen Kunden an den Rand des Kiosks gedrängt worden. Ihm wird kalt. Mit einem letzten Blick auf die tanzenden Dolche der Señora Pérez Gasca setzt er sich in Bewegung.

Auf den Promenadendecks herrscht Betrieb. Leute, die sich nach dem Frühstück die krummen Beine vertreten, ihre Verdauung in Gang setzen, weil über Nacht eingelegte Pflaumen alleine nicht reichen für einen ordentlichen Stuhlgang. Leute, die einen Höllenlärm sogar in seinen tauben Ohren machen, weil Holzplanken miesester Qualität ausgelegt worden sind. Unter jeder Nebelwolke verziehen sich die Bretter. Sie sind schuld an schweren Stürzen, an berstenden Oberschenkelhälsen, es folgt Lungenentzündung und Exitus, wieder ein Maul weniger zu füttern. Er hört sich selbst murmeln. Ein Wutgreis ist aus ihm geworden.

Er macht einen Schlenker, um sich in seiner Bankfiliale einen Kontoauszug zu besorgen. Er prüft, ob die Pension für den Dezember eingegangen ist. Seltsamerweise nicht. Während er zornig die Liste seiner Ausgaben kontrolliert, ist ihm danach, den seinen Weg kreuzenden Lieferrobotern eine zu verpassen, er gibt der Versuchung aber nicht nach. Denn so was kann jede Menge Ärger nach sich ziehen: diese dosenförmigen Dinger filmen alles, was um sie herum geschieht, 360-Grad-Kameras mit allen Schikanen, und wenn er Pech hat, holt er sich auch noch einen Stromstoß dabei.

Er stellt er sich ans Fenster eines arabischen Seniorentreffs.

Die Männer drinnen sitzen vor einer Reihe von Monitoren. Ab und an greift einer von ihnen zu einem Blatt Papier und macht sich Notizen. Kalle sieht ihnen eine Zeitlang zu. Ist er hier nicht schon einmal gewesen? Bei einer Tombola? Einem Kulturabend? Er fragt sich, ob Absicht dahintersteckt, dass er in letzter Zeit so vieles vergisst. Und ihm Absonderliches einfällt, das er längst vergessen glaubte.

Einer der bärtigen Männer hinter der Scheibe starrt ihn an, und er geht weiter.

Mühelos erinnert er sich an das, was er in den vergangenen Tagen getan und erlebt hat. Gesehen hat. Den Perlmuttschimmer des Haarreifs der Frau in der Kantinenschlange vorhin, das Lindgrün ihrer Wolljacke, das fahlgelbe Käsebrötchen aus der Frühstücksvitrine. Was er aber in den Jahren des frühen Jahrtausends erlebt und getrieben hat, wo er Neujahr gefeiert, mit wem er Bett und Tisch geteilt hat? Fällt ihm nicht ein. Ist verschüttgegangen. Ein böser Scherz seines Gehirns.

«Ich werde diese Schlafkur abbrechen müssen.» Er sagt es zweimal laut vor sich hin, um aus dem Vorsatz ein Versprechen zu machen.

Auf dem Schwimmdeck weht ihm in Höhe des Pools ein Schal vor die Füße. Weil er sich flauschig anfühlt und nach Orangenblüten duftet, macht er einen Schlenker und nähert sich den beiden schlafenden Frauen in den Liegenstühlen. Eine Zeitlang betrachtet er sie ganz ungeniert und findet, dass zumindest die kleinere der beiden, ein auch unter dem lächerlichen Poncho erkennbar zartgliedriges Wesen, die Kontaktaufnahme wert ist. Laut fragt er: «Dein Schal?»

Er erntet dumme Fragen und ein schnippisches Lächeln. Sieht man mal wieder, denkt er. Feine Damen. Nicht einmal von seinen Salmis mögen sie probieren. Aber die Kleine hat was. Ihr Gesicht hat sich die rosige Farbe der Jugend bewahrt. Hoher Blutdruck, glasklar.

Kalle nimmt eine Abkürzung durch eine Reihe von Zwischendecks. Hier hat das Tageslicht keinen direkten Zugang, es wird durch ein System von Spiegeln und Beleuchtungsstäben künstlich herbeigeschafft. Obwohl er schnell die Orientierung verliert, marschiert er stramm weiter. Es gibt schon genug Leute an Bord, die anderen orientierungslos im Weg stehen, blöd wie die Schafe.

Ausgerechnet in einem der engen Gänge, die so niedrig sind, dass man die Rauchmelder an der Decke mühelos aus dem Stand abdrehen kann, was natürlich total verboten ist, kommt ihm ein Alter entgegen, ein dürres Männchen im Overall.

Er hasst plötzliche Nähe zu Fremden. Zu fremden, morschen Männern. Und dieser Alte scheint auch noch zu torkeln. Er zieht sein rechtes Bein nach, und bei jedem zweiten seiner Schritte schlägt sein Oberkörper nach links aus, also genau in die Bahn Kalles hinein. Panisch beginnt er zu rechnen, mit welcher Schrittfolge er dem Kerl wird ausweichen können.

Als sie einander kreuzen, Kalle bloß ein gemurmeltes «Rück mir von der Pelle, Trottel» ausschickt, weil er damit beschäftigt ist, eine Berührung zu vermeiden, öffnet sich der Mund des Mannes. Zwischen blassen, beinah farblosen Lippen stößt eine blaue Zunge hervor und zuckt obszön vor und zurück. Bloß weg, denkt sich Kalle. An was hat der denn gelutscht?

Sobald er vor einem der Feuerlöschschränke steht, deren polierte Metalltüren sich zur Not auch als Spiegel eignen, streckt er die Zunge aus. Sein erster Schreck legt sich, als er begreift, dass an ihrer teerbraunen Färbung einzig und allein die Salmiak-Rauten schuld sein können.

## 7° 43' WESTLICHER LÄNGE; 56° 48' NÖRDLICHER BREITE

Das weiß-blaue Absperrband hilft, Neugierige fernzuhalten, gegen den Geruch aber ist es machtlos. Ein süßlicher Gestank füllt den Gang, ein elender Gestank von Verwesung, von verrottetem Fisch, und mit jeder Kabinentür, die sie auf ihrem Weg hinter sich lässt, wird er beißender.

«Den Totenschein stelle ich dir von hier aus», bellt Polly Sutter. Ich will es nicht wissen. Ich will es mir gar nicht erst ansehen.

Der Feuerwehrmann, der Wache hält, sieht blutleer aus, hilflos jung. Du bist von Nachbarn gerufen worden, weil es seltsam roch im Flur, denkt sie. Dann verräterisch stank. Du hast die Kabinentür mit einem Brecheisen aufgestemmt, weil eine Schlüsselkarte auf die Schnelle nicht zur Hand war und du dich ein kleines bisschen aufspielen wolltest vor den Alten, kein Wunder, wer nimmt dich hier ernst, keine fünfundzwanzig bist du, oder? Und obwohl du längst wusstest, dass es auf ein paar Minuten nicht ankommt, hast du eine Welt betreten, die du nie hast betreten wollen. Du hast dich erbrochen, in einem Schwall, ich kann die ockergelben Reste von Kotze auf deiner Hose sehen, auf dem Leder deiner Arbeitsstiefel.

Wortlos stehen sie nebeneinander. Die Nummer auf der Kabinentür ist 76 649, Quersumme 32, iterierte Quersumme 5, das ist nicht gut. Als sie sich bereit fühlt, streift sie Handschuhe über, schiebt die Atemmaske über Nasenrücken und Mund, reißt die Tür auf und tut einen langen Schritt.

Die Kabine ist klein und eng, gerade groß genug für ein Bett, Nachttisch und Sessel, ein Regal mit achtundzwanzig Büchern. Ein Ventilator dreht sich langsam an der Decke und verteilt heiße Luft im Raum. Die Tür zum Bad steht offen. Durch einen Spalt scheint gelbliches Licht auf eine Wand voller Fotos. Es sind fünfzehn, und das Glas ihrer Rahmen ist von Feuchtigkeit beschlagen. Sie geht weiter.

Das Wasser hat die Kopfhaut des Mannes aufgeweicht und die Gesichtshaut in eine käsige Substanz verwandelt. Seine Haare sind ausgefallen und treiben in grauen Büscheln im milchigen Wasser. Die Leiche ist so aufgeschwemmt, dass sie in der Wanne festzustecken scheint.

In der äußersten Ecke der Badezelle geht sie in die Knie. Sie lässt den Kopf sinken und schließt die Augen. Ein paar Minuten verharrt sie so. Sie lauscht ihrem Atem in der Maske. Es kommt ihr vor, als dringe der Duft von vergammelten Früchten durch den Filter ein.

Langsam richtet sie sich auf, hebt tastend ihren Arm auf den Rand der Wanne und öffnet die Augen.

Das aufgedunsene Gesicht ist all seiner Züge beraubt. Glasige, nahezu pupillenlose Augen quellen aus den Höhlen hervor. Die Hornhäute sind trüb und haben ihren Glanz verloren. Die linken Backenzähne liegen frei. Du armer Mensch, denkt sie. Sie streckt die Hand aus. Ihre Finger nähern sich dem Knie des Toten, das wie eine Insel kreideweiß aus dem Wasser hervorsteht. Sie will ihn berühren, den Ekel und die Schrecken bannen, die sein verfaulter Körper ihr einjagen.

«Mit Wasserleichen weißt du umzugehen, was?»

Polly erstarrt in der Bewegung und zieht ihre Hand zurück, ertappt wie eine Diebin.

Sie erkennt den Mann an seiner Stimme, auch wenn sie jetzt, gedämpft durch eine Atemmaske, tiefer klingt. Er ist höflich, charmant gewesen. Präzise und konzentriert. Sie ist ihm an ihrem ersten Tag an Bord der *Nyx* begegnet. In einer Marineuniform sieht sogar der Engländer anziehend aus, hat sie gedacht. Ein pompöser Name hat das Schild auf seiner Brust gefüllt: Michael Philip Neville Nelson. Jetzt steht er in ausgebeulten Jeans vor ihr, der ein paar Nummern zu große Kittel hängt lose an seinem schmalen Körper und lässt ihn schmächtiger aussehen als in Uniform.

«Ein schrecklicher Anblick», sagt er.

«Ja», sagt sie. «Nein.»

«Ja? Nein? Ich verstehe dich. Solch ein Anblick bringt uns durcheinander.» Seine Stimme klingt professionell mitfühlend. Er sieht aus wie ein alternder Rockstar, der längst auf die harten Drogen verzichtet. Er achtet auf seine durchtrainierte Figur, er tönt das Grau aus seinem Haar, und sein Gesicht ist auf eine anziehende Weise zerfurcht. Jede seiner Falten steht für ein Dutzend Liebschaften, denkt sie, ein Mann, der in jungen Jahren die Frauen flachgelegt hat wie Servietten, der jetzt mit sanfter Stimme sagt: «Ein Speckwal.»

Sie sieht verständnislos zu ihm hoch.

«Wir finden öfter mal solche wie ihn. Nimm mir meine Worte nicht übel. Aber so nennen wir Leichen in seinem Zustand. Eigentlich ist es streng verboten, so abzutreten wie er hier. Mit welcher Strafe aber wollen sie einem Todessehnsüchtigen Angst machen?» Er tritt einen Schritt vor. «Die Badewanne ist ihr liebster Ort zum Sterben. Es ist so warm. Ein letztes Mal wirklich warm. Ich würde es genauso machen.» In der feuchten Luft klingen seine Worte wie Rufe aus dem Nebel.

Sie weiß nicht, was sie erwidern soll. Noch immer kniet sie auf einer Badematte vor der Wanne. Sie hat das Gefühl, unter ihrer Maske zu ersticken.

Die Enge des Raumes wird ihr unerträglich.

Nelson beugt sich vor und sieht sich den Toten an, als sei dieser ein faszinierendes Gemälde, ein vielsagendes Kunstwerk an der Wand eines Museums. «Wie alt?» Er kreist mit der Hand über dem Kopf der Leiche. «Was denkst du?»

«Achtzig? Älter?»

«Man kann es ihm nicht an seinen Augen ablesen, oder?» Er sieht sie traurig an und zeigt auf die gelbweißen Augäpfel, die aus ihren Höhlen zu drängen scheinen. «Ich fahre schon ein Leben lang über die Meere. Ich habe nie darum gebeten, aber ich habe viele dieser Leichen ansehen müssen. Der Mensch gehört aufs Land. Spätestens beim Sterben.»

Sie konzentriert sich auf die Hände des Toten, auf jene hellen zartrosa Flecke an den Fingern, wo sich die Nägel gelöst haben. Sie kann sie in der milchigen Brühe, in der die Leiche liegt, nicht entdecken.

«Wie lange liegt er hier schon, was glaubst du?»

«Ich bin keine Forensikerin.» Sie zögert. «Ich weiß nicht viel über den Tod im Wasser. Sechs Tage vielleicht. Acht Tage?»

«Nicht schlecht. Die Casper'sche Regel ist dir geläufig?»

Sie nickt. Eins. Zwei. Acht. An der Luft zerfällt eine Leiche zweimal schneller als im Wasser und achtmal schneller als vergraben im Erdreich.

«Ja, das hier wird aus uns in sieben, acht Tagen», sagt er. «Sieh mal, hier ...» Er langt über ihre Schulter und wandert mit dem Finger durch die Luft. «Waschhautbildung. Schrumpfung der Brustwarze. Schrumpfung der Haut des Skrotums.»

Etwas in ihr sträubt sich gegen die nüchterne Auflistung, mit der Nelson den Prozess der Verwesung schildert.

Draußen im Flur poltert es.

Sie erhebt sich. Ihr schwindelt kurz. Jetzt, als sie viel zu nah vor ihm steht, sieht sie, dass er kleiner ist als sie.

«Wieso hat das niemand bemerkt?»

«Wenn es darum geht, endlich sterben zu können, werden die Leute findig. Ich nehme an, er hat an seiner Zimmerkamera gebastelt. Der alte Trick all jener, die sich ein wenig auf Technik verstehen und nicht beobachtet werden wollen in ihren letzten Stunden.»

«Wird hier jeder per Kamera überwacht? Jede Kabine?»

«Nein. Nicht du, nicht ich. Nicht das Personal. Aber die Patienten. Die Insassen. Unsere Gäste. Auch dieser hier wird dafür gesorgt haben, dass seine Kamera die ewig gleichen Bilder an die Zentrale geschickt hat, eine Endlosschleife friedlichen Kabinenlebens. Manchmal bemerken sie es, manchmal nicht.»

«Sie? Wer sind sie?»

Er sieht Polly neugierig an und so, als amüsiere ihn etwas an ihr. «Die Leute, die stundenlang auf Monitore starren. Oder die Überwachungsprogramme, Maschinen, die kleine Abweichungen von der Routine registrieren. Die Alarm schlagen, wenn einer der Alten gegen seinen Bettpfosten stürzt. Ein Seil knüpft. Sich seit zwanzig Minuten nicht rührt.»

Sie hören Stimmen von draußen. Rufe.

Nelson macht kehrt und geht, ohne noch einmal auf die Leiche zu sehen.

Der Spiegel, vor dem sie steht, ist beschlagen. Sie sieht sich selbst als graues Gespenst ohne Gesichtszüge. Plötzlich wieder allein in Gegenwart der Leiche zu sein bedrückt sie. Sie folgt Nelson.

Er steht im Gang und redet mit zwei Männern in blauen Overalls, die gekommen sind, den jungen Feuerwehrmann abzulösen. Eine Deckenlampe hängt knapp über seinem Kopf und rieselt grünstichige Sprengsel in sein helles Haar. Noch immer sieht der Junge elend blass aus, und hielte nicht sein Kollege ihn in Schulterhöhe, würde er vielleicht umfallen.

Unschlüssig rückt sie von den Männern ab und sieht sich im Gang um. Zwischen Inseln dämmerigen Lichts macht sie rissige Linoleumböden aus, das schmutzig verfärbte Holz der Handläufe, die an acht Stellen ganz fehlen. An allen Türschlössern erkennt sie im Vorbeigehen Kratzspuren. Orte wie dieser sind ihr bei der Einweisung nicht vorgeführt worden. Sie sagt: «Hier sieht es verwahrlost aus.»

«Wer auf diesem Deck wohnt, kann sich Besseres nicht leisten.» Nelson spricht leise, nur für ihre Ohren. «Keine Fenster, kein Ausblick aufs Meer.»

Am Ende des Flurs sieht sie hinter dem Absperrband ein paar der Alten stehen.

«Was geschieht jetzt mit ihm?»

Nelson sieht aus, als müsse er überlegen, von wem sie da spricht. «Er wird abgeholt. Solche Dinge erledigen wir zwischen drei und vier Uhr morgens.»

«So lange soll er hier noch liegen? In seiner Wanne?»

«Ihm tut es nicht weh. Aber kein Einziger derjenigen, die dort vorne stehen, wird mit eigenen Augen sehen wollen, was aus ihrem Nachbarn in Kabine 76649 geworden ist. Der Tod wird an Bord dieses Schiffes nach Möglichkeit vertuscht. Vor allem, wenn er so hässlich daherkommt. Das ergibt Sinn, oder?»

Sie will sich nicht en détail ausmalen, wie schwierig es sein wird, den aufgequollenen Leichnam aus seiner Wanne zu bergen. «Was macht ihr mit den Toten? Wer untersucht sie?»

«Wir selber. Die chemisch-toxikologische und die feingewebliche Untersuchung erledigen meine Assistenten und ich. Den Luxus eines Forensikers leistet man sich an Bord dieses Schiffes nicht.»

«Das kann nicht sein. Ihr habt keine Mittel für eine kriminologische Untersuchung an Bord?»

«Wie stellst du dir das vor?» Nelson sieht sie verwundert an. «Sollen wir etwa die Polizei des Landes zu Hilfe rufen, vor dessen Küste wir gerade kreuzen? Wir liegen hier vierzig Seemeilen vor den südlichen Hebriden. Da kannst du lange und laut rufen, ein paar Schafe würden die Ohren spitzen. Aber kein Gerichtsmediziner wird kommen. Nicht wegen dieses Kerls in seiner Wanne. Er ist ein gewöhnlicher Todesfall.»

Sie haben sich weit genug von der Kabine entfernt, um die Atemmasken vom Gesicht nehmen zu können. Noch immer hängt Leichengeruch in der Luft, aber nun kommt eine Note dazu. Nelsons Aftershave riecht nach frischem Heu.

«Wer kümmert sich um die Verbrechen? Um die Morde?»

«Gibt's hier kaum. Für spezielle Situationen haben wir unsere eigene Polizei an Bord, eine Eingreiftruppe.»

«Und das reicht?»

«Es gibt vier Kategorien, nach denen wir klassifizieren: Ereignisse, Unfälle, Notfälle und Krisen. Eine Geburtstagsparty ist ein Ereignis. Wenn die Besucher der Party sich prügeln, ist es ein Unfall. Wenn sich sie zusammenrotten, ist es ein Notfall. Wenn jemand bei dem Aufstand stirbt, haben wir eine Krise.»

«In welche Kategorie fällt dieser Mann in seiner Wanne?»

«Freitod, tragisches Unglück.» Nelson sieht sie an wie ein Lehrer seine zu neugierige Schülerin. Er schüchtert sie ein. Sie starrt auf die kräftigen schwarzen Haare, die aus seiner Nase wachsen.

«Beim Badewannentod sind fast immer Herz- und Kreislauferkrankungen die Ursache, manchmal ist es ein Schlaganfall. Epilepsie. Ein Stromschlag. Vielleicht hat er sich besoffen oder ist in zu heißes Wasser gestiegen? Nein, ich denke nicht. Er hat seine Tür von innen verschlossen und sie mit Klebeband abgedichtet. Er wollte sterben. Und ich werde herausfinden, wie er das angestellt hat.»

Ihr wird schwindlig. Schon die ganze Zeit ist ihr speiübel, aber erst jetzt bemerkt sie es.

«Was ist? Du siehst blass aus.»

«Nichts», sagt sie und zählt die Knöpfe auf seinem Kittel. Acht. «Mir dreht sich der Magen.»

«Wir werden seekrank, wenn die Härchen und Kristalle in unseren Ohren nicht mehr wissen, wo oben, wo unten ist. Manche Leute werden nie seekrank, andere gewöhnen sich daran. Sogar erfahrene Segler kann es erwischen, ist mir auch schon passiert.» Er lacht. «Man reihert und reihert und kann sich nicht erholen, solange man unter Deck steckt.»

«Dann gehe ich jetzt besser. Bevor ich kotze.»

«Lass dir auf der Station Tropfen geben. Scopolamin.»

Natürlich. Er muss das letzte Wort haben.

Noch beim Weggehen ruft er ihr hinterher: «Du hast Glück. Männer leiden stärker unter der Seekrankheit als Frauen. Und häufiger.»

## 7° 44' WESTLICHER LÄNGE; 56° 44' NÖRDLICHER BREITE

Es ist eine rostig knirschende Rolltreppe, die Kalle Ulfung auf dem Gartendeck ins Freie entlässt. Hier oben prallt die Salzluft ein paar Grad kälter gegen sein Gesicht, Schneeflocken tanzen aus allen Richtungen herab, sogar vom Boden steigen sie auf, und er ist froh, seine alten Fußballstiefel geschnürt zu haben. Sie geben Halt auf der dünnen Schneeschicht, und ihre Aluminiumstollen klacken die Erkennungsmelodie eines Schwarz-Weiß-Films, der auf den Bolzplätzen seiner Kindheit spielt. Er sagt sich: Wenigstens die frühen Erinnerungen sind mir geblieben.

Die Barra-Passage haben sie in der Nacht hinter sich gelassen, und am Horizont ragen ein paar unbehauste Landflecken aus dem Wasser. Kalle geht mit dem Wind. Immer wieder mal hebt eine Bö hinterrücks seine Tweedmütze an. Vielleicht weil es ein kalter und feuchter Morgen ist, es hier oben auch stürmisch zugeht, begegnet er minutenlang keiner Menschenseele. Der durchschnittliche Insasse der *Nyx* führt mindestens einmal pro Woche seinen Rollator hier oben spazieren, weil kein Deck überzeugender an die guten alten Festlandzeiten erinnert als Deck 44.

Bald kommen die blattlosen Weißdornhecken der ersten Gartenparzellen in Sicht. Die meisten der Beete sehen verwahrlost aus, die Gläser der wenigen Gewächshäuschen sind blind von Tropfwasser und Algenschlieren. Vor einem der Laubengänge schlägt er einen Bogen um eine riesige tote Möwe; sie liegt in einer Pfütze, ihr fehlen die Augen.

Der Wind quetscht sich in seine Ohren. Kalle schraubt am Rädchen seines Hörgeräts, bis das Sausen verstummt. Kurz glaubt er, den weiten Weg umsonst gemacht zu haben, da entdeckt er den Rücken eines Mannes. Er kniet auf allen vieren und scheint, den Kopf voran, im Gestrüpp festzustecken. Alarmiert legt Kalle eine schnellere Gangart ein, entspannt sich aber, als er erkennt, dass Paul Packer nur mit Johannisbeergestrüpp kämpft.

«Du bringst es einfach nicht, Packer», ruft Kalle dem Rücken und einem kahlen Hinterkopf zu.

«Ausreißen, ausgraben, mähen, mulchen – ich habe alles versucht», kommt die genuschelte Antwort.

Erst jetzt sieht Kalle die gelben Flecken im Beet, Rosetten gefiederter Blätter sprenkeln den kargen Sandboden. «Was ist das?»

«Jakobskreuzkraut. Das Zeug kommt immer wieder. Es ist echt gruselig.»

Paul Packer lässt sich von Kalle in die Senkrechte ziehen. Er trägt ein rosa Hemd und Steppweste, Cowboystiefel und eine weiße Hose, die in Kniehöhe matschbraun verfärbt ist. In seinem Gürtel hängt eine Sichel.

«Ich dachte, es wär 'ne gute Idee, es im Sortiment zu haben.»

Das Unkraut, schön anzuschauen, grün und saftig, obwohl spät im Jahr, ist auf dem besten Weg, auch die Nachbarparzelle zu erobern. Einzig ein hoch aufgeschossener Pilz, dessen braunvioletter Hut lackledern glänzt, scheint sich derart umzingelt wohlzufühlen.

«Salmis?», fragt Kalle.

«Die helfen mir auch nicht mehr. Ich bin erledigt.»

Kalle sieht ihn fragend an.

«Das macht der Südsüdwest. Und die Frau aus 3738. Mir gegenüber. In der Nacht hat sie Rattengift geschluckt. Der Notarzt hat sie geholt. Eine nachdenkliche Irin. Von dieser Sorte gibt es wenige. Ich glaube nicht, dass ich sie wiedersehen werde.» Packer stampft Erdklumpen von seinen Cowboystiefeln.

Kalle kommt es vor, als verstehe er nur die Hälfte dessen, was Packer ihm da erzählt. Ihm fällt ein, dass er sein Hörgerät gedimmt hat. «Rattengift?», fragt er, um sicherzugehen.

«Der Sanitäter hat es mir geflüstert. Wir leben schließlich auf einem Schiff. Wenn man an den richtigen Stellen sucht, wird man irgendwann fündig.»

Packer ist ein schmaler Mann mit gelbsträhnigem, sorgsam zerzaustem Haar und einer chronischen Stimmbandentzündung. In jungen Jahren hat er an der Lancaster University geforscht und einen Teil seines Lebens mit der Suche nach dem Gottesbeweis vergeudet. Seine Professur wurde ihm entzogen, nachdem unter seiner Leitung ein Dutzend Theologiestudenten Kapseln mit dem weißen Pulver eines halluzinogenen Pilzes geschluckt hatten.

«Was ist mit deinem Arm?», fragt Packer.

«Was soll damit sein?»

«Er hängt. Sieht übel aus.»

«Bizeps. Liegestütze. Mein Military-Fitnessprogramm hat so seine Tücken.»

«Nimm dich in Acht. So was verschleppt sich. Du solltest zum Arzt gehen.»

«Mach ich, wenn ich tot bin.» Kalle ist kategorisch.

Den Schrebergarten haben er und Packer gemeinsam ersteigert, als vor Jahren Muttererde für über zweihundert Parzellen auf Deck 44 ausgeschüttet wurde, weil bekanntermaßen nichts der Gesundheit förderlicher ist als die Arbeit im Grünen. Anfangs haben sie mit einer Tomatenzucht Erfolg gehabt, auch Rettich angepflanzt, dann aber ist ein mexikanisches Fleckenvirus über die Gärten der *Nyx* hergefallen. Ernüchtert und auf Drängen Packers haben sie sich auf den Anbau von Bleiwurz, Rotem Fingerhut und Gefleckten Aronstab, von Bilsenkraut und Jakobskreuzkraut spezialisiert, wohl wissend, dass deren Alkaloide, Polyine und Aroine bei genauer Dosierung zum Exitus führen, zu jenem Zustand also, den so mancher an Bord herbeisehnt. Der Freitod ist auf der *Nyx* offiziell verboten.

Solange sie nicht Hanf anbauen oder Klatschmohn, bekommen sie keine Scherereien. Die Kontrollgänger sind hüfthohe Monitoring-Roboter, dumme Kästen auf Stelzen, die mit ihren Mandelaugen gerade noch eine Brennnessel vom Hanf unterscheiden können.

Kalle greift in seine Jackentasche und hält Paul eine daumengroße Portion des Marihuanas vor die Nase. «Woher kommt das?»

Packer zerreibt ein paar Krümel zwischen den Fingern und schnuppert. Ein Bröckchen schiebt er sich in den Mund. «Outdoor», sagt er.

«Keine Growbox?»

«Zu süß. Zu erdig. Anis.» Er schließ die Augen und lässt seine Zunge rollen.

Angeber, denkt Kalle. Er fragt: «Mexiko?»

«Südafrika. Swasiland.»

Ein Schuss knallt.

Vor Schreck stolpert Kalle seitwärts aufs Beet. Der Boden federt feucht und schwammig unter seinen Fußballstiefeln.

«Verdammte Belgier.» Packer flucht mit krächzender Stimme. Das Marihuana rieselt ihm aus der Hand.

Jetzt sieht Kalle sie: Ein Trupp von Männern in grün karierten Leinenjoppen hat sich mit Gewehren auf einer der Ausbuchtungen versammelt, die weit über die Bordwand der *Nyx* hinausragen und für raumgreifende Freizeitvergnügungen wie Boccia oder Curling dienen, an windstillen Sommertagen für Federball.

Kalle hört Kommandorufe, Ready, Pull, ein dumpfes Wummern, kurz folgt sein Blick dem Flug einer roten Scheibe, bis wieder ein Schuss knallt und Trümmer durch die Luft segeln. Dem Treffer folgt ein Johlen der Männer.

In waghalsig gebückter Haltung – Hexenschuss gehört zum Altern wie Falten auf der Stirn – sammelt Kalle auf, was sich vom verschütteten Marihuana noch finden lässt. Gemeinsam schlendern sie in Richtung der Männer mit den Flinten.

Beim Näherkommen erkennt er, dass sie alle Ohrenschutz tragen und einen Apparat umstehen, der aussieht wie eine Flak-Batterie. Einer der Männer tritt an die Reling und klappt seine Flinte auf. Ihre dicken Läufe liegen übereinander, und Kalle überlegt, dass es sicherlich kein Kunststück ist, Tontauben oder fliegende Untertassen mit solch einer Kanone vom Himmel zu holen.

Ready. Pull. Wieder wird eine Scheibe in die Luft geschossen. Knall, Treffer, Trümmerregen.

«Ist es nicht unheimlich befreiend?», brüllt der Schütze in die Runde, führt seine Doppelflinte zum Mund und gibt ihr einen Kuss. Er sollte an seinem Auftreten arbeiten, denkt Kalle, seine Khaki-Hosen sind kindisch kurz, und dann auch noch diese Ringelsocken. Dem nächsten Schützen quillt schneeweißes Haar unter seinem federgeschmückten Hut und dem Ohrenschutz hervor. Der Mann sieht aus wie eine Eule.

«Ich wurde als Jäger geboren», sagt er, als sein Opfer noch in Einzelteilen niedertrudelt. Er klappt das Gewehr auf, fängt die Hülsen auf und pfeffert sie in einen Blecheimer.

Von einer wackligen Sitzbank aus verfolgen er und Packer die Jagd auf die Keramikscheiben mit schwindender Faszination. Anfangs freut sich Kalle für jede der leuchtend roten Scheiben, die unversehrt und lebensfroh in den Horizont davonsegelt. Als ihm von unten her eine klamme Kälte an den Hintern greift und er sich ohne Worte mit Packer darüber verständigt, den Rückzug anzutreten, löst einer der Männer sich aus der Runde und tritt auf sie zu. Es ist die Eule.

«Wollt ihr auch mal?» Er hält ihnen seine Flinte entgegen.

«Nee, lass mal. Mein Arm ist im Eimer.»

«Ich will», sagt Packer und schlenzt lässig in Richtung Katapult.

«Laden, zuklappen, konzentrieren, schießen. Ist ganz einfach.»

Der Diskus schießt in die Luft, Packer drückt ab, der Diskus fliegt weiter.

Packer hält sich die Schulter. Es tut weh, das ist seinem Gesicht anzusehen.

«Der Rückstoß einer solchen Flinte ist gewaltig», sagt die Eule. «Der Kniff besteht darin, Teil des großen Ganzen zu werden. Das Gewehr zu einem Körperteil wachsen lassen. Instinktiv abzudrücken. Vor allem: Mach nie die Augen zu beim Schießen!»

Packer gibt sein Bestes. Und diesmal erreichen seine Kugeln ihr Ziel. Oder doch nicht?

Die Scheibe ist getroffen, aber sie zerbirst nicht, sondern scheint sich zu teilen, und während die eine Hälfte unbeirrt vor dem Himmelsgrau rotiert, taumelt ihr Zwilling durch die Luft, stürzt ab, fängt sich, ändert abrupt die Flugrichtung und schießt direkt auf den Trupp zu. Bevor einer von ihnen einen Laut von sich geben kann, prallt sie krachend auf das Katapult und bleibt dort zwischen zwei Röhren der Abschussvorrichtung hängen.

Kalle ist der Erste, der sich vom Schreck erholt. Langsam tritt er näher heran, widerwillig und immer noch verschreckt, seine Neugierde aber siegt.

Das Ding, es hat die Größe eines stattlichen Vibrators, ist sichtbar von Schrotkugeln gezeichnet. Kleine Antennen stehen schräg vom einen Ende ab. Es zirpt.

«Ein fliegender Fisch», sagt der mit der Khaki-Hose.

«Ein segelnder Dildo», sagt die Eule.

«Eine Drohne», sagt Packer. Furchtlos streckt er die Hand aus und pikst den Flugapparat mit der Spitze seines Zeigefingers an. «Ich habe eine Drohne vom Himmel geschossen.»

«Echt super was los heute», sagt Kalle, als er einen plötzlichen Druck auf seiner Blase spürt. Die Aufregung der Holländer und seines Freundes nutzend, zieht er sich in Richtung der Gartenparzellen zurück, nimmt Stellung hinter einer hüfthohen Wassertonne, öffnet einhändig den Reißverschluss seiner Hose und nestelt seinen Wurm hervor. Erleichtert lässt er Wasser und stellt beinah andächtig fest, dass sein Pissstrahl bis zu einer schwarzen Nacktschnecke reicht, die sich an den zart-zittrigen Blättern eines Grünkohls labt.

## 8° 56' WESTLICHER LÄNGE; 55° 16' NÖRDLICHER BREITE

Ihre Duschkabine riecht streng nach Plastik und Desinfektionsmittel, Polly Sutter ist glücklich darüber. Das heiße Wasser rinnt ihr über Kopf und Nacken und schlägt trommelnd gegen das Plexiglas. Der späte Nachmittag ist eine gute Zeit zu duschen, hat der Zimmeroffizier ihr geraten, das Wasser bleibt länger heiß als am Morgen, da kann es nach einer Minute schon kalt werden.

Als sie bemerkt, dass die aufgeweichte Haut ihrer Fingerkuppen sich zu kräuseln beginnt, steigt sie aus der Dusche. Sie sucht ein Nachthemd aus ihrem noch gepackten Koffer, zieht es über, hört sich dabei keuchen und merkt, wie erschöpft sie ist, der Körper bleischwer, kaum imstande, die sechs Leitersprossen zu ihrem Bett zu erklimmen.

Obwohl sie sofort in den Schlaf fällt, hält sich ein winzig kleiner Teil ihres Bewusstseins wach. Es ist jener Teil, der nicht will, dass der gärende Leichnam in seiner Wanne sie in Träumen aufsucht, jener Teil, der empört fragt, welcher Teufel ihr eingeflüstert hat, sich für zwei Jahre als Schiffsärztin zu verpflichten. Seltsame Patienten behandelt sie hier. Am Abend kam eine Frau und klagte über eine Wasserader unter ihrem Bett.

Als sie erwacht, ist mit dem Tageslicht auch ihre flaue Übelkeit verschwunden. Ich habe geschlafen wie eine Katze, denkt sie, alarmbereit. Man hat mich in einer Kajüte untergebracht, wie ich sie mir vorgestellt habe, wenn ich davon träumte, eines Tages über das Meer zu reisen.

Polly hat sie abgeschritten: Sie misst drei Komma sechs mal drei Komma sechs Meter, macht zwölf Komma neun sechs Quadratmeter und die Quersumme achtzehn. In diesem Quadrat ist ein Kleiderschrank mit Platz für zehn Bügel untergebracht, eine Küchenzeile mit Doppelkochplatte, ein Tischchen, zwei Stühle. Der Ankleidespiegel, der die Tür des Kleiderschranks bildet, vergrößert die Kabine optisch, doch er erschwert ihre Bemühungen, den Raum im Geiste mit einem imaginären Strahl zu vermessen. Das Kojenbett ist geräumig, aber die Decke mit ihren neunundvierzig Kunstholzpaneelen hängt niedrig über Pollys Kopf. In der Nacht zeichnet der Rahmen der Kabinentür ein haarfeines Rechteck in die Dunkelheit. Das Tageslicht scheint durch ein großes Bullauge, das beim Öffnen knirscht und dessen Scheibe dick ist wie Panzerglas.

Die Nummer der Kabine ist 271 829. Alles in Polly zieht sich zusammen, sobald sie auf die Zahlen über ihrer Tür blickt. Sie werden Unglück über mich bringen, denkt sie. Merkt denn niemand hier, wie rücksichtslos die Neun alle Harmonie zerstört? Wie sie in ihrer verbogenen Plumpheit den glorreichen Pfad zur Euler'schen Zahl verbarrikadiert?

Auf dem Deck wohnt auch anderes Dienstpersonal. Außerdem hat sie Werkstätten für Zahntechniker und Orthopädiemechaniker entdeckt, eine Tischlerei und einen Stauraum, aus dem es nach verschmortem Plastik riecht.

Wenn ich unter zu heißem Wasser dusche, spüre ich ein Brennen in meinem linken Daumen, dort, wo mir der Mikrochip implantiert wurde. Von meiner Gesundheitsoffizierin habe ich erfahren, dass seine Sensoren meine Position alle zehn Sekunden an die Effektivitätsbeauftragte meiner Station melden und aufzeichnen, wie viel Zeit ich für meine Visiten brauche, um einen Patienten zu fixieren oder eine Magensonde zu legen. Wie lange ich in der Wäschekammer herumstehe oder in der Küche vor der Kaffeemaschine sitze und versuche, die Tropfen zu zählen, die aus dem Filter hervorquellen. Sie wissen sogar, ob ich meine Hände oft genug desinfiziere und wie gründlich ich das tue.

Ich habe meinen Vorgesetzten Nelson gefragt, warum sie all dies so genau wissen wollen. Ich bekam zur Antwort, dass es nicht darum gehe, uns zu überwachen, abzustrafen, zu maßregeln. Sondern darum, zu helfen, zu fördern, besser zu führen. Jedes Mal, wenn wir uns bei der Arbeit begegnen, ist er noch charmanter.

Die Entfernungen auf diesem Schiff sind beträchtlich. Ich werde mir in den nächsten Tagen einen Kompass anschaffen müssen, denn mein Arbeitsweg führt mich über Decks, die eines dem anderen ähneln, und nie kann ich mir der Himmelsrichtungen sicher sein. Am Morgen bin ich im Gewirr zweier menschenleerer Treppenhäuser tatsächlich vom Weg abgekommen. Um mir Orientierung zu verschaffen, lehnte ich mich über das Geländer und blickte unvermutet in einen Schacht, der so tief war, dass man an seinem Ende den Eingang zur Hölle vermutet.

Auf einmal merkt sie, dass sie all dies nicht für sich selbst aufzählt, keine Zwiesprache hält mit Polly Sutter, sondern im Geiste einen Brief schreibt, an eine andere.

Sie steigt aus dem Bett, tastet im Dunkeln nach dem Kleiderhaufen mitten im Raum, zieht mit spitzen Fingern ihr Telefon aus der Tasche ihres Kittels. Sie tippt auf Wahlwiederholung. Noch bevor es am anderen Ende klingelt, bricht sie ab. Sie kann diesen Tonfall von schlecht unterdrücktem Schuldgefühl in Kristins Stimme nicht ertragen. Sie hat sie doch längst an eine andere verloren. An eine Frau, die schöner ist, jünger, die nicht immer zählen muss.

Um Mitternacht zieht sie einen frischen Kittel an, kämmt mit sechzehn Strichen ihre Haare, sucht Gummihandschuhe und Atemmaske zusammen. Taschenlampe. Mikrokamera. Ja, sie hat noch zu tun. Sie ist von Michael Philip Neville Nelson bei ihrer Arbeit unterbrochen worden.

Die Tür der Kabine wurde versiegelt. Wen schert es. Sie ist es dem Mann in seiner Wanne schuldig. Sie untersucht einen Todesfall, das ist unaufschiebbar. Ihr fällt ein, was sie von einem Rechtsprofessor über das Erscheinen eines Polizisten am Tatort gelernt hat. Auch für die Kriminalistik gilt die Unschärferelation des Physikers Werner Heisenberg: Je genauer man eine Sache untersucht, desto unschärfer müssen andere Bilder werden.

Sie wird sich also von der Peripherie aus ins Zentrum vorwagen und einfach nur mal über die Dinge hinwegschauen. Um sich zu vergewissern. Zu beruhigen.

Ein Kameraauge kann sie nirgends entdecken. Es wird geschickt versteckt sein, überlegt sie. Und irgendein Mensch beobachtet mich jetzt, vielleicht analysiert auch eine Maschine meine Bewegungen, die tapsig sind, geräuschlos, ängstlich. Wenn sie jedoch Glück hat, dann spult weiter eine Endlosschleife falsche Bildsequenzen auf die Monitore der Überwacher.

Die fünf Oberhemden im Schrank sind akkurat gestapelt, die vier Hosen und vier Krawatten hängen den Farben nach geordnet, die Unterwäsche liegt sorgfältig zusammengelegt. In den Schubladen Manschettenknöpfe und Briefe in hauchdünnen blauen Luftpostumschlägen, vor langer Zeit geschrieben. Wer jahrelang nur wenige Quadratmeter für sich und seine Habseligkeiten zur Verfügung hat, hält Ordnung.

Im Lichtkegel ihrer Taschenlampe untersucht sie das schwarze Klebeband, das zwischen Türrahmen und Türblatt klebt. Bevor der Mann sich zum Sterben in die Wanne legte, hat er seine Welt sorgfältig versiegelt. Für wen diese Mühe?

Auf einem Nachttisch stapeln sich Tablettenpackungen mit Schmerzmitteln, Novalgin, Buscopan, eine Packung Morphinpflaster, Lorazepam, wird gegen Panikattacken verschrieben; Fläschchen mit Hustensaft, sehr starkem Hustensaft, verschreibungspflichtig. Muskelrelaxans. Eine Nachtschüssel steht am Fußende seines Bettes. Ein altmodischer Aufziehwecker, beide Zeiger auf der Vier erstarrt. Bücher in einem Wandregal, ihre Titel in kyrillischer Schrift. Eine Reihe kleiner Pinguine aus Plastik, der Größe nach aufgestellt.

Die Bettwäsche liegt in Haufen übereinander. Als sie die Decke lupft, bröckelt eine bräunliche Masse auf das Laken. Es sieht aus, als hätte er sich übergeben, dann aber keine Mühe mehr darauf verwendet, das Erbrochene fortzuwischen. Auch unter dem Kopfkissen kleben getrocknete Reste seines Mageninhaltes. Eine Schicht weißen Schimmels wächst auf den Bröckchen wie ein zarter Flaum; im Licht der Taschenlampe schimmert er phosphoreszierend.

Sie macht Fotos. Von Bett und Nachttisch, vom Bademantel, der auf einem Haken an der Tür hängt, von der Wand mit den fünfzehn billig gerahmten Porträts. Sie wartet, bis der Widerschein der Fotoblitze auf ihrer Netzhaut erlischt, ehe sie die Tür zum Badezimmer aufschiebt.

Der Spiegel ist jetzt blank. Polly sieht ihre aufgerissenen Augen über der Atemmaske. Ihre Augen, die immer hervorstehen, wenn sie müde ist. Sie konzentriert sich auf das Sausen in dem Abzugsrohr an der Decke, zählt flüsternd sechsundneunzig Kacheln ab und starrt auf die kleine rote Kugel, die am Ende der Alarmschnur hängt, starrt so lange, bis sie zu baumeln scheint. Dann traut sie sich. Sie beugt sich vor und legt Hand an seinen Kopf, tastend erst, dann streichelnd über seine weiße Wange, die mit einer wachsartigen Schicht bedeckt ist, bis ihre Finger über die Stelle gleiten, an der die Haut seiner Wange geplatzt ist und sein Gebiss freigelegt hat.

Ich tue, als könnte ich diese Wunde heilen, diesen toten Körper trösten, der mir so einsam und liebesbedürftig vorkommt. Welch eine Idiotin bin ich, was habe ich hier zu schaffen, denkt sie. Dann sieht sie, dass die Zunge, die aufgequollen seine gesamte Mundhöhle füllt, blau ist, kräftig kobaltblau.

## 10° 43' WESTLICHER LÄNGE; 53° 52' NÖRDLICHER BREITE

«Die Menge alkoholischer Getränke, die Sie pro Woche zu sich nehmen?»

«Zu sich nehmen? Wie jetzt?»

«Na, trinken. Wie viel trinken Sie?»

«Trinken?»

«Drücke ich mich vielleicht kompliziert aus?»

«Also trinken. Mal nachrechnen.» Rosanna Gardella zupft an ihrem Poncho und schließt die Augen. «Zwei Gläser mal zwei, plus zwei für zwischendurch, macht sechs, mal fünf Tage, gleich dreißig, plus ich weiß nicht was, das hängt von meiner Laune ab. Vom Regenwetter. Von den Schmerzen. So an die vierzig.»

«Vierzig was?»

«Vierzig Gläser. Dreißig Gläser Wein. Zehn Gläser Campari.»

«Pro Woche?»

«Nee, am Tag. Haha. Sehe ich wie eine Säuferin aus?»

Rosanna tut nicht empört, sie ist es. Was geht es diese Frau an, wie viel Wein sie trinkt? Ein Verdacht steigt in ihr auf. Sie fragt: «Woher kommen Sie?»

Kurzes Zögern. Dann: «Aus Stockholm. Wieso?»

«Natürlich, junge Frau. Sie sind Schwedin.» Rosanna nickt wissend. «Da wissen Sie mit Alkohol natürlich nicht umzugehen.» Nur eine Ärztin aus Schweden kann glauben, dass die ganze Welt schwedisch zu sein hat. Ab Malmö südwärts ist alles schmutzig, sind die Leute liederlich. «Haben Sie schon mal einen besoffenen Italiener an Bord dieses Schiffes gesehen? Ich nicht. Aber jedes Wochenende volltrunkene Schweden, und zwar in jeder Bar an Deck. Mit Verlaub, Sie haben keine Ahnung.»

«Tatsache ist: Ich bin die Ärztin. Sie sind meine Patientin.»

«Die wenigsten Ärzte sind schlau genug, zu begreifen, dass die Dinge so einfach nicht liegen.» Rosanna Gardella winkt ab.

Frau Doktor Kerstin Swanström, so ihr Name laut Schild, beendet die Unterhaltung mit einem Griff an eine Plastikbox an der Wand. «Dann wollen wir mal», sagt sie und zupft zwei weiße Handschuhe aus dem Schlitz.

Dann. Wollen. Wir. Mal. Warum fällt denen immer nur dieser Satz ein? Wer ist wir? Und wer will? Ich nicht, denkt Rosanna, während sie sich am äußersten Rand der Liege platziert, umständlich ihre Bluse aufknöpft, sie auszieht, sich des hellblauen Büstenhalters entledigt, willfährig den Arm vorstreckt. Ihr wird der Blutdruck gemessen, das kalte Metall des Stethoskops auf die Brust gedrückt, der Hals abgetastet, das Knie vom Reflexhammer geplagt, wiederum der Blutdruck gemessen, denn der springt, wohin er grad so möchte. Ihr Körper ist bleischwer von den Tabletten, die sie mit dem bitteren Rest des Frühstückskaffees hinuntergespült hat. Immer träger folgen ihre Augen den Befehlen des Gehirns; minutenlang verharren sie auf den

Schränken mit Ohrenspiegeln, Venenkanülen und einem Eyeliner, der in all dem medizinischen Zeug nicht weiter auffällt, während die Ärztin ihren Körper abtastet, einen Körper, an dem der Tod schabt.

«Es war schlau von den Eskimos, ihre Alten auf freiem Feld zum Erfrieren auszusetzen.» Rosanna legt mehr Überschwang in ihre Stimme, als in ihr steckt. «Leite mich an deiner Hand durchs finstere Thal zu deinem Sterbehügel.»

«Es mag Sie trösten oder nicht: Solche Zeiten liegen hinter uns.»

«Leute wie ich wurden auf den Bergkamm geführt, dann gab's ein Dankeschön, einen Schubser, einen Freiflug runter in die Schlucht.»

«Das waren die Indianer, oder?»

«Wer auch immer. Heute bucht man uns Alte auf Schiffen ein. Zerrt uns aus unseren Wohnungen, stößt uns in ein Taxi zum Hafen und winkt vom Pier zum Abschied, bye-bye.»

«Seien Sie nicht so negativ. Die Welt braucht einen jeden von uns.» Die Ärztin tut konzentriert, doch Rosanna spürt an den fahrigen Bewegungen auf ihrem Rücken, dass sie so langsam die Geduld verliert.

«Sie müssen es zugeben: Ihr Ärzte füllt die Welt mit nutzlosen Greisen an.»

«Nutzlos?»

«Können Sie denn nicht rechnen?» Sie fragt betont herablassend. «Was zeigt uns die Statistik? Na? Dass der Tod uns nicht mit fünfzig holt, nicht mit achtzig oder neunzig, sondern erst mit hundertfünf. Und sollten Sie, was ich Ihnen von Herzen gönne, eines Tages mein Alter erreichen, dann wird das Beste noch vor Ihnen liegen. Es sei denn, man schickt auch Sie auf ein Schiff wie dieses.»

«Es wird Ihre Lebensdauer nicht verlängern, wenn Sie sich in Selbstmitleid ergehen.»

«Kein Mensch kann mich zwingen, einmal die Woche zu euch Heilkünstlern zu gehen, um mir eure Gemeinheiten anzuhören.»

«Oh doch. Sie sind sogar verpflichtet dazu. Sie wissen es genau.»

«Erzählen Sie mir nichts», sagt Rosanna trotzig. «Ich brauche Sie nicht.» Sie weiß doch Bescheid, auch ohne das Tasten dieser sadistisch gesinnten Finger, mit denen die Ärztin sie drangsaliert. Der Befund: mittelschwere Arthritis. Krampfadern in beiden Waden. Einfache Retinopathie samt damit einhergehender Sehverschlechterung, sollte behandelt werden; muss aber nicht. Sehnenscheidenentzündung im linken Handgelenk. Was das Alter so mit sich bringt. Kinkerlitzchen. Na gut. Und neuerdings riecht nach Mandeln, was Zahnpasta ist. Der Kamillentee, den sie am Abend trinkt, dünstet ein Aroma aus wie alte Gummireifen. «Nun, was haben Sie mir zu sagen?» fragt sie, als Ärztin Swanström von ihr ablässt.

«Nehmen Sie regelmäßig Ihre Medikamente. Trinken Sie in Maßen. Sie wissen, wie es um Sie steht.»

Rosanna versucht sich an einem höhnischen Lachen, aber es kommt heraus wie Keuchhusten. «Darf ich Sie zu einem Drink einladen? Auf meine Kosten. Vielleicht auch nur auf ein kleines Feierabendbier?»

Die Ärztin blickt durch sie hindurch. «Dann wollen wir mal.»

Rosanna folgt ihr, Büstenhalter und Bluse in der Hand, in die Radiologie. Sie weiß, dass ihr kalt ist, dass ihr eiskalt sein muss, dennoch friert sie nicht.

An schattigen Stellen hat leichter Frost das Geländer der Treppe zur Medizinischen Versorgungsstation No. 8 mit einer glasigen Haut überzogen. Auf matten Beinen stakst Rosanna zum Kundenzentrum auf dem Bahamas-Deck und kauft ein Los der Bordlotterie. In wehleidigen Momenten gestattet sie sich diese

Dummheit, auch wenn es jetzt bedeutet, mit anderen Frierenden in der Schlange anzustehen. Noch ist ihr niemand begegnet, der je einen der angepriesenen Tagesausflüge mit dem Glasbodenboot über ein Korallenriff oder eine Speedboot-Fahrt zu irgendwelchen Robbenbänken gewonnen hätte. Oder eines der Gewächshäuschen auf dem Gartendeck 44. Sie argwöhnt seit langem, dass die Einnahmen der Lotterie in dunklen Kanälen verschwinden.

Es ist ein Zufall, dass sie die Militärflugzeuge sieht. Hoch oben ziehen sie ihre Bahnen, drei winzige Punkte, Hornissen gleich, eine braune Rauchspur hinter sich herziehend. Sie scheinen über der *Nyx* zu kreisen, dann verschwinden sie zwischen Wolken.

Sind es die frischen Nanosensoren, die ihr von der schwedischen Ärztin ins Blut geschossen wurden, ist es das umschlagende Wetter, das ihr den gar nicht so weiten Weg furchtbar anstrengend macht?

Oder ist es der schmuddelige Inhalt des Manuskripts, das unvollendet auf ihrem Schreibtisch wartet? In Jugendjahren hat sie sich als Turnerin und Kurzstreckenläuferin hervorgetan, jetzt aber kriecht sie und keucht, und vom Himmel beginnt es zu tröpfeln. Der Versuch, ihren Regenschirm aufzuspannen, wird von einem einzigen Windstoß zunichtegemacht. Zwei der Speichen knicken um wie Halme, der nasse Stoff klatscht ihr gegen die Wange. Auf den glattgelaufenen Sohlen ihrer Winterstiefel schlittert sie fluchend voran, bis sie das Eingangstor des Bahnhofs erreicht. Mühelos schiebt sie das Stahltor, das sich nur von außen öffnen lässt, zur Seite.

«Was haben wir denn hier? Ein Möhrchen? Eine Bohne?» Saïda schlenkert sein Glied, zerrt daran, so, wie man einen Strunk Löwenzahn aus der Erde ruckelt.

«Bitte nicht.» Rafael van Gouten murmelt schwachen Protest. Er ruft sich vor Augen, wie es ist, wenn sie über ihm ihr Kreuz durchbiegt wie eine Ballerina, denkt an ihren offenen roten Mund und den weißen Schimmer der Zähne. Das hilft immer, es schießt sein Blut direkt in die Weichteile hinein. Nicht so an diesem Morgen.

«Ich krieg ihn nicht hoch.»

«Aber ich vielleicht.» Sie zupft an seiner Vorhaut.

«Das wird nichts.»

Sie presst, als wolle sie eine Wurst aus der Pelle drücken.

«Ja, hallo, guten Morgen! Wo steckt er denn?»

«Du wirst dort nichts finden. Keine Chance.»

«Schuld ist die Arbeit.» Sie rückt näher an ihn heran. Drückt ihren Bauch an sein Ohr und schiebt ihren Schenkel auf seine Brust. «Die viele Arbeit.»

Er spürt ihr lockiges Haar auf seiner Haut. Er zieht tief Luft ein, riecht aber nur das Ananasaroma ihres Duschgels.

Wieder schließt er die Augen. Tatsächlich. Er arbeitet, seit er vor achtzehn Monaten die *Nyx* betreten hat. Seine ersten Wochen hat er Kantinendienst in den tiefsten Tiefen des Schiffes geleistet. Nachtschicht, Frühschicht, Spätschicht, Brötchen, Käse, Porree-Ringe, Salat, Besteck. Halt, niemals das Erfrischungstuch vergessen! Dann ist er der Kohlrabiwürfler gewesen, der Gurkenmann. Eine Gurke, zwei Blatt Salat, eine Scheibe Käse. Anfangs hat er, der Abwechslung halber, die Gurkenscheiben originell auf dem Gouda angeordnet, später mit schnellen Messerschnitten Kreuze geschnitzt, Halbmonde, sogar Smileys sind ihm gelungen; er wurde versetzt, als einer der Alten sich über das vergurkte Hakenkreuz im Inneren seines Frühstücksbrötchens beschwerte. Ein Deutscher, ausgerechnet. Dann war er der Butterwerfer, der Mann, der in den Karton griff und die Portionsbutter auf die Tabletts auf dem Fließband warf. Am Ende träumte er von Butterbergen und Salatwäldern, aber immer noch besser, als halbgefrorenen Hähnchen im Akkord die Gedärme herauszureißen, man hätte kotzen mögen bei dem Gestank. Er hat durchgehalten, bis man ihn zur Belohnung ans Ende der Bänder stellte. Dort durfte er die Geschwindigkeit des Bandes nach Not oder Laune verändern, musste aber das immer wieder gleiche Arrangement aus Salat, Butter, Käse, Tomaten, Gurken kontrollieren, aus Salat, Butter, Käse, Salat, Butter …

«Säläm! Schlaf nicht wieder ein.» Saïda rüttelt an seinem Becken. Erstes Tageslicht sickert zwischen den Jalousien hindurch.

Er löst sich aus ihrer Umklammerung, rollt aus dem Bett und huscht nackt durch die Kabine. Als er seinem Spiegelbild in der Tür des Badezimmers begegnet, dabei in seiner Körpermitte eine Hautschlange baumeln sieht, für die er sich geniert, begreift er schlagartig, dass es aus ist zwischen ihnen. Dass er sich von nun an in den Nachwehen einer Beziehung befindet, weil die Frau dort in ihrem schmalen Bett ihn nicht mehr begehrt, weil sie ihm ihre Verliebtheit nur vorspielt und ihn, wenn sich die Gelegenheit ergibt, jederzeit für einen besseren Liebhaber sausenlassen wird. Und er sie ebenso. Oder etwa nicht?

Sie sind ein Paar, seit er im Frühjahr geschickt wurde, um ein Zugluftleck an ihrem Fenster zu beseitigen. Wortlos und lächelnd, aber mit geschlossenen Augen hat sie nach seinen mit Fugenmasse verschmierten Händen gegriffen. Der Gedanke, die Frau könne taubstumm und blind oder beides sein, ließ ihn kurz erstarren. Dann gaben sie sich unter einem klappernden Bullauge einander hin, inmitten von Silikonkartuschen und Streifen spröden Dichtungsgummis und dem Schimmer der

Verheißung, fortan nicht mehr einsam auf allen sieben Weltmeeren dahinzutreiben.

Saïda Talhaoui ist in der marokkanischen Hafenstadt Safi aufgewachsen. Sie ist nicht nur fünf Jahre älter als er, sie ist auch findiger, aufmerksamer, kontrollierter. Sogar im Streit weiß sie sich gewählt auszudrücken, wie soll es anders sein bei einer promovierten Wahrnehmungspsychologin? Wenn ihre Dienstpläne es zulassen, schlafen sie an zwei Tagen der Woche miteinander. Auch das kommt mir in letzter Zeit wie Arbeit vor, denkt er, während er vor ihrem Bett kniend nach seinen Socken sucht.

«Erzähl noch mal, was du gesehen hast.» Ihre Hand zieht gegen den Strich durch seinen Irokesenkamm.

«Das bringt doch nichts.»

«Du schläfst kaum. Du wälzt dich im Bett herum. Als Liebhaber fällst du völlig aus. Reden hilft, glaub mir.»

«Hast du meine Unterhose gesehen?»

«Unser Auge sucht nach Mustern, wo es keine gibt, wir suchen verzweifelt nach Wiedererkennbarem. Es passiert, dass wir in Wolken oder Keksen Gesichter erkennen. In Laubhaufen. Auf Klapptischchen im Flugzeug.»

«Ich habe in ein Gesicht geblickt. Punkt.»

«Das glaubst du. Alle Informationen, die wir ständig einsammeln, muss das Gehirn miteinander verknüpfen. Manchmal führt es uns in die Irre.»

«Was du nicht sagst. Ich habe in schwarze Augenpaare geblickt. In ein Gesicht, dass nur so halb menschlich war. Aber auch nicht zur Maschine passte, auf der es saß.» Er riecht an seinem T-Shirt.

«Was denn nun? Mensch? Maschine?»

«Ich weiß es doch nicht.»

«Schon drei Punkte genügen, und wir glauben, der Schneemann grinst uns an.»

Er fühlt in sich hinein, er tastet sich inwendig ab und stößt auf ein leichtes Wundgefühl im Hintern. Drei Tage ist er von seiner Ärztin krankgeschrieben worden. Das ist übertrieben, denkt er, aber es kommt ihm zupass.

«Du wirst sehen. Dein Finne wird wiederauftauchen.»

«Ja. An einem Küstenstrand. Von Krebsen zerkaut.»

«Warum schläfst du nicht mit mir?» Sie strampelt die Bettdecke von sich. «Es macht dir gute Laune.»

«Sieh doch selbst.» Er blickt an sich hinunter.

Sie nickt mitfühlend.

Er staunt immer wieder, dass diese schöne und schlaue Frau ihm ihr Herz geschenkt hat. Hätte Saïda ihn in einer Waschanlage Utrechts auch nur eines Blickes gewürdigt? In einer Kneipe Amsterdams? Im Traum nicht. Ich bin ein Notnagel, und meine Liebe zu ihr ist erkaltet wie der nässetriefende Wind, der mich gleich auf Deck 75 empfangen wird.

Arbeiter der Nachtschicht haben die graublauen Müllcontainer geleert und abtransportiert. Der Rangierbahnhof liegt schneeweiß und unberührt vor ihm. Noch nie ist er bei Tageslicht hier oben gewesen. Zwischen den eisernen Bodenplatten des Containerlagers wachsen Moos und Grashalme. Wilde Birkentriebe sind dabei, das Dach eines Lagerschuppens zu erobern.

Er lässt den Rangierbahnhof hinter sich und folgt einem der breiteren Transportgänge. Mit jedem seiner Schritte reißen seine schweren Stiefel eine feine Schicht Neuschnee auf. Er glaubt riechen zu können, dass sie endlich die skandinavische Kälte abgeschüttelt haben. Der reine, aber wesenlose Geruch des Eises ist dem des Meeres gewichen. Bald kommt Weihnachten, dann der Januar und mit ihm auch wieder sonnige Tage, und er nimmt sich vor, Saïda in das libanesische Bordrestaurant einzuladen, denn wer verliebt bleiben will, sollte wie ein Verliebter handeln, denkt er, als er auf Höhe der Schwergutkräne die hektischen Bewegungen eines Arbeitsroboters sieht.

Auch das noch.

Der Roboter ist groß wie ein Maultier, und seine vier wulstigen Greifarme sind mit dem Verladen von Toilettenschüsseln beschäftigt. Er hält inne, als Rafael in sein Gesichtsfeld gerät. An seiner Front steckt ein Stahlkäfig, der aussieht wie ein Beißkorb, aber die Kameraaugen vor stürzendem Frachtgut schützt.

Rafaels Pieper schlägt an. Es ist Ilunga, der ihn dem Kantinendienst zuteilen will. Der Dispatcher weiß noch nichts von seiner Krankschreibung. Das Geräusch des Piepers hat den Arbeitsroboter alarmiert. Er starrt Rafael mit seinen Sensoraugen an. Gleich acht Kloschüsseln hängen in seinen Greifern, nicht solche aus Keramik, sondern aus Industriestahl, wie sie neuerdings auf allen Klinikdecks eingebaut werden.

Rafael schlägt einen Bogen, um sich dem Brennofen von jenseits der Gleise zu nähern, im Rücken des Roboters.

Die Anlage liegt verlassen, das hitzige Fauchen des Blasters ist verstummt. Als er vor der verschlossenen Schütte zum Stehen kommt, spürt er die Wärme, die immer noch vom Ofen ausstrahlt. Seine Blicke folgen dem Rieseln fusseliger Schneeflocken, die durch das graue Licht des Vormittags torkeln. Sobald sie sich den Wänden nähern, lösen sie sich in nichts auf.

Was ist dem Verschwinden Virtanens vorangegangen? Das Umkippen des Rollwagens. Die Windeln. Das Lachen des Finnen. Der irrlichternde Strahl seiner Taschenlampe, die Nacht über dem Oslofjord. Ein Riesenhummer. Der in seine Richtung tänzelte, dann auf ihn zuschoss und ihn angriff. Eine Menschmaschine.

Langsam schreitet er die Schienenstränge ab, die vom Blaster wegführen. Er verschiebt leere Gitterboxen und lüftet Planen; den Platz vor der Garage für die Gabelstapler sieht er sich ganz genau an. Von hier aus ist vor drei Nächten der Roboter auf ihn zugerast.

Als er zwischen ein Bündel meterdicker Kühlwasserrohre steigt, tritt er auf eine Muschel, es ist an dem Knirschen zu hören, mit dem ihr Gehäuse zerbricht. Es ist eine Schwertmuschel, einige der Splitter sind lang wie seine Hand, schwarzer Sand klebt auf ihrem glibberig aussickernden Fleisch. Schwertmuscheln siedeln auf den Böden der Meere, und er fragt sich, welcher Seevogel sie wohl von dort gehoben und bis auf Deck 75 geschleppt haben mochte. Vor einem der Schweröltanks tritt er beinah auf ein Büschel dunkelbrauner Haare. Es hat sich in einer der Ablaufrinnen verfangen. Erst als ein Windstoß es aufplustert, erkennt er, dass es keine Menschenhaare sind, sondern Fell. Eine dicke Ratte presst sich tief in die Rinne hinein und starrt ihn erschrocken an. Schnee hängt in ihren gesträubten Schnauzhaaren. Er macht ein Zischgeräusch, und sie verschwindet unter dem Tankgehäuse.

Ratten gibt es überall an Bord, sie nisten in den Wänden. Immer wieder mal wird auch er geschickt, bunte Giftwürfel in den untersten Lagerdecks auszulegen. Haustiere sind an Bord der *Nyx* verboten. Aber er weiß von Leuten, die sich heimlich einen Hamster oder weiße Mäuse im Schuhkarton halten. Neulich hat er einen Opa gesehen, der gackernd versuchte, ein Huhn vom Flur zurück in seine Kabine zu locken.

Enttäuscht von seiner ergebnislosen Suche, macht er kehrt, ersteigt jedoch, bevor er am Brennofen anlangt, die Sprossenleiter eines Portalkrans. Kaum hat er die unterste Arbeitsplattform erreicht, zwingt der Sturm ihn auf die Knie. Der Regenmantel peitscht um seine Beine, seine Ohrenmütze fliegt ihm davon, und zwischen zusammengekniffenen Lidern sieht er am Horizont eine Wolkenwand aufziehen, die den Himmel mit geradem Strich in eine milchige obere und schwarzblaue untere Hälfte teilt, sieht das endlos sich ausdehnende Meer und, direkt vor seinen Augen, die roten Gehäuse zweier Kameras.

Sie beide sind, wenn er sich nicht irrt, auf den Blaster ausgerichtet und werden ihm verraten, was das Missgeschick, das Unheil oder andere Handlanger des Schicksals mit Reima Virtanen angestellt haben.

## 10° 43' WESTLICHER LÄNGE; 53° 52' NÖRDLICHER BREITE

«Konnte ich doch nicht wissen, dass sie einen Rollator braucht.» Paul Packer, das spärliche Haar nass vom Regen, sieht ihn verblüfft an.

«Sie braucht ja auch keinen.» Kalle Ulfung hält ihn an der Schulter, zieht ihn quer durch die Menschenmenge. «Außer an Weihnachten. Und zu Ostern. Nur für diese Rennen.»

Im Startfeld drängeln sich die Läuferinnen um die vorderen Plätze, sie beharken sich mit ihren Rollatoren. Ein Stück dahinter, durch eine Schnur getrennt, warten Freunde, Trainer, Fans auf den Startschuss zum Weihnachtsrennen der Vierrad-Modelle, es geht über die Langstrecke. Der Tausendmeterlauf.

Kalle reckt sich und späht auf das Startfeld. Im grellen Flutlicht erkennt er den schmalen Oberkörper Cecilia Pérez Gascas sofort, mit ihrem Kranichhals überragt sie alle Konkurrentinnen. Er schnäuzt sich, lässt Packer am Rande der Menge stehen und drängelt sich etwas unsicher zwischen den Läuferinnen durch. Sie sind zappelig, ruckeln nervös an ihren Gehhilfen vor und zurück, lassen die Bremsen schnalzen.

Cecilia trägt eine bunte Strickjacke, die sie schief geknöpft hat, eine Trainingshose und an den Füßen Ballerinas in Rosé, die neben den derben Trekkingsandalen und den Orthopädieschuhen der anderen Läuferinnen auffallen. Sie hat ihren Rollator mit Breitreifen aufgemotzt, über dem Lenker schweben an Bindfäden drei Luftballons in Grün, Weiß, Rot, den Farben ihrer Heimat Mexiko.

«Und?», fragt er, kaum hat er sich zu ihr vorgedrängelt.

«Mit meiner Vorlaufzeit hätte ich gewonnen.» Ihr mageres Gesicht ist angespannt, ihre braune Haut rotfleckig. «Dann hat der Masseur zu fest zugelangt. Meine Schenkel fühlen sich an wie Traktorkolben.»

«Wirst du trotzdem gewinnen?»

«Wer sonst?» Abschätzig blickt sie auf eine drahtige kleine Frau im weißen Renndress. Steif und ausdruckslos steht sie vor ihrem Rollator. Ihr Knöchel ist dick bandagiert. Kalle erkennt in ihr die Gewinnerin des Osterlaufs wieder, eine Inderin.

«Beim letzten Mal hat sie dich besiegt», sagt er.

«Heute werde ich sie schlagen.» Cecilia sieht ihn streng an. Oder sind das wieder nur ihre Augenbrauen?

Kalle will ihr über die Schulter spucken, aber sie schiebt ihn weg. Er kämpft sich zu Packer zurück, sagt: «Sie ist schon nicht mehr ansprechbar.»

«Was überrascht dich daran?», fragt Packer. «Sie ist eine Frau. Und sie ist Mexikanerin. Ich hab im Leben noch keine ausgeglichene Mexikanerin getroffen.»

Packer und Pérez Gasca sind einander nie begegnet, und Kalle argwöhnt, dass es besser so ist. Sie passen so gar nicht zusammen, der skurrile Professor und die widerborstige Kioskbetreiberin, die Moorwiesen von Wales und die Kakteen der Sierra Madre del Sur, aber aufbrausend sind sie alle beide. Es würde Backpfeifen hageln.

Dennoch hat er Packer in den ehemaligen Helikopterhangar mitgeschleppt, eine riesige, zugige Halle, deren Boden mit Tartanbahnen ausgelegt wurde, damit die Alten sie bei widrigen Wettern als Boulodrome oder Walkingparcours nutzen können. Das gelbe Licht der Deckenstrahler leuchtet die Halle aus wie einen OP-Saal, jenseits der Rennstrecke glitzert das Edelstahl Dutzender Treibstofftanks.

Die Rollatorrennen werden veranstaltet, um die siechen

Bewohner der *Nyx* zur Bewegung zu ermuntern. Bewegt euch, trotzt dem Alter, heißt es in den Rundschreiben der Schiffspost, und am Ziel bekommt jeder Teilnehmer seine Aina-Wifalk-Medaille aus silbernem Hartplastik umgehängt, benannt nach der Erfinderin des Rollators – dabei sein ist alles! Im Volksmund allerdings ist der Wettkampf längst zum Ben-Hur-Preis aufgestiegen, ist hart umkämpft, und Kalle weiß, dass immer wieder Dopingsünder überführt werden. Vor dem Start geht auch Cecilia über Wochen ins Training. Vom Ehrgeiz gepikst, läuft sie die Promenadendecks ab, stemmt Hanteln, macht Kniebeugen, stets in Begleitung ihres Trainers, eines kubanischen Tanzlehrers, noch mit über achtzig ein Schönling, aber was geht der Typ mich an?, fragt sich Kalle, dann lässt der Startschuss ihn zusammenfahren.

Im Pulk traben die Läuferinnen mit kurzen Schrittchen los, ein Meer aus grauen und weißen Haarschöpfen wogt voran. Sofort kommt es zu einem Tumult um zwei ineinander verkeilte Gehhilfen, am Rand des Feldes trippelt eine der Läuferinnen quer ins Aus. Ist eine Reifenblockade schuld oder der Verlust des Orientierungssinns? Kalle sucht nach einer Erklärung, Packer gackert schadenfroh.

Cecilia ist ungeschoren davongekommen. Den Oberkörper nach vorn gebeugt, heftet sie sich an die Fersen der beiden Voranpreschenden, es sieht aus, als scheuche sie ihre Gegnerinnen mit dem Rollator vor sich her.

Die Frauen entfernen sich, entschwinden in die erste Kurve, für Momente wird es ruhig im Publikum. Kalle hört angestrengtes Keuchen, das Knirschen schlecht geölter Radlager, das Quietschen von Schuhsohlen, plötzlich ein Donnerschlag, ein fernes Grollen.

Packer nickt skeptisch in Richtung der Flutlichtstrahler, die flackernd ein schwächeres Licht aussenden. Aber hoppla, denkt Kalle, wenn sogar ich es höre, dann geht es dort draußen wirklich zur Sache. Tatsächlich haben sie auf ihrem kurzen Weg über Deck schwere Unwetterwolken über der See lauern sehen. In ihrem Inneren zuckte es bläulich, dann klatschten dicke Tropfen herab.

Als die ersten Läuferinnen auf der Gegengeraden die Schikane erreichen, eine steil zugeschnittene Doppelkurve, erklingen Anfeuerungsrufe. Kalle lässt sich zu einem halblauten «Viva Mexico!» hinreißen. Cecilias Kopf wackelt inmitten des vorderen Feldes, ihr hochgestecktes Haar hat sich gelöst und tanzt in der Luft, ihre bunten Ballons haben sich davongemacht und hängen hoch oben an der Decke des Hangars.

Packer verfolgt das Rennen mit verschränkten Armen und ungewohnt schweigsam.

«Ich brauch was zu trinken», sagt er gegen Ende der ersten Runde, setzt sich von den Zuschauern ab und steuert die Getränkeautomaten an. Als er zurückkehrt und den Verschluss einer Dose Cola aufzieht, schäumt die braune Flüssigkeit über, tropft ihm auf die Schuhe; er trinkt mit hastigen Schlucken und bekommt einen Hustenanfall, den er mit einem Rülpsen beendet.

«Cecilia hält stur ihr Tempo.» Kalle ist stolz. Sie lässt sich nicht beirren, wenn jemand an ihr vorbeizieht, holt schnell wieder auf, überholt, lässt zurück. Am Ende der zweiten Runde hat sie nur noch drei Läuferinnen vor sich. Kalle weiß, dass sie noch ein wenig warten, dann zum furiosen Schlussspurt ansetzen wird. Er war mit ihr im Bett, er kennt sie in- und auswendig.

Als das Feld der Läuferinnen in die letzte Runde geht, sieht er kurz in die düster verschatteten Augen der Mexikanerin. Eine betörende Frau, vollblütig, ihre Anziehungskräfte reichen weit in die jüngeren Jahrgänge hinein. Aber ungeheuer eitel ist sie. Vielleicht hätte etwas aus ihnen beiden werden können, ein Pärchen, wie die Leute verniedlichend sagen, doch ihr Charakter ist im Weg gewesen. Ist sie bei Laune, liest sie einem die goldene Zukunft aus einem Stapel speckiger Tarotkarten, stellt Lotteriegewinne, den hundertsten Geburtstag, Paradiesjungfrauen in Aussicht. Aber wehe, das Leben läuft ihr zuwider! Dann sagt sie einem aus Kelchen und Schwertern frühen Tod und Geschwüre wahr.

Das Feld hat sich auseinandergezogen, die ersten Läuferinnen werden überrundet. Direkt vor seinen Füßen plumpst eine zu Boden. Ihr Rollator schafft es noch ein paar Meter weiter, wie von Geisterhand geschoben. Der Frau hängt ein Büschel lilaweißer Haare in die Stirn, mit ihrem rechten Bein stimmt etwas nicht. «Das ist so lappig hier hinten», sagt sie und deutet auf ihre Achillessehne. «Die ist durch, mein Gott.»

Einer der Kampfrichter kommt angerannt, zwei Sanitäter im Schlepptau. Zu dritt hieven sie die Verletzte auf die Tragbahre, schaffen sie und ihren Rollator vom Feld, ehe die führenden Läuferinnen aus der Kurve in die Gerade einbiegen.

Eine Runde noch. Es wird eng für Cecilia.

Vor ihr, mit drei Metern Abstand bereits, stürmt eine sehnige Alte dem Feld voran. An ihrem Hals wippt hippiesk eine Blütenkette, die Schweißbänder, Kniebandagen und flotten Turnschuhe jedoch verraten die knallharte Sportlerin.

Hinter ihr nähert sich die Inderin, die Gewinnerin des Osterlaufs. Mit kurzen, schnellen Schritten verringert sie die Distanz, bis sie in der Geraden die Führung übernimmt, doch nur für Sekunden, denn nun legt die Mexikanerin nach. Es ist ein Dreikampf, als das Trio schwungvoll aus dem Schlussbogen trabt, fünfzig Meter vor dem Ziel baut Cecilia ab, gerät aus dem Tritt, sie fällt zurück, verpasst es, zu der Inderin aufzuschließen, denn die kleine Frau legt auf stämmigen Beinen noch einmal nach und spurtet ins Ziel, schnaufend wie ein Ackergaul.

Die Menge applaudiert. Packer johlt. Kalle kämpft sich durch, will Cecilia zum zweiten Platz gratulieren, doch immer mehr Menschen drängen herbei, hinter der Startlinie versammeln sich bereits die Läuferinnen des nächsten Rennens, mit Dreifuß-Gehilfen wird es über die Vierhundertmeterdistanz gehen.

Als er Cecilia erreicht, lehnt sie erschöpft am Rollator, Schweißperlen glänzen auf ihrer Stirn. Die Strickjacke ist offen, das zu kurze T-Shirt ist hochgerutscht und gibt ein Stück ihres nackten Bauches frei. Sie fährt sich theatralisch durch die aufgelösten Haare, dabei rutscht ihr die Brille aus dem Gesicht, prallt auf die Tartanbahn, bricht am Nasensteg entzwei. Hasserfüllt blickt sie ihn an.

«Was kann ich dafür?», fragt Kalle. Er hat die Schnauze voll. Er wendet sich um, stößt dabei gegen Packer, der ihm durch das Gedränge gefolgt ist. Sofort liest Kalle die lüsterne Erregung in seinen Augen, sieht die erröteten Wangen, er glaubt sogar, ein leichtes Zittern im Körper des Freundes zu erspüren, das sind die Pfeile Amors, die ihn durchbohren, ein Volltreffer in der Lendengegend womöglich, Packer sollte sich was schämen.

## 10° 43' WESTLICHER LÄNGE; 53° 52' NÖRDLICHER BREITE

Polly Sutter will den Himmel sehen, seinen Perlmuttglanz zur Mittagszeit, hier und da durchbrochen von kohlschwarzen Wolkenwirbeln, sie will die regendiesige Luft des Atlantiks auf der Haut fühlen. Ihr Umweg über das Außendeck kostet Zeit, denn sie muss jede vierte Bodenplanke mit der linken Fußspitze berühren, um das Unglück abzuwehren, das droht, weil sie einen toten Vogel angestarrt hat, der in der Nacht gegen die Aufbauten geprallt ist. Sein Gefieder ist graublau, seine Füße sind rot.

Fußgänger und Rollstuhlfahrer strömen gleichgültig zu beiden Seiten an ihr vorbei, Polly zählt sie durch; die schnellen Lieferroboter irritieren sie, denn sie kann hinter den ständigen Spurwechseln kein System erkennen, aus dem Aufleuchten der roten, grünen und gelben Lämpchen keine Nachricht ablesen. Auch sie hat schon Post von diesen Boxen auf Rädern bekommen, hat selbst Medikamente und Proben verschickt, mag sich aber nicht daran gewöhnen, dass sie dabei aus Kameravisieren heraus gefilmt wird.

Als sie den Kinosaal auf Deck 31 betritt, hat der Vortrag bereits begonnen. Auf zwölf Stuhlreihen sitzen ihre Kollegen, vorn die Ärzte, dahinter Krankenpfleger, medizinisches Personal. Am Rande einer der hinteren Reihen rudert ein Arm durch die Luft. Charanya Suraswadi hat ihr einen Platz frei gehalten.

Polly folgt dem Winken der Frau, deren viele Vornamen sie sich immer noch nicht hat merken können, durchs Halbdunkel des Auditoriums. Es gehört zu ihren Dienstpflichten, sich weiterzubilden, die Referate zur Ethik in der Altenpflege zu besuchen, die Hygieneworkshops und Schulungen. Auf einem Bildschirm über dem Podium leuchtet ein Name in blauen Lettern: Dr. Michael Philip Neville Nelson.

Seine hagere Gestalt lehnt gekrümmt in einem freischwingenden Stuhl, einer Konstruktion aus Stahl und schwarzem Leder. Ihm gegenüber sitzt eine Frau, die Polly vage wiedererkennt, eine Dokumentarin aus der Verwaltung, ein gerades, dünnbeiniges Wesen mit brav gescheiteltem schwarzem Haar. Sie stellt ihre Fragen mit einer kristallklaren Stimme:

«Du sagst, der menschliche Organismus sei an viele Aufgaben beklagenswert schlecht angepasst. Empfindest du dich selbst auch als Fehlkonstruktion?»

«Nun, als Krone der Schöpfung sehe ich mich nicht. Doch wir sollten unsere Unzulänglichkeiten nicht allzu schwer nehmen. Ich versuche, meine Begrenzungen zu akzeptieren. Manchmal mit Sportsgeist, manchmal mit Bedauern. Hier und da auch mit Wut.»

«Wie würde denn wohl ein optimaler Mensch aussehen?»

«Völlig anders als du oder ich. Schon dass wir dreimal am Tag essen müssen, ist doch ein Ärgernis. Wäre es nicht einfacher, wenn unsere Haut das Licht per Fotosynthese in Energie umwandeln könnte? Hätte es nicht Vorteile, wenn unsere Beine uns Zehnmetersprünge erlauben würden? Wir in der Nacht sehen könnten? Oder vierzig Stunden am Stück durcharbeiten? Leider ist uns die Chronobiologie angeboren. Wir sind beeinflusst von den Gestirnen, die diesen Planeten umkreisen, von einem Hell-Dunkel-Zyklus. Wir sind eben Geschöpfe der Sonne.»

«Wenn wir uns jetzt mal ein Gedankenspiel erlauben?» Die Hände der Moderatorin flattern wie Spatzen. «Und eine völlig andere Linie der Entwicklung einschlagen?»

«Genau, warum leben wir nicht das Leben der Insekten? Oder der Mollusken? Als Weichtiere wären wir die Wirbelsäule samt Rückenschmerz und Hexenschuss los. Aber wollen wir das wirklich? Nein, nicht einmal ich. Obwohl mein Rücken mir Qualen bereitet. Es ist doch eine sehr wichtige menschliche Erfahrung, Grenzen zu akzeptieren, oder nicht?»

Mit fragendem Blick, die Augen übertrieben aufgesperrt, sieht er ins Auditorium. Als keine Antwort kommt, richtet er sich auf und antwortet selbst: «Ich bin zu klein, zu kurz gewachsen.» Er wippt demonstrativ vor und zurück. «Doch als ich fünfzehn war, wuchs mein Rücken innerhalb eines halben Jahres um zwölf Zentimeter. Davon habe ich mich nie erholt.»

Nelson versteht es, sich die Aufmerksamkeit eines ermatteten Publikums zu verschaffen, denkt Polly. Alle Blicke sind auf ihn gerichtet. Er trägt ein rot-schwarz kariertes Flanellhemd, Jeans und Turnschuhe, sein Haar leuchtet im Licht des Scheinwerfers, ein staubiges Burgund verrät, dass er es färbt.

«Wir haben die Wirbelsäule von den Fischen, es ist wirklich bedauerlich. Unsere schwimmenden Vorfahren brauchten vor fünfhundert Millionen Jahren eine Stütze, an der sie Muskeln ansetzen konnten. Dann schleppten sich die neugierigsten Schwimmer an Land und blieben da. Dafür war aber die Wirbelsäule zu schwach, und sie ist es noch immer. Den Bauplan der Fische sind wir letztlich nie losgeworden.»

«Wir sind also eine fehlerhafte, eine unfertige Spezies? Ist es das, was du uns sagen willst?»

«Der Homo sapiens ist noch längst nicht fertig. Und ich denke, das betrifft sämtliche Teile, aus denen wir zusammengesetzt sind. Nicht einmal unsere Geschlechtsorgane sind besonders funktionstüchtig. Sondern launisch.»

Das Publikum spendet ein paar Lacher. Suraswadi kneift Polly in den Arm und verdreht die Augen. Der Geruch warmen Korianders strömt von ihr aus.

«Sie mögen lachen, aber Sex kommt uns energetisch doppelt so teuer wie die Fortpflanzungsmethode, sich einfach in der Mitte durchzuteilen. Natürlich, je mehr wir unsere Gene mischen und dadurch neue Kombinationen herstellen, desto besser schneiden wir im Wettbewerb mit Krankheitserregern ab. Es zahlt sich für uns aus, über Generationen hinweg genetische Variationen zu produzieren.»

«Doch wenn es schnell gehen muss? Wenn Eile geboten ist, weil, sagen wir mal, eine Pandemie droht?» Die Fragen der Moderatorin klingen anbiedernd und auswendig gelernt, so als folgten sie einem Drehbuch, längst geschrieben, redigiert, einstudiert.

«Dann sind wir den Angriffen von Viren oder Parasiten auf erbärmliche Weise ausgeliefert. Denken wir an die Syrische Grippe, an die Krim-Kongo-Epidemie, die vor zwei Jahren Tausende sudanesischer Flüchtlinge tötete. Im letzten Frühjahr schlug das Rift-Valley-Virus in Ägypten zu. Monatelang standen die südlichen Stadtviertel Kairos unter Quarantäne.»

«Wie wird es mit der Evolution und uns Menschen weitergehen? Werden wir in fünftausend Jahren anders aussehen als heute?»

«Es galt als ausgemacht, dass unsere Spezies sieben, acht

Millionen Jahre nach ihrer Abspaltung von den Schimpansen einen stabilen Zustand erreicht hat und sich biologisch nicht mehr verändert. Die Evolution habe sich auf die Kultur verlagert, auf unser Gehirn, das glaubte man lange.»

«Ein Trugschluss?»

«Absolut. Die Evolution kümmert sich nicht um das, was wir glauben. Sie kennt kein Ende, kein Ziel. Und dann sind da auch noch wir selbst. Der Mensch ist die erste Art, die direkt in ihr eigenes Genom eingreifen kann.»

«Zu Beginn des Jahrhunderts stellten Mediziner phantastische Therapien in Aussicht: Ärzte sollten künftig Gene ersetzen, so wie sie ihren Patienten künstliche Knie und Hüften und Luftröhren einbauten ...»

«... und der Patient würde nicht einmal bemerken, dass er mal ein krankes Gen hatte. Ja, so einfach haben wir uns das damals gedacht. Das Konzept war phantastisch. Die Begeisterung hat uns mitgerissen. Wir waren eine junge, tollkühne Horde, als wir Gentherapien experimentell erprobten. Es sogar wagten, die Evolution des Humangenoms zu beeinflussen. Man hat uns Optimierungsphantasten geschimpft. Doch ich werfe mir meinen frühen Enthusiasmus heute nicht vor, denn nur Enthusiasmus treibt Forscher über Grenzen hinweg.»

«Heute hat jeder von uns sein Genom auf einem Chip gespeichert ...»

«... und ja, es hat mir persönlich geholfen, in jungen Jahren von meinem dreifach erhöhten Thromboserisiko zu erfahren.»

«Gentherapie und Erbgutmanipulation haben sich bei einigen seltenen Krankheiten wie Huntington oder ALS bewährt, schön und gut. Und wir können uns einen nagelneuen gezüchteten Lungenflügel bestellen wie ein Entrecote.» Die Moderatorin macht ihre Beine lang und zupft an ihrer schwarzen Strumpfhose, bevor sie weiterspricht: «Weltweit haben wir die Gesundheit damit aber nicht nennenswert verbessert, oder? Wir halten die Demenzerkrankungen in Schach, ein weites Spektrum von Stoffwechselerkrankungen dazu. Die Widerstandskraft mancher Tumorzellen haben wir gebrochen. Doch dafür haben wir auch ein paar tragische Krankheiten erfunden. Was erwartet uns denn nun am Ende der Suche nach dem leidfreien, optimierten Leben? Der perfekte Mensch? Oder eine Menschmaschine?»

Nelson greift zu seinem Wasserglas und trinkt mit großen Schlucken, spielt an seiner dicken Armbanduhr herum, nickt dann in Richtung des schweigenden Publikums. «In der Synthetischen Biologie geschieht Bahnbrechendes, neue Generationen maßgeschneiderter Mikroben bauen hochkomplexe Moleküle für uns, Medikamente mit phantastischen Eigenschaften. Doch noch immer betreiben wir zu oft Reparaturmedizin. Wir können es uns schon lange nicht mehr leisten, immer mehr Menschen erst krank werden zu lassen und sie dann zu reparieren, wir müssen …»

Von Minute zu Minute fällt es Polly schwerer, sich zu konzentrieren. In der stickigen Luft des Saals fallen ihr die Augen zu, vom Podium her rieseln Worte auf sie ein, und sie fragt sich, wie gut Nelson und die Moderatorin sich wohl kennen und ob sie zusammen im Bett waren, und vielleicht ist nichts daraus geworden außer einer Enttäuschung, die sie beide nicht verwunden haben? Immer weiter driften Pollys Gedanken ab, Bilder, die nie ihre Farbe und Schärfe verloren haben, drängen sich in ihr Bewusstsein. Die Sommerferien an der Ostsee, der allerletzte Urlaubstag mit der ganzen Familie. Das sandige Band des Pfades durch den Strandhafer, die Rotunde der Würstchenbude auf der Promenade und die Strandkrabben, die sie und ihre Schwester Emma mit bloßen Händen zwischen Buhnenhölzern an den Kneifscheren hervorzogen. Das runde Gesicht und die haarigen Hände ihres Vaters, seine blauen Augen, die sich im Zorn schwarz verfärbten, weil Polly mal wieder das Handtuch in der Pension vergessen oder das Zitroneneis in den Sand hat fallen lassen. Wenn er danach mit ihr schimpfte, sah sie nur auf den Ausdruck seiner Augen, auf die Bewegungen seiner Lippen, hören konnte sie ihn nicht. Mit halluzinatorischer Klarheit sieht sie die schwarz lackierte Neunzehn auf dem Rumpf des Kanus vor sich. Den sehnigen Mann vom Bootsverleih, der nicht mitbekam, als Polly mit dem Wind davontrieb.

Als sie die Augen aufreißt, hat die Moderatorin den Vortrag auf neue Wege gelenkt: «Frauen und Kinder zuerst – ist das ein sinnvolles Leitmotiv?»

Nelson wippt in seinem Stuhl. «Es ist die pure Verschwendung. Volkswirtschaftlich betrachtet. In Kinder wurde wenig investiert, Frauen verdienen im Schnitt weniger Geld und zahlen weniger Steuern. Wer studiert, ist mehr wert. Das Humankapital eines Professors ist höher als das einer Kellnerin. Natürlich sollten wir diese Statistik nicht als Werturteil verstehen.»

«Die Logik der Ökonomen ist durchaus verführerisch.» Die Worte der Moderatorin klingen spöttisch; leise, kaum hörbar, fragt sie: «Du als Akademiker hättest also gute Karten auf einer leckgeschlagenen, dem Untergang geweihten *Nyx*?»

«Ich bin Ende vierzig, mein Generationenkonto ist tadellos. Ja, noch mache ich mir gute Hoffnungen, Platz in einem Rettungsboot zu finden. Egal, auf welchem Schiff.»

«Sag doch mal: Was bist du der Gesellschaft wert?»

Nelson greift nach der Brusttasche seines Oberhemds und zieht einen kleinen Zettel hervor. Mit der Freude eines Jungen, dem ein Zaubertrick gelungen ist, liest er ab: «2 320 390 Dollar.»

«Wie kommst du auf diese Zahl?»

«Das ist ein Durchschnittswert. Natürlich sind diese Berechnungen fragwürdig, auch methodisch ist die Summe Quatsch. Für mich würde ich alles zahlen, was ich besitze, für meine Kinder auch.»

«Und für deinen Kabinennachbarn?»

«Eher nicht. Obwohl er eigentlich ganz nett ist.» Nelson sieht grinsend ins Publikum. «Ich hoffe mal, er sitzt nicht zufällig hier? Also. Ich würde schon etwas für ihn zahlen, klar, aber nicht die volle Summe. Und ich bin überzeugt davon, dass es moralisch okay ist, sich so zu entscheiden, und zwar für uns alle. Als Ärzte auf der *Nyx* aber dürfen wir nicht bewerten, welcher Patient kostbar, welcher wertlos ist. Wir haben die gleiche Verpflichtung allen gegenüber.»

«Nenn uns doch bitte ein Beispiel.»

«Die Betreiber der *Nyx* kalkulieren mit fünfzigtausend Dollar pro Lebensjahr. Das heißt: Wenn eine Frischluftanlage auf Deck 16 zehn Menschen je ein Lebensjahr rettet, dann ist es ökonomisch sinnvoll, wenn sie nicht mehr als eine halbe Million Dollar kostet.»

«Das klingt entsetzlich technokratisch, aber es leuchtet ein.»

«Diese Kalkulationen sind bekanntlich der Grund dafür, dass wir an Bord der *Nyx* nie auf die Hilfe von Pflegerobotern und deren vorgetäuschte Empathie gesetzt haben, auf reparaturanfällige und beziehungsunfähige Blechkisten. Ein bisschen Kunsthautkuscheln und Smalltalk reichen uns Menschen eben nicht zum Glück. Nicht einmal zur Genesung. Wir erhalten von diesen Maschinen unausgesetzt Bestätigung für Bewährtes, wir werden nicht mehr mit Neuem, mit Unangenehmem konfrontiert. Möglich also, dass der Roboter, der Einsamen helfen soll, am Ende erst recht beziehungsunfähig macht.»

«Ist bekannt. Wir schweifen vom Thema ab.» Die Moderatorin sieht auf ihre Uhr.

«Gut, gut.» Nelson schaut irritiert auf. «Immerhin nutzen wir diese Durchschnittssummen. Wir sagen also nicht: Lass uns lieber zwanzig Defibrillatoren in den Korridoren der Einzelkabinen installieren als vor den Mehrbettkabinen im Afrikanischen Sektor, weil der Pensionär aus Eritrea weniger zahlt als die Rentnerin aus Belgien. Wir wägen die wirtschaftlichen Schäden, den ein Todesfall bringt, nicht gegeneinander ab. Damit sind die Eigner der *Nyx* ethisch halbwegs im grünen Bereich.»

Polly kennt Rechnungen dieser Art. Während ihres Studiums in Oslo kamen solche Statistiken in Mode, die monetären Berechnungen eines Lebens waren zunächst ein kurioser Zeitvertreib, ein Thema für Campus-Partys und Rauchpausen. Einflussreiche Gesundheitsökonomen aus Skandinavien maßen jedem Jahr in Gesundheit einen Geldwert zu und kämpften dafür, medizinische Leistungen zu rationieren. Polly hat diese Gedankenspiele nie ernst genommen, doch dann sickerten sie kaum merklich in den Alltag der Krankenhäuser ein. Wer alt ist, kann sehen, wo er bleibt. Wer alt ist und arm, hat nicht einmal mehr diese Wahl. Er stirbt, und das ziemlich schnell.

«Eine letzte Frage noch.» Die Stimme der Moderatorin reißt sie aus den Gedanken. «Wie hoch ist dein Materialwert?»

«Erschreckend niedrig.» Nelson lacht auf. «Mein Körper wiegt einundsiebzig Kilo. Er besteht aus neununddreißig Kilo Sauerstoff, zwanzig Kilo Kohlenstoff, sechs Kilo Wasserstoff, aus Chlor, Schwefel, Kupfer, Spuren von Aluminium und so weiter.»

«Gold und Silber sind nicht dabei?»

«Nein. Ein paar Spuren von Mangan.»

«Wie viel Geld, denkst du, würdest du in einer unserer Bordapotheken also für dich bekommen?»

«Wenn's hoch kommt? Tausend Dollar.»

## 10° 49' WESTLICHER LÄNGE; 53° 20' NÖRDLICHER BREITE

Melinda Buzek, den Handkoffer bei Fuß, trägt eine Hose in sandigem Beige, einen Nerzmantel und sitzt vor der braun gebeizten Paneelwand am Ende des Gleises. Keine Hyäne wüsste sich besser zu tarnen, denkt Rosanna Gardella.

Sie durchmisst den kaum beleuchteten Wartesaal mit vorsichtigen Schritten und stößt das Gittertürchen zum Bahnsteig auf. Beim Näherkommen sieht sie, dass sich hinter Melindas Bank Gepäckkarren und ausgediente Rollatoren auftürmen. Im kalten Licht einiger Leuchtstoffröhren, die an Schnüren von Deckenstreben herabhängen, glaubt sie sogar einen jener golden schimmernden Einkaufswagen zu erkennen, wie sie sonst am Eingang zum chinesischen Supermarkt stehen.

Die Frau, die am äußerten Ende einer Holzbank hockt, hat schulterlanges Haar von der Farbe sommerbleichen Teaks und die kugelrunden Augen eines Huhns. Sie sagt: «Oh, wie schön, dich zu sehen.»

Rosanna streicht ihr zur Begrüßung über die Schläfen. Die Haut fühlt sich an wie Pergament.

Melinda Buzek sieht unruhig auf ihre Armbanduhr. «Er verspätet sich», sagt sie und blickt über die Gleise hinweg. «Bestimmt, er verspätet sich.»

«Nun wart's mal ab.» Rosanna klopft sich kleine Regenperlen von ihrem Poncho.

«Wie soll ich bloß rechtzeitig ankommen?»

«Wir nehmen den nächsten Zug. Ganz einfach.»

Beim Versuch, ihren sturmgefledderten Schirm an die Rückenlehne der Sitzbank zu hängen, stößt Rosanna mit der Stiefelspitze gegen ein Metallrohr. Der Schmerz fährt ihr durch den großen Zeh. Wütend pfeffert sie den Schirm mitten in den Schrotthaufen hinter der Bank, ist in ihrer Wut versucht, gleich noch einmal gegen das Rohr zu treten, doch es verschwindet hell klirrend in einen Haufen ähnlicher Rohre. Jetzt sieht sie es: Zwischen all die chaotisch ineinander verklemmten Gepäckkarren hat man eiserne Schwungräder und verrottete Keilriemen, Spiralgewinde, Kugellager und Sprungfedern geschmissen, eine verbeulte Schiffsschraube auf den Gipfel gestülpt und dabei, absichtlich oder nicht, eine Installation geschaffen, die bei geringster Berührung umzustürzen, womöglich das Kreuz ihrer Freundin zu zerschmettern droht. Kurz erwägt sie, sich fürchterlich aufzuregen, diesen Abfallberg zum Thema ihres Tages zu machen, sagt sich dann aber, dass Müll nichts ist, was einen auf einem nachlässig geführten Bahnhof überraschen sollte.

Schnell wird ihr der Hintern warm. Es ist die Hitze, die von Melinda Buzeks Wärmekissen in den letzten Stunden auf das Holz der Sitzbank übergegangen ist.

Auf dem gegenüberliegenden Gleis stehen zwei Männer vor der immer und ewig verschlossenen Tür zum Bahnhofscafé und studieren die Speisekarte. Sie halten einander an den Händen. Der größere von ihnen trägt einen Strohhut.

«Er wird zu spät kommen.» Aufgeregt fährt Melinda mit den Resten eines Butterbrotes durch die Luft.

«Es wird bloß ein Wechselfehler sein. Irgendein Ventil leckt. Die Kohle ist ausgegangen.»

«Ja. Ich verstehe nicht, warum sie mich immer wieder warten lassen. Haben sie denn keine Züge mehr?» Ihr Blick ist auf die Anzeigetafel gerichtet: Belfast, 11:17.

Um den unterschiedlichen Bedürfnissen der Patienten entgegenzukommen, ändert die Gleistafel mit einem wilden Tanz flatternder Buchstabenplättchen alle paar Minuten ihre Angaben. Mal wird der Intercity nach Basel avisiert, mal ein Regionalzug nach Split oder Tripolis oder Unter Sankt Veit.

Rosanna wundert sich immer wieder über den Aufwand, den man sich mit diesem Teil der Therapiestation gemacht hat. Er besteht aus den Originalteilen eines Bahnhofs, der um die Jahrtausendwende im russischen Mariinsk abgebaut und auf der *Nyx* wieder zusammengesetzt worden ist. Samt Schalterraum, einem Schuppen aus morschem Gebälk, samt Bahnhofsuhr und Glaskästen für die Fahrpläne sowie einem verstaubten Interregio auf dem Abstellgleis. Sogar ein Gleisbett hat man aufgeschüttet und Schienenstränge gelegt. Auch die Krankenpfleger, die sich gelegentlich blickenlassen, tragen die Uniform eines Zugführers oder Schaffners, sie fegen den Bahnsteig, knipsen Löcher in wertlose Zettel.

In zwei runden Kioskhäuschen lagern großformatige Puzzles, eine Sammlung von Würfelspielen, Dominosteine, Kisten voller Bauklötze. In der Auslage des Fremdenverkehrsamtes liegen Puppen und Märchenbücher, aus denen Besucher ab und an vorlesen, wenn sie Geduld genug mitbringen.

Rosanna entscheidet sich für «Tischlein, deck dich!».

Während sie Melinda Buzek vom Schneidermeister und von der boshaften Ziege vorliest, rückt die Dunkelheit von den Rändern des Bahnhofs näher. Ein düsterer Tag ist es geworden.

Der Bahnhof ist ein Ort, der die Kindheitstage der Patienten wachruft. Er ist Gedanken-Anker in einer strukturlosen Welt. So hat ein Arzt Melindas es erklärt. Erinnerungen bieten Sicherheit. Ebenso ist es mit den Märchen. Das Vorlesen weckt Verschüttetes, es hat therapeutische Bedeutung. Anfangs hat Rosanna das angezweifelt, denn alle Märchen sind gespickt mit Grausamkeiten, mit Niedertracht. Doch es ist nicht zu leugnen: Vorlesen bezähmt das hitzige Gemüt ihrer alten Freundin. Wenig reicht aus, sie zur Weißglut zu bringen, von jetzt auf gleich. In Melinda Buzek haust ein Rumpelstilzchen.

Als der Schneider seiner Ziege den Kopf schert, er sie endlich mit der Peitsche verjagt, nimmt Rosanna eine Bewegung am Rande des Schrotthaufens wahr. Weiterlesend wendet sie den Kopf, sieht jedoch nur einen Putzroboter, der sich an irgendwelchen Metallspiralen zu schaffen macht. Es ist das hässliche Modell mit den Halteklauen und Zangenbeinen, armlang und knöchelhoch, das sie an die Hundertfüßer erinnert, die ihr als Kind so viel Ekel bereiteten. Nachts waren sie die Wände über ihrem Bett entlanggerast, und immer verloren sie ein paar ihrer klebrigen Nesselbeinchen, wenn man schlaftrunken ein Glas über sie stülpte.

Sofort verdächtigt Rosanna den Putzroboter, ohne Sinn und Verstand aufzuhäufen, was ihm an Eisen, Stahl oder Kupfer vor die Fangarme gerät, sogar Gepäckwagen. Sie nimmt sich fest vor, beim Gehen dem Personal Bescheid zu geben, dass es mit einer gelungenen Milieugestaltung zum Wohle der Patienten alleine nicht getan ist. Dass der Bahnhof von Mariinsk auch gepflegt gehört.

«Weiterlesen.» Melinda sieht sie ungeduldig an. Hektisch streicht sie Brotkrumen von ihrem Mantel.

Als Rosanna zu der Stelle kommt, an der ein Esel es auf das Wort «Bricklebrit!» hin Goldstücke regnen lässt, fragt Melinda: «Gold ausspeien, hinten und vorn, geht das wirklich?»

«Ja, was glaubst denn du?»

Melinda strahlt sie mit den Augen eines Kleinkindes an.

Manchmal wäre auch ich froh, mich selbst los zu sein, denkt Rosanna. Aber um nichts auf der Welt will ich eines Tages hier sitzen, weggesperrt und auf die Einfahrt eines Zuges wartend, der niemals kommt. Ein Leben lediglich mit Erinnerungen führen, die eine zufällige Verbindung im Gehirn mir ins Bewusstsein spült, um sie sogleich wieder im Nichts zu versenken. Doch vielleicht ist alles nur halb so schlimm, muntert sie sich auf, und meine Freundin Melinda führt ein sorgloses Leben, beschwert einzig und allein von den Unzulänglichkeiten des Bahnverkehrs.

Wie ein plötzlich einsetzender Trommelwirbel prasselt Regen auf das Glasdach über ihren Köpfen. Sofort ist auch das Geräusch aufschlagender Tropfen in der Nähe zu hören. Rosanna sucht die Verglasungen nach Sprüngen ab und sieht ein Wetterleuchten am Himmel, das in rascher Ausbreitung die Wolken stahlblau färbt. Gleich darauf hört sie das ferne Grummeln eines Gewitters.

«Oh, wie schön, dich zu sehen.» Melinda strahlt sie an.

«Geht mir genauso. Wie geht es dir?»

«Muss ja. Wir werden uns verspäten, oder?»

«Ich werde dir sagen, wie es mir geht», antwortet Rosanna, weil ihr das ewige Wiederkäuen derselben Sätze doch auf die Nerven geht. «Ich hatte einen wunderbaren Morgen. Ich habe tausend Wörter geschrieben. Und jedes ist einen Dollar wert.»

«Einen Dollar? Ehrlich?»

Die Anzeigetafel schaltet um. Der Zug von Caen nach Chavignolles soll in neun Minuten einfahren, ein Bummelzug, denn eine ganze Reihe von Zwischenhalten wird aufgelistet. Noch immer stehen die beiden Männer händchenhaltend auf dem gegenüberliegenden Gleis, jetzt aber betrachten sie nicht mehr die Speisekarte im Glaskasten, sondern starren direkt zu ihr her. Der Kleinere von ihnen hebt die Hand, so als wolle er grüßen. Aber sicher ist Rosanna sich nicht. Um ihre Fernsicht ist es seit dem Morgen schlecht bestellt. Begleitet von Schmerzen, schiebt sich immer wieder mal ein Flimmern über ihr rechtes Auge. Sie hätte sich nach der Behandlung ausruhen sollen, in ihre Kabine gehen, zu Bett. Nicht auf Deck 35, nicht auf Gleis 1 eines Bahnhofs.

«Der Expresszug verspätet sich.» Melinda ringt die Hände.

«Es wird kein Zug kommen», sagt Rosanna, einem sadistischen Impuls nachgebend. «Heute nicht, morgen nicht. Nie.»

«Aber ich habe doch reserviert!» Melinda sieht sie erschrocken an.

«War nur ein Scherz! Gleich wird er einfahren, wirst schon sehen.» Rosanna drückt das Märchenbuch in die verschränkten Hände Melindas. Sofort blättert sie mit zittrigen Fingern durch die Seiten. Als sie auf die farbige Illustration eines Drachen stößt, hält sie inne.

Melinda Buzek ist 109 Jahre alt. Sie hat Adolf Hitler mit eigenen Augen gesehen. Kaum war die deutsche Wehrmacht in der böhmischen Kreisstadt Nikolsburg einmarschiert, kam auch der Führer, um den Anschluss der Sudetengebiete in der Menschenmenge zu feiern. Die Schule war an jenem Oktobertag 1938 für sämtliche Klassen ausgefallen, auch die kleine Schneidertochter Melinda hatte am Straßenrand gestanden und einen Strauß Chrysanthemen zu Ehren Hitlers geschüttelt. Sie hat es mir oft erzählt, denkt Rosanna, weil es eine ihrer Lieblingsgeschichten war, aber jetzt ist auch diese Erinnerung erloschen.

Etwas, das sich vor ihren Füßen auf dem abgetretenen Blau und Braun der Bahnhofsfliesen hin und her bewegt, weckt die Aufmerksamkeit Rosannas. Sie kneift die Augen zusammen. Es ist ihr Schirm, der offenbar aus dem Schrotthaufen hinter ihrem Rücken gekippt ist und jetzt mit seiner Spitze voran unter der Bank hindurchrutscht. Mit einem entschlossenen Tritt ihres Stiefelabsatzes macht sie der Wanderung ein Ende. Ein flüchtender Regenschirm, das fehlte noch an diesem üblen Tag.

Vom Bahnsteig gegenüber hört sie schwache Rufe. «Piazza Duomo! Piazza Duomo!» Es ist der Mann mit dem Strohhut. Er gestikuliert mit beiden Armen, er winkt, und kurz glaubt sie, sein Winken gelte ihr. Aber er verstummt und greift wieder nach der Hand des anderen Mannes.

Einse seltsame Unruhe steigt in ihr auf. Sie blickt über ihre Schulter, doch da ist nichts. Nur Metallschrott. Mit einem Mal wird die Hitze unerträglich, die ihr von unten ins Sitzfleisch dringt.

«Melinda, es kann nicht gesund für dich sein, so eng mit einem Heizkissen zusammenzuleben», ruft sie, steht auf, lüftet wedelnd ihren Poncho und bringt damit den sich ihnen nähernden Hundertfüßer von seinem Dienstweg ab. Als die Putzmaschine sich vielbeinig an ihnen vorbeischlängeln will, springt Melinda von der Holzbank auf, tut drei überraschend schnelle Schritte, holt Schwung wie ein Fußballer beim Strafstoß und versetzt dem Hundertfüßer einen Tritt, während sie aus voller Kehle schreit: «Knüppel, aus dem Sack!»

Die Maschine rasselt ein Stück über den Bahnsteig, scheint

an dessen Kante kurz abzuheben, dreht sich im Flug um die eigene Achse, klatscht mit ihrer Rückenplatte auf dem Gleis auf und zerbricht knackend in zwei Teile. Die Zangenbeinchen zucken ekstatisch weiter.

«Knüppel, aus dem Sack!» Melinda reckt das Grimm'sche Märchenbuch in die Höhe.

Ja, in dieser kleinen Oma haust ein Rumpelstilzchen, denkt Rosanna noch, da knallt ein Donnerschlag so heftig, so nah, dass er die Luft zum Surren und die Sitzbank ins Zittern bringt, während sich gleichzeitig ein Blitz über dem Dach gabelt, Gleise und Bahnsteig knisternd in Aluminiumlicht badet und sämtliche Bahnhofslampen und Stellwerklichter löscht.

«Das Licht ist aus.» In Melindas Stimme vibriert schrille Nervosität.

«Was du nicht sagst.»

«Sollen wir den Schaffner um Hilfe bitten?»

«Nein, lass nur. Hier ist niemand außer uns.»

«Doch. Da sind Leute, die mit uns auf den Zug warten.»

«Nein», sagt Rosanna.

«Kuck doch.»

Rosanna kann nicht erkennen, wen Melinda wohl meint. Da ist kein Reisender, nur Schwärze überall, während hinter ihrem Rücken ein metallisches Säuseln anhebt.

«Hallo», fragt sie laut und starrt mit aufgerissenen Augen ins Dunkel, darauf vertrauend, dass gleich der nächste Blitz den Bahnsteig erhellen wird. Alarmiert von einem nicht länger zu ignorierenden Hämmern in ihrer Brust, fragt sie sich, ob es Angst ist, was sie da fühlt, sagt sich aber, dass sie zu alt ist für diesen Mist.

So als verüble eine unsichtbare Macht ihr diesen Hochmut, schwillt das Säuseln in der Finsternis zu einem Knirschen an, zu einem Choral des Kreischens, zu zischenden Tönen, so brutal, dass sie zu Farben werden, zu einem Phosphorgrün und einem Purpur, deren Aufglühen und Flackern eine Silhouette aus der Dunkelheit schälen, eine menschengroße Kreatur, die dicht an ihrer Seite vorbeizieht, im Gleisbett verschwindet, um im nächsten Moment als schwarzer Umriss neben der Bahnhofsuhr die Wand emporzukriechen und vielbeinig am gläsernen Dach über Rosannas Kopf hinfortzujagen.

Im Schein der Gewitterwolken, der durch das Dach flackert, verfolgt Rosanna gelähmt, wie der Berg aus Metallschrott hinter der Sitzbank ins Wanken gerät, sich die Schiffsschraube von der Spitze löst, abstürzt und an jener Stelle aufschlägt, an der sie eben noch vom bitteren Schicksal der Ziege in der Bärenhöhle vorgelesen hat und davon, dass niemand weiß bis auf den Tag, wo sie hingelaufen ist.

«Der Zug, der Zug», brüllt Melinda ins Donnergetöse hinein. «Ich höre ihn kommen!»

## 10° 49' WESTLICHER LÄNGE; 53° 20' NÖRDLICHER BREITE

«Unfälle mit Robotern sind Sache der Security, oder?»

«Wer behauptet denn so was?»

«Ilunga. François Ilunga.»

Die Frau in der hellbraunen Uniform nickt. Die geflochtenen Zöpfe rechts und links an ihrem Kopf wippen. Der Name des Dispatchers ist ihr also nicht fremd, denkt Rafael van Gouten.

«Hier kann man mir helfen. Hat er gesagt.»

«Worum geht es?»

«Ich brauch Aufzeichnungen von Deck 75. Die Kameras beim Brennofen. Am Blaster.»

«Das ist hier kein Filmverleih.»

«Ihr zeichnet auf. Ihr beobachtet. Steht doch vorn am Eingang: Surveillance & Security Systems.»

«Hier kann nicht jeder reinspazieren wie in ein Kino. Also?»

Er spürt, wie ihm der Rotz aus der angefrorenen Nase läuft. Mit dem Handrücken wischt er weg, was wegzuwischen geht. Unter seinem Regenmantel ist er schweißnass. In der Hand hält er, was sich anfühlt wie ein ersoffenes Meerschweinchen. Seine triefnasse Ohrenmütze.

Die überheizte Rezeption des Kontrollzentrums riecht nach Bohnensuppe und Ketchup und strahlt eine abgestandene Ärmlichkeit aus. Security und Polizei wurden im Herbst zusammengelegt, um Kosten zu sparen. Jetzt sind sie in zwei langgestreckten Gebäuden untergebracht, die auf Deck 50 liegen wie der Länge nach aufgeschnittene Würste. Ihre Hüllen sind fensterlos und lassen Rafael an verlorene Atomkriege denken.

«Wir hatten einen Unfall mit einem Arbeitsroboter», sagt er betont geduldig.

«Unfälle werden bitte nebenan gemeldet. Bei der Polizei.»

«Es geht hier nicht um eine Katastrophe. Oder ein Verbrechen. Ich will einfach vermeiden, dass noch eine dieser Maschinen den Müll einer ganzen Station übers Deck verteilt.»

«Von welcher Art von Maschine sprichst du?»

«Versuch ich ja gerade herauszubekommen.»

Sie nickt. Diesmal halten ihre Zöpfe still. «Ich werd mal schauen, was sich machen lässt.» Sie klopft einmal mit den Knöcheln ihrer Faust auf den Empfangstresen, macht kehrt und verschwindet durch eine Tür mit einem runden Drahtglasfenster.

Der Raum fühlt sich an, als habe man alle Luft rausgepumpt, denkt Rafael. In seinem Rücken, auf einem Stuhl an der Wand, sitzt ein Alter in einem löchrigen Mantel aus Schafsfell. Ein Geschirrtuch hängt ihm von der Schulter, und seine Finger bewegen sich, als zähle er. Als die Frau in der Uniform zurückkehrt, wirft er ihr einen verstohlenen Blick zu.

«Was du willst, ist keine Kleinigkeit», sagt sie zu Rafael.

«Das war nicht bloß Küchenabfall. Oder Altpapier. Es war Stationsmüll. Volle Windeln. Blutige Binden.»

«Aber zu Schaden gekommen ist niemand.»

«Doch. Ich.» Die Frau fängt an, ihm auf die Nerven zu gehen.

«Na also. Wenn es ein Unfall war, und das behauptest du jetzt, dann ist die Polizei zuständig.»

«Okay, vergessen wir's. Mir ist nichts passiert, dem Roboter ist nichts passiert. Es könnte aber sein, dass ihr in Zukunft eine Menge Probleme mit euren Robotern bekommt.»

«Soll das eine Drohung sein?»

«Vielleicht.»

Sie setzt zu einer Antwort an, sieht dann aber nur an die Decke, so als grüble sie über deren rissiges Weiß nach. Ich hab sie rumgekriegt, denkt er.

«Also gut. Komm.»

Sie führt ihn einen schmutzig grauen Korridor entlang, von dem kleine Büros abgehen. Sie alle sind hell erleuchtet, aber verlassen. Das Knirschen seiner Arbeitsschuhe begleitet ihren Weg, ferne Lautsprecherstimmen. Vom Gewitter, das draußen mit atlantischer Wut auf die *Nyx* einschlägt, ist nur ein vornehmes Räuspern zu hören.

Als sie vor einem Lift warten, sieht er, dass ein Flussdelta aus heller Haut ihren Hinterkopf teilt, so hart und präzise sind ihre Zöpfe geflochten. Im Fahrstuhl blickt ihn dann sein eigenes, rotfleckiges Gesicht aus einem Spiegel an. Schwitziger Dunst steigt aus seinem Regenmantel auf.

Fünf Decks tiefer wird er gebeten, sich in die Besucherliste einzutragen. Man weiß ja nie, sagt er sich und unterschreibt mit der linken Hand, um seine Unterschrift unleserlich zu machen.

«Was ist mit dem Mann bei euch oben?», fragt er, als sie zwischen den Türen einer Doppelschleuse warten.

«Der Alte mit dem Geschirrhandtuch? Der kommt jeden Tag

für ein paar Stunden vorbei. Er glaubt, seine Tochter geht hier zur Schule. Er ist friedlich, deshalb darf er bleiben.»

Der Raum, dessen Ende er in der Dunkelheit nicht erkennen kann, kommt ihm vor wie eine gigantische Spielhalle. Dutzende von Menschen sitzen vor Computerschirmen, im fahlen Licht gleichen ihre Gesichter kleinen Monden. Hier und da glimmen schwache Tischlampen. Die Zopffrau führt ihn zielsicher an Hunderten von Monitoren vorbei. Auf den meisten ist das alltägliche Leben auf der *Nyx* zu sehen: Leute auf Korridoren, auf Gangways, Stubenmädchen, Beiköche in der Kantinenküche, Abwaschhilfen und Roboter an Transportbändern.

«Die Kabinen kontrolliert ihr hier nicht?», fragt er die voraneilende Frau.

«Das geschieht anderswo.» Sie klingt beleidigt.

Vor einem Mann mit einer dunkel getönten Brille kommen sie zum Stehen. Er sitzt mit großen Kopfhörern vor einem Bildschirm.

«Deck 75, sagst du. Dieser Mann hier kann dir vielleicht helfen.» Sie legt eine Hand auf die Schulter des Mannes, streicht mit der anderen zärtlich über die vernarbte Haut seiner Wange, zieht mit einem Peitschen ihrer Zöpfe ab.

Es braucht wenige Worte. Der Techniker mustert Rafael über seine Brille hinweg, nimmt die Kopfhörer ab und lässt sie ungeduldig von einer Hand in die andere wandern. «Die Nacht von Montag auf Dienstag, sagst du, zwei Stunden nach Mitternacht, am Trashblaster. Hier. Das sind die Kameras 115 und 116. Zwei Bilder pro Sekunde. Infrarot. Ich geh kurz pinkeln. Du hast zehn Minuten.»

Der Film, den Rafael sich ansieht, zeigt in kaum merklich ruckelnden Bildern zwei Männer vor Verladekränen. Er erkennt sich an seinem Overall wieder, er sieht, wie Virtanen sich von ihm entfernt, sich am Programmierkasten des Ofens zu schaffen macht, die Luke aufstößt, dann den ersten Waggon einrasten lässt, die Hebebühne in Gang setzt. Ab und an taucht er selbst kurz im Blickfeld der Kameras auf, umwölkt vom eigenen Atem. Er sieht sich dabei zu, wie er den zweiten Wagen herbeischafft und wieder geht, sieht, wie um zwei Uhr acht der Container aus seiner Spur kippt.

Die nächsten Minuten lässt er im Schnellvorlauf vorbeiziehen.

Um zwei Uhr sechsundzwanzig hat er die Windeln zurückgeschaufelt, sich auf einen Stapel von LKW-Reifen gesetzt, vergeblich zu rauchen versucht. Um zwei Uhr zweiunddreißig macht er sich an den nächsten Container, dann an noch einen, und immer weiter so, unermüdlich.

Er und Virtanen, Helden der Arbeit in der grau schattierten Welt eines Infrarotfilms.

Er stoppt den Film und sitzt ratlos im Halbdunkel. Er hört murmelnde Stimmen, gedämpftes Lachen. Geisterhaft summen die elektronischen Systeme. Er spult den Film zurück, dann noch einmal. Aber er sieht nicht, was er sehen sollte.

«Was gefunden?» Der Mann mit der Brille ist zurück. In seiner Hand hält er einen großen, dampfenden Becher. Es riecht nach Fenchel.

«Nein. Es ist der falsche Film.»

«Wie meinst du das?»

«Er fängt an, wie er soll, plötzlich aber ist es ein ganz anderer Film.»

«Passiert mir im Kino ständig», sagt der Techniker ernst. «Vielleicht hast du dich im Datum geirrt? An Bord vergeht ein Tag wie der andere. Und was ihr dort oben macht, scheint nicht sehr abwechslungsreich zu sein.»

Rafael versucht sich zu konzentrieren «Nein. Es sind zwei Filme in einem. Ab zwei Uhr zweiunddreißig zeigt er eine andere Nacht.»

«Lass mal sehen.»

Gemeinsam lassen sie die Bilder laufen. Wieder schafft er die Rollcontainer herbei, einen nach dem anderen, wieder übergibt Virtanen sie an den Blaster.

«Ich kann nichts Seltsames erkennen.»

Er bittet den Techniker hineinzuzoomen. Er sieht in seine eigene grimmige Visage, umrahmt von der Ohrenmütze. Doch es ist nicht Virtanen, der die Rollcontainer in Empfang nimmt, das erkennt er jetzt. Die Gestalt tut, was Virtanen tut, aber sie ist jemand anderes. Der Mensch, der dort am Brennofen ackert, hat nicht die Gesichtszüge des Finnen, keine Locken quellen unter der Pudelmütze hervor, keine Kummerfalten verschmähter Liebe kräuseln sein Stirn. Er hat überhaupt kein Gesicht.

«Bin ich das?» Er weist mit dem Finger auf seine eigene, grob gepixelte Gestalt.

Wenn er von der Frage überrascht ist, dann lässt der Mann es sich nicht anmerken. Er klimpert auf seiner Tastatur, sieht auf den Monitor: «Das System stellt fest, dass der Mann dort Rafael van Gouten ist. Ja, du siehst dich hier selbst.»

«Wie kannst du das wissen?»

«Weil nur ein Mensch auf der Welt sich so bewegt wie du. Wir sind einzigartig in unseren Bewegungen. Unsere Trackingprogramme extrahieren dein individuelles Gangbild. Deine Handlungsroutinen. Strukturelle Merkmale wie das Verhältnis von Schulter- und Hüftbewegungen beim Gehen. Die sind unfehlbar.»

Rafael lässt die Worte sacken, staunend. «Und wer ist der andere?»

«Ihn erkennt das System nicht.» Der Stimme des Mannes klingt verunsichert. «Unbekannt.»

Schweigend starren sie beide auf den Bildschirm.

«Was ist mit seinem Gesicht?»

«Auch eine Niete. Das biometrische System nennt mir keinen Namen.»

«Das ist nicht dein Ernst.» Die Gestalt, die den Blaster so beflissen mit Müll speist, hat keine erkennbaren Züge; es sieht aus, als hätte sie ein Tuch über Augen, Nase und Mund gespannt. Der echte Virtanen aber hatte sehr viel Gesicht. Er war keiner dieser Finnen, die sich nur nach innen freuen oder leiden.

«Seltsam, so einen Fall hatte ich noch nie.» Der Techniker lacht kurz auf. «Außerdem ist der Mann, mit dem du auf Deck 75 gemeinsam den Müll wegschaffst, eine Frau.»

«Wie jetzt?»

«Ein besonders gut wahrnehmbarer Parameter der menschlichen Bewegung ist die Gehgeschwindigkeit. Bei Erhöhung des Tempos nimmt bei Männern die Schrittlänge zu, bei Frauen dagegen die Schrittfrequenz.» Er spult den Film ein Stück zurück. «Siehst du? Hier trippelt dein Kumpel wie eine Balletteuse. Das kriegt kein Kerl hin. Außerdem können Frauen einfach nicht normal werfen. Hast du sicher auch schon mal bemerkt. Oder kennst du eine, bei der man sich keine Sorgen machen muss, dass sie sich die Schulter auskugelt? Oder den Arm gleich mit wegschmeißt?» Er grinst breit.

«Gibt's noch andere Kameras dort oben?»

«Wir zeichnen nur dort auf, wo es zu Unfällen kommen kann. Arbeitsplätze. Transportwege. Die Versorgungstunnel. Die Docks.»

«Was ist mit der Garage für die Gabelstapler?»

«Haben wir. Aber mach schnell.» Er überlässt ihm seinen Platz.

Rafael aktiviert die Kamera 122. Sie zeigt die Umgebung der Garage, neben der er den Arbeitsroboter erblickt hat. Das flache Gebäude liegt im Dunkel, kaum beleuchtet. Nichts regt sich.

Es dauert ein paar Augenblicke, bis er erkennt, dass die Bilder der Kamera jene Stelle zeigen, an der er zwischen meterdicke Rohrleitungen gestiegen und auf ein Muschelgehäuse getreten ist. Dort, wo die Pipelines an einem Maschinenhaus enden, entdeckt er Spuren im Schnee. Jede Menge Spuren, nicht wie Menschen sie hinterlassen; sie sind kreisrund und tellergroß, in ihrer Mitte ausgehöhlt. Sie haben den Gang gequert und führen zwischen die Kühlwasserleitungen, aber nicht wieder hinaus.

Um zwei Uhr einundvierzig gibt es Bewegung zwischen den Rohren. Ein kurzes metallisches Schimmern scheint auf, und im Licht des Mondes, der in jener Nacht als schmale Sichel am Himmel hing, sieht er, wie sich zwei oder drei kleine Schatten tastend aus dem Zwischenraum hervorarbeiten, armdicke Fühler, dann schließlich ein großer, rundlicher Schatten, der wippend im Dunkel verschwindet. Über seiner Mitte schwebt für Momente ein Glimmern, fast wie ein Heiligenschein.

Keine fünf Minuten später und eskortiert von der Uniformierten, rätselt er über zwei Fragen zugleich: Ob erstens das militärische Auf und Nieder der geflochtenen Haarpeitschen ein Produkt des Zufalls ist oder doch Ergebnis einer lang geübten Disziplin des kunstvollen Schreitens zum Zwecke der Verführung; ob zweitens der Hafen Oslo ein guter Ort gewesen wäre, abzuheuern, einen Billigflug nach Amsterdam-Schiphol zu buchen und ein Leben an Land zu beginnen. Ein Mann mit seinen Talenten findet überall einen Job. Als Kohlrabiwürfler. Butterwerfer.

## 10° 48' WESTLICHER LÄNGE; 52° 25' NÖRDLICHER BREITE

«Ich hoffe mal, sie kriegt nichts mit von alldem hier.»

Paul Packer kommentiert kopfschüttelnd, dass der Leichnam in einem engen, schwarzen Plastiksack steckt. Dass drei Bestattungshelfer in schlichten schwarzen Anzügen, sie tragen außerdem Handschuhe und Schutzmasken, den verpackten

Körper mit ungehörigem Schwung von der Metallbahre in den Sarg hinüberwuchten wie einen Sack Zement.

Ein Modell der Standardausführung, registriert Kalle Ulfung, einfach lackiertes Holzfurnier, Mahagoni-Imitat. In so etwas wird auch er eines Tages Platz nehmen.

Er ist erleichtert, dass er nie ein Wort mit der Frau aus Kabine 3738 gewechselt hat. So lässt ihr grässlicher Freitod ihn beinah unberührt. Die Irin war jedoch eine Vertraute Packers, war der einzige Mensch, mit dem er Kontakt hielt in seinem Kabinengang. Er hat geweint, aus verquollenen Augen schaut er ins fahle Morgenlicht vor der britischen Westküste.

Auf der anderen Seite des Sarges stehen zwei verbogene Frauen, auch sie Nachbarinnen der Irin. Andächtig legen sie einzelne weiße Rosen auf den Sarg, eine nach der anderen. Es sind siebzehn Rosen, Kalle zählt mit, dann noch einmal und noch einmal, um nicht über das Sterben nachdenken zu müssen. Barocke Musik erklingt aus zwei Boxen, der Wind verweht die Melodien. Ein beleibter Bordgeistlicher im schwarzen Anzug tritt vor den Sarg. Er lüftet seine Atemmaske, um stumm ein Kreuz in die Luft zu schlagen, um ein paar Segensworte zu murmeln, sein Atem schlägt dabei kleine Wölkchen: «Möge der Allmächtige ihrer Seele gnädig sein und sie in einen sicheren Hafen geleiten.»

Am Ende einer knapp kalkulierten Gedenkminute setzt sich die Hebebühne in Bewegung, schiebt sich über einen elektrisch angetriebenen Schlitten voran. Mit einem hydraulischen Knirschen versinken Sarg und Katafalk in dem von einem Streifen Kunstrasen umkränzten Schacht. Als vom Sarg nichts mehr zu sehen ist, ertönt aus der Tiefe das Rauschen eines Gebläses, das Klirren gegeneinanderschlagender Ketten. Eine der Frauen auf der anderen Seite weint hemmungslos. Ohne ein weiteres Geräusch schließen sich die schweren Stahlplatten über dem Krematoriumsschacht, Kalle glaubt, einen Strom heißer Luft auf seinen Wangen zu spüren. Der Geistliche und seine Helfer ziehen sich schweigend vor die Tore der Kühlhalle zurück, um die nächste Feuerbestattung vorzubereiten; jenseits der Aufbahrungshalle wartet ein frischer Schub Trauernder.

In schweigender Prozession machen sie sich auf den Weg.

Kalle stellt sich vor, dass in diesem Moment glühende Feuerhitze den Sarg und die Leiche einer Frau aus Irland in Asche verwandelt, dass diese Asche später am Tag in einen Betonquader geschüttet und versiegelt werden wird, ohne Brimborium. Nächste Woche dann, wenn die *Nyx* die karibischen Küstengewässer quert, wird dieser Urnenblock aus dem Rumpf herausschießen und mit Hunderten anderen gen Meeresboden sinken, um die maroden Korallenriffe vor Belize oder den Bermudas zu stärken. Eine tiefe Müdigkeit überfällt ihn, und er fragt sich, was er mit dem spärlichen Rest an verbleibendem Leben noch anstellen soll.

«Hast du gesehen? Die tragen alle Masken», sagt Kalle endlich, um sich und seinen Freund aus tristen Gedanken zu reißen.

«Sie fürchten wohl, sich was einzufangen», murmelt Packer. «Bei dem ganzen Publikumsverkehr.»

Kalle will einwenden, dass ihm so viel Vorsicht übertrieben, ja geradezu hysterisch vorkommt, denn welche Gefahren drohen schon von einer Frau, die sich mit Rattengift das Leben genommen hat? Er sagt dann aber nur: «Dieses Schiff ist ein Moloch.»

«Ja. Es macht aus allen Menschen Zwerge.»

Noch auf dem Bestattungsdeck kehren sie in das Bierlokal *Rien ne va plus* ein und bestellen jeder ein Glas belgisches Bier. Sie trinken es, am Tresen stehend. Gemeinsam mit einem Sprühregen winziger Biertröpfchen platzt die Frage aus Packer heraus: «Mal ehrlich, was hat sich in den letzten zwanzig, dreißig Jahren verändert?»

«Wir Alten werden aufs Meer abgeschoben.» Es ist das Erste, was Kalle einfällt. «Und wer nicht kucken kann, lässt seine Augen lasern. Ich trage meine Brille nur noch aus Schönheitsgründen. Sie lässt mich schlauer aussehen.» Er denkt nach. «Zum Guten hat sich sonst nicht viel getan. Selbstmordbomber gibt's nur noch in China.»

«Ganz meine Meinung. Und Fortschritte in der Wissenschaft? Vergiss es. Nicht einmal die Reichen können sich eine Ersatzprostata beschaffen. Weil es noch keine gibt.»

«Oder funktionierende Elektroautos.»

«Auch der Spaß an sozialen Medien ist längst verflogen.»

«Ja, das ganze Internet ist ein Witz. Der reine Polizeistaat.»

«Wenn's denn überhaupt mal angeschaltet wird.»

Die Luft ist kühl im Lokal, die Klimaanlage braust, Kalle beginnt zu frösteln. Er fragt sich zum x-ten Male, was für ein Mensch wohl Paul Packer sein mag. Der Waliser gehört zu den wenigen, die es geschafft haben, der *Nyx* bei lebendigem Leib zu entkommen. Und zu der noch selteneren Spezies jener, die wieder an Bord zurückkehrten – freiwillig, nach nur zwei Jahren in der Heimat. Scheiß auf die Verwandtschaft, antwortet Packer unverblümt, wenn man ihn nach dem Warum fragt, scheiß aufs Landleben. Er habe vor lauter Nichtstun Muskelkater bekommen und sich zum 89. Geburtstag sogar einen Herzinfarkt gegönnt. Damit mal was los ist.

Nach dem zweiten Bier, das eine rote Farbe hat, wagt Kalle zu fragen: «Wie sieht's auf deinem Bankkonto aus?»

«Ich bin blank», antwortet Packer.

«Auch für mich spuckt der Automat kein Geld mehr aus.»

«Ich fürchte, das hat System. Wir dürfen uns so was nicht gefallen lassen, oder?»

Die Casino-Halle ist einer der wenigen Orte an Bord der *Nyx*, die mit Teppichboden ausgelegt wurden; das zerschlissene, grün und blau gemusterte Gewebe ist von den Trampelpfaden der Spielsüchtigen gezeichnet.

Beschallt von Knattern und Läuten, steuern Kalle und Packer einen Spielautomaten an, der in einem der hinteren Gänge vor der schmucklosen Wand steht. Neben ihnen zappelt ein Mann in einer speckigen grauen Joppe und macht dazu grunzende Geräusche. Er misshandelt einen der uralten Flipperautomaten wie ein störrisches Kamel, bis der mit klöternder Fanfare ein Freispiel nach dem anderen verkündet. Als sie sicher sind, dass der Mann sich keinen Deut für sie interessieren wird, schreiten sie zur Tat.

Kalle wirft eine Dollarmünze in den Spielautomaten, macht ein konzentriertes Gesicht und zählt langsam bis vier, denn auf das Timing kommt es an. Mit dem Zeigefinger der linken Hand drückt er die Taste «Roulette», mit dem rechten Daumen den Button «Einsatz». In genau diesem Moment setzt Packer 4000 auf Schwarz und zieht den Einsatz via Touchscreen zum Feld «18 – 35», parkt ihn dort, platziert ihn aber nicht. Gleichzeitig hält er die Geldrückgabetaste gedrückt, während Kalle den Einsatz auf die Null zieht. So verharren sie, bis die Roulettekugel an Fahrt verliert und in die Neun torkelt, aber das ist einerlei, denn welche Zahl auch fällt: Die Siegesglocke läutet. Ein goldener Plastikjeton purzelt die Ausgabe heraus. Hundert Dollar Gewinn. Fifty-fifty.

Es ist reine Routine. Um nicht das Misstrauen der Alarmsysteme zu wecken, melken sie den Spielautomaten mit dem Software-Fehler nur einmal im Monat. So hat Packer es dem emeritierten Mathematikprofessor aus Zürich, mit dem er einst eine Kabine teilte, auf dessen Sterbebett versprochen.

Der Umtausch des Jetons in Bargeld bereitet keine Probleme. Dennoch will Packers finstere Miene nicht weichen.

«Mach nicht so ein Gesicht», sagt Kalle.

Sofort sieht Packer noch trauriger aus. «Ich habe immer eine

Seebestattung gewollt, doch jetzt ... Es gruselt mich total. Diese endlose Einsamkeit unter Wasser, die Finsternis, die leblosen Tiefseetäler ... Ich glaub, ich brauch dringend noch ein Bier.»

«Kein Wunder, dass du melancholisch wirst. Das kommt vom ewigen Aufs-Meer-Starren.»

## 10° 32' WESTLICHER LÄNGE; 51° 50' NÖRDLICHER BREITE

«Blaue Zunge?» Die Stimme Charanya Suraswadis kommt glockenhell aus dem Nebenzimmer. «Eine blaue Zunge deutet auf eine Zyanose. Eine Venenthrombose. Auf plötzlichen Herztod. Den Verzehr von Heidelbeeren. Doch das weißt du selber.»

«Und wenn ...»

«Wenn was?»

«Wenn diese blaue Zunge zu jemandem gehört, der längst tot ist?»

«Wovon redest du?»

«Mein Toter in der Wanne. Er lag dort mit seiner blauen Zunge, ich weiß nicht, wie lange. Ich kann es mir nicht erklären.»

«Wende dich an unsere Kollegen aus dem Osten. In China haben sie eine Wissenschaft aus der Zungenfärbung gemacht. Ich nehme denen nur die Hälfte ab von dem, was sie so von Yang-Schwäche und einem kollabierten Qi erzählen. Aber kompletter Blödsinn ist es auch nicht.»

Polly Sutter vertieft sich in den Krankenbericht.

Der Mann in der Wanne hieß Vladetic. Milan Vladetic. Laut Bericht n° 34 354 ist der Resident E047432 Serbe gewesen, sechsundachtzig Jahre alt. Seit sechs Jahren und vier Monaten an Bord der *Nyx*. Geboren und aufgewachsen in Novi Sad. Verwaltungsangestellter und Kürschner. Die Ehefrau verstorben. Eine Tochter, die in Sydney lebt.

Vladetic ist ein Durchschnittspatient gewesen, anfangs jedenfalls. Vor vier Jahren sind ihm dann die Mandeln entfernt worden, es folgte eine Einlieferung wegen des Verdachts auf eine Blinddarmentzündung, Fehlalarm. Ansonsten: Leichte primäre Hypertonie, Neigung zu Bronchialkatarrh; immer wieder grippale Infekte, über viele Jahre ein beliebter Gastgeber der Rhinoviren. Anfang September ging es dann richtig bergab mit ihm. Er wurde zum Frequent Flyer, zum Dauerkranken, der mindestens dreimal pro Woche zur Visite hereinflatterte. Schnupfen, Husten und Halsweh waren seine ständigen Begleiter. Er brach sich das Nasenbein. Verlor seinen oberen linken Schneidezahn. Ende des Monats kam er mit hohem Fieber. Das Blutbild war gestört, seine Milz geschwollen. Auch die Leber fand man vergrößert. Sie liest: Patient klagt über Schmerzen und Kribbeln im Unterbauch, sagt, er höre sein Blut kochen. Er sehe die Spinnen kommen.

Manche Leute haben so eine dramatische Art, denkt sie.

Vladetic wurde an einen Psychoneuroimmunologen überwiesen. Befund: Anfälle von Herzklopfen mit jagendem Puls, Palpitationen beim Einschlafen. Depressionszustände, Anfälle von Furor. Der Stress hatte ihn im Griff, die Blutwerte waren deutlich: hohe Konzentrationen des Hormons Cortisol, Mangel an T-Lymphozyten, dafür jede Menge Interleukin-6, kein ganz harmloser Entzündungsstoff.

Sie leiert den Befund des Milan Vladetic leise vor sich hin, begleitet vom nicht endenden Geraschel des Geschenkpapiers aus dem Nebenraum. Woher rühren die Wutattacken des Patienten? Was hat ihn so fürchterlich aufgeregt? Die bedeutenden Fragen werden in Krankenakten nie beantwortet.

Neun lange Stunden hat sie unter dem Fleischthekenlicht einer Röhrenlampe in ihrem schmucklosen Behandlungszimmer Patienten abgefertigt. Sie sieht ihr gerötetes Gesicht im Spiegel und zieht eine Grimasse, bis ihr Kiefermuskel erlahmt.

Kaum ist der letzte ihrer Patienten gegangen, hat sie Laborwerte von Blutuntersuchungen abgeglichen, Blutdruckpässe kontrolliert, Diagnosen codiert.

All dies habe ich nur sehr schlampig erledigt, denkt sie, nicht einmal Quersummen habe ich ausrechnen wollen. Denn der eine Tote ist mir wichtiger geworden als all die Lebenden.

Anfang Oktober kehrte Vladetic mit starken Halsmuskelschmerzen in die Station zurück. Behandlung mit Relaxanzien. Ihr fallen die Tabletten auf seinem Nachttisch ein. Wer hat ihm die Berge von Schmerzmitteln verschrieben? Die Namen von Ärzten findet sie in der Akte nicht. Dafür Zahlen. Kürzel.

Nach und nach klangen seine Beschwerden ab. Dann plötzlich ein Notarzteinsatz: Der Patient klagte in einem schrillen Singsang über Schmerzen und Kribbeln in Brust, Armen und Beinen. Konnte kaum noch stehen oder laufen. Verdacht auf Guillain-Barré-Syndrom. Sofortige Überweisung an die Epidemiologie.

Barré-Syndrom? Was es hier alles gibt. Polly steht auf und tritt in das Nebenzimmer. «Ich komme nicht weiter. Er wurde überwiesen.»

«Du wirst deinen Toten in einer anderen Datenbank wiederfinden.» Suraswadi blickt nicht auf von der silbernen Tasse, die sie in Weihnachtspapier einschlägt. «Wohin willst du?»

«In die Epidemiologie.»

«Das ist so einfach nicht. Sie nutzen dort eine andere Software als wir.

«Klingt bürokratisch.»

«Dabei geht es, wie immer, auch ums Geld. Es gibt ein ewiges Gerangel um die Leistungsverrechnung zwischen den Abteilungen. Welcher Patient, welche Behandlung wird welcher Kostenstelle zugeschrieben? Die Innere und die Allgemeinmedizin kämpfen mit den Epidemiologen um dieselben Budgets. So einfach ist das. Und so kompliziert.»

«Es ist also wie an Land», sagt Polly. «Niemand will auf seinen Kosten sitzenbleiben.»

«Und keine Station möchte mit primären Fehlbelegungen beim Controlling auffallen.»

Polly sieht sich in Suraswadis Behandlungszimmer um. Dort, wo ihrem Gefühl nach die Fenster sein sollten, hängt ein riesiges Aquarium. Unter etlichen grün-blauen kleinen Fischen macht sie zwei große, gelb gestreifte Exemplare aus, die ein rotes Spielzeug-U-Boot umschwimmen, das jemand dort versenkt hat.

«Was muss ich tun, um an die Geheimnisse der Virologie zu kommen?»

«Um Erlaubnis fragen. Untertänigst. In jedem einzelnen Fall. Quer durch ihr Revier wirst du nicht surfen können. Und vieles ist anonymisiert.» Mit flinken Kinderfingern verpackt Suraswadi Teelöffel und Kuchengabeln. Sie hat wohl einen vielköpfigen Freundeskreis zu beschenken, sagt sich Polly. Und dass sie selbst in diesem Jahr weder Weihnachtsgeschenke machen noch bekommen wird.

Emma2405. Der Geburtstag ihrer Schwester. Quersumme elf, die seltsamste aller Primzahlen, die beiden Einzelgängerinnen. Über ihr Kennwort meldet sie sich im Portal der Virologen an. Es dauert Minuten, bis ihr der Zugang freigeschaltet wird.

In der Datenbank der Virologie sieht es aufgeräumt aus; nach hinreichend Personal und gewissenhafter Anamnese, da stolpert man über keinen in Zeitnot zusammengeschusterten Patientenbericht.

Sie haben Vladetic auseinandergenommen. Über dreiundneunzig Seiten beschreibt die Akte den Krankheitsverlauf, notiert Einweisungen, Examinierungen. Danach befragt, wo die Schmerzen ihn am heftigsten plagen, deutet er auf seinen Unterbauch. Sobald sein Bauch abgetastet wird, springt der Schmerz in das linke Bein, dann in den rechten Arm, und immer so weiter.

Eine Punktion der Rückenmarkflüssigkeit zeigt einen erhöhten Eiweißgehalt, bringt aber kein eindeutiges Ergebnis, auch die Blutgasanalyse hilft nicht weiter. Allerdings werden Antikörper gefunden, wie sie nach Magen-Darm-Infektionen üblich sind.

Die Sorgfalt ist beeindruckend, doch wie kommen sie auf die Idee, einen weit über Achtzigjährigen als einen Fall von Guillain-Barré zu diagnostizieren? Einer Autoimmunerkrankung und Nervenlähmung, einer äußerst seltenen Nebenwirkung der Grippeimpfung?

Der Patient, der Mitte Oktober in der Quarantäneabteilung der Virologie landete, klagte über Tic-artige Zuckungen, Kontrollverlust der Schlundmuskulatur. Er wirkte konfus und verängstigt, beschrieb Spinnentiere, die nachts über sein Bett herfielen, und Krabbeltiere, von denen er meinte, dass sie gerade auf seinem Oberschenkel herumkröchen. Aber auch dies: Er brach sich den Mittelfußknochen, nur Tage darauf das Jochbein. Frakturrisse in beiden Handgelenken.

Junge, Junge. Warum all diese Verletzungen? Bist du gestürzt?

Über Wochen regulierten sie seine Medikamente rauf und runter, sie stopften ihn voll mit Immunglobulinen und Virostatika, eliminierten die im Körper vorhandenen Erreger, sie begannen eine Infusionstherapie mit Hämarginat. In den ersten Dezembertagen die letzten Einträge. Verbesserte Blutwerte, primäre Frakturheilung, der Patient wurde beschwerdefrei entlassen. Eine wundersame Genesung.

Zwei Wochen später versiegelte Vladetic seine Kabinentür, entkleidete sich, stieg zum Sterben in die Badewanne.

Das alles ergibt keinen Sinn. Gar keinen.

«Bist du fündig geworden?» Die Stimme Suraswadis reißt sie aus den Gedanken.

«Mir ist niemand untergekommen, der jemals so krank gewesen ist. Keine Ahnung, wo ich mit einer Suche anfangen soll.»

«Der Schnee fällt; jede Flocke an ihren Platz.» Suraswadi sieht sie aufmunternd an. «Lass uns an Deck gehen. Ich sehne mich nach einem Blick aufs feste Land.»

«Was ist da passiert?» Polly deutet auf die Nase der Gesundheitsoffizierin. Quer über ihrem Nasenrücken leuchtet eine Schnittwunde wie eine primitive Kriegsbemalung.

«Nichts weiter. Ist mir beim Waschen der Zentrifugen passiert.»

Während Polly sich eine Kopie der Daten ihres multimorbiden Patienten zieht, ihren Wollmantel vom Kleiderhaken hebt und über der Zen-Weisheit ihrer Kollegin grübelt, beginnt das Gefühl an ihr zu nagen, etwas übersehen zu haben, so wie eine glühende Herdplatte, das laufende Wasser im Bad; die Wohnungstür, ist sie verschlossen oder nicht?

Das blanke Meer liegt ausgebreitet wie ein Tuch, als sie die Tür zum Außendeck aufstößt. Am Nachmittag ist der Wind auf Nordost umgeschlagen, jetzt umfächelt er sie als laues Lüftchen. Dafür ist es kühler geworden.

Seit Polly an Bord der *Nyx* ist, hat sich die Farbpalette, wann immer sie über die Außendecks geht, auf Weiß und Grau beschränkt, jetzt triumphiert ein heller Streifen Blau im Westen. Sie saugt die Lungen voll mit Luft.

Auf allen Decks haben sich Leute versammelt. Vor einem Glühweinstand, der provisorisch in einer Tauwerkstatt eingerichtet worden ist, steht ein Grüppchen von Leuten. Polly sieht in traurige Gesichter. Natürlich, fällt ihr ein, die Aussicht, die Küsten der Heimat monatelang nicht, vielleicht nie, wiederzusehen, versetzt die Alten in Melancholie. Und da sie selbst mit einem Mal von Wehmut erfasst wird, sagt sie sich, dass die Welt viel weiß über virale und bakterielle Infekte, wenig jedoch von der Ansteckungsgefahr, die von tiefen Gefühlen ausgeht.

Sie entdeckt zwei ihrer Kollegen, die sich bis an die Reling vorgedrängelt haben, ohne Rücksicht auf Alte in Rollstühlen. Die gewissenlosesten der Gaffer verschaffen sich Platz, indem sie Rollatoren beiseiteschieben. Wer keinen sicheren Stand hat, ist machtlos. Das Deck ist vom Schneematsch schlüpfrig.

Über eine Steigleiter erklettern sie und Suraswadi einen Vorsprung, verscheuchen eine fette Nebelkrähe mit dem dumpfen Klatschen ihrer Fäustlinge und finden sich mitten in einem kleinen Antennenwald wieder. Zum Trocknen aufgehängte Hosen und Unterhemden baumeln angefroren an den Masten. Sie tauchen unter der farblosen, ausgebeulten Wäsche hindurch und haben freie Sicht auf Valentia Island und eine Schnur von Öltankern, Frachtern und Fähren. In den Strahlen der untergehenden Sonne blitzen die Dächer flacher Lagerhallen und Eisenbahnwaggons auf, näher am Wasser die Kräne der Docks.

Von hier oben glaubt sie Nelson zu erkennen, seine kleine, drahtige Gestalt steht am Rande einer Gruppe, die sie sofort verdächtigt, aus Neuankömmlingen zu bestehen. Sechzehn Männer und Frauen, denen die Aufregung der ersten Stunden an Bord an den bewegten Mienen abzulesen ist. Kurz kämpft sie mit der Idee, sich durch die Menge zu kämpfen und Nelson von den Ungereimtheiten in der Patientenakte Milan Vladetics zu berichten, entscheidet aber, dass Suraswadi die Richtige ist, ihre Zweifel auszuräumen.

Die Worte platzen aus Polly heraus: «Da wird ein Kranker von Station zu Station geschickt, kein Mensch findet heraus, was ihm fehlt, ein Lehrbuch könnte er mit seinen Beschwerden und Frakturen und Halluzinationen füllen, ganz plötzlich soll er am Barré-Syndrom leiden, aber die Symptome passen nicht. Er wird in Quarantäne gesteckt, er wird behandelt, und – Simsalabim! – er gesundet. Zwei Wochen später nimmt er sich das Leben.»

«Ich begreife deine Unruhe, aber beiß dich nicht an irgendwas fest.»

«Ich will nicht spitzfindig sein. Ich will bloß wissen, warum er mit einer kobaltblauen Zunge starb. Und wo finde ich seine Blutproben?»

«In der Virologie, nehme ich an.»

«Warum hat er Hilfe gewollt, als er in seiner Wanne lag? Die Schnur, an der dieser rote Notfallknopf über seinem Kopf hing, war aus ihrer Plombierung gerissen.»

Suraswadi blickt sie verärgert an, als sie antwortet: «Das ist in fast allen Kabinen so. Die Alten rutschen weg, haltsuchend greifen sie nach der Schnur. Oder die Duschschlange verheddert sich. Es dauert Wochen, bis das repariert ist.» Dann fragt sie: «Warum bist du auf der *Nyx*?»

Polly ist überrumpelt. Diese Frage passt nicht hier und passt nicht jetzt, weil sie sich aber doch zu einer Antwort verpflichtet fühlt, stimmt sie in den Kanon der Liebeskranken ein: «Ich war unglücklich. Ich wollte weg, weg von allem und jedem.»

«Und da hast du voreilig auf der *Nyx* angeheuert, denn noch weiter weg geht nicht. Die meisten, die freiwillig hier an Bord kommen, sind auf der Flucht. Vor Liebeskummer. Vor ihren Schulden, vor der Rache anderer.»

Nach und nach haben andere Schaulustige ihren Vorsprung erklommen und nehmen ihnen die Aussicht auf das Meer und die Küste.

«Ich zeige dir was.» Suraswadi zieht sie zum Abstieg. Sie drängeln sich durch eine anwachsende Menschenmenge, als sie mit leiser Stimme fragt, nur für die Ohren Pollys: «Woran ist er überhaupt gestorben, dein Badewannenmann?»

«Nelson lässt sich Zeit mit der Obduktion. Nächste Woche weiß er mehr, hat er versprochen.»

«Dann ist Weihnachten. Vergiss Nelson. Er verspricht gerne und redet viel.» Suraswadi lacht Polly ins Ohr: «Er ist ein Aufschneider. An jedem Tag der Woche trägt er eine andere Rolex, achte mal drauf. Und alle sind sie gefälscht und für lumpige zehn Dollar in Bangkok oder Saigon gekauft. Und …» Sie sieht sich nach zufälligen Mithörern um. «Auch sonst hält er sehr viel auf sich. Er wohnt in einer dieser Deluxe-Kabinen auf dem Offiziersdeck, mit Panoramafenstern und Badewanne. Ich will nichts sagen, vielleicht ist es sogar standesgemäß, er ist schon lange an Bord. Länger als alle, die ich kenne.»

Sie nähern sich einer quadratischen Stahlgitterplattform, die weit über die Schiffswand hinausragt.

«Traust du dich?», fragt Suraswadi.

Zögernd setzt Polly einen Fuß auf die schmalen Streben, umklammert die Handläufe beider Geländer. Durch die Maschen des Gitterwerks sieht sie tief unter sich Kormorane und Papageientaucher über die Schaumkronen gleiten, erkennt in der beschatteten Ferne die Landungsbrücken der *Nyx*, an denen Versorgungsschiffe anlegen und ihren Proviant löschen.

Aufsteigender Wind fegt ihr ins Gesicht. Ihr Magen sackt ab, Schwindel schießt ihr in den Kopf. Als Kind hat sie unter Höhenangst gelitten, dann aber gelernt, dass es hilft, sich dem linearen Fluss der Zahlen hinzugeben oder an wirkliche Schrecken zu denken. An den Tod des Hamsters und die Französischprüfung, später an das Sterben ihres Vaters, an Liebesleid. Auch jetzt reicht es, sich das Gesicht Kristins zu vergegenwärtigen, die feine Linie ihres Haars über den grünen Augen. Tapfer tritt sie ein paar Meter hinaus in das Nichts. An ihrem Rücken klebt ängstlich Suraswadi, die eine Hand hält den Gürtel ihres Mantels, die andere liegt auf Pollys Hüfte.

«Wofür sind die gut?», fragt Polly und deutet auf ein Gewirr von Zäunen, die tief unter ihr in Dreierreihen von der Bordwand abstehen, knapp über der Wasserlinie. Es sieht so aus, als seien sie willkürlich in die Wand der *Nyx* gerammt worden.

«Die Piraten kommen aus dem Nichts, meist im Morgengrauen. Vier oder fünf Skiffs ziehen durch das Wasser, viel schneller, als du es für möglich hältst. Bevor Alarm ausgelöst ist und die Schallkanonen und Wasserbomben ausgerichtet werden können, machen sie an der Bootswand fest, erklettern die Zäune, brechen Luken auf, entern die untersten Balkone.»

«Willst du mir Angst machen?» Polly kann kaum glauben, was Suraswadi ihr da erzählt.

«Nein, nein. So war es bis vor ein paar Jahren. Auf manchen Meeren wurden wir regelmäßig überfallen. Also hat man größere Zäune gebaut und mit Schaum auf die Schiffswand geschossen, um sie rutschig zu machen. Am Ende wurden die Zäune an das elektrische System angeschlossen.»

«Die Zäune stehen unter Strom?»

«Ja. Auf stürmischer See dauert es Stunden, bis man die Toten dort losbekommt und ins Meer wirft. Meist haben sich die Seevögel schon die feinsten Teile herausgepickt.» Suraswadi sagt es beiläufig, fährt sich dabei mit dem Finger über die Wunde auf ihrer Nase.

«Worauf sind die Piraten aus? Geld?»

«Sie plündern alles: Möbel, Krücken, Salatschüsseln, Medikamente. Sie nehmen Geiseln, fordern Lösegeld oder legen Feuer, wenn sie keines kassieren. Sobald Piratenalarm ist, erstürmen die Senioren die Zitadelle und andere Schutzräume im Bauch des Schiffes, als würde ihnen dort die ewige Jugend per Schluckimpfung verabreicht, auf dem Zuckerwürfel.»

Polly spürt die Hand Suraswadis über ihren unteren Rücken gleiten. Es ist nur ein flüchtiges Berühren, dann zieht die Hand sich zurück.

«Mach dir keine Sorgen. Nur die Hartgesottenen trauen sich noch an uns heran, und in den Gewässern vor Benin und Togo oder Borneo sind wir wachsam. Mehr als ein oder zwei der unteren Decks haben die Piraten nie erobern können.»

«Wer vertreibt sie von Bord?»

«Die Eingreiftruppen mit ihren Kampfmaschinen. Meist geht es sehr schnell.»

Als Irland allmählich in der Dämmerung verschwindet, dann auch die öden Felseninseln, die vor der Südwestküste liegen wie Scherben aus Terrakotta, brechen sie auf. In den Regalen eines Holzverschlages sieht Polly eine Reihe kleinerer Arbeitsroboter aufgereiht liegen. Sofort fragt sie: «Hast du von einem Unfall mit Robotern gehört? Zwei Maschinen, die aufeinander losgegangen sind? Von einem Arbeiter, der seine Beine dabei verlor?»

«Aha?» Suraswadi klingt zweifelnd.

«Kannst du dich erkundigen, bitte? Die *Nyx* lag auf der Höhe von Mauretanien.»

«Was soll das jetzt wieder?» Ein strenger Blick aus braunen Augen beendet die Unterhaltung.

Ja, was soll das?, fragt sich auch Polly. Und als Antwort fällt ihr nicht mehr ein als ein junger Patient, der wehleidig und verschämt und mit glühenden Ohren in ihr Behandlungszimmer gekommen ist, um sich eine Steißbeinluxation zurechtrücken zu lassen. Dem sie kaum zugehört hat, als er ihr aufgeregt vom Verschwinden seines Kollegen berichtete.

Und endlich fällt ihr ein, was an ihr nagt, seit sie die Tür zu ihrem Behandlungszimmer hinter sich geschlossen hat: dass der Name Vladetic in den Krankenakten der Virologie direkt auf jenen Namen folgte, von dem ihr Patient gesprochen hat. Virtanen.

## 11° 59' WESTLICHER LÄNGE; 49° 42' NÖRDLICHER BREITE

Schichtdienst Kantinenwache, elf bis vierzehn Uhr. Drei Stunden der eintönigsten, der ereignisärmsten Arbeit an Bord des Schiffes, denkt Rafael van Gouten. Die Aussicht auf soßenverschmierte Münder, auf bekleckerte und von Krümeln übersäte Tische und Böden, sie ist deprimierend, und die Vorschriften sind streng. Das Sitzen auf den Stühlen der Kantine, das Lehnen an den Stützpfeilern ist dem Dienstpersonal strikt untersagt. Stete Konzentration wird erwartet. Denn immer wieder mal gerät eine Gräte in die Fischsuppe, blockiert ein Hühnerknochen den Ösophagus, bleibt eine Zahnprothese im Kehlkopf hängen.

Er hat sich lange über das Kleinteilige der Kantinennahrung auf der *Nyx* gewundert, über die zu Mus verkochten Gerichte, die das Menü beherrschen. Doch eines Tages erklärte man ihm, dass der Diätplan auf mundgerecht Zugeschnittenes umgestellt werden musste, nachdem gleich drei Kantinengäste innerhalb eines Tages den Verschluckungstod erlitten hatten.

Als er das Areal der Kantinengebäude erreicht, zieht ein Schnaufen seine Aufmerksamkeit auf sich. Keinen Meter von ihm entfernt hockt eine alte Frau direkt vor der Wand einer Kesselanlage. Ihre Hose hängt auf dem Boden, eine Windel liegt neben ihr. Jetzt riecht er es auch: Sie erledigt ein großes Geschäft. Sieht ihn verwirrt an und nickt ihm zu. Sie hat kaum noch Haare auf dem Kopf. Sie ist ihm unheimlich. Schnell geht er weiter. Das Alter ist eine Hinterhältigkeit der Natur.

Bis zum Ende der Schulzeit ist er bei seinem Großvater in Rotterdam-Tarwewijk aufgewachsen. Antonie war nach vier Schlaganfällen in die Hilflosigkeit gestürzt, war nicht mehr allein zurechtgekommen, es ging mehr und mehr Richtung Rollstuhl und Sprachlosigkeit. Rafael half ihm beim Waschen, er lernte, Katheter anzulegen. Eines Tages, als er seinem Opa die Hose hochzog, kam der Satz aus dessen Mund: «Du bist mir nicht böse, dass ich jetzt dein Söhnchen bin?» Von jenem Moment an bedeutete das Alter für Rafael alles an vorstellbarem Übel.

Er hatte gerade die ersten Wochen an Bord hinter sich gehabt, da fing er plötzlich an, ältere Leute zu bewundern. Ihnen standen ihm unbekannte Kräfte zur Verfügung, entdeckte er, Würde, Zurückhaltung, das Maßvolle, auch der komische

Stolz, andere überlebt zu haben. Mittlerweile aber sehe ich die Dinge nüchterner, sagt er sich. Ich bin jung, ich schließe die tonnenschweren Schotten bei Notfallübungen, ich wische keine fremden Hintern ab. Ich bin der Techniker an Bord. Nicht der Pfleger.

Kurz nach elf ist die Terrasse vor den Kantinengebäuden schon von hungrigen Alten überschwemmt. Von allen Seiten wälzen sie heran und drängeln sich durch die Tore. Er lässt sich vom Strom mitziehen. Von jetzt an drei Stunden.

## 11° 59' WESTLICHER LÄNGE; 49° 42' NÖRDLICHER BREITE

«Echt sind die nicht. Niemals.»

Kalle Ulfung sieht sich um. «Wer?»

«Na, die da.»

«Nicht echt? Die Hackbällchen?»

«Nein, ihre Titten.»

Eine Frau mit Haarnetz schlurft in Pantoffeln an ihnen vorbei. Sie hat große Brüste, die waagerecht abstehen und unter ihrer grünen Cordjacke hervorragen.

«Woher willst du das wissen?»

«Tja.» Paul Packer setzt einen wissenden Blick auf.

In seinem Alter, denkt Kalle. Es ist der vom Geschlechtstrieb vernebelte Intellekt, der aus Paul spricht. Zudem stehen sie seit zwanzig Minuten vor der Essensausgabe an. Da kann man schon mal seltsam werden.

«Was macht ihr mit uns!», brüllt ein Mann ein Stück weiter vorn in der Warteschlange. Die Kleinsten sind immer am lautesten, sagt sich Kalle, der von dem Schreihals nicht mehr als einen roten Fleck auf seinem haarlosen Schädel sieht. Ein Feuermal der Ungeduld.

«Was macht ihr mit uns!» Der Mann gibt keine Ruhe. «Was macht ihr mit uns!»

Empörtes Gemurmel stimmt in seinen Protest ein. Tatsächlich: Die Warteschlange wächst mit jeder Minute. Auch das Menü weckt keine Vorfreude, stellt Kalle fest: Zur Auswahl stehen Kichererbsen auf Cassava, zwiebelfrei; Kartoffelsalat mit Labor-Frikadellen; dann wieder einmal Poisson Cru, rohe Fischhäppchen, die in einer köstlichen Marinade aus Kokosmilch und Limetten schwimmen, seinen Unterleib jedoch regelmäßig mit Blähungen von asiatischer Wucht quälen.

«Weiter geht's!» Eine Stimme herrscht ihn an, die Lücke zu schließen. Direkt hinter ihm steht eine Frau mit bunter, verschlungener Kopfbedeckung. Sie ist größer als er und sieht finster drein.

«Wie geht's den Ohren?», fragt Packer, als Kalle zu ihm aufschließt.

«Schlecht. Wirklich sehr schlecht. Es geht rapide abwärts in diesen Tagen. Trotzdem kein Grund, mich anzubrüllen.»

«Wenn das hier in dem Tempo weitergeht, krieg ich ein Aneurysma.» Packers Stimme klingt noch krächzender als sonst, klingt nach Raspel auf Metall.

Schuld ist die Grippe.

Das Virus ist hartnäckig.

Uns fehlt das Personal.

Sätze wie diese bekommt Kalle seit Tagen zu hören. Und Gerüchte. Wer jetzt stirbt, so heißt es auf den Fluren, muss wochenlang im Gefrierfach auf seine Seebestattung warten. Er hält wenig von Klatsch und Gerede, nimmt jedoch die nackten Tatsachen ernst: In den Korridoren stapeln sich die Säcke mit der Schmutzwäsche, die Kabinenböden werden nur an jedem dritten Tag gewischt, in den Kantinen wurde vom Menü gestrichen, was ein Mindestmaß an Kochkunst verlangt.

«Was hast du mit der Drohne angestellt? Wo ist sie?», fragt

Kalle, kaum haben sie sich zwei freie Plätze vis-à-vis einem betagten asiatischen Paar geschnappt.

«Steckt in meinem Erste-Hilfe-Kasten. Manchmal hole ich sie hervor und sehe sie mir an.»

«Hältst du das für schlau?»

«Nein. Leider finde ich keine Schrauben, keine Scharniere, die ich aufhebeln könnte. Das Ding ist eine glatte, harte Nuss.» Packer schiebt die Kichererbsen und das Cassava auf seinem Teller zu einer Landschaft aus Kanälen und Türmchen zusammen. «Und ich sag dir, es hat uns angegriffen. Es ist nicht abgestürzt.»

«Kein Zweifel. Die Drohne hat in uns den Feind erkannt. Zielsicher ist sie auf dem Katapult eingeschlagen.»

Kalle zupft unter dem Kragen seines weißen Oberhemds eine Stoffserviette zurecht. «Das Ding ist außer Gefecht gesetzt. Das ist alles in allem sehr beruhigend.»

«Oh nein. Ist es nicht.» Packer schaut abenteuerlustig drein. «Es fühlt sich warm in der Hand an. In seinem Inneren pulsiert ein Rest an Leben.»

«Stell dir vor.»

«Keine Bange. Seine Fühler habe ich mit der Nagelzange abgeknipst. Schnipp, schnapp.»

An einem der kleineren Nachbartische steigt Gelächter auf. Kalle sieht sechs Weihnachtsmänner im Kreis sitzen. Junge Männer und Frauen vom Bordpersonal, die in den Tagen vor Heiligabend ihre Runden bei jenen machen, die längst wieder zu Kindern geworden sind. Als Geschenke verteilen sie Päckchen mit Keksen und batteriebetriebene Lämpchen aus buntem Plastik. Ihre Mützen und Bärte haben sie in der Mitte des Tisches aufgetürmt. Ihrem Gehabe nach zu urteilen, reißen sie Witze über die Alten.

«Was hatte die Drohne über unseren Köpfen zu suchen?», fragt Kalle. «Wer hat sie geschickt?»

«Ich werde es herausfinden. Mit einer Hydraulikpresse.» Zur Anschauung zerquetscht Packer eine Kichererbse am Rande seines Tellers. Kalle nickt.

Von irgendwoher ist ein leises rhythmisches Klopfen zu hören, wie ein von fern herannahender Zug. Es ebbt kurz ab, wird lauter und lauter, bis die Tischplatte im Takt vibriert. Kalle beugt sich vor und blickt in die Richtung, aus der das Geräusch kommt. Und richtig, ein paar Stühle entfernt sieht er zwei Fäuste, die Löffel und Gabel auf die Tischplatte knallen.

«Da schmeckt jemandem sein Süppchen nicht, was?», fragt Packer im Tonfall der Abgeklärten.

Im nächsten Moment segelt ein Teller durch die Luft, ein Hagel aus Kartoffelsalat und Hackbällchen folgt in seiner Flugbahn. Schreie der Wut übertönen das Aufschlagen des Tellers an einer Tablettstation. Mayonnaise klebt auf Gesichtern, Bröckchen von Ei und Kunstfleisch hängen auf Haaren und Kleidern. Bevor einer der Tischgäste reagieren kann, baut sich ein Kantinenaufseher hinter dem Tobenden auf, reißt ihm beide Arme nach hinten und zieht ihn mit einer einzigen Bewegung vom Stuhl. Sein überraschtes Opfer ist das Männchen mit der Glatze, das schon in der Warteschlange für Unruhe gesorgt hat. Im Klammergriff des jungen Aufsehers, über dessen Schädel sich ein schmächtiger Irokesenkamm schlängelt, zappelt der Wüterich. Er tritt aus und flucht in einer Kalle unbekannten Sprache.

«War das Türkisch?», fragt er. «Wo ist der Typ her?»

«Ich kenne ihn von den Boule-Nachmittagen, glaube ich», sagt Packer. «Ist aber ein Weilchen her.»

Als die Schwingtüren der Kantine hinter den beiden zufallen, stiehlt sich das chinesische Pärchen verschreckt davon. Ungerührt vom Trubel, den der Tobsuchtsanfall erzeugt hat, legt Packer seine Gabel beiseite und öffnet die oberen Knöpfe seines Hemdes.

«Hier.» Er deutet auf eine rötliche Schwellung in der Kuhle

zwischen Brust und Schulter. «Der Rückschlag des Gewehrkolbens.»

Kalle weiß nicht, was er antworten soll, doch zwei andere Stimmen übernehmen.

«Ach Gottchen», sagt die eine.

«Sieht nach Knutschfleck aus», sagt die andere.

Zwei Frauen stehen hinter ihm. Die kräftigere von beiden hält ihre Schlaghose mit einem reich verzierten Patronengürtel. Die dunklere erkennt er sofort, was auch an dem Orangenblütenduft liegt, den sie verbreitet. Ihr Halstuch ist ihm auf Deck vor die Füße geflattert.

«Oh, du bist's.» Kalle reißt sich seine Serviette vom Hals, während er sich sogleich das Versäumnis vorwirft, sein Haar nicht frisch gebleicht zu haben. Wer so dicht hinter und über ihm steht, kann nicht anders als feststellen, dass ein stumpfes Grau durch das Wasserstoffblond seines Haars sickert. Um von sich abzulenken, deutet er auf Packer: «Er hat eine Drohne erlegt.»

«Alle Achtung, mein Herr. Mit dem Luftgewehr?»

«Mit der Doppelflinte.» Packer tut bescheiden. «Ein Zufallstreffer.»

Die Frauen nehmen die freigewordenen Plätze ihnen gegenüber ein und stellen sich vor. Trine Poulsen. Rosanna Gardella. Kalle kann den Blick nicht abwenden. Beide sitzen aufrecht vor Suppenterrinen, Schüsseln von Gurkensalat und Bechern schwarzen Tees.

«Der Kerl ist wohl verrückt geworden», sagt Trine Poulsen. «Weil es schon wieder Kartoffelsalat gibt. Man kann es verstehen.» Sie hat schütteres Haar und trägt eine schmalrandige Brille, die ihrem runden Gesicht Strenge verleiht. Man sieht ihr die Unruhe an. Jedes Salatblatt, das sie vom Teller pickt, wird hektisch gefaltet, bevor es in ihrem Mund verschwindet.

«Er hatte eine dringende Frage, auf die ihm niemand Antwort gab», schlägt Kalle vor. «Da wurde er eben sauer.»

«Das Erregungsniveau steigt. Die Zahl der Wutanfälle eskaliert, kein Zweifel», sagt Packer. Ihm entweicht ein dezentes Rülpsen. «Neuerdings bekommt hier täglich jemand einen Koller.»

«Gründe gibt es zuhauf, etwa nicht?» Die Dänin Poulsen klingt angriffslustig. «Mich erstaunt eher die gespenstische Bedürfnislosigkeit der Leute hier. Sie hocken vor ihren Tabletts und grübeln über ihre Ersparnisse, ja, wo zur Hölle sind die bloß geblieben? Sobald man sie aber auf ihr Elend anspricht, erzählen sie einem von den Segnungen einer endlosen Kreuzfahrt. Und tun so, als wären sie freiwillig an Bord gestiegen! Paah! Lauter Vieh auf dem Weg zur Schlachtung.»

Rosanna Gardella legt ihr eine Hand auf die Schulter und drückt sanft. Sie schaut dann aber Kalle an, als sie sagt: «Zu Weihnachten werden die Leute sentimental. Oder sie verlieren gleich ganz den Verstand. Die Promenadendecks sollte meiden, wer kann, denn die eine Hälfte der Leute ist noch auf Geschenkesuche, die andere Hälfte ist stinksauer.»

«Stimmt genau, meine Liebe», sagt Packer. «Und die dritte Hälfte liegt krank im Bett. Dabei geht es doch darum, Weihnachten einfach Weihnachten sein zu lassen. Man sollte es nicht zu einem deprimierenden Großereignis machen. Aber die Leute erinnern sich an frühere Zeiten. An die Jugend, an ein schmerzfreies Leben. An rauschhaften Sex.»

Liebe Güte, fragt sich Kalle, nimmt Packer an einer Hormonbehandlung teil, von der ich nichts weiß? Im Gespräch mit Frauen kommt Packer schnell in Fahrt, das kennt Kalle schon, leicht trägt es den Waliser dabei aus der Kurve.

Trine Poulsen scheint Packers Geschwätz immerhin eine Antwort wert. «Gewiss, Sex ist ein gutes Beispiel dafür, dass Alter ein unausgegorenes Konzept ist: Kein Neunzigjähriger fühlt sich von einer gleichaltrigen Frau angezogen. Oder umgekehrt, habe ich recht?» Sie blickt in die Runde, niest kräftig und schnäuzt sich mit ihrer Serviette. «Es wäre einfacher, wenn die erotischen Bilder und Phantasien in unseren Köpfen mit dem Körper altern würden, welken gewissermaßen. Oder das Begehren am besten völlig erlöschen würde.»

Hui, denkt Kalle. Die hat was auf dem Kasten. Doziert am Kantinentisch. Aber er gibt ihr recht, fühlt sich gar versucht, in den Lobgesang des Verzichts einzustimmen. Doch er merkt, dass er sich gerade nicht erinnern kann an ein erfülltes Leben. An Kinderwagen. An Familienurlaube. An das Hü und Hott, wie Menschen es zwischen zwanzig und siebzig zu absolvieren pflegen. Da hat sich ein Hohlraum in seinem Kopf aufgetan, beinah glaubt er, das unersättliche Saugen des Vakuums im Inneren des Schädels zu hören. Er schließt die Augen und versucht, seinem entkernten Hirn wenigstens ein Bruchstück, ein klitzekleines Bild zu entreißen. Eine Weihnachtsfeier? Eine Geburtstagsparty? Ein Gesicht, irgendein Gesicht? Nichts. Da klingelt rein gar nichts. Um sich den Schreck nicht anmerken zu lassen, löffelt er eifrig in seiner Kokosmilchsuppe nach Fischbröckchen und lauscht weiter dem Wortschwall Packers.

«Die Tischgespräche in dieser Kantine drehen sich um das ewig Gleiche: Krampfadern, grüner Star, Verdacht auf Prostata und dicke Eier – ach und oje, wäre ich doch früher zur Untersuchung gegangen, vielleicht geht es ja doch noch gut, aber dann kommt dieses an der Hüfte dazu, jenes im Unterleib, am Ende ist es ein Tumor mit Metastasen. Wir wissen doch Bescheid. Das Alter kommt mit Beschwerden.» Packer schließt mit einem selbstverliebten Lacher, und Kalle verspürt den Wunsch, beiden Frauen zu erklären, dass sein Freund nicht versucht, witzig zu sein, sondern einfach witzig ist. Stattdessen sagt er:

«Nichts, rein gar nichts wird im Alter besser.»

«Ja. Wir sind Mängelwesen.» Rosanna Gardella stimmt ihm grinsend zu. «Aber rede ruhig über deine Prostata. Ich ziehe es vor, keine Krankheitsgeschichten auszubreiten.»

«Ganz meine Meinung», sagt die Dänin. «Mit Sentimentalitäten kommt die Welt nicht weiter. Nur eines noch, dann bin ich still: Mitten in der Nacht haben sie eine Frau aus meiner Kabine geholt. Sie liegt im Bett mir gegenüber. Ein nette, ruhige Frau, Exlehrerin. Gebrüllt hat sie plötzlich wie am Spieß und sich mit den Fäusten auf die Stirn getrommelt. Und dann hat sie versucht, sich die Zunge herauszureißen. Die Zunge war blau.»

«Wohl bekomm's!», sagt Rosanna. Sie macht eine angeekelte Miene und schüttelt sich. Dabei fällt ihr eine Cocktailtomate von der Gabelspitze und rollt auf Kalles Teller zu. Sofort reißt er seinen Arm hoch, sie aufzuspießen und zurückzureichen, Kavalier, der er ist. Ein Reitertrupp des Schmerzes jedoch bläst in seinem Bizeps zur Attacke.

«Wo tut's denn weh?», fragt Trine Poulsen auf sein Stöhnen hin.

«Nichts von Bedeutung. Hat sie es geschafft?»

«Was?»

«Sich die Zunge auszureißen?»

«Nein. Wir haben sie gerade noch aus dem Bett ziehen können. Zu dritt saßen wir auf ihr, um sie zu bändigen. Ihre Beine waren aufgeschwollen wie zwei Ballons. Dann haben die Sanitäter sie betäubt. Wir anderen mussten unsere Zungen vorzeigen. Es war erniedrigend.»

«Auch mir ist so ein Alter mit blauer Zunge begegnet», sagt Kalle. «Unten im Schiff.»

«Ist nicht wahr.» Trine Poulsen sieht ihn skeptisch über den Rand ihrer Brille hinweg an.

«Und ob das wahr ist.»

«Vielleicht ist es ja was Ansteckendes», sagt Rosanna Gardella. «Gestern saß ich im *Caffè Milano*, ihr wisst schon, das neben dem Casino, zur Happy Hour auf ein Gläschen Martini. Zwei Männer hockten neben mir am Tresen, beide den Arztkittel überm Arm. Sie kamen direkt vom Dienst, tranken Daiquiris und tuschelten. Was macht das schon aus, wenn ein paar Leute mit blauen Zungen gefunden werden, sagte der eine. Das werden wir noch sehen, was das ausmacht, sagte der andere.»

«Und?», fragt Kalle.

«Weiter nichts. Sie haben wohl bemerkt, dass ich große Ohren machte.»

«Blaue Zungen? Kenn ich von unseren Schafen.» Packers Brust hüpft auf, als verstecke er dort ein Huhn. Diesmal gelingt es ihm, die in seinem Inneren aufstrebenden Verdauungsgase geräuschlos abzulassen. «Eine Seuche. Kommt aus Südafrika. Wurde nach Europa eingeschleppt, mit den Merinoschafen.»

«Oh, du hast Schafe gezüchtet?», fragt Rosanna bewundernd. Kalle spürt einen Stich von Eifersucht.

«Meine Familie kommt aus Wales. In Carmarthenshire leben mehr Schafe als Menschen.» Packers Nase glänzt, schwer zu sagen, ob der Liebreiz seines weiblichen Gegenübers ihn ins Schwitzen gebracht hat oder das Protein der Maniokknolle.

Kalle will gerade nachhaken, was denn Packers Familienschafe mit dem Kerl zu tun haben könnten, der ihm im Korridor entgegengetaumelt ist, als die Deckenbeleuchtung aufflackert, an Strahlkraft zunimmt, dann erlischt. Kollektives Aufstöhnen aus Hunderten von Kehlen füllt die Finsternis, dann Stille.

Als die Leuchtröhren über ihren Köpfen wieder erstrahlen, ist Kalle erstaunt, die Welt unverändert vorzufinden. Ihm gegenüber sitzt eine Frau, die ihn zaghaft anzulächeln scheint, auch wenn ihre Augen geschlossen sind, doch er sieht, wie ihre Pupillen sich unter der zarten Haut bewegen. Rosanna. Er stellt sich ihren Namen aus kleinen Steinen gelegt vor, so hat er es in der Kindheit mit seinen liebsten Mädchennamen gemacht. Er würde die weißen, runden Steine nehmen, die selten sind, aber ein paar Minuten lang in der Sonne glänzen, wenn man sie aus der Gischt sammelt. Rosanna. Fünfzig Stück würde er locker brauchen. Welch ein Glückspilz er doch ist! Ihn überfällt das Staunen, noch am Leben zu sein. Warum sitzt er an diesem Tisch mit den Adventskränzen aus falschen Tannenzweigen, hat Gesellschaft und etwas Warmes im Bauch, wenn's auch nur die verkochten Fischreste sind? Welcher Zufall hat ausgerechnet ihn so lange leben lassen? Welcher Teufel jedoch hat ihn der Erinnerungen eines halben Lebens beraubt?

Während er mit dem Gefühl der Verunsicherung nach den letzten Pfirsichstückchen in seinem Kompott angelt, er die Dänin sagen hört, auch in ihrer Heimat würden die Kartoffeln gnadenlos zu Tode gekocht, fliegen am entlegenen Ende der Warteschlange krachend die Schwingtüren auf. Auf das Scheppern fallender Tabletts und Teller folgt der Auftritt des Wüterichs.

«Was macht ihr mit uns! Was macht ihr mit uns!»

Das Brüllen stößt aus seinem weit aufgerissenen Mund, seine Hemdbrust ist von Blut getränkt, beide Hände schwingen in weiten Bögen etwas durch die Luft, was aussieht wie die Krautsichel Paul Packers. Die Angstschreie aus den Kehlen der Wartenden an der Essenstheke sausen in Kalles große Ohren hinein wie das Kreischen einer Kettensäge auf Wellblech, hat er doch, um ja keines der Worte einer dann aber doch enttäuschend schweigsamen Italienerin zu versäumen, sein Hörgerät auf maximale Lautstärke hochgeschraubt. Ist sie womöglich schüchtern?

## 11° 59' WESTLICHER LÄNGE; 49° 42' NÖRDLICHER BREITE

Ich weiß nicht, was ich glauben soll.

Ist das eine Antwort auf die Frage aller Fragen? Auf die eine und ewige Frage: Liebst du mich? Polly Sutter wird der Mund trocken vor Hass.

Zweimal hat Kristin geantwortet. Zweimal gleich hintereinander: Ich weiß nicht, was ich glauben soll.

Einen langen Atemzug hat sie sich gegönnt, ein Hauchen zwischen den Sätzen. Das zweite Mal klang wie das erste Mal, kein Mensch hätte eine andere Färbung heraushören können – ein Zweifeln etwa, eine Gefühlsregung, ein Lügen wenigstens. Die Stimme Kristins dümpelte wie eine Schwanenfeder auf windstiller See.

Liebst du mich?

Polly schlägt gegen die Wand, vor der sie zum Stehen gekommen ist. Es ist eine Wand aus Eisen, wieder und wieder überstrichen, und doch bricht überall Rost aus kleinen Beulen hervor. Sie haut kräftig zu, mit den Fingerknöcheln, damit es weh tut. Die Tränen schießen ihr in die Augen, und sie legt den Kopf in den Nacken, wie bei einem Nasenbluten. Hoch über ihr hängen vier fliegende Windturbinen am Himmel. Durch einen Tränenschleier sieht sie, wie die riesigen Propeller sich mit hypnotischer Langsamkeit drehen. Sie schlägt sich die Faust an die Stirn, weniger hart diesmal. Als das Blitzen hinter ihren Augen endet, sagt sie sich, dass sie lernen sollte, sich diese Zustände von Liebeskummer zu verzeihen. Ohne dass es immer gleich Geflenne gibt. Oder ein irrsinniges Gezähle und Gerechne.

Um ihre Niedergeschlagenheit in den Griff zu bekommen, geht sie, so schnell sie kann. Der Boden unter ihren Füßen glänzt in der Mittagssonne, die nach dem kurzen Regen über der *Nyx* hängt wie ein Seidenlampion. Das Deck füllt sich mit Spaziergängern. Sie ertappt sich dabei, nach roten Rollatoren Ausschau zu halten.

Vor Jahren hat sie einen ganzen Sommer lang auf dem Weg zu ihrer Arbeit drei roten Autos auf den Straßen Hamburgs begegnen müssen, später dann, an schlechten Tagen und gegen Winter hin, musste sie für jedes der roten Autos jemanden anrempeln. Puh.

An Bord der *Nyx* hat sie bisher den herrischen Forderungen ihres ganz persönlichen Zahlenmeisters recht gut Widerstand leisten können. Um jetzt bloß nicht in Versuchung zu geraten, biegt sie aufs Geratewohl in einen der Versorgungswege des Decks ein, in ein Gewirr stählerner Korridore, die zwischen Aufbauten und Versorgungskajüten hindurchführen, sie aber, wenn sie nur ungefähr die Richtung hält, irgendwann auf das Außendeck führen werden.

Eine Zeitlang folgt sie dem Geklirr von Besteck und Tellern, doch es gelingt ihr nicht, die Quelle der Geräusche ausfindig zu machen. Auf einer der kleineren Kreuzungen, zu denen die Wege in regelmäßigen Abständen zusammenlaufen, stößt sie auf eine spitz zulaufende Gebäudefront. Sie liegt im Schatten, und über offenstehenden Flügeltüren hängt ein Kreuz. Leichter Frost hat das Gusseisen mit einer glasigen Haut überzogen. Eine an den bröckelnden Türsturz geschraubte Plakette aus Messing weist das Gebäude als *Church of the Bleeding Heart* aus.

Polly tritt auf die Schwelle. Der Raum hat kleine, gewölbte Fenster mit bunten Scheiben. Es riecht nach Kerzen. Als ihre Augen sich an das Halbdunkel gewöhnt haben, erkennt sie zwei mal vier hölzerne Sitzreihen, die durch einen schmalen Gang voneinander getrennt und auf einen kleinen, mit einem weißen Tuch verhangenen Altar ausgerichtet sind. Über dem Altar hängt ein goldgerahmtes Gemälde, das einen verwundeten Jesus zeigt, der rote Fleck auf seiner Brust stellt ein brennendes Herz dar.

Sie tritt ein und schreckt eine junge Frau auf, die bäuchlings auf der vorderen rechten Bank liegt und sich nun hastig aufrichtet. Sie hat fusselige rote Haare über einem hübschen Gesicht und einem hochgeschlossenen schwarzen Pullover, an dessen Schultern militärische Rangabzeichen prangen, goldenes Eichenlaub. Die Frau sieht erschrocken aus, setzt an zu sprechen, steht stattdessen auf, huscht an Polly vorbei und verlässt den Kirchenraum. Polly sieht die schwarzen Längsstreifen auf der Seitennaht ihrer grünen Armeehose, sieht Jesuslatschen an den Füßen der Frau, keine Armeestiefel.

Neugierig folgt sie ihr, doch die Frau ist schnell gewesen. Kein Geräusch verrät den Weg, den sie eingeschlagen hat.

Polly sieht auf ihre Armbanduhr und zieht ohne weitere neue Umwege weiter. Als sie allmählich fürchtet, die Orientierung verloren zu haben, gelangt sie an die Rückseite einer Snackbar und riecht plötzlich das Meer.

Eine dünne, lange Frau mit der knittrigen Haut einer Indianerin verkauft ihr eine Tüte Kartoffelchips und eine Dose Cola. Misstrauische Blicke treffen sie durch die Gläser einer Brille, deren Rahmen ein Klebestreifen über der Nase notdürftig zusammenhält, und sie fragt sich, was es wohl mit dieser verwitterten Anschlagtafel auf sich hat, die für *Sex, Drugs and Bacon Rolls* wirbt.

Polly isst ihre Chips im Stehen und zwischen leeren Limonadenkisten. Sie trinkt mit kleinen Schlucken, und sie bemerkt, wie schwer ihr Haar nach hinten fällt. Die Salzluft macht es füllig, denkt sie, und dass sie ihr Haar anders binden sollte oder es auf Streichholzlänge schneiden. Weil es auf der *Nyx* ohnehin nicht darauf ankommt, das Verlangen anderer zu wecken. Im Gegenteil.

Kristin hat über die Liebe gesagt, sie sei empfindlich, eine Sache der Freiheit. Und dass wir in ungesunder Weise dazu neigen, uns Illusionen darüber zu machen, im anderen einen Seelengefährten zu finden. Und dass auch sie, Polly, nur ein Opfer der Lüge ist, die Liebe sei ein Mittel zur Heilung von Wunden, nicht etwas, das sich selbst genug ist.

Kristin hat diesen Hang, über die Liebe zu dozieren, weil sie ihr Wesen nicht versteht, denkt Polly wütend und leert den letzten Rest ihrer Chipstüte vor den Schnäbeln zweier zankender Möwen. Sie geht vor bis zur Reling und blickt auf das Meer, auf gekräuselte Wellen in einem Blaugrau, sieht aber doch nur wieder Kristins Körper vor sich.

Bei ihrem letzten Treffen lag sie lang ausgestreckt auf ihrem Bett und war schon nicht mehr ansprechbar. In der stickigen Ruhe eines Hamburger Sonntagnachmittags hat sie Polly auf eine sehnsüchtige Art angeschaut, die nicht ihr galt, sondern einer anderen Frau. Mitten auf dem Weg zu ihr blieb Polly stehen, weil sie in diesem Moment begriff, dass Kristin sie nie wieder würde lieben können.

Die plötzliche Erinnerung ist so schmerzhaft, so bissig, dass sie noch nachwirkt, als sie auf Deck 16 den Fahrstuhl verlässt.

Der Trakt der Junkies liegt am Ende eines langen, schlecht beleuchteten Flurs. Polly betritt ein großes, kahles Zimmer, in dem fünf runde Tische am Boden festgeschraubt sind. An einem von ihnen sitzen drei Frauen. Sie essen Erdnüsse und trinken aus Bierdosen und starren sie an. Obwohl man nicht rauchen darf, geht eine Zigarette von Mund zu Mund. In der Mitte des Raumes tanzt einsam ein Mann zu der Schlagermusik, die aus einem Lautsprecher an der Decke kommt, seine Jeans schlabbert um die mageren Hüften.

Sie macht einen Bogen um ihn und folgt einem Gang, in dem sich Gummistiefel vor den Kabinentüren reihen. Die Tür zum Schlafsaal mit der Nummer 6678 steht offen. Sie zählt acht eiserne Stockbetten an der Längsseite des Raumes. Der Fußboden ist gelb und glänzt speckig. Es riecht süßlich nach verblühten Lilien.

Divna Stoiljković sitzt im grünen Morgenmantel auf ihrem Bett und legt Spielkarten auf einem Tischchen aus. Polly erkennt das ausgezehrte Vogelgesicht mit den verquollenen Augen und den langen gelblichen Haaren von dem Bild wieder, das sie in den Belegungsakten gefunden hat. Sie war eine Freundin des Badewannentoten.

Polly geht auf sie zu und stellt sich vor, ohne ihr die Hand zu reichen. Sie sagt: «Du bist der eine Mensch, den Milan Vladetic in seinen Patientenunterlagen als Vertrauensperson angab. Dich sollen wir im Falle seines Todes benachrichtigen.»

«Oh, da ist sie ja, die Botin der schlechten Nachricht.» Das Grinsen der Frau zeigt oben rechts einen Eckzahn aus leuchtend roter Keramik. «Ich weiß es längst. Aber ich danke trotzdem.» Ihr Atem riecht nach Aceton. Polly bereut es, ihr so nahe gekommen zu sein. «Er hat sich nicht mehr bei mir gemeldet. Da habe ich es irgendwann begriffen.» Die Frau schiebt ihre Spielkarten zusammen. «Er hatte mir lang und breit davon erzählt.»

«Wovon?»

«Dass er sich das Leben würde nehmen müssen.»

«Müssen? So hat er es gesagt?»

«Besser von eigener Hand sterben als zu Tode gehetzt werden. So hat er es gesagt.»

«Wie krank war er?»

«Sehr krank. Dabei hat er immer gesund gelebt, keine Zigaretten, kein Alkohol, darauf war er stolz. Es ist ungerecht, nicht?» Sie lacht hysterisch auf. Ihre Füße, die in schwarzen Holzpantinen stecken, schlagen gegeneinander.

Divna Stoiljković ist ein Junkie. Sie wohnt in der Abteilung für ehemalige und aktuelle Drogenabhängige. Keinen der Bewohner dieses lichtlosen, finsteren Teils von Deck 16 kann man anderen zumuten. Da hat man sie der Einfachheit halber in Gemeinschaftskabinen zusammengelegt. Shangri-La, so nennen die Bewohner ihren Kabinentrakt. Sie alle haben Jahre erfolgloser Therapieversuche hinter sich. Sie leben als hoffnungslose Fälle unter loser ärztlicher Aufsicht.

«Hat er über seine Krankheit gesprochen?»

«Oh, über nichts anderes hat er am Ende geredet. Immer nur seine Beschwerden. Der Schmerz kreist in meinem Kopf. Ich würge meine Eingeweide hervor. Ich lebe wie auf Brotkrümeln. Solche Sätze hat er rausgehauen. Ich habe ihm gesagt: Du bist eine Pussy. Das gefiel ihm. Dann, als er wirklich krank wurde, habe ich meinen Mund gehalten. Er fing an, aus der Nase zu bluten. Er fieberte. Er wurde mürrisch, aufbrausend, reizbar, an schlechten Tagen war es schlauer, man ging ihm aus dem Weg. Angst bekam ich, als eines Morgens seine Augenlider herabhingen. Es sah unheimlich aus. Er verhielt sich wie nach einem Schlaganfall, ich kenne das noch von meinem ersten Mann. Aber das war es nicht.»

«Sondern?»

«Bin ich hier die Ärztin?» Sie greift nach ihrem Kopfkissen und zieht eine Geldbörse darunter hervor. Oberhalb des Kissens klebt die Farbkopie eines Fotos an der Wand: Es zeigte eine junge Version der Divna Stoiljković und ein vielleicht zwölfjähriges Mädchen. Arm in Arm stehen sie vor einem Klinkersteinbau, der Wind fährt ihnen durch die Haare, beide strahlen, zu ihren Füßen tanzt ein Zwergschnauzer.

Polly weiß wenig über den Trakt der Junkies. Von Gesundheitsoffizierin Suraswadi hat sie erfahren, dass hier Ersatzdrogen und kleinste Mengen Heroin ausgehändigt werden, Beruhigungsmittel, auch Cannabis, das von zertifizierten holländischen Blumenzüchtern aus Aalsmeer geliefert wird. Das Shangri-La ist umstritten, aber es hat die Prostitution an Bord von einem Tag zum anderen beendet: Kein Mensch muss sich noch das Geld für einen Schuss auf dem Bordstrich verdienen. Selbst die Zahl kleiner Diebstähle ist gesunken.

Ein würgendes Husten, das aus einem der Betten am Ende des Raumes aufsteigt, reißt Polly aus ihren Gedanken. Sie nimmt erneut Anlauf. «Hat Milan mit dir über seine Ärzte gesprochen?»

Die Frau lacht wieder auf. «Als ich ihn das letzte Mal sah, es war hier in dieser Kabine, da sagte er zu mir: Sie stellen Sachen mit mir an. Ich habe nicht nachgefragt. Und das war's dann. Ich hätte mich um ihn kümmern sollen. Mal nachschauen, wie's ihm geht. Hab ich versäumt.» Sie steht unerwartet schnell auf, steigt aus ihren Holzpantinen und geht in Richtung eines Kühlschranks. Ihre nackten Füße hinterlassen Abdrücke auf dem Boden der Kabine. Polly sieht dabei zu, wie die kleinen Halbmonde verdunsten.

Mit einer Dose Bier kehrt Divna Stoiljković zurück. «Wir sind hier aus Kostengründen auf Alkohol umgestiegen. Das Bier kostet 75 Cent pro Dose, die Mitarbeiter verwalten den Vorrat – nicht mehr als zehn Dosen pro Tag, so die Abmachung.»

Polly fragt: «Wie standet ihr zueinander? Wart ihr ein Liebespaar?»

Ihr Gesicht verzieht sich zu einer Grimasse. «Wir sind Serben, wir kamen beide aus Novi Sad. Wir sprachen eine Sprache, mehr nicht. Liebe? Kennst du etwa Liebespaare hier an Bord?»

Polly antwortet nicht. Sie sieht der Frau beim Trinken zu und betrachtet ihre braun gesprenkelten Handrücken.

«Was hat er noch erzählt?»

«Er phantasierte nicht, wenn du das jetzt meinst. Er war kein Spinner oder so.»

Polly sieht auffordernd in das müde Gesicht, das mit jeder Minute zu schrumpfen scheint. Sie hat zu viel Lidschatten aufgetragen. Ihre Augen sehen aus wie die Eingänge zu einer Geisterbahn.

«Nun ja, er nahm seinen Hut nicht mehr ab in den letzten Wochen. Ich dachte, er hat vielleicht eine Wunde auf seinem Schädel. Vielleicht schämte er sich auch dafür, dass ihm die Haare so schnell ausfielen.» Sie lacht für sich. «Ständig trug er diesen schwarzen Cowboyhut mit Silberschnalle. Kennst du den alten Marlon Brando?» Sie pustet Polly eine Bierfahne entgegen. «So sah er aus. Fett, aufgeschwemmt, ein todgeweihter Cowboy.» Sie weint lautlos.

Polly sieht weg. Sie hat ihre eigenen Erinnerungen an den

Mann. Bilder von Haarbüscheln, die in Wasser treiben, steigen vor ihr auf. Einen Hut hat sie in der Kabine nicht gefunden.

«Er wurde schwierig, gegen sein Ende hin. Er hat getobt, ich bin ihm aus dem Weg gegangen. Schaut doch mal nach dem Rechten bei meinem Freund Milan, habe ich der Kabinenaufsicht gesagt. Hat aber niemand gemacht.» Sie wendet den Blick ab und sagt: «Es ist nicht in Ordnung, so zu sterben.»

Polly überlegt kurz, ob sie ihr die Hand zum Trost auf die Schulter legen soll, lässt es aber. Ein Mann mit tief in die Stirn gezogener Kapuze ist in den Schlafsaal getreten und humpelt vorbei. Seine Arme baumeln seltsam an den Seiten, mit pfeifenden Lungen ringt er nach Atem.

Als er außer Hörweite ist, fragt Polly: «Hatte Milan Freunde? Außer dir?»

«Tommy. Ein Grieche. Ein paar Mal die Woche spielten sie Schach.»

«Wo finde ich ihn?»

«Weiß der Teufel, wo der sich rumtreibt.» Sie reicht Polly eine knochige Hand zum Abschied.

«Ich habe wohl kein Recht zu fragen», setzt Polly an. Sie zögert, dann: «Hat es dir Spaß gemacht, Drogen zu nehmen?»

«Auf jeden Fall. Und komm mir jetzt nicht mit dieser Geschichte: Sie war drogensüchtig, sie hat üble Absturzfilme geschoben, und Gott, hat sie harte Zeiten durchmachen müssen. Nein, nein, China White und die Hinterzimmer Amsterdams, ich war jung und auf Achse, nichts davon will ich missen. Okay, das Aufhören war dann kein Spaß mehr. Ich hatte dunkle Zeiten, aber jeder hat mal dunkle Zeiten. Jeder sollte dunkle Zeiten haben.»

## 11° 59' WESTLICHER LÄNGE; 49° 42' NÖRDLICHER BREITE

«In Carmarthenshire leben mehr Schafe als Menschen.»

«Sag bloß.» Rosanna Gardella verwebt die beiden Worte mit einem milden Lächeln der Bewunderung, während sie denkt: In Wales bin ich nie gewesen, werde seine Hügel und Schafherden nie zu Gesicht bekommen.

Dem Wintersalat, an dem sie seit Minuten lustlos knabbert, fehlt der Geschmack, und der Essig, der auf seinen Blättern perlt, sticht auf ihrer Zungenspitze.

Blaue Zungen? Die Leute übertreiben. Reden Unsinn. Doch hat nicht auch sie selbst ein vielbeiniges Ungeheuer die Wände des Bahnhofs Mariinsk erklettern sehen? Vielleicht hat die blitzdurchzuckte Finsternis ihre Sinne getäuscht. Als aber Gleisbett und Bahnsteig wieder im Licht standen, war der Schrotthaufen hinter der Sitzbank in sich zusammengesunken, war in seinen Ausmaßen um die Hälfte geschrumpft, mindestens, und Melinda Buzek war aus dem Häuschen gewesen und auf Drängen eines Schaffners zur medikamentösen Ruhigstellung abgeführt worden.

Vorn an der Essensausgabe tanzt ein Äffchen in der Luft. Als Laudrup an ihrem Tisch vorbeirollt, sieht sie, dass er dem Stofftier an der Spitze des Infusionsständers ein Puppenkleid verpasst, ihm ein Papiermützchen aufgesetzt hat. Wieder trägt er ein Motto-T-Shirt: ICH mach den SCHEISS nicht mehr MIT.

Sie mag Laudrup mit seinem unverwüstlichen Humor. Prompt fällt ihr der Spanier ein. Er hat sie gemahnt. Sein gutes Recht, zahlt er doch Vorkasse auf die versauten Kurzgeschichten. Soll sie ihn wissenlassen, dass sie unter einer Schreibblockade der moralischen Art leidet? Und ahnt wohl der Schwede mit dem munteren Namen, der ihr so still gegenübersitzt, dass sie die Pornotante der *Nyx* ist?

«Der ewige Pfirsichquark geht mir langsam auf die Eier», sagt er gerade, und sie verspürt den Drang, ihm die Eulenbrille auf der Stelle abzunehmen, um die verschmierten Gläser an einem sauberen Stück ihrer Serviette zu putzen. Was für ein Leben hat er wohl geführt? Mit Frau und Kindern? Mit einem Mann? Einen Ehering trägt er nicht. Seine wasserstoffblonden Haare sind nachlässig gebleicht. Und was erzählt er da? Versteht sie recht, was er da gerade von sich gibt?

«Was wir über Sterben, Tod und Wiedergeburt zu wissen meinen, ist Quatsch! Deshalb machen mir Witze über den Tod und das Sterben nichts aus. Ich lach einfach mit.»

Neben ihm palavert der schnauzbärtige Waliser übers Homegrowing und das Manipulieren der lokalen Stromzähler und darüber, dass es seinen englischen Lieblingseistee nicht mehr in den kleinen Dosen gibt.

Gott sei Dank hat Rosanna die Fähigkeit, mit einem Ohr dem Gerede anderer zuzuhören und sich gleichzeitig ihre ganz eigenen Gedanken zu machen. Auf dem Weg zur Kantine hat sie Trine in ihrer Vierbetthöhle abgeholt, es roch dort nach Eau de Cologne und warmer Pisse in Matratzen. Sie hat sich die aufgeregte Erzählung dreier Frauen von einer blauen Zunge und den Geschehnissen der Nacht angehört, hat kaum ein Wort verstanden, denn sie schnatterten eine über die andere hinweg, während Trine fahrige Anläufe unternahm, ihre Schenkelprothese anzuschnallen. Rosanna wird ihr, damit sie nicht neidisch wird, den Brief verschweigen müssen, der am Morgen mit der Hauspost gekommen ist. In dem ihr mitgeteilt wird, die Gewinnerin eines U-Boot-Ausflugs in die Tauchgründe vor Madeira zu sein. In vier Tagen schon soll es unter Wasser gehen. Gleich nach dem Essen wird sie ihre Vorfreude klammheimlich auskosten und leichtsinnig sein und sich bei der übellaunigen Mexikanerin eine Haarspange für einen Wucherpreis kaufen. Das Schmuckstück hat die Form eines Drachen, ist in Messing gefasst und aus echtem Schildpatt. Es wird nicht zerbrechen, solange sie noch lebt. Mit seinem Kauf wird sie den Schmerz beschwichtigen, der wie ein feiner Streifen biegsamen Metalls hinter ihren Auge zu knistern beginnt. Und einmal Rülpsen noch, dann wird sie dem Kerl ihr gegenüber erzählen, dass er gefälligst an seinen Manieren zu arbeiten hat. Krachend den Schnodder hochziehen, halb Verdautes aufstoßen, sich unverhohlen der Fressgier hingeben, unter den Briten mag dies zum guten Ton gehören. Nicht in ihrer Welt.

Das Licht erlischt. Rosanna schließt die Augen. Ihre Ohren lauschen in alle Richtungen, ob Außerordentliches zu hören ist, anderes als Geschirrklappern und laues Empörungsgemurmel. Sie denkt daran, wie sich am Morgen der Nebel gegen ihre Fensterscheibe gewälzt hat, am Glas die Tropfen ins Rinnen gekommen sind, und gemeinsam mit einem dieser Tropfen reist sie jetzt im Geiste die eiskalte Haut des Schiffskörpers hinab, über Schweißnähte und Stahlnieten, so mitfühlend ist sie mit dem Tropfen unterwegs, dass sie nicht gleich begreift, wer ihr plötzlich die spitzen Nägel in das Fleisch des Oberschenkels krallt. Sie reißt die Augen auf, sieht in Trines erschrockenes Gesicht, hört das Scheppern umgestürzter Stühle, ein Brüllen von nicht weit weg.

Der Schreihals steht im Eingang zur Kantine. Das aufgerissene Hemd klebt auf seiner blutrot getränkten Brust. Über dem Kopf lässt er ein krummes Messer durch die Luft sausen.

Im Nu löst sich die Warteschlange auf, Leute springen, humpeln, rollen davon, geraten ins Stolpern, ein Greis prallt gegen die Scheibe der Salattheke, stürzt zu Boden, bleibt liegen. Eine Frau in einer lindgrünen Cordjacke drängt sich vorbei, schafft es beinah bis zur Kantinentür, doch der Verrückte dreht sich nach ihr um – nur so mit dem Oberkörper, während seine Beine in ihrer Position verharren – und versetzt ihr mit dem Messer einen Hieb auf den Hinterkopf, nein, es ist eine Sichel, das erkennt Rosanna jetzt. Die Sichel bleibt mit der Spitze im Schädelknochen stecken und erzittert, als die Frau mit dem Gesicht voran auf den Boden prallt. Ihre Füße stecken in schäbigen rutschfesten Pantoffeln, und während sie aufsteht, denkt Rosanna, dass sie alle hier an Bord schon bessere Zeiten erlebt haben.

Jemand stößt Rosanna in den Rücken, sie verliert das Gleichgewicht und fällt neben den Stuhl. Sie tastet ihr Knie ab, das schmerzende Schienbein.

Es wird still um sie herum.

Die panischen Rufe der Flüchtenden kommen von immer weiter weg, dicke Trauben von Menschen sammeln sich in der fernen Ecke des Saals vor den Notausgängen. Rosanna hört ein lautes Pupsen von der anderen Tischseite. Sie zieht sich am Stuhl hoch und blickt auf den Schweden und den Waliser, die wie festgewachsen auf ihren Plätzen sitzen, Schuljungen gleich, die sich klein machen vor den fahndenden Blicken des Lehrers. Wohin sollen sie auch flüchten? Umgestürzte Stühle, ineinander verkeilte Geschirrwagen versperren ihnen den Weg, der Waliser ist regelrecht eingeklemmt. Trine hat ihren Kopf in die Hände gelegt, ihre Ellbogen ruhen auf dem Tisch. Es sieht nicht gut aus für sie. Mit ihrem Bein ist sie nun einmal nicht die Fixeste.

Der Irre schreit nicht mehr. Immer noch auf den Knien, beobachtet Rosanna ihn dabei, wie er sich über die Frau zu seinen Füßen beugt und nach der Sense greift. Er muss zweimal ruckeln, bevor er die Spitze aus dem Schädelknochen frei bekommt; dabei reißt er ihr das Haarnetz vom Kopf. Als er sich aufrichtet, sieht er verwirrt aus, staunend, ein Fremder an fremdem Ort. Sein Blick wandert ziellos über das Chaos, das er verschuldet hat, folgt dem Lauf einzelner Fliehender, und dann starrt er ihr direkt in die Augen.

Rosanna hält seinem Blick stand. Sie erhebt sich und sieht ihn sich genau an. Er ist kleiner als sie, jünger. Seine Augen haben einen Grünton. Blutflecken sprenkeln sein blasses Gesicht und die hohe Stirn.

«Tu mir nichts», sagt sie leise und spürt dabei noch den Geschmack des Dills, der im Gurkensalat war.

Er schlurft auf sie zu, zwei, drei, vier Schritte. Er bleibt stehen und sieht sie flehentlich an, ergeben, so wie Hunde es tun. Sein Mund öffnet sich, Zahngold blitzt zwischen seinen Lippen auf.

Neben ihr schluchzt Trine und schlägt die Hände auf den Tisch. Teller scheppern.

Er tritt noch einen Schritt vor, reißt sich das Oberhemd vom Körper, hebt die Hand mit der Sense auf Brusthöhe, lässt sie in der Luft auf und nieder sausen, ein Dirigent und sein Taktstock, und bei jeder Bewegung zappelt das aufgespießte Haarnetz durch die Luft.

Zu dritt springen sie auf ihn zu: Polizisten in blauen Uniformen und schweren Stiefeln. Sie tragen Schlagstöcke in ihren Händen. Knapp außerhalb seiner Reichweite bleiben sie stehen. Näher trauen sie sich nicht heran.

Ein gurgelndes Geräusch kommt aus seinem Mund. Er duckt sich, hüpft zur Seite weg und rennt davon. Die Polizisten preschen hinterher. Er tanzt vorneweg, macht kurze, federnde Sprünge wie ein Boxer im Ring, sie fragt sich, woher er noch die Kraft dazu nimmt. Die Polizisten folgen. Ein vierter ist dazugekommen. Einer hält eine große Pistole auf ihn gerichtet, an deren Lauf zwei rote Lämpchen flackern. Aus Lautsprechern schnarren unverständliche Durchsagen.

Tische und Stühle und Rollatoren als Parcours nutzend, bewegt sich der kleine Mann im Zickzack durch den Kantinensaal. Alle paar Meter wendet er seinen Verfolgern den Rücken zu, hochmütig wie ein Torero. Er tanzt ein Stück rückwärts, behält seine Verfolger im Blick, springt auf sie zu, die Sichel hoch über seinem Kopf, schlägt dann aber einen Haken und läuft los, direkt auf Rosanna zu.

Er hat einen Vorsprung vor den Polizisten, als er sie erreicht. Keuchend steht er vor ihr, neigt den Kopf nach vorn, legt seine freie Hand an ihren Hals und seine Stirn auf ihre Stirn und verharrt. Sie atmet seinen Mundgeruch, sein Blut, seine Angst. Sie sieht die kleinen Hügel weißer Haut auf seinen Nasenflügeln, die Narben alter Piercinglöcher.

An der Art, wie er plötzlich zurücktaumelt und mit den Armen rudert, begreift sie, dass er erlegt worden ist. Stammelnd sitzt er vor ihr auf dem Boden, sein Atem geht rasselnd, ein alter Mann, der Speicheltropfen versprüht. Die Muskeln beider Arme ziehen sich rhythmisch zusammen wie dicke Schlangen. Einer der Polizisten greift mit beiden Händen nach seinem Hals und drückt seinen nackten, schmächtigen Oberkörper zu Boden.

Rosanna spürt ihren Herzschlag stechend in der Brust. Das Knistern in ihrem Kopf wird lauter. Sie steuert einen verwaisten Rollstuhl an, lässt sich auf seinen Sitz fallen und bricht, als sie das Äffchen Laudrups über sich hüpfen sieht, in Tränen aus.

## 11° 59' WESTLICHER LÄNGE; 49° 42' NÖRDLICHER BREITE

Da liegt er ja schon wieder. Der Pechvogel.

Behutsam lüftet Polly Sutter das blutdurchtränkte Geschirrtuch. Die Schnittwunde verläuft gekrümmt über seinen Oberarm, ist sechseinhalb Zentimeter lang und führt sieben bis zehn Millimeter tief in das Muskelgewebe. Die Wundränder sind sauber, klaffen aber doch zu sehr auseinander, um sie strippen zu können. Der Patient hat Blut verloren, die Sanitäter sprachen von ziemlicher Sauerei. Ansonsten: leicht erhöhte Herzfrequenz, Kreislauf stabil.

«Mit einer Sichel?», fragt sie, während sie die Metallklemme auf seine blasse Haut setzt und dabei zusieht, wie die Hohlnadel durch die Haut fährt. Die Nadel ist zu schnell, als dass sie ihr Auf und Nieder mitzählen könnte.

Rafael van Gouten sieht unbeteiligt auf einen Punkt an der Decke. Sein Arm ist von der Schulter abwärts betäubt. «Ich hatte ihn im Griff. Hab ihn im Schwitzkasten aus der Kantine geschleppt, raus durch die Tür, er war ja ein Fliegengewicht. Doch er riss sich los, rannte auf die Garderobe zu. Ich hinterher. Plötzlich hielt er diese Sichel in der Hand. Er schlug nach mir. Gespürt hab ich nichts. Dann fiel ich um.»

«Wer parkt eine Sichel in der Garderobe?»

«Irgendein Idiot hat sie zwischen die Kleiderbügel gehängt. Einfach so, wie eine Regenjacke. Weil es verboten ist, Waffen in die Kantine mitzunehmen. Sicher einer dieser Hobbygärtner, die auf Deck 44 Radieschen züchten.» Rafael ist bleich. «Was haben sie mit ihm gemacht?», fragt er. «Ist er hinüber?»

«Aufgewacht ist er noch nicht. Er liegt im Koma.»

Was geschehen ist, hat Polly von den Männern in den marineblauen Uniformen der Eingreiftruppe erfahren, die Rafael bei ihr abgeliefert haben. Der Sichelmann ist von ihnen durch die Kantine gejagt, eingekreist und mit dem Elektrotaser gebändigt worden. Gemeinsam mit zwei Opfern seines Überfalls liegt er auf der Intensivstation. «Nicht jeder verträgt es, elektrokonvulsiv behandelt zu werden», hat ihr der Wortführer gesagt. ESU stand in Großbuchstaben auf seiner Jacke, darunter in klein: Emergency Service Unit. Dies also sind die Männer, die gegen die Piraten kämpfen, hat sie beeindruckt gedacht. Wo sind sie untergebracht? Wer befehligt sie? Gern hätte sie jetzt Gesundheitsoffizierin Suraswadi gefragt, doch die Kollegin ist abwesend. Sie ist Springerin. Kaum hat sie eine Woche in der Virologie hinter sich, wird sie in die Endoskopie gerufen, dann absolviert sie Nachtschichten in der Gefäßchirurgie.

Der Nadelhalter stoppt mit einem kaum hörbaren Zischen, sie kappt die Fäden, verknotet ihre Enden. Sie hebt das Gestell von der Wunde, tupft Blutreste vom Buckel der Naht, einer feinen, hellroten Linie auf blasser Haut.

Rafael sieht ihr misstrauisch zu und sagt: «Er war einer dieser Eskalationspatienten. Meine Anweisungen sind eindeutig: Wer Krach schlägt, wer eine potenzielle Gefahr darstellt, ist aus Menschenmengen zu entfernen. Nichts anderes hab ich getan. Warum aber hatte ausgerechnet ich heute Kantinendienst? Weil mein Dispatcher mich schonen wollte. Nach meinem Sturz in die Windeln. So bahnt ein Unglück den Weg fürs nächste.»

«Und hier folgt ein weiteres», sagt sie, während sie die Kompresse anlegt. «Du bekommst eine Spritze von mir. Ein Sanitäter wird dich in deine Kabine begleiten, dort erholst du dich. Eine Woche lang. Du wirst dich langweilen.»

Er nickt ergeben. Seine Lippen sind beinahe farblos, seine Augen blutunterlaufen.

«Es ist nur eine Fleischwunde. Aber gib auf dich acht. Keine Anstrengungen. Keine Turnübungen. Keine Flickflacks in den Abfallcontainer. Gibt es jemanden, der sich um dich kümmert?»

«Mal sehen.» Sein Blick gleitet teilnahmslos über die Metallschubladen in den Wänden.

Polly geht zum Waschbecken, um ihre Hände viermal unter heißem Wasser zu waschen. Noch schmerzen ihr die Knöchel von den Schlägen gegen die Schiffswand, gegen ihre Stirn. Wieder steigt Selbsthass in ihr auf. Schnell sagt sie: «Es gibt auch eine gute Nachricht. Ich bin auf den Namen deines Kollegen gestoßen.»

«Welcher Kollege?»

«Virtanen, so heißt er doch? Der Mann aus deiner Nachtschicht.»

Rafael sieht sie mit großen Augen an.

«In der Datenbank der Virologie.»

«Ach so.» Die Enttäuschung ist ihm anzusehen. «Wir alle hier stecken in irgendwelchen Datenbänken.»

«Aber nicht in denen der Virologie.»

«Ich weiß. Reima hat an einem Impfprogramm teilgenommen. Aus Liebe. So ein Idiot.»

Soll, darf Polly ihm sagen, dass die Liste, in der die Namen Reima Virtanen und Milan Vladetic auftauchen, exklusiv ist? Dass sie zweiundzwanzig Patienten umfasst, die über Wochen an diversen Impfreihen teilgenommen haben, über deren Zweck und Sinn sie nichts weiß, aber nachforschen wird.

«Neigte er zu Wutausbrüchen?», fragt sie. «Krankheiten? Stürzte er leicht?»

Rafael sieht sie entgeistert an. «Nein. Nichts dergleichen. Obwohl. Er war etwas aufbrausend.»

«Aufbrausend?»

«Ja. Er wurde schnell laut. Und wennschon. Virtanen war unglücklich in eine Frau aus Mandalay verliebt, das war alles. Liebeskummer wirft jeden von uns aus der Bahn, oder?»

«Du bist dir sicher, dass man ihm etwas angetan hat? Die Zahl der Menschen, die sich aus enttäuschter Liebe das Leben nehmen, ist größer, als man so denkt.»

«Ausgeschlossen. Er war trübselig, manchmal melancholisch. Ansonsten trug er dieses besoffene Glücksgrinsen der Verliebten im Gesicht.» Rafael lacht kurz auf. «Du wirst ihn dir leider nicht anschauen können. Denn der Mensch, mit dem ich auf Deck 75 den Müll beseitigt habe, der dann verschwunden ist – es gibt ihn gar nicht.»

«Wie meinst du das?»

«Ich hab mir den Film der Überwachungskameras angesehen. Es ist nicht Virtanen, der die Rollwagen in den Blaster schiebt. Es ist kein Mensch, bloß ein Datenprogramm. Ein digitaler Geist.» Rafael erzählt ihr von seinem Besuch in der Kamerazentrale der Surveillance & Security Systems und davon, dass er überzeugt ist, irgendjemand habe Virtanen von Bord der *Nyx* geschafft, vielleicht auch ganz aus der Welt.

«Hast du sein Verschwinden gemeldet?»

«Bei der Vermisstenstelle hab ich angerufen. Dann aber aufgelegt. Denn eines will ich unter keinen Umständen: selbst unter Verdacht geraten.»

Sie setzt gerade an, ihm zu sagen, dass tatsächlich nicht alle Roboter an Bord der *Nyx* friedfertig sind, sondern ein paar auf den Kampf gegen Piraten programmiert, und dass sie vielleicht, aber nur vielleicht, bereit ist, ihm seine Geschichte vom gewaltsamen Sturz in die Windeln abzunehmen, da kommt ein Krankenpfleger, um Rafael zu holen und in seine Kabine zu geleiten.

«Eckst du nicht an mit deiner Frisur?», fragt sie, als er im Rollstuhl sitzt. «So ein hochgeseifter Irokesenschnitt wirkt auf manche Leute ein bisschen angriffslustig. Vor allem, wenn er mit Blut getränkt ist.»

«Solange der Kamm nicht kippt, kann mir keiner was.»

Frakturen. Brüche. Quetschungen, Fissuren. Eine Suche quer durch alle zugänglichen Datenbänke der medizinischen Abteilungen liefert Polly einen deutlichen Befund: Die Zahl der Knochenverletzungen und schweren Prellungen an Bord der *Nyx* ist in den vergangenen zwei Monaten um vierundzwanzig Komma null zwei Prozent gestiegen. Wenn sie die Anzahl der Kieferbrüche und Zahnverletzungen dazurechnet, kommt sie auf einen Anstieg von zweiunddreißig Komma neun vier Prozent. Quersumme achtzehn. Ihr Liebling, die Achtzehn. Ihre Glück-im-Unglück-Zahl.

Ein weiteres Mal liest sie sich durch die Patientenakte von Milan Vladetic. Der Tote in der Wanne hat an sechs Impfreihen teilgenommen. Das sind auffällig viele, doch ihr ist schon aufgefallen, dass an Bord der *Nyx* mit Hingabe geimpft und vorgesorgt wird. Bei der Enge an Bord ist das verständlich, hustet heute einer, liegt morgen ein ganzes Deck flach, und die Seefahrt kennt legendäre Salmonellen-Epidemien, Schauergeschichten vom Norovirus, von Legionärskrankheit und Escherichia coli.

Hinter ihrem Rücken hört sie, wie die Tür sich öffnet und eilig wieder zugeschlagen wird. Jemand kommt herein, sie sieht nicht hin. Ein kalter Hauch umfächelt ihren Nacken.

«Wir haben ein vorläufiges Ergebnis.» Hinter ihr steht Nelson. «Immer wieder mal werden wir überrascht.»

Sie wendet sich um. Er sieht erschöpft aus, seine Miene verrät weiter nichts. «Und?»

«Bevor dein Badewannenmann starb, hat er einen letzten Cocktail zu sich genommen.» Er setzt eine Kunstpause.

Spann mich nicht auf die Folter. Spuck's aus.

«Digitalis purpurea und Hyoscyamus niger. Roter Fingerhut und Schwarzes Bilsenkraut. Die Cardenolide des einen, die Alkaloide des anderen, dazu hat er eine Handvoll Beruhigungsmittel geschluckt. Keine herkömmliche Mischung, aber wirkungsvoll.»

Polly fallen die Fotos ein, die sie von seinem Bettzeug und Nachttisch gemacht hat, vom Stapel aus Schmerzmitteln, Morphinpflastern, Hustensäften, dass aber seine Patientenakte verschweigt, wer ihm all diese Medikamente verschrieben hat. «Fingerhut und Aronstab. Wo hat er sich das Gift besorgt?»

«Ich werde es herausfinden. Er ist nicht der Erste, der hier an einem Todescocktail stirbt. Diese Fälle nehmen zu.»

Nelson wendet sich zum Gehen, da fragt sie: «Warum brechen sich so viele Leute hier die Knochen?»

Er sieht sie irritiert an.

Sie berichtet von der statistisch signifikanten Zunahme von Frakturen und Verstauchungen seit Herbstbeginn. Davon, dass Milan Vladetic sich in den letzten Monaten seines Lebens aufgeführt hat wie ein Schwerkranker, ein Taumelnder, ein Stürzender – oder doch wie ein Hooligan, wie ein Krieger? Am Monitor zeigt sie Nelson, was sie in der Datenbank entdeckt hat. Sie zählt auf: Bruch des Nasenbeins, des Jochbeins, des Mittelfußknochens, Frakturrisse in den Handgelenken. «Sogar die Zähne hat er sich ausgeschlagen.»

«Ich kümmere mich darum.»

«Wann?»

«Wir sind nicht hier, um statistische Abweichungen zu entdecken.» Er sieht sie spöttisch an. «Oder nach der Streubreite auffälligen Verhaltens zu forschen. Wir sind Ärzte. Wir heilen.»

Danke für die Lektion. Du hast wohl auf alles eine Antwort. «Wer hat die *Nyx* gebaut?», fragt sie.

«Sie war ein europäisches Gemeinschaftsprojekt.» Er scheint vom Themawechsel erfreut. «Damals gab es diese hochfahrenden Träume von einem Pflegesystem auf den Weltmeeren. Dann platzten öffentliche Haushalte, Finanzierungslücken taten sich auf, die Franzosen drehten den Geldhahn zu, und – Abrakadabra! – sprang die Industrie ein, mischte mit, griff ins Steuerruder.»

Natürlich, Nelson ist Engländer, da muss er schlecht über die Franzosen reden. Es fällt Polly schwer, dem Singsang seines Vortrags zu folgen.

«Kurz nachdem die *Nyx* endlich vom Stapel lief, wurde sie zum Spottpreis an Privatinvestoren verkauft. Holländer sind dabei. Auch die Kanadier und Kalifornien sind beteiligt. Die *Nyx* ist ein komplexes Dienstleistungsunternehmen.» Anscheinend wartet er darauf, dass Polly Begeisterung äußert, doch als von ihr nichts kommt, redet er weiter. «Wir müssen externe Anteilseigner zufriedenstellen, Bankinteressen berücksichtigen, verwaltungstechnische Doppelfunktionen aufeinander abstimmen. Aber ich denke, dass wir mit einer bescheidenen Gewinnmarge arbeiten.»

«Aha», sagt sie, aber er wendet sich schon zur Tür: «Eine junge Ärztin wie du empfindet es noch als persönliches Versagen, wenn die Menschen sterben. Und als Enttäuschung, wenn sie dir nicht schlüssig erklären, warum sie ihr Leben beendet haben. Was bildet der Typ sich ein? Sich zum Verrecken in die Badewanne legen? Da kann doch etwas nicht stimmen! Dieses Gefühl weicht eines Tages der Demut. Und der Erkenntnis: Manchmal reichen wir nicht.»

In der Nacht liegt Polly wach und zieht ihre Knie an die Brust und legt ihre Hände zwischen die Oberschenkel. Als ihre Finger warm sind, tastet sie sich vor. Sie denkt an die junge marokkanische Ärztin aus der Psychiatrie, die ihr am Morgen eine Patientin überbracht hat, dann an die Frau, die ihr vor der Sauna das Handtuch reichte, der nackte Rücken ihres holländischen Patienten, seine männlichen Hände. Auch die Szenen eines Films fallen ihr ein, es geht um Schaftstiefel und einen gläsernen Dildo, eine zierliche Schulter taucht auf und das Brustwarzenpiercing einer Asiatin, sie probiert ein Keuchen, wie es ihrem Orgasmus vorauseilt, doch ihr fehlt die Konzentration, sie erreicht jenen Ort nicht, von dem aus ihre Lust von allein die Regie übernimmt, denn immer wieder tauchen der Körper und das Gesicht Kristins auf, schließlich auch Hautfetzen, die im Wasser einer Badewanne treiben, und sie lässt es bleiben.

## 15° 33' WESTLICHER LÄNGE; 43° 21' NÖRDLICHER BREITE

Durch den Gang naht das Trampeln einer Rinderherde, das Rumpeln schwerer Güterzüge, beides aber muss ein Witz seines Gehirns sein, der Rest eines Traumes, oder? Kalle Ulfung sträubt sich gegen das Erwachen. Zu verführerisch ist die Vorstellung, ein neues Leben in der Prärie zu beginnen, im Tipi der Sioux, in den Armen einer jungen Squaw.

Schließlich ringt das Leben seine Phantasien nieder, wie noch an jedem Tag in weit über achtzig Jahren. Er spitzt die Ohren. Nein, das Poltern, das Schnaufen vor seiner Tür ist echt. An jedem Dienstag und Freitag der Woche geht es derart hin und her, vor und zurück, bis zur Mittagszeit wird sein Kabinengang zum Fitnessparcours für die Orthopädie-Patienten, die ihre neuen Kniegelenke und Hüften humpelnd auf Haltbarkeit testen.

Kalle hat verschlafen. Hat über Stunden wach gelegen. Ist in tiefster Nacht aus einem Traum aufgeschreckt. Es galt, passende Kleidung für eine anstehende Reise nach Übersee zu besorgen, Hosen und Hemden, eine Badehose – auf dass er in der Hitze anständig dastehe, hat eine Frauenstimme in seinem Rücken geflüstert. Im Spiegel der Umkleidekabine sah er sich mit Freude: Dieser junge Mann, der bin ich, hat er gerufen, ein Glücksgefühl durchströmte ihn, der Stolz über eine stramm sitzende Unterhose in Feuerrot und die glatte Haut über seinem Bauch, seine muskulösen Oberarme, als diese Frau in Weiß sich an ihn heranschob, immer näher, bis er ihr ins Gesicht blicken konnte, doch war da nichts außer einer konturlosen Fläche, wo ihr Mund, wo ihre Nase und die Augen zu sein hatten. Mit einem Stöhnen erwachte er. Später dann, vor seinem Bullauge graute der Morgen, jagte ein kurzer, schriller Schrei aus der Nachbarkabine seinen Ruhepuls in die Höhe, es folgte ein dumpfer Schlag gegen seine Tür, das war's dann gewesen mit seiner Nachtruhe.

«Ich werde diese Schlafkur abbrechen.» Er sagt es ungeniert laut vor sich hin, während er aus dem Bett steigt. «Es ist, als gehöre mir der eigene Kopf nicht mehr.»

Am Vortag ist sein spanischer Mitbewohner eingeliefert worden, wieder einmal. Komplikationen nach der OP, in der Brust von Jaime Bareda y Zaldívar hatte ein großes Poltern angehoben, als die Sanitäter ihn holten, war er schon ohne Bewusstsein gewesen.

«Verdammt, es ist ein schlimmer Tag gewesen gestern.» Kalle spricht in sein Oberhemd hinein. Auch Paul Packer, eingeklemmt zwischen Kantinentisch und Stuhl, ist durch seine Träume gegeistert, immer wieder auch die Italienerin, Rosanna, eine tolle Frau, woher bloß hat sie den Mut genommen, sich dem blutbesudelten Sensenmann entgegenzustellen?

Er nimmt seine Wachstuchjacke vom Kleiderhaken, entdeckt bei dieser Gelegenheit den Nachttopf, der unter dem Bett Bareda y Zaldívars steht. Er entleert den Tümpel des dunkelgelben Urins in die Küchenspüle, nimmt dabei zwei flache Atemzüge eines gärenden, säuerlichen Gestanks auf, und stellt sich horchend an die Tür seiner Kabine.

Stille. Endlich. Es ist doch eine Zumutung, denkt er, gegen einen Trupp Lahmer und Versehrter anzugehen, der wie eine Stampede niederrennt, was sich ihm in den Weg stellt.

Auf seinem vertrödelten Weg zur Schlaftherapie macht Kalle bei Cecilia Pérez Gasca halt, er braucht eine frische Ration Salmis, dazu Kapseln mit Rosmarinextrakt, weil er darauf setzt, dass dessen ätherische Öle ihm bei der Bewältigung von Denksportaufgaben helfen werden.

Die Señora steht kerzengerade in ihrem Kiosk und breitet kleine, bunte Federkugeln auf einem Blatt Papier aus. Es sind die getrockneten Kolibris, Schmuggelware, die ihre Landsleute bei ihr beziehen, weil die Vögelchen angeblich die Manneskraft fördern. Cecilia sieht ihn so übellaunig an, dass er davon Abstand nimmt, nach ihrer Brille zu fragen. Nur ein Klebestreifen hält beide Hälften seit dem Rollatorrennen beisammen.

Sein letzter Zwischenhalt führt ihn auf das Bestattungsdeck vor die Anschlagtafel mit den Todesanzeigen. Wenn in der Nacht jemand gestorben ist, wird es hier veröffentlicht. Kalle hält Ausschau nach bekannten Namen. Es kommt ihm vor, als sei die Liste deutlich länger als gewöhnlich. Die meisten, die hier herumstehen, wollen wissen, wo demnächst eine Kabine frei wird. Vor allem aber wollen sie sich darüber freuen, dass es jemand anders erwischt hat.

Im Schlafzentrum reiht sich Kalle in die Warteschlange vor der Medikamentenausgabe ein, nimmt die ihm zugeteilten Tabletten aus der Schütte eines Automaten entgegen und schluckt sie routiniert ohne Wasser. Er folgt den vor ihm im Gänsemarsch Gehenden, bis ihm eine der Schlafbänke am Rand der Halle zugewiesen wird. Es ist eines dieser altmodischen Exemplare, die früher in einem kanadischen Münzstudio ihren Dienst als Sonnenbank geleistet haben und nach einem Bankrott an die *Nyx* verscherbelt, dann umprogrammiert worden sind.

Er legt Oberhemd und Jeans auf dem Schemel ab, steigt in seinen Schlafsarg und schließt per Knopfdruck den Deckel über sich. Er sieht kurz auf die Ziffern der Uhrzeit, die in einem hellen Blau in dem Deckel über ihm schweben, 9:19. Es fröstelt ihn, sein Kopf sinkt tief ins Kissen, und er glaubt zu spüren, wie Schwärme von Minisensoren durch seine Blutgefäße spülen. Die gemächlichen Alphawellen branden in seinem Gehirn auf, der Thalamus, Torwächter des Bewusstseins, dämmert weg, neun Minuten später macht Kalles Großhirnrinde schlapp.

Um elf Uhr zwanzig erwacht er. Wie sonst auch braucht er ein paar Minuten, den Kopf klarzukriegen, zu begreifen, dass er das Präludium zu seiner wöchentlichen Schlaftherapie abgespielt hat.

Der Arzt greift zu einem grünen Plastikumschlag und fragt: «Kalle Ulfung, wie geht es Ihnen heute?»

«So lala. Ich habe gute Nächte, und ich habe schlechte Nächte.» Er sieht auf einen Punkt knapp oberhalb der Stirn des Therapeuten. «Doch ich verliere mein Gedächtnis.»

«So kommt es Ihnen vor», sagt der Mann. «Die Dinge jedoch liegen anders, als sie scheinen.» Er spricht mit einem zackigen osteuropäischen Akzent. Sein Namensschild weist ihn als Doktor Zazcyk aus.

«Hören Sie», sagt Kalle. «Meistens fühle ich mich in ein schweres, in ein trostloses Gefühl versetzt, wie jemand, der nicht wirklich zu Hause oder wirklich entspannt ist, wie jemand, der sich vieler Dinge bewusst, aber nicht wirklich sicher ist.» Kalle staunt selbst über die Worte, die da aus ihm gepurzelt sind wie Murmeln. Ein Dichter hätte seinen Gemütszustand kaum schöner und zugleich schwammiger beschreiben können.

«Gut, gut.» Von einem Bildschirm liest der Arzt murmelnd die Werte des Ulfung'schen Biomonitoring ab. «Atem, Herzrhythmus, Xenon- und Natriumkonzentration, alles im grünen Bereich. Ihr digitales Schlafprofil zeigt keinerlei Unregelmäßigkeiten.»

«Hm», macht Kalle, um wenigstens ein Geräusch von sich zu geben, wenn er schon nichts zu sagen weiß. Der Arzt trägt einen beigefarbenen Kittel offen über dem marineblauen Anzug, dazu olivgrüne Gesundheitssandalen, was Kalle annehmen lässt, dass er farbenblind ist. Zwar mutmaßt Kalle, dass er nicht zum ersten Mal mit ihm zu tun hat, er fragt sich aber, warum ihm zugemutet wird, sich ständig an neue Gesichter zu gewöhnen.

«Wie viele Ärzte arbeiten im Somatikum?», fragt er.

«Na, so an die sechzig dürften wir sein. Nun aber zu Ihnen. Was können Sie mir zu Ihren Träumen sagen?»

«Nichts Besonderes eigentlich. In meiner Schlafbox eben hab ich gar nicht geträumt. Aber durch meine Nächte spukt diese Braut in Weiß. Letzte Nacht hat sie mich in eine Boutique begleitet.»

«Und? Dann?» Doktor Zazcyk gähnt in seine Faust hinein.

«Ich war jung. So Mitte zwanzig, meine Sturm-und-Drang-Zeit. Trotzdem ließ sie mich am Ende grußlos stehen. Hören Sie, ich träume Träume, von denen ich nicht weiß, ob ich sie träumen will.» Kalle zuckt mit den Schultern. «Ich schlafe verdammt schlecht. Wache ständig auf.»

«Das ist völlig normal. Jeder Mensch erwacht zigmal pro Nacht, nur meistens zu kurz, um sich am Morgen noch daran zu erinnern. Ich verspreche Ihnen: Wenn diese Träume auf ein böses Ende hinsteuern, werden wir uns alternative Wege ausdenken.»

Dieser Psychoheini will partout nicht auf mich hören, denkt Kalle. Angesäuert sagt er: «Ich träume wirr. Schlafe schlecht. Verliere die Erinnerung.» Demonstrativ zählt er an den Fingern ab. «Es steht also drei zu null für mich, oder?» Dass er neuerdings auch von Riesenspinnen phantasiert, behält er für sich. Das könnte am Ende seine Niederlage besiegeln.

Der Arzt sieht ihn ernst an, schüttelt den Kopf. «So einfach sind die Spielregeln nicht. Ihrer Akte entnehme ich, dass Sie lange Jahre an Schlaflosigkeit litten.» Er klopft mit dem grünen Umschlag auf sein Knie. «Sie haben sich von Schlafmitteln praktisch ernährt. Als Sie zu uns kamen, waren Sie, mit Verlaub, ein Wrack.»

«War ich das? Hab ich wohl nicht mitbekommen.» Kalle stellt fest, dass es sogar einen Kaktus in diesem Büro gibt, ein stacheliges Ding, in dem sich Wollmäuse verfangen. «Mit ein paar Stunden Schlaf weniger kann ich leben. Nicht aber damit, dass meine Erinnerungen aus meinem Gedächtnis verschwinden, sogar die kostbarsten.» Nicht dass er die jetzt noch benennen könnte, es will aber gesagt sein. Betrübt legt er nach: «Von Tag zu Tag erinnere ich weniger. Mir fehlen ganze Jahrzehnte. Ein paar superlustige Jugendjahre immerhin sind noch dabei. Aber wenn auch die mir flöten gehen?»

«Ihre Messungsergebnisse sind ermutigend, sie deuten darauf hin, dass Ihre Erinnerungen nicht für alle Zeiten verloren sind. Es handelt sich nicht um ein Problem der Speicherung, sondern des Zugangs.»

«Sie meinen, der Krempel vieler Jahrzehnte steckt noch in meinem Kopf?»

«Ja.»

«Dann holen Sie ihn raus und geben Sie ihn mir zurück.» Kalle sieht ihn auffordernd an.

«Schenken Sie mir Vertrauen. Wir machen Fortschritte. Es geht Ihnen so gut wie lange nicht, glauben Sie mir. Sobald wir Ihren Schlaf repariert haben, werden auch die Erinnerungen zurückkehren. Es gibt da einen Zusammenhang, denn nichts ruiniert unser Erinnerungsvermögen so nachhaltig wie mangelnder Schlaf. Diese Beeinträchtigungen, von denen Sie sprechen, sind Teil der Therapie. Sie werden sehen, wie ...»

Um sich dem Redefluss des Arztes zu entziehen, wirft Kalles Gedächtnis einen Anker in die verödete Landschaft seiner Erinnerungen. Farbecht, äußerst lebensnah sieht er sich als jungen Mann auf einem Badesteg hocken. Es ist Sommer, er jobbt als Bademeister im Breviksbad, es sind die Jahre, in denen die Frauen sich barbusig sonnen. Sie mögen ihn, die Frauen. Sie bringen ihm Kartoffelsalat in Tupperdosen und Marmorkuchen und küssen ihn unter den hochkronigen Bäumen des Freibads. Und wenn er am Abend auf den Parkplatz kommt, klemmen an der Scheibe seiner hellblauen Vespa Zettel mit Telefonnummern. Monate später, in einsamen Stunden, nimmt er sein Telefonbuch und ruft diese Frauen an. Wenn mal eine rangeht, fragt sie: Was? Kalle? Kalle? Zack, legt sie auf. Im Sommer ist er der große Verwöhner, im Winter läuft dann nichts mehr. Natürlich, ein Bademeister ist untreu. Muss untreu sein.

«Hallo!» Die Stimme des Doktors reißt ihn in die Gegenwart zurück. «Höchste Zeit für Ihre Denksportaufgaben!»

Er führt Kalle an einen eckigen Tisch in der Ecke des Zimmers, stülpt ihm einen Helm über den Kopf und verkabelt ihn hinter seinem Rücken. Er legt ein Blatt Papier vor ihm aus, das nach Einkaufsliste aussieht.

Na toll, denkt Kalle. Er hasst diese neuropsychologischen Tests. Er schneidet bei allen Gedächtnisübungen mäßig ab. Manchmal aber gelingt es ihm, die Typen zu überlisten. In solchen Fällen verblüfft er sie, wenn er nach zehn Minuten eine achtstellige Zahlenfolge noch immer richtig aufzusagen vermag – doch nur, weil er sie sich im Geiste unermüdlich wiederholt und vorsorglich Rosmarinöl in sich hineingeschüttet hat.

Heute geht es darum, sich eine Liste von Lebensmitteln zu merken und einen fiktiven Warenkorb mit ihnen zu füllen. Zwar vertauscht er Senf mit Sellerie, erinnert jedoch Tomaten und anderes Grünzeug ebenso tadellos, wie es ihm gelingt, die Worte Reiselust und Bärenhöhle rückwärts zu buchstabieren und immer wieder die Zahl 17 von der Ausgangssumme 170 zu subtrahieren, bis er über die 68 stolpert, aber das ist Pipifax, ist kein Grund zur Sorge.

«Hab ich mal in Südamerika gelebt?», fragt Kalle, als der Arzt ihm die Arbeitsbögen abnimmt.

«Das weiß ich nicht.» Er sieht ihn verblüfft an.

«Hab ich jemals Spargel verkauft? Sie wissen schon, aus einer dieser Hütten an der Landstraße. Hab ich oder hab ich nicht?»

«Wie kommen Sie darauf?»

«Manchmal dämmern mir so Sachen.» Wenn seine Erinnerungen und sein Kopf es ihm auch vorenthalten, sein Körper, sein ganzes Ich fühlt: Er hat eine Vergangenheit als Gärtner. Sogar wenn ihm die Lust an seiner Gartenparzelle in feuchtkalten Breitengraden abhandenkommt – er ist ein Mann der Himbeerspaliere und der Blattläuse gewesen, er hat den Spaten in die Erde getrieben, Rosensträucher gebunden.

Der Doktor steht auf, reckt sich und schließt die Knöpfe seines Kittels. «Lassen Sie es mich erklären.»

«Nur zu.»

«Giraffen kommen mit drei Stunden Schlaf aus, Albatrosse

schlafen im Fliegen, Schafe im Stehen. Wir aber sind Menschen. Elf durchwachte Tage und Nächte, länger hat noch keiner von uns überlebt. Wir brauchen unsere Träume wie die Luft zum Atmen. Denn unsere Erinnerungen speichern wir, wenn im Tiefschlaf die langwelligen Delta-Hirnströme ihre Arbeit aufnehmen. Sie verarbeiten die Erfahrungen des Tages und räumen das Gedächtnis auf. Sie entrümpeln unser Gehirn, schaffen Platz für Neues.»

Doktor Zazcyk setzt sich und dreht den Bildschirm so, dass Kalle einen Blick auf ein Tal graphischer Wellen in Blau und Grün werfen kann. Gleichmäßig schwappen sie über den Bildschirm.

«So sieht es aus, wenn in Ihrem Kopf auf das Ausmisten das Aufräumen folgt.»

Kalle nickt. Er weiß nicht, ob er sich darüber freuen soll, dass nachts Schwerstarbeit in seinem Kopf geleistet wird. Plötzlich steigt die Sehnsucht nach Betäubung in ihm auf, er wird sich, kaum zurück in seiner Kabine, einen fetten Joint zum Trost basteln. Bis dahin heißt es: Ohren auf. Zuhören.

«Dieses Großreinemachen muss in der Abgeschiedenheit der Nacht stattfinden. Im Wachen würden sich die immer neu einlaufenden Wahrnehmungen und die reaktivierten Erinnerungen in die Quere kommen. Niemand würde wollen, dass sein Gehirn sich neu organisiert, während er einen Laster rangiert oder sich die Haare aus der Nase sengt, stimmt's?»

«Seh ich genauso.»

«Na, eben. Ohne gesunden Schlaf werden Sie Ihre Erinnerungen nicht wiederfinden.»

«Ha! Seit ich überaus gesund schlafe, gehen mir die Erinnerungen ja erst flöten. Hab ich Kinder?», fragt Kalle gereizt.

«Sie haben nie von welchen gesprochen.»

«War ich verheiratet?»

«Ich finde nichts darüber in Ihrer Akte. Sie tragen keinen

Ehering. Aber Sie sollten wissen, dass ich solche Fragen nicht beantworten darf. Ich bin nicht dazu befugt, Privates und …»

«Wer kann mir Auskunft geben?»

«Sie selbst. Ihre Erinnerungen.»

Unmut steigt in Kalle auf. Er geht sich verloren, und dem bescheuerten Farbenblinden vor ihm ist das scheißegal. «Das war's», sagt er. «Ja, also. Wenn Erinnerungsverlust der Preis meiner Behandlung bei Ihnen ist, breche ich sie ab.»

«Seien Sie nicht so radikal. Wahren Sie die Perspektive. Wir haben mehr Bewerber, als wir im Schlafzentrum aufnehmen können. Ihr Therapieplatz wird umgehend wieder besetzt.» Er dreht sich auf seinem Stuhl, wühlt mit langem Arm im Wandschrank und kramt einen Tablettenblister hervor. «Hier, nehmen Sie, Ihre Wochenration.»

Das hier ist kein kindisches Rebellentum, wie es Kalle gelegentlich überkommt, keine Laus auf seiner Leber. Nein, er spürt einen heiligen Schauer des Zorns seinen Rücken emporwandern, das Rückgrat entlang. Zu lange hat er nichts erlebt, nicht seine Haut riskiert, keine Lippen geküsst. Stattdessen hat er sich Dinge gefallen lassen, hat hingenommen, ertragen. Sein Leben ist ein Kantinenteller mit Kartoffelmus geworden.

Er steht auf, geht ohne seine Medizin und ohne Abschiedsgruß, kann sich aber, zwischen Tür und Kaktus angelangt, ein paar letzte Worte nicht verkneifen: «Nie wieder werde ich mich in Ihren Schlafsarg legen wie Graf Dracula.»

## 15° 33' WESTLICHER LÄNGE; 43° 21' NÖRDLICHER BREITE

«Du warst sein Freund. Sein Vertrauter. Ein paar Dinge wirst du mir bestimmt über Milan Vladetic sagen können.»

Polly Sutter sitzt an einem der kleinen ovalen Tische, die den

Raum des griechischen Spielclubs füllen. Im Neonlicht der Deckenlampen glänzt der haarlose Schädel Kyriakos Tomasidis' wie ein glasierter Zuckerhut.

«Wie hast du mich gefunden?» Er fragt misstrauisch.

«Es gibt drei griechische Spielclubs an Bord. In nur einem von ihnen wird auch Schach gespielt. Wer vorn am Eingang nach Tommy, dem Griechen, fragt, wird ruckzuck in Saal Nummer zwei geschickt, an den Tisch Nummer sechs, Quersumme acht. Zu Kyriakos Tomasidis. Divna Stoiljković hat mir von dir erzählt.»

Nachdenklich runzelt er die Stirn: «Lebt sie also noch?» Dann: «Was willst du über Milan wissen?»

«Ich habe seine Krankenakten durchgesehen. Im Oktober ging es steil bergab mit ihm, Fieber, Depressionen, Angstzustände. Was ist da passiert?»

Er beugt sich vor, wendet seinen Blick auf das Schachfeld, auf dem vier Bauern und zwei Könige und eine Dame stehen. Es sieht nicht gut aus für Schwarz, denkt Polly und dass der Grieche ihr nicht antworten wird, weil sie die einzige Frau im Raum ist, er aber ein alter Mann unter alten Männern, die sie unverhohlen anstarren und sich fragen, was es mit diesem Weibsbild wohl auf sich hat.

Tomasidis lässt seine Hand über dem Feld schweben, greift nach dem weißen König, zieht ihn in den Schatten der Königin. Er spricht, ohne sie anzusehen: «Seine Ersparnisse waren seit dem Frühjahr aufgebraucht, die Tochter schickte kein Geld mehr. Er lebte auf Pump. Zum Herbst hin hätte er seine Einzelkabine abgeben müssen. Das hat ihn krank gemacht. Milan wäre in keine Vierbettkammer umgezogen.» Jetzt sieht er sie an, mustert sie, sagt: «Würde ich auch nicht. Lieber springe ich über Bord. Letzter Freiflug.» Er hebt Arme und Hände zum Flügelschlag.

Erst jetzt sieht Polly, dass hinter dem Rücken des Mannes

eine Sauerstoffflasche im Gestell seines Rollators hängt. Feine Schläuche schlängeln sich um seine Hüfte, enden als Knäuel in seinem Schoß.

«Sagte er, warum er in Behandlung war?»

«Er wusste es vor lauter Schmerzen selbst nicht, glaube ich. Mal war es der Kopf, mal das Knie, mal brannten ihm die Innereien. Er wurde durch alle Stationen gejagt. Ich habe am Ende den Überblick verloren.»

«Von Mitte Oktober an nahm er an Impfreihen in der Virologie teil. Was weißt du darüber?»

«Ich habe ihn gefragt, ob er verrückt geworden ist. Ich tue es im Dienste der Forschung, hat er geantwortet. Auf eine seltsam störrische Weise war er stolz darauf, als Versuchskaninchen zu leben.»

«Erzählte er, was sie dort mit ihm anstellten?»

«Wenn er von seinen Behandlungen zurückkehrte, zeigte er nicht das geringste Bedürfnis, sich mitzuteilen. Manchmal klagte er: Sie haben meinen Kopf durchleuchtet. Sie haben mein Blut gefiltert. Sie quälen mich wie ihre Tiere. Oder er jammerte, dass sie wieder einmal seine Medikamente neu dosieren mussten.»

Wenn Tomasidis den Kopf zur Seite dreht, kann Polly sehen, dass sein linkes Auge echt und grün ist, sein rechtes gläsern und blau.

«Wann wurde er auffällig?», fragt sie.

«Wie meinst du das?»

«Wann begann er, sich zu prügeln?»

Tomasidis zögert. Weil er nicht antwortet, setzt sie nach: «Er brach sich das Nasenbein. Das Jochbein, die Handgelenke. Er verlor einen Schneidezahn. Er wurde angezeigt. Was oder wer hat ihn so fürchterlich wütend gemacht?»

«Ich sag's mal so: Er wurde launisch. Brüllte, sobald ihm etwas nicht passte oder wenn er beim Spiel verlor, weil er mal wieder die Figuren verwechselte. Die Läufer mit den Türmen. Dame und König. Traurig, nicht?» Tomasidis nimmt einen der schwarzen Bauern in die Hand, streicht mit dem Daumen über das Holz, stellt die Figur zurück. «Er hatte diese Ausbrüche. Einmal stand er mitten in einer Partie auf, raste zum Ausgang und warf dabei alle Tische um, die ihm im Weg standen. Dafür setzte es Prügel. Sie haben ihn ordentlich verdroschen, als Serbe war er hier ohnehin nur geduldet. Als wir uns wiedersahen, sagte er zu mir: Das kommt vom Blut der Lämmer, das sie mir spritzen.»

«Schafsblut?» Fast muss sie lachen.

Tomasidis zuckt ratlos mit den Schultern. «Seine Worte. Lämmer. Ausgerechnet. Die Opfertiere.» Seine Stimme wird schwächer. An allen Nebentischen wird Tavli gespielt, und das Klacken der Steine und die Kommentare der Spieler machen es Polly schwer, seine Worte zu verstehen. Sie beugt sich vor, weit über das Spielfeld.

«Zur gleichen Zeit fielen ihm die Haare aus, in Büscheln, er hat es mir vorgeführt. Er zog seine Hand wie einen Kamm über den Kopf und erntete volle Strähnen. Es war angsteinflößend. Von einem Tag zum anderen rannte er mit diesem seltsamen Hut herum, wie ein Hilfssheriff sah er aus. Vielleicht war er deshalb so schnell wütend? Wer bekommt schon gern eine Glatze, so plötzlich?»

Sie nickt. «Gegen wen spielst du hier eigentlich?»

Tomasidis lacht auf, sein Lachen wird von einem flachen Keuchen erstickt. «Mir gehen so langsam die Gegner aus. Alle sind sie krank. Also spiele ich gegen mich selbst.»

«Und gewinnst?»

Er sieht sie gequält an. «Eines Tages saß Milan hier, an genau diesem Tisch, mir gegenüber. Er war ja mehr oder weniger für uns reserviert, musst du wissen, unser Brett war immer aufgebaut. Wir begannen eine Partie, wie immer verteidigte er sizilianisch, er liebte es, über den Damenflügel anzugreifen, und plötzlich fiel mir auf: Wir sitzen hier wie zwei Eierköpfe. Wo ist dein Hut?, habe ich ihn gefragt. Er war zu Tode erschrocken. Dann weinte er. Er weinte wie ein Kind. Kaum hatte er sich beruhigt, stand er auf und ging. Ich muss den Hut finden, sagte er. Zwei Tage später hörte ich von seinem Tod.»

«Vladetic sollte seine Kabine tauschen, hast du gesagt. Hältst du es für möglich, dass er sich deshalb das Leben genommen hat?»

«Hat er sich das Leben genommen? Ist das so? Vielleicht wurde es ihm ja auch genommen? Er hatte Angst, ja. Aber wovor? Ich weiß es nicht. Von einem Umzug war am Ende keine Rede mehr. Denn er wurde bezahlt für seine Impfungen.»

«Er bekam Geld?»

«Genug jedenfalls, um sich seine Einzelkabine weiter leisten zu können. Und eine Kamera. Wenn über Nacht geschlossen wurde und man uns rauswarf, fotografierte er das Brett und die Stellung der Figuren, um am nächsten Tag topvorbereitet in die Partie gehen zu können. Er machte sowieso von allem und jedem Fotos.»

«Kannte er sich mit Giften aus?»

«Mehr oder weniger, so wie die meisten hier an Bord. Man hat ja sonst nichts um die Ohren. Die Langeweile macht uns alle zu Experten in Sachen Tod.» Tomasidis beginnt, die Schläuche seiner Sauerstoffflasche in seinem Schoß zu entwirren. «Und mir geht hier langsam die Luft aus.»

«Wer hat ihm das Gift verschafft?»

Er sieht sie aufmerksam an, schüttelt den Kopf. «Ich traue dir nicht.»

Schweigend sitzen sie sich gegenüber. Es ist Mittagszeit, die Tische des Spielclubs leeren sich. Polly macht sich an eine Inventur des Raumes: sechs abgestellte Rollatoren, zehn Trinkgläser, hundertvierundvierzig Stuhlbeine, dann rettet Tomasidis sie aus ihrer Arithmomanie.

«Ein paar Tage vor seinem Tod habe ich ihn zu seinen Impfungen begleitet, ihm war schwindelig. Das sind keine Menschen, sagte er, bevor er in der Virologie verschwand, es sind Maschinen. Und irgendwann werden sie mich holen. Warum sollten sie dich holen wollen?, habe ich gefragt. Sie wollen mein Blut, sagte er.» Tomasidis sieht Polly ernst an. «Und irgendwie haben seine Worte mich nicht überrascht. Ich weiß aus Erfahrung, was ich von euch Ärzten zu halten habe. Ich werfe euch nicht einmal vor, dass ihr uns bloß als defekte Dinger seht. Ist ein Teil kaputt, repariert man es eben. Ihr seid ein herzloser Haufen. Aber so muss das wohl sein, denke ich: Ein Arzt, der Mitgefühl mit seinen Patienten hat, hält nicht lange durch.»

Polly hat vor langer Zeit für sich entschieden, solche Vorwürfe nicht persönlich zu nehmen. Über die Jahre hat sie sich ein paar Sätze zur Antwort zurechtgelegt: «Als Medizinerin konzentriere ich mich auf das Messbare, auf erkrankte Zellen oder gerissene Muskelbündel. Denn dort sitzen die Ursachen von Schmerzen und Ängsten.»

«Sedare dolorem divinum est.» Der Grieche unterbricht sie. Er grinst sie an. «Hippokrates. Göttlich ist es, Schmerz zu stillen.»

«Sei nicht gemein. Was denkst du, warum ich hier bin?»

Sie erhebt sich, will ihn beim Abschied fragen, warum er sich eine blaue Augenprothese hat einsetzen lassen, doch Tomasidis kommt ihr zuvor: «Vielleicht bist du ja wirklich anders», sagt er versöhnlich. Wieso kümmerst du dich um die Toten?»

## 16° 12' WESTLICHER LÄNGE; 40° 44' NÖRDLICHER BREITE

Ein von Molltönen unterlegtes Erwachen: Vor der Kabinentür schiebt jemand einen Essenswagen vor sich her, dessen Räder quietschen, dessen Ladung aus Tellern und Geschirr klirrt. Teatime, denkt Rafael van Gouten und sucht halboffenen Auges nach Orientierung. Ein schwindender Rest von Tageslicht, der durch das Bullauge sickert, bestätigt ihm den späten Nachmittag. Erinnerung setzt ein.

Nach einer schlaflosen Nacht, die er des Wundschmerzes wegen rechtsseitig verbracht hat, ist er noch vor dem Morgengrauen in die Kabine Saïda Talhaouis geflüchtet. Hat sich im Schein einer Lavalampe diebisch in ihr Bett geschlichen, ist ihrem Versuch, ihn mit weicher, nackter Haut zu verführen, sofort erlegen, trotz seines verwundeten Arms, der bandagiert ist wie eine Stopfwurst, doch sie roch so herrlich, nach Haselnussbüschen an einem taufeuchten Sommermorgen. Sie atmete rasch, aber nicht angestrengt, ihr Mund stand halb offen, und er konnte ihr in die Nase sehen. Sie keuchte einmal, schon war sie fertig. In einem Traum ist er dann von Dispatcher François Ilunga auf Deck 39 geschickt worden, um auf dem Grund des Olympiapools nach den künstlichen Gebissen zu tauchen, die beim Schwimmen aus den Mündern der Alten gespült wurden.

Saïda trägt ein weißes T-Shirt, weiße Strümpfe, weiße Arbeitshose, als sie aus dem Duschraum kommt. Sie setzt sich zu ihm aufs Bett und reibt beidhändig Haltung in seinen vom Liegen erlahmten Irokesenkamm. «Deine Frisur ist doch ein bisschen kindisch», sagt sie.

«Was habt ihr nur alle? In meiner Jugend hab ich Katzen gebraten. Hab Autos geknackt. Bin mit einem Freund im Zug bis nach Rom Termini, um mich neben der Bahnhofshalle zu prostituieren. Lauter Mutproben, alle bestanden. Und ich soll jetzt keinen Iro tragen dürfen? Davon steht kein Wort in meinem Arbeitsvertrag.»

«Flechtfrisuren und Zöpfe sind euch verboten, soweit ich weiß.»

«Und Dreadlocks. Eben. Mir kann keiner was.»

«Stimmt das? Katzenfleisch gegessen? Dich an Freier verkauft?», fragt sie neugierig. «Wie ein Stricher?»

«Na ja. Auf den Versuch kommt es an, oder?» Grinsend beginnt er, den Verband von seinem Arm zu lösen. Luft muss an die Wunde, seine Ärztin hat es dringend empfohlen.

«Du hast mehr Glück als Verstand.» Saïda deutet auf seine Wunde. «Der Irre hätte dir die Augen aushacken, er hätte dich töten können.»

Ihm ist unwohl bei dem Gedanken, dass die Polizei ihn vorgeladen hat. Morgen früh wird man von ihm erfahren wollen, wie der schmächtige Tobsüchtige sich aus seinen starken Armen hat befreien können. Und egal, wie plausibel seine Erklärungen sein werden – das Bouquet des Versagens und des Dienstvergehens wird ihn umwehen, sobald er in Zukunft die Kantine betritt.

«Wem gehört die *Nyx*?», fragt er, weil er es noch nie gefragt hat, es zum ersten Mal wirklich wissen möchte.

Saïda besieht sich den angeschlagenen Lack ihrer Fingernägel, ein Flickenmuster in Hellblau. «Einem Konsortium. Niederländisch-kanadisch, soweit ich weiß. Pharma-Unternehmen und Finanzinvestoren aus dem Gesundheitssektor.»

Ihm fällt eine Betriebsversammlung ein, vielleicht war es Ende März. Sie kreuzten im Golf von Bengalen und hatten zweihundert Klimaflüchtlinge aus Chittagong an Bord geholt. Unter einem bleiernen Monsunhimmel gab es Pannekoeken für die Belegschaft und ein Glas Spumante, um anzustoßen auf die neuen Besitzer des Schiffes.

«Warum kauft man denn etwas wie die *Nyx*?»

«Was glaubst du wohl? Es gibt längst mehr Alte als Kinder.

Bevor sie sterben, sind sie jahrelang Pflegefälle. Aus all diesem Elend lässt sich mächtig Gewinn schlagen. Keiner hier wird aus Mildtätigkeit auf die Reise mitgenommen. Die Alten zahlen Eintritt. Und wenn sie kein Geld haben, übernehmen die Kinder, die Enkel.»

«Und wenn die nicht mehr können oder wollen?»

«Keine Ahnung.» Saïda steht auf, verschwindet im Bad.

Er muss an die fensterlosen Sechsbettkabinen in den unteren Decks der *Nyx* denken, an die Kakerlaken in den Gemeinschaftstoiletten. An die Leute, die bei der Armenspeisung für Kohl und Kartoffeln anstehen müssen, weil niemand noch einen Cent für sie überweist.

Als Saïda aus dem Bad kommt, sieht er, dass sie Make-up aufgelegt hat. Es lässt sie älter und gediegen aussehen, geradezu damenhaft.

Er weiß nur wenig über ihre Arbeit in der psychiatrischen Abteilung der *Nyx*. Sie ist Ärztin. Sie attestiert Patienten den Grad ihrer Verrücktheit, sie prüft die Simulanten. Manche Leute tun so, als seien sie verrückt, weiß Gott, warum. Sie wollen bloß Aufmerksamkeit, hat sie Rafael erklärt, oder ihre Ruhe. Endlich den letzten Rest an Verantwortung abgeben.

«Warum schickt man die Alten überhaupt aufs Meer?» Einen Moment lang glaubt er, Saïda habe seine Frage nicht gehört, weil ihre ganze Aufmerksamkeit der Wunde auf seinem Oberarm gilt. Sie verteilt Salbe auf der geschwollenen Naht.

«Es gibt zu viele Alte. Aber nicht mehr genug Heime, kaum Pflegepersonal, immer weniger Geld aus den Sozialkassen. Die Alten sind selbstzufrieden und mit Ansprüchen schnell bei der Hand, das weißt du ja. Sie sind materialistisch, gefräßig. Sie machen sich nicht sonderlich beliebt. Sie weigern sich, ihren Platz zu räumen. Nicht einmal die afrikanischen Flüchtlinge wollen sich noch mit ihnen abgeben. Also schickt man sie auf die Weltmeere.» Sie fängt an, den angestoßenen Lack von ihren Nägeln zu entfernen. Der beißende Geruch des Lösemittels steigt in seine Nase. «Gleichzeitig begannen Ärzte damit, die Biodaten ihrer Patienten in der Cloud zu speichern und abzurufen. Sie stellten fest, dass diese Cloud-Mediziner effektiver waren als sie selbst, dass Telediagnose und Telekonsultation einigermaßen funktionierten. Sie rechneten alles durch: Liegezeiten, Verpflegung, medizinische Versorgung. Das Ergebnis war eindeutig: Pensionäre sind auf Kreuzfahrtschiffen besser aufgehoben als in Pflegeheimen. Das Altern auf See ist billiger als an Land.»

Weil ihm gerade nichts Kluges einfällt, sagt er: «Ich hab eine Einladung zur ärztlichen Untersuchung bekommen. Schon wieder. Kannst du mir das erklären? Wo ich doch zum kerngesunden Dutzend an Bord gehöre? Keine zwei Monate ist es her, dass ich in der Röhre lag.»

«Geh einfach hin. Dann wirst du es erfahren.»

«Ich denk nicht dran. Ich liege schon ständig bei dieser Ärztin herum.» Ihm fällt das fensterlose Behandlungszimmer ein, das karibikblaue Gleitgel, das kühle Porzellanblau ihrer Augen.

«Sieht sie gut aus?», fragt Saïda.

«Ziemlich okay.»

«Ziemlich okay? Das hört sich so mittelromantisch an.» Sie klingt patzig. «Magst du sie?»

«Was soll ich sagen? Ja, sie ist eine gute Ärztin, glaube ich.»

«Du bist nicht mehr lustig.»

Er stöhnt auf.

«Was gibt's da zu stöhnen?» Sie sieht ihn beleidigt an. «Früher hast du mich zum Lachen gebracht. Und jetzt? Machst du mir Kummer und bist zynisch. Du arbeitest die ganze Zeit. Bist ständig verletzt. Der Zen-Buddhismus kennt eine Weisheit, die geht so: Still sitzen, nichts tun – der Frühling kommt, das Gras wächst.»

«Was willst du mir damit sagen?» Er fühlt sich gerade ein bisschen dumm.

«Wir sitzen nicht mehr stundenlang beim Frühstück, wir vertrödeln keine Tage mehr im Bett. Wir schaffen es nicht mehr, sinnlos miteinander Zeit zu verbringen, unsere Liebe geht dabei verloren. Verstehst du, was ich meine?»

«Ich komme nicht ganz mit.»

«Ich mache mir so meine Gedanken.» Sie schließt ihre Maniküre mit einem spitzen Pusten auf jeden einzelnen ihrer Fingernägel ab. «Vielleicht habe ich zu lange keine Reklametafeln und Tankstellen gesehen. Hunde. Rapsfelder. Spielende Kinder. Ja, ich möchte ein Kind von dir.»

So hat er sich das Gespräch nicht vorgestellt. Er steigt aus ihrem Bett. «Ich hab jetzt keine Lust auf solche Diskussionen, okay?» Einarmig angelt er nach seiner Hose.

Die Temperatur liegt knapp über dem Gefrierpunkt, das Deck ist schlüpfrig. Sie wechseln kein Wort, bis sie vor den Eingangstüren zur Psychiatrie stehen, vor vierstöckigen Gebäuden, die, miteinander verschachtelt, einen ganzen Block auf Deck 30 einnehmen. Das verblasste Weinrot der Fassaden des Klinikums schluckt das Licht der wenigen Lampen auf Deck.

Saïda zieht ihre Wollmütze vom Kopf und schüttelt ihr Haar zurecht. «Wo sind wir eigentlich?», fragt sie.

«Hm. Ungefähr? So etwa vierhundert Seemeilen westlich von Porto. Unter uns liegen fünf Kilometer Wasser. Wir halten Kurs auf Madeira. Um Weihnachten rum werden wir vor Funchal Anker werfen.»

«Schau mal.» Sie stößt ihn an.

Vor ihren Augen wird ein Mann mit Rauschebart im Rollstuhl von einem anderen Patienten durch die Türen zu ihnen herausgeschoben, um ungestört Zigarre rauchen zu können. Die Gesichter beider Männer sind aschgrau wie ihre Bademäntel. Ein Tropf, der an der Seite des Rollstuhls hängt, ist bis zum Rand mit einer bernsteinfarbenen Flüssigkeit gefüllt.

Saïda führt Rafael fort vom erleuchteten Eingang und vom scharfen Rauch des Tabaks. Im Schatten knöpft sie ihren Mantel auf. Greift mit einer kalten Hand nach seinem Ohr und steckt ihm ihre Zunge in den Mund. Ihre Lippen sind weich und heiß. Er schiebt seine Hand unter ihren Pullover, lässt sie auf der warmen Haut ruhen, rückt höher und legt sie auf ihre Brust, spürt aber, dass er es bloß automatisch tut, aus Gewohnheit, denn er hat jetzt keine Lust, mit ihr zu reden, nicht einmal Lust, sie zu berühren. Er fühlt, wie ihr Körper sich anspannt.

«Du kannst so wahnsinnig langweilig sein.» Sie stößt ihn von sich, sieht ihn abschätzend an. «Was ist nur los mit dir?»

Bevor er etwas Dummes erwidern kann, ist sie im Gebäude verschwunden. Kurz hört er ein leises Sirren und glaubt, dass es aus seinem Ohr kommt.

Bevor die Kälte seine Finger versteift, pult er ein paar grünblaue Blätter aus einer Seitentasche seines Parkas hervor und rollt sie zusammen. Er steckt sie sich in den Mund, kaut sie zu zwei Bällchen zurecht, presst sie mit der Zunge in seine Backentasche.

Weil er schnellstens in sein Bett will, schlägt er eine Abkürzung über die hell erleuchtete, menschenleere Golfanlage ein; um diese Zeit sind die Abschlaghäuschen verschlossen, der neongrüne Kunstrasen raschelt unter seinen Sohlen. An seinem äußersten Ende, wo die geschlagenen Bälle sich in einem System von Kanälen sammeln und das Flutlicht den Golfplatz an die Dunkelheit übergibt, zweigt ein schmaler Laufgang ab. Er ragt über die Bordwand hinaus, verläuft ein paar hundert Meter parallel zu ihr, bis er über eine Lastenbrücke wieder aufs Deck zurückführt. Er ist ummantelt wie ein Stahlkäfig, sein Zugang mit Stacheldraht und Sicherheitsschloss versperrt, wer aber besitzt den Triple-A-Zugang, den freien Eintritt auf der *Nyx*? Rafael van Gouten. Seine Trumpfkarte an Bord, sie steckt unter der Haut seiner Hände.

Er wirft das Gittertor hinter sich zu und tastet sich bis an den äußersten Punkt der Laufplanke voran. Ihr Boden ist aus Stahlstreben geschweißt und wippt leicht, sein Magen geht mit. Der Wind bläst ihn ordentlich durch. Als Kind hat er Angst vor Höhen und vor dem Meer gehabt, heute liebt er den Kitzel des Schwindels, den Blick durch die Drahtmaschen auf das wogende Schwarz, durch das die *Nyx* sich wälzt, einzig die Gischt der Brandungswellen marmoriert das Wasser entlang der Schiffswand. Er kommt gern hierher, kurz nach Einbruch der Dunkelheit, wenn Licht aus Hunderten von Bullaugen und Balkonfenstern strahlt. Die Aussicht erinnert ihn an die Hochhausschluchten Rotterdams, an die Wolkenkratzer am Wilhelmina-Pier, an seine erste Freundin Alma, an aufgeregte Finger und Küsse im Dunkel der Nacht.

Die Blätter des Khat in seinem Mund schmecken bitter und prickeln im Rachen. Ihre Wirkstoffe durchbrechen die Blut-Hirn-Schranke. Alles Mögliche fällt ihm ein, sein hellseherisches Ich erwacht.

Er hat allzu eifrig gelernt, Saïda nach dem Mund zu reden, damit er ihr an die Wäsche darf. Doch in den letzten Tagen haben die Verhältnisse sich geändert. Plötzlich ist sie heiß auf ihn, während er kaum einen Gedanken an sie verschwendet. Das ist normal in Beziehungen, sagt er sich, jede Liebe ist auch ein Krieg, und das Gleichgewicht der Kräfte eine Utopie, ein kostbarer Zufall. Auf einmal predigt sie fernöstliche Weisheiten. Will ein Kind. Wie führt man ein Gespräch mit jemandem, der solche Ideen in die Debatte wirft? Völlig unausgeglichen ist sie.

Hektisch saugt er an dem Klumpen in seiner Backe. Die Welt ist glasklar. Sie riecht nach Ozon, nach Schwimmbad und Sommergewitter, wie der einschlagende Blitz. Er hat den Laufgang hinter sich gelassen und betritt eine Lastenbrücke. Falls die Lastenaufzüge ausfallen, wird sie eingesetzt, um den Kantinentrakt vom Meer aus mit Frischwaren zu versorgen. Sie ist windumtost, denn sie liegt zur Seeseite hin ungeschützt. Als er mit federnden Schritten die Mitte der Brücke erreicht, hört er ein Sirren über seinem Kopf, es klingt metallisch, kratzend. Dann noch einmal. Er sieht nicht hin, sagt sich, das wird der Wind sein, der an den Stahltrossen zupft wie an den Saiten einer Gitarre. Wieder sirrt es, eine Oktave tiefer diesmal. Er bleibt stehen und schaut hoch. Ein düsterer Himmel, vor dem sich schwarz und regelmäßig die Brückenaufhängung spannt. Seine Augen gewöhnen sich ans Dunkel. Er reckt sich.

Das Ding hängt in den Seilen, keine zehn Meter über ihm. Es ist größer als er. Seiner runden Mitte entwachsen Kabel, deren Bewegungen insektenhaft sind, nervös. Sie locken das Geräusch aus den gespannten Brückenseilen hervor.

Rafaels Beine haben längst die Flucht ergriffen, als sein Kopf noch nach Gründen dafür sucht, warum diese Maschine in eine Brückenaufhängung geschickt wurde, oder ob sie sich eigenmächtig dazu entschlossen hat, die Stahlseile von den Salzkrusten zu befreien, und wieso er es schon wieder mit diesem Rieseninsekt zu tun bekommt.

Am Ende der Brücke wirft er sich über das Geländer, schlägt mit dem Knie auf, hinkt panisch über das Dach eines Containers und hangelt sich auf das nächsttiefere Deck. Er läuft geduckt und nimmt instinktiv alle Wege, die beleuchtet sind, in der Hoffnung, auf Menschen zu treffen. Vergeblich. Als ihm die Luft ausgeht, bleibt er stehen.

Was er hinter sich hört – immer lauter, näher –, könnten die vielen Füße eines gefechtsbereiten Roboters sein, deren kreisrunde Abdrücke im Schnee von einer Überwachungskamera auf Deck 75 aufgezeichnet wurden. Er sollte sich auf der Stelle umdrehen, dem Ding gegenübertreten, akzeptieren, dass die zittrigen Kabel, die er eben noch zu sehen geglaubt hat, in Wirklichkeit Greifarme und Beine sind und womöglich am Verschwinden Reima Virtanens beteiligt, doch er wagt es nicht.

Keine fünfzig Meter weiter vorn sieht er einen der Eingänge zu den Versorgungstunneln. Menschen haben darin nichts zu suchen, gelegentlich muss er einem Team von Gleistechnikern Zugang verschaffen. Er sprintet los.

Im Laufen reibt er sich die Handflächen am Schoß seines Parkas trocken und klatscht, kaum erreicht er den Eingang zum Tunnel, seine Hand auf das Biometriepad. In seinem Rücken nähert sich ein Geräusch, es klingt wie ein Wischen über das nasse Deck. Die pneumatischen Stahltüren schieben sich vor ihm auf. Er fällt nach vorn, wirft noch im Fallen und bevor sich die Türen schmatzend schließen, einen Blick zurück.

Ewig liegt er reglos im Dämmerlicht am Rande des Transporttunnels. Er atmet tief ein, dann langsam wieder aus. In seinem Rücken spürt er ein ununterbrochenes Vibrieren, er hört das Summen elektrischer Ströme in den Gleisen und das Sausen der Frachtwaggons, die geisterhaft an ihm vorbeirasen, um weit voneinander entfernte Gegenden des Schiffes mit ihrer Ladung zu versorgen. Alle paar hundert Meter schält das matte grüne Licht der Notbeleuchtung den Umriss des Tunnels aus dem Dunkel.

Er stemmt sich mit dem Rücken an der gekrümmten Wand hoch. Das Wackeln in seinen Knien bringt ihn zurück in die Wirklichkeit. Er fragt sich: Bin ich dabei, den Verstand zu verlieren?

Leise Musik, Rumba congolaise; Treibhausluft, der Geruch von Gemüsecurry, und richtig, auf dem Arbeitstisch des Dispatchers steht ein Teller mit Essensresten. François Ilunga schläft im Sitzen, der Kopf hängt ihm im Nacken.

Rafael reißt sich den Parka vom Körper, schleicht an der Wand mit den Einsatzplänen vorbei, startet seinen Arbeitscomputer. Saurer Schweißgeruch steigt von ihm auf. Die Wunde an seinem Oberarm ist aufgerissen, sie blutet, er spürt es, ohne hinzusehen. Nach ein paar Minuten weiß er Bescheid. Pauline Ottilie Sutter. Sternzeichen Wassermann, sie ist drei Tage älter als er. Deutsch-litauisches Elternhaus. In Vilnius geboren, aufgewachsen in Hamburg. Ausbildung zur Ärztin in Berlin. Auslandsjahre in Norwegen und Guatemala. Ledig, kinderlos. Das Porträtbild im Personalordner zeigt sie frontal mit einem Pony. Er sieht: zwei asymmetrische Hälften eines Gesichts, die eine fein und mädchenhaft, die andere ernst, erwachsen.

«Wieder mal neugierig?» Ilungas Stimme dröhnt über das Largo der Klaviermusik hinweg.

Rafael fährt vor Schreck aus seinem Stuhl. «Das hier ist wichtig, glaub mir.»

Ilunga beißt in eine Scheibe Brot, auf der hellrote Wurstscheiben und Salatblätter ineinander verschlungen liegen. Er beugt sich vor, liest vom Monitor ab und sagt: «Mach, was du willst. Geht mich nichts an, in welche Frauen du dich verguckst.»

«Es ist nicht so, wie du denkst.» Er schließt das Suchprogramm, fährt das System herunter und streift den Parka über. «Sie ist meine Ärztin.»

«Solltest du nicht besser im Bett liegen?» Ilunga blickt ihn forschend an. «Ich seh's deinen Augen an. Was hast du genommen?»

«Schmerztabletten.» Die Hand schon am Türgriff, fragt er dann: «Diese Sache mit den Krokodilen … Die Geschichte ist wahr, oder?»

«Was glaubst du?» Ilunga mustert ihn über seine Brotscheibe hinweg. «Für jeden Tag wurde einer der größeren Jungen aus dem Dorf bestimmt, um Ausschau zu halten. Er schlug Alarm, sobald Krokodile oder Leoparden auf der Lauer lagen. An diesem Nachmittag fiel er aus, denn er musste seine Mutter ins Krankenhaus begleiten. Als mein Bruder und ich ans Ufer kamen, war da niemand, um uns zu warnen.»

Raubtiere sind Rafael nur hinter Zoogittern begegnet. Ihm fallen Radiowarnungen ein: Achtung, auf der E312 laufen in der Höhe von Breda Rehe auf der Fahrbahn. Schlimmeres konnten Tiere in seinem Teil der Welt nicht anrichten.

«Hat man deinen Bruder gefunden?», fragt er.

«Wenn ein Nilkrokodil einmal menschliches Fleisch probiert, hat es keine Lust mehr, sich anzustrengen und Fische zu fangen. Dann mag es Menschenfleisch. Wir werden ein bisschen wie Schokolade für sie.» Ilunga grinst ihn schief an, fragt: «Und du, was macht dein Kampfroboter?»

«Das Ding hat viele Augen, überall in seinem Kopf. Es hat sechs Beine. Ein paar Arme. Jede Menge Fühler. Und ich weiß nicht, wie die alle zusammengehören.»

## 16° 23' WESTLICHER LÄNGE; 37° 59' NÖRDLICHER BREITE

*Aus dem klirrkalten Norden kommen doch die geilsten Weiber, dachte der Käpt'n. Ihm gingen die Augen über. Zwei nackte Frauen wälzten sich stöhnend auf dem Navigationstisch. Es waren diese beiden … Dirnen … Dockschwalben … aus Finnland … Dänemark …, schon im Hafen von Plymouth hatten sie ihn keck vom Kai aus angegrinst!*

*Die Brünette imitierte ein Schnurren. Sie lag mit dem Rücken auf den Seekarten, fegte die Stechzirkel zu Boden und präsentierte ihm ihre prachtvolle … Kaurimuschel … Mastrutsche …*

*Des Käpt'ns gewaltiger … Bugspriet … Donnerlunte … wippte ans Freie … stand steif wie die Galionsfigur der Lady Juliana.*

*Nimm mich so hart, dass der Fockmast bricht!, stöhnte die Blonde ihm entgegen.*

Nie, wirklich nie wieder werde ich auch nur eine Zeile für diesen Spanier verfassen, kein Wort mehr, keine Silbe. Rosanna Gardella legt einen stillen Schwur ab. Das war's jetzt, unter Qualen aus dem Gehirnschmalz gewrungen. Erleichterung, wie sie mit gefällten Entscheidungen und erledigter Arbeit einhergeht, durchflutet ihren Körper, wenn auch die Füße im Lammfell des Fußsacks kochen. Und die feinen Nadeln in ihrem Kopf sich zu einem Kristall in Faustgröße aufstellen. Irgendein Elend plagt uns ja immer, sagt sie sich, als es an ihrer Tür klopft. Gleich zehn Uhr.

Ja, da gibt es eine vage Verabredung. Ein Gefühl sagt ihr, dass es nicht schaden kann, die tiefsten Sitzfalten aus ihrem Rock zu streichen, den Fußsack unters Bett zu treten, die neue Haarspange zurechtzurücken. Denn Herrenbesuch empfängt sie nicht alle Tage.

Kalle Ulfung blickt sie durch die beschlagenen Gläser seiner Eulenbrille an. Er hat sich herausgeputzt, sie erkennt es an dem blassrosa Seidentuch, an der Gardenie im Knopfloch seines Blazers, auch an den Wildlederschuhen, die verjährt sind wie Swinging London, aber die Geste zählt, denkt sie geschmeichelt.

Sie schlägt vor, Tee zu kochen. Er stimmt sofort zu, steuert den einzigen freien Stuhl an, lässt sich an seinem äußeren Rand nieder, poliert seine Brillengläser und zupft sich die Haare mit Sorgfalt aus der Stirn. Die ganze Zeit über lächelt er sie an.

Sie übergießt die Beutel in den Teetassen mit kochendem Wasser und stellt die Tassen auf den Tisch. «Irgendwer muss doch etwas gehört haben.» Sie wirft drei Zuckerwürfel in ihren Tee und schaut ihn fragend an.

«Der Kerl ist über Nacht verrückt geworden, sagen seine Freunde. Am Abend hat er in friedlicher Kartenrunde Batak, dann Okey gespielt, am Morgen ist er dann pöbelnd über das Promenadendeck spaziert, hat sich einen Putzroboter geschnappt, ihn über die Reling geschmissen, einfach so, und sich aus dem Staub gemacht. Mittags tauchte er in der Kantine auf.»

«Jetzt ist er tot.»

«Zu viel Strom auf einmal.» Kalle sieht sie bewundernd an. «Du hast uns die Rübe gerettet. So sehe ich das. Packer und ich, wir wären geliefert gewesen.»

«Ach, ich weiß nicht. Er hatte es nicht auf jemanden im Besonderen abgesehen. Er war bloß verwirrt. Woher er wohl kam?»

«Was? Wenn du beim Sprechen nach dieser Seite siehst, kann ich dich nicht hören.» Er zeigt auf sein rechtes Ohr.

«Woher kam er?»

«Türkei.»

«Wie ist er bloß an diese Waffe gekommen? Eine Krautsichel!»

«Weiß der Klabautermann.» In einer Geste ratloser Unschuld hebt Kalle die Arme.

Sein Arm macht einen besseren Eindruck, denkt sie erleichtert. Es war wohl doch kein Schlaganfall. Sie sagt: «Viele Leute sind krank. In den Turnhallen muss niemand mehr vor den Barren anstehen, es gibt keinen Streit um die Medizinbälle, nicht einmal um die Hula-Hoop-Reifen.»

«Oh, du bist in einer dieser Gymnastikgruppen?»

«Zweimal pro Woche. Zum Schwimmen gehe ich auch. Und den Aufzug nehme ich erst ab drei Stockwerken.»

«Ich erledige meine Übungen in der Kabine. Da habe ich meine Ruhe. Ich mache Military-Fitness.»

«Wacker, wacker», sagt sie und fragt: «Was war mit deinem Arm?»

«Wieso?»

«Er hing, ich habe es doch gesehen. Das sah böse aus.»

«Halb so wild. Bizeps. Sportverletzung. Geht schon wieder. Auch ohne Arzt.» Er imitiert das Stemmen von Hanteln.

«Hunger?»

«Oh ja, ich habe Kohldampf.»

Sie füllt einen Dessertteller mit Vanillekipferln. Er greift sofort zu.

Sie nippt an ihrem Tee, er schmeckt bitter. Sie wirft noch einen Zuckerwürfel in die braune Flüssigkeit, sagt: «Ich habe in den letzten Tagen vieles erlebt, was ich lieber nicht erlebt hätte.»

«Auch ich mache mir Sorgen.»

Es ist nur ein Satz, aber von nun an weiß sie sich von ihm verstanden, sie spürt das Band, das jene zusammenschweißt, die dem Tod gemeinsam von der Schippe gesprungen sind. Sie traut sich: «Trine erzählt mir von einer Frau, die sich ihre blaue Zunge herausreißen will, dann taucht der Irre in der Kantine auf, und … auf dem Demenzbahnhof haust ein riesiger Hundertfüßer. Ich habe meine Freundin Melinda besucht, wir saßen am Bahnsteig, und plötzlich springt dieses Ding aus einem Metallhaufen hervor und stürmt die Wände empor.»

Völlig ungerührt nimmt er ihre Erzählung auf, und sie fürchtet schon, er könnte sie für plemplem halten. Dann sagt er: «Du meinst dieses Spinnentier, riesig, sechs bis acht Beine, schnell wie ein Rennpferd?»

«Du hast es also auch gesehen?»

«Zum vierten Mal. Gestern Abend rief ich beim diensthabenden Decksoffizier an und sagte, ich glaube, da ist so eine Riesenspinne, vielleicht folgt sie unserem Schiff. Manchmal läuft sie über die Wellen, manchmal taucht sie unter, dann rennt sie die Schiffswände hoch wie Spiderman. Der Typ verwies mich an die Polizei, ich könne dort anrufen, wenn ich wolle. Oder am besten gleich bei meinem Ophthalmologen. Meinem was?, habe ich gefragt, und er hat geantwortet: Augenarzt. Danke für die Auskunft, habe ich gesagt und beim technischen Notdienst angerufen. Ein Anrufbeantworter teilte mir die Sprechzeiten mit. Ich denke, ich lass es. Solchen Ärger braucht kein Mensch. Die Spinne ist doch wohl nicht mein Problem.»

Sofort bewundert sie ihn für seine Abgebrühtheit. «Du hast

völlig recht. Für dumm verkaufen lassen müssen wir uns nicht.» Sie zieht die Schublade des Tisches auf und holt eine Zigarettenschachtel hervor.

«Du rauchst?»

«Eine am Tag. Seit dreißig Jahren.»

«So eine bist du also.» Er legt den Kopf nach hinten, um die Kipferl mit Tee hinunterzuspülen. Im Schein des Deckenlichts sieht sie eine Wölbung auf seiner Stirn, die wie ein kleiner roter Stern über seinem linken Auge funkelt. Sie denkt: Vielleicht erzählt er mir ja mal, was es mit dieser Narbe auf sich hat. Aber er kommt ihr mit einer Frage zuvor:

«Was hast du früher so gemacht?»

«Du willst jetzt nicht die ganzen Geschichten hören, oder?»

Er schüttelt den Kopf. «Eine für den Anfang.»

«Also gut. In meiner Kindheit war ich talentiert darin, mit Einweckgummis auf die Fliegen an der Wand zu schießen. Für zehn tote Fliegen gab es eintausend Lire von meinem Großvater. In der Mittagszeit, wenn die Hitze am größten war und auf Sizilien das Mittagsbesteck in der Hand brannte vor Hitze, war ich am besten. Die Fliegen waren träge, am Ende des Sommers wähnte ich mich reich wie eine Onassis.» Sie streicht mit dem Finger über ihre Lippen, um zu sehen, ob ihr beim Sprechen ein Krümel aus dem Mund entflohen ist. «Du bist dran.»

«Aus Uppsala komme ich. Aus einer gewöhnlichen Familie. Beim Spielen durfte ich auf gar keinen Fall der Cowboy sein, auch im Kindergarten nicht. Indianer war in Ordnung. Oder Pirat. Aber Cowboys waren die, die Völkermord begangen hatten. Und dann das Thema Comics. Durfte ich nicht lesen. Oder Süßigkeiten? Gab's höchstens zu Weihnachten. Mein Vater versteckte seine Schokoladentafeln im obersten Bücherregal, ich kam lange nur mit einer Leiter ran. Was gar nicht ging? Heizung an und Fenster auf. Oder einen Handschuh verlieren. Gleich das ganze Paar war nur halb so schlimm.»

«Und später? Was hast du in deinem Leben gemacht?»

«Dieses und jenes. Spielt es eine Rolle? Wer die *Nyx* betritt, gibt seine Vergangenheit am Empfangstresen ab. Er tauscht sie gegen ein Paar Pantoffeln ein.»

«Zier dich nicht so. Sag schon.» Der Mann, der ihr gegenübersitzt, schweigt. Er nimmt noch ein Kipferl, wischt sich die Zuckerkrümel am Hosenbein ab, klopft mit dem Löffel gegen die Zuckerschüssel. Sie nimmt es als Prolog. Gleich wird etwas kommen.

«Lass mich auch noch mal ziehen», sagt er, als ihre Zigarette fast abgebrannt ist. Er nimmt den letztmöglichen Zug, inhaliert tief und drückt mit einem Husten die Kippe im Aschenbecher aus, den sie so liebt, weil sein orangefarbenes Glas von innen zu leuchten scheint.

«Nun?» Sie bohrt nach.

«Ich weiß es nicht.»

«Wie meinst du das?»

«Ich kann mich an fast nichts erinnern. Blöd, was?» Er sieht niedergeschlagen aus, Unruhe formt seine Züge. Er meint es ernst. «Seit ich diese Schlaftherapie mache, gehen mir meine Erinnerungen verloren. Der Arzt behauptet, das sei zu meinem Besten. Aber wenn du schon fragst … Ich vermute mal, ich war Landvermesser. Und Gärtner. Also. Ich weiß genau, was ich tue. Was ich bin, weiß ich so ungefähr. Was ich mal war …, keine Ahnung.»

Tröstend legt sie ihre Hand auf seine. «Darf's noch ein Tässchen sein?»

«Hast du auch was Stärkeres?»

Sie steht auf, öffnet den Küchenschrank und holt eine Flasche Rotwein hervor. Während sie den Korken aus der Flasche zieht, fragt sie: «Kennst du das auch? Manchmal denke ich, ich bin schon tot. Ich gehe die Gangway entlang und denke: Vor zwei Minuten bin ich gestorben, Hirnschlag vielleicht, zack, und meine arme, naive Seele geht einfach weiter. So, als wäre nichts geschehen.»

«Klar. Ich weiß genau, was du meinst. In Wirklichkeit bin ich auf meinem Weg zu dir von einem Gangspill erschlagen worden, aber trotzdem sitze ich hier und verschlinge dein leckeres Gebäck. Ich hatte das früher schon: Da fuhr ich mit dem Auto durch die Nacht, und mit einem Mal war ich mir ganz sicher: Ein Laster hat mich zerquetscht. Weil das aber unmöglich zu akzeptieren war, blieb ich trotzdem am Steuer sitzen, mausetot. Manchmal musste ich anhalten und irgendjemanden anrufen, der mich vom Gegenteil überzeugte.»

«Hast du Kinder?», fragt sie und stellt die Flasche auf den Tisch, dazu zwei polierte Rotweingläser.

«Muss ich noch herausfinden. Und du?»

«Zwei Töchter. Sie leben weit weg. Und jetzt den Merlot», sagt sie, schenkt ein, stößt mit ihm an: «Wie geht es dir?»

«Ich bin geschrumpft in den letzten Jahren, eindeutig, mein Anzug schlottert. Ich muss nachts viermal raus, mindestens. Ich hab ein Teflonknie und Hörgeräte. Ein paar Teile fehlen mir: Blinddarm, Zehennägel, Krampfadern, Mandeln, ein paar Zähne. Aber sonst? Völlig okay, würd ich sagen.»

Sie trinken vom Wein. Unter dem Tisch stößt sein Fuß gegen ihr Bein. Schnell fragt er: «Und du?»

«Ich habe Akupunktur versucht, Yoga und Globuli, sogar chinesische Wundermittel hab ich geschluckt. Viel gebracht hat es nicht. Am Anfang hieß es, die Operation kann helfen. Hat sich zerschlagen. Dann Bestrahlung. Umsonst. Checkpoint-Inhibitoren, vergeblich. Ich verlange keine Biopsie des Tumors, auch auf die Meinung eines fünften Arztes verzichte ich. Von Kindern und Enkeln habe ich mich verabschiedet, letzte Briefe sind geschrieben und versandbereit, aber ich frage mich schon, ob ich noch Urgroßmutter werde. Jetzt soll ich noch mehr Tabletten schlucken, das mache ich mal ja, mal nein. Ich halte den Quälteufel in meinem Kopf in Schach und träume mir keine rosige Zukunft mehr zurecht. Bei mir geht es nicht mehr um Heilung.» Es kann plötzlich ganz schnell gehen, diesen Satz schließt sie an dieser Stelle für gewöhnlich an, verzichtet aber diesmal.

«Noch lebst du. Sehe ich doch.» Er sieht sie forschend an, so als suche er nach einem Hinweis darauf, ob sie ihm wohl die volle Wahrheit gesagt hat.

«Oh ja. Ich lebe mit den Schmerzen und freunde mich mit dem Sterben an. Ich will keinen Streit mehr. Ich will Frieden.» Sie wartet, dass Trauer und Selbstmitleid in ihr aufsteigen, aber nichts geschieht. Sie sagt: «Wer unser Alter erreicht hat, darf nicht jammern, denke ich.»

«Genau. Kummer? Schmerzen? Scheiß drauf.»

Er reißt er sich in meiner Gegenwart zusammen, denkt Rosanna, aber natürlich hat er diesen Hang zum Vulgären. Im Grunde sieht man es ihm schon an seiner forschen Art zu gehen an. Sie schätzt das nicht bei Männern. Bei ihm aber stört es sie nicht. «Ja, genau», sagt sie. «Scheiß drauf.» Es kommt ihr nicht ganz leicht über die Lippen.

Kalle sieht sich neugierig im Zimmer um. Sein Blick gleitet über eine Batterie Weinflaschen und den kleinen, freistehenden Kühlschrank, das Tischchen mit den Zettelkästen. Wandert über die Jugendstiltulpen, -zweige und -schlingpflanzen der Vliestapete, die Rosanna ein Vermögen gekostet hat; über die Bürsten und Parfümzerstäuber auf der Kommode, über die vergilbte Fotografie eines ihm fremden Mannes und ihre Sammlung von Haarspangen, bleibt hängen an den beiden verstaubten Perücken, die sie vor gerade mal einem Jahr über diese schaurigen Styroporköpfe gestülpt hat, und vielleicht ist ihm all dies zu persönlich? Will er nicht so tief in die Privatsphäre einer Fremden eindringen, oder fragt er sich bloß, wie sie an eine formidable Einbettkajüte mit Balkon samt Kunstrasen geraten ist?

«Hast du deine Kabine beim Pokern gewonnen?»

Sie hört eine Spur Neid in seiner scherzhaft gestellten Frage und sagt erst einmal gar nichts. Soll sie ihm etwa erzählen, womit sie sich ein Taschengeld verdient? Sie will nicht, will wirklich nicht, der Wein aber hat eine belebende Wirkung auf ihre Zunge, und sie weiß, dass, wer in ihrem Alter einen Blick auf die Seele eines anderen werfen will, mit der eigenen Wahrheit herausrücken, selbst Gefühle preisgeben muss, sonst braucht er es gar nicht erst zu versuchen. Nur Mut.

«Ich wuchs in der Nähe von Cefalù auf, am Ortsrand gab es eine Druckerei für Pornographie. Zeichnungen und Erzählungen – Fotos, Magazine, solche Sachen lagen in den Bussen herum, unter Schulbänken, in den Badebuchten. Anfangs verstanden wir Kinder die Bilder von verrenkten Leibern und von aufgequollenen Pimmeln nicht, von Mädchen, die der Kamera den Hintern entgegenstreckten oder ihre Beine spreizten. Mit zehn war ich dann eine erfahrene und anspruchsvolle Pornokonsumentin. Später habe ich meinen Wissensvorsprung als Einkommensquelle benutzt. Ich war Bibliothekarin, dann Lehrerin, dann Sex-Beraterin bei einem Magazin. Ich habe auf die Fragen von Teenagern geantwortet: Ja, es ist toll, wenn du beim ersten Mal verliebt bist, und nein, es macht überhaupt nichts, wenn du achtmal pro Tag onanierst, aber schnapp zwischendurch mal frische Luft. Es ist okay, wenn du ihn nicht blasen willst, und völlig normal, dass Frauen so laut beim Sex stöhnen.»

«Und?» Kalle unterbricht sie. «Warum tun sie das?»

«Wenn ich das wüsste. Um Nebenbuhler zu verjagen? Um sie anzulocken? Ist doch einerlei. Ich habe jedenfalls alles Mögliche in meinem Leben gemacht. Und wenn das Geld nicht reichte, habe ich eben über kopulierende Menschen geschrieben.»

«Du bist es also, die diese Pornogeschichtchen verfasst.» Er sieht ehrlich erstaunt aus.

Und wie findest du das, will sie ihn fragen, traut sich aber nicht. Sie sagt: «Eigentlich sind es Märchen.»

«Pornomärchen.»

«Da sagst es. Die meisten meiner Auftraggeber sind natürlich Männer.»

«Sag bloß.»

«Mein Kundenkreis auf der *Nyx* ist nicht der größte. Ich beliefere fünfzig Leute mit erotischen Texten, mal mehr, mal weniger, drei von ihnen sind Frauen. Ein paar Perverse sind auch dabei, aber so ist es eben, egal wohin man schaut auf der Welt.»

«Seh ich genauso. Der Kerl aus Spanien, mit dem ich mein Zimmer teile», sagt Kalle. «Er ist einer deiner Kunden.»

«Die *Nyx* ist riesig, aber die Welt ist klein», sagt sie und fragt, denn ihr kommt ein Verdacht: «Wie heißt er denn, dein Zimmernachbar?»

«Jaime.»

«Und weiter?»

«Bareda y Zaldívar. Ein Name wie ein spanischer Keuschheitsgürtel. Ex-Schiffslotse. Er hat's am Herzen.»

«Dacht ich's mir doch.» Tatsächlich. Kalle teilt seine Kabine mit dem schlimmsten Schmutzfinken an Bord, denkt sie empört, beruhigt sich aber sogleich. Auf der *Nyx* kann niemand für den Charakter seiner Kabinennachbarn haftbar gemacht werden, denn die werden zugeteilt.

«Bringt's dir Spaß, übers Vögeln zu schreiben?», fragt Kalle.

«Mal weniger, mal gar nicht. Es ist eine Arbeit wie andere auch, ich habe Routine. Männer sind sehr einfach zu erregen. Gleich auf der ersten Seite geht's los. Der Ritter ist ohne Vorgeplänkel zur Stelle. Bewahrt das Fräulein vor dem Ertrinken im Meer, befreit sie aus einem Folterkeller, einem Dschungel-Lazarett oder der Langeweile einer Cocktailparty. Er saugt Schlangengift aus ihrem blassen Schenkel oder pumpt Luft in ihre kollabierte Lunge. Dankbar und mit weichen Knien lässt sie ihr Höschen fallen. Im dritten Absatz wird gehechelt, gezittert und mit Schwänzen gewedelt, gelutscht und geleckt. Oft alles gleichzeitig. Im Hintergrund lodert ein Kaminfeuer. Schaukelt eine Yacht auf den Wellen vor Antibes.»

«Das ist ja allerhand.» Kalle hat das letzte Vanillehörnchen gegessen und legt seinen Blazer ab. Er öffnet seine Manschettenknöpfe und krempelt die Hemdsärmel hoch. Sie fängt einen schwachen Duft von Parfüm auf, es riecht nach Weihrauch und Vetiver.

«Am gewöhnlichsten sind Dominanzträume und Unterwerfungsphantasien.» Sie schenkt die Gläser voll und steht vorsichtig auf, denn ihr sind die Oberschenkel eingeschlafen. «Übrigens eine der wenigen sexuellen Phantasien, in denen sich Männer und Frauen sehr ähnlich sind.» Nach einer Pause: «Mein Job ist nichts für Zartbesaitete, ich darf nicht empfindlich sein. Man wird mit sehr seltsamen Vorlieben konfrontiert. Ist es nicht erstaunlich, auf welche Ideen das menschliche Gehirn beim Thema Sex kommt?»

Als Rosanna das nächste Mal auf die Uhr sieht, ist es zwanzig vor zwei, und ein Druckgefühl lauert unter der Schädeldecke. Gemeinsam haben sie zwei Flaschen Rotwein geleert.

«Wie schläfst du nachts?», fragt er.

«Ich habe viele, viele Jahre an Schlaflosigkeit gelitten. Ich weiß nicht, warum, aber inzwischen schlafe ich wunderbar. Und das ohne Tabletten.»

«Gehst du immer so spät schlafen?»

«Meist wird es sogar drei oder vier Uhr morgens», sagt sie, ein Gähnen nicht ganz unterdrückend. «Denn mir gelingt das Tagträumen am besten nachts. Um Mitternacht herum lasse ich mich in der Zeitlosigkeit nieder, und dann wird das, was ich mir vorstelle, die Wirklichkeit. Es ist überraschend, woran man sich erinnern kann, wenn man nichts anderes mehr zu tun hat. Ich kann frühere Lebensalter in mir aufsteigen lassen, Erotisches eingeschlossen. Darin habe ich Übung.»

«Du hast viel erlebt, was?»

«Ich habe ja jung angefangen. Da ist man im Alter distanzierter als eine, die lange auf Sex gewartet hat. Wenn mir Leute unseres Alters erzählen, wie toll das noch für sie ist, kann ich das kaum ertragen. Die können machen, was sie wollen – ich möchte es nur nicht wissen. Ich meine, wer ist mit siebenundachtzig scharf darauf, sich von einem Achtundachtzigjährigen besteigen zu lassen?»

«So isses. Wenn zwei Leute sich hier an Bord verliebt in die Augen schauen, steckt meist ein Glaukom dahinter.»

«Du bist wirklich lustig», sagt sie. «Aber jetzt gehst du besser.»

Er lächelte sie schief an und hebt seinen Blazer von der Stuhllehne. Er tritt vor sie und legt seine Arme um ihre Schultern. Er legt den Kopf an ihre Wange und zieht sie für ein paar Sekunden an sich, bevor er sich löst.

Er nimmt seinen Rauswurf mit Würde, denkt sie und dass Jahre vergangen sind, seit ein anderer sie so lange berührt hat.

«Auf das Geld muss ich achten», sagt er, als er an der Tür steht, die Gardenie aus dem Knopfloch seines Blazers zieht und ihr überreicht. «Aber wenn du Ratenzahlung akzeptierst und wenn es dir in den Kram passt, dann könntest du mir vielleicht eine kleine Geschichte schreiben.»

Sie ist überrascht, aber gut, warum nicht? «Was darf's denn sein? Hast du einen Sonderwunsch?»

Er überlegt, seine Wangen färben sich rosig, und sie wappnet sich gegen die Enttäuschung, in einem charmanten, zuvorkommenden Mann wieder einmal den Halunken und das Ferkel übersehen zu haben, doch er sagt nur: «Eine Frau ganz in Weiß. Sie trägt einen taubenblauen Hut, ja, das sollte sie.»

«Schmerzen. Knochenbrüche? Mein Daddy?» Die Stimme klingt sehr nah dafür, dass die Frau auf der anderen Seite der Erdkugel in ein Mikrophon spricht. Die Tochter von Milan Vladetic lebt in Sydney.

«Ja, hat er sich in den letzten Jahren verändert?», fragt Polly Sutter. «War er aggressiv, bedrohte er andere?»

«Manchmal wirkte er niedergeschlagen, ein Engel war er auch nicht, aber aggressiv? Nein … und gestritten hat er höchstens mit meiner Mutter … über Gründe … nach ihrem Tod gab es niemanden mehr, mit dem er sich hätte anlegen wollen … er war kein Mensch, dem …» Der Satellit beginnt, ihre Sätze zu zerschneiden, Worte zu verzerren. «… aber was wollen Sie von mir?»

«Das weiß ich nicht so genau», murmelt Polly. «Hat er je davon gesprochen, sich das Leben zu nehmen?»

«… kommen Sie darauf? … erklären … Er konnte niedergeschlagen sein, aber nichts, was mir Sorgen bereitet …» Ihre Antwort kommt zerhackt, in kleinen Fetzen, müde. In Australien ist es früh am Morgen, überlegt Polly, vielleicht hat sie die Frau aus dem Bett geholt.

«Wann haben Sie zuletzt von ihm gehört?»

«An meinem Geburtstag. Vierzehnter November.»

«Hat er von seinen Behandlungen erzählt?»

«… etwas hat er nie gesprochen, aber …auf seine Knochen gingen … sollte er?»

«Hat er erwähnt, dass er sein Geld damit verdiente?»

«… finanziell über die Runden, er konnte sich ein Zubrot verdienen … haben es hier selber nicht einfach … sind das für Fragen … Milan so lange nicht gesehen, aber seine Enkel … Ich höre Sie nicht. Der Satellit …»

Dann kommt keine Stimme mehr aus dem fernen Australien, nur ein Singsang, ein Sausen. Polly unterbricht die Verbindung und ärgert sich, Hoffnung und Geld in ein sinnloses Satellitengespräch gesteckt zu haben. Sie streckt sich und dreht ein paar Runden durch ihre Kabine, in der Hand eine Zigarette, die sie aber nicht anzündet. Im Stehen blättert sie in ihren Kontoauszügen, die der Lieferroboter der Bordpost angeliefert hat. Jede ihrer Ausgaben ist dort aufgezeichnet, der Cognac und die Tampons im Supermarkt, der Besuch im Kino – Nachmittagsrabatt! –, der Kauf eines Pyjamas. Sie addiert die Zahlen im Kopf, kommt auf dreihundertvierzehn Dollar und fünfzehn Cent und muss sich setzen. Panisch, elektrisiert wiederholt sie die Rechnung, kommt auf eine andere Summe, macht sich drei weitere Male über die Zahlen her, und tatsächlich: Pi, die dunkle Königin der Zahlen, hält Hof auf ihrem Kontoauszug. Das kann doch nur Glück bringen, oder?

Sie glaubt, ein Klopfen zu hören, hält es aber für ein Bullern in den Heizungsrohren, die hinter den schlecht isolierten Wänden ihrer Kabine verlaufen. Hört es wieder. Sie erwartet keinen Besuch, sie will keinen Besuch. Das Klopfen wird energischer.

«Du bist noch wach», fragt Rafael van Gouten unsicher, als sie die Tür einen Spalt öffnet. Sein Haarkamm ist zerzaust, sein Parka durchnässt und schief geknöpft, seine Augen sind glasig wie die eines Frosches.

«Was turnst du in deinem Zustand über die Schiffsdecks? Vor vierzig Stunden hast du viel Blut verloren.»

«Ich kann nicht in meine Kabine zurück.»

«Was?» Erst begreift sie nicht. Dann lacht sie kurz auf.

«Kann ich bei dir übernachten? Nur eine Nacht.»

«Hast du deinen Triple-A-Pass verloren?», fragt sie ironisch. «Hast nicht du so eine Art Universaltüröffner?»

«Darum geht es nicht. Ich kann nicht in meine Kabine zurück, ganz einfach. Nicht heute Nacht.»

Baggert er mich etwa an?, fragt sie sich. Ist das gerade ein Versuch, mir an die Wäsche zu gehen? Vielleicht nimmt er meine ärztliche Fürsorge, da sie ja nun regelmäßig über ihn kommt, als Zuneigung. Sie hält die Tür weiter halb vor ihm geschlossen: «Es ist neun Uhr. Meine Sprechstunde ist vorbei.»

«Ich werde verfolgt.» Er sieht sie verzweifelt an. «Sie wissen, wo ich wohne. In welcher Kabine meine Freundin lebt. Wo kann ich jetzt noch hin, hm?»

Die Sache ist ihr nicht neu. Manche Patienten verlieben sich eben in ihre Ärzte. Es geschieht weit häufiger als umgekehrt. Sie sagt: «Du bist ein kranker Mann. Du brauchst eines ganz dringend: Ruhe.»

«Mein ich doch.» Über ihre Schulter hinweg äugt er in ihre Kabine hinein. «Also … mir fällt gerade kein besserer Ort ein, um Ruhe zu finden, als hier. Bei dir.»

Ihr wird die Situation peinlich. Sie steht im Pyjama, ein Handtuch um die nassen Haare, vor ihrem Patienten. «Ich könnte dir Bettruhe verschreiben. Dich einweisen lassen. Du könntest dich ein, zwei Tage im Krankenhaus erholen.»

«Nein, nein. Da würden sie mich sofort finden.»

«Sie? Wer sind sie?»

«Das herauszufinden musst du mir helfen.»

«Ach ja, muss ich das?»

Eine Zeitlang stehen sie einander verlegen gegenüber. Sie tritt einen Schritt zurück und schließt die Tür. Geht in ihr Bad, zieht sich Jeans und Hemdbluse an, eine Strickjacke. Das kann doch nicht wahr sein. Glaubt er ernsthaft, mich verführen zu können? Kapiert er denn gar nichts?

Als sie die Tür wieder öffnet, steht er da, fährt sich mit beiden Händen durchs Haar und grinst sie jungenhaft an, fast ungläubig.

Mitleid. Soll man als Ärztin nie haben.

«Deine Koffer sind noch gepackt», bemerkt er, als er eintritt.

«Das geht dich nichts an», erwidert sie und fischt ihr Handtuch vom Boden auf, räumt ein paar Sachen aus dem Weg, die seit Tagen herumliegen, stellt das Marmeladenglas mit hängenden Tulpen in die Spüle.

Er schlendert durch ihre Kabine, den Blick auf die Decke und die dunklen Ecken gerichtet.

«Was machst du?», fragt sie.

«Du siehst sie kaum. Die Kameras sind kleiner als Fliegendreck.»

«Sie wissen sowieso, wo ich bin.» Polly hält ihm den gereckten Daumen entgegen. «Ortungschip. GPS-Tracker.» Dann fragt sie: «Warum bist du zu mir gekommen?»

«Ich weiß, du magst mich nicht besonders. Aber ich vertraue dir.»

«Aha?»

«Du bist meine Ärztin. Du kannst gar nicht anders. Du musst mir helfen.»

«Okay, von mir aus … Wenn du mir schlüssig erklärst, vor wem du dich verstecken musst, kannst du bleiben. Im Schrank liegt eine Winterdecke. Aber eins sage ich dir: Männer lassen mich kalt. Eiskalt. Schon lange.»

Er sieht überrascht aus. Aber auch enttäuscht? Schwer zu sagen. Bestimmt sagt er mir gleich, dass ich gar nicht so aussehe, oder er will wissen, ob ich schlimme Erfahrungen mit Männern gemacht habe.

Stattdessen deutet er auf seine nasse, am Knie zerrissene Hose und fragt: «Hast du irgendwelche Klamotten, die du mir leihen kannst?»

«Das ist ein starkes Stück.» Sie zieht ihren Koffer unter dem Bett hervor, öffnet umständlich das Zahlenschloss und kramt einen taubengrauen Overall hervor.

«Also?» Sie sieht ihn unfreundlich an.

«Du erinnerst dich an den Arbeitsroboter? Der mich in den Rollwagen geschlagen hat? Der war hinter mir her. Das Ding wollte mich nicht töten, das wäre einfach gewesen. Vielleicht aber wollte es mich fangen, warum sonst ist es hinter mir her? Ob du mir glaubst oder nicht – ich hab in seine Augen geblickt. Es sind viele Augen. Keine dummen Insektenaugen. Nein, hinter diesen Augen steckt ein denkendes Wesen.»

«Was du mir da erzählst, klingt verrückt.» Sie bereut, ihn hereingelassen zu haben. Jetzt zieht er sich auch noch bis auf die Unterwäsche aus. Streift dann ihren zu engen Overall über, zerrt und zieht am Stoff. Seine Zähne schimmern grünlich. Sie kennt so etwas von afrikanischen Khat-Essern. Und jetzt fährt er fort mit dieser Maschinengeschichte.

«Also. Mein Kollege verschwindet, und die Kameras, die sein Verschwinden beweisen können, zeigen einen Geist ohne Gesicht ...»

«Hast du mir schon erzählt.»

«Ja, aber neu ist: Ich bekomme eine Vorladung von der Polizei, und ich habe ein ungutes Gefühl deswegen. Ein Verrückter schlitzt mir den Oberarm mit einer Sichel auf und stirbt an einem Stromstoß. Eine plattfüßige Menschmaschine ist auf der Jagd nach mir, aber egal, Pech gehabt, wirst du sagen. Doch das ist immer noch nicht alles. Jede Menge Weihnachtsfeiern fallen aus in diesem Jahr. Zu viele Leute sind krank, sie husten, sie keuchen, manche schaffen es nicht mal mehr aus ihren Kabinen. Mit jedem Tag wird die Liste der Todesfälle an Bord länger. Dann auch noch dies: Ein paar verrückte Holländer haben eine Drohne vom Himmel geschossen, heißt es.» Sein Blick ist angstvoll. Seine Unterlippe zuckt. «Und plötzlich laufen hier auch noch Leute mit blauen Zungen herum.»

«Was sagst du da?»

«Ja, hier laufen Leute mit blauen Zungen herum, und Frau Doktor ahnt von nichts?»

«Oh, doch. Ich habe eine blaue Zunge gesehen.» Sie gießt sich Cognac in ein Glas und trinkt. Fast unmittelbar spürt sie, wie der Alkohol durch ihre Adern strömt. «Erzähl mir mehr.»

«Alle reden davon, aber keiner laut. Einige sterben mit einer blauen Zunge.»

Ja, auch sie hat die Gerüchte gehört. Nicht von Nelson, nicht von Suraswadi, aber beim Einkaufen hat sie es aufgeschnappt, in der Kaffeepause. Gesprächsfetzen. Und sie spürt, dass van Gouten die Wahrheit sagt. Er ist kein Knallkopf, sie weiß inzwischen, dass seine Geschichte von den Maschinen, die vor Mauretanien aufeinander losgegangen sind, wahr ist und dass wirklich ein Arbeiter seine Beine dabei verlor.

«Ich weiß noch zu wenig darüber», sagt sie. Um Abstand von ihm zu schaffen, steigt sie über die kleine Leiter auf ihr Bett.

Dort, vom Rand ihrer Matratze aus, mit immer schneller baumelnden Beinen, erzählt sie ihm vom Leiden und von den Wutattacken des Mannes, der sich zum Sterben in eine Badewanne legte. Von seiner kobaltblauen Zunge, die aufgequollen seine Mundhöhle füllte wie ein Knebel, von den schimmelnden Bröckchen seines Mageninhalts, die im Licht der Taschenlampe phosphoreszierend schimmerten, von ihrem Zufallsfund in der Datenbank, der sie eine Verbindung herstellen ließ zwischen Virtanen und Milan Vladetic. Von einem abermaligen Besuch in seiner Kabine, die jedoch schon ausgeräumt, renoviert und an eine Frau aus Tschechien vergeben worden war – es roch frisch, es roch nach Vanille, wie haben sie den Leichengestank so schnell dort herausbekommen? Von Nelson, dem Chefarzt ihrer Station, und von einem vorläufigen Obduktionsergebnis, von Fingerhut und Aronstab, von Impfprogrammen und Schafsblut und einem Cowboyhut. Von einer versteckt liegenden Kirche, dass es so etwas hier gibt!, und einer Frau in Militärhosen, von einem Besuch im Shangri-La, dem Wohntrakt der Junkies, und von einem Schach spielenden Griechen namens Tommy und dass am Nachmittag plötzlich Milan Vladetic aus der Datenbank der Epidemiologie verschwunden war, ebenso wie Reima Virtanen: gelöscht alle beide, obwohl sie *über Wochen* mit nur zwanzig anderen Patienten an *mehreren* virologischen Impfreihen teilgenommen haben. Die Namen der behandelnden Ärzte sind nicht aufzufinden, und jetzt auch dies: Emma2405, Quersumme elf, verschafft ihr seit dem Nachmittag keinen Zugang mehr in die Datenbank der Epidemiologie. Er wurde gesperrt, nachdem sie offiziell um Vladetics Blutproben ersucht und keine Antwort bekommen hat, ist doch klar, oder? Die Wörter reihen sich von selbst aneinander, sie muss nicht um sie ringen, sie tanzt über die Silben, als wären es Zahlen, sie redet und redet und sieht zu, wie ihrem holländischen Patienten die Kabinenhitze zu Kopf steigt, bis seine Wangen glühen wie Herdplatten.

«Ist dir nicht gut?»

«Alles okay», sagt er und knöpft sich das Hemd auf, verdreht die Augen, kippt zur Seite weg, fällt vom Stuhl.

Sie springt vom Bett, reißt das Kabinenfenster auf. Sie beugt sich über ihn, zieht ihn unter dem Tisch hervor. Sie zögert kurz, dann öffnet sie seine blassen, spröden Lippen mit Daumen und Zeigefinger, dann auch die Zahnreihen. Sie sieht eine blassrosa Zunge, die von grünen Inseln gesprenkelt ist. Später wird sie ihn fragen, was er sich da in den Mund gesteckt hat.

Es ist ein nasses Tuch auf seiner Stirn, das ihn weckt.

«Ich habe heute nicht gegessen», ist das Erste, was er sagt. «Nur Papaya zum Frühstück. Ich habe einfach keinen Appetit.»

Sie stellt die Cognacflasche und ein Glas für ihn auf den Tisch, daneben ein Schälchen mit Salzmandeln, eins mit Rosinen.

«Ich soll mich in der Personalmedizin melden, Generaluntersuchung», sagt er. «Wieder mal. Mit dir hat das nicht zu tun, oder?»

«Nein, nein.»

«Der Tote in der Wanne», sagt er. «Das war schlimm, oder?»

«Der schlimmste Geruch kommt von Wasserleichen. Sie riechen wie ein Fisch nach vier Wochen im Mülleimer.»

«Wie heißt er noch mal?»

«Milan Vladetic. Sagt dir sein Name was?»

Nachdenklich schüttelt er den Kopf, murmelt dann: «Vielleicht. Ich weiß nicht. Hast du einen Kaffee für mich? Mir platzt gleich der Kopf. Ich habe irren Durst.»

Sie sieht, dass die Farbe in sein Gesicht zurückkehrt, und sagt: «Später. Erst gehen wir. Ich brauche deine Hilfe.»

Er fragt nicht einmal nach.

Sie wandern im grellen Kunstlicht endloser Gangfluchten, wechseln die Aufzüge, stoßen in den Fluren der Reha-Abteilung auf Alte, die verkabelt auf Trimmrädern sitzen oder auf Laufbändern hecheln, und überall sieht Rafael sich besorgt um.

Der Mann, der sie im Fundbüro empfängt, ist sicher zwei Meter groß und auf beiden Armen tätowiert, er trägt ein T-Shirt mit bröckelnder, unlesbarer Aufschrift. Er verwaltet verlorene Krückstöcke und Windjacken, bis sie zu Ostern oder Halloween auf dem Basar verramscht werden.

«Ein Cowboyhut?», fragt er. «So spät am Abend?»

«Mein Cowboyhut», sagt Rafael, wie mit Polly besprochen.

«Wie sieht er denn aus?»

«Wie schon? Nach Wildem Westen. Schwarz. Geschwungene Krempe. Silberschnalle.» Immer wieder zieht er sich den zu engen Overall aus seinem Schritt.

Der Mann lässt sie stehen und verschwindet hinter Regalwänden, die bis an die Decke reichen. Sie hören das metallische Klacken von Schiebeleitern.

Mit einer Sammlung ineinandergestapelter Hüte kehrt der Tätowierte zurück. «Mehr habe ich nicht. Die meisten Hüte holt sich der Wind. Mützen gibt's hier noch mindestens hundert.»

Sie müssen nicht lange suchen, es ist ein Hut der Marke Resistol. Zwei weiße Haare, die aussehen, als könnten sie Vladetic gehören, klammern sich an die Krempe, das Schweißband ist vergilbt: der Angstschweiß der letzten Tage im Leben eines Sterbenden.

Polly sagt: «Jetzt zur Polizei.»

Als das Kontrollzentrum vor ihnen auftaucht, besteht Rafael darauf, in gehörigem Abstand zu den beiden wurstförmigen, fensterlosen Gebäuden auf sie zu warten, den Hut Milans tief ins Gesicht gezogen. Sie lässt ihn in der Zugluft zwischen zwei Containern stehen, denkt im Weggehen, dass er aussieht wie ein Cowboy beim Kinderfasching. Fehlen nur noch Patronengürtel und Holzflinte.

Die Frau hinter dem Tresen braucht keine Minute, bis sie die Liste der Anzeigen geöffnet hat.

«Vladetic sagst du?» Sie trägt eine hellbraune Uniform und zwei stramm geflochtene blonde Zöpfe.

«Milan. Anfang Dezember ist er gestorben. Ich kann mir vorstellen, dass er in den Monaten vor seinem Tod auffällig war.»

«Oh ja, ein übler Typ», sagt die Uniformierte. «Er hat sich nicht sonderlich unter Kontrolle gehabt. Ich finde hier vier Anzeigen wegen körperlicher Gewalt. Alle aus einer Woche, Mitte Oktober. Eine weitere Anfang November, aber da ist er wohl in eine Gruppenschlägerei geraten. An der Kasse im Supermarkt.»

«Was geschieht auf der *Nyx* mit dem Nachlass der Verstorbenen?», fragt Polly.

«Er wird zwei Wochen lang aufbewahrt. Wenn niemand Ansprüche stellt, wird er verbrannt.»

«Wo?»

«Das weiß ich doch nicht.»

«Die Sachen landen im Feuer?»

«Jawoll.» Zwei Haarschwänze wippen zur Bestätigung. Das muss weh tun, denkt Polly, wenn sie am Abend die Zöpfe löst.

«Nach zwei Wochen schon?»

«Wir sind auf einem Schiff. Da ist der Platz begrenzt.»

«Wo finde ich seinen Nachlass?»

«Wurde schon verbrannt. Da hat es wohl jemand eilig gehabt.»

Polly ist nicht überrascht. Und eine Frage hat sie noch: «Sind zufällig auch Anzeigen gegen einen Virtanen bei euch eingegangen? Reima Virtanen?»

Die Frau tippt, sie sucht, sie schüttelt den Kopf und die Zöpfe. «Keine Anzeigen. Keine Klagen.» Sie zögert, sie tippt, sie sagt: «Die Polizei möchte ihn trotzdem wahnsinnig gerne sprechen.»

Es ist weit nach Mitternacht, als Polly und Rafael sich in ihrer Kabine gegenüberstehen. Er trägt T-Shirt, Unterhose, Socken und riecht nach einem langen Tag. Sein Wasserglas leert er in einem Zug. Gleich wird er etwas Dummes anstellen, sie weiß es einfach, doch da wird er sein blaues Wunder erleben. Sie beherrscht Taekwondo und kann treten wie ein Känguru. Er jedoch fällt wie ein Baum, ohne sie noch anzusehen, auf die Winterdecke auf dem Boden.

«Pauline Ottilie Sutter.» Er spricht ihren Namen überdeutlich aus. «Daraus hätte auch ich eine Polly gemacht.»

«Woher weißt du meinen Namen?»

«Ich habe den Triple-A-Zugang. Hab ich dir doch erzählt. Für mich öffnen sich alle Türen und Tore und Datenbanken an Bord.» Dann, sie hat die Heizung gedrosselt, das Deckenlicht gelöscht, im Dunkeln die sechs Leitersprossen ihres Bettes dreimal erstiegen, das macht achtzehn und bringt Glück, fragt er: «Was war das mit der Quersumme vorhin? Kurz bevor ich umgekippt bin?»

Sie weiß sofort, wovon er spricht. Sie hat die Zahl Elf nicht aus ihrem Redeschwall heraushalten können, ihre Quersummenbesessenheit ist aufgeflogen.

«Ich habe einen Zählzwang», sagt sie. «Von klein auf.»

«Wo fängt man sich denn so was?»

«Meine Mutter meinte: in ihrem Bauch. Ich wurde drei Wochen zu früh geboren, weil sie sich einen Schlag holte. Regenwasser, das in den Stromzähler an der Rückseite eines dänischen Ferienhauses geronnen war. Und weil der ganze Strom in mir steckte, musste ich irgendwann mit dem Zählen beginnen. Klingt blöd, oder?»

«Eher zum Fürchten.»

Sie verschweigt, dass der Zahlenwahn erst Jahre später in sie fuhr, in einer Spätsommernacht, kurz vor ihrem neunten Geburtstag. Und dass die Wutanfälle ihrer Kindheit so schlimm waren, dass ihre Mutter eines Tages mit ihr zum Hausarzt ging. Auch dort schrie sie und schlug ihren Kopf immer und immer wieder auf den Fußboden. Aus dem Nichts konnte sie in Zorn geraten und bei der kleinsten Anschuldigung in tobenden Selbsthass ausbrechen. In der Familie hieß es bei solchen Gelegenheiten: Das ist die Restspannung in Polly.

«Ich habe als kleines Mädchen lange nicht einschlafen können, bevor ich nicht sieben Mal auf Toilette war, um zu pinkeln. Es reichte schon ein Tröpfchen, aber sieben Mal, das war lebenswichtig. Später, wenn wir mit dem Auto fuhren, lag ich auf der Rückbank und habe die Straßenlaternen zählen müssen. Bei jeder, an der wir vorbeikamen, habe ich mit der Zunge geschnalzt. So.» Sie macht das kurze, knackende Geräusch nach. «Meine Mutter ist fast verrückt geworden.»

«Versteh ich total.»

«Wenn mir wirklich elend zumute war, habe ich die Räume mit einem Strahl aus meinen Augen vermessen.»

«Du meinst, so zickzack, hin und her und hoch und runter? Das klingt nach harter Arbeit. Hast du dich mal behandeln lassen?»

«Ich musste mir Tintenklecksbilder anschauen. Ich fürchte

die Zahlen nicht, habe ich denen gesagt. Zahlen zu zählen macht die Welt überschaubar. Aber niemand wollte auf mich hören. Als Teenager hat man mich in ein Trainingsprogramm gesteckt. Mehrmals die Woche saß ich vor einem Bildschirm, über den eine Zahl nach der anderen jagte. Das ging so schnell, dass ich nicht mehr mitkam mit den Quersummen und den Millionen Beziehungen, die Zahlen zueinander haben könnten. Hat auch nicht geholfen.»

«Du zählst immer? Wirklich immer?»

«Nicht, wenn ich glücklich verliebt bin. Dann denke ich nicht mehr stundenlang an Zahlen oder Ziffern, sondern an einen anderen Menschen. Das hat mit dem Serotoninspiegel zu tun. Wir werden von biochemischen Prozessen gesteuert, glaub mir. Wir sind kaum mehr als unsere Zellhaufen, die auf chemische Signale reagieren. Die Liebe hat nichts Romantisches.»

Sie schweigen ein paar Minuten. Sie wartet vergeblich darauf, dass er sie auffordert, weiterzusprechen, mehr von sich zu erzählen. Sie sagt: «Und jetzt du. Du hast irren Durst und eine grüne Zunge. Woher kommt das?»

Ihr antwortet ein Schlafsäuseln. Im Licht der Nachtlampe sieht sie, dass der Mann mit dem Triple-A-Pass auf dem Rücken liegt, sein Mund steht halb offen, auf seinem Bauch ruht ein Cowboyhut mit Silberschnalle.

## 16° 53' WESTLICHER LÄNGE; 32° 36' NÖRDLICHER BREITE

Die eine Hand am Griff des Proviantbeutels, die andere am Zopfkragen ihrer Wolljacke, folgt Rosanna Gardella der Rampe abwärts und tritt hinaus auf die gischtnasse Plattform. Es riecht nach Maschinenöl und feuchtem Metall, nach gärendem Tang, und das erste Grau des Morgens holt die Umrisse der Insel ans

Licht, während über dem westlichen Horizont die Sterne des Orion-Gürtels verblassen. Es wird einer dieser glasklaren Sonnentage sein, ein Versprechen auf die warmen Breiten, die vor uns liegen, denkt sie, morgen ist Heiligabend, und bald schon werden meine alten Knochen wieder einem Winter getrotzt haben.

Seit sie von ihrem Lotteriegewinn erfahren hat, ist die Freude über den Tauchgang vor der Küste Madeiras nach und nach gewachsen. Der ersten Überraschung folgte eine vage Unruhe, die Vorstellung, in einem zerbrechlichen Gefährt durch bodenlose Tiefen zu schweben, die Ahnung augenloser Kreaturen in der ewigen Finsternis, all dies ist ihr wie eine Herausforderung des Schicksals vorgekommen. Hier aber steht sie nun auf einem Boden voller Ölflecke, auf einer Plattform, die merklich schwingt, weil sie auf Stahlträgern über den Meereswellen hängt – eine alte Frau auf Abenteuerreise, und alle Ängste sind verflogen.

Um sie herum bewegt sich eine Gruppe kräftiger Männer in orangefarbenen Westen. Sie tragen Ohrenschützer und hantieren an Schaltkästen, sie sprechen in ihre Headsets und geben einander Handzeichen, so dirigieren sie das Tauchboot, das in den Greifarmen eines Hydraulikkrans herbeischwebt. Es sieht aus wie ein tannengrüner Rennwagen, in dessen Mitte eine Silberkugel eingeschlagen ist. Dort, wo die Reifen sein könnten, ragen Stummelflügel hervor.

Rosanna hat erwogen, ihren Ausflug an Trine Poulsen abzutreten, ärmlich und grau, wie die Tage der Freundin vergehen, aber immer wieder zwei Gründe gefunden, es nicht zu tun. Das amputierte und steife Bein der Dänin erstens, wie soll sie da in einer Tauchkugel klarkommen? Zweitens die Prognose, sie selbst werde das Leben auf kurz oder lang an einen wuchernden Gewebeknoten verlieren. Sie wird also früher sterben als Trine. Wenn dies keine triftigen Gründe sind, dann weiß ich auch nicht, sagt sie sich zum wiederholten Mal und wundert sich, dass Regungen wie Nächstenliebe und Egoismus auch in hohen Jahren noch erbitterte Kämpfe gegeneinander führen.

Plötzlich steht einer der Männer in Schutzweste vor ihr, blickt sie entnervt an und stößt Worte hervor, die sie nicht versteht, weil ihr eine Windbö in die Ohren bläst. Beschämt gibt sie ihren Platz auf der Plattform frei und zieht sich durch die haushohen Tore des Schotts in das Hangardeck zurück.

Hier stehen in endlosen Reihen aufgebockte Landungsboote, ein jedes unter seiner Persenning verzurrt, aber auch Feuerwehrjeeps und Gabelstapler und die vierbeinigen Transportroboter, imponierende Maschinenriesen, die Rosanna so gut wie nie zu sehen bekommt, weil sie nur auf den Verladedecks eingesetzt werden dürfen. Zwischen dicken Kabelsträngen warten sie auf ihre Aktivierung oder ihre Reparatur, reglos aneinandergereiht wie Raubvögel auf einem Weidezaun.

Am Vorabend hat einer der jüngeren Offiziere sie in ihrer Kabine aufgesucht, sich als «Manager Entertainment & Jackpot» präsentiert und sie kurz und knapp auf ihren Ausflug vorbereitet. Er wies sie an, dicke Wollsachen, Schal und Hausschuhe mitzubringen, tief unter Wasser werde es kalt sein und festes Schuhwerk in der Enge, wie sie in der *Hadal* herrsche, ein Risiko für Mensch und Technik. Nicht mehr als eine Scheibe dunkles Brot hat sie zu Abend essen dürfen, trinken auch nur in geringsten Mengen, denn mit einer vollen Blase sollte niemand in ein Tauchboot steigen, dem die Toilette fehlt.

Kein Problem, sie sei eine Expertin der Selbstbeherrschung, hat sie den Mann aufgeklärt, später aber doch zwei Glas Rotwein getrunken und in der Frühe Müsliriegel, zuckriges Kaugummi als auch eine Extrabinde in ihrem Proviantbeutel versteckt. Eben noch hat sie vier Schmerztabletten auf leeren Magen geschluckt, vorsorglich. Jetzt steht sie wie auf Watte und hört die Pillen in ihrem Bauch poltern.

Beleuchtet vom kalten Hellgrün einiger Flutlichter, kommt ihr ein Mann aus Richtung der Aufzüge entgegen. Er gehört zu den Leuten, die beim Gehen ihre Arme nicht bewegen, stellt sie fest, und dass er groß ist und schnauzbärtig und jünger als sie. Seine Schritte hallen von den Metallbooten und Stahlwänden wider. Er trägt dunkle Khaki-Kleidung und eine seltsame Entenschwanzfrisur, wie die Männer sie in ihrer Kindheit getragen haben. «Hallo», sagt sie, als er an ihr vorüberschreitet.

«Hrg», antwortet er, sieht sie kurz an und stellt sich wie ein falsch gepflanzter Baum an den Rand der Rampe, wo er ihr die Sicht auf die Plattform nimmt. Er ist wohl einer der anderen Glückspilze, denkt sie enttäuscht, und dass der Zufall ihr einen freundlicheren Reisegefährten hätte zur Seite stellen können.

Das Tauchboot senkt sich herab. Die *Hadal* ist aus Kohlefaser und Titan gebaut, Rosanna hat es vor dem Einschlafen in einer Broschüre gelesen. Das Quarzglas ist zwölf Zentimeter dick und hält dem Druck in sechstausend Metern Tiefe stand. Der Sauerstoffvorrat reicht für sechzig Stunden und vier Personen. Und, kolossal beruhigend: Im Notfall kehrt der Rumpf automatisch an die Wasseroberfläche zurück.

Einer der Decksarbeiter kommt auf sie zu. Er überreicht ihr einen mattschwarzen Schutzhelm und sagt: «Zu deiner Sicherheit. Im Inneren dieser Hirnkappe zeichnen Elektroden deine Herzaktivität und Hirnstrommuster auf. Sie messen den Blutsauerstoff, protokollieren deine Vitalwerte, lauter Dinge also, die du dort unten nicht verlieren möchtest.»

Auf der Stelle will sie protestieren, denn wer hat sich in aller Herrgottsfrühe die Mühe gemacht, eine feine Schicht Puder aufzulegen und einen Schwall von Haaren mit einer nagelneuen Spange aufzustecken? Es ist ein Drache aus Schildpatt, der von ihrem Hinterkopf aus den Sieg der menschlichen Eitelkeit über alle Unbill des Lebens verkünden soll. Flehend sieht sie den Mann an, sie kriegt dieses süße Omi-Lächeln ganz gut hin, kann er denn keine Ausnahme machen, wozu braucht sie noch einen Helm, mit fast hundert? Doch er antwortet mit einem harten Kopfschütteln, bevor er sie an der Schulter nimmt und die Rampe hinabführt, als wäre sie eine Tattergreisin.

Das Tauchboot hängt nun direkt vor ihnen. Feine Wassertropfen perlen über die silberne Kugel, lautlos öffnet sich an der Unterseite eine gläserne Luke. Eine Trittleiter fährt aus. Rosanna steigt aus ihren Gummistiefeln, setzt einen Fuß auf die unterste Stufe und schiebt eine feingliedrige und behaarte Hand beiseite, die sich ihr aus dem Inneren entgegenstreckt. So gebrechlich bin ich noch nicht, sagt sie sich und besteigt das Tauchboot ohne Hilfe des Piloten. Immer diese falsche Höflichkeit der Jüngeren.

Sie findet sich in einer kugelrunden Sphäre wieder, die nach allen Seiten hin durchsichtig ist. Rosanna ist begeistert. Aber eng ist es wie in einem Hühnerei. Die Sitze sind im Halbkreis montiert, sie muss sich auf der Stelle drehen, dann auf gut Glück nach hinten plumpsen lassen, um ihren Platz einzunehmen, während schon ihr mürrischer Mitreisender die Kugel erklettert und sich laut stöhnend in den Schalensitz neben ihr drückt. Lang, wie er ist, schlägt sein Hinterkopf dabei an die Kugelwand. Ungeduldig zerrt er an den Sicherheitsgurten in seinem Schoß, dann schiebt er den Ärmel seiner Wolljacke hoch und kratzt sich mit einer großen Hand an einer schorfigen Stelle, so hingebungsvoll, dass er nicht zu bemerken scheint, wie neben ihm endlich auch das dritte Siegerlos der Bordlotterie durch die Bodenluke ins Innere kriecht.

Sofort riecht es nach Haarfestiger. Eine Frau, etwa in ihrem Alter. Sie kommt ihr vage bekannt vor, vielleicht liegt es an den weit auseinanderstehenden Augen, die sie durch lange, künstliche Wimpern betont, und eine Spur zu viel Mascara. Ein einprägsames Gesicht, in jungen Jahren hat sie wohl Köpfe verdreht mit ihren grünen Katzenaugen. Auch sie hat sich umsonst fein gemacht, der plumpe Helm wird alles ruinieren. Bin ich also nicht der einzige Tölpel hier, denkt Rosanna zufrieden.

«Jetzt kann's losgehen», sagt die Frau. Aufgeregt knabbert sie an ihrer Unterlippe. Rosanna fällt auf, dass ihr der Nagellack abgeplatzt ist und sie schmutzige Fingernägel hat.

Die Bodenluke der Kapsel schließt sich. Auf einen Schlag verstummen die Geräusche der Brandung, das Rasseln von Ketten und die Rufe der Decksarbeiter, nur ein hydraulisches Summen dringt noch ins Innere der Kugel. An drei Stahlarmen hängend, gleitet das Tauchboot über die Plattform, Rosanna sieht die Spitzen schwerer Arbeitsschuhe unter sich, dann das Wogen der stahlgrauen See, plötzlich rütteln die Wellen an ihnen.

In ihren Eingeweiden spürt sie das Auf und Ab des Tauchboots. Ein Taucher ist ihnen hinterhergesprungen, um einen Ballasttank zu lösen, der sie noch an der Oberfläche hält. Direkt vor ihren Augen tanzt ein leuchtend grünes Büschel Seegras, hoch über ihnen ragt die tiefschwarze Bordwand der *Nyx* empor, die Decks heben sich im Zickzack gegen den grauenden Himmel ab wie Arme, die ins Unendliche greifen. Wie viele Jahre sind vergangen, seit Rosanna ihr Altersheim zuletzt von außen gesehen hat? Kurze Landgänge in Valparaíso und Agadir kommen ihr in den Sinn, eine Bootstour durch die Große Syrte, verblasste Erinnerungen an eine Zeit, bevor derlei Vergnügungen aus Kostengründen gestrichen und zu einer Sache des Lotterieglücks wurden. Gerne würde sie sich jetzt einen Moment voller Pathos gönnen, doch das schwere Atmen des Mannes neben ihr lässt keinerlei Gemütstiefe zu. Noch immer kämpft er mit seinen Gurten.

Mit Bedauern löst sie die Spange aus ihrer Frisur, schüttelt die Haare frei und stülpt sich ihren Hartschalenhelm über den Kopf. Er ist schwer, sie spürt das feine Gitternetz der Magnetspulen auf ihrer Stirn.

Der Pilot des Tauchbootes, von dem sie bislang nur einen

gekrümmten Rücken und den schwarzen Bürstenhaarschnitt gesehen hat, wendet sich seinen Passagieren zu. Er sagt: «Willkommen an Bord der *Hadal*! Manche meiner Gäste fragen mich, ob ich im Tauchboot keine Panikattacken bekomme. Denen antworte ich: Ich fühle mich sicher wie eine Erdnuss in ihrer Schale. In dem Land, aus dem ich komme, herrscht dichteres Gedränge als in dieser Kugel.» Er grinst, wartet auf eine Frage, die nicht kommt, sagt: «Ich stamme aus Bangladesch. Aus Dhaka. Mein Name ist Mhammad Charu Mia. Genießt die nächsten Stunden, ihr werdet Schönes sehen, Spannendes erleben. Solltet ihr die Beine ausstrecken wollen, warnt zuvor eure Nachbarn.» Trotz der jugendlichen Stimme verrät sein Ton Routine, bestimmt kann er die Sätze im Schlaf aufsagen.

Aufmerksam sieht Rosanna ihm dabei zu, wie er flink die Schalter des Steuerstands kippt, den Joystick dreht, Knöpfe drückt mit seinen langen, schmalen Fingern.

«Auf geht's.» Die Stimme der Frau ihr gegenüber klingt schrill, und Rosanna beschleicht der Verdacht, sie könnte leicht tüttelig sein.

Die Wellen schlagen über der Kuppel zusammen. Sie sinken. Nach wenigen Sekunden ist der Taucher nicht mehr als eine winzige Gestalt an einer knittrigen und silbrigen Meeresoberfläche. Es scheint, als sei rein gar nichts zwischen ihnen und dem Wasser, deutlich sieht sie Entenmuscheln und Kolonien von Seepocken am pechschwarzen Rumpf der *Nyx* hängen. Nach und nach verdunkelt sich das Meeresblau, als plötzlich ein riesiges Glubschauge sie anstarrt. Der grauschwarze Fisch, zu dem es gehört, ist so groß wie ein Mensch und aufgeblasen wie ein Ballon. Dicke Kusslippen hat er auch noch.

«Wenn Zackenbarsche nicht gejagt werden, sind sie recht zutraulich.» Die Stimme des Piloten kommt jetzt aus dem Inneren ihres Helms. «Den hier könntet ihr streicheln, der ist handzahm. Aber wagt besser kein Blickduell mit ihm. Er wird siegen.»

Bewegungslos hängen das Tauchboot und der Fisch im Wasser. Der Mann im Sitz neben ihr kramt raumgreifend in der Tasche seiner Armeejacke und zückt eine winzige Kamera. Das Blitzlicht scheint den Fisch nicht zu stören, er antwortet mit einem kurzen Flossenschlag.

Auf das Festhalten des Lebens in Bildern verzichtet Rosanna, da können noch so hässliche Fische an ihr vorüberschwimmen. In ihrem Alter – für was, für wen? Sie hat vor Jahren die meisten ihrer Fotografien von ihren Festplatten gelöscht, es waren Zehntausende, die raschelnd aus dem Papierkorb des Computers verschwanden. Die Kindheit und Teenagerjahre ihrer Töchter hat sie allerdings aufgespart. So gut wie nie wagt sie, diese Bilder anzuschauen, weil es sie auf Tage hin traurig stimmt.

Auf den Zackenbarsch ist ein Schwarm Barrakudas gefolgt, der das Tauchboot einhüllt. Die schlanken Körper schieben sich über das Glas der Kuppel, ausdruckslos glotzen auch die Raubfische, und Rosanna denkt, dass es bereits jetzt genug Aufregendes zu erzählen gibt, la Signora auf Tiefseesafari, das fängt ja wirklich toll an, und schon sinken sie wieder, schneller jetzt, sie stürzen in ihrer Kugel auf die Finsternis zu. Beim Gedanken an die Tiefe und die schiere Größe des Ozeans, an die Abgründe und die Täler eines unbekannten Kontinents, fliegt ein banges Gefühl sie an, bis sie die Stimme des Piloten hört: «Ab jetzt sinken wir mit fünfzig Metern pro Minute.» Sofort beruhigt sie sich, sie weiß nicht, warum.

Die Klippen vor der Küste Madeiras fallen steil bis zu vier Kilometer tief ab. Auf dem langen Weg zum Meeresgrund dürfe man sich Hoffnung machen auf Delfine, Rochen und Schildkröten, der Jüngling von Entertainment und Jackpot hat es ihr am Vorabend in Aussicht gestellt. Mit Glück sogar eine Mönchsrobbe, keine Mantas jedoch, nicht zu dieser Jahreszeit.

Auf einmal ist es zappenduster, wohin sie auch blickt. Das

Säuseln der Sauerstoffpumpe ist zu hören, und ein Murmeln, das sie der Frau ihr gegenüber zuordnet. Es schwillt zu einem gebetsartigen Geplapper an, aus dem Wut herauszuhören ist, bis sie von einem Augenblick zum anderen in einem Kokon aus Licht schweben. Der Pilot hat die Außenscheinwerfer aktiviert, auch der Steuerstand glimmt auf. Seine Hände tanzen über einen Touchscreen.

Durch das gewölbte Glas dringt schummrig-grünes Licht herein, und Rosanna sieht mit Erschrecken, dass die Frau ihr gegenüber sich in die Hand beißt. Sofort wendet sie den Blick ab.

Sie sinken immer weiter. Ihr eigenes Leuchten bahnt ihnen den Weg in die Tiefe.

Irgendwann stockt die Fahrt. Schwärme fluoreszierender Tierchen segeln in einer Aura aus Licht – kleine Kreaturen, winzige Shrimps, dann sieht sie eine Seespinne, die über einen Felsen stakst. Zitronengelbe und königsblaue Meeresschwämme tauchen im Scheinwerferlicht auf, scharlachrote Seesterne. Eidottergelbe Schneckengehäuse. Anstößig geformte Seegurken in Grün und Braun. Violette Fächerkorallen.

So kann es weitergehen, immer weiter, ihr ganzes restliches Leben, denn es fühlt sich an, als fliege sie durch ein Wunderland. Rosanna ertappt sich dabei, wie sie diesem Mann aus Schweden im Geiste von ihren Abenteuern erzählt, sie sieht Kalles zerknittertes Gesicht vor sich, den weißen Haarschopf. Und sie weiß, er wird ihren Worten begeistert lauschen, weil er etwas übrighat für sie. Sie hat ihm in Aussicht gestellt, gemeinsam auf das Weihnachtsfest zu gehen, vage aber nur, denn die Männer soll man erst einmal zappeln lassen.

Das Tauchboot wird langsamer. Sie treiben über Wäldern aus Seetang, zwischen denen Fische so dicht stehen, dass ihr Tauchboot sie beiseiteschieben muss, um weiterzukommen. Sie gleiten über einen Abhang aus Korallenschutt, verlieren den Boden unter sich, das Tauchboot macht einen Satz, die Antriebsmotoren springen mit einem elektrischen Summen an. Die Reise geht also weiter, denkt sie, noch tiefer hinab, dabei ist sie doch schon völlig zufrieden.

## 16° 53' WESTLICHER LÄNGE; 32° 36' NÖRDLICHER BREITE

Dem minderen Personal an Bord wurden Kabinen zugeteilt, die nach innen liegen und fensterlos sind, dafür aber ein geräuschloses Ventilationssystem bieten und einen Fotowandschirm nach Wahl. Warum er sich an seinem ersten Tag auf der *Nyx* für eine norwegische Fjäll-Landschaft entschieden hat, jedoch gegen die Strände Yucatáns und die Regenwälder Amazoniens, das kann Rafael van Gouten, nur Sekunden nachdem sein Wecker ihn wach klingelt, nicht sagen. Der windbewegten Gräser und menschenleeren Weite wegen, oder ist es das Grünbraun abgehobelter Bergkuppen und der azurblaue Himmel? Der Abwechslung halber würde mir eine Stadtansicht guttun, denkt er. Straßenbahnen, junge Gesichter, Dönerbuden. Ein nackter, runder Hintern wäre auch nicht schlecht, ich werde bei Gelegenheit beim Zimmerbelegungsoffizier nachhaken wegen eines Tapetenwechsels. Aber nicht heute. Heute läuft gar nichts, schon gar kein Termin bei der Polizei, und die Personalärzte können auf mich warten, bis die Sonne auf ewig im Atlantik versinkt. Denn noch bin ich krankgeschrieben – gilt das etwa nicht für Vorladungen und Gesundheitschecks?

Rafael dreht sich in seine Bettdecke hinein, schließt die Augen. Unwiderstehlich schwappen Wellen von Müdigkeit durch seinen ganzen Körper, doch er hält ihnen stand. Er sortiert sich mit relativer Geistesklarheit.

Nach einer Nacht auf dem Boden vor dem Bett meiner Ärztin bin ich in meine Kabine zurückgekehrt, Asyl wird nicht länger gewährt, so hat sie mich verabschiedet, und so soll's sein, denn schon lange weiß ich, dass in meine Liebe zu den Frauen mit den großen Nasen ein masochistisches Vergnügen eingewoben ist.

Auf dem Weg durch das Schiff habe ich dunkle und einsame Wege gemieden und mich auf den Hauptdecks bewegt, wo Gedrängel herrscht, wo die eine Hälfte der Alten desperat auf Geschenkesuche ist, die andere meschugge vom jähen Frühlingseinbruch, von Temperaturen um die zwanzig Grad, während ich in der Masse unentdeckt blieb. Ich fürchte allerdings, dass sie mich mit ihren Trackingprogrammen finden werden, wenn sie nur wollen, mich an meinem Gangbild erkennen, denn wie hat der Kerl im Kontrollzentrum behauptet: Wir sind einzigartig in unseren Bewegungen.

Unter ihm quietscht eine Bettfeder. Sofort ist er alarmiert, hellhörig.

Zugegeben, man könnte mich für einen Schisser halten. Aber ist es nicht so, dass die Furchtlosen längst ausgestorben sind, wir Überlebenden aber von den Schlauen abstammen? Von denen, die zögerten, die grübelten, die in sich horchten, bevor sie in die Bärenhöhle marschierten, in den Schützengraben stiegen? Angst ist Gold wert. Ein Hoch auf die Feiglinge und die Schlechtgelaunten.

Was die Polizei von mir will? Ist mir ein Rätsel. Es kann nur um viererlei gehen.

A. Das ungeklärte Verschwinden Reima Virtanens. Kann ich nicht helfen, werde ich sagen, ich habe versehentlich die Taschenlampe meines Arbeitskollegen über Bord gekickt, das passiert, das ist nicht strafbar. Wendet euch an seine Ärztin. Aus Mandalay kommt sie, und Mai ist ihr Name, schön wie der Frühlingsmonat. Wenn ihr nicht sicher seid, ob sie es auch wirklich ist, seht unter ihrem Kittel nach, da ist sie nackt. Hat Virtanen behauptet.

B. Die Menschmaschine. Die habt ihr mir doch auf den Hals gehetzt, werde ich angesäuert sagen. Woher sonst soll das sechsbeinige und zehnäugige Monster kommen, wenn nicht aus euren Waffenkammern?

C. Meine heimlichen Geschäfte mit François Ilunga. Müsst ihr mir erst mal beweisen, dass ich für ein Trinkgeld Päckchen außerhalb des offiziellen Postweges zustelle. Päckchen, nach deren Inhalt ich Ilunga lieber nicht frage, weil ich hinter seiner kumpelhaften Fassade das zermalmende Gewaltpotenzial des afrikanischen Kontinents erspüre.

D, und am wahrscheinlichsten: Mein Versagen als Kantinenwächter. Es ist umfassend, werde ich sagen, macht schon, degradiert mich, bestraft mich, ich fange noch mal von vorne an, als Gurkenmann, wenn es sein muss! Mit etwas Glück lassen sie mich das Gemüse schnitzen, die Etageren mit Hering auf Pumpernickelmedaillons belegen.

Alles, was an Bord der *Nyx* schiefläuft, die Leute schieben es mir in die Schuhe. Der Holländer hat die Abflussrohre nicht ordentlich durchgepustet, er hat die Windel nicht aus dem Pool gefischt. Der Holländer hat Schuld, weil hier ein Furz quersteht und sich dort jemand mit einer Viagra-Pille zu viel in die ewigen Jagdgründe verabschiedet. Leckt mich alle mal.

Der Tag hat erst begonnen, und ich bin schon so was von deprimiert. Aber mir kann es wurst sein, nur eine Frage kratzt mich wirklich. Wie schaffe ich es in die Kabine meiner widerspenstigen Leibärztin zurück? Auf ihre gesteppte Winterdecke, von der es ein Katzensprung ist in ihr Leiterbett, keine zwei Meter Luftlinie, wär doch gelacht, denn wir sind hier alle verdammt einsam, oder?

Kalle Ulfung klatscht feuchte Erdbröckchen von seinen Händen, verreibt die lehmigen Reste auf dem Drillich seiner Latzhose, sagt: «Erzähl mir einen Witz.»

«Einen bösen?» Paul Packer räuspert sich die kratzige Stimme frei. «Also gut. Sagt die Ehefrau zu ihrem Mann: Du schubst mich immer nur durch die Gegend und redest hinter meinem Rücken. Antwortet der Mann: Darling, das liegt daran, dass du im Rollstuhl sitzt.»

«O ja. Sehr, sehr lustig.» Kalle lacht auf. Er holt Schwung, schafft es auf die Knie, dann beugt er sich vor, streckt sich aus zum Beetrand. Er reicht die Schaufel an Packer weiter. «Du bist dran.»

Der Morgen hat sie wolkenlos auf Deck 44 empfangen, noch bevor die knallgelbe Sonne sich aus dem Meer und über Madeira und den kahlen Hügeln der Ilhas Desertas erhob. Höchste Zeit, unser Beet zu düngen, Unkraut zu jäten, Packer mahnt ihn, seit die *Nyx* den 35. Breitengrad hinter sich gelassen hat, sie endlich durch wärmere Gefilde schiffen.

Gestützt auf einen Laubrechen, dem die Hälfte der Zinken fehlt, beobachtet Kalle, wie sein Freund die Handschaufel durchs Erdreich gräbt, sich Wege fräst zwischen den hässlichen kahlen Stängeln eines Dickblattgewächses und hoch aufgeschossenem Unkraut, das trotz der Jahreszeit schon grün und saftig ist.

Als Packer im Gestrüpp hängenbleibt, fragt Kalle: «Deine Krautsichel bist du los, was?»

«Das ist echt mein geringstes Problem.» Packer zieht energisch an einem fein verästelten Wurzelstrang, das leichenweiße Ding ist einen halben Meter lang und klammert sich erfolgreich im Erdreich fest. Pilzgeruch steigt aus den Tiefen des Beetes auf.

«Da wär ich mir nicht sicher. Wenn sie rauskriegen, dass es deine Sichel ist, die in der Garderobe vor der Kantine hing, bevor dieser Kerl Amok lief? Wenn sie deine Fingerabdrücke auf dem Griff finden? Dann bist du geliefert.»

«Mal abwarten.» Packers Gesicht glänzt frisch eingecremt. Sein Haar sieht noch zerzauster aus als sonst.

«Die Sache ist ernst. Der Mann ist gestorben.»

«Nicht an meiner Sichel. Der Strom hat ihn ausgeknipst, die Einsatztruppe.»

Packers Kopf läuft rot an, mit seinem ganzen Gewicht zerrt er an dem Wurzelstrunk. Er gibt auf, buddelt weiter. «Die Leute sagen, er hätte eine blaue Zunge gehabt.»

«Die Leute, die Leute ... Meinst du die Klatschweiber auf deinen Bingo-Abenden? Rosanna weiß es besser. Sie stand dem Kantinenkiller gegenüber. So nah.» Kalle zeigt es mit Daumen und Zeigefinger.

«Dann muss es wohl die Wahrheit sein, in Ewigkeit, amen. Rosanna also. Du bist dieser Italienerin in null Komma nichts auf den Leim gegangen.»

Kalle hört über die Provokation hinweg. In der Absicht, seinem Knochengerüst eine Ruhepause zu gönnen, setzt er sich rittlings auf eine der morschen Holzbohlen am Rande des Beetes. Sofort zieht die Feuchtigkeit in den Sitz seiner Hose. Er fühlt eine ganze Zeit in sein Gesäß hinein, kann dort jedoch kein noch so zartes Beben mehr erfühlen. Ist ja auch klar, mitten in der Nacht haben sie Anker vor Funchal geworfen. Schon gestern hat Kalle das Drosseln der Schiffsmotoren bis in seine Eingeweide hinein gespürt, ein kaum merkliches, endloses Vibrieren, das Neulinge an Bord irrtümlich für gastrointestinale Beschwerden halten, für die Folge glutenreicher Kost. Die *Nyx*, diese Insel von einem Schiff, braucht einen halben Tag zum Bremsen. Sie bewegt sich wie eine Naturgewalt, immer wieder imponiert ihm das.

Am Rande seines Blickfeldes macht eine schokoladenbraune Schnecke auf sich aufmerksam. Er sieht ihr dabei zu, wie sie über das seifige, verrottende Holz wandert. Er greift nach ihr, staunt über die Kraft, mit der sie sich festsaugt, bekommt sie endlich in den Griff und wirft sie in das brachliegende Nachbarbeet. Nach ein paar Überschlägen klatscht sie gegen eine Blechdose für Speiseöl.

«Jetzt mal ehrlich.» Er wischt den Schneckenschleim am Hosenbein ab. «Dein Schnauzbart ist lächerlich. Er deformiert dich. Früher haben Diktatoren solch ein Gesträuch unter ihren Nasen getragen. Nicht einmal ein Waliser darf sich so zeigen.»

«Auch du solltest deinen Look ändern. Könntest weniger auffällig auftreten. Deine Haare schwarz färben. Oder wenigstens braun.»

«Wasserstoffblond forever», sagt Kalle bockig. «Ich kann mich nicht entsinnen, jemals eine andere Haarfarbe gehabt zu haben.» Jäh springen ihn Kindheitserinnerungen an eine Blondine an, sie steht weit über einen Billardtisch gebeugt, ihre Mähne wippt, die Brüste wackeln, in der nächsten Szene wird sie, nur im Bikini, von einer Luftmatratze gekippt, sie lacht trotzdem, denn sie macht Fernsehwerbung für ein Haarfärbemittel. Im Hintergrund singen hohe Frauenstimmen: Blondes have more fun. Seit die wichtigen Erinnerungen aus meinem Kopf verschwinden, denkt Kalle, schwemmt es wertlosen Schrott an ihre Stelle.

«Hör mir mal zu.» Niemand hat es besser drauf als Packer, dieses gönnerhaft überhebliche Schlaumeiergrinsen. «Es gibt Leute, auf die wirkt ein Alter mit weißblondem Haar aufreizend. Auch deine dicke Brille versetzt sie vielleicht in Wut, denn sie lässt dich ein Fünkchen zu gescheit aussehen. In jeder beliebigen Menschenmenge an Bord fällst du auf wie ein Frosch im Storchennest.»

Kalle reibt seine Brillengläser mit einem Zipfel seines T-Shirts blank. «Es war nie mein Ziel, in der Masse unterzugehen.»

«Oh, glaub mir, es hat Vorteile. Denn man sucht nach uns. Nicht nach uns direkt, ich korrigiere mich. Aber ein gewisser Oberarzt erkundigt sich nach gewissen Leuten, die mit Pflanzen mit gewissen forensischen Eigenschaften Handel treiben. Er zieht Verbindungen zwischen einigen Fällen von Freitod und dem Verkauf hochtoxischer Substanzen.» Packer rupft wütend an einem Büschel Jakobskreuzkraut. Der Strunk bricht, die Wurzeln stecken in der Erde fest.

«Du sprichst von uns?» Kalle begreift langsam.

«Ja. Ich denke, wir sollten für eine Erntesaison auf Lauch und Blumenkohl umsatteln. Ich will nicht, dass auf unserem Beet Brechnuss, Oleander und Bilsenkraut entdeckt werden.» Mit dem Daumen fährt Packer durch das graue Borstenbüschel unter seiner Nase, ein Erdkrümel bleibt hängen.

«Von mir aus», sagt Kalle. «Aber die sollten sich lieber um die Gestalten kümmern, die hier mit Speed dealen, mit Rohypnol. Vor allem frage ich mich, wer es sich leisten kann, Koks zu schnupfen, mal abgesehen von den Herren aus der Offiziersriege. Und dem Kapitän, wenn es den überhaupt gibt? Hast du ihn jemals gesehen?»

«Vor einem Jahr. Er war dabei, die Weihnachtsfeier zu verlassen, und drehte eine Runde, um sich aufzuspielen, du weißt schon: ein Winken hierhin, ein Lächeln dorthin. Viriler Typ. Mitte vierzig. Breiter Rücken. Schwarze Locken.»

«Gefärbt?»

«Schwer zu sagen.»

«Italiener?»

«Was denn sonst?»

Das Morgenlicht fällt auf einen Gartenzwerg einige Parzellen entfernt. Von Sonne und Seeluft gebleicht, steht er zwischen Disteln und Rosmarin und wirft einen endlosen Schatten, so niedrig steht die aufgehende Sonne. Ein Scherzbold hat dem Zwerg die Nase abgesägt und ein Küchenmesser in die Hand gedrückt. Hinterrücks wird Kalle von einem gewaltigen Kaffeedurst überwältigt.

«Wir müssen», sagt er. «Deine Drohne soll nicht länger warten.»

«Erst bist du dran. Erzähl mir einen Witz.»

«Einen dreckigen?» Kalle überlegt kurz. Er hat bloß eine Handvoll Witze in seinem Repertoire.

«Also hör zu. Ein Waliser, ein Schwede, eine Exnonne und eine supersexy Krankenschwester im Minikittel sitzen an einem Tisch in unserer Kantine. Wieder mal fällt das Licht aus. Für eine Minute ist es stockfinster, plötzlich ist ein Klatschen zu hören. Als es wieder hell wird, sehen alle, dass der Waliser sich die Wange hält, auf der ein dunkelroter Handabdruck zu erkennen ist. Die Nonne denkt: Ekelhaft, der Waliser hat das Mädchen betatscht, dafür hat sie ihm eine geklebt. Die Krankenschwester glaubt, der Waliser wollte sie begrapschen, hat im Dunkeln aber die Nonne erwischt, und die hat ihm eine gezimmert. Der Waliser denkt, … Moment …, er denkt, bestimmt hat der Schwede eine der Frauen befingert …»

«Komm schon.» Packer sieht ihn erwartungsvoll an, er glaubt an eine dramaturgische Volte Kalles.

«Ich hab's vergessen, … warte …»

Packers Lachen kommt wie der Schrei eines alten Raben, krächzend, heiser.

## 16° 53' WESTLICHER LÄNGE; 32° 36' NÖRDLICHER BREITE

Sie fallen und fallen, doch wenn Rosanna Gardella die Augen schließt, ist keine Bewegung zu spüren. Nur das Plankton verrät die Richtung, im Licht der Strahler rast es aufwärts an ihnen vorbei wie Schneeflocken nachts an den Scheiben eines Zuges.

Es kühlt ab, auf der Glaskuppel bilden sich Tropfen von Kondenswasser. Ihre Hände sind eiskalt, und sie ist froh über das Wärmekissen unter ihren Füßen.

«Schlafen Fische?», fragt der Mann plötzlich.

Er kann also sprechen, Rosanna ist überrascht. Sie antwortet sofort, denn Kalle Ulfung hat es ihr erzählt: «Ja, mit offenen Augen. Manche legen sich zum Schlafen sogar auf die Seite.»

Sie kann nicht erkennen, ob der Mann ihre Worte verstanden hat, denn er hat sich der anderen Frau zugewendet.

Noch immer bohrt sie die Zähne in die Haut ihres Zeigefingers. Die Zähne hinterlassen nicht nur rote Abdrücke, es schimmern kleine Blutstropfen auf. Das sieht nach Hunger auf Fleisch aus, denkt Rosanna erschrocken.

Sie bemüht sich, tief und regelmäßig zu atmen, fühlt ein fernes und hauchzartes Aufglimmen des Schmerzes hinter der Schläfe. Die Geräusche in der Tauchkugel sind einschläfernd, hypnotisch. Gleichmäßig zischt Sauerstoff herein. Sie schließt die Augen, minutenlang, der Sichelmann aus der Kantine fällt ihr ein, die in Panik vor ihm fliehenden Kantinenbesucher, dann auch ihr treuer Kunde Søren Laudrup, vom Mob aus seinem Rollstuhl gerissen. Das Letzte, was sie von ihm gehört hat: Schulterprellung, strikte Bettruhe, noch mal Schwein gehabt.

Ein schwaches Irrlichtern dringt durch ihre geschlossenen Lider. Sie öffnet die Augen: Es ist das vom Meeresgrund zurückgeworfene Licht des Tauchboots.

Der Boden des Ozeans sieht aus wie die polierte Schale eines Riesenvogeleis, erst beim Näherkommen erkennt sie, dass er kreuz und quer von feinen Kriechspuren durchzogen ist und von flachen Mulden gesprenkelt. Als die *Hadal* sanft aufsetzt, steigen zu allen Seiten fadendünne Girlanden aus Sand auf, breiten sich aus und hängen wie Wölkchen in der Schwebe.

Der Wunsch überkommt sie, die Arme vorzustrecken, sich mit den Füßen abzustoßen und zu schwimmen, einfach loszuschwimmen, bis ihre Kräfte in den eiskalten Wassern erlahmen, dann immer weiter und weiter im Sog der Strömung.

Ich liebe das Meer, sagt sie sich ergriffen. Im Wasser sollte ich sterben, nicht an Bord eines Schiffes, in einer stickigen Kabine, auf einem Sanitätsbett, in dem Hunderte anderer Menschen ihr Leben elend ausgehaucht haben.

Eine Zeitlang ruhen sie in dieser endlosen, urtümlichen Landschaft. Gerne würde Rosanna die Stille des Ortes auf sich wirken lassen, sich wärmenden Gefühlen und der Ehrfurcht hingeben, doch ihr Nachbar meldet sich mit tiefer, lauter Stimme.

«Was passiert, wenn jetzt die Kugel platzt?»

Der Kerl ist verdammt neugierig, denkt sie. Ein Kindskopf ist er dazu.

Der Pilot wendet den Blick nach hinten, dreht sich auf seinem Sitz zu ihnen um. Blitzschnell schlägt er seine Handflächen aufeinander. Klatsch. Klatsch. «In einer Sekunde wäre alles vorbei. Wir würden rein gar nichts spüren. Aber keine Sorge, das wird nicht passieren.» Er beginnt, vom Bau des Tauchbootes zu sprechen, von der Konstruktion ihrer Kapsel, von italienischen Ingenieuren und der Dichte von Silikatglas, doch Rosanna ist abgelenkt vom nervösen Zappeln ihrer Mitreisenden. Die Frau nestelt wieder an ihrem Helm, zerrt am Kinngurt, als wolle sie sich erdrosseln.

Langsam wird es unangenehm. Rosanna fragt: «Was machst du?» Dann: «Kann ich dir helfen?»

Die Frau antwortet nicht, sondern murmelt vor sich hin, grinst ein schmallippiges Grinsen. Rosanna fragt sich, ob die Augen wohl verraten, wenn jemand einfach verrückt ist und zudem auch noch böse gesinnt.

Die Frau rupft sich den Helm vom Kopf. Eine Masse lockiger brauner Haare rutscht ab, unter der Perücke kleben verschwitzte weiße Strähnen auf dem Schädel. Das Gesicht ist bleich, der Mascara hat sich wie ein Spinnennetz um ihre blutunterlaufenen Augen verteilt. Sie blinzelt hektisch, ihr Körper versteift sich.

Rosanna hört auf zu atmen, versucht so reglos zu werden wie ein Fels, so als säße sie einem bissigen, tollwütigen Raubtier gegenüber. Nein, denkt sie, bitte nicht. Es kann, es darf nicht sein, dass sie schon wieder in eine derart grässliche Situation gerät, das macht sie nicht länger mit.

Ruckend legt die Frau ihren Kopf schief, schlägt dann mit dem Hinterkopf gegen das Kuppelglas. Einmal, zweimal. Dreimal.

Rosanna will aufstehen, aber ihr Gurt hält sie im Sitz. Will dem Piloten, der nicht ahnt, was hinter seinem Rücken geschieht, warnend auf die Schulter klopfen. Doch die Frau schlägt aus, ihr Helm trifft Rosanna am Ellbogen. Sie schreit auf vor Schmerz. Erst jetzt wendet der Pilot sich ihnen zu. Bevor er ein Wort sagen kann, trifft der Helm sein Gesicht. Er gibt keinen Ton von sich, es muss ihn hart getroffen haben. Die Frau drischt schweigend auf ihn ein. Auf seine Stirn, auf die Wangenknochen, Rosanna hört einen Knochen krachen.

Sie sieht, dass Blut aus dem Ohr der Frau läuft, ein schmales Rinnsal nur, das aber die weiße Wolle ihres Kragens getränkt hat. Schnell wie ein Reptil greift sie nach Rosanna, will sie am Jackenärmel zu sich heranzerren. Rosanna spürt ihren heißen Atem auf der Haut. Ein Schlag trifft sie schmerzhaft auf der Nase. Schützend reißt sie die Arme vors Gesicht, haut wild um sich und verliert jedes Gefühl für oben und unten, bis sie sich halb liegend in ihrem Sitz wiederfindet. Ihr Musikantenknochen singt, Blut läuft ihr aus der Nase.

Endlich rührt sich auch der Mann neben ihr. Mit aller Kraft versucht er, sich hochzudrücken, seine Hände umklammern die Lehnen, seine Finger sind weiß davon. Unfähig, sich von seinem Gurt zu befreien, sackt er erschöpft zurück, hängt da, mehr liegend als sitzend. Er atmet schwer, dann drückt er entschlossen den Rücken durch, hebt sein langes Bein, zieht es an und tritt nach der Frau. Sein Fuß trifft ihren Bauch. Sie stürzt gegen den Sitz des Piloten. Ihr Mund öffnet sich zu einem Schreien, aber nur ein Knurren dringt heraus. Sie rappelt sich auf, hockt orientierungslos auf allen vieren und wendet sich dann Rosanna zu – ein Raubtier vor dem Sprung.

Rosanna rafft ihren Proviantbeutel an sich, greift hinein, fühlt einen angebrochenen Müsliriegel, ihre suchenden Hände haften an den Klebestreifen einer Damenbinde, das darf doch nicht wahr sein. Endlich ertasten ihre Finger die Haarspange und ziehen sie hervor, gerade als die Frau brüllend angeschossen kommt und mit Wucht gegen sie prallt, dabei aufkreischt, während ein Tritt des Mannes sie in die Seite trifft. Die Frau sackt auf den Boden der Kugel, bleibt dort stöhnend liegen, aus ihrem Hals ragt ein blutiger Drache aus Messing und Schildpatt. Rosanna schwinden die Sinne.

Als sie erwacht, pfeift und sirrt es in ihrem Kopf, und ungläubig denkt sie, dass sie übel genug zugerichtet worden ist, heute und gestern, seit verdammt langer Zeit schon. Mehr geht doch gar nicht, mehr darf das Schicksal nicht zulassen, aber denkste!

Die Frau liegt mit geschlossenen Augen am Boden der Tauchkugel, ihre Arme zucken, ihre Zähne mahlen knirschend aufeinander, dann versteifen sich ihre Beine, ihr Rücken biegt sich durch, und unter ihr breitet sich eine Urinlache aus. Plötzlich erstarrt sie, ihr Mund öffnet sich einen Spalt, und eine Zunge schiebt sich hervor, die nicht rosa ist, sondern bläulich angelaufen.

Es sieht aus, als würde die Zunge ein eigenes Leben führen, es ist zum Gruseln. Verletzt, erschüttert und im Sterben liegen wir in einem Tauchboot, dümpeln auf dem Meeresgrund, doch niemand kommt uns zu Hilfe.

Der Pilot hängt reglos in seinem Sessel. Sein Gesicht ist schweißnass und blutleer. Der große Mann neben Rosanna ist erschöpft eingeschlafen, ein leises Schnorcheln verrät es. Irgendwann, sie kann nicht sagen, wie viele Minuten verstrichen sind, wie viele Stunden, meldet sich eine blecherne Stimme aus der Welt vier Kilometer über ihr. «Verbindungsprüfung.»

Sie will antworten, doch ihr Mund ist so trocken, ihre Lippen so rissig, dass sie keine Antwort hervorbringt außer einem Krächzen. Aber sie spürt doch, wie das Tauchboot kurz ruckelt, sich vom Sandboden löst und zu den Seiten schwingend nach oben treibt, die Stummelflügel schaukeln einen Abschiedsgruß in das stille und finstere Tiefseetal.

Zum Glück habe ich einen robusten Magen, sagt sie sich im Aufwärtstrudeln, uns Sizilianer wirft so leicht nichts um. Und wie schön, dass es schon wieder nach oben geht, ich lasse mich von ein bisschen häuslicher Gewalt nicht kleinkriegen. Vielleicht kreuzen ein paar Delfine oder Mönchsrobben unsere Bahn, und bei meiner Rückkehr aus dem Ozean werde ich von Sonnenstrahlen empfangen, bekomme Lachshäppchen, heiße Schokolade und ein Gläschen Champagner gereicht, der Manager Entertainment & Jackpot hat es schließlich versprochen.

## 16° 53' WESTLICHER LÄNGE; 32° 36' NÖRDLICHER BREITE

Staubig, glanzlos, spröde ist der Campingtisch und sind die Stühle, die Kalle Ulfung im Geräteschuppen hinter einer halben Tischtennisplatte hervorgezogen hat. Jetzt stehen sie nahe der Reling auf dem Gartendeck 44, frontal zur frühen Sonne ausgerichtet. Ihr Holz ist von der feuchten Seeluft aufgequollen, die Resopalschicht wirft Beulen.

Kalle holt Thermoskanne und Kaffeebecher aus einem Jutesack hervor, er schenkt ihnen beiden ein, kein Zucker und ohne Milch. Das Werkzeug breitet er auf der Tischplatte aus wie ein Chirurg sein OP-Besteck: Zangen, Feilen und Hammer, ein Satz Stechbeitel, Metallsägen, eine bunte Papiertüte mit Salmiakrauten. Im Zentrum ihrer Operation steht eine Leihgabe aus der Laubsägewerkstatt, ein hydraulischer Schraubstock aus Gusseisen, den Paul auf den erzitternden Campingtisch wuchtet.

Packer knöpft sein Paisley-Hemd auf und reckt eine haarlose, schneeweiße Brust der Sonne entgegen, zieht Gummistiefel und Kompressionsstrümpfe aus. Seine Füße sind voller Druckstellen, von all dem Wasser in seinem Gewebe aufgequollen, zu viel Salz im Kantinenessen, zu wenig Bewegung, trink mal Wasser statt Wein, Kalle wird nicht müde, ihm einen gesunden Lebenswandel ans Herz zu legen. Sein britischer Freund jedoch schätzt Ratschläge nicht.

Ohne die Schnürbänder zu lösen, streift auch Kalle sich die Turnschuhe ab. Blauviolett leuchtet das Nagelbett seines großen Zehs, dort, wo der Diamantschleifer der Fußpflegerin in sein Fleisch abgerutscht ist. Das Alter ist äußerst erfindungsreich beim Ersinnen von Gemeinheiten, er muss es immer wieder feststellen. Mit nackten Fußsohlen schreitet er über das warme Metall des Decks, lässt seine Zehen spielen.

Ein windstilles Plätzchen haben sie gefunden, nicht weit von jener Stelle, von der aus Packer die Drohne mit einer Doppelflinte vom Himmel geschossen hat. Kleine Wolkengruppen kreiseln über ihren Köpfen, bevor sie sich über dem Ozean auflösen. Es riecht nach frisch gebrühtem Kaffee und nach harzigem Firnis, kaum beugt Kalle sich über die Reling, zieht salzige Seeluft an der gigantischen Bordwand der *Nyx* empor wie ein Mistral und bläst ihm ins Gesicht. Er atmet die Luft in tiefen Zügen ein. Minutenlang folgt er dem sanften Auf und Ab der Wellen. Am dunstigen Horizont entdeckt er Militärschiffe, eine Flottille vielleicht. Er kneift die Augen zusammen, unterscheidet eine kleine Gruppe von Tarnkappenschiffen, Torpedoboote und Fregatten, Schnellboote, die als winzige, dunkle Flecken in der Helligkeit dort draußen treiben.

Es ist ein Morgen wie in einem Seebad am Mittelmeer, sagt Kalle sich, wenn der Tag, überhaupt das ganze Leben, noch vor einem liegt. Das Einzige, was ihm in diesem Augenblick zur Glückseligkeit fehlt, sind die Stimmen von Kindern am Ufer, das Scharren ihrer Schaufeln auf dem Sand, das Plätschern der Brandung. Er leckt mit der Zungenspitze das Salz von der sonnenwarmen Reling, sagt: «Ich könnte verrückt werden bei diesem Licht.» Dann: «Ich fühle mich vierzig Jahre jünger.»

Packer dagegen hat nur Augen und Ohren für seine Drohne. Mit nicht ganz zitterfreien Fingern hat er sie zwischen die Backen des Schraubstocks gespannt, ihren zigarrenförmigen Metallkörper fixiert. Vorsichtig dreht er an der Kurbel, steigert unbarmherzig den Druck.

«Du kennst dich aus mit dem Drohnenknacken, was?», fragt Kalle.

«Du weißt, eigentlich bin ich Erfinder. Das Britische Patentamt hockt auf ein paar unbedeutenden Erfindungen von mir.» Er blickt gewollt blasiert auf. «Und ich habe mich schlaugemacht. Diese fliegende Wurst hier kommt aus militärischen Beständen. Eine Schwarmdrohne der Generation Locust. Ihr Auftrag war das Observieren, jede Wette, und nicht der Transport von Spenderherzen oder die Vermessung der Algenblüte.»

«Wer soll ein Interesse daran haben, uns Alte von oben zu beobachten? Ein Toupetfabrikant?»

«Du weißt, wie es in Militärkreisen heißt? Lächle, wenn du in den Himmel kuckst. Irgendwer schaut dir immer zu.»

«Der ist doch uralt.»

«Aber ewig wahr. Ich will einfach wissen, wer die Drohne geschickt hat. Ist sie bewaffnet? Belauscht sie unsere Gespräche? Sucht sie nach bestimmten Gesichtern?»

«Deins wird garantiert sofort Alarm auslösen.» Kalles scherzhafter Versuch, den Redefluss Packers zu unterbrechen, verpufft.

«… ist sie ferngesteuert oder autonom? Kommt sie aus chinesischer Produktion, oder ist sie Made by U.S. Navy? Wurde sie gehackt? Kann sie auch tauchen und ist deshalb mit Gas gefüllt?»

«Was du alles wissen willst.» Kalle wehrt mit einer Handbewegung ab.

«Wissen ist Macht.» Packer blinzelt ihn an. Ein Teil des Himmels spiegelt sich in seiner Iris. Ein bisschen irre sieht mein Freund manchmal aus, denkt Kalle. Er streicht sich übers Kinn, sagt: «Also, ich weiß nicht. Ihr Briten tickt einfach anders.»

«Ich war mal Professor, hast du wohl vergessen.» Packer sieht beleidigt aus.

«Ja, du hast nach der Existenz Gottes geforscht, ihn dann aber nicht gefunden. Vor einem halben Jahrhundert.»

«Du weißt, dass es so simpel nicht gewesen ist. Ich war jung und wollte die wichtigsten Fragen nicht den Theologen überlassen, schon gar nicht die Antworten. Sondern beweisen, dass es möglich ist, mystische und religiöse Erfahrungen in anderen zu evozieren.» Packer spricht betont langsam. «Ist Gott also nur eine Einbildung unseres Gehirns? Ist Gott ein Muster in den Zuckungen des Nervensystems, die man mit ein paar Drogen künstlich auslösen kann? Diesen Fragen ging ich damals nach.»

«Und?»

«Fast alle meiner Probanden spürten während der Versuche die Präsenz eines anderen Wesens. Einige behaupteten, in meinem Labor übernatürlichen Wesen begegnet zu sein. Fünf von ihnen trafen auf Gott.»

«Na, super. Weil du ihnen LSD verabreicht hast. Kunststück.»

«Blödsinn», knurrt Packer. «Niemand ist ganz frei vom Glauben ans Übernatürliche. Überall gibt es Leute mit erhöhter Spiritualität. Gott zeigt sich uns immer und ständig, und sei es als Ausdruck reiner Schönheit. In jeder Meereswelle, im Hüftschwung einer Frau, in jeder mathematischen Formel.»

«Fast glaub ich es auch. Gott ist der Raum um uns herum.» Kalle ist sich sicher, dass sie dieses Gespräch schon öfter geführt haben, genau so oder ähnlich.

«Vielleicht steckt Gott sogar in dieser Drohne. Ich fürchte jedoch, es ist eher das Wissen eines Militäringenieurs.» Packer wendet seine Aufmerksamkeit wieder dem Schraubstock zu. Noch zeigt die eingeklemmte Metallhülle keine Risse, nur die alten, von Schrotkugeln gestanzten Beulen.

«Lass uns mal nachrechnen. Als ich dies Ding vom Himmel holte, kreuzten wir durch die Schottische See, die Äußeren Hebriden lagen hinter uns. Dort gibt es weit und breit nichts außer ein paar Schafen und Geröll. Niemanden, der einfach mal so eine Drohne losschickt, ihr privater Besitz ist seit Ewigkeiten verboten. Dieses Modell kam nicht vom Festland. Es kam von der See.» Packer deutet mit dem Arm aufs offene Meer, auf die in der Ferne wie eine Perlenkette aufgereiht liegenden Kriegsschiffe.

«Hier, mach du mal.» Sie tauschen die Plätze.

Kalle schlürft seinen schwarzen Kaffee, schüttet eine Handsenke voll Salmis hinterher, bevor er zur Kurbel des Schraubstocks greift. Er drückt nach Kräften, macht Pause, drückt, schiebt, es ist ein Kampf um Millimeter. Irgendwann kommt es ihm vor, als würde das matte Metall der Drohne seine Farbe verändern, eine Nuance hin zum Grünlichen.

«Deine Hose sieht vielleicht aus …», sagt Packer, als er ihnen beiden Kaffee nachschenkt.

Tatsächlich. Die Mischung aus Erde, Lehm und Schneckenschleim hat Kalles Hose in Oberschenkelhöhe eine Patina verschafft, sie glänzt wie Perlmutt. Er schließt müde die Augen und sieht sich plötzlich in einem Badezimmer stehen. In einem weiß gekachelten Raum mit Wanne und Spülbecken. Er erinnert den Geruch gestauter Feuchtigkeit, Blusen und Unterhosen hängen zum Trocknen über der Wanne. Eine Frau sortiert Strümpfe von blasser Farbe. Sie ist jung, denn sie bewegt sich flink, und ohne in ihr Gesicht blicken zu können, weiß er, dass es die Frau aus seinen nächtlichen Träumen ist und dass er sie einmal geliebt hat, dass er und sie zusammengehörten. «Verrückt. Völlig verrückt, was im Kopf alles geschieht, bloß weil man seine Pillen nicht mehr schluckt.»

«Du hast harte Zeiten hinter dir. Ich meine, es ging dir lange Zeit sehr schlecht. Du solltest ein wenig dankbarer sein.»

«Schlecht? Mir?» Kalles Stimme ist hell vor Empörung. «Ich soll dankbar sein?»

«Ja, deinen Therapeuten. Schimpf nicht immer nur auf sie. Du hast ihnen viel zu verdanken. Freu dich des Lebens.»

Kalle will aufbrausen, will protestieren, als ihn ein Surren ablenkt, das schnell zu jenem Klötern wird, wie es die Rollstuhlmotoren der älteren Generation hervorbringen. Rasend schnell saust ein Alter mit Sonnenbrille in seinem übermotorisierten Rollstuhl auf sie zu. Als er sie erreicht, Packer mit einem absichtlichen Schlenker beinah vom Campingstuhl reißt, schlägt er sich als Zeichen der Begrüßung mit zwei gereckten Fingern an seinen Helm mit roten Rallyestreifen. Er grölt ihnen zu, Kalle hört das böse Wort Cocksucker.

«Hast du einen Führerschein dafür, du Mädchen?», brüllt Packer. Aber weg ist er.

«Den Arsch kenn ich», sagt Kalle. «Der hat eigentlich Rollstuhlverbot. Einer vom Stamm der Apachen.» So nennen sie sich, so wünschen sie genannt zu werden: echte Dropouts, Plankenrocker, die rüpelhaft auftreten und ihre Haare oder Toupets pechschwarz färben. Sie kontrollieren den Schnapsschmuggel an Bord. Zwar gehen wilde Geschichten davon um, wie sie den Alkohol abzweigen – sie füllen das Zeugs in leere Plastikflaschen ab, um es in Müllsäcken aus den Kantinenlagern herauszuschmuggeln, sie setzen Ethylalkohol zu, sie pinkeln in den Whisky –, aber alle Gerüchte sind nur schwach belegt, man glaubt eigentlich nicht daran.

«So. Mehr schaff ich jetzt auch nicht.» Kalle lässt vom Schraubstock ab. «Das Ding ist superzäh.»

«Wollen wir doch mal sehen.» Packer greift zu Stechbeitel und Schmiedehammer. Setzt an und schlägt zu. Der Hammer federt zurück, landet krachend auf dem Tisch, der Stechbeitel schießt zur Seite weg, fliegt rotierend über die Reling.

«Du kannst von Glück sagen, dass dein Daumen noch dran ist», sagt Kalle schrill, tadelnd. «Wozu machen wir das hier? Mal ehrlich. Die reinste Zeitvernichtung.» Nach kurzem Zögern fragt er bemüht beiläufig: «Übrigens, wie geht es Pérez Gasca? Hast du von ihr gehört?» Seit er Packer zum Rollatorrennen mitgeschleppt hat, ist zwischen ihnen beiden kein Wort über Cecilia gefallen.

Packer tut, als hätte er nicht gehört, und greift zur Metallsäge. Wo immer er sie auch ansetzt, die Säge findet keinen Halt. Nach einem Dutzend gescheiterter Versuche gibt er auf. «Das Ding geht mir so langsam auf den Sack. Ich mach mal Pause.»

Barfüßig schlägt er den Weg in Richtung der Beete und der Regentonnen ein. Er hat dort seine eigene Pinkelstelle, und Kalle mutmaßt, dass es auch seine eigene sein könnte. Oder die anderer. Wenn es länger nicht regnet, stinkt es dort nach Jauche.

Ein Summen in seinen schwerhörigen Ohren lässt ihn auffahren. Kalle stochert in seinem Ohr. Er spürt, dass es zu spät ist, eine Mücke hat ihn gestochen, er fühlt ein Jucken, eine warme Schwellung auf seiner knorpeligen Ohrmuschel. Fluchend steht er auf und wandert ein Stück über das lichtgesprenkelte Deck in Richtung einer Schar Silbermöwen. Die Vögel kreischen im Chor und lassen sich knapp über der Reling von Luftströmungen tragen. Warum grinsen Möwen so fies, fragt er sich, als in der Ferne ein Licht am Himmel aufblitzt. Ein Hubschrauber.

Packer ist vom Pinkeln zurückgekehrt. Er lockert den Griff der Spannbacken, dreht den Metallkörper der Drohne um neunzig Grad, sodass er in der Senkrechten hängt, fixiert ihn erneut und sagt: «Hier. Hier, wo ich die Antenne abgeknipst habe.»

Kalle muss seine Brille putzen, bevor er die winzige Öffnung im matten Metall erkennt. Packer greift zur Spitzfeile, pikst, drückt sie in das Loch, schlägt zu.

Rauch steigt an beiden Enden der Drohne auf. Die Drohne färbt sich grün.

«Zieh dir das rein!» Packer ist aus dem Häuschen.

Winzige Wölkchen entweichen dem Inneren der Drohne, stoßweise, so als würde sie atmen. Es stinkt nach Kabelbrand, nur schärfer. Kalle steigen Tränen in die Augen. Blinzelnd sieht er, dass ein feiner Riss sich durch die Metallhülle zieht, er hört ein leises Zirpen, das schriller wird. Es ist sein Glück, dass er sich alarmiert abwendet, sich aus dem Campingstuhl hebt, während Packer die Augen nicht von der Drohne lassen kann.

Sie explodiert mit einem Knall, ihre Innereien spritzen durch die Luft. Als die Rauchwolke sich verzieht, sieht Kalle, dass Blut in einem Faden von Packers Hand tropft, dann auf den Campingtisch zu rinnen beginnt.

Nicht fassungslos, eher interessiert blickt Packer auf die klaffende Wunde. «Also doch mit Gas gefüllt.»

Kalle sammelt seine Socken vom Boden auf, knotet sie um Packers Daumengelenk. Das Blut an seinen Händen wischt er in den Stoff der Hose.

Packer hat Schrammen im aschfahlen Gesicht, Auge und Unterlippe sind geschwollen. Kalle besieht sich den Kopf des Freundes und beschließt: «Notaufnahme.»

Von fern und anschwellend hören sie das Tuckern von Rotorblättern. Der Hubschrauber, ein langes, flaches Flugobjekt, saust keine hundert Meter von ihnen entfernt durch die Luft. Er kommt schnell näher, hält knatternd direkt auf sie zu.

«Jetzt aber los», brüllt Kalle in den Lärm hinein.

«Mann, ich sag's dir.»

So schnell ihre nackten und geschundenen Füße sie tragen, verschwinden sie durch die nächstgelegene Tür ins Innere der *Nyx*. Einer die Hand des anderen und jeder für sich eine Handvoll mit Wrackteilen einer Observierungsdrohne haltend, erreichen sie die Notaufnahme. Eine rehäugige Ärztin mit einer beachtlichen Nase nimmt Packers Personalien auf, und endlich erinnert sich Kalle an das, was ihm ein paar Stunden zuvor partout nicht einfallen wollte.

«Also», beginnt er dort, wo der Waliser sich in der Kantine die rote Wange hält. «Die Nonne denkt: Abscheulich, der Mann aus Wales hat das Mädchen betatscht, dafür hat sie ihn geohrfeigt.

Die hübsche Krankenschwester denkt: Der Waliser wollte mich begrapschen, hat im Dunkeln aber die Nonne erwischt, und dafür hat sie ihm eine gepfeffert.

Der Waliser denkt: Hähä, bestimmt hat der Schwede eine der Frauen befingert, sie hat sich gewehrt und aus Versehen leider mich getroffen.

Der Schwede denkt: Hoffentlich fällt bald wieder das Licht aus, damit ich dem Waliser noch mal auf die Fresse hauen kann.»

## 16° 53' WESTLICHER LÄNGE; 32° 36' NÖRDLICHER BREITE

«Ist beim Jäten passiert. Ehrlich.»

Selten hat sie als Ärztin eine dreistere Lüge zu hören bekommen. Dennoch bedrängt Polly Sutter den barfüßigen Kauz mit seinem blutverschmierten Oberhemd nicht weiter, ihr zu verraten, wo er sich seine Verletzung zugezogen hat. Sie hat mit der Pinzette sechs Metallsplitter aus dem Fleisch von Daumen und Ballen gezogen, hat auch die Brandwunden an sämtlichen Fingerspitzen mit Salbe versorgt, sich dabei verkniffen, nach dem Unkraut zu fragen, das auf jätende Gärtner explosiv reagiert, mit pyrotechnischer Hitze. Ist es ihr Problem, wenn dieser rosahäutige Brite sich auf dem Gartendeck selbst verstümmelt? Nicht im Geringsten.

Sie übergibt ihren Patienten am Ausgang der Station an seinen Begleiter, einen nicht minder schrulligen Alten mit leuchtend blondem Haar und Klugscheißerbrille, auch er ohne Schuhe. Sie nimmt seine Entlassungsdaten auf, Kabinennummer 23432 auf Deck 22, unfassbar, die geheimnisvolle, faszinierende Welt der Zahlen. Sie wünscht baldige Genesung und sieht noch eine Weile gerührt dabei zu, wie sie abziehen, zwei wackelige ältere Herren – auf zu neuen Abenteuern!

Seit dem frühen Morgen versieht Polly ihren Dienst in der Notaufnahme. Kollegen sind erkrankt, der Wetterumschwung macht nicht nur den Senioren zu schaffen. Die Luft in den Wartesälen ist stickig, und sämtliche Stühle sind besetzt. Manche der Sitzenden sind eingenickt, die anderen stehen gedrängt vor den Behandlungszimmern und hoffen darauf, dass ihre Wartenummer aufgerufen wird. Doch mit Lappalien wie Bauchweh oder Kreislauf oder Ohrenentzündungen müssen sie hintenanstehen.

Ihre neue Patientin wird vom Rettungsassistenten auf einer Trage ins Zimmer geschoben. Dringlichkeitsnote 1, Lebensgefahr.

Sie wirkt schläfrig und reagiert kaum, als Polly sie anspricht. Nicht einmal ihren Namen kann sie sagen, so benommen ist sie. Noch immer trägt sie ihren absinthgrünen Badeanzug, der sehr schön zu ihren gleichmäßig ergrauten Haaren passt.

Sie haben die Frau aus einem der Jacuzzis gefischt. Dort hat sie laut Augenzeugen seit dem Sonnenaufgang gelegen, sich im warmen Wasser treiben lassen, ist dann plötzlich, gegen zehn Uhr, unter der Wasseroberfläche verschwunden.

Ihr Glück: Kein Mensch ist jemals allein in einem der Hot Tubs. Andere Badende ziehen sie aus dem Wasser, sie erbricht sich.

Aus dem Übergabeprotokoll der Ambulanz erfährt Polly: Keiko Satō, 87 Jahre alt, Japanerin, ehemalige Fremdsprachensekretärin aus Düsseldorf, nimmt Medikamente gegen Bluthochdruck sowie gegen hohe Blutfette. Nichts Dramatisches für ihr Alter.

Körpertemperatur erhöht: 38,6 Grad. Das sieht auf den ersten Blick nicht tragisch aus, nicht für jemanden, der sich stundenlang in heißem Wasser brühen lässt. Aber bei älteren Patienten steigt selbst bei schweren Infektionen die Temperatur kaum an. Polly wird nervös. Sie misst Atem- und Herzfrequenz sowie Blutdruck ihrer Patientin. Die Ergebnisse sind unauffällig. Bei der Bestimmung von Blutwerten und Infektparametern, bei EKG, Urinkontrolle und Röntgenbild des Brustkorbs ist Eile geboten. Als sie die Ergebnisse durchsieht, ist sie erleichtert. Der Frau ist zu helfen. Die Japanerin leidet unter einer Infektion der Harnwege. Außerdem ist die Menge der Körpersalze im Blut zu gering. Wie viele ihrer Patienten hat sie zu wenig getrunken, in Kombination mit der Entzündung und dem zu heißen Jacuzzi-Wasser hat das ihren Dämmerzustand ausgelöst.

Die nächsten Schritte sind Routine. Polly wird eine Infusion verordnen, um den Flüssigkeitsmangel auszugleichen, sowie ein Antibiotikum. Diese Nacht wird die Patientin auf der Station der Notaufnahme verbringen. Am Morgen, bei der Visite, wird sie wie ausgewechselt sein. Gegen Mittag wird Keiko Satō in ihr alltägliches Leben an Bord der *Nyx* entlassen werden und am Heiligabend eine japanische Weihnachtstorte anschneiden. Schon vor dem Jahreswechsel wird sie wieder in einem der Jacuzzis planschen.

Polly aber hilft der vor sich hin dämmernden Frau, sich auf die Seite zu legen, und bittet sie, ihren Mund zu öffnen. Die

Zunge vorzustrecken. Mit der Handlampe leuchtet sie tief in den Mund der Frau hinein. Der Muskelkörper liegt schlaff auf dem Boden der Mundhöhle, ein gelblicher Belag besiedelt die Spitze des Zungenrückens, blass gefärbt, es ist eine Pilzinfektion. Mit dem Spatel hebt Polly die Zunge an. Die Zunge wehrt sich, stößt den Spatel bockig zurück, hält dagegen. Die Zunge ist ein kräftiger Muskel, manchmal fühlt es sich an, als führe sie ein eigenes Leben.

Das Zungenbändchen sieht rötlich entzündet aus, aber das ist kein Grund zur Sorge. Polly lässt die Zunge zurückgleiten. Die Frau gibt ein Seufzen von sich, ihre Augen sind fest geschlossen.

Noch einmal drückt Polly ihre Zahnreihen auf, kräftig, entschieden, und leuchtet den hinteren Mundraum aus. Sie sieht, dass die am Zungengrund gelegenen Wallpapillen geschwollen sind und an ihren Spitzen eine violette Färbung angenommen haben.

Mit Zeigefinger und Daumen zieht sie die Zunge Stück um Stück hervor. Die Frau stöhnt protestierend auf. Nein, es ist kein Violett, das die oberen Pilzköpfe der Papillen färbt, Polly sieht es jetzt deutlich, es ist ein lichtes Blau, das den hinteren Zungenrücken marmoriert. Sie zieht weiter, bis sie das blinde Loch erkennt, jene Stelle, an der sich die Schleimdrüsen öffnen. Die dreieckige Vertiefung erstrahlt im Licht der Stablampe in einem leuchtenden Ultramarin.

Polly schrickt zurück, gibt die Zunge frei. Der Muskelkörper zuckt alarmiert auf und nieder, reckt sich zu allen Seiten, als suche er nach ihrer Hand, gleitet lauernd in den Mund von Keiko Satō zurück.

Vier Decks trennen die Notaufnahme von den Labors der Virologie, tausend schnelle Schritte, vorbei an schlecht beleuchteten Ladenzeilen mit Apotheken und billigen Parfümerien und den Geschäften für Seniorenwäsche. Während unsichtbare

Lautsprecher «Stille Nacht, heilige Nacht» blechern in alle hörenden Ohren aussenden, legt Polly sich Sätze zurecht, reiht Worte aneinander, die ihre Angst beschreiben und den Befund ihrer japanischen Patientin, die sie auf einer Rollbahre vor sich herschiebt wie einen Rammbock. Als sie jedoch vor der Empfangsloge der Abteilung für Medizinische Mikrobiologie, Virologie und Hygiene zum Halten kommt, ist es bloß ein einziges Wort, das sie in ihre Gesichtsmaske keuchend ausstößt: «Blau.»

Sie reißt sich die Maske vom Kopf, schreit es hinein in die kreisrunde Öffnung im Bleiglas der Loge: «Diese Frau hat eine blaue Zunge.»

Der Mann hinter der Scheibe sieht sie erschrocken an. Sein Mund öffnet sich zu einem O, doch sie hört keinen Laut.

«Bei uns haben wir keine Infektiologen, niemand ist als Tropenarzt qualifiziert.» Sie ruft es in das Loch der Trennscheibe hinein. «Ich brauche eure Hilfe!»

Der Mann wendet ihr den Rücken zu und verschwindet über eine Treppe, die ihn in ein tiefer gelegenes Deck führt. Er trägt einen Tarnfarben-Overall und um seine Mitte einen breiten Gürtel, an dem eine Waffe im Holster hängt.

Polly steht in einer kreisförmigen Halle, deren Decke zur Kuppel geformt ist, es fühlt sich an wie in einer Kathedrale. Die gläserne Röhre der Pförtnerloge in ihrer Mitte stört die strenge Architektur. Fünf grell ausgeleuchtete Stationsflure führen aus der Halle hinaus, fensterlos enden sie an breiten Aufzugtüren aus Stahl. Vor einer von ihnen hält eine Soldatin Wache. Polly schließt es aus ihrer steifen Art zu stehen, aus der grünen Uniform, aus dem Gewehr und der Atemmaske, die an Riemen von ihrer Schulter hängen.

Polly wendet sich der reglosen Japanerin zu. Mit geschlossenen Augen liegt sie unter der blütenweißen Bettdecke, die Haut ihres Gesichts hat den graugrünlichen Teint eines Reptils angenommen. Ihr Atem geht regelmäßig.

«Hörst du mich?», fragt Polly laut, weil sie sich näher nicht an die Patientin herantraut, an ihren halb geöffneten Mund mit den schmalen und blutleeren Lippen. Noch einmal ruft sie: «Kannst du mich hören?» Sie glaubt ein schwaches Echo ihrer Worte zu hören. Sie tritt mit dem Fuß auf, ein dumpfer Widerhall erklingt.

Die Luft riecht schwach nach Rosmarin, es ist kühl. Ein kalter Hauch zieht von oben über die verschwitzte Haut ihrer Stirn.

Die Labore der Virologie sind in einer fünfstöckigen Wabe untergebracht, die tief in den Eingeweiden des Schiffes hängt, zwischen Deck 8 und Deck 12, wo sie ihren einzigen Zugang hat. Polly erinnert sich an die Skizzen und Querschnittszeichnungen, die den Neuankömmlingen im Personalzentrum ausgehändigt werden, und auch daran, dass die wie ein Bienenstock aufgebaute Station völlig autark mit Wasser, Luft und Strom versorgt wird.

Sie hört Getrampel, das Quietschen schwerer Stiefel. Vom Ende eines der Stationsflure laufen drei Figuren in gelben, dick aufgeblasenen Schutzanzügen auf sie zu, Atemmasken verbergen ihre Gesichter. Es sind kräftige Männer. In einer eingespielten Choreographie lüften sie das Tuch über Pollys Patientin und heben die Japanerin in ihrem Badeanzug mühelos auf ihre Quarantänebahre. Noch während sich ein Zelt über Keiko Satō entfaltet und sie versiegelt, traben sie in Richtung Aufzug zurück.

Die Soldatin am Ende des Flurs hat ihre Stellung verändert. Sie sitzt jetzt, den Kopf leicht nach hinten gebeugt, und die Waffe ragt zwischen den hochgekrempelten Beinen ihrer Armeehose empor. Sie blickt kaum auf, als die Männer mit ihrer Patientin vorbeilaufen.

«Name und Dienstnummer? Ich brauche deine Personalien.» Das runde Gesicht des Pförtners lächelt sie seltsam verzerrt an. Das Glas, das ihn von ihr trennt, muss dick sein wie im Aquarium.

«Was geschieht mit ihr?», fragt Polly und reicht ihm ihren Dienstausweis. «Mit meiner Patientin?»

«Wir kümmern uns», entgegnet er barsch. «Ab jetzt ist sie unsere Patientin.» Er scannt ihre Personaldaten ein, nickt ihr demonstrativ zum Abschied zu, sie aber fragt, so beiläufig wie möglich: «Hat Mai heute Dienst?»

«Mai?» Misstrauisch blickt er sie an.

«Ja. Mai. Ich muss mit ihr sprechen. Sie hat zwei Patienten von mir übernommen.»

«Zwei Patienten?»

«Milan Vladetic. Reima Virtanen.» Es ist ein Schuss ins Blaue, aber wie soll sie sonst weiterkommen? Sie spürt, dass ihre Ohren glühen, verkneift es sich aber, mit den Fingern nachzufühlen.

Endlich beugt sich der Mann über eine Sprechanlage. Sie kann ihn nicht hören, aber sein Mund bewegt sich.

Sie hält es nicht länger aus, stillzustehen und zu warten. Sie geht vor der Pförtnerloge auf und ab, ein paar Schritte nur, sie will nicht die Aufmerksamkeit der Soldatin wecken. Sie schickt einen Vermessungsstrahl an die Decke, bereut es aber sofort. Die fehlenden Ecken der Halle und die konkaven Wölbungen ihrer Wände bereiten komplexe Probleme. Dennoch hört sie erst auf, als ihr chaotisch umherirrender Strahl auf einen Stoß gefalteter Papierbögen zu ihren Füßen trifft. Sofort hebt sie ihn auf und entfaltet eines der hauchdünnen Blätter. Es ist bloß ein Bestellformular für labortechnisches Material, wie sie selbst es am Ende jeder Arbeitswoche ausfüllt. Sie zerknüllt den Zettel und steckt ihn in die Tasche ihres Kittels.

Als junge Ärztin hat sie auf der deutschen Ostseeinsel Riems zwei Monate lang in den Laboren eines Instituts für Virusdiagnostik gearbeitet. Sie waren in uralten Backsteinbauten und Zwanziger-Jahre-Villen untergebracht, und bei Regenwetter drang Stallgeruch aus den Gullydeckeln im Hof. Ab und an sah sie Rinder durch ihre Außengehege springen, Wildschweine grunzten neugierig hinter Gitterstäben, wenn sie ihnen zu nahe kam. Die gesamte Anlage war mit meterhohen Stacheldrahtzäunen geschützt, Wachmannschaften gingen Patrouille.

Etliche ihrer Praktikumstage verbrachte sie in den unterirdischen Hochsicherheitslaboren, in denen Impfstoffe getestet und Tierseuchenerreger untersucht wurden, die auch für den Menschen gefährlich werden können. Ihre Aufgabe war es, Viren mit Hilfe von Hamsterzellen zu vermehren, Blutproben auf Tollwut, auf Akabane-Viren oder Schmallenberg zu untersuchen, lauter Routinearbeiten, die aber ihre Konzentration forderten und sie nachts von Laborbänken, Pipetten und Reagenzien träumen ließen.

Sie erinnert sich an das in der Nase brennende Wasser aus den Hygieneduschen, an die Formalinbäder und den Dampf aus den Gefrierschränken, an denen Postkarten aus aller Welt hingen, meist mit Bildern von Schafen und Kühen.

Gegen Ende ihres Praktikums wurde sie durch ein Versehen ihres Schichtführers dem Hochsicherheitsstall der höchsten Sicherheitsstufe L4 zugewiesen. Sie betrat einen kastenförmigen, fensterlosen Betonklotz am Rande des Institutsgeländes. In seinem Inneren steckte ein weiterer Klotz, in dem zwei infizierte Frischlinge auf einer Gummimatte standen. Ihre Aufgabe war es, die Tiere durch eine Wand aus Sicherheitsglas zu beobachten und jede noch so kleine Änderung in ihrem Verhalten zu notieren. Sie steckte in einem biologischen Schutzanzug, an dem Luftschläuche und Gummihandschuhe schlenkerten. Sobald sie zu schnell atmete, beschlug das Sichtfenster ihres Helms. Sie war allein. Vier Stunden lang geschah wenig. Ab und an torkelte eines der Wildschweine mit glasigen Augen auf das andere zu, manchmal quiekte eines der Tiere. Sie fraßen nicht, tranken nicht, sie ließen kein Wasser. Sie schienen geduldig auf irgendetwas zu warten.

Erleichtert trat sie am Ende ihrer Schicht in die Desinfektionskammer. Abgeschottet vom Rest der Welt, in T-Shirt und Unterhose der Einheitsunterwäsche, die viel zu groß für sie waren, stand sie barfuß in einem flackernden Bogen aus ultraviolettem Licht und fühlte sich wie ein Kind, das einen großen Schritt in die Welt der Erwachsenen getan hat. Bevor sie in die Schleuse zum Vorraum trat, blickte sie noch einmal zu den Tieren zurück. In diesem Moment platzten dem einen Frischling die Innereien in einem Schwall aus dem Körper, sein Hinterteil schien sich in einer Suppe aus Blut und Gedärmen aufzulösen, ein kräftiges Plätschern drang durch die Lautsprecher. Sie schwor sich, nie wieder einen Fuß in ein Seucheninstitut zu setzen.

Jahre später las sie in einer Fachzeitschrift davon, dass militante Tierschützer das abgesperrte Gelände gestürmt hatten. Es war zu einem Zwischenfall mit hochpathogenen Erregern gekommen, das Seucheninstitut wurde geschlossen und die Labors von der Ostseeinsel in das schottische Hochland verlegt.

Die Aufzugtüren am Ende des einen Korridors öffnen sich. Eine Frau im weißen Kittel und in Gummistiefeln kommt auf Polly zu. Sie trägt ein Häubchen und zieht einen Laborwagen hinter sich her. Es ist Charanya Suraswadi, die da auf sie zukommt.

«Was machst du denn hier?», fragt Polly erstaunt.

Suraswadi sieht sie erschrocken an. Sie wirkt zierlicher als sonst, wie ein Mädchen. Die Schnittwunde auf ihrem Nasenrücken sieht entzündet aus. «Ich habe überall Dienst. Weißt du doch. Über Weihnachten arbeite ich in der Virologie.»

Polly erzählt aufgeregt von der Japanerin Keiko Satō, von ihrer Dehydrierung und den verfärbten Wallpapillen, und sie fragt: «Worauf deutet das, eine blaue Zunge?»

Suraswadi sieht sie schweigend an. Sie beginnt, Kehlkopfspiegel, Tuben und Zangen für die Intubation auf ihrem Rollwagen hin- und herzuschieben. «Die Frau ist hier gut aufgehoben.

Wir kümmern uns», sagt sie schließlich. Dann wendet sie sich dem Mann an der Rezeption zu. «Wer wollte mich sprechen?»

Er zeigt auf Polly. «Deine Kollegin hier.»

Suraswadi und Polly sehen einander erstaunt an. Polly spricht als Erste: «Du bist Mai?»

«Viele Leute nennen mich so. Einer meiner mittleren Namen ist Myat.»

«Das wusste ich nicht.»

«Ich habe dir gesagt, wie ich heiße. An deinem ersten Tag an Bord.»

«Stimmt», sagt Polly nach einer unbehaglichen Pause. Dann: «Du bist es, die Reima Virtanen behandelt hat.»

Die Miene Suraswadis verrät keine Emotion. Sie ruckelt an dem Häubchen auf ihrem Kopf.

«Er hat an Impfreihen teilgenommen. Auf dieser Station. Bei dir.» Wut steigt in Polly auf. Ihre Stimme ist jetzt laut, fordernd.

«Vielleicht. Sein Name sagt mir was.»

«Er war in dich verliebt. Er wollte seine Frau für dich verlassen. Du musst ihn kennen.» Aus dem Augenwinkel sieht Polly, dass die Soldatin ihren Wachposten verlassen hat, auf dem Weg zu ihnen ist.

«Er mag mein Patient gewesen sein. Vermutlich war er krank, und ich habe ihn behandelt. Für das Liebesleben meiner Patienten bin ich nicht verantwortlich.» Ihre Stimme klingt spöttisch. «Jetzt hör mir mal zu. Unser Schiff ist auf allen Weltmeeren unterwegs. Ab und an kreuzen wir durch die Tropen. Ein Neunzigjähriger, der vor den Küsten Guayanas einen kleinen Decksspaziergang macht, ist Hunderten fremder Krankheitserreger ausgesetzt. Wir impfen früh und viel hier an Bord, alles andere wäre fahrlässig.»

«Auch Milan Vladetic war Teilnehmer eures Impfprogramms, oder?»

«Dein Badewannenmann?»

In ihren Blicken liest Polly die Scham, bei einer Lüge ertappt zu werden. «Er starb mit einer blauen Zunge. Ich habe es dir erzählt.»

«Oh, ja. Häufig genug. Du hast über nichts anderes mehr reden können.»

«Ja. Und er ist nicht der Einzige mit einer blauen Zunge. Wie ansteckend ist die Japanerin?»

«Ich muss jetzt gehen.» Hastig schiebt Suraswadi ihren Rollwagen an und marschiert davon. «Ich werde gebraucht.»

«Mit wem hatte sie Kontakt in den letzten Tagen?» Polly läuft ihr hinterher, wedelt mit den Armen. «Wer lag mit ihr im Jacuzzi?»

Wie von unsichtbarer Hand öffnet sich eine Tür vor Charanya Suraswadi.

«Ihr müsst euch doch kümmern!» Polly bekommt noch ihren Rücken zu sehen und Wände voller Monitore. Die Tür schließt sich.

Ihr lautes Rufen hat das Interesse der Soldatin geweckt. Sie kommt ihr entgegen und baut sich vor Polly auf.

Krauses rotes Haar quillt unter ihrer Mütze hervor, und sofort fallen Polly die drei Barbiepuppen ein, mit denen sie als Kind spielen durfte. Die eine mit den feuerroten Haaren, die bei ihren Freundinnen als minderwertige Barbie galt, die immer die Böse sein musste: die Frau, die überheblich war zu ihrem Mann und gemein zu ihren Kindern.

Sie fragt sich, ob es ein Zufall ist, dass sie dieser rothaarigen Soldatin in ihrer grünen Armeeuniform vor ein paar Tagen schon einmal im Halbdunkel eines Kirchenraumes begegnet ist. Da lag sie bäuchlings auf einer Holzbank vor dem Altar der Church of the Bleeding Heart und machte sich dann auf Jesuslatschen erschrocken davon.

«Auf Schicht war ich, wo sonst? Hab Windelcontainer übers Deck geschoben. Wurde selber in einen hineingeprügelt. Und nein, ich bin nicht am Verschwinden Reima Virtanens schuld. Wie oft wollt ihr mich noch fragen?»

Es ist warm und feucht in dem fensterlosen Verhörzimmer, es riecht nach abgestandener Luft und dem Chlor von Putzmitteln, und Rafael van Gouten ist dabei, die Angst niederzuringen, die ihn seit dem Erwachen plagt. Er hat den beiden Polizistinnen, die ihm gegenübersitzen, bereitwillig von seiner Nacht auf Deck 75 erzählt, von platzenden Windeln und der gewalttätigen Maschine, die, bei nüchterner Betrachtung aller Tatsachen, seinen Arbeitskollegen Virtanen im Trashblaster versenkt hat, wo soll er denn sonst stecken!

«Was werft ihr mir vor?», hat er schlaftrunken gestammelt, als sie in Saïdas Kabine standen, um ihn aus dem Bett zu holen. Er ist willfährig in seine Kleider gesprungen, hat seinen über Nacht erschlafften Irokesenkamm mit steifen Fingern aufgebürstet und sich wie ein Schaf zur Schlachtung auf Deck 50 führen lassen. Als die fensterlosen, wurstförmigen Gebäude der Security und der Polizei in Sicht kamen, ein nebliger Morgen graute, schlug seine Angst für Momente in Hysterie um. Ein vielstimmiger Kanon säuselte durch seinen Kopf: Gebt mir noch eine Chance, lasst mich gehen, den geringsten aller Sünder, bitte, bitte, lasst Gnade walten, foltert mich nicht, oh, wie peinlich, dass ich meine Mickey-Mouse-Unterhose trage, und wie haben sie mich unter den Daunendecken meiner marokkanischen Geliebten aufspüren können?

«Wir haben dir eine Vorladung geschickt. Du hast den Termin verstreichen lassen. Warum?»

«Bin krankgeschrieben.» Er reckt seinen verbundenen Arm

in die Höhe, es ist eine steife Bewegung, die um ein Haar zum Hitlergruß gerät. «Ihr wisst, weshalb.» Das Kantinendesaster, sein blutiger Kampf mit dem Sensenmann, scheint sie nicht zu interessieren.

«Du hast das Verschwinden deines Kollegen nicht gemeldet. Wieso?»

«Bei der Vermisstenstelle hab ich angerufen.»

«Dort wurde kein Telefonat aufgezeichnet.»

«Ich hab vorher aufgelegt.»

«Warum hast du aufgelegt?»

«Schon wieder? Wär doch sinnlos gewesen.»

«So kommen wir hier nicht weiter.»

Die Stimme der Frau, die ihm gegenübersitzt, ist tief wie die eines Mannes. Sie überragt ihn um Haupteslänge und strahlt eine wachsame Autorität aus. Sie hat herabhängende Lider und rasierte Augenbrauen. Alles in allem sieht sie auf eine außerirdische Weise sexy aus, wie ein Wesen von weit, weit her.

«Du bist ins Kontrollzentrum marschiert und hast dir Überwachungsfilme vorführen lassen. Wonach suchst du?»

«Ich versuche zu verstehen, was mit Virtanen passiert ist.»

«Du und dein Kollege, ihr habt dort oben Hand in Hand gearbeitet. Da muss doch der eine mitkriegen, was dem anderen geschieht.»

«Wart ihr schon mal auf Deck 75? Mitten in der Nacht, im Schneesturm? Man sieht keine fünf Meter weit.»

Sie nickt. «Du behauptest, die Aufzeichnungen der Kameras seien gefälscht?»

«Natürlich. Seht sie euch doch an.»

«Haben wir. Die Filme taugen nicht für eine Identifizierung.»

«Sag ich doch.» Er versucht ein Lächeln, aber der Brückenschlag funktioniert nicht. «Sie zeigen einen falschen Virtanen. Einen Geist.»

Zwischen mir und den beiden steht kein Tisch, denkt Rafael.

Und in der Mitte auf dem Boden nur eine Kamera mit Mikrophon, das sich in meine Richtung reckt wie der Fühler eines misstrauischen Insekts. Das machen sie, um meine Stimme zu analysieren, meine Körpertemperatur zu messen und meine Pupillen zu beobachten, meine nach außen gestülpten Gefühle. Ich kenne eure Tricks. Ihr habt mich auf einen Drehstuhl gesetzt, und ich werde darauf achten, nicht mit Drehen oder Wackeln anzufangen oder in der Nase zu bohren. Ich bin auf der Hut. Und ich glaube, ihr wisst mehr über Virtanens Schicksal, als eure dämlichen Fragen mir weismachen sollen.

«Warum sucht ihr erst jetzt nach Virtanen?» Er versucht, kämpferisch zu klingen.

«Seine Frau hat sich gemeldet. Seit Jahren schickt er zweimal pro Woche Videobotschaften an seine Tochter, verlässlich, pünktlich. Die letzte traf vor vierzehn Tagen in Rovaniemi ein.»

«Ist das etwa meine Schuld, Frau Wachtmeisterin? Also: Werde ich als Gefangener verhört? Oder bin ich ein freiwilliger Gast?»

«Niemand beschuldigt dich. Wir haben keinen Haftbefehl. Nur ein paar Fragen.»

«Und ich hab Hunger», sagt er.

Die Riesin verlässt das Verhörzimmer. Durch die offenstehende Tür kann er auf eine Wand voller Regale mit Rechnermodulen blicken, vor der kleine, quadratische Roboter scheinbar wahllos Speicherzellen und Festplatten hin und her fahren. «Was machen die?», fragt er die andere Polizistin. Sie ist jünger, trägt eine schwarze Krawatte über dem blauen Hemd und zu viel Rouge auf ihren Wangen.

«Sie sortieren. Verpacken. Misten aus.» Beim Sprechen legt sie den Kopf leicht zur Seite und nickt.

«Und was?»

«Daten.»

«Daten?»

«Ja. Alte Daten, neue Daten. Unser aller Daten.»

Es fällt ihm schwer, der Frau in die Augen zu sehen. Ein Zucken hält ihr Gesicht auf Trab. Sein Epizentrum liegt unterhalb des linken Auges, ruckartig wandern seine Ausläufer über ihre Wange. Sie tigert durchs Zimmer. Lehnt sich mal gegen die Wand, geht mal in die Hocke. Die ganze Person ist von irritierender Rastlosigkeit. Er fragt: «Welche Rechtsprechung gilt hier eigentlich?»

«Unsere.»

«Ach ja? Wir liegen hier vor der Küste Madeiras.»

«Irrtum. Um drei Uhr früh haben wir Anker gelichtet. Wir sind ex-ter-ri-to-ri-al.» Sie betont jede Silbe einzeln.

«Was soll das bedeuten?»

«Wir schwimmen in unseren eigenen Hoheitsgewässern. Wir sind unser eigener Staat. Wir halten westsüdwestlichen Kurs. Madeira liegt vierzig Seemeilen hinter uns.»

«Ihr macht es euch ziemlich leicht, was?»

Er sieht, dass sie unter ihrem Rouge errötet. Er fragt weiter: «Wie habt ihr mich gefunden?»

«Die Überwachungssysteme freuen sich über jede komische Frisur an Bord.» Sie zeigt mit dem Finger auf seinen Irokesenkamm. «Leute wie du sind kinderleicht zu orten.»

Die Riesin kehrt mit Erdnussbuttertoast zurück.

Sobald er zubeißt, übernimmt sie wieder das Verhör. «Der einundzwanzigste Dezember. Wie und wo hast du den Abend verbracht?»

«Solche Fragen kenne ich nur aus Filmen.» Er fühlt sich überrumpelt. Er muss nachdenken. Er hat sich von Saïda anhören müssen, dass sie ein Kind von ihm wolle. Er hat sie bis zur Psychiatrie des Klinikums begleitet. Sie hat ihn küssen wollen, er hat sie abblitzen lassen. In den Stahltrossen einer Lastenbrücke lauerte ihm ein Roboter auf, ein Monster, was auch immer. Er rannte davon, lief durch einen Tunnel bis in die Kabine seiner

Ärztin hinein. Stoff für eine tolle Fernsehserie, aber er ist auf der Hut, und niemand, wirklich niemand, wird aus ihm herausquetschen, dass er die Nacht bei seiner Lieblingsärztin verbracht hat. Auf dem Kabinenboden zwar nur, aber ein Anfang ist vielleicht gemacht? Am Toast kauend, sagt er: «Was weiß denn ich.»

«Du solltest dich besser anstrengen.»

«Ich lag in meinem Bett. Wie gesagt, ich war krankgeschrieben.»

Sie beugt sich vor, sie spricht leise: «Trotzdem bist du um zweiundzwanzig Uhr sechzehn in den Versorgungstunnel gestiegen?»

Vielleicht glaubt sie, man lüftet ein Geheimnis leichter, wenn man flüstert, überlegt er und erwidert, noch leiser flüsternd: «Ich hatte Werkzeug dort vergessen.» Er ist überrascht, wie leicht ihm diese Lüge über die Lippen kommt. Ihre nächsten Sätze ersticken seinen aufkeimenden Stolz.

«Du hast den Tunnel wochenlang nicht betreten. Wir wissen das.»

Diese Frau ist eine Streitaxt, denkt er und bohrt zwischen seinen Zahnhälsen nach Erdnusskrümeln. Die kahlen Wände des Verhörzimmers bieten keinen Fluchtpunkt für seine Augen, nichts, kein Fahndungsplakat hängt dort, kein Memo-Blatt, das er jetzt mal interessiert anstarren könnte.

«Muss das hier sein?», fragt er mutlos. «Es ist Heiligabend. In ein paar Stunden wollen wir alle feiern.»

Die Lippen der Riesin werden schmal. «Wir ja. Du eher nicht.»

Er lehnt sich zurück, kreuzt die Arme vor der Brust. «Okay. Ich wurde angegriffen. Kurz hinterm Golfplatz. Von einem Roboter.»

Sie geht vor ihm in die Hocke, seufzt theatralisch. «Phantastisch. Sobald du nicht weiterweißt, muss eine Blechkiste einspringen.»

Er nickt. Und spürt, dass sich ein Grienen auf seinem Gesicht ausbreitet. Inmitten größter Verunsicherung leben seine Lachmuskeln auf, urplötzlich führen sie ihr Eigenleben, schon als Kind überkam ihn ein Grinsen, wo es zu grinsen nichts gab.

Mit einem völlig deplatzierten Schmunzeln im Gesicht antwortet er: «Ihr wollt mir nicht glauben, weil es unangenehme Fragen aufwirft.»

Wie auf Kommando verlassen beide Frauen den Raum. Er rechnet mit dem Schlimmsten, mit Handschellen und Arrest, doch sie kehren mit Bleistift, Papier und Klemmbrett zurück. Die Kleine fragt: «Wie sieht er denn aus, dein Roboter?»

Einen Monsterhummer hat er in seinem Leben noch nicht malen müssen, zeichnerisch ist er völlig unbegabt, dennoch gerät ihm die Körpermitte auf Anhieb recht gut, sogar die Greifarme sind als solche erkennbar. Er ist unsicher, an welcher Stelle des Rumpfes er die drei Beinpaare, oder sind es doch vier, ansetzen soll, zu schnell wird aus der Kampfmaschine eine fette Vogelspinne; ihr grünblaues Schimmern ersetzt er durch Schraffierungen; ohne ein Radiergummi wird aus dem Kopf nur ein verwischter Klumpen, zu häufig muss er die Stellung der vielen schwarzen Augen korrigieren, den Sitz des Halses. Seine Erinnerungen an die Begegnungen mit diesem Unwesen unscharf, brüchig im Detail vom Genuss leichter Drogen.

«Ich bin kein Dürer», sagt er halbwegs zufrieden, als er den Frauen seine Zeichnung reicht.

«Sieht aus wie eine Comic-Figur, oder?», fragt die Kleine. «Ist ja drollig.» Ein mittelstarkes Beben durchschüttelt ihre linke Gesichtshälfte.

«Was man nicht sieht: Das Ding kann leuchten», sagt er verunsichert. «Es kreiselt um seine Mitte.»

«Was sind das für Arme?» Die Riesin wirft ihm einen überraschten Blick zu.

«Einige davon sehen aus wie Metallschlangen. Andere wie die Arme eines Menschen. Nur länger. Kräftiger.»

«Dann mal los.» Das Alt ihrer Stimme rutscht eine Oktave tiefer, ihre Worte klingen wie aus einer Gruft: «Wir wollen dir etwas zeigen.»

Kein Mensch ist in der Polizeiwache zu sehen, die Korridore sind wie leergefegt. Im Entree hängen Gemälde an den Wänden, alle stecken sie in billigen Rahmen, doch Rafael glaubt, Werke von Chagall zu erkennen, von Baselitz und Bacon. «Was für Schätze habt ihr hier hängen?», fragt er, nicht weil er sonderlich kunstinteressiert ist, sondern weil ihn das Schweigen seiner Begleiterinnen bedrückt.

«Sind alle unecht.» Die Kleine lächelt ihn vielsagend an. «Wir haben sie einem Fälscher abgenommen.»

Er fragt nicht weiter nach.

Beide Frauen gehen dicht hinter ihm. Sie haben sich Waffengürtel umgeschnallt und ihre Uniformmütze aufgesetzt. Sobald sie sich einer der größeren Kreuzungen nähern, legen sich die Finger der Riesin wie ein Schraubstock um seine Schulter, um ihm den Weg zu weisen oder ihm klarzumachen, dass es vergeblich wäre, zu türmen. So dirigieren sie ihn durch die nach Kohl und morschen Klimaanlagen stinkenden Gänge der unteren Wohndecks. Minutenlang kommt ihnen niemand entgegen, und kurz stellt er sich vor, die *Nyx* sei während seines Verhörs evakuiert worden.

Als ihr Weg sie durch das Reha-Deck führt, stoßen sie auf eine Handvoll keuchender Männer in kurzen weißen Hosen, die an Schnüren entlangtrotten. Auf Gruppen weißhaariger Patientinnen, die auf Hockern im Kreis sitzen und sich Gymnastikbälle zuwerfen. Vor den Verwaltungsbüros des Caterings recken vier Frauen Plakate mit Fotos von Katzen empor und ein Banner, auf dem das Recht auf die Haltung von Haustieren gefordert wird. Und alle, ausnahmslos alle, die ihnen begegnen, gaffen ihn sensationslüstern an.

Rafael fühlt sich wie ein Verbrecher auf dem Weg in die Zelle. Es ist beschämend, erniedrigend, und mit etwas Pech wird es gleich auch schmerzhaft werden. Er fürchtet, sie könnten in einen der kleinen Korridore abbiegen, ihn vor sich hertreiben und ihn in einer fernen Zelle verschwinden lassen, versteckt im Gedärm der *Nyx*, und niemand wird es bemerken, niemand ihn vermissen, weder Polly noch Saïda, doch da betreten sie einen Expresslift, der sie so schnell über fünfzig Stockwerke auf Deck 75 katapultiert, dass sich auf halber Strecke bereits seine Gehörgänge verschließen.

Gedämpft, verzerrt von einem Knistern in den Ohren hört Rafael die klackenden Stiefeltritte seiner Eskorte und ein rhythmisches metallisches Wummern, das der Wind von den weit entfernten Landungsbrücken herüberträgt.

Aus dieser Richtung kommend, hat er das Deck noch nie betreten, schnell aber erkennt er die alarmgelben Spitzen der Verladekräne wieder, die den Rangierbahnhof umstehen. Hier hat er unzählige der graublauen Müllcontainer verschoben, hat in seiner letzten Nachtschicht einen von ihnen entgleisen lassen, dann die Signallampe Virtanens über Bord gekickt, ein letzter Gruß an den Kollegen.

Sie betreten das umzäunte Gelände durch ein Gittertor, folgen den Schienensträngen und nähern sich dem Trashblaster, der mitten am Tag auf Standby ist, dessen riesige Schütten verschlossen sind. Ohne Zögern, ohne Worte lassen sie die Rampe zum Brennofen hinter sich und biegen in einen schmalen Transportgang, der zu den im Halbkreis angeordneten Schuppen der Gabelstapler führt.

Als sie zwischen Containerwänden aus der letzten Kurve kommen, sieht er das Absperrband der Polizei. Es wurde vor einem der Garagentore aufgespannt und flattert knatternd im Wind.

Ein dumpfer Schmerz rollt durch seinen Magen. Er kennt dieses weiß-blaue Plastikband, er weiß, dass es mit Tatorten und schlimmen Nachrichten zu tun hat, vielleicht mit einer Selbstmörderin, die sich zwischen Fangnetzen stranguliert hat. Oder dem Kältetod eines Verwirrten, der nicht in seine Kabine zurückfand und über Nacht erfroren ist. Sofort stellt er sich auch den toten Virtanen vor, seinen leichenstarren Körper, die von Seevögeln ausgehackten Augenhöhlen, den Gestank faulenden Fleisches.

«Ich will's nicht sehen.» Abrupt bleibt er stehen.

Die Riesin prallt gegen seinen Rücken, schiebt ihn voran wie ein Bagger den Bauschutt. «Was willst du nicht sehen?»

«Wenn ihr mir jetzt Virtanen präsentieren wollt, das könnt ihr euch schenken. Ich geh nicht mit.» Wütend dreht er sich um, blickt aber nur in die entschlossenen Mienen seiner Begleiterinnen.

«Reiß dich zusammen.» Wieder krallt sich die Hand der Riesin in seine Schulter.

Rafael zupft nervös am Absperrband, während er betrachtet, was am Boden vor ihm liegt, doch es gelingt ihm nicht, eine Ordnung in dem Wirrwarr aus zerfetzten Metallteilen zu erkennen. «Ein Haufen verkohltes Blech», sagt er angewidert. «Ja, und?»

«Das da ist kein Blech», entgegnet die Riesin. «Sondern eine Legierung aus Niob und Titan. Das da ist einer unserer Kampfroboter.»

«Das *war* einer eurer Kampfroboter.» Er verbessert sie, ohne seine Schadenfreude zu unterdrücken.

«Und irgendetwas hat ihn zerstückelt.»

«Ich war's nicht. Ihr könnt mir nicht alles anhängen.»

Die Frauen führen ihn ein Stück in Richtung der Container,

die er vor ein paar Tagen auf der Suche nach einer Kamera bestiegen hat. Auch hier ist ein Areal des Decks abgesperrt worden, auch hier liegen Teile in kleinen Häufchen herum.

Ja, dies könnte ein Arm gewesen sein, denkt er beim Anblick eines verbeulten Gestänges, das von drei rötlich gefärbten Kugelgelenken zusammengehalten wird, der lange Arm eines stählernen Insekts vielleicht, eine Konstruktion aus dem Reich der Gliederfüßer. Aber ist es auch das Original zu seiner laienhaften Bleistiftzeichnung?

Interessiert beugt er sich über das Flatterband, wendet sich aber sogleich angeekelt ab. Fleischfetzen und Haut haben sich an manchen Stellen vom Metall gelöst, an anderen scheinen sie mit dem Metall zu verschmelzen.

«Fass ruhig mal an, es beißt nicht.» Seltsamerweise hat die herrische Stimme der Riesin inzwischen eine beruhigende Wirkung auf ihn. Er traut sich. Drückt den Daumen zaghaft gegen das kalte, blutleere Gewebe. Es fühlt sich sonderbar elastisch an, lederartig; die Hautlappen sind mit einem Flaum aus gläsernem Haar bewachsen, der sich widerborstig aufstellt, sobald seine Fingerspitzen ihn berühren.

«Was ist das?», fragt er.

«Weiß der Teufel. Menschenfleisch ist es nicht.»

## 20° 3' WESTLICHER LÄNGE; 32° 31' NÖRDLICHER BREITE

*Sie tranken jeder eine Flasche Bier im ewigen Schatten einer Autobahnunterführung und teilten sich eine kleine Flasche Schnaps. Kalle spürte die Kälte in der Luft, sie roch nach Kohlenrauch. Ture schlug vor, seinen Bruder im Royal zu besuchen, wo er als Kistenjunge arbeitete. Er musste die Getränkekisten über eine steile Holztreppe vom Keller in den Ausschank schleppen und Flaschen und Gläser von den Tischen abräumen. Das Royal war die nobelste Hotelbar der Stadt. Es war ein Ort, den am Wochenende auch berühmte Leute aus Stockholm besuchten, wenn sie den Klatschreportern der Hauptstadt entkommen wollten.*

*Tures Bruder stand am Rande des Tresens. Er war umringt von drei Serviererinnen. Sie sprachen darüber, wie es wäre, wenn die Welt von Frauen regiert würde, ja, um wie vieles besser sie wäre, ohne diese kriegslustigen, saufenden, immerzu ans Ficken denkenden Männer. Ture fragte: Aber fürs Kistenschleppen sind sie gut genug, was? Alle lachten.*

*Kalle wusste nicht, wie er sich an dem Gespräch beteiligen sollte, und lauschte der Musik. Eine kleine Kapelle spielte Schlager aus den Fünfzigern. Eine der Serviererinnen fluchte über einen Gast, der sie angestoßen und ihre Bluse mit Bier getränkt hatte. Sie hatte ein schmales Gesicht, ihr dichtes kastanienbraunes Haar trug sie zu einem Pony geschnitten. Ihre Bewegungen waren flink und nervös. Sie schwenkte eine verschrammte Kellnerbörse vor ihrer Brust. Wenn sie schimpfte, tauchten kleine Grübchen an den Seiten ihres Mundes auf. Wenn sie lachte, auch. Plötzlich trat sie einen Schritt zurück und rempelte ihn an. Pardon!, rief sie aus. Ich habe dich nicht gesehen! Sie sah ihm in die Augen. Verwirrt schaute er weg. In seinem Bauch spürte er das Flügelschlagen eines zu großen Tieres.*

*Ihm war längst übel, vom Bier und vom Schnaps, vom schweren Qualm der Zigaretten und von den Salmiakpastillen, an denen er hektisch lutschte. Aber auch von all dem Mut, den er aus den letzten Winkeln seines Körpers hervorkratzte, als er sie ansprach: Hej, heute habe ich Geburtstag. Heute.*

*Ihre Augen strahlten eine rotzige Unerschrockenheit aus, als*

*sie sagte: Schließ die Augen eine Minute lang. Und wünsch dir was!*
*Als Kalle seine Augen wieder öffnete, stand sie mit einer kleinen Kerze in der Hand vor ihm. Die Kerze war rot und halb abgebrannt, ein kleines Feuer zuckte an einem zu kurzen Docht.*
*Was machst du so?, fragte sie.*
*Ich arbeite in einer Baumschule in Österlen. Stutzen, kappen, schneiden, pfropfen, okulieren.*
*Sie nickte ernst und sagte: Ich zeig dir was. Sie strich mit den Fingern leicht über seinen Handrücken. Sie griff nach seinem Arm und zog ihn aus der Gruppe heraus. Gemeinsam verließen sie den Gastraum durch eine Schiebetür, gingen durch schwach beleuchtete Flure und traten über eine hölzerne Stiege in den Garten. Schnee lag auf Zweigen und auf Zäunen. Über Baumwipfeln sah er Rauch aus den Schornsteinen und die weißen Flecken der Dächer. Sie gingen an einer Ziegelmauer entlang, bis sie zu einem Palmenhaus kamen. Sie öffnete die Tür mit einem Schlüssel, der an einem viel zu langen Lederband um ihren Hals hing, und zog ihn hinein. Die schwüle Treibhausluft ließ ihn augenblicklich schwindeln. Kalle stützte sich an ein Holzgestell, zwischen dessen Streben ein blattloser Olivenbaum überwinterte. Spinnweben glitzerten im kahlen Geäst.*
*Wann hast du Geburtstag?, fragte er.*
*Ist noch lange hin, sagte sie und küsste ihn auf den Mund.*

Gar nicht übel für einen ersten Wurf, denkt Rosanna Gardella, als sie den Bahnhof von Mariinsk mit Misstrauen betritt. Kalles Wunsch ist mir Befehl. Eine eigene Geschichte will er haben, ich werde sie ihm schreiben.

Wartehalle und Gleisbett sind für die Weihnachtsfeier mit Lampions und Lichterketten geschmückt worden, die zwischen Signallampen in der Luft hängen; quer über die Gleise wurde ein riesiger blinkender Weihnachtsstern gespannt. Doch Rosanna lässt sich von der weihnachtlichen Stimmung nicht einfangen. Zu lebhaft sind ihre Erinnerungen an die vielfüßige Kreatur, die im Wetterleuchten die Bahnhofswände emporjagte.

Die Gleistafel, unter der Melinda Buzek auf einer Bank sitzt, zeigt die Ankunft des Intercity von Tampere nach Turku an. Melinda trägt eine Ballonmütze und knetet ein Handtäschchen in ihrem Schoß. Sie starrt regungslos auf den gegenüberliegenden Bahnsteig, wo ein Handwerker damit beschäftigt ist, Risse in den Stützpfeilern der Halle zu stopfen.

Bevor Rosanna sich zu Melinda gesellt, inspiziert sie die nähere Umgebung. Sie will nicht wieder ein Ungeheuer zum Leben erwecken. Immerhin ist der Schrotthaufen von der Bank in Richtung einer Litfaßsäule gewandert, auf der vergilbte Plakate für Schuppenshampoo werben. Dafür scheint er an Größe gewonnen zu haben und um Kochtöpfe, Badewannen, Abflussrohre, Bügeleisen angewachsen zu sein. Es gilt, wachsam zu sein und mit allem zu rechnen.

Melinda ist nicht vollständig erholt, in Momenten der Verwirrung brabbelt sie von Spinnen und Tausendfüßern, die ihren Weg kreuzen. Laut Stationsarzt ist sie nicht die einzige Patientin auf der Station, die unter diesen Zuständen leidet.

«Wir dümpelten auf dem Meeresgrund, stundenlang», beginnt Rosanna. «Das Zeitgefühl hatte ich verloren. Irgendwann knackte es in einem Lautsprecher, eine Stimme fragte nach uns.»

«Ehrlich?» Melinda Buzek hängt an ihren Lippen.

«Das Tauchboot ist von selbst aufgestiegen. Mir war speiübel, aber ich habe mich zusammengerissen. Den Piloten hat's schlimm erwischt. Gehirnerschütterung, aber von der schweren Sorte. Seine Augenhöhlen waren schwarz.»

«Ist denn das die Möglichkeit.»

«Der Mann, der neben mir saß, war ein Grobian, ein Dödel. Aber er hat mir das Leben gerettet. Er hat im rechten Moment zugetreten.»

«Dödel?»

«Ja. Ein Armleuchter. Ich frage mich, ob ich mich jemals erholen werde von meiner Reise durch die Tiefsee. Am Abend bin ich in meine Kabine zurückgekehrt, habe mir die Kleider vom Leib gerissen und eine lange Zeit unter der Dusche gestanden. Dann warf ich mich aufs Bett und leerte eine ganze Flasche Portwein. Ich war verdammt glücklich, noch am Leben zu sein, verstehst du? Um drei Uhr nachts war ich betrunken genug, um endlich einschlafen zu können. Im Traum hat sich die Frau dann auf mich gestürzt, so wie in der Tauchkugel. Sie rammte mir ein Messer in die Brust. Immer wieder aufs Neue musste ich sterben.»

«Ja, ist denn das die Möglichkeit.»

«Als wir endlich an der Oberfläche auftauchten, war sie tot.»

Ein Schatten des Zweifels huscht über Melindas Miene.

«Sie anzufassen habe ich mich während des Aufstiegs nicht getraut. Ihre Zunge war blau. Aus ihren Ohren sickerte Blut. Ihre Augen standen offen wie bei einem Frosch.»

«Oh!»

Melinda stiert vor sich hin und knetet ihre Tasche. Es ist einer ihrer schlechten Tage. Rosanna nimmt es als Herausforderung.

«Dann kam eine Königstochter, so schön, dass die Sonne selber sich wunderte, und nahm den Frosch und warf ihn mit aller Kraft gegen die Wand der Tauchhöhle. Als er herabfiel, war er kein garstiger Frosch mehr, sondern ein Königssohn mit schönen, freundlichen Augen.»

«Ist denn das die Möglichkeit.» Melinda grinst sie schelmisch an, es folgt ein Lächeln des Wiedererkennens, des freudigen Erinnerns. Oder ist es doch nur eine seit mehr als hundert Lebensjahren fein synchronisierte Gewohnheit der Gesichtsnerven, ohne Sinn und Verstand?

Wenn ich schon das Gedächtnis meiner Freundin nicht erreiche, dann wenigstens ihre Gefühle, sagt sich Rosanna und dichtet mit dem einlullenden Singsang der Märchenerzählerin: «Noch immer aber war die Königstochter nicht besänftigt. Erfüllt von kochender Wut, griff sie zum Führer und Reichskanzler und Größten Feldherrn aller Zeiten und ließ ihn im eisernen Griff ihrer Hand zappeln, bis er grün-blau-violett anlief, ihm die Zähne klapperten und die schwarzen Augen aus den Höhlen traten. Endlich schmetterte sie ihn mit all ihrer Wut gegen die Felswand.»

«Autsch!»

«Ja! Und wenn Hitler nicht gestorben ist, dann klebt er dort noch heute!»

«So sei es!» Melinda springt auf.

Da ist er wieder, der plötzliche Energiestoß, der sie manchmal aus dem Nichts durchfährt, die Explosion des Aberwitzes. Und wie gut, dass gerade kein Putzroboter den Bahnsteig vor ihren Füßen fegt, den sie in ihrem Übermut zertrampeln könnte. Kurz macht Rosanna sich Vorwürfe, sagt sich dann aber, dass es einen Versuch wert gewesen ist, denn sind es nicht die groben Geschmacklosigkeiten, die unsere Mitmenschen aus ihrer Apathie reißen, die Verschüttetes ans Tageslicht holen? Und hat nicht Melinda Buzek Adolf Hitler noch mit eigenen Augen gesehen? Ihm einen Bund Chrysanthemen zugeworfen, als er unter den Klängen des Badenweiler Marsches in ihrer Heimatstadt einfuhr?

Erschöpft lehnt sich Rosanna zurück, streckt ihre Beine aus, schließt die Augen. Schon bevor sie den Bahnhof betreten hat, tänzelten kleine Sterne am Rand ihres Gesichtsfelds. Sobald sie versucht, sie zu zählen, und einen von ihnen fixiert, springt er weiter, entflieht, einen Schweif hinter sich herziehend. Es sieht zauberhaft aus, aber lieber würde sie diesen von Sternen übersäten Nachthimmel nicht sehen.

«Ich habe einen Tumor.»

«Ist denn das die Möglichkeit.» Melinda blinzelte sie kurzsichtig an.

«Er nistet in meinem Kopf. Hinter den Augen. Da kann man nicht groß was machen.»

«Sollen wir den Schaffner um Hilfe bitten?»

Rosanna winkt ab. «Halb so wild.»

Über einen Lautsprecher ist das Bimmeln einer Schranke zu hören, am Ende des Gleises senkt sich ein Signalarm. Mit gichtschiefen Fingern quetscht Melinda an ihrer Handtasche herum.

«Ich danke dir», sagt Rosanna. «Du warst mir eine perfekte Beichtmutter.» Sie überreicht Melinda ihr Weihnachtsgeschenk, ein hölzernes Steckspiel aus Schafen, Kühen, Hühnern. «Ich wünsche dir selige Tage in Turku», sagt sie zum Abschied. Sie nimmt Melinda in die Arme, drückt aber nur sanft, denn sie fürchtet, die Vogelknochen ihrer Freundin könnten mit einem Knistern brechen. «Und komm mir heil zurück.»

Jingle bells. Jingle bells. Rosanna nimmt sich fest vor, den wiederkäuenden Klängen der Weihnachtsmusik den Zutritt zu ihrem Gehirn zu verwehren, doch wer in den Tagen vor Weihnachten eine der Geschäftspassagen ohne Ohrstöpsel betritt, ist verloren. Seit dem frühesten Morgen sind zusätzlich auch Kirchenglocken vom Band zu hören, und sie hat Verständnis dafür, dass die Leute bereits zur Mittagszeit die Tresen der Bars stürmen, sich betäuben, sobald sie ihre Einkäufe erledigt haben.

Sie betritt den Drogeriemarkt mit schlendernder Unschuld. In der Parfümabteilung steuert sie die Düfte an. Sie greift gezielt zu einem Testflakon aus dem Regal mit den teuersten Pariser Düften. Sprüht sich beide Handgelenke ein, benetzt die kahlen Stellen hinter ihren Ohren mit dem Duft von Mandel und

Orange und gönnt sich eine Extraprise aus dem Zerstäuber, tief hinein in ihr üppiges Dekolleté. Im Weiterschlendern lässt sie einen Mascara-Pinsel in ihrer Handtasche verschwinden. Dann arbeitet sie sich konzentriert durch das Sortiment, beginnt mit dem Auftragen von Antifaltencreme und der Make-up-Foundation, bedient sich bei Lidschatten und Wimperntusche – Lippenstift und Rouge vervollständigen ihr Werk an der Schönheit.

Vor einem Spiegel bleibt sie stehen. Sie schürzt ihre Lippen, glättet durch reine Muskelanstrengung die knittrige Haut ihrer Stirn und begutachtet sich. Ihr Spiegelbild muntert sie auf. Sie lockert das Band ihres Wickelkleids, damit man den Ansatz ihrer Brüste sehen kann, zurrt es wieder zu. Später, sagt sie sich. Später, wer weiß.

Beim Hinausgehen legt sie eine Sparpackung Wattepads auf das Laufband der Kasse und fragt beim Bezahlen mit einer Miene aufgesetzter Ehrbarkeit nach Parfümpröbchen, was von der Kassiererin mit einem dreifachen Kopfschütteln beantwortet wird.

Jingle bells. Jingle bells. Jingle all the way. Oh, what fun it is to ride.

Trine Poulsen sitzt in einem Rollstuhl zwischen zwei Reihen schmaler ungemachter Betten. Sie ist dabei, sich mit Hilfe eines Handspiegels Nase und Wangen zu pudern. Ihre Lippen hat sie in der Farbe von Hühnerleber bemalt.

«Wo sind denn alle hin?», fragt Rosanna. «Die Betten sind leer.»

«Die waren schon weg, als ich heute früh aufgewacht bin.» Noch immer klingt Trines Stimme krächzend, nach verschleppter Bronchitis. «Ich habe allerdings verschlafen.»

Ein lautes Knattern in den Heizungsrohren lässt sie beide zusammenfahren. Es wiederholt sich und verebbt, erstirbt mit einem Knirschen.

«In meinem Flur ist es still geworden in letzter Zeit», sagt Rosanna. «Niemand schlägt noch Türen zu, ich höre keine Nachbarn husten. Nicht einmal in der Nacht schreit jemand auf. Ich frage mich, wo sie alle stecken.»

«Müssen wir uns also Sorgen machen?», fragt Trine.

«Müssen wir das nicht immer?»

Du hast dich fein gemacht, denkt Rosanna. Bist in einen der weit geschnittenen Hosenanzüge gestiegen, die du dir aus abgezweigter Meterware nähst, wenn du am Abend die Sollzahlen deiner Uniformschneiderei erledigt hast. Du hast dein schütteres Haar zu einem stattlichen Dutt gezwirbelt und in beide Ohrläppchen Perlen gesteckt, was dir einen kessen Auftritt verschaffen soll am Abend. Dafür kommen die vielen Ringe an deinen Fingern ein bisschen protzig rüber. Und deine Bluse wirft hässliche Falten auf der Brust. Aber ich bin niederträchtig, dass ich so herablassend über dich denke. Ja, wie kommt es, dass ich, eine durchaus gütige Person, immer wieder der Niedertracht und der Missgunst erliege, sobald ich Trine Poulsen gegenübertrete?

Rosanna fragt, und sie versucht, dabei freundlich zu klingen: «Du hast sicher viele Heiratsanträge in deinem Leben bekommen?»

«Nein. Die Männer und Frauen haben gespürt, dass ich gegenseitige Besuche überzeugender fand, als unter einem Dach zu leben. Die Frauen, die mich gehabt haben, haben mich nie ganz gehabt. Und ich wollte sie auch nicht ganz haben.»

«Vielleicht wird man zum Einzelgänger geboren?»

«Mag sein. Ich brauche es, dass man sich immer wieder fremd wird. Das Elend beginnt doch in dem Moment, wo man zusammenlebt. Wenn du eine gemeinsame Höhle beziehst, zieht die Romantik dort aus. Wie soll ich mit jemandem Sex haben wollen, dessen Unterhose ich waschen muss? Nein, nein, die große Liebe als Lösung unserer Probleme ist eine besondere Variante der allgemeinen kapitalistischen Sauerei.»

Trine hat eine dezent gestreifte Decke über ihre Beine gebreitet, die eine Handbreit über dem Kabinenboden endet. Sie lässt gerade eben noch die Spitzen ihrer Budapester Herrenschuhe hervorschauen, aber verbirgt, dass ihre Schenkelprothese nach dem Vorfall in der Kantine defekt ist. Es ist ein bionisches Modell der vierten Generation, gedankengesteuert und wartungsfrei, aber leider auch empfindlich.

«Wann hast du zum ersten Mal mit einem Mann geschlafen?», fragt Rosanna, während sie Trines Wollmantel mit einem feuchten Tuch von Fusseln befreit.

«Mach kein so feierliches Gesicht, wenn du mir deine dämlichen Fragen stellst.»

Vor Schreck stößt Rosanna gegen ein Bettgestell, zum Trocknen dort aufgehängte Stütz-BHs fallen zu Boden. Sie will fragen, was Trine genau meint, wenn sie von dämlichen Fragen spricht, und was dieser beleidigende Ton zu bedeuten hat, doch Trine kommt ihr zuvor: «Du schreibst mal wieder an einem Kapitel?»

«Ich versuch's zumindest. Meine eigenen Erinnerungen kommen mir banal vor. Sind längst verblasst. Es war eine Qual, mehr nicht.»

«Erzähl!»

Es steckt lauernde Wut in diesem einen Wort, findet Rosanna. Schnell beginnt sie: «Den ersten Mann, in den ich mich verliebte, habe ich gleich geheiratet. Mit siebzehn. Meine ältere Schwester hatte mir erzählt, dass ein Spermium vom Knie aus weiter hochklettern könnte. Ich hab nur noch kleine, kletternde Monster gesehen. Erst als er mich fragte, ob ich ihn heiraten wollte, ging's ins Schlafzimmer. Er hatte das Schlüsselwort gesagt: Heiraten!»

«So naiv warst du.»

«Ja. So leichtgläubig. Ich fürchte, ich bin es geblieben. Später habe ich mich in zwei weitere Ehen gestürzt.»

«Und jetzt erwartest du ausgerechnet von mir lustige Beischlafgeschichten? Und auch noch mit Männern!» Mit fahrigen Bewegungen verstaut Trine Lippenstift und Schminkspiegel in ihrer Handtasche, fragt: «Hast du einen Tisch bestellt?»

«Wie besprochen. So halbwegs in der Mitte des Saals, nicht zu laut, nicht zu leise.»

Trine schenkt ihr ein grimmiges Lächeln. «Du weißt, wie sehr ich es hasse, wenn man mir von allen Seiten auf den Teller schauen kann.»

Rosanna antwortet nicht. Sie hebt die klammen Büstenhalter vom Boden auf, hängt sie wieder über den Bettpfosten. Sie hilft Trine dabei, sich den Mantel überzuziehen, und sieht, während sie ihr das seidene Halstuch umbindet, dass sich winzige Schweißperlen auf ihrer haarigen Oberlippe sammeln, dass ihre glänzenden Lippen sich zu einem Spalt öffnen, als sie zischend fragt: «Was hast du mit meinem Puzzle gemacht?»

«Was? Wovon sprichst du?»

«Mein Puzzle. Du hast Teile herausgerissen. Ich will sie zurück!» Trine starrt sie an, ihre Gesichtsfarbe nimmt ein ungesundes Rot an.

Erst jetzt sieht Rosanna ein fast fertiges Puzzle auf einem Tischchen liegen. Die Stadtansicht von Florenz ist zu erkennen. «Ich habe es nicht angerührt.»

«Mach dich nur lustig über mich. Eine feine Dame bist du!»

Mit wütendem Schwung stößt Rosanna den Rollstuhl voran. Er prallt mit seinem Vorderrad gegen den Türpfosten, Trines Hinterkopf schlägt gegen den Rahmen der Rückenlehne. Aber gibt sie einen Schmerzenslaut von sich? Nein.

Wo sie können, wählen sie die breiten Laufkorridore, um mit dem Rollstuhl nicht im weihnachtlichen Gedränge stecken zu bleiben. Es ist still auf allen Fluren, das leise elektrische Sausen des Antriebsmotors begleitet sie, die bellenden Befehle Trines bahnen ihnen den Weg. Links. Vorne rechts. Weiter, weiter.

Als sie an Deck gelangen, versuppt ein letzter Rest Tageslicht in rostbraunen Streifen am Horizont. Die *Nyx* kreuzt seit Stunden auf hoher See. Rosanna vermisst die Sicht auf die hell flackernden Leuchtfeuer der Einfahrt zum Hafen von Funchal.

Sie weichen Pfützen aus und bleiben, weil sie sich nah an der Reling halten, immer wieder mit den Reifen des Rollstuhls in den Rillen zwischen den Planken stecken. Trines rot gemalte Lippen leuchten im Dunkeln, als sie sagt: «Mein rechter Unterschenkel ist ab, mein linker Fuß spürt kaum noch etwas. Wenn ich hier oben auf Deck bin, in den letzten Stunden des Tages, wenn die Sonne untergeht und es kühler wird, dann vermisse ich es, mit beiden Beinen barfuß über den sonnenwarmen Holzboden des Decks zu laufen. Ich knie mich dann manchmal hin und streichle ihn und berühre ihn mit meinen Lippen.»

Rosanna will keine Sekunde der Andacht aufkommen lassen. Zu sehr staunt sie über die Stimmungswandel ihrer Freundin, über den abrupten Wechsel des Tongeschlechts, das Springen vom griesgrämigen Moll-Terz zum melancholischen Dur-Akkord.

Je näher sie ihrem Ziel kommen, dem Großen Festsaal auf Deck 58, desto mehr Leute strömen herbei, desto lauter wird die Weihnachtsmusik aus den Lautsprechern.

«Lass uns ordentlich saufen», sagt Trine, als sie sich in der Warteschlange vor den Garderoben einreihen.

«Ja, lass uns bis morgen vergessen, was bis heute geschah.»

«Kaum zu glauben, dass sie immer wieder die Motoren anwerfen, ohne uns vorzuwarnen. Ich denke, wir haben ein Recht darauf zu erfahren, wann wir die Anker lichten. Wohin unsere Reise geht. Höchste Zeit, auf die Pauke zu hauen.»

«Die Rauke zu kauen?» Die heisere Stimme Paul Packers dringt gedämpft unter dem Bett hervor. Er sucht nach einem Manschettenknopf.

Wasch dir mal die Ohren, denkt Kalle Ulfung. Er sagt: «Weißt du, was mir da gerade in den Sinn kommt?»

«Woher sollte ich.» Packer robbt unter dem Bett hervor, Staubnester baumeln an seinem Anzugrevers.

«Es war der Mörder Olof Palmes, der mir gegen das Schienbein getreten hat.»

«Wer? Was?»

«Palme. Olof. Schwedischer Ministerpräsident. Sein Mörder stand neben mir. In einem Reisebüro. Ich sehe ihn und die Werbeposter von Kreta ebenso klar vor mir, wie ich dich jetzt sehe.»

«Und dann?»

«Sprang er mir gegens Schienbein. Zack! Einfach so.» Kalle spielt die Szene nach. «Dann grinst der Kerl mich an. An zurückschlagen war nicht zu denken. Der war zwei Köpfe größer als ich. Christer Pettersson, so hieß er. Ein Alkoholiker mit Vorstrafenregister.»

«Wahrscheinlich hast du ihn provoziert mit deiner Art.»

«Ihm passte meine Nase nicht. Du weißt, die Welt ist voll von solchen Leuten. Auch hier an Bord laufen sie frei herum.»

Packer nickt. «Er wurde festgenommen?»

«Wegen so was? Erst später erfuhr ich, dass er es war, der Olof Palme nach dem Kinobesuch erschoss. Mitten auf dem Bürgersteig.»

«Ich kann mich erinnern.» Packer versucht keuchend, den Manschettenknopf linkshändig im rechten Hemdsärmel unterzubringen. «Die Achtziger, was? Ein tolles Jahrzehnt.»

«Das Komische ist: Es kommt mir vor, als wäre es gestern geschehen. Ich glaube, meine Erinnerungen kehren wieder.»

«Erinnerungen haben kein Datum. Für dich ist es, als wäre es tatsächlich gerade erst passiert.»

Kalle nimmt einen erneuten Anlauf, seine Krawatte zum Onassis-Knoten zu binden. Dessen komplizierte Gestaltung ist ein Geduldsspiel, doch sein heutiger Look erfordert ein Ausrufezeichen, so wie es auch das Dessin aus Marienkäfern auf neongrünem Grund zu setzen weiß.

Weitere Details schwirren durch die verwaisten Katakomben seiner Erinnerung. Ihm fällt das dichte kastanienbraune Haar der Frau ein, die neben ihm am Tresen des Reisebüros am Stortorget stand. Es war zu einem fransigen Pony geschnitten, und sie hatte auf einen Flug nach Rom gedrängt. Planten sie eine Urlaubsreise? Einen Weekendtrip? Habe ich sie Schneewittchen genannt? Verteufelt viele Fragen auf einmal, denkt Kalle, während er das schwere Tuch seiner Krawatte zu bändigen versucht. Aber das wird schon noch.

«Fesch.» Packer, der mit Lob geizen kann, sieht ihn bewundernd an. «Du hast dich herausgeputzt.»

«Wer anderen ins Auge stechen will, muss spitze Waffen wählen.» Kalle tritt vor die Spiegelfolie, die auf der Innentür seines Kleiderschranks klebt. Er sieht: Jeanshose mit Schlag und hellbraune Cordjacke über lila Hemd mit breitem Haifischkragen. Tadellos. Die Haare sind gewaschen und nachgefärbt, sind luftig geföhnt, der Dreitagebart macht einen verwegenen Eindruck. Was wird Rosanna sagen? Wird er ihr Herz erobern heut Nacht?

Auch Packer hat sich gegen die Neugier der Überwachungskameras gewappnet, die in ihm den Drohnenschlitzer von Deck 44 identifizieren könnten; er trägt Pudelmütze und eine

Brille mit Horngestell über dem Schnurrbart, was ihn aussehen lässt wie einen Industriekapitän von lang, lang her.

Aus taktischen Erwägungen hat er Kalles Kabine bezogen, er kampiert im Bett des fortwährend in Händen der Ärzte weilenden Spaniers Bareda y Zaldívar. Auf dem Rauchtischchen stapeln sich Packers Prostatatropfen, Ginsengkapseln, Herztabletten.

Von Augenzeugen hat Kalle erfahren, dass der Hubschrauber, der auf Deck 44 auf sie zugeschossen kam wie ein Bussard, in einer waghalsigen Flugaktion keine zwei Meter über dem Deck abbremste und minutenlang in der Luft verharrte, bevor er in südöstlicher Richtung davonflog.

«Warum hab ich meine Schlaftherapie nicht eher beendet? So langsam bin ich wieder der Alte. Kein Mensch kann ohne seine Erinnerungen leben.»

«Freu dich nicht zu früh.» Packer zerrt stöhnend seine Schnürsenkel zusammen. Seine Hände sind dick verbunden, nur zwei Finger jeder Hand stehen hervor aus den Gazeverbänden, eine ärztliche Meisterleistung, wie er kundtut, ein Werk der Verpackungskunst.

Die erbeuteten Reste der Observierungsdrohne haben sie in der Nacht auf dem Gartendeck versteckt. In drei Lagen Aluminiumfolie verpackt, lagern sie in einem doppelbödigen Vogelhäuschen, das Packer als geheimen Briefkasten benutzt für seinen Päckchenhandel mit den illegalen Heilpflanzen. Es ist ein Dutzend scharfkantiger Metallteile, fingerlang das größte und auf seiner Innenseite mit Buchstaben und Zahlenfolgen versehen.

Weil er sich daraus Details über die Herkunft der Drohne erhofft, steht Packer in Kontakt mit einem pensionierten Rüstungsingenieur aus Bayern. Der habe in jungen Jahren geholfen, die Flugfähigkeit von Kurzstreckenraketen zu optimieren, sich dann jedoch, geläutert von einer Reise durch Kambodscha und in die Killing Fields, der Arbeit an der Sonnensonde Helios gewidmet.

«Klingt superkorrekt.» Kalle versenkt eine Silbernadel mit chirurgischer Präzision im schweren Tuch seiner Krawatte.

Weil sie früh dran sind, flanieren sie über das Außendeck, nervös Ausschau haltend nach allem, was Uniform trägt. Packer kaut ein Kaugummi aufs nächste, sein Kiefer mahlt, als wollte er Steine zerbeißen. «Nur so kannst du die Biometrie-Kameras verarschen», sagt er. Als Kalle einen jungen Mann sieht, der armdicke Schleppleinen von einer Winde zieht, durchfährt ihn einen schmerzvollen Moment lang die Sehnsucht nach harter körperlicher Arbeit, der Wunsch, sich sämtliche Gedanken und Gefühle aus dem Leib zu schwitzen, das ewige Klingeln aus den Gehörgängen zu vertreiben. Leider Gottes, sagt er sich sogleich, bin ich bloß ein mickriger Greis.

Um billig vorzuglühen, halten sie Einzug in Packers Lieblingslokal, dem *Alzheimer – Food & Beer*. Kalle ist seit Ewigkeiten nicht hier gewesen. Ihn nerven die Typen, die nicht verlieren können. Der Tischkicker, ein alter Holzkasten aus einem Hafenlokal in Marseille, ist umlagert wie immer. Mit den Jahren ist die eine oder andere Spielfigur von St. Etienne und von Olympique zerbrochen und mehr schlecht als recht ersetzt worden; Kalle glaubt eine komplette Abwehrreihe in den Trikots von Ajax zu erkennen.

Kaum haben sie sich an einen abgelegenen Tisch gesetzt, stürmt ein Deckshändler auf sie zu, eingepackt wie ein Eskimo, und preist ihnen im Flüsterton seine Waren an: Viagra, Erektyl, Tadalafil? Danke schön, sagt Packer. Penissalbe? Haben wir null nötig, sagt Kalle. Wir brauchen Wodka.

Auf Kalles Drängen hin wählen sie den gläsernen Außenlift für die Fahrt hoch auf Deck 58. Zu dieser Stunde bietet die gemächliche Reise zwar nur eine Sicht auf die schwarzgraue Unendlichkeit des Atlantischen Ozeans, doch der Südstern flackert zwischen tief baumelnden Abendwolken und kitzelt ein närrisches, nahezu unsittliches Gefühl in Kalles Eingeweiden hervor.

Geduldig reihen sie sich in die Warteschlange ein und trappeln Schritt für Schritt an einer gigantischen Weihnachtstanne vorbei, deren Kugeln in der Brise klirren.

Das Weihnachtsbuffet ist am Eingang des Großen Festsaals aufgebaut worden. Eine endlose Reihe von Edelstahlkästen treibt in warmen Wasserbädern, Dampf beschlägt die Spiegelwände, Bratgerüche schwängern die Luft. Auf Heizplatten steht Essen für die Welt: Töpfe mit Reis und mit Couscous, daneben Schüsseln voller Kartoffelsalat, Sojasprossen, Tofu-Hummer und etwas, das aussieht wie Currywürste. Eingelegte Heringe. Köfte. Pancakes und Ahornsirup. Frühlingsrollen. En passant bedient sich Kalle aus einem Brotkorb.

Papiergirlanden hängen zwischen den Wedeln künstlicher Palmen, Engelsfiguren schweben zwischen den Lüftungsrohren an der Decke. Der Große Festsaal, der beim Bau der *Nyx* großzügig über drei Decks konzipiert wurde, wird nur noch zu Weihnachten und Silvester als Ort der Lustbarkeit genutzt. Abseits der großen Feiertage dient er als Lager für Betten und Krankenhausmobiliar.

Weil sie es anders nicht gewohnt sind, steuern sie die Bierbänke am Rande des Saals an. Die vornehm gedeckten Tische sind wie in jedem Jahr im Voraus gegen eine happige Bezahlung reserviert worden, von den Millionärsrentnern, wie Kalle sie zu nennen pflegt. Während sie Tische und Gestühl umkurven, macht er etliche halbbesetzte, gar leere Tische aus. Manche der Gäste tragen Atemmasken aus Papier zu ihren Festkleidern, zu Frack und Fliege.

«Halleluja!» Kalle staunt. «Das nenn ich mal eine Grippewelle.»

Statt einer Antwort zieht Packer knatternd Schnodder hoch.

Sie nehmen Platz auf der nummerierten Bierbank und legen ihre Gutscheine zusammen, die man ihnen beim Einlass in die Hände gedrückt hat: zwölf Getränke, vier davon schweralkoholischen Inhalts. «So großzügig waren sie noch nie», stellt Packer fest.

Als sich ein sichtlich hinfälliger Greis zu ihnen auf die Bank setzt, sogleich auch seine Sauerstoffflasche in Betrieb nimmt, stehen sie auf und steuern einen der freien Tische in der Mitte des Saals an. Wie selbstverständlich wischen sie das *Reserviert*-Schild von der strahlend weißen Tischdecke. Packer zündet die Kerzen des Adventsgestecks mit seinem Feuerzeug an. Weder Packer noch Kalle sind vermögend genug, sich die karibischen, mexikanischen oder vietnamesischen Leckereien leisten zu können, dennoch lässt Kalle es sich nicht nehmen, mit nasaler Vornehmheit von der goldgerahmten Speisekarte abzulesen, was leider, leider nicht in seinem Bauch landen wird an diesem schönen Abend:

«Consommé Paysanne. Fillets of Whiting. Haricot Oxtail, keine Ahnung, was das ist. Vom Grill gibt's Lammkoteletts, Roastbeef. Tapioca-Pudding und Greengage tart ..., Schokoladeneclairs ... eine Auswahl an Cheshire und Gorgonzola, Roquefort ...» In seine stockende Vorlesung hinein beginnt eine Band zu spielen. Ihre Eröffnungsnummer ist ein Stück von den Beatles.

«Nicht schlecht für ihr Alter», meint Packer am Ende des ersten Songs.

Stimmt. Kalle hört Harmonien und Gleichtakt, vollen Klang. Keiner der Musiker dürfte unter achtzig sein, schätzt er. Die leichenblasse Frau am Bass sieht aus, als sei sie aus dem Jenseits getürmt, um einen letzten Gig zu spielen.

Ein Steward kommt herüber.

«Für mich ein Pils», sagt Kalle.

«Vom Fass.» Packer korrigiert.

«Fassbier gibt's an der Zapfstation.» Der Kellner deutet auf eine Menschenmenge am Ende des Saals. Packer macht sich auf den Weg.

An einem der Nebentische entdeckt Kalle zwei vom Stamme der Apachen. Sie tragen schwarze Schmucksteine am Handgelenk und lümmeln schief auf ihren Stühlen. Dem einen, Tattoos bedecken jeden Flecken seiner Haut, hängt der Kopf auf der Brust, der andere, er trägt eine Halskrause, hat seinen kompletten Oberkörper auf dem Tisch abgelegt. Vor ihnen steht eine leere Flasche Calvados. Vier daumendicke rote Böller haben sie in die Kerzenhalter des Adventsleuchters gestopft.

Packer, der mit zwei Biergläsern zurückkehrt, macht Grimassen und einen weiten Bogen um die Männer.

Die Ersten, die sich auf die Tanzfläche wagen, sind wieder einmal die Rollstuhltänzer. Zwei Männer und zwei Frauen ziehen raumgreifend ihre Kreise und hüpfen im Rhythmus von einem Rad aufs andere. Einer von ihnen beherrscht sogar die Pirouette. Ein Stofftieräffchen hängt über seinem Kopf. «Kennst du den?», fragt Kalle.

«Ein Däne, Laudrup. Netter Kerl.» Packers Schnurrbart hat die Schaumkrone abgefischt.

«Was ist mit ihm?»

«Er war Bauer. Er hat sich auf seinen Traktor gesetzt und eine alte jütländische Eiche gerammt, um sie zu fällen. Der obere Teil des Baums krachte auf seinen Rücken, zerquetschte ihm das Rückgrat. Da half auch kein Exoskelett mehr. Seitdem sitzt er im Rollstuhl.»

Nach ihrer fünften Beatles-Nummer, es ist ein hochgejuxtes «Yellow Submarine», zuckelt die Band unter Beifall von der Bühne.

Seit Tagen geistern Gerüchte durch die Decks, ein Knabenchor sei für den Abend aus Brügge eingeflogen worden.

The Cure hätten sich zu einem Revival auf hoher See anheuern lassen. Beyoncé wolle es noch einmal wissen. Und immer wieder die Sex Pistols. Seit vor Jahren in einem Bewohner der *Nyx* der Drummer Paul Cook identifiziert, kurz darauf auch noch Johnny Rotten in einer Mehrbettkammer aufgestöbert wurde, wogen allseits Hoffnungen, die legendäre Punkband möge sich zusammenfinden, an Bord unseres Schiffes! Eine absurde Idee, findet Kalle, denn wer könnte jemals Sid Vicious ersetzen?

Sie schweigen minutenlang, nippen an ihren Biergläsern und sehen sich um, als ein infernalisches Rülpsen in ihre Ohren dröhnt.

Der eine der Apachen ist aus seinem Rausch erwacht. Er streckt die Beine, ruckelt seine Halskrause zurecht, lässt einen fahren und begibt sich an einen der Nebentische, dessen Gäste sich in Richtung Bühne oder Buffet entfernt haben. In aller Seelenruhe leert er eins nach dem anderen die Gläser.

«Ich geh aufs Klo», sagt Packer kopfschüttelnd. Kalle beobachtet ihn bei seinem Slalom durch die Menge, hält aber ein wachsames Auge auf den Mann mit der Halskrause.

Er trinkt weiter aus den Gläsern und Flaschen jener, die gerade nicht hinsehen, tanzen oder mit anderem beschäftigt sind. Die Halskrause macht es ihm schwer. Sein Durst aber scheint übermenschlich.

Seine Sauftour führt ihn näher heran. Kalle sieht die hagere Figur vor sich, harte Falten im Gesicht, ein Goldkettchen am Hals, ein aufgeknöpftes Hemd, graue Haarbüschel auf fahler Brust.

Er reißt einer Frau ein drei viertel volles Glas Sekt vor der Nase weg, leert es mit einem Schluck. Er blinzelt der Frau zu. «Du Sau», sagt er und gibt ihr eine schallende Ohrfeige. Sie kreischt auf, hält sich die Wange. Ihre männlichen Begleiter stürzen sich zu zweit auf ihn. Der eine versetzt ihm einen wuchtigen Faustschlag in die Magengrube, der andere rammt ihm den Ellbogen ins Gesicht. Die Halskrause fliegt scheppernd davon.

Kalle hat den ersten Schreck verdaut, lehnt sich zurück, streckt demonstrativ die Füße von sich und gestattet es sich, zum entspannten Augenzeugen einer handfesten Schlägerei zu werden. Beobachtet die gekonnten Finten des einen, die wütenden Anfälle des anderen, Blut, das aus Nasenlöchern spritzt, Schwitzkasten, das knallrote Gesicht des Apachen, der sich loswindet, zurücktaumelt und seinem Gegner einen Stoß versetzt, bevor der Metallgriff eines Gehstocks auf seinem Kinn landet.

In die Enge getrieben, weil nun zwei Wächter herbeistürmen und in den Kampf eingreifen, dreht er sich wie ein Dreschflegel und mäht mit ausgestreckten Armen alles nieder, was sich ihm in den Weg stellt, kreiselt so schnell, dass er torkelnd aus seiner Bahn gerät und, den Kopf voran, gegen eine vergoldete Säule prallt. Er rutscht zu Boden wie vom Tomahawk getroffen. Sein Hemdkragen färbt sich rot. Sein tätowierter Stammesbruder hat von der Schlägerei nichts mitbekommen. Den Kopf auf der Brust, schläft er selig weiter.

Als der Tumult sich gelegt hat, der Apache weggeschafft ist, kehrt Packer nichtsahnend zurück. Er hat zwei Dosen Bier aufgetrieben. Er fragt: «Wo bleiben die Frauen?»

«Ach. Frauen sind total überschätzt.»

«Was höre ich da? Aus deinem Mund?»

«Ich möchte nur mal sagen, dass es noch andere Dinge im Leben gibt. Unser Dasein ist ein Kommen und Gehen von Glanznummern.»

«Wie in der Geisterbahn?»

«Genau. Jedes Lebensalter wartet mit eigenen Abenteuern auf.»

Irgendwo fliegt mit lautem Knall ein Korken himmelwärts. Zwischen wallenden Kleidern und wedelnden Armen sieht Kalle, wie Gläser vollgeschenkt und gierig geleert werden.

«Hui», ruft Packer, auch er hat schon einen schummerigen Blick. «Die Leute haben's eilig heut Nacht.»

«Und alles auf leeren Magen.» Kalle nimmt einen letzten Schluck aus der Bierdose, als er Rosanna Gardella erspäht. Sein Herz hüpft. Er sieht ihr dabei zu, wie sie sich seitwärts durch das Gedränge am Buffet hindurchschlängelt, den Daunenmantel über einem eleganten Wickelkleid offen.

Wir können nicht alles auf einmal haben, denkt Kalle enttäuscht, als er sieht, dass Rosanna in Begleitung ist. Dass sie ihre dänische Freundin vor sich herschiebt.

## 22° 20' WESTLICHER LÄNGE; 32° 19' NÖRDLICHER BREITE

«Das letzte Quartal ist das schlimmste.»

«Bach, Händel, klassische Musik kann ich kaum noch hören. Ich muss davon ausgehen, dass ich demnächst vollständig taub bin.»

«Als ich jung war, musste ich oft darüber nachdenken, dass ich in hundert Jahren tot sein würde, ich und all die anderen, die gerade meinen Weg kreuzten, die ich vor mir in der Bahn sitzen, auf der Straße gehen sah. Heute würde ich, wäre ich denn jung, der Sicherheit halber sagen: in hundertdreißig Jahren.»

«Es gibt den Weltverdauungstag, den Weltkrebstag, den Weltdiabetestag. Den Welt-Lebertag. Den Tag der Endometriose. Den Tag des Cholesterins. Den Tag des Sonnenschutzes. Ich meine, was soll uns da schon passieren?»

«Salmis?»

«Nein, danke. Mir sind die Dinger zu salzig. Die pushen den Blutdruck.»

«Wann mir der Gedanke gekommen ist, dass ich hier sterben werde? Als ich meinen Fuß auf die *Nyx* setzte. Nein, vorher schon. Als meine Kinder mich hier angemeldet haben. Wann wird eine Kabine frei?, habe ich sie gefragt. Wenn jemand stirbt, haben sie geantwortet.»

«Dass Hungern vor dem Altwerden schützt, ist doch seit hundert Jahren bekannt.»

«Wäre trotzdem jemand so freundlich, mir das Salz zu reichen?»

«Du hast den Welt-Aids-Tag vergessen.»

«Na ja, lieber einen Beutel am Bauch als einen Zettel am Zeh.»

Ich will es nicht länger hören, denkt Rosanna Gardella, so geht es, seit wir zu viert an diesem Tisch sitzen und in unserer dampfenden Consommé Paysanne löffeln, die sich als wässrige Erbsensuppe entpuppt. Zwei vertrocknete Tanten, zwei verwitwete Onkel, die sich gegenseitig Durchhalteparolen in die Ohren schmettern und bitterste Wahrheiten zu Bonmots zurechtlügen. Sterben werden wir alle, welche Überraschung, aber auf das Wie kommt es an. Plötzlich hört sie sich sehr laut, für alle am Tisch vernehmlich sagen: «… und deshalb will ich wissen, ob wir hier alle mit einer blauen Zunge verrecken werden.»

Stille. Aufgerissene Augen, unsichere Blicke, Stirnfalten, zusammengepresste Lippen. Vier Menschen, die von einer Sekunde zur anderen schweigen, bloß weil mal jemand die Wahrheit ausgesprochen hat. Natürlich ist es Trine Poulsen, die sich zuerst wieder fasst.

«Heidi Olofsson, die aus meiner Kajüte», sagt sie. «Sie war die Erste, die abgeholt wurde. Wohin? Hat uns niemand verraten.»

«Vier Leute sind gestern alleine auf meinem Flur fortgeschafft worden», sagt Kalle, überraschend ernst. «Und heute Morgen haben sie einen aus seiner Kabine gezogen, in Frauenkleidern, mit blauer Zunge.»

«Machen wir uns nichts vor. Es ist ansteckend», sagt Paul Packer. «So was passiert, wenn man viele Leute zusammenpfercht.»

«Die Ärzte laufen mit Masken vorm Gesicht herum», sagt Rosanna. «Am Heiligabend. Und seht euch nur um: leere Tische.»

«Was mir so zu Ohren kommt», sagt Trine. «Die Augen der Kranken trocknen aus. Die Tränen und der Speichel versiegen. Manchen hängt vor Durst die Zunge raus, bevor sie blau anläuft.»

«Ich glaub nicht alles, was die Leute quatschen», sagt Kalle. «Aber ich weiß: Die Kranken wollen sich prügeln. Sie verlieren die Orientierung. Sie würgen ihr Essen wieder hoch. Mit Vorliebe in den Aufzügen und auf die Treppen, in jeder Ecke des Schiffs trifft man auf Putzkommandos.»

«Wer seine Mandeln noch hat, dem kann angeblich nichts passieren», sagt Packer. Demonstrativ drückt er in das weiche Fleisch seines Halses. «Ich habe meine leider im zarten Alter von acht an einen Arzt in Kidwelly verloren. Seinerzeit waren Mandeloperationen en vogue.»

Vielleicht spuckst du deshalb so viel beim Essen, denkt Rosanna und fragt: «Habt ihr eine Ahnung, wie es in den anderen Sektoren aussieht? Bei den Asiaten? Bei den Afrikanern? Ich höre seit Wochen nichts.»

«Das muss ja nichts heißen. Aber neugierig bin ich schon», sagt Kalle. «Wir sollten mal auf Studienreise gehen, oder?»

«Soweit ich weiß, ist das Zeugs erstmals in einigen Dörfern der Kyrenaika ausgebrochen», sagt Packer abgeklärt. In den libyschen Kriegswirren hat sich das Virus bis an die Küste ausbreiten können. Dort ist es dann in See gestochen.»

Wer Packer gegenübersitzt, sollte den Regenschirm aufspannen. Quer über den Tisch prasseln die Brezelreste. Ein paar Bröckchen bleiben in seinem Bart hängen, den er sich wachsen lässt. Schlimm ist auch, dass ihm ständig Gabel und Messer aus der Hand fallen, weil er dick bandagiert ist, nur vier seiner Finger schauen obszön aus den Verbänden heraus.

«Ich habe mir sagen lassen, das Virus kommt aus dem Nildelta», sagt Rosanna, ohne sich zu erinnern, wo sie es aufgeschnappt hat. «Später ist es dann auch in Bolivien ausgebrochen. Oder auf Borneo?»

«Aus Schweden kommt es jedenfalls nicht», sagt Kalle. «Das möchte ich als Schwede mal festhalten.»

«Du hast schon ordentlich getrunken, was?», fragt Trine. Hektisch streicht sie mit der Hand über die Tischdecke, immer wieder. Ihre breiten Ringe glänzen.

Der Steward, ein schmächtiger junger Mann, kommt mit einem Küchenwagen und räumt mit übertriebener Geste ab. Um dem Kantinenpersonal zur Feier des Tages einen Anstrich vornehmer Servilität zu verleihen, hat man ihn in eine schwarze Kellnerjacke gesteckt und ihm ein silbernes Schild auf die Brust gepappt. Es weist ihn als Commis de Rang aus: *Sidney Sedunary – Dancing, Cruising, Enjoying Life.* Als Rosanna ihn fragt, woher er denn komme, antwortet er, ohne sie anzusehen: «Von der Titanic.» Ein Scherzbold!

Weder Kalle noch Packer haben Verzehrbons gekauft, aber das Menü lassen sie sich auftischen wie Graf Koks, denkt sie beeindruckt. Frechheit siegt.

«Zeigt mal eure Zungen», sagt Packer und lässt sogleich seine bis zum Kinn herabhängen. Sie sieht, nach dem Genuss von Erbsensuppe, grünstichig aus.

Sie und Kalle machen es ihm nach, albernd. Trine aber sortiert angewidert Wirsingkohlstückchen aus und säbelt wütend an einem Stück künstlichem Fleisch herum. «Da tischen sie uns einmal im Jahr Lamm auf, und dann schmeckt es nach Gummi.» Beim Kauen schimpft sie über das Kantinenmanagement, über den Fraß, den man sogar an Feiertagen zu schlucken hat. «Ja, eine Handvoll Scheiße, und sie machen ein Entrecote draus.»

Natürlich erwähnst du nicht, dass ich es bin, die dich heute Abend freihält, denkt Rosanna. Die deine Rechnung bezahlt.

Ohne sichtbare Bewegungen und immer dann, wenn die Lautstärke der Musik anhebt, rückt sie mit ihrem Stuhl von Trine ab, Stück um Stück näher an Kalle heran. Jederzeit befürchtet sie, wegen eines unvollständigen Puzzles beschimpft zu werden.

In Trines Gemurmel hinein platzt Packer. «Blaue Zungen? Als Kind hatte ich es mal damit zu tun. Jedes Schaf, das erkrankte, wurde sofort gekeult. Auf dem Rollfeld des Flughafens von Pembrey wurde eines auf das andere gelegt und mit Kerosin überschüttet. Die toten Körper knallten in der Hitze des Feuers.»

«Eine Kindheit in Wales.» Kalle macht eine mitleidige Miene und schielt auf den Nachbartisch, wo der verbliebene schwarzhaarige Rüpel im Schlaf ein Röcheln von sich gibt.

«Das Virus wurde von Gnitzen übertragen.» Packer redet weiter.

«Gnitzen?» Rosanna sieht ihn angeekelt an.

«Kleine, dicke Mücken. Hässliche Kreaturen.»

«So eine habe ich in meiner Kabine erlegt. Sie war gelb und behaart. Voll mit Blut.»

«Mich hat auch eine gestochen», sagt Kalle aufgeregt. «Als wir auf dem Gartendeck saßen. Direkt ins Ohr. Hier. Juckt höllisch.» Er wendet ihr sein Profil zu. Sein Ohrläppchen ist knallrot, geschwollen. Sie nimmt es vorsichtig zwischen Daumen und Zeigefinger. «Ui. Fühlt sich entzündet an.»

Bei alldem sieht Rosanna sich von Trine aufmerksam beobachtet, böse blitzt es in ihren Augen auf.

Die Runde schweigt und kaut an Stammzell-Roastbeef oder In-vitro-Lamm, als sie ihren Mut zusammennimmt: «Ein Frau hat mich angegriffen. In einer Tauchkapsel. Als sie starb, war ihre Zunge blau.»

Drei Augenpaare starren sie an. Kalles Mund steht offen. Sie erzählt. Vom Lotteriegewinn, von den Zackenbarschen, dem bangalischen Piloten und ihrer Haarspange, dem Drachen, und dem Geräusch, das er machte, als sie ihn aus der Wunde im Hals herauszog. Sie endet mit den Worten: «Ich fürchte, ich habe die Frau getötet.»

«Entweder sie oder du!» Kalle sieht erschüttert aus. «Du bist dem Tod von der Schippe gesprungen. Wie tapfer!»

«Oh», sagt sie, lächelt und nickt. Sie ist ein bisschen stolz darauf, mit heiler Haut dem Grauen entkommen zu sein, das mit jeder Stunde Abstand mehr und mehr zu einem Abenteuer wird. «Das tue ich an jedem Tag. Seit vielen Jahren.»

«Spiel dich nicht immer so auf, Rosanna.» Trine schlägt mit der flachen Hand auf die Tischdecke, einmal, zweimal. Sie schließt die Augen, sagt kaum hörbar: «Tut mir leid. War nicht so gemeint.»

Kalle schnäuzt sich übertrieben manierlich. Packer wendet sich seiner Bierdose zu.

Der Steward kommt und räumt ab. Rosanna bestellt eine Runde Cognac und sagt: «Als Medizin.» Eine große, schwarzhaarige Frau taucht an Kalles Seite auf und legt ihre Hand auf seine Schulter, so als habe sie das bereits tausend Male getan. Er springt auf, lässt sich von ihr umarmen und tätschelt ihr dabei ganz leicht den Hintern.

«Hast du gehört? Die Grippe wird zur Epidemie hochgestuft?», sagt die Frau. Sie trägt ein knöchellanges blaues Kleid ohne Ärmel, um die schmale Taille einen breiten Gürtel, aber keinen Schmuck. Sie kaut Kaugummi, während sie spricht: «Ab Mitternacht gilt die Sperrstunde. Kein Mensch darf danach noch die Außendecks betreten.»

«Du redest Unsinn», sagt Kalle.

«Wart's ab!» Im Abwenden wischt die Frau kurz über seine Wange, und weg ist sie.

«Ehrlich gesagt, ich verstehe nicht, was hier vor sich geht», sagt Rosanna nach einer Denkpause. Das musst du mir erklären.»

«Das ist Cecilia Pérez Gasca», sagt Kalle. Verlegen kratzt er sich am Ohr. «Die Mexikanerin vom Kiosk.»

Schlagartig erkennt Rosanna sie als die Verkäuferin der Haarspange wieder. Nett, aber viel zu mager, runzelig wie eine Rosine. Wenn das sein Geschmack ist. Sie sieht ihn verstimmt an: «Und die Ausgangssperre?»

«Keine Ahnung. Sie hat jede Menge Kunden. Da hört sie von Dingen, bevor andere sie wissen. Ich verdächtige sie, die Quelle vieler Gerüchte zu sein.»

«Aha.» Rosanna bekämpft den Wunsch, Fragen über Kalles Verhältnis zu der Mexikanerin zu stellen und den Cognac, den der Kellner vor ihr abgestellt hat, in einem einzigen Zug zu leeren. Sie nimmt einen kleinen Schluck, gibt ihrem Verlangen dann doch nach und schüttet die goldfarbene Flüssigkeit in sich hinein.

Auf der Bühne werden Instrumente und Verstärker umgebaut, das Unterhaltungsprogramm geht währenddessen weiter. Ein Akrobat jongliert mit Porzellantellern, balanciert auf einer Leiter und zeigt Muskeln, während drei blaue Meerjungfrauen an Seilen unter der Saaldecke hangeln, mit Taucherflossen an den Beinen und roten Anemonenhüten auf den Köpfen.

«Blitzsauber choreographiert», sagt Kalle. Er reicht Rosanna ein Glas mit perlendem Sekt und lächelt sie entschuldigend an.

Sein Bart ist fleckig grau, rot, braun, das sieht nach gar nichts aus, bestenfalls nach Clochard. Ganz schön mutig von ihm, eine ausgeleierte Schlaghose zu tragen und eine Marienkäfer-Krawatte, die breit ist wie ein Autoreifen. Sieh mich an, fleht sie innerlich, nur ganz kurz. Sieh mir einmal in meine Augen, jetzt! Dann weiß ich, dass alles gut wird.

Kalle aber blickt in sich hinein, er ist mit einem Zahnstocher beschäftigt.

Sie ist dankbar, dass sich in diesem Moment auf der Bühne etwas tut. Männer in weißen Anzügen erscheinen, auf ihren Köpfen sitzen Kappen mit Bommeln. Die Frauen tragen weite Wollröcke und weiße Blusen, Tücher liegen über ihren Schultern. Sie musizieren mit Harmonikas und kleinen Trommeln, Kronkorken und Schellenbäumen. Ein als Weihnachtswichtel verkleideter Conférencier kündigt sie als eine Folklore-Sensation aus Funchal an.

«Ich mach mal Pause», sagt Packer ins Beifallklatschen hinein, steht auf und gleitet mit raschen Schritten am Rand der Tanzfläche entlang, die sich gefüllt hat. Kaum jemand trägt noch einen Mundschutz.

Über der Bühne schießen Stroboskope ihre Lichtblitze im Rhythmus einer immer lauter werdenden Musik in den Raum. Rosanna hört zu viele, zu grelle Töne, einen schrillen Minnegesang, immer wieder drängen jetzt winzige Lichterexplosionen in ihr Sichtfeld. Sie lehnt sich zurück und betrachtet die Tanzenden durch halbgeschlossene Augenlider. Sie spürt, wie der Raum um sie herum schrumpft. Kalles Kopf befindet sich außerhalb des Lichtkreises, er ist der Tanzfläche zugewandt.

Der Kerl am Nebentisch scheint immer noch zu schlafen. Er hat eine ungesunde Farbe angenommen, strähniges schwarzes Haar umrahmt sein hohlwangiges Gesicht. Er steckt in einer fusseligen Strickjacke und dreckigen Turnschuhen. Als eine Salonkellnerin ihn im Vorübergehen versehentlich anrempelt, reagiert er nicht.

Auch Trine baut ab. Ihr Mund ist leicht geöffnet, ihre Schultern sind nach vorne gesackt, die Brillengläser beschmiert, wobei sie nicht total unglücklich aussieht.

In Rosannas nachklingende Wut auf die Freundin mischt sich Sorge um den Geisteszustand Trines. Ist sie über Nacht zur tütteligen Alten geworden, hat sie ihren scharfen Verstand an die Verkalkung oder eine geplatzte Ader im Gehirn verloren?

«Träumst du?» Kalle reißt sie aus ihren Gedanken.

«Ich brauche noch einen Cognac.» Sie legt den Handrücken über die Augen, merkt aber sofort, dass er ihre Geste für melodramatisch halten muss, für eine Stummfilmszene.

Sie sieht Paul Packer und die Mexikanerin Arm in Arm auf der Tanzfläche, sieht, dass Kalle die beiden mit finsterer Miene beobachtet.

«Was ist los mit dir?», fragt sie.

«Nichts. Gar nichts.»

«Woher kennst du sie? Die Mexikanerin.»

«Von früher mal.»

Rosanna mag nicht mehr. Sie ist erschöpft. Vorne spielen sie ein süßes, schmachtendes Lied, und sie stellt sich vor, dass Kalle ihre Gedanken lesen kann, seine Hand über den Tisch reicht und sie zum Tanz bittet. Er aber unterhält sich nur mit einem rotgesichtigen Mann, der aussieht wie ein Käuzchen, sich auf einem herbeigezogenen Stuhl an der Schmalseite des Tisches niederlässt, sie versteht die Worte Drohne und Katapult.

Als der Steward kommt, um für den nächsten Gang zu decken, steht sie ohne ein Wort auf.

Auf der Toilette sieht sie ein Gebiss auf dem gekachelten Boden liegen. Mit spitzen Fingern hebt sie es auf und legt es neben den Seifenspender ab. Sie wäscht sich die Hände unter heißem Wasser, legt Lipgloss auf und schüttelt sich mit den Fingern Volumen ins Haar.

Auf ihrem Weg zurück, die Folkloregruppe aus Madeira badet sich im Schlussapplaus, glaubt sie in einem einsam an einem Personaltisch sitzenden Mann den Aufseher aus der Kantine wiederzuerkennen. Jenen Helden, der es mutig mit dem Sichelmann aufgenommen hat. Gestutzt sieht er aus, kaum wiederzuerkennen ist er, denn seinen aufmüpfigen Irokesenkamm ist er los. Fürsorge steigt in ihr auf. Sie stellt sich vor ihm auf.

«Junger Mann, darf ich bitten?»

Er blickt sie erschrocken an.

«Keine Sorge. Nicht zum Tanz. Du siehst ein bisschen verloren aus an deinem Tisch. Komm, setz dich zu uns. Komm. Mir zuliebe. Ich hab genug von lahmen Tattergreisen.»

## 23° 3' WESTLICHER LÄNGE; 32° 19' NÖRDLICHER BREITE

Abgespact ist sie, durchgeknallt vom Allerfeinsten, Rafael van Gouten kann es nicht anders sagen. Lotst ihn zu sich an den Schickimicki-Tisch, weil er verloren im Großen Festsaal herumsitzt. Sie hat ihm wohl angesehen, dass er so langsam die Hoffnung aufgibt, den Heiligabend an der Seite seiner Lieblingsärztin zu verbringen. Jetzt kippt das Tantchen Cognac und schielt ständig prüfend zu ihrer Freundin rüber, doch die macht ungerührt ihr Nickerchen, ein kleiner Faden Spucke rinnt ihr aus dem Mundwinkel, warum wischt niemand ihn weg? Weil sie sogar im Schlaf wütend aussieht, so, als wäre sie in Hundescheiße getreten? Und kuck mal an, der Schwede. Trägt einen knallgelben Button auf seiner hellbraunen Cordjacke – Never Mind The Bollocks 1977 – und quatscht in einer Tour von seinen Schlafkuren, die er abgebrochen hat, und dass er sich nun fühlt wie ein Zwanzigjähriger, mit allem, was so dazugehört. Ja, die Fleischeslust erlischt als Letztes, egal, was die Leute so sagen, Jippie! Schön für ihn, dass die Italienerin über jedes seiner Worte lacht, da geht doch was, oder?

Und dann sein Kumpel, Schnurrbart im Seehund-Style und beide Hände im Mumien-Look. Ständig knallt ihm die Gabel aus den Fingern, und jeden Satz schließt er mit einem unappetitlich feuchten Geräusch, aber ein cooler Typ, es kratzt ihn die Bohne nicht, was die Leute über ihn denken. Jetzt prahlt er damit, dass er eine Drohne vom Himmel geschossen hat, und logisch ist die von amerikanischen Militäreinheiten gehackt worden, um den Kurs der *Nyx* zu überwachen.

«Amerikaner?» Rafael fragt nach.

«Ein Hubschrauber in militärischen Tarnfarben, U. S. Army, was denn sonst?» Alle Viertelstunde marschiert er zur Bierzapfanlage und wieder zurück, zwischendrin schwingt er das Tanzbein mit einer dunkelhaarigen Bohnenstange. Er entpuppt sich als wendiger Foxtrotttänzer. Jemand müsste dafür sorgen, dass er ein neues Gebiss bekommt. Sobald er beim Lachen den Mund aufmacht, sieht man, dass ihm oben ein Schneidezahn fehlt. Und hoffentlich werde ich, sollte ich alt werden, den anderen nicht so ins Ohr brüllen, wie diese beiden Kerle es tun. Trotz ihrer Hörgeräte.

«Du bist der Held aus unserer Kantine», sagt der eine, der Paul Packer heißt.

«Du bist der Haudegen, der es mit dem Sensenmann aufgenommen hat», sagt der Schwede, Kalle Ulfung ist sein Name. «Alle Achtung! Aber wer ist närrisch genug, seine Unkrautsichel in der Garderobe aufzuhängen wie andere ihre Windjacke?» Dabei grinst er über seine beiden unrasierten Backen.

Wollen die beiden Opas ihn verarschen, oder was? Rafael hält an dieser Stelle lieber seinen Mund, jedes weitere Wort kann nur ein ungutes Licht auf ihn werfen. Dass noch immer eine Dienstaufsichtsbeschwerde über ihm schwebt, geht niemanden was an. Auch nicht, dass er seinen Irokesenkamm auf Anraten zweier Polizistinnen an eine raspelkurze Unauffälligkeit geopfert hat.

Die Stimmung steigt. Nun stoßen sie zu dritt auf die Kunstleber an und trinken auf den ersten Klonlöwen und auf die Keimbahntherapie und darauf, dass sich, laut Kalle Ulfung, seit der Jahrtausendwende nicht groß was geändert hat auf der Welt. «Vom Kleinscheiß mal abgesehen. Also davon, dass supermoderne Toilettenschüsseln Krankheiten aus dem Urin ablesen können.»

«Wenn sie ausnahmsweise mal nicht defekt sind.» Endlich wischt der Waliser sich den Bierschaum vom Bart, fragt: «Erinnert sich noch wer an die Entertainment-Abos von ganz früher? Die Big-Band-Nächte? Die Bingo-&-BBQ-Abende?»

«Jepp. Sind komplett gestrichen worden. Und die Karaoke-Bars sind auch dicht. Und wisst ihr noch, wie das Leitungswasser früher geschmeckt hat? Nicht faulig, sondern wie ein Gebirgsquell!»

Nachdenkliches Schweigen am Tisch, dann will der Schwede wissen: «Wieso glaubt ihr, dass dieser Ort wirklich existiert?»

Tantchen antwortet sofort: «Tue ich nicht. Ich bin doch nicht blöd.»

Sie prusten los, alle drei.

Die sind voll druff, denkt Rafael, wenn da mal kein Marihuana im Spiel ist, von Bier und Cognac allein wird niemand sooo lustig. Er fragt sich, ob sich diese Leute, als sie in seinem Alter waren, auch schon so verrückt gebärdet haben. Oder wächst der Irrsinn mit den Jahren und mit dem Wissen, dass gegen den Tod kein Kraut gewachsen ist und Vernunft schon mal gar nichts bringt? Die Durchgeknallten seiner Generation kann er an einer Hand abzählen, hier aber sitzen gleich drei Kasper an einem Tisch, und Nummer vier ist noch nicht mal aufgewacht in ihrem Rollstuhl.

Ständig drängt das Trio ihn, mit ihnen anzustoßen. Nein danke, antwortet Rafael, dieses selbstgebraute Pinkelbier trinkt er nicht, plus: Notdienst hat er auch. Er ist auf null Promille, das Personal der *Nyx* hat in Nächten wie dieser nüchtern zu sein. Alarmbereit.

Ihn quält eine böse Vorahnung, seit er auf Deck 75 vor den Haufen aus Metall und Haut und Sehnen stand. Von einem Menschen ist das nicht, hat die Riesin gesagt, vom Tier ebenso wenig. Es wird untersucht, in ein paar Tagen weiß man mehr. Rafael kennt die Antwort schon jetzt: Das Fleisch, die Haut, sie sind Teil dieser Menschmaschine, die ihn verfolgt hat, die auf diesem Schiff haust, zu welchen Zweck auch immer. Bei nächster Gelegenheit wird er sich vom Acker machen. Der Kurs der *Nyx* führt in die Karibik, es gibt ungastlichere Orte, um abzuheuern. Ein paar Tage noch, dann sagt er adieu, sollen sie sein mickriges Gehalt behalten. Auch die Ärztin kann ihm gestohlen bleiben. Er sollte es sich schenken, seine Blicke sechs Mal pro Minute über die Menge schweifen zu lassen. Sie wird nicht kommen. Sie mag keine Männer. Dabei sind sie verabredet. Er hat sich so auf sie gefreut.

Und Saïda? Zur Mittagszeit lag sie auf dem Bett, in der Hand die Fernbedienung. Ihre Kabine roch nach Fieber, Erdnussflips und überhitztem Fernsehschirm. Sie sei schachmatt, jammerte sie, neununddreißig Grad. Zwei Stunden später kommt Rafael mit einer Schüssel voll heißer Hühnerbrühe vorbei, klopft, doch sie öffnet nicht. Die Brühe hat er vor ihrer Tür abgestellt, soll jemand anders sich bedienen.

Auf der Bühne tut sich was. Eine steinalte Boygroup spielt sich einen Wolf, aus den Lautsprechern purzeln süßliche Akkorde, es ist zum Heulen, denkt Rafael. Diese idiotischen Frisuren, das Gehampel, die Art, wie sie ihre Gitarren halten und mit den tänzelnden Großmüttern in den vorderen Reihen flirten. Man bekommt Lust, die Lautsprecher einzutreten. Leider hängen sie an der Decke.

Das Tantchen und der Schwede sind eng aneinandergerückt. Na endlich. Sie wird nicht müde, von ihrem Tauchausflug und von Seespinnen zu erzählen, er hängt an ihren Lippen, beugt sich zu ihr und gibt ihr einen Kuss auf den Hals. Sie drückt ihn weg, lächelt dabei aber verschwörerisch. Sie zupft sich an Taille und Dekolleté ihres fliederfarbenen Kleids und fragt: «Glaubst du an Gott?»

Heiliger Hummer. Was für ein Einstieg. Aber warum nicht, schließlich kommt sie aus Sizilien, da ist sie erzkatholisch, tippt Rafael. Und will ein bisschen auschecken, mit wem sie später in die Kiste steigt.

«Solange sich Gott nicht bei mir, Kalle Ulfung, persönlich vorstellt und um Entschuldigung bittet, bleibe ich supercool.» Der Schwede antwortet mit einem lässigen kleinen Lächeln.

«Manchmal wünsche ich mir, ich hätte meinen ziemlich kindlichen Gottesglauben abgelegt.» Tantchen klingt direkt melancholisch. «Aber dem ist nicht so.»

Der Waliser kehrt vom Tanz zurück, leert sein Bier, mischt sich sofort ein: «Ich glaube an einen Gott, der sich nicht um uns kümmert. Dem wir schnurzegal sind. Aber hört gut zu! Ich habe ihn per Experiment nachgewiesen.»

«Und? Wo hast du ihn gefunden, den Lieben Gott?», will das Tantchen wissen.

«Ob er lieb ist, weiß ich nicht. Aber ja, ich hab ihn gefunden.»

«Erzähl mal, los, komm, trau dich», fordert ihn das Tantchen auf.

«Einen Teufel werde ich tun», sagt er. «Das ist eine persönliche Sache zwischen Gott und mir», antwortet er und dass seine Experimente aus strafrechtlichen Gründen nicht mehr fortgeführt werden konnten. Aber er hat zwei Jahre an der Methodik gearbeitet, Beleidigungen ertragen und die Entdeckung gemacht, dass es mit Hilfe von Drogen möglich ist, an einem Samstagnachmittag in einem Labor eine mystische Erfahrung zu haben. Punkt. «Religiöses Verhalten hat seine Heimat im präfrontalen Kortex. Und der linke vordere Schläfenlappen könnte das Zentrum göttlicher Visionen sein.»

«Apropos Visionen», meldet sich der Schwede auch mal wieder, er war länger abgemeldet und mit dem Leeren einer Tüte Salmis beschäftigt. «Wenn du so ein Klugscheißer bist, kannst du mir vielleicht auch erklären, in welchem Teil meines Gehirns die Monsterspinne herumläuft?»

«Was hast du gesagt?», fragt Rafael, plötzlich alarmiert.

«Ich dachte schon, dir hat's die Sprache verschlagen, mein Sohn», sagt der Schwede. «Ja, eine Riesenspinne. Läuft in der Nacht die Schiffswände hoch.»

«Spinne? Sieht sie aus wie … ein gewaltiger Hummer?»

«Von mir aus. Sechsbeinig, achtbeinig, Krebs, Shrimp oder Tarantel, ist mir wurscht. Das Ding hat mehr Beine und Arme als wir. Und es ist so groß wie du, mindestens.» Er redet schon schludrig vom vielen Bier.

«Wo hast du es gesehen?»

«Von meinem Bullauge aus. Es stieg aus dem Oslofjord. Rannte übers Wasser, rollte und sprang dann die Schiffswände hoch.»

«Und meins flitzte quer durch den Therapiebahnhof.» Tantchen hebt ihr Glas. «Auf die Ungetüme und Drachen, auf all die vielbeinigen Ungeheuer dieser Welt!»

Rafael will kein Spielverderber sein. Er stößt mit an.

Es ist nicht sein Wunsch gewesen, die phantastische Stimmung am Tisch weiter hochzujuxen. Aber dieses Trio hier ist noch begeisterter von Kampfmaschinen und Hightech-Waffensystemen als vom lieben Gott und von Magic Mushrooms.

«Mal angenommen», fragt Kalle Ulfung in die Runde, «ein autonomer Roboter schießt einen von uns in Stücke, wer muss dann vor Gericht? Der Käpt'n? Der Hersteller? Der Programmierer? Ein Wartungstechniker?»

Paul Packer übernimmt: «Ein Roboter im Kampfeinsatz kapiert nicht, dass es ungehörig ist, ein Mehrfamilienhaus in Schutt und Asche zu legen, nur weil jemand vom Dachfenster aus mit dem Luftgewehr auf Tauben geschossen hat, oder? Oder?»

«Weshalb Kampfroboter mit Lizenz zum Töten ja auch verboten sind», beschwichtigt Tantchen. «Ich kenn doch die Genfer Konventionen.»

«Ja, ja, verboten ist vieles», sagt der Schwede. «Aber erzähl einem Erfinder, er soll Schluss machen mit seinen geisteskranken Experimenten, dann macht er heimlich im Kellerlabor weiter.»

«Beim Militär sind zig Bekloppte unterwegs, weiß man doch», sagt der Waliser und zwirbelt andächtig seinen Schnurrbart. «Immerhin: Der jüngsten Generation von Kampfrobotern hat man ein gewisses Maß an Freiheit verpasst. Sie wurden programmiert, ihre Fähigkeiten verantwortungsvoll zu nutzen. Ethischen Werten zu folgen. Sich moralisch zu verhalten. Hört sich toll an, was? Die moralische Maschine. Doch wenn wir eines über neue Technologien wissen, dann, dass irgendjemand sie hacken wird.»

Rafael will nicht länger schweigend zuhören. «Ihr begreift nicht. Das Ding, von dem wir hier sprechen, ist kein normaler Kampfroboter. Er wurde auch nicht gehackt!» Laut muss er werden, dass sie mal zuhören, statt immer nur zu brüllen. «Es ist eher so eine Menschmaschine. Aus Metall und Muskelfleisch gebaut. Mit einem Kopf. Und vielen Augen.»

Das sitzt. Endlich Schweigen.

«Und es hat einen unserer Kampfroboter in seine Einzelteile zerlegt. Ich hab die jämmerlichen Reste gesehen. Oben auf Deck 75.»

Die stumme Freundin im Rollstuhl, das Pflaumentörtchen-Dessert hat sie verschlafen, rührt sich. Ihr Gesicht zuckt, es ist von Schmerzen gezeichnet. Dann sackt ihr Kopf wieder auf die Brust.

«Was ist mit ihr?»

«Sie hat ein Wutproblem», antwortet das Tantchen.

«Kennt ihr vielleicht», fragt Rafael, wo er gerade die volle

Aufmerksamkeit der Runde hat, «einen Finnen namens Reima Virtanen?»

«Wie sieht er denn aus?»

«So mittelgroß. Dunkles Haar. Lockig.»

«Genauso wie alle jungen Männer», bemerkt das Tantchen.

Tolle Antwort, denkt Rafael enttäuscht, doch es kommt noch viel schlimmer. Inmitten der Tanzenden erspäht er Saïda Talhaoui Hand in Hand, Bauch an Bauch Runden drehend mit einem Mann in voller Uniform. Er ist kleiner als sie, trotz seines Alters und seiner Falten von schmieriger Attraktivität und unverkennbar der Chef mehrerer Medizinischer Versorgungsstationen. Und Saïda ist ein verlogenes Stück, eine Simulantin, denkt er, wie kann sie jemandem wie dem Herrn Oberdoktor auf den Leim gehen? Wie kann sie mich so belügen? An Ort und Stelle wird er sie zur Rede stellen, ihr eine Ohrfeige verpassen und dem Kerl seine wulstigen Lippen blutig schlagen.

Rafael springt auf, die Tischplatte erzittert, Sekt spritzt aus Gläsern, er will schon voranstürmen, als er Polly Sutter halb verborgen hinter Stechpalmenkübeln am Rande der Tanzfläche stehen sieht. Der Lichtkegel eines Scheinwerfers zaubert eine Aura um ihr glänzendes, rehkitzbraunes Haar und ihre nackten Schultern. Mit einem einzigen Wimpernschlag löscht sie die flammende Eifersucht in seinem Herzen.

## 23° 3' WESTLICHER LÄNGE; 32° 19' NÖRDLICHER BREITE

Auf dem Tisch liegt eine Kamera, liegen Skalpell, Wundsalbe und vier Schmerztabletten sowie mehrere Bestellformulare für Laborinstrumente, die sie in der Virologie vom Boden aufgehoben und nun in der Tasche ihres Arbeitskittels wiedergefunden hat.

Polly Sutter schluckt die Tabletten, eine nach der anderen, nimmt die Kamera und sieht sich die Fotos an, die sie seit ihrer Ankunft auf der *Nyx* gemacht hat. Es sind siebenunddreißig Bilder, allesamt wurden sie in der Kabine von Milan Vladetic aufgenommen. Sie zeigen Stöße von Medikamentenpackungen, Hemden und Pullis auf den Regalböden eines Kleiderschranks, ein Bett und die Reste von Erbrochenem auf Kopfkissen und Laken; auf seiner Fotowand Gesichter und Häuser, Kinder. Auf einem Foto steht Vladetic umrahmt von zwei Frauen. Er hat klare Augen, die direkt in die Kamera blicken, und ein Grübchen am Kinn. Die Frauen haben gelacht, darum sind ihre Gesichter unscharf. Beide legen ihre Arme um seine Taille. Sie alle tragen Kleidung, wie sie in den siebziger Jahren des letzten Jahrhunderts getragen wurden. Zu seiner Fotosammlung gehören auch Bilder von Schachbrettern, sie zeigen fortgeschrittene Partien.

Polly faltet die Formulare auseinander, die sie in der Rezeption der Virologie vom Boden aufgelesen hat. Auf ihnen sind handschriftliche Bestellungen über Spritzen und Arterienklemmen eingetragen, über chirurgische Handschuhe und ein Laryngoskop, dann auch Trokarkatheter und eine Burdizzo-Zange. Jetzt endlich glaubt sie zu verstehen, was in den Laboren der Virologie geschieht.

Sie steht auf, streckt sich und tritt ins Bad vor den Spiegel. Sie legt ihren Handrücken über die Stirn, sie tastet ihre Lymphknoten unterhalb der Kieferknochen ab, fühlt am Kinn und in der Achselhöhle, an der Leiste. Sie bildet sich ein, unterhalb ihres linken Ohrs eine Schwellung zu spüren, sagt sich aber, dass dies gar nichts heißen muss. Erst ganz am Schluss, weil sie es am meisten fürchtet, kontrolliert sie die Farbe ihrer Zunge.

Sie setzt sich auf den Boden der Kabine und zieht ihren Koffer unter dem Bett hervor. Sie muss sich für den Abend anziehen. Sie beginnt lustlos, ohne System. Sie fischt einen langen blauen Rock hervor und eine weiße Bluse, die vom Liegen im

Koffer Falten hat. Ein Paar grüner Wollsocken gerät ihr in die Hände, sie hat sie auf einem Weihnachtsmarkt in Oslo gekauft. Sie gräbt sich an den Boden ihres Koffers vor, bis sie die offene Naht im Innenfutter erfühlt. Mit langen Fingern zieht sie einen in Seidenpapier gewickelten Gegenstand hervor. Es ist eine Pillendose aus Silber, in ihren Deckel ist eine Intarsie aus Lapislazuli eingelassen, ein Aztekenkopf. Die Dose ist bis zum Rand mit feinem, hellgrauem Pulver gefüllt.

Wir alle haben unsere Verstecke, sagt sich Polly. Und wo hat der Kürschner aus Novi Sad verborgen, was ihm wichtig war?

Sie geht zu ihrer Garderobe und zieht den Cowboyhut vom oberen Regal. Beidhändig tastet sie die Krempe ab, die Einbuchtungen des Kopfteils, zuletzt das Hutband. Sie spürt eine längliche Verdickung unter dem steifen Gewebe, und im Licht der Deckenlampe kann sie sehen, dass die Farbe des Nähgarns an dieser Stelle einen Ton heller ist. Mit der Nagelschere trennt sie die Naht des Hutbandes auf. Die Stiche sind eng und regelmäßig gesetzt, es ist eine Geduldsarbeit, bis sie ein rauchschwarzes Glasplättchen aus seinem Versteck zieht. Es ist kleiner als ihr kleiner Fingernagel. Die winzigen Zahlenkombinationen auf seiner gewölbten Unterseite verraten ihr nicht, ob es zum Speichern von Textdateien oder von Fotografien dient, ob es ein holographisches Bild enthält.

Sie duscht zum zweiten Mal an diesem Tag. Sie schminkt sich. Sie geht fahrig mit dem Bügeleisen über ihre Bluse und denkt dabei an Charanya Suraswadi, an die Geheimnisse und die Lügen der Frau mit dem milden Lächeln; sie ahnt Verrat und Bedrohung.

Sie sucht ihr Telefon hervor. Auch im fernen Hamburg müssen zu dieser Stunde Menschen vor Weihnachtsbäumen sitzen, sagt sie sich. Im Telefon knackt es. Lange hört sie nur ein Rauschen, das allmählich in der Ferne verklingt. Dann, wieder nach einem Knacken, kehrt das Rauschen zurück, näher, lauter.

Gleich wird es in der Handtasche meiner Exgeliebten klingeln, oder auf einem mit Kerzen gedeckten Tisch, vor dem Kristin sitzt. Oder es klingelt in ihrem Parka, denn vielleicht ist sie noch auf dem Weg durch den Weihnachtsregen. Polly wartet geduldig, lauscht in das Rauschen. Als sie das Telefon endlich aus der Hand legt, ist es feucht vom Schweiß.

Unter dampfendem Wasser wäscht sie ihre Hände viermal mit Seife, desinfiziert sie und dann auch das Skalpell. Sie breitet einen Wundverband auf der Tischplatte aus, drückt den Rücken ihren linken Hand flach auf das Tuch und spannt ihre Muskeln im Oberarm an. Mit ihrer rechten Hand greift sie zum Skalpell, setzt seine Schneide direkt über der Wölbung zwischen linkem Daumen und Zeigefinger an. Sie beißt die Zähne zusammen und schneidet schnell, mit einem einzigen Pressen ihres Zeigefingers in die Haut hinein. Das Implantat rutscht hervor, so als hätte es auf seine Befreiung gewartet. Der winzige Sender, der ihren Standort an Bord der *Nyx* verrät, hat die Form eines Knochens. Er ist biegsam, kaum größer als ein Reiskorn, und als sie ihn von ihrem Blut säubert, glänzt er golden.

Direkt am Entree des Großen Festsaals steht ein Mann in einem blendend weißen Smoking und kotzt leise in eine farblich passende Plastikschüssel, die eine Kellnerin ihm vor die Brust hält.

Ich komme zu spät, denkt Polly. Und ich habe nicht bedacht, dass dies der Ort ist und die Stunde für alle, die es mit dem Trinken ernst nehmen.

Sie streift auf zufälligen Bahnen durch den Saal, quert ihn, wo sich eine Gasse in der Menge auftut. Sie wagt sich näher an die Bühne heran, um zu sehen, ob Rafael van Gouten unter den Tanzenden ist. Plötzlich steht er vor ihr. Er nimmt sie bei der Hand und sagt entschuldigend: «Normalerweise setze ich mich nicht einfach bei fremden Leuten dazu.»

Sie kennt die beiden Männer, die mit ihm am Tisch sitzen.

Beide tragen festliche Anzüge, die ihnen über die Jahre zu groß geworden sind. Den einen hat sie am Vormittag verarztet und ihn dann an den anderen übergeben. Beide waren sie barfuß unterwegs, jetzt tragen sie blankgewienerte Lederschuhe und haben rote Nasen vom Trinken, und auch die Frau in ihrer Mitte sieht alles andere als nüchtern aus. Wer auf der *Nyx* die Weihnachtsfeier besucht, sagt sich Polly, darf kein Nobelpreis-Bankett erhoffen.

Das Trio stellt sich ihr mit altertümlicher Höflichkeit vor.

«Du hast meine Wunde geflickt», sagt der Patient, der Paul Packer heißt. Er hält die verbundene Hand hoch. «Ein Meisterwerk.»

«Hat jemand von euch telefonieren können heute Abend?», fragt Polly in die Runde.

«Käme mir nicht in den Sinn», sagt der Mann, der sich ihr als Kalle Ulfung vorstellt.

«Mit wem denn auch?», fragt die Italienerin.

«Seit dem Nachmittag hab ich's versucht», sagt Rafael. «Null Verbindung. Da geht gar nichts.»

Rosanna Gardella prostet den anderen zu, das Sektglas, in dem der goldenen Farbe nach Cognac schwappt, gefährlich weit unten am Stiel haltend. Eine gutaussehende Frau, denkt Polly, sogar in angetrunkenem Zustand noch. Aber ihre Augen geben preis, dass sie krank ist. Mit aufrechtem Kopf und einem wehmütigen Abschiedslächeln sitzt sie da, ihre Hände spielen nervös mit Gabel und Löffel.

Die Stimmen im Saal sind laut, im Gelächter der Frauen oszillieren schrille Töne, das der Männer kommt dröhnend, ruckweise.

Man löchert Polly mit Fragen, in denen sich alles um blaue Zungen dreht. Ist es ein Virus? Ansteckend? Tödlich? Helfen Antibiotika? Kommt es von den Schafen? Sie ist Ärztin, sie sollte sachkundige Antworten geben, doch sie ist ratlos.

Irgendwann gibt Polly es auf, die ständigen Sektofferten des Tischkellners abzuwehren. Sie bemerkt, dass eine weitere Frau zur Tischrunde gehört, doch sie sitzt schlafend in ihrem Rollstuhl, den Randbereichen des Festsaals zugewendet, so als habe man sie sich aus den Augen schaffen wollen.

Weil sich Polly keine Gesprächslücken bieten und der süße, sprudelnde Schaumwein ihr zu Kopf steigt, spricht sie irgendwann mit lauter Stimme in die Unterhaltung hinein: «Von der Ausgangssperre habt ihr gehört? Ab Mitternacht dürfen wir die Außendecks nicht mehr betreten.»

Alle rufen durcheinander, Schweinerei und Schwachsinn, sie wiegelt ab, erklärt: «Eine Vorsichtsmaßnahme. Niemand soll betrunken über Bord gehen.»

Kalle Ulfung sieht auf seine Uhr. «Nutzen wir die Zeit.» Er hebt ein Glas, kleckert Bier auf sein Hemd und schert sich kein bisschen drum. «Lassen wir's krachen.»

Gute Musik lässt auch den Lahmen wieder wandeln, denkt Polly, als sie die vielen Rollatoren am Rande des Saals stehen sieht. Begleitet von drei knackigen Background-Damen singt ein schwarzer Sänger mit Reibeisenstimme von versprochener Liebe und nie geschriebenen Gedichten. Er trägt sein gelbes Hawaiihemd bis zum Bauchnabel aufgeknöpft, dazu eine lila Hose. Wenn sie richtig sieht, hat er hellblau lackierte Fingernägel.

Sie will es Rafael zeigen und deutet mit dem Zeigefinger auf den Sänger. Sofort fällt ihr ein, was ihr als Ärztin niemals einfallen sollte: dass sie diesen Finger in sein Hinterteil gesteckt hat. Sie lässt die Hand sinken und sagt: «Ich bin auf ein paar Dinge gestoßen.»

Sie erzählt ihm von dem Plättchen aus Quarzglas, das sie aus dem Hutband geschnitten hat, das nichts anderes als ein Datenspeicher sein kann. Vom spionierenden Mikrochip, der lange genug unter ihrer Haut saß. Sie hält ihre Hand mit dem Pflaster vor seine Augen.

Er ist sprachlos.

Sie wartet darauf, dass er sich fängt und fragt, ob sie Schmerzen hat. Oder wie sie an die Informationen zu kommen gedenkt, die sich auf dem Chip befinden. Stattdessen beugt er sich zu ihr, gibt ihr einen schnellen Kuss auf die Wange.

Sofort täuscht sie ein Gähnen vor. Sie sollte die Dinge jetzt und sofort klarstellen. Um sicherzugehen, dass er keine weiteren dummen Ideen entwickelt. Sie schweigt aber und trinkt vom Sekt und schlägt die Fingernägel im Takt der Musik gegen das schmale Glas. Abwechselnd kaut sie an Cocktailkirschen und schwarzen Oliven und wehrt sich gegen die Versuchung, Christbaumkugeln zu zählen, Gehstöcke, Krawatten.

Die Band hat sich bis auf den Sänger zurückgezogen. Mit seiner Gitarre sitzt er auf einem Hocker vor dem Mikrophon und trägt mit Schmalz in der Stimme seine größten Hits vor. Die Italienerin stimmt in den Refrain ein. Poems. You promised me poems.

Polly leert den Rest ihres Glases, lässt einen der Eiswürfel in ihren Mund gleiten. Als er geschmolzen ist, fragt sie:

«Was ist mit deiner Frisur?»

«Musste weg.»

«Tut's dir nicht leid?»

Er sieht aus, als warte er auf einen Gedanken. Plötzlich sieht er sie mit zusammengekniffenen Augen an und fragt: «Tanzen wir, oder was?» Sie schüttelt den Kopf, doch da hat er schon nach ihrer Hand gegriffen und führt sie zur Tanzfläche.

Er ist ein mittelmäßiger Tänzer, so mittelmäßig wie sie selbst. Aber es macht Polly nichts aus, denn sie ist betrunken genug. Er hält sie in seinen Armen, ihr Kopf ruht an seiner Schulter, sie spürt die Wärme eines anderen Körpers, darum geht es hier doch, denkt sie. Mit der harten Beule, die sich durch seine Hose an ihr Becken drängt, kann sie auch leben, seltsam. Neben ihnen tanzen zwei alte Männer, die sich umarmen und sich küssen.

Als sie zum Tisch zurückkehren, zaubert Kalle Ulfung eine Champagnerflasche hervor.

«Geklaut!» Stolz erzählt er von seinem Coup, von den Kühlkisten hinter der Sektbar, auf die vor lauter Feiern kein Mensch noch ein waches Auge hat.

Die kleine Tischgesellschaft klatscht ihm Beifall. Sogar die Frau im Rollstuhl rührt sich wieder, Polly sieht es aus dem Augenwinkel.

Ein Glas klirrt. Es ist die Italienerin. «Ich möchte euch etwas vorschlagen. Wie wär's, wenn wir uns in zehn Jahren alle wiedertreffen. Genau hier? An diesem Tisch?»

«Jawohl! Auf das Leben und die Liebe!»

«Death is not the end!»

«God Jul!»

«Buon Natale!»

«Nadolig Llawen!»

«Vrolijk Kerstfeest»

«Frohe Weihnacht!»

«Küss mich!»

«Vergiss es. Also gut. Dies eine Mal.»

Die anderen prosten sich weiter zu, doch Polly, die gerade eben die Lippen eines Mannes an ihre Lippen gelassen hat, will ihre Gedanken sortieren, zu befremdlich war das Gefühl, eine fremde Zunge in den Mund gesteckt zu bekommen, mit einer Nase zusammenzustoßen, die noch größer ist als ihre.

Suraswadi steht dicht neben ihr, in den Händen zwei Gläser. «Lass uns anstoßen!»

Polly leert ihr Glas auf einen Zug, gegen ihren Willen, schon ist die Gesundheitsoffizierin wieder im Gedränge verschwunden. Wundern werde ich mich heute Abend über nichts und niemanden mehr, sagt sie sich, es geht drunter und drüber, das ist nichts für mich. Sie tritt ein paar Schritte zurück und stößt dabei gegen die Lehne des Rollstuhls.

Die Frau reißt ihre Augen hinter schiefhängenden Brillengläsern weit auf. Keuchend und schwitzend sitzt sie dort, es sieht aus, als wolle sie etwas sagen, doch sie kriegt kein Wort heraus. Polly lockert ihr das Halstuch, öffnet die eng am Hals sitzende Hemdbluse, reißt ihr die Decke vom Schoß und redet beruhigend auf sie ein.

«Du lieber Himmel.» Die Italienerin ist neben Polly getreten, die Männer bleiben wie gelähmt sitzen.

Der Frau im Rollstuhl scheint sich zu erholen, ihr Atem geht ruhiger, das hitzige Rot weicht aus ihrem runden Gesicht. Mit einem verlegenen Lächeln stammelt sie Entschuldigungen, dabei sabbert sie ein paar Tröpfchen Speichel auf ihre Bluse. Ängstlich schnaufend besteht sie darauf, in die Kabine gebracht zu werden, in ihr Bett.

Die Italienerin, auf einen Schlag wirkt sie nüchtern, macht ihre Freundin mit ein paar Handgriffen zur Abfahrt bereit. Wortlos hilft sie ihr, die Jacke überzuziehen, den Schal zu binden, das Bein mit der Prothese auf die Fußraste zu heben. «Bin gleich wieder da», verspricht sie im Weggehen.

«Ich auch», krächzt die Frau im Rollstuhl.

Nein, ganz sicher nicht, denkt Polly. Du nicht. Und du weißt auch nichts davon, dass in der Innentasche deines Jacketts ein winziger goldener Metallknochen versteckt ist, der deinen Standort an die Effektivitätsbeauftragte der Medizinischen Versorgungsstation No. 3 senden wird, alle zehn Sekunden einmal.

Sie nimmt die Hand Rafaels und sagt: «Gehen wir eine rauchen.»

Der Wind, der das Meer am Nachmittag kaum gekräuselt hat, bläst in Böen und hat Lücken in die Wolkendecke gerissen. Einen Moment lang stehen sie über die Reling gebeugt und holen Luft. Der Mond ist nicht ganz voll, sein Licht aber hell genug, um tief unter ihnen die Kämme der Wellenberge aufscheinen zu lassen. Ein Grüppchen Raucher hat sich in einer windstillen Ecke versammelt. Sie stehen um ein paar Fackeln herum, der Wind trägt Wortfetzen und Gelächter übers Deck. Polly zündet sich eine Zigarette an, inhaliert tief, fragt: «Bist du gar nicht neugierig? Willst du nicht wissen, was ich herausgefunden habe?»

«Deine Liebe zu mir?»

«Mir ist nicht nach Witzen. Hör zu.» Sie holt das Bestellformular aus ihrer kleinen Handtasche, entfaltet es und sagt: «Hier. Eine Burdizzo-Zange.»

«Ja, und?»

«Veterinäre benutzen so ein Werkzeug. Es hat nur einen Zweck: Mit ihm werden die Samenstränge und Blutgefäße gequetscht, bis die Hodenarterie abstirbt.»

«Autsch.»

«Wie weggetreten bist du eigentlich? Mit diesen Zangen werden Stiere und Schafsböcke kastriert. Ohne dass ein Tropfen Blut spritzt.»

Sie lässt ihn eine Weile nachdenken, legt nach.

«In der Virologie der *Nyx* werden Tiere gehalten. Keine Mäuse, keine Hamster. Große Tiere. Verstehst du? – Und wozu werden große Tiere gehalten? Um sie zu Frühstückswurst zu verarbeiten? Nein. Um mit ihnen zu experimentieren!» Sie wirft den Zigarettenstummel auf den Boden und zertritt ihn mit der Schuhspitze.

Er blickt sehnsüchtig auf die schwarze Unendlichkeit vor ihnen. «Ich habe hier die seltsamsten Geschichten zu hören bekommen», sagt er. «Du kannst dir nicht vorstellen, was so alles geredet wird.»

«Ich rede nicht bloß so daher. Ich beobachte und ziehe meine Schlüsse. Punkt.»

Die Drehtür spuckt zwei Männer aufs Deck. Mit ihnen schwappen die klagenden Töne eines Trompetensolos in die Nacht.

«Und das Beste kommt jetzt, solltest du noch aufnahmefähig sein. Ich weiß, in wen dein Kollege Virtanen verliebt war.»

Er starrt sie mit offenem Mund an.

«Na, willst du wissen, wer diese Mai ist?» Sie spannt ihn noch ein bisschen auf die Folter. «Mai ist meine Gesundheitsoffizierin. Reima Virtanen und Milan Vladetic waren die Versuchskaninchen von Charanya That Myat Suraswadi.»

«Ich weiß nicht», sagt er zögerlich. «Für eine, die keine Drogen nimmt, erzählst du eine ganze Menge fabelhafter Geschichten.»

Durchfroren kommen sie zu ihrem Tisch zurück. Die Gläser sind wieder voll, Polly trinkt, bevor sie sich setzt. Die Bühne ist verwaist, die Musik kommt vom Band, doch noch immer schießen Lichtblitze über die letzten Paare auf dem Tanzparkett. Kalle hält sich an dem leeren Sektkübel fest und sieht missmutig an die Saaldecke. Sein Freund schiebt eine schlanke Frau, die größer ist als er, in beinah regloser Umarmung über die Tanzfläche.

«Kuckt mal, der da.» Rafael zeigt auf einen der Nebentische.

Sie sieht einen Mann mit pechschwarzem Haar. Sein Kinn ruht auf der Brust, langsam rutscht er stuhlabwärts, seine Beine knicken ein, sein Oberkörper folgt biegsam, als er mit dem Hintern auf dem Boden auftrifft, schlägt er lang hin.

Polly springt auf, rüttelt an ihm. Das Gesicht des Mannes ist zu einer ausdruckslosen Maske erstarrt, Eyeliner umkränzt die Augen, sein Mund steht offen, die dunkelblaue Zunge lauert wie eine Muräne in ihrer Höhle.

Sie sieht noch das angewiderte Staunen auf Kalles Gesicht, da verstummt die Musik mit einem Knistern, erlischt die Lichtorgel über der Bühne, flackernd verabschieden sich die Scheinwerfer an den Saalwänden, verglimmen die Kandelaber an der Saaldecke.

Der Schein einiger Adventskerzen beleuchtet erschrockene Gesichter, eingefrorene Bewegungen, in die Höhe gereckte Gläser.

«Nicht schon wieder», hört sie Rafael fluchen, als ohrenbetäubender Sirenenlärm anhebt.

«Was ist das?», brüllt sie gegen die Panikschreie an, gegen den auf- und abschwellenden Heulton.

«Wenn es keine Notfallübung ist», hört sie die Stimme Kalles, «dann müssen es Piraten sein.»

## 23° 42' WESTLICHER LÄNGE; 32° 12' NÖRDLICHER BREITE

In Rosannas Magen brodelt es und schwappt, als hätte sie einen Topf kochender Suppe verschlungen. Beschwipst ist sie zudem, doch sie geht, so schnell sie kann, und atmet tief ein und aus, um den Schwindel in ihrem Kopf zu vertreiben. Sie ruckelt fahrig am Joystick der Steuerung, lässt sich vom Rückenrahmen des Rollstuhls voranziehen, wenn Müdigkeit ihre Füße lähmt. Trine schläft, die pendelnden Bewegungen des grauen Haarschopfes, die hängenden Schultern verraten es.

Sie haben endlose Korridore mit Schnapsleichen hinter sich gelassen, sind mit dem Fahrstuhl in die Tiefen der *Nyx* getaucht, sie wurden von Betrunkenen bedrängt, von geschminkten Männern und Frauen überholt, die weiße Anzüge und Röcke trugen und miteinander zankten; als sie die Trommeln in ihren Händen sah, begriff sie, dass es die Musiker aus Madeira waren, die über Nacht an Bord bleiben, bis man sie im Morgengrauen auf ihre Insel zurückfliegen wird.

Seit Minuten ist ihnen kein Mensch begegnet, als eine Borddurchsage durch den Gang scheppert. Eine Frauenstimme verkündet, dass um Mitternacht eine strikte Ausgangssperre beginnt – «an Bord Ihrer *Nyx*», wie sie sagt. Als ob der Kahn uns gehören würde, denkt Rosanna.

Am Ende eines weiß gestrichenen Flurs glaubt sie, eine Reihe kleiner Werkstätten wiederzuerkennen, rote Warnschilder, die zum Tragen von Schutzkleidung ermahnen. Ist sie schon einmal hier vorbeigekommen? Wie hat sie sich derart verirren können?

«Weißt du, wo wir sind?», fragt sie laut.

Trine reagiert nicht.

Rosanna holt aus, sie wach zu rütteln, friert in der Bewegung ein, als knallend eine Kabinentür aufspringt, ein Mann ihnen entgegentorkelt. Er trägt eine kaffeebraune Hose und den Gürtel oberhalb des Bauchnabels. Rotweinflecken sprenkeln sein weißes Oberhemd.

«Wo geht's denn hier zum nächsten Aufzug?», fragt sie ihn.

«Zurück. Drei Spangen zurück. Dann zweimal links», sagt er nuschelnd. Sie riecht seine Rotweinfahne.

Es sind zwei große Personalaufzüge, vor denen Rosanna zum Stehen kommt. Sie sind in ständiger Bewegung, an den Leuchtzahlen oberhalb der orangefarbenen Türen kann sie es ablesen. Als einer der Aufzüge sich endlich mit einem Klingeln öffnet, blickt sie in Dutzende angsterfüllter Gesichter. «Sorry», sagt eine Frau, die in der vorderen Reihe steht. Sie hält einen silbernen Schuh in der Hand, der Absatz ist abgebrochen. Die Türen schließen sich.

Rosanna harrt aus. Der Festsaal wird sich leeren, sagt sie sich, die Feiernden werden sich in ihre Kabinen zurückziehen, nur Geduld. Sie verfolgt den Lauf der Aufzüge, das Auf- und Niederwirbeln der Ziffern, als schlagartig das Licht im Gang erlischt. Ein bläulicher Lichtfaden der Notbeleuchtung scheint über ihrem Kopf auf. Sie schließt erschöpft die Augen. Sofort beginnen die Glühpunkte an den Rändern ihres Blickfelds ihr Feuerwerk. Dann hebt auch ein Sirren in ihren Ohren an, sie braucht eine Weile um zu begreifen, dass es Sirenengeheul ist.

Sie lässt sich zu Boden gleiten, lehnt sich gegen die Räder des Rollstuhls, ihre Hände tasten über den klebrigen Boden. Der Mut verlässt sie, der Moment ist gekommen, in dem sie alle Verantwortung für Trine abgibt. Sie bleibt hier einfach sitzen und schläft ihren Rausch aus.

Das Licht flackert auf, erlischt, erstrahlt von neuem, schwächer von Mal zu Mal. Neben ihr schnauft Trine. Rosanna glaubt, geflüsterte Worte zu hören. «Hast du etwas gesagt?», fragt sie und verfolgt halboffenen Auges, wie ein Zucken wellenförmig über die eine Seite von Trines Gesicht läuft. Mit beiden Händen zerrt sie an ihren Perlenohrringen. Sie lösen sich nicht, die Stecker geben nicht nach, die Ohrläppchen sind inzwischen lang und rot wie Einmachgummis.

Fängt es so an, mit einem Zucken im Gesicht, mit einer Selbstverstümmelung? Oder vorher schon, mit bösen Beleidigungen? Mit einem Büstenhalter, der über dem Pulli getragen wird? Vor ein paar Tagen erst hat sie Trine gerade noch rechtzeitig warnen können.

Das Heulen der Sirenen schwillt an, es kommt nun von allen Seiten. Die Leuchtziffern über den Aufzügen sind erloschen. Jetzt stecken sie alle in ihrer grabesfinsteren Metallkiste fest, denkt Rosanna, eng gepackt wie die Ölsardinen, sie aber ist davongekommen.

Sie hört schnelle Schritte in ihrer Nähe, das Echo hallt zwischen den Wänden des Korridors. Unmöglich zu sagen, aus welcher Richtung sie kommen. Sie wartet, alle Sinne aufs äußerste gespannt. Die Schritte werden zu einem Trampeln, werden lauter, bis sie die Vibrationen in ihrem ganzen Körper spürt. Die Strahlen von Helmlampen weisen ihnen den Weg, im nächsten Moment kommen sie um die Ecke geprescht: vier Männer in den Uniformen der Eingreiftruppe. Ihnen folgt ein Kampfroboter. Er überragt die kräftig gebauten Männer um Haupteslänge, das matte Metall seiner Rüstung schimmert im Licht der Notbeleuchtung. Sein langer, vielgliedriger Arm prallt gegen die Lehne des Rollstuhls. Der schießt davon, geht auf wirbelnden Rädern in eine Drehung, kippt. Trine wird quer über den Gang geschleudert, den die Soldaten und der Kampfroboter im Laufschritt hinter sich lassen, ihr Getrampel verstummt in der Ferne.

In eine plötzliche Stille hinein, auch die Sirenen schweigen für einen Moment, stößt Trine einen wilden Schrei aus. Sie liegt mit dem Rücken an der Wand, die verbogene Brille hängt ihr schief vom Gesicht. Ihre Beine drücken sich krampfartig durch, das linke beginnt zu zittern, zu zucken, der Unterschenkel und sein blankpolierter Budapester Herrenschuh führen einen irren Tanz auf. Ihr Hosenbein ist zerrissen und rutscht höher und höher, entblößt eine Prothese, die schräg vom Knie absteht. Sie hat sich beim Sturz gelöst, nur über ein paar Kabel ist das Metallgestell noch mit ihrer Kniescheibe verbunden und empfängt jetzt sinnlose Impulse aus den Muskeln.

Rosanna kann nicht aufhören, auf Trines bleiches, haarloses Bein zu starren, das unter dem Hosensaum hervorragt. Das Bein ist zu schmal für die knochigen Kniescheiben, es ist das Bein eines kleinen Mädchens, denn Trine hat es seit Jahren nicht benutzt.

Ihr Gesicht ist teilnahmslos, sie gibt keinen Laut mehr von sich, zittert jedoch am ganzen Körper. Blut tropft von ihren Ohren herab. Die Zungenspitze, die sich zwischen ihre Zähne schiebt, schimmert im Dämmerlicht schwärzlich.

Lautlos rollt ein Perlenohrring über den schmutzigen Boden des Gangs auf Rosanna zu, prallt gegen ihre Hand, rollt aus.

Rosanna robbt auf Händen und Knien los, zieht sich am Rollstuhl hoch, rennt davon. Sie ist hellwach, ist sich jeder ihrer Bewegungen bewusst, jeden Muskels und jedes Gedankens. Sie ist auf der Flucht, sie will überleben.

## 24° 29' WESTLICHER LÄNGE; 32° 9' NÖRDLICHER BREITE

«Sieh dir das an.»

Kalle Ulfung blinzelt irritiert auf ein Feuerwerk aus grellweißen Blitzen und scharlachroten Explosionen, auf Signalraketen, die das Meer zu einem brodelnden Bad aus flüssigem Kupfer illuminieren und den Rumpf der *Nyx* zum Funkeln bringen. Es ist ein pyrotechnischer Jahrmarkt, jetzt aber saust eine der Raketen auf ihn zu, prallt gegen die Schiffswand schräg über ihm und sprengt ein Stück der Reling fort. Trümmer rasen in die Tiefe, es scheppert ein paar Meter neben ihm.

«Nun wissen wir, dass es keine Signalraketen sind!» Kalle muss brüllen, um den Lärm zu übertönen. Neben ihm hockt die rehäugige Ärztin und klammert sich an den Handlauf der Reling.

Er und Polly Sutter haben sich zwischen den Grillkaminen und den massiven Edelstahlgestellen der Freiluftgrills versteckt. Nun schielen sie abwechselnd, wenn sie sich mal trauen, zwischen den Streben der Reling in die Tiefe.

Piraten greifen die *Nyx* an, ihre bunten Schiffe führen ein Wasserballett auf, metertief erleuchten Fluchtlichter das flaschengrüne Meer.

«Super Inszenierung!», ruft Kalle aus, erahnend, dass seine Aufregung einen Übermut enthält, der dem kompromisslosen Genuss von Alkoholika zu verdanken ist.

Im gleißenden Licht der Außenscheinwerfer treten die Schotten und Luken unter ihnen hervor, die Balkone und Ausgucke. Auf manche davon haben sich Schaulustige gewagt, auch von den Aussichtsplattformen über ihnen begaffen Leute die Szenerie. Sie alle haben sich nach dem Ertönen der Alarmsirenen nicht panisch in die Zitadelle oder in andere Schutzräume im Bauch der *Nyx* geflüchtet, sondern wagemutig einen Weg ans Freie erkämpft.

Wie ein Lavastrom, träge fließend, jedoch unaufhaltsam, haben sich die Massen Wege aus der Finsternis des Großen Festsaals gesucht, der Strom der Fliehenden wallte hierhin und dorthin, völlig sinnlos ist es gewesen, sich ihm entgegenzustellen. Er und Polly pflügten sich einen Weg zum Rand der Menge, wo es etwas schneller zu gehen schien. Nach dem tapferen jungen Holländer hielten sie vergeblich Ausschau.

Sobald es ihnen möglich war, zweigten sie vom Hauptstrom der Flüchtenden ab. Sie rannten durch dämmrige Flure, sprangen widerhallende Eisentreppen hinab, hielten vor signalroten Schleusentoren; ein Mann im Overall verscheuchte sie mit seinem Gewehr und bösen Blicken. In einer verlassenen Nachtrezeption bog Kalle scharf um die Ecke und stolperte gegen das bis zum Oberschenkel entblößte Bein einer Frau, die im Ballkleid auf dem Boden lag. Er strauchelte, stürzte auf die Knie, es hätte das Ende sein können, in seinem Alter krachen die Knochen wie Salzstangen, doch er ist aufgesprungen und weiter wie ein junger Hund. Noch immer pulsiert das Adrenalin in seinen Adern.

Tief unter ihnen kreisen Dutzende von Speedbooten. Sie sind blau und grün und rot lackiert, der Schub aus ihren Turbinen kocht wirbelnde Schaumkronen auf. Sobald sich die Strahlen der Wasserkanonen auf sie richten, ziehen sie sich zurück und schießen an anderer Stelle wieder an die *Nyx* heran. Kalle kann die Gesichter der Piraten von so weit oben nicht erkennen, aber er sieht an ihren flinken Bewegungen, dass es durchtrainierte junge Männer sind. Sie alle tragen Helme gegen das schrille, schmerzhafte Aufheulen der Schallkanonen; ihr Bombardement kräuselt das Meer zwischen ihren Booten.

Sobald die Seeräuber einen halbwegs sicheren Stand in ihren Rennbooten haben, feuern sie enterwütig Panzerfäuste und Gewehrsalven auf die Männer der Eingreiftruppe ab, die eines der Hauptschottten verteidigen. Andere stecken Gerüststangen zu

Leitern und Enterhaken zusammen. Die längsten reichen bis an die untersten Ausgucke, zwanzig Meter über den Wellen.

«Woher kommen sie?», fragt Polly.

«Da kann ich nur raten.» Kalle pult letzte Kümmelkerne zwischen den Zähnen hervor. «Von den Azoren?» Er wundert sich. Piraten kapern Gastanker und Öltanker, im größten Elend wagen sie sich auch an Kreuzfahrtschiffe. «Dass sie sich über die *Nyx* hermachen, ist ein schlechtes Zeichen», sagt er fachmännisch. «Ich meine, was gibt es hier zu holen außer Zahngold?»

Was er für einen erstklassigen Scherz hält, kommt offenbar zum falschen Moment. Polly verzieht ihr Gesicht, fragt trocken: «Wie weit von hier liegen ihre Inseln?»

«Na, so zweihundert Seemeilen. Höchstens. Ein Klacks. Ihre Boote werden mit Helikopterturbinen angetrieben. Sie sind blitzschnell, wenn sie wollen. Siehst du.»

Aus der Dunkelheit schießt ein Motorkatamaran hervor. Wild zwischen den Wellenkämmen aufschlagend, steuert er jene Stelle der Bordwand an, wo es den Piraten gelungen ist, eine Batterie Wasserwerfer zu zerstören. Auf dem Tragdeck des Katamarans ist eine Kanone montiert. Mit ihr schießen die Seeräuber einen Enterhaken in Richtung des Schiffsrumpfes. Der riesige Dreizack segelt an einer Leine über das Gewirr von Zäunen und Gittern hinweg, mitten in die Öffnung eines kleineren Schotts hinein. Die Leine strafft sich. Die Widerhaken der Enterkanone haben einen Halt gefunden.

Der Katamaran krängt mit beiden Rümpfen auf den Wellen, doch schon hangeln sich die ersten zwei Piraten geschickt an der gespannten Harpunenleine empor. Es sieht aus, als würden sie eine Palme erklettern. Respekt, denkt Kalle, tüchtig, tüchtig. Auf Deck des Katamarans warten weitere Männer darauf, ihnen zu folgen. Sie alle tragen Tauchanzüge und klobige Gummistiefel, die bis zu den Knien reichen. Als sie sich einer nach dem anderen von der Leine ins rostige Geflecht der Piratengitter fallen lassen, begreift er: Der elektrische Strom, der die Gitter zu Todesfallen macht, kann diesen Piraten nichts anhaben.

Unter ihnen, keine zehn Decks entfernt, explodiert ein Balkon. Er erbebt, neigt sich mit dem Knacken zerreißenden Stahls, rauscht krachend hinab.

«Hast du keine Angst?», fragt Polly, die sich an ihn klammert wie seit Ewigkeiten kein Mensch mehr.

«Bis hier oben werden die Seeräuber nicht kommen.» Kalles Beine sind steif, die Kälte schmerzt in seinen Händen; ineinander verkrallt, liegen sie vor seinem Bauch. Er schließt die Augen und versucht, sich auf einen Finger nach dem anderen zu konzentrieren, bis er es schafft, eine Faust zu ballen. In der Panik des Aufbruchs hat er seine Cordjacke über der Stuhllehne hängen lassen, sein Hemd schützt kaum gegen den Wind. Ihm fällt ein, dass Mitternacht naht, dass die Ausgangssperre in wenigen Minuten beginnen wird.

Ja, doch, er hat Angst. Das Kampfgetümmel spielt sich in beruhigender Ferne ab, doch er lässt sich davon nicht täuschen. Wüsste er nur, auf welches Deck, in welche Kabine Rosanna ihre dänische Freundin geschafft hat! Längst wäre er ihr quer durch die *Nyx* gefolgt in der Stunde der Gefahr. Nur der Zufall wird sie wieder zusammenführen in dieser Nacht, für die er sich so viel vorgenommen hatte.

Die Eingreiftruppen der *Nyx* gehen in Stellung. Sie werden in Viererpatrouillen ausgesandt und erklettern die Aufbauten. Von dort aus schießen sie gezielt auf alle Boote, die sich dem Schiffsrumpf nähern. Kalle kann keine Mündungsfeuer sehen, er hört auch kein Knallen von Schüssen. Aber er sieht, wie Funken vom Metall aufspritzen, sieht, wie die Piraten von den Geschossen getroffen werden, sieht einen Körper wie einen Sack in die Tiefe stürzen und in den Wellen aufschlagen, dort treibt er kreiselnd im schaumigen Kielwasser der Speedboote, bis er im Sog der Motoren versinkt.

Die Seeräuber halten stand.

Ein Soldat der Eingreiftruppe, eben noch hat er einen Piraten vom Rand des Hauptschotts geschossen, taumelt und fällt, rollt eine Rollstuhlrampe hinab und bleibt rücklings mitten auf dem Sonnenscheindeck liegen.

Kampfroboter kommen den Eingreiftruppen zu Hilfe. Ihre Schnelligkeit wirkt ungelenk, und doch wechseln sie ihre Position in einem Wahnsinnstempo, überspringen mühelos Hindernisse und klettern flink wie Riesenaffen. Sie nehmen die Verladerampen und das größte Schott ins Visier, wo sich immer mehr Piraten versammeln. Von Kugeln getroffen, verliert einer der Piraten den Halt und stürzt mit nacktem Oberkörper und dem Kopf voran in das Hochspannungsgitter. Sofort zuckt und zappelt sein Körper wie ein mechanisches Spielzeug, seine Beine treten aus, als wolle er sich einen unsichtbaren Gegner vom Leibe halten.

In diesem Moment verbündet sich der Heckschweif eines Speedboots mit der Woge eines vereinzelten Brechers, die aufgetürmten Wellen schwappen am Schiffsrumpf empor, Gischt ergießt sich auf den Sterbenden. Seine Halskette schlägt Funken, Flammen stoßen aus seinem Kopf, sein ganzer Körper speit Feuer wie eine Wunderkerze.

Ein Weihnachtsgruß aus der Hölle, denkt Kalle.

## 24° 44' WESTLICHER LÄNGE; 32° 8' NÖRDLICHER BREITE

Seeräuber? Offshore-Power-Boote, Panzerfäuste? Gefahrenzulage? Oh, nein, kein einziges dieser Worte fiel, als er in einem gläsernen Büro hoch überm Hafen Rotterdams einen Arbeitsvertrag unterschrieb, jugendlicher Übermut führte seine Hand, Rafael van Gouten gibt es zu, eine naive Sicht der Welt. Jetzt schleicht er in Heiliger Nacht über ein gischtnasses Deck, riskiert sein Leben für umsonst, ein falscher Schritt in seinen Lacklederschuhen, das wär's dann gewesen.

Er schlittert über die Planken eines verlassenen Promenadendecks, duckt sich hinter Bulkcontainern, wenn mal wieder eine Rakete explodiert oder ein Flutlicht einen grün-weißen Lichtkegel in die Nacht tuscht. Hauptsache, nicht auffallen. Direkt unter ihm fräst sich der Schweif eines Geschosses durchs Dunkel und explodiert an einer Ladeluke für grobes Schüttgut. Der Treffer ist wirkungslos, die haushohen Stahltore sind doppelt gepanzert.

Wütend auf sich, auf seine Dummheit, und getrieben vom Kitzel des Abenteuers, klettert er die Steigleiter eines über fünf Decks reichenden Laufkrans hinab. Von seinem Fundament aus führen schwere Nylontrossen auf eine schmale Verladerampe. Rafael hangelt sich abwärts, lässt sich die letzten zwei Meter fallen, landet auf einem Gitterboden, keine zehn Meter unter seinen Füßen wogt die See.

Die mannsgroße Ladeluke, vor der er hockt, steht einen Spalt offen, was sie nicht dürfte, nicht zu dieser Stunde und angesichts der Umstände, denn sie führt durch einen fahlgelb beleuchteten Kriechtunnel ins Schiffsinnere wie eine Stichwunde durchs Fleisch, wie eine Bresche durch Verteidigungslinien. Schuld wird ein Kurzschluss sein, was sonst, Folge des übereifrigen Gebrauchs magnetischer Pulswaffen, die elektronische Systeme mattsetzen.

Rafael fühlt seine Haut taub werden vor Kälte. Kalter Wind fegt um seine Nase, die Sohlen seiner Schuhe haben sich mit Wasser vollgesogen. Aufsprühende Gischt vernebelt ihm die Sicht. Immerhin ist er hier geschützt vor den Blicken der Gaffer, der Aasgeier, die hoch über ihm auf Balkonen stehen und glotzen.

Das Schlachtgetümmel, das sich unmittelbar vor ihm abspielt, ist unterlegt vom Aufbrüllen der Turbinen, vom Aufknallen der Metallboote und vom Klirren der Enterhaken, die auf den Rumpf der *Nyx* einschlagen. Die Piraten sind angriffswütig, doch sämtliche Wege, die sie nehmen könnten, um ins Schiff zu gelangen, sind von Kordons wachhabender Soldaten abgeriegelt. Sie sind mit Jeeps herbeigefahren und rücken, geschützt von mobilen Schanzen und dem Feuerschutz der Kampfroboter, gegen die Feinde vor.

Am Rande des Kampfgeschehens durchbricht einer der Seeräuber hakenschlagend die Flanke der Verteidiger. Es gelingt ihm, wer weiß wie, einen Sprengbolzen an eines der Scharniere des Hauptschotts zu heften, bevor er von einer Kugel getroffen wird. Er hält sich den Bauch, als müsse er schmerzhaft lachen, und läuft ein paar Schritte quer, die nächste Kugel trifft ihn, er fällt, ohne die Hände vom Bauch zu nehmen, rutscht die Bordwand hinab zwischen die Piratengitter. Sofort explodiert die Munition, die in seiner Weste steckt. Als das Feuer der Explosionen verebbt, ist vom dem Mann nichts weiter übrig als zwei Beine.

Dort, wo er eben noch herumsprang, hebt eine Explosion die Luken des Schotts aus den Angeln. Dutzende von Piraten entern mit Gebrüll den Ponton, von allen Seiten stürzen sie auf die Soldaten zu. Sie rennen breitbeinig, so als lebten sie seit jeher auf ihren Bootsplanken, immer in Sorge, ins Leere zu treten.

Rafael ist unvorbereitet gewesen, aber diesmal kann man ihm nichts vorwerfen. Sie alle wurden kalt erwischt. In Notfällen hat jedes Mitglied der technischen Crew seinen persönlichen Notfallplan minutiös zu erfüllen – für ihn heißt das: Schließen sämtlicher Schotten und Luken von Deck 16 bis 23 in Sektor K mit Hilfe schwerer Stahlbolzen. Den Piraten soll es unmöglich gemacht werden, in die Aufbauten zu gelangen. Exakt zweiunddreißig Minuten lang hat er sich steile Treppen hinabgeworfen, hat Stahltüren wasserdicht verrammelt, noch immer echot ihr Bahnschrankenbimmeln in seinen Ohren.

Die See ist rauer geworden, die Luft klarer. Gleißendes Licht kommt von allen Seiten, es gibt keine Schatten mehr. Hunderte Piraten belagern das Schiff, auch in der Ferne schält das Flackern von Explosionen die Aufbauten aus der Nacht. Die Kapitänsbrücke scheint über der *Nyx* zu schweben, bereit, abzuheben, sich einem Raumschiff gleich davonzumachen aus all dem irdischen Elend. Rafael überkommt die üble Ahnung, Passagier an Bord eines ziellos durch die Ozeane treibenden Schiffes zu sein.

Das Flutlicht über ihm kreiselt, Schlaglichter fallen auf einen Soldaten, der den Halt verloren hat, ins Rutschen gerät und, bevor er ins das Meer stürzt, von einer Wasserbombe zerfetzt wird. Das Meer färbt sich rot für eine Weile.

Im Rücken eines Kampfroboters taucht einer der Piraten auf. Ihm fehlen die Zähne, sein Gesicht ist über und über tätowiert. Laut brüllend schwingt er den Arm wie ein Kugelstoßer. In seiner Hand glitzert eine Silberkugel.

Der Kampfroboter bemerkt ihn, dreht blitzschnell seinen Oberkörper, nimmt ihn ins Visier, schießt.

Im nächsten Moment pustet eine rote Atemwolke aus dem Mund des Seeräubers. Ohne dass sein Gesicht den entschlossenen Ausdruck verliert, stolpert er auf den Roboter zu, holt im Stürzen zum Wurf aus, schleudert die Silberkugel.

Die Plattform erbebt, aus einem Feuerball schießen Teile der Kampfmaschine und des Piraten gen Himmel.

Eine einzige Fleischbank, denkt Rafael.

## 25° 14' WESTLICHER LÄNGE; 32° 6' NÖRDLICHER BREITE

Ein Haufen Schrott und Klumpen vom Menschen wirbeln in einem Feuerball umher, rotieren himmelwärts, segeln durch die schwarzen Explosionswolken, schlagen krachend auf der Plattform auf.

Schlagartig wird Polly Sutter dunkel vor Augen, sie glaubt zu träumen, dann reißt das Fauchen eines Feuers sie in die Welt zurück. In der Luft fliegt feiner Aschestaub.

Sie und Kalle Ulfung, immer noch zwischen den Grillgestellen versteckt, blicken sich sprachlos an. Kalles Nase trieft, in seinen tränennassen Augen steht die Angst.

Hoch über ihren Köpfen glitzert Weihnachtsschmuck auf dem Gala-Deck, schwermütig funkelt ein riesiger Weihnachtsstern in die Nacht, und weiße Flöckchen fliegen durch den rußigen Himmel. Vor ein paar Minuten noch haben sie dort oben gefeiert, und sie hat sich wie ein verwirrtes Schulmädchen von einem Bordtechniker küssen lassen.

Die *Nyx* ist in voller Fahrt, und die Alarmsirenen heulen. Piraten haben das Schiff entern können, zu Dutzenden erklettern sie die Laderampe, drängen in das Innere des Schiffes.

Direkt neben Polly stürzt lautlos ein Wrackteil in die Tiefe, kugelförmig und glänzend, Teil eines Balkons oder ein Versorgungstank. Kurz über den Wellen bremst es seinen Sturz ab. Federnd, um sich selbst rotierend, scheint es im Nichts zu hängen. Plötzlich schießt es auf die Plattform mit den Seeräubern zu.

Der schmerzhafte Schlag gegen die Rippen, den Kalle ihr versetzt, reißt Polly aus dem Staunen.

«Das Ding kenn ich doch», stößt er brüllend hervor. «Das Ding, von dem ich immer spreche.» Er gestikuliert wild, weiß nicht, wohin mit seiner Aufregung.

Mit einem Mal erstrahlt die Plattform in einem violetten

Lichtschein. Das kugelförmige Wesen bläht sich auf wie ein schlagendes Herz, schrumpft, schwillt wieder an, bis in seiner Mitte Flammenbündel brodeln. Polly sieht die Silhouetten von Menschen in schneller Bewegung, sieht dunkle Schatten, die miteinander verschmelzen, sieht zerfließende Konturen und ein paar Piraten, die es schaffen, der pulsierenden Lichtkugel zu entkommen, die wild davonrennen und ins Meer springen, wo niemand sie auffischen wird, denn sämtliche Boote haben jetzt Feuer gefangen.

Sie hört kein Flehen, keine Schmerzensschreie, nur das Schlagen der Wellen und das Knistern der Flammen, in deren Hitze die bunten Lackierungen der Boote tellergroße Blasen werfen. Der Katamaran ist in zwei Hälften zerfallen, ziellos treiben seine brennenden Aufbauten in einem Teich aus Flammen umher. An seiner dämmerigen Grenze trudelt ein kleines Schlauchboot, auf dessen Boden sich zwei Piraten aneinanderkauern. Langsam und schwermütig dümpelt es in die Dunkelheit davon.

Es ist Kalle, der sich zuerst rührt. Im Rückwärtsgang stößt er Polly gegen eines der Grillgestelle. Der Aufprall legt jeden ihrer Muskel still, lässt ihren Körper fest wie Stein werden. Wie eine Ertrinkende schnappt sie laut keuchend nach Luft.

In ihrem Rücken hört sie eilige Schritte, gedämpfte Rufe, einen Aufschrei. In der rauchverhangenen Luft sieht sie zwei Männer auf sich zukommen. Als sie sich nähern, erkennt sie an den Epauletten, dass es zwei Chief Officer sind. Einem von ihnen hängt noch immer eine rote Wichtelmütze auf dem Kopf. «Wohin rennen die?», fragt Kalle beunruhigt.

«Sie fliehen. Vor wem auch immer», sagt sie, als plötzlich drei Piraten über die Außentreppe aufs Deck stürzen und in ihre Richtung voranpreschen. Sie recken Gewehre und Bajonette in die Luft.

Kalle geht auf alle viere und kriecht davon. Gelähmt von

Angst, sieht Polly dabei zu, wie sein weißblonder Haarschopf hinter dem Gestell eines Freiluftgrills verschwindet.

Der erste der Piraten rammt sie mit bösartiger Wucht. Ihre Schultern werden mit einem Ruck hochgerissen. Ihr Hinterkopf schlägt hart aufs Deck, ihre Zähne knallen aufeinander. Als sie wieder Luft bekommt, liegt sie rücklings auf dem Boden. In ihrem Kopf knackt es. Sie fährt mit der Zunge über ihre Lippen und schmeckt Blut.

Eine Hand greift nach ihr, sie blickt in das zerknitterte Gesicht Kalles. Sie setzt sich auf, Schmerzen in den Rippen, in den Beinen, überall. Ihr blauer Rock ist über die Knie gerutscht, ihre Bluse an den Nähten aufgerissen.

«Ich bin nicht tot», schreit sie den Piraten hinterher. «Verrecken sollt ihr!»

Die drei Männer bremsen im Laufen ab, erstarren in der Bewegung. Sofort bereut Polly ihre vorlaute Wut. Doch die Männer machen nicht kehrt, sie blicken nicht einmal in ihre Richtung. Kurz bildet sie sich ein, direkt vor ihnen das Schimmern einer gewaltigen Seifenblase zu sehen, eine silbrige Folie, die sich mal wellenförmig, mal zeltähnlich bläht.

Ein bitterer, beißender Geruch erfüllt die Luft, ein Geruch von Blitz und Donner, von ersten Regentropfen, die den Großstadtasphalt sprenkeln nach Tagen der Sommerhitze.

Nun hört sie das Knistern von Elektrizität, sieht einzelne Funken, die still in der Luft stehen, verblassen und wieder aufleuchten. Mehr und mehr dieser Funken tauchen wirbelnd aus dem Nichts auf, und als sie glaubt, einen Rhythmus, knäuelförmige Muster in ihren Bewegungen erkennen zu können, erlischt der Synchrontanz mit einem Fauchen.

In derselben Sekunde wird der vordere der Piraten von der Wucht eines unsichtbaren Treffers durch die Luft geschleudert. Neben Polly erzittert der Rahmen eines Grillgestells unter dem Aufprall seines Körpers. Mit dem Kopf voran rutscht er von der

Edelstahlhaube, bis seine verdrehten Beine sich im Gestänge verhaken. Es stinkt nach verschmortem Polyester und versengten Haaren, nach verbrannter Haut. Die braunen Augen des Mannes stehen weit offen, über einem kleinen, schwarzen Loch auf seiner Stirn kräuselt sich Rauch.

Der zweite der Piraten geht in die Knie, macht hastige Bewegungen, als würde er sich eine hartnäckige Strähne aus den Augen werfen; er hustet stoßweise. Er wischt sich den Mund ab, hält sich die blutverschmierte Hand vors Gesicht und fällt, den Kopf voran, auf die Planken.

Der letzte steht geduckt da, mit halboffenem Mund. Seine Haare sind zerzaust und die weit aufgerissenen Augen glasig wie die eines Fisches. Mit seinem Bajonett sticht er blindwütig in die Luft, in den Körper eines Feindes, den er nicht sehen kann. Dabei hechelt er unablässig. Plötzlich weicht er zurück und starrt Polly angsterfüllt an. Sein Mund bewegt sich, seine Worte erreichen sie, aber Polly versteht ihren Sinn nicht.

Mit zittrigen Fingern öffnet er die Brusttasche seiner Weste, holt eine kleine Silberkugel hervor, geht gleich darauf in die Knie, drückt die Brust heraus, eine Geste des Stolzes, ein Abschiedsgruß. Er stopft sich die Kugel in den Mund und explodiert vor einem rostigen Grillkasten, zwischen ausrangierten Kühlboxen, verbeulten Sonnenschirmen und leeren Saftkartons, die seit Wochen niemand hat forträumen wollen.

## 26° 59' WESTLICHER LÄNGE; 31° 47' NÖRDLICHER BREITE

«Wie bitten alle Passagiere, zügig in ihre Kabinen zurückzukehren. Die Ordnung an Bord ist wiederhergestellt. Wir bitten alle Bewohner, zügig in ihre …» Eine helle Frauenstimme webt sich in die verblassenden Traumbilder Rosanna Gardellas. Sie muss nicht die Augen öffnen, um sich zu erinnern, dass in der Nacht entsetzliche Dinge geschehen sind, sie braucht keine Sekunde, sich zu sagen, dass auch dies ein lausiger Tag werden wird, daran ändern die Durchhalteparolen der Borddurchsage nichts, die aus Lautsprechern von der Kabinendecke tirilieren. Als sie dann die Gardine vor ihrem Bullauge beiseitezieht, wird sie von einem blauen Himmel überrascht. Das Meer und die Wellen liegen noch im Nebel, über dem östlichen Horizont aber pumpt sich eine gelbe Kugel machtvoll auf.

Obwohl ihr bei jeder Bewegung ein stechender Schmerz in den Rücken und die Beine schießt, räumt sie die wild verstreuten Teile ihrer Festgarderobe zusammen, ohne ein einziges Mal dabei aufzustöhnen. Mit hämmernden Kopfschmerzen legt sie ihre Kleidung sorgfältig auf einem Holzschemel zusammen. Sie sucht nach ihren Schuhen, bis ihr einfällt, dass sie das elegante wie bequeme Paar mit den Sabrina-Absätzen in der Nacht verloren hat.

Unfähig, die Zusammenhänge zu verstehen, hält sie sich an die Fragmente ihrer Erinnerungen. Das Weihnachtsfest. Die Ärztin und ihr Bewunderer. Die eitle Mexikanerin aus dem Kiosk. Kalles zu breite Krawatte. Ihr müder Verstand kämpft darum, einen Sinn in all dem zu finden, was anschließend geschah. Ein Trupp Soldaten und ein Kampfroboter. Trines zuckende Prothese, ihre blaue Zunge. Ein Perlenohrring.

Sie setzt sich an ihren Schreibtisch, ruckelt ihr knöchellanges Nachthemd zurecht und trinkt ein Glas lauwarmes Wasser. Dann erst betrachtet sie den Mann, der in ihrem Bett liegt.

Kalles Bartstoppeln sind im Morgenlicht weiß, wie von Raureif überzogen. Er liegt auf dem Rücken, die Hände auf einer nahezu haarlosen Brust gefaltet. Auf seinem Oberarm hat er ein Seepferdchen-Tattoo. Er stinkt nach Vetiver und Rauch, nach Brand und Explosionen. Er hat ihr von seinen Abenteuern erzählt, völlig außer sich hat er nach Worten gerungen, bevor er mir nichts, dir nichts eingeschlafen ist. In ihrem Bett. Einem Bett, denkt Rosanna, das in gewöhnlichen Nächten gerade mal Platz für sie selbst bietet. Er hat sich nicht ein einziges Mal gerührt, doch sie sorgt sich nicht: Regelmäßig hebt ein beruhigendes Knurren in seiner Brust an und verlässt rasselnd den halboffenen Mund.

Leise zieht sie einen Koffer unter dem Bett hervor und öffnet ihn. Zuoberst liegen ihre Wollsocken und Fäustlinge, dann zwei Fotoalben und Briefe, die mit brüchigen Paketschnüren verknotet sind. Zuunterst findet sie eine Kiste aus poliertem Holz, ein Abschiedsgeschenk ihrer Enkeltöchter. Zu der altmodischen Pistole mit dem Perlmuttgriff und den zwei dicken Läufen gehört auch eine Schachtel Patronen. Matt glänzend und schwer liegt die Waffe in ihrer Hand.

«Wenn das mal gutgeht», murmelt sie vor sich hin. «Wehrlos trete ich nicht ab.»

In der Nacht hat sie, kaum in die Kabine zurückgekehrt, ihr uraltes Telefon mit dem Metallgehäuse aus einer Kiste voller Krimkrams hervorgesucht und ihren Nummernspeicher geöffnet. Ein Dutzend Kontakte hat sie dort gefunden, die eine Hälfte der Namen sagte ihr rein gar nichts mehr, die andere war nicht zu erreichen, auch ihre Töchter nicht. Minutenlang leuchteten die Namen im Dunkel der Kabine, verglimmende, giftgrüne Buchstabenkombinationen, dann erlosch das Display. Unendlich langsam hat sie sich bis auf die Unterwäsche ausgezogen, auf den kühlen Boden der Kabine gelegt und versucht, um ihre verlorene Freundin Trine Poulsen zu weinen.

Es waren Kalles Faustschläge gegen ihre Kabinentür, die sie weckten. Er stürzte herein, nur in Hemd und Hose, warf die Tür hinter sich zu und hievte sich einen schweren blauen Seesack von der Schulter. Die Knopfleiste seines Oberhemds war zerrissen, seine Jeans von dunklen Flecken gesprenkelt. Während er sich die Socken abstreifte und unter Tränen vom Blut eines zerfetzten Seeräubers erzählte, dirigierte sie ihn zu ihrem Bett, und dort liegt er jetzt noch.

Rosanna schleicht quer durch ihre Kabine und zieht die Balkontür auf. Die Sonne hat den Nebel vertrieben und steht ein Stück über dem Horizont. Sie macht einen Schritt, und als das feuchte Gras des Kunstrasenteppichs ihr in die Sohlen sticht, überkommt eine geradezu kindliche Schaffenslust sie. Alles in allem sollte heute noch etwas Schönes passieren, denkt sie und macht sich ans Werk.

*Kalle war nachlässig und flüchtig bei seiner Arbeit, aber er war früh fertig und ist mit dem Moped quer durch die nächtliche Stadt gerast, um sie zu sehen. Sie war noch mit dem Decken der Tische für die Morgenschicht beschäftigt. Kalter Rauch lag in der Luft, der Gestank abgestandenen Biers entwich nur langsam durch die offenstehenden Glastüren, in die das Wort Royal geätzt war.*

*Sie sah müde aus, das Gesicht im matten Licht des Kellerraums bleich, als sie ihn ansah. Du bist das, sagte sie.*

*Er hielt ihr eine kleine Tüte mit Salmiakrauten entgegen. Probier mal, sagte er.*

*Sie zog seine Regenjacke über die eigenen Sachen, dann fuhren sie auf seinem Moped los. Trotz der Eiseskälte spürte er ihren warmen Körper in seinem Rücken. Sie wohnte nicht weit von den Königshügeln von Gamla Uppsala in einer Wohnanlage für Studenten und Flüchtlinge. Bei ihren Nachbarn, einer Familie aus dem Iran, brannte noch Licht, als sie vorfuhren.*

*Ihr Zimmer war quadratisch und klein; das Bett hatte sie in die Mitte des Raums gestellt. Sie saßen wortlos an einem kleinen Tisch unter dem Fenster und fischten mit einem Löffel glitschige Pfirsichhälften aus einer Konservendose. Während sie versuchten, den Fernsehstimmen, die von nebenan ka-*

*men, einen Sinn zu geben, zählte sie ihr Trinkgeld und legte die Münzen zu kleinen Haufen am Rand des Tisches zusammen. Es waren fast zweihundertfünfzig Kronen.*
*Sie stand auf und löschte das Licht der Deckenlampe. Sie kehrte an den Tisch zurück. Ein Streichholz flammte auf. Sie zündete eine Kerze an und eine Zigarette und zerknüllte die leere Packung. Durch den Tabakrauch blinzelnd, sah sie ihn genau und ein bisschen besorgt an, und er hatte das sichere Gefühl, der wichtigsten Prüfung seines Lebens unterzogen zu werden.*
*Sie erzählte ihm, dass sie davon träumte, nach Sizilien zu reisen, an den Stränden von Cefalù zu baden und frisch vom Stamm geschnittene Kaktusfeigen zu essen. Er blickte auf ihren roten Mund, während sie sprach, und auf den weißen Schimmer der Zähne und schwieg, denn er war zwar schon in Småland gewesen, sogar in Blekinge, im Ausland aber nie. Doch er würde sich ein Taschenmesser zulegen, das nahm er sich felsenfest vor. Für die Feigen.*
*Als ihre Zigarette aufgeraucht war, blies sie eine letzte Rauchwolke in seine Richtung. Komm endlich, sagte sie. Nun komm schon.*

Rosanna lässt ließ sich Zeit dabei, den Tisch frei zu räumen, den Zuckertopf, Zwieback und Biscotti zu decken, Wasser in die uralte Kaffeemaschine zu füllen, den Filter an seinem Rand zu knicken, das Kaffeepulver großzügig zu dosieren. Als die Maschine fauchend die letzten Tropfen in den Filter spült, erwacht Kalle.

Er blinzelt orientierungslos ins Licht und sagt: «Ich saß also auf der Bank am Kamin, das Feuer war heruntergebrannt, es roch jedenfalls stark nach Holzrauch. Ich habe ihre Schuhe aus braunem Krokoleder geputzt. Mit der falschen Schuhcreme. Mannomann, das gab Ärger.»

«Na ja», sagt Kalle. «Sie war echt sauer. Redete kein Wort mehr mit mir, das war so ihre Art, mich zu bestrafen. Fürs Krokodilleder gab's schließlich ihr ganz spezielles Mandelöl. Was ihre Schuhe anging, hatte sie eine Meise.» Er richtet sich auf, hüstelt. «Seltsam, bei manchen Träumen weiß man nicht, ob sie aus Irrsinn und Spinnerei gemacht sind oder aus echten Erinnerungen.»

«Fällt dir sonst noch etwas ein?» Rosanna blickt ihn forschend und mitleidig an.

«Ja, später fuhren wir von Mailand nach Florenz. Der Zug war voll, und auf der Suche nach einem Platz gingen wir von Waggon zu Waggon. Zwischen den einzelnen Wagen küssten wir uns, trotz des Lärms und des Ruckelns der Eisenplatten unter unseren Füßen. Auf freier Strecke, mitten in einer Berglandschaft, blieben wir mit kreischenden Bremsen stehen. Es dämmerte. Riesige Insekten in allen Farben des Regenbogens klatschten gegen die erleuchteten Fenster der Abteile. Kein Mensch traute sich raus, nicht mal die Schaffner. Die Frau, die mich geküsst hatte, die mir gegenübersaß, sie … sie war das schönste Wesen, das ich jemals gesehen habe.»

«Wie sah sie aus?», fragt Rosanna beunruhigt. «Sag mal.»

«Kann ich nicht. Ich war gelähmt vor Glück. Sie war geradezu eine Erscheinung, und sie direkt anzusehen war mir verboten.»

«Verboten? Von wem?»

«Ich weiß nicht. Es wäre ein Verstoß gegen alle Regeln des Traums gewesen.»

«Also gut. Es war also nur ein Traum. Aber erinnerst du dich an das, was in der letzten Nacht geschehen ist?»

Er schüttelt den Kopf. Sein Schädel schmerzt zu sehr, als dass er einen klaren Gedanken an den nächsten reihen könnte. Bilder purzeln in seinem Kopf herum wie Münzen in einem Geldbeutel.

«Dafür fällt mir ein, dass ich meine Gehhilfe über Bord geschmissen habe. Muss ein paar Jahre her sein. Kurz nach meiner zweiten Hüft-OP.»

«Gut so.» «Rosanna beugt sich über ihn, legt wortlos den Arm um seinen Hals und hält ihn fest. Es ist keine liebevolle Umarmung, spürt er, sondern das traurige Klammern einer Verzweifelten, die glaubt, alles wird wieder gut, wenn sie ihn nur fest genug an sich drückt. So halten sie einander, bis sie sich hochreißt und wortlos aus seinem Sichtfeld verschwindet. Er hört das Geraschel von Kleidern, das Knistern von Stoff und stellt sich vor, dass Rosanna in diesem Moment in Unterwäsche hinter ihrem Stuhl steht, keinen Meter von ihm entfernt, und sich ihr Kleid für den Tag auf der Rückenlehne zurechtlegt. Er riskiert eine Drehung des Halses, überspannt seine Muskulatur und wird für seine Neugier mit einem Schmerzangriff im Nacken bestraft. Alles, was er zu sehen bekommt, sind zwei Füße, die bereits in schwarzen Strümpfen stecken, und zwei blau geschlagene Kniescheiben. Verbeult, ja, aber immer noch eindrucksvoll.

Und dann erinnert er sich.

Die Schönheit des weihnachtlich illuminierten Schiffes. Das Fest, champagnerselig. Ein Korken, der wie ein Geschoss an seiner Nase vorbeiflog, ein Schuss vor den Bug. Der ätzende Auftritt Cecilia Pérez Gascas, sie und Packer hüftkreisend, Becken an Becken auf der Tanzfläche. Später dann eine Metallkugel, in deren Innerem, er weiß es nur zu gut, ein angriffslustiges Spinnenwesen steckt, eine mordende Maschine. In Stücke zerrissene Seeräuber und Polly Sutters Beharren darauf, alleine ihren Weg zurückfinden zu können. Wie er selbst in Rosannas Kabine gelandet ist? … Erinnert er nicht. Nur, dass er Hab und Gut in einem Seesack verstaut, eine Nachricht für Packer auf dem lackglänzenden Rauchtischchen hinterlassen und sich auf den Weg gemacht hat.

Er stemmt sich vom Bett hoch. Sofort wird ihm heiß im Kopf. Seine Stirn ist nass, ein Tropfen kalten Schweißes rinnt sein Brustbein hinunter.

«Gib mir die Hand.» Rosanna steht in Sporthose und Trainingsjacke vor ihm. Sie hilft ihm auf, seine Beine folgen widerstrebend.

Sorgenvoll sieht sie ihm dabei zu, wie er wackelig loshumpelt, schwankend und leicht aus dem Gleichgewicht. Seine Schulter streift den Küchenschrank, als er sich vorbeugt, um ein Glas mit Wasser zu füllen. Langsam dreht er den Oberkörper, bis er sein Gesicht im Spiegel sehen kann. «Meine Augenlider sind entzündet», stellt er mit schwerer Zunge fest.

«Kein Wunder, bei dem, was deine Augen gesehen haben.» Sie füllt zwei Becher mit dampfendem Kaffee, schüttet sich selbst drei gehäufte Teelöffel Zucker dazu, fragt: «Muss man Angst um dich haben?»

«Ich fühl mich, als wäre ich aus Glas.» Er trinkt einen Schluck vom Kaffee, knabbert an einem Knäckebrot. Er spürt, dass seine weichen Knie jeden Augenblick nachgeben können. «Hier, kuck mal auf meine Zunge», haucht er und geht mit kleinen Schritten auf sie zu. «Siehst du was?»

Sie beugt sich vor, betrachtet seine ausgestreckte Zunge. Legt zwei Finger auf die klopfende Ader an seinem Hals. Drückt dann gegen sein Ohr. «Nein, aber dein Ohrläppchen sieht übel aus.»

Er tappt barfuß vor ihr her, als sie ihn zum Bett zurückführt.

Mit schwerem Kopf sinkt er auf das Kissen. Die Gardine ist zugezogen und färbt das Innere der Kabine in einem lichten Orange. Die Balkontür steht offen, es rauscht das Meer.

Er fällt in einen Schlaf, der nicht tief ist und unterbrochen von schmerzhaften Stichen in seiner Brust, bis eine junge Frau vor ihn tritt und erklärt, dass sie seine Tochter ist.

Sie hat blaue Augen, die nicht seine braunen Augen sind. Die muss sie von ihrer Mutter haben. Sie steht auf dem Kai des Hafens von Nynäshamn und trägt eine dicke Daunenjacke, wie aufgeblasen sieht sie aus. An der einen Hand hält sie ihren Sohn, ein lebhafter Junge mit Brille, der nie Ruhe gibt und der Kalles Enkel ist. Mit der anderen Hand winkt sie ihm zum Abschied. Auf ihrem Gesicht liegt ein schuldhaftes Lächeln, und er spürt, dass sie erleichtert ist, weil ihr alter Vater endlich an Bord des Kutters steigt, der gleich ablegen und hinter den Felsen von Bedarön verschwinden wird, denn die *Nyx* liegt weit draußen bei Landsort vor Anker.

Kalle öffnet die Augen, weil er ein Knallen hört. Eine Tür im Gang ist zugeworfen worden.

Das runde Gesicht Rosannas taucht vor ihm auf, er spürt die kühlen Stofflappen, die sie ihm auf die Stirn legt. Er sieht, wie sie sich an seinem Seesack zu schaffen macht, mit beiden Armen fischt sie in seinen Sachen herum. Er fühlt sich wehrlos und möchte nach ihr rufen, doch sein Rachen kratzt, seine Kehle ist trocken wie die Wüste. Keinen Laut bringt er hervor. Immer wieder fallen ihm die Augen zu.

Es sind bloß Fieberträume, sagt er sich, durchlitten an einem ersten Weihnachtstag auf hoher See, doch als die Frau, deren Schönheit ihn bannt, wieder vor ihm auftaucht, packt ihn mit dem Rattern des Zuges eine unheilvolle Ahnung.

Er betrachtet ihre schmalen Hände, mit denen sie die Schnürsenkel bindet, dann eine Proviantasche öffnet, hartgekochte Eier und Brote aus einer Lunchbox hervorholt. Sie lässt sich in den Sitz fallen, spreizt ihre sommerlich gebräunten Beine für ihn, lächelt ihn an, die Muschelkette klappert an ihrem Hals. Ein Pflaster haftet unter ihrem Auge, löst sich, und eine blutverkrustete Wunde kommt zum Vorschein. Ihr Körper fängt zu zucken an, beide Beine treten aus und zappeln zwischen den Sitzen ihres Abteils.

Pure Angst nimmt von Kalle Besitz. Er erwacht mit einem Stöhnen und versucht, seine Augen offen zu halten, doch die Frau aus seinen Träumen ist ihm gefolgt und schneidet Fratzen aus dem Rankengestrüpp der Kabinentapete, sie rückt dicht an ihn heran, immer näher, und endlich verliert er, in seinem Fieber köchelnd, das Bewusstsein.

## 28° 31' WESTLICHER LÄNGE; 31° 14' NÖRDLICHER BREITE

«Gib's zu, du hast mir nicht geglaubt. Aber jetzt hast du sie mit eigenen Augen gesehen: Kampfmaschinen. Riesenspinnen. Nicht von dieser Welt. Keine Ahnung, woher sie kommen, wer sie geschickt hat. Was sie auf der *Nyx* zu suchen haben. Ich weiß nur: Die Piraten waren chancenlos. Und wir sind es auch.»

Rafael van Gouten sitzt in Unterhose und Unterhemd auf der Winterdecke, die Polly ihm wieder einmal hat ausbreiten müssen. Er nippt an einem Glas Wasser.

Pollys Zunge wandert unermüdlich über ihre angeschwollene Oberlippe, sie tastet den Gaumen und die schmerzenden Schneidezähne ab, sie fühlt nach der juckenden Beule unterhalb ihres linken Ohrs. Sie weiß nicht, was sie davon halten soll, dass schon wieder dieser Mann die Nacht in ihrer Kabine verbracht hat, wie ein treues Hündchen zu ihren Füßen liegend. Normal ist das hier nicht, ein Kerl in Unterwäsche vor ihrem Bett. Mit dem Gefühl, etwas Verbotenes anzuschauen, sieht sie sich sein blutig zerkratztes Knie an, die feinen, goldenen Haare auf seinen Beinen.

«Du trägst keinen Chip unter deiner Haut?», fragt sie ihn. «Dich können sie nicht orten, oder?»

«Nein. Wir Leute von den Wartungstrupps sind denen nicht wichtig genug. Nur das medizinische Personal wird überwacht.

Es soll die Produktivität steigern.» Er blickt zu ihr auf: «Also, was machen wir?»

«Ich muss wissen, wer diese Piraten getötet hat, als wären sie Insekten. Es ist direkt vor unseren Augen geschehen.» Sie macht eine Pause, weil ihre Stimme panisch krächzend klingt, holt tief Luft. «Und diese Maschine. Sie kam von Himmel herabgestürzt, bremste ab, schoss zur Seite davon, gegen alle Gesetze der Schwerkraft ... Dann war die Hölle los.»

«Stell dir ein Glas Milch in einer Mikrowelle vor», sagt Rafael. «So ähnlich ergeht es deinen Körpersäften. Tausende von Watt in einem Umkreis von wenigen Metern. Dagegen ist kein Kraut gewachsen.»

Ich werde nicht heulen jetzt, aber ich bin ziemlich verzweifelt, denkt Polly und reibt sich mit beiden Fäusten die Augen, bis es weh tut. «Und dann, später, ... Ich habe das Loch in seiner Stirn gesehen. Der Schuss kam aus dem Nichts. Aus einer Blase voll tanzender Funken.»

«Das hört sich ein bisschen phantastisch an. Ich kenn nur Gewehre, die Plasma-Energie verschießen. Wer getroffen wird, fühlt sich, als blicke er direkt in die Sonne – desorientiert, gelähmt. Dann verbrutzelt einem das Herz.»

Polly steigt von ihrem Bett, geht zur Tür. Alle zehn Minuten macht sie das so, presst ihr Ohr gegen das Metall und lauscht. Keine Sekunde lang hat sie sich beruhigen lassen von dem einlullenden Geplärre der Borddurchsage. Doch auch diesmal ist kein Klirren von Geschirr zu hören, kein Streit um die Vorfahrt eines Rollators, kein Schnarchen oder andere Klänge allzu menschlichen Ursprungs, Zeugnisse eines gewöhnlichen Alltagslebens, das sie so sehr vermisst.

Sieben Mal und Ewigkeiten lang hat sie sich das Blut des Piraten von den Beinen und Händen geschrubbt, hat das Wasser so heiß aufgedreht, dass sie es kaum aushielt, und sich über und über mit Hautcreme eingeschmiert, bis sie roch wie eine

Ananasplantage. In der Nacht lag sie wach und hat leise flüsternd Primzahlen aufgesagt, bis sie auf der Dreitausendzweihundertsiebenundfünfzig stolperte. Sie hat mit der Versuchung gekämpft, sich der seelenreinigenden Kräfte des Meskalins zu bedienen, tatsächlich auch die Pillendose aus dem Koffer hervorgewühlt, sie dann aber verschlossen unter ihr Kopfkissen gestopft. Im Geiste hat sie die grässlichen Szenen des Heiligen Abends nachgespielt, wieder und wieder spulten sich die einzelnen Sequenzen kristallklar vor ihren Augen ab.

Mit dem ersten Licht des Tages fiel sie in einen leichten Schlaf, ein Teil von ihr, der Ärztin ist, hielt Wache, in steter Bereitschaft hat sie auf einen Notruf aus ihrer Station gewartet. Berufskrankheit.

«Hallo? Bist du noch da?» Rafael lässt den schwarzen Cowboyhut kreiseln, spielerisch umflattert das aufgetrennte Hutband seine Hände. Polly setzt sich neben ihn auf die Decke und zeigt ihm das rauchschwarze Glasplättchen, das sie aus der Hutkrempe hervorgeholt hat. Er hält es gegen das Licht, dreht es, wendet es: «Fünf Schichten. Wow. Platz für jede Menge Daten.»

«Wir müssen sie nur irgendwie öffnen», sagt sie.

«Das wird schwierig.»

«Schwierig? Ein ganzes Jahr lang durfte ich die Zahl drei nicht aussprechen. Und ich war gerade dreißig geworden. Das war schwierig!»

Und dann sitzen sie schweigend nebeneinander und starren auf die hellblaue Wand und auf ihre Ebenbilder in der Spiegeltür des Kleiderschranks, auf den mit Handseife ausgewaschenen Rock, der zum Trocknen dort hängt.

Irgendwann sagt er: «Zeig mal her deine OP-Wunde.»

Polly hält ihm die Hand hin.

Behutsam zieht er das Pflaster ab, das über der Wunde klebt, aus der sie am Vortag den knochenförmigen Chip gezogen hat.

«Sieht doch gut aus. Fast verheilt.» Er lässt ihre Hand nicht los. Dann fällt sein Kopf in ihren Schoß wie eine überreife Frucht.

Sie sollte sich wegdrehen und die Dinge klarstellen. Gegen alle Vernunft aber, vielleicht aus einem Beschützerinstinkt heraus, legt sie ihre Hand auf sein geschlossenes Auge. Sie streichelt ihm über die Wange, ein mütterlicher Impuls, sicherlich, ein Versuch, die Einsamkeit zu besänftigen, die seit Wochen über ihr kreist wie ein Raubvogel.

Bevor dieser Moment zu einer aufgeladenen Situation wird, sagt sie übertrieben munter: «So kommen wir nicht weiter. Los, ziehen wir uns an.»

Mit jedem zurückgelegten Korridor, mit jeder Abzweigung, die sie nehmen, ohne auf Menschen oder Maschinen zu treffen, werden sie mutiger, schneller. Sie meiden die Fahrstühle, die zu einer Falle werden können.

Sie kommen an einer Pfandleihe vorbei, deren Gitterglasfenster breitflächig eingeschlagen worden ist. Im Q-Trakt spähen sie in Kabinen, deren Türen offen stehen, sehen ungemachte Betten und umgeworfene Stühle. Vor einer Türschwelle liegt ein Plastikpantoffel, gelb wie ein Hustenbonbon. Über einem Türgriff hängt eine Perücke mit aschblondem Haar. Polly hat das Gefühl, letzte Überlebende einer Katastrophe zu sein, doch schon ein paar Kabinen weiter sind Stimmen hinter den Türen zu hören, das Schlagen von Schranktüren. Von nun an treffen sie immer wieder auf Alte, die bei ihrem Anblick ängstlich erstarren, die mit geisterhaften Gesichtern die Tür zuschlagen.

Rafael dirigiert sie durch die offenen Tore zu einer hell erleuchteten Halle. Über vier Stockwerke hinweg baumeln unzählige Kleiderbeutel aus durchsichtigem Plastik von Transportbändern und Schlitten, und sie fragt sich, wohin die Kleiderbeutel noch wandern, wer sie von ihren Haken nimmt, sortiert, ausliefert.

Matt trottet sie hinter ihm her, desorientiert vom grellen Licht und von den Hundertschaften riesiger Waschmaschinen und Trockner, manche von ihnen sind am Laufen. Je tiefer sie in die Halle kommen, desto stärker treibt ihr der Gestank von Chemikalien Tränen in die Augen. Im Zentrum der Halle müssen sie sich einen Pfad durch den Urwald aus Kleiderständern auf Rollen suchen. Manche der Ständer sind leer, andere quellen von Säcken unterschiedlicher Größe über.

Als sie den Ausgang der Halle erreichen, fordert Rafael sie mit einer Armbewegung auf, innezuhalten. Nur ein paar Meter entfernt, durch eine Glaswand von ihnen getrennt, sitzt eine Frau mit einem Kopfverband und stiert vor sich hin. Über ihr leuchten Arbeitspläne von einer Anzeigetafel und färben ihr Gesicht grün.

Polly steht reglos vor einer Pinnwand voller altmodischer Postkarten, auf denen Bikinimädchen mit großen Brüsten an Stränden und auf Klippen posieren. «Und jetzt?», flüstert sie.

Auf einmal sieht die Frau mit dem Kopfverband auf, starrt sie mit weit aufgerissenen Augen an und macht mit schmerzverzerrter Miene Anstalten, sich zu erheben. Sie müssen nicht warten, bis die Frau ihren Mund öffnet und ihre Zunge zeigt, ihr irrer Blick verrät ihnen alles. Sofort sprinten sie davon.

Sie halten das Tempo, bis Rafael in einem der endlosen Korridore mit den Personalkabinen abrupt vor einer öligen Pfütze stehen bleibt. Mitten im Gang liegt eine umgeworfene Plastikschüssel.

«Was ist das?», fragt sie erschrocken.

«Hühnerbrühe.» Er klopft gegen die Tür der nächsten Kabine. Versucht, sie aufzudrücken. Er holt eine seiner seltsamen Chipkarten aus der Brusttasche hervor und öffnet die Tür.

«Ach, das kannst du auch? So mir nichts, dir nichts in jede Kabine hineinspazieren?»

«Hier wohnt Saïda. Wir waren mal zusammen.»

Neugierig sieht Polly sich in der Kabine um. Sie trägt deutliche Spuren einer Party. Die Gardine ist zugezogen, das Bett ist ungemacht und von Fetzen Geschenkpapiers gesprenkelt, auf dem Tisch stehen zwei leere Weingläser. Es riecht nach Erdnussflips, Alkohol. Hier hat jemand gefeiert, ist dann aufgebrochen und hat die Nacht woanders verbracht.

Auf Fotos, die auf einer Kommode stehen, erkennt Polly die Frau sofort wieder, eine schöne Frau, die ihr vor ein paar Tagen erzählt hat, dass sie aus Marokko und von der Küste käme, während sie gemeinsam einer halb bewusstlosen Patientin vom Rollstuhl auf die Krankenbahre halfen.

Sie sind weiter im Laufschritt unterwegs, durch einen Gang mit gelben Kabinentüren, als sie laute, aufgeregte Männerstimmen hört. Rafael bremst ab, weicht zurück, als vier Gestalten vor ihnen auftauchen. Die Männer schieben Einkaufswagen vor sich her, die sie mit Nudelpackungen und Bierkisten gefüllt haben, mit Parfümflaschen und Tablettenpackungen, die sie geplündert haben. «Ihr solltet euch eindecken», lallt einer der Männer im Vorübergehen. «Noch sind die Regale voll.» Ihm fehlen die Schneidezähne, und er riecht nach schlecht verdautem Alkohol.

Bevor sie weiterkönnen, muss Polly sich gegen die Wand lehnen. Von der flimmernden Notbeleuchtung hier unten wird ihr flau. Seit über vierundzwanzig Stunden hat sie nichts gegessen.

Rafael lässt sie verschnaufen, dann zieht er sie weiter, über enge Wendeltreppen geht es aufwärts, bis sie vor einer Sicherheitstür mit einer Querstange aus rot lackiertem Stahl zum Stehen kommen.

Beinah zärtlich legt er seine Hand auf das Gehäuse eines Biometriepads, das in Brusthöhe an der Wand hängt.

«Triple-A», prahlt er, während die Tür sich auf einen wolkenlosen Himmel öffnet, auf ein Blau ohne jede Nuance, monochrom und gnadenlos, wie es sich nur über den Weiten der Ozeane auszubreiten vermag.

## 28° 29' WESTLICHER LÄNGE; 31° 4' NÖRDLICHER BREITE

«Der schönste Moment ist immer der, wenn man frühmorgens an Deck kommt. Bettflüchtige schlurfen über die Trimm-dich-Pfade, eine verschlafene Kantinenhilfe schleppt Kisten mit Brotlaiben, irgendwo dreht ein Saugroboter putzige Endlosschleifen. Aber diese Zeiten sind wohl vorbei, oder?» Rafael sagt es über ohrenbetäubendes metallisches Schleifen und Bohren hinweg. Polly antwortet mit einem lustlosen Nicken.

Sie stehen vor den Grillkästen und starren gebannt auf eine wachsweiße Hand, die halb unter Klumpen alter Grillkohle begraben liegt; auf einen blauen Gummistiefel, ölverschmiert, blutbefleckt, zwischen Stapel von Backblechen gerutscht. Sie wurden von den Putzrobotern übersehen, von denen die Decks wimmeln. Die Leichname der Piraten sind entsorgt worden, der Boden des Decks glänzt frisch gefeudelt, nur auf der Reling liegt noch ein schwarzer, öliger Film.

Schweißroboter sind dabei, die Piratenzäune zu reparieren und aufgerissenes Metall zu schleifen, wo Granaten und Gewehre ihre Spuren im Rumpf der *Nyx* hinterlassen haben. Die riesige Schüttgutluke ist vollständig zersplittert, Dutzende von Löchern umkränzen ihren Eingang.

Direkt unter ihnen wurde ein Schott aus seinen Scharnieren gesprengt, schartige Ränder ragen bizarr aus dem Rumpf heraus. Auf einer Plattform liegen die versprengten Reste von Kampfrobotern zwischen blutigen Haufen, die aussehen, als wären sie aus Grundschleppnetzen gezogen worden, lästiger Beifang. «Ich hasse dieses Schiff», bricht es aus Rafael hervor. Nach kurzem Schweigen fragt er: «Alles in Ordnung mit dir?»

«Geht so.» Polly starrt mit zusammengekniffenen Augen zum Himmel und fragt: «Was ist das?»

Jetzt hört er es auch: ein anschwellendes Geräusch, das

Tock-tock-tock von Rotorblättern. Er schließt die Augen, um zu hören, aus welcher Richtung der Hubschrauber kommt.

«Wir sollten mal weiter», sagt er. «Noch sind sie hier nicht fertig mit dem Aufräumen, fürchte ich. Und wenn sie kommen, will ich nicht im Weg stehen.»

Das Büro seines Dispatchers strahlt in einem Sonnenblumengelb. Es ist das Licht der hoch stehenden Sonne, das vom Fundament des Wasserturms widerscheint und sich über die Wand mit den Einsatzplänen ergießt, über die Garderobe mit Ölzeug und Mützen.

«Wo stecken deine Kollegen?», fragt François Ilunga aufgebracht. «Wo sind meine Leute?» Seine hohe Stirn glänzt im Licht, sein hellgrauer Anzug ist fleckig und zerknittert.

«Vielleicht haben sie Resturlaub genommen. Oder bauen Überstunden ab. Andere sind vielleicht ...» Rafael bricht ab, weil seine Witzeleien offensichtlich nicht ankommen. Und weil es zu früh ist, mit der Wahrheit herauszubrechen, die er nicht einmal sich selbst eingestehen mag: dass an Bord der *Nyx* eine Epidemie ausgebrochen ist, die Menschen verschwinden lässt.

«Was wollt ihr?» Ilunga mustert sie misstrauisch.

Unterstrichen von hektischen Bewegungen, erzählt Polly von der Quarzglas-Festplatte, auf die sie Zugriff braucht, sie lügt ihm etwas von dringend benötigter Medizin vor, und Rafael ist sich todsicher, dass sein Dispatcher kein Wort von alldem versteht, sie gleich hinauswerfen wird, denn nun redet sie auch noch von T-Lymphozyten und Interleukin-6, von Quarantäne und Epidemiologie, doch als sie von einer blauen Zunge spricht, reagiert Ilunga:

«Das leuchtet mir irgendwie ein.»

Er nimmt Polly bei der Hand, führt sie zur Steuerzentrale in der Mitte seines Büros, deutet mit knapper Geste auf eine Wand voller Bildschirme und digitaler Seekarten und sagt: «Bedien dich.»

Während sie das Glasplättchen in ein Lesegerät steckt, das aussieht wie ein kleiner Toaster, meldet sich Rafael an seinem Terminal an. Die Maschinenaktivität an Bord konzentriert sich auf die Decks, die von den Piraten angegriffen wurden. Räumroboter, Putzroboter, Lackierroboter, der gesamte Maschinenpark scheint unterwegs zu sein. Besonders um die defekten und zerstörten Ladeluken herum wimmelt es von Lichtpunkten. Aber auch auf Deck 21, nicht weit vom Bug der *Nyx* entfernt, flimmern sie zu Hunderten. Viele größere Transportroboter sind dort unterwegs, das kann er erkennen, und auch mitten im Bauch des Schiffes herrscht Gedränge, zwischen Deck 8 und 12, der Umriss ist wabenförmig und mit Leuchtpunkten klar gezogen.

Er fährt seinen Computer herunter und tritt ans Fenster. Die Sonne steht gleißend am wolkenlosen Himmel. In weiter Ferne gellt das Kreischen von Alarmsirenen auf, wieder ertönt von irgendwo das Rattern eines Hubschraubers. Es war vielleicht ein Fehler, die Abkürzung über den rundum verglasten Breezeway zu nehmen, dort sind Polly und er von allen Seiten zu sehen gewesen. Seit sie die Außendecks betreten haben, fühlt er sich wie ein Regenwurm auf dem sonnentrockenen Trottoir.

«Was eierst du hier rum?» Illunga stößt ihn an der Schulter aus seinen schweren Gedanken.

«Ich frage mich, ob du verfolgen kannst, wo das medizinische Personal sich aufhält.»

«Theoretisch, ja. Praktisch? Na ja. Solche Daten sind geschützt.»

«Gibt auf diesem Schiff noch jemand Anweisungen? An welche Regeln, an wessen Befehle müssen wir uns noch halten nach letzter Nacht?»

Ilunga nickt. «Also gut. Schieß los.»

«Saïda Talhaoui. Sie arbeitet in der Psychiatrie. Klinikum No. 6, auf Deck 30. Ich muss wissen, wo sie steckt. In ihrer Kabine ist sie nicht.» Rafael sieht ihn erwartungsvoll an.

Ilunga verschwindet ans andere Ende des Raumes. Dort hat er vor einem Fenster Jutesäcke aufgehängt und Handtücher gespannt, um das Sonnenlicht und fremde Blicke auszusperren. Es sieht aus, als hätte er dort übernachtet.

«Was hat er da am Arm?», fragt Polly flüsternd, während sie mit angespanntem Gesicht auf einen Bildschirm starrt, wie eine Fluglotsin, die gleichzeitig mit Dutzenden von Flugzeugen in den Wolken jongliert.

«Der Hieb einer Machete. Feldarbeit. Ein Unfall, behauptet er. Ich nehme an, im Kongo ist man gewohnheitsmäßig mit der Machete unterwegs.»

Polly antwortet nicht, und er fragt sich, ob er gerade ein bisschen rassistisch rüberkommt.

«Es steckt zu viel Information auf diesem Speicher», fängt sie plötzlich zu sprechen an, schnell, abgehackt. «Textdateien, Fotografien, Formeln, chemische Verbindungen und Zahlen, Zahlen, Zahlen. Ich habe echt ein Faible für Zahlen, doch wer kann Hunderte von Krankenakten auf einmal lesen?» Sie keucht auf. «Aber ich habe ihn erwischt. Endlich.»

«Von wem redest du?»

«Von Milan Vladetic.»

Er beugt sich über ihre Schulter. Sie riecht nach Schweiß und Seife und durchwachter Nacht. Die Farben, die ihm vom Monitor entgegenstrahlen, sind zu grell, zu beweglich stürmen sie über den Bildschirm. Er wendet sich ab, schließt die Augen, hört die Stimme Ilungas: «Komm mal her.»

Der Dispatcher mustert ihn über seine qualmende Zigarette hinweg. Er strahlt Neugierde aus. «Hier. Kuck selbst.» Er schafft Platz auf dem Stuhl neben sich, deutet auf seinen Großbildschirm. «Das Mädchen, das du suchst.» Er deutet auf einen

Lichtpunkt, der am äußersten Rand des Europäischen Sektors pulsiert.

Saïda hat es geschafft, denkt Rafael erleichtert, sie ist am Leben. «Wo ist sie? Auf welchem Deck?»

«Wenn sie ihren Sender noch trägt und dieser Sender funktioniert …» Ilungas Finger trommeln einen Marsch auf die Tischplatte. «Dann würde ich sagen, dass sie sich gerade davonmachen will.»

«Ich lach mich tot.»

## 29° 11' WESTLICHER LÄNGE; 30° 51' NÖRDLICHER BREITE

*Die Sonne verschwand hinter den Silotürmen und den heranziehenden Wolkenwänden, aber ich schloss die Vorhänge nicht. Das weichende Zwielicht klammerte sich an mein Nachtkleid und ließ seine weiße Seide erstrahlen. Seine Lippen zitterten, als ich ihn zu mir heraufzog und meine Lippen auf seine presste. Ich schmeckte das Salz und die Süße der Salmiakpastillen, die er immerzu lutschte und sich in kleinen Pappschachteln von seinen Ausflügen nach Kopenhagen mitbrachte. Sie rasselten in seiner Hosentasche, wenn er hastig durch die Diele schritt, um mich in den Arm zu nehmen.*

*Wir lauschten dem Wind, der endlich von Süden kam und über die Ebene herfiel und die harschigen Reste von Schnee schmelzen ließ. Durch das Fenster drang der Geruch vom Regenwasser in den Zisternen.*

*Tastend suchten meine Finger nach seinem Gesicht, sie strichen über die Wölbung der Narbe auf seiner Stirn, den kleinen Halbmond. Er atmete schnell. Er sagte, wir sind gleich. Wir gehören zusammen.*

Die Welt geht unter, aber ich mache weiter, als wäre nichts geschehen. Rosanna Gardella ist leidlich zufrieden mit ihrem romantischen Werk, wenn sie auch fortwährend darüber grübelt, an welcher Stelle sie einen taubenblauen Hut in ihre Geschichte einweben könnte. Und ob Lippen wirklich zittern, wenn der Rest des Körpers Lust empfindet? Sei's drum. Wer seine Figuren unschuldig, staunend vor den Wundern der Liebe zeichnen will, der muss sie ein wenig erbeben lassen, sagt sie sich, während sie zum Bett schleicht, um wieder einmal zu kontrollieren, ob Kalle Ulfung noch atmet, und um sein Gesicht zu betrachten, den kleinen Halbmond auf seiner Stirn.

Sie hat, wie sie es zu tun pflegt, während des Schreibens laut vorgelesen, ihre Sätze auf Rhythmus und Tempo abgehört, und sich dabei nicht von ihm stören lassen. Kalle stöhnte, er wälzte sich zwischen den Decken, er riss sich hoch, starrte sie mit aufgerissenen Augen an, dass es zum Fürchten war. Mit einem Ohr lauschte sie seinem Gebrabbel, einzelne Worte hat sie heraushören können, mitunter ganze Sätze, und sie scheute sich nicht, sie in ihre Geschichte einzuweben.

Wenn er gerade mal Ruhe gibt, nimmt sie behutsam auf einer Pobacke am Fußende des Bettes Platz und wartet geduldig, bis er den Mund öffnet, weil er einen Schnarcher loslässt oder im Fieber etwas ausruft. So kontrolliert sie, ob seine Zunge ihre Farbe verändert hat. Für diesen Fall hat sie ihren Koffer bereits mit dem Allernötigsten gepackt. Hat Turnschuhe und Trainingsanzug angezogen, mit Hilfe der Drachenspange die Haare aufgesteckt und ein paar Mal ihre Pistole von einer Hand in die andere wandern lassen, um ein Gefühl für die schwere Waffe zu bekommen.

Rosanna ist ausgehfertig, zur Flucht bereit, als sie langsam die Tür ihrer Kabine öffnet und den halbdunklen Flur auf Gefahren kontrolliert. Sie glaubt, ein gefährliches Brummen von seinem Ende zu hören, und nimmt sofort Abstand von der Idee, nach Trine Poulsen zu suchen. Sie schämt sich kein bisschen für ihre Feigheit.

Oder für ihre Neugier. Sie macht sich über Kalles Seesack her. Er ist aus dickem Segeltuch. Neben zerknüllten Kleidungsstücken findet sie Rasierzeug und zwei Tuben mit Blondierungsmittel, einen von Eigelbresten verkrusteten Salzstreuer in der Form einer Kaurimuschel, einen Plastikbeutel voll kleiner Seifen und Shampoofläschchen, wie sie früher in Hotelbadezimmern auslagen. Kein Bargeld, keine Kreditkarten. Ein gerahmtes Foto hat Kalle eingepackt: Da sitzt er, noch keine zehn Jahre alt, schätzt sie, wie ein kleiner Prinz mit verschränkten Armen auf einem fliegenden Teppich vor Kettenkarussells und Achterbahnen. Es ist eine laienhaft ausgeführte Fotomontage, doch die technische Vorarbeit ist mit Mühe und Geschick ausgeführt worden. Der Teppich hängt an Drähten, sodass es aussieht, als würde er in der Luft Wellen schlagen.

Seit Minuten versucht ein altbekannter Feind, ihre Aufmerksamkeit zu erregen. Als sein Funkensprühen sich vor ihr rechtes Auge schiebt, schluckt sie das Doppelte ihrer täglichen Ration der röhrenförmigen Tabletten. Wenn sie die Geschehnisse der vergangenen Nacht logisch deutet und auf ihre Vorahnungen hört, wird sie nie wieder einem Termin in der Medizinischen Versorgungsstation No. 8 nachkommen. Wird nie wieder die dummen Fragen einer schwedischen Ärztin beantworten müssen, einer Besserwisserin mit der perfiden Angewohnheit, andere nach ihrem Alkoholkonsum zu befragen.

Etwas leichteren Herzens zieht sie eine an den Ecken angeschlagene Mappe aus der Schreibtischschublade hervor und öffnet das rote Geschenkband, mit dem sie umwickelt ist. Zuoberst liegen kernspintomographische Schwarz-Weiß-Bilder von ihrem Kopf, dann kommen Querschnitte ihres Gehirns auf knitterigem Papier und topographische Karten ihres Schädelinneren in Spektralfarben, histologische Befunde, die zu lesen und zu verstehen sie sich nie die Mühe gemacht hat.

Sie klemmt sich die Mappe unter den Arm, tritt auf den Balkon und wirft sie in die Luft. A4-Bögen, Rezepte und Röntgenbilder steigen mit der warmen Luft an der Bordwand auf und segeln in derart eleganten Spiralbahnen davon, dass Rosanna nun auch ihre Zettelkästen holt und einen nach dem anderen vom Balkon aus entleert. Ihr gesamtes literarisches Rüstzeug, Hunderte, ja Tausende von Papierkärtchen voller Sauereien flattern auf und davon und legen ein lustiges Abschiedstänzchen hin.

Ein weiteres Mal tupft sie Kalles fiebernasse Stirn mit einem kalten Lappen ab und kontrolliert die Farbe seiner Zunge. Sie stellt sich vor, wie es wäre, sich jetzt auf den Kabinenboden zu legen, auf ihren Kaschmirüberwurf, sich ein Kissen vor das Gesicht zu drücken und so laut um Erlösung zu schreien, wie sie kann. Doch da liegt dieser kranke Kerl in ihrem Bett, der ihr etwas bedeutet, und sie darf ihn nicht im Stich lassen.

Also trinkt sie ein Wasserglas voller Campari auf ex und schläft, als auch die Schmerztabletten zu wirken beginnen, auf ihrem Schreibtischstuhl ein.

## 29° 33' WESTLICHER LÄNGE; 30° 39' NÖRDLICHER BREITE

Die Dämme sind gebrochen, die Erinnerungen strömen herbei. Kalle Ulfung sieht Gesichter vor sich, Menschen, an die er seit Ewigkeiten nicht gedacht hat, von denen er vergessen hat, dass es sie einmal in seinem Leben gab.

Er erinnert den engen, kratzigen Pepita-Anzug, den er sich vom Leib riss, und die Turmfrisur der Kindergärtnerin, die ihn brüllend dazu zwang, ihn wieder anzuziehen. Er sieht sich auf der Bühne einer Schulaula sitzen, verkleidet in das ausgepolsterte Gewand des Verkehrstrolls, dann in einer Traube von riesigen Männern mit dicken Hälsen, es sind die Spieler der Eishockeymannschaft des Brynäs IF, die ihre Autogramme auf sein T-Shirt schreiben. Sie sind schwedischer Meister geworden und setzen mit der Autofähre nach Rostock über, um dort ein Turnier zu spielen.

Er sieht seinen Vater im Heizungskeller des Möbelgeschäfts stehen, er trinkt Wodka aus der Flasche und versteckt sie halbleer im Regal zwischen Terpentin und Schellackflocken. Seine Mutter, die ihm im Linienbus gegenübersitzt, denn sie kommen gerade vom Blaubeerensammeln im Wald, und noch immer hält er den hellgrünen Spielzeugeimer mit ihrer Ernte, und sie fragt ihn, was machst denn du hier, und er antwortet, wir fahren in den Zoo, zu den Pinguinen. Ihr Gesicht wird weiß und rund wie der Mond, und ihre Stimme, mit der sie das Lied von den kleinen Fröschen singt, ist falsch, ist träge, und er begreift, dass sie gar nicht seine Mutter ist, sondern jemand Fremdes. Er springt mit dem Eimer aus dem fahrenden Bus, die Blaubeeren rollen über den Bürgersteig, und während der Schaffner ihm noch hinterherbrüllt, steigt er in ein Auto, das neben ihm hält, ein zweitüriger Chevrolet Camaro, dem das Dach fehlt.

Es ist eine holprige Fahrt mit dem Cabrio über die Landstraße. Sie sitzt am Steuer und trägt ihre Servierweste, mit der sie in der Kellerbar kellnert, und einen Hut, dessen Taubenblau zum Lack des Autos passt. Die breite Hutschnur ist unter ihrem Kinn zu einer Schleife gebunden. Sie blickt ihn an, und doch kann er ihr Gesicht nicht sehen, weil kleine Insekten in Säulen aus Sonnenlicht davor tanzen.

Die Gegend wird hügeliger, sie gleiten durch eine offene Landschaft mit grasigen Mulden. Er sieht windschiefe Gartenzäune, Vorgärten, in denen Schaukelgerüste stehen, und Sommerhäuschen mit Nylongardinen. Der süßliche Kohlgestank der Papierfabriken weht ihnen in die Nasen. Sie überholen einen roten Laster, der Metallschrott durch die Gegend fährt und schwarzen Rauch aus seinem Hinterteil pustet, und biegen am Ende eines Olivenhaines in einen Feldweg ein. Er führt sie vorbei an leeren Ziegenställen und den Ruinen verwahrloster Landhäuser, in der Ferne säumen Steinmauern die Hügelkuppen.

Sie halten vor einer alten Scheune. Efeu hat ihr löchriges Gemäuer erobert, Feigenbüsche quellen hoch oben aus Fassadenritzen. Er will sie bei der Hand nehmen, doch sie springt davon. Er folgt ihr auf einem schmalen Pfad, der zu den Ställen für die Tiere führt. Im Schatten eines Olivenbaumes findet er sie wieder. Der Blitz ist vor Jahren in den Baum eingeschlagen, nun ragt er zersplittert neben mageren Stämmchen auf, die ihn ersetzen wollen, und schwitzt immer noch Harz aus.

Auf einem Bein steht sie in einem weißen Sommerkleid vor ihm. Sie dreht die Hüfte nach außen und zieht das Schulterband herunter. Eine durchsichtige Haut spannt sich über den Knochen ihrer Schultern, durch Löcher in ihrer Brust steigen haarige, schwarze Fliegen auf. Wir faulen bei lebendigem Leib, murmelt sie. Von fern kommt eine Hundemeute kläffend auf sie zu gerannt. Als sie ins Auto steigen, hebt ein dumpfes Brüllen von Vieh an. Er steigt aus, um unter der Motorhaube nachzusehen, warum der Wagen nicht anspringt, und findet dort ein dürres und blutiges Kalb, dem die Haut abgezogen wurde. Es brüllt und starrt aus blauen Augen auf die Hunde, die näher und näher kommen, sie hecheln und wittern, als er, bis zum Kopf in schweißnasse Decken gewickelt, weinend das Land der Träume verlässt, in dem die Ungeheuer leben, und erwachend in die klaren Augen Rosanna Gardellas blickt.

«Mal ehrlich, was sieht sie in dem Typ? Einem Arzt, einem Frauenhelden mit dicken Lippen! Und was hat sie im Versorgungstunnel zu suchen? Will sie abhauen? Wird sie entführt? Sie wünscht sich ein Kind von mir, hat sie gesagt, und jetzt turnt sie zwischen den Sektoren rum? Ich lach mich tot! Ich lach mich tot!»

«Dann mach das doch endlich.» Polly ist die Tiraden Rafaels leid, sie hängt ihren eigenen Gedanken nach, seit sie losgestürmt ist, und jetzt gibt es Stufen und Treppenabsätze zu zählen, es kümmert sie nicht, was seine Freundin Saïda mit Nelson treibt, es gibt ernstere Probleme.

Im Laufschritt eilt sie durch verwaiste Korridore und über Decks, die im Schatten liegen, denn es ist ein langer Nachmittag im Büro des Dispatchers geworden. Als sie endlich den Eingang der menschenleeren Versorgungsstation No. 3 erreicht, schleicht sie, sich unablässig umblickend, die Flure entlang, vorbei an den wandhohen Scheiben der OP-Abteilung, in der alle ferngelenkten Roboterarme still und die Steuertische der Chirurgen leer stehen.

Ein Leuchtpunkt auf François Ilungas Bildschirm hat ihr die Position von Charanya That Myat Suraswadi verraten. Und tatsächlich: Die kleine Frau sitzt im Halbdunkel und geduckt vor ihrem Behandlungstisch, vor Stapeln von Belegungsakten und Plastikwannen voller Gummihandschuhe. Ihre Hände ruhen auf einem grauen Umschlag und einem Skalpell.

Polly springt auf sie zu, schlägt die Fäuste auf den Tisch und brüllt, brüllt aus vollem Hals: «Was habt ihr gemacht? Was passiert hier?»

Im grünen Licht des Aquariums sieht Suraswadi elend aus, unirdisch. Ihre Augen sind tief verschattet, die Haut erblasst zu einer milchigen Marmorlandschaft, flammend rot wie eine primitive Kriegsbemalung leuchtet die Schnittwunde auf ihrem Nasenrücken. Sie schlägt sich die Hände vors Gesicht und stammelt ein paar unverständliche Worte, wahrscheinlich auf Burmesisch, es klingt wie eine Beschwörung, dann endlich beginnt sie klar und deutlich zu sprechen.

«Die Epidemie brach im Februar aus, im Süden Ägyptens. Die Leute erkrankten an Hirnhautentzündung, sie erblindeten, die Leber versagte, aus der Haut sickerte Blut. Das Rift-Valley-Virus war schuld, auch sein erstes Opfer wurde schnell aufgespürt, ein Schlachter aus den Mastfabriken im südlichen Kalifat von Assuan. Das Arabische Zentrum für Krankheitskontrolle schickte seine Epidemiologen, sie lokalisierten drei weitere Fälle.

Anfangs dachten die Ärzte, es wäre nichts Ungewöhnliches, ein böser alter Bekannter klopft an die Tür. Rift-Valley ist heilbar, seit den späten zwanziger Jahren haben wir virale Gegenmittel, niemand war wirklich beunruhigt. Statistiker rechneten mit weltweit sechshundert Toten, schlimmstenfalls.» Suraswadi spricht hastig, ihr Fuß wippt unter dem Tisch, Polly spürt die Vibrationen in ihren Handflächen.

«Ich habe davon gehört. Ein Ausbruch, der bald unter Kontrolle war.»

«Ja, unter Kontrolle. Alle behaupten ständig, die Dinge seien unter Kontrolle.» Suraswadi lacht. «Aber dann … innerhalb weniger Wochen tötete das Virus Tausende ägyptischer Bauern, bevor es die südlichen Stadtviertel Kairos erreichte. Auf seinem Weg dorthin hat es sich in etwas Hochansteckendes verwandelt, in eine nahezu immer tödliche Krankheit.»

«Warum habe ich nichts davon gehört?»

«Nun, die Toten waren Tagelöhner, Bauern. Die Landesgrenzen wurden geschlossen, das Internet wurde gekappt, das Vieh zu Millionen gekeult. Die Militärjunta hat ihre Mittel. Trotzdem kamen Gerüchte auf, natürlich. Der Bürgerkrieg in Libyen ist neu entflammt, Waffenschmuggler, Warlords und lokale Milizen scheren sich nicht um Grenzzäune im Nirgendwo, aber ihre Berichte reichen zum Glück nicht aus, die Welt in Panik zu versetzen. Wer infiziert ist, dem bleibt weder Kraft noch Zeit, die Wüste zu durchqueren, um von seinem Sterben zu berichten. Eines Tages stellte die Weltgesundheitsorganisation Fragen. Ärzte ohne Grenzen verlangten Aufklärung darüber, was es mit vier verschwundenen Hilfsteams auf sich hatte. Die Lage war unübersichtlich.»

«Ich verstehe nicht so ganz.» Polly beugt sich vor, um die Tischlampe anzuschalten. Sofort schießt Suraswadis Hand vor, greift sie hart am Ärmel. «Nein! Meine Augen. Es brennt.»

Verwirrt blickt Polly auf die feingliedrigen Hände, die vor ein paar Tagen so geschickt kleine Löffel und Gabeln verpackten. Jetzt sind sie blau geädert, die Finger sind aufgequollen, und wenn sie auf dem grauen Papierumschlag herumtrommeln, zittern sie.

Polly hat Geschichten vom Rifttal-Virus gehört. Sie erinnert sich daran, dass es Anfang des letzten Jahrhunderts aus dem Nichts in Kenia auftauchte, dann starben in Mauretanien Tausende an Hirnhautentzündung und hämorrhagischem Fieber; ein letztes Aufflackern gab es im Niger in den Zwanzigern. Das Rift-Valley-Virus erzählt die Geschichte vom Triumph der Forschung über die hässliche Natur.

«Es war nicht Rift-Valley. Das Virus, das in Ägypten wütet, ist im Labor erschaffen worden.»

Sie sagt es so tonlos, dass Polly erst glaubt, sie hätte sich verhört.

«Es wurde auf künstlichem Weg erzeugt. Die Arbeit von Hobbybastlern.»

«Aber warum …?»

«Um so viele Menschen zu töten wie möglich. Begreifst du? Es war ein Terrorangriff. Er galt den europäischen Truppen im Norden Ägyptens. Den von ihnen besetzten Gaskraftwerken im

Nildelta und im Golf von Suez. Ganz sicher aber weiß das niemand. Steckten die al-'Adawiyya-Märtyrer dahinter? Oder versprengte israelische Vergeltungskommandos? Hat ein einsamer Verrückter sich einen Spaß erlaubt? In dieser Gegend der Welt muss man mit allem rechnen.»

Polly tritt einen Schritt zurück, krallt sich an der Lehne eines Stuhls fest. Sie weiß nicht, was sie sagen soll, wehrlos lässt sie den plötzlichen Redefluss Suraswadis über sich ergehen, in dem es um die Bausteine einer Virenlinie geht, die einer Kombination von tierischen und menschlichen Erregern entsprungen ist, um Frettchen, in deren Körpern sich das an drei Stellen gentechnisch veränderte Blauzungenvirus vermehrt hat. «Diese Übertragung wiederholten sie, fünfmal, zehnmal. Bis sie einen Erreger hatten, der sich in unseren Schleimhäuten einnistet und über die Atemluft überträgt – wie die Grippe. Das Virus repliziert sich im Zentralnervensystem.»

«Halt, halt, das geht zu schnell!»

«Wir wissen nicht …», Suraswadi öffnet ihre blutleeren Lippen, immer wieder fällt ihr Blick auf das Skalpell vor ihr, bevor sie weiterspricht. «Wir wissen nicht, wie viele milde oder asymptomatische Verläufe es zu Beginn gegeben hat. Und niemand kann mit Sicherheit sagen, wie viel Prozent der Infizierten in der Frühphase des Ausbruchs gestorben sind. Nur dass die mutierten Blauzungenviren neun von zehn Frettchen im Labor töteten – und im Sommer dann sieben von zehn Menschen.» Sie fasst sich mit einer Hand in den Nacken, drückt an verschiedenen Stellen, so als krieche dort ein Insekt. «Als das Ausmaß bekannt wurde, wies das Weltseuchenzentrum seine internationalen Agenturen an, alle Ressourcen auf die Entwicklung antiviraler Medizin zu setzen. Es musste sehr, sehr schnell gehen.»

«Was hat das alles mit uns zu tun?» Polly wirft hilflos die Arme hoch, weiß aber, dass sie ihre Frage selbst beantworten könnte, wenn sie nur klare Gedanken hätte und mehr Mut.

«An welchem Ort lässt sich besser und effektiver ein Gegenmittel erproben als an Bord eines Schiffes? Eines Schiffes, das niemals einen Hafen anläuft?» Suraswadi sieht sie mit einem resignierten Lächeln an. «Im schlimmsten Fall wird alles Leben an Bord ausgelöscht. Doch für eines kann gesorgt werden: An Land wird das Virus nicht gelangen.»

Vor Pollys Augen steigen Bilder der großen Pestepidemien auf, von Segelschiffen, die in fremden Häfen in Quarantäne lagen, von Matrosen, die im Schutz der Nacht von Bord schlichen und den tödlichen Erreger so über alle Länder verteilten. Von einer mitten auf dem Ozean treibenden Insel wie der *Nyx* zu entkommen ist etwas ganz anderes, als sich in einem Hafen von Bord zu stehlen. «Was aber passiert, wenn dieses Schiff, auf dem ein Virus tobt, von Piraten überfallen wird? Verdammt, wohin sind all die Leute hier verschwunden? Die Kabinen sind leer, die Decks liegen verlassen!» Polly wird mit jeder Frage lauter. «Und wo sind all die anderen Ärzte, unsere Krankenschwestern?»

Es ist so lange still, dass Polly glaubt zu träumen, bis Suraswadi sich mit den Knöcheln ihrer Hände die Augen reibt, sie endlich anblickt: «Wir sind nicht ganz allein hier, ein paar andere ... Ich hätte es niemals tun dürfen.»

«Was hättest du niemals tun dürfen?»

«Ich gebe zu, im Rückblick muss es dumm und töricht auf dich wirken ...» Ihr Mund versucht ein resigniertes, entschuldigendes Lächeln. «Aber ich konnte nicht nein sagen, verstehst du? Ich bin Virologin, ich habe mir einen Namen gemacht, diese Arbeit ist mein Leben ...» Sie schüttelt traurig den Kopf und schließt die Augen, und Polly muss sich mit aller Kraft am Stuhl festhalten, um ihr nicht die Faust ins Gesicht zu schlagen.

«Was treibt ihr in euren Laboren? Ihr experimentiert mit Tieren!»

Suraswadi runzelt die Stirn, sieht prüfend zu ihr auf. «Nein, nein. Unsinn.»

«Lüg mich nicht an! Ihr haltet dort keine Mäuse und Kaninchen. Ihr arbeitet mit Schafen, mit anderem Großvieh. Mit welcher Therapie habt ihr Milan Vladetic in den Tod getrieben?»

«Du wusstest, dass wir ...» Suraswadi verharrt mit offenem Mund. Ein Schweigen wächst an, das immer bedrückender wird, immer bösartiger.

Das Aquarium an der Wand scheint in der Nacht zu schweben, zwei Neonfische frei im Zimmer zu schwimmen. In dem grünen Licht sieht Suraswadi aus wie ein Gespenst. Polly nimmt die Krankenakte, schlägt sie auf, blättert ohne System herum, schlägt sie wieder zu. «Hier.»

«Der Serbe kam über Wochen einmal täglich zu uns, holte sich brav seine Medizin ab, bekam seine Injektionen, wurde untersucht, wurde bezahlt. Sehr gut bezahlt. Und er war stolz helfen zu können.» Suraswadi hält inne, sieht sich um, als fürchte sie heimliche Zuhörer. «Er litt stark unter den Nebenwirkungen. Doch sein Körper reagierte vielversprechend auf unser Vakzin, dachten wir zumindest. Er war eine unserer größten Hoffnungen. Dann ...» Sie fingert an der Wunde auf ihrer Nase herum. «Also, er war der Erste, der erkrankte. Sein Hirnstamm war geschädigt worden, mit einem Mal wurde er extrem gewaltbereit. Ständig geriet er in Schlägereien.»

Polly kann kaum glauben, was sie da erzählt bekommt. «Er war euer Index-Patient. Der erste Erkrankte an Bord.»

«Eines Mittags tauchte er nicht mehr in der Virologie auf. Er muss den Kopf verloren haben, als er zu ahnen begann, was mit ihm los war. Ja, er war es, der die Krankheit verbreitet hat», sagt Suraswadi bitter und blickt kopfschüttelnd zu ihr auf. «Immerhin war er so rücksichtsvoll, seine Kabine mit Tape abzudichten.»

«Du bist eine Mörderin.»

«Ich verstehe deine Fixierung auf diesen alten Mann nicht. Er war weit über achtzig, er war sterbenskrank. Sie alle waren todgeweiht. Keiner von ihnen hätte länger als sechs Monate zu leben gehabt.»

«Zweiundzwanzig Menschen? Und alle waren sie todkrank? Warum? Wie konntet ihr?» In Pollys Kopf tosen die Gedanken, sie spürt eine Verzweiflung, die vom Magen aufsteigt, sie muss sich vor Schmerzen krümmen. «Was ist mit Reima Virtanen geschehen? Der junge Finne, der in dich verliebt war? Lag etwa auch er im Sterben?», fragt sie höhnisch.

«Ja, er …» Suraswadi setzt zu reden an, schüttelt den Kopf. «Warte.» Sie steht auf und geht zum Waschbecken, wo sie sich die Tasse mit Wasser füllt. Sofort argwöhnt Polly, dass es ein Trick ist, sie etwas im Schilde führt. Doch Suraswadi trinkt in großen Schlucken, kehrt zurück und legt eine zitternde Hand im Hinsetzen leicht, ganz leicht, auf ihre Schulter. «Ich habe dich überall gesucht.»

Pollys ganzer Körper versteift sich. Sie will Abstand zu dieser Frau mit dem benebelten, ergebenen Blick und der flammend roten Wunde. Sie fragt: «Warum hast du mir geholfen, als ich nach meinem Patienten in der Badewanne suchte? Wieso hast mir den Zugang zur Datenbank der Virologie gestattet?»

«Ich habe dich für fähig gehalten. Ich musste wissen, ob ich auf dich bauen kann. Das war ein Fehler. Dir fehlt der wissenschaftliche Ehrgeiz. Es ist nicht jeder Mediziner in der Lage, unsere Arbeit zu erledigen. Es braucht Härte. Willen.» Sie sieht Polly an wie eine enttäuschte Lehrerin ihre Schülerin. «Jetzt bist du auch noch aus unserem System verschwunden. Wo ist dein Ortungschip?»

Polly antwortet nicht.

«Und ja, wo wir schon bei der Wahrheit sind.» Suraswadi lächelt milde. «Der Finne war wirklich in mich verliebt. Er hat mir mathematische Gleichungen vorgelegt, Zahlenreihen, kompliziertes Zeug, das beweisen sollte, dass wir zusammengehören. Es war nicht nur scherzhaft gemeint.»

«Was hast du ihm geantwortet?»

«Die ewig gleichen Sätze. Ich mag dich, aber nicht auf diese Art. Kümmere dich um deine Frau und deine Tochter. Doch er wollte nicht hören. Er wusste nicht, dass in seinem Rückenmark ein Tumor heranwuchs.»

«Das soll ich dir glauben?»

«Ich lüge nicht. Aber ganz wie du meinst.» Suraswadis Blick gleitet anteilslos über die Panoramascheibe des Aquariums, folgt dem Hin und Her der exotischen Fische. «Und ehrlich gesagt, ich weiß nicht, warum ich dir so viel erzähle.»

Weil längst alles verloren ist? Weil all deine Träume zerplatzt sind und du weißt, dass du bald schon sterben wirst? Ich lasse mich von dir nicht täuschen, denkt Polly, du hast einen hoffnungslosen und gleichzeitig verschlagenen Ausdruck in deinem Gesicht, dem ich nicht traue. Dein Anblick gibt mir das Gefühl, verloren zu sein, ausgeliefert. «Und jetzt? Ist jetzt die Hölle los? Warum sterben die Leute mit blauen Zungen?» Ihre Kehle ist so trocken, dass sie kaum mehr als ein Krächzen hervorbringt. «Und was geschieht in den andern Sektoren der *Nyx*? Wütet das Virus auch dort?»

«Hab Geduld.» Suraswadi sieht sich nervös um, rutscht unruhig auf ihrem Stuhl hin und her, steht urplötzlich auf, stößt dabei ihre Teetasse um. «Ich werde es dir erklären.» Sie verschwindet im anliegenden Behandlungszimmer.

Alt sieht sie aus, klein, als wäre sie geschrumpft. Ihr weißer Laborkittel umflattert sie wie eine Zeltplane, die Haare liegen in fettigen Strähnen auf dem Schädel. Tausende von Fragen türmen sich in Polly auf, sie will so vieles wissen, und immer wieder schnürt die Angst vor den Antworten ihr die Brust zu. Sie setzt sich, steht auf, setzt sich. Nebenan werden Schränke geöffnet, sie sieht den Schatten Suraswadis durch den Raum huschen, hört ihr Gemurmel.

Wo ist die Frau geblieben, die sie so kompetent in das Leben an Bord der *Nyx* eingewiesen hat? Die Gesundheitsoffizierin ist zu einer zusammengesunkenen Gestalt mit glasigen Augen geworden. Ja, es ist wahr, sie ist eine promovierte Infektionsbiologin, sie hat einen Namen, und sie hat in Tokio Molekulare Virologie gelehrt, sie lügt nicht. Sie hat sich in ihrem Labor auf die Suche nach einem Heilmittel gemacht, das ist ehrenwert, denkt Polly, während sie immer wieder mal ins Nebenzimmer späht. Doch sie hat rücksichtslos Menschen für ihre Versuche benutzt. Und noch hat sie nicht verraten, wer ihr den Auftrag dazu gab.Und was es mit diesen unsichtbaren Kampfmaschinen und ihren grässlichen Waffen auf sich hat.

Polly fühlt sich von Müdigkeit überschwemmt. Sobald sie die Augen schließt, fahren ihr die Explosionen der Nacht durch die Glieder. Noch immer hat sie nichts gegessen, sie fühlt sich wie betrunken. Sie geht zum Waschbecken, lässt kaltes Wasser über ihre Handgelenke laufen, schöpft es sich ins Gesicht.

Es ist still im Nebenzimmer.

Polly muss den Tisch umrunden, zum Skalpell greifen und eine Krankenbahre beiseiteschieben, sie muss die Schubladen eines Pillenschranks zustoßen und verliert dabei Sekunden. Suraswadi ist verschwunden.

Durch eine offenstehende Tür läuft Polly ihr hinterher. Noch kann sie die Schritte der Fliehenden hören, doch Suraswadi ist schnell, und ein dunkler Untersuchungsraum schließt an den nächsten an. Polly schleicht voran, sie lauscht, friert in der Bewegung ein, als sie schnelle Schritte mehrerer Menschen im Korridor hört. Sie presst sich hinter einen der Lazarettschränke, umklammert den Griff des Skalpells mit der Faust und hält den Atem an. Schwere Stiefelschritte nähern sich. Als sie ihren Raum passiert haben und leiser werden, wagt sie einen Blick in den Korridor.

Sie sieht drei Soldaten. Sie reden flüsternd, ihre Stimmen

haben etwas Eindringliches, in großen Lettern steht auf ihren Rücken: ESU – Emergency Service Unit.

Es ist Suraswadi, die von ihnen abgeführt wird.

## 30° 45' WESTLICHER LÄNGE; 30° 51' NÖRDLICHER BREITE

Warmer Regen schlägt von allen Seiten auf ihn ein, sammelt sich zu breiten Bächen, die über das Deck strömen. Die Ballonreifen seines Crew-Fahrrads schlingern durch meterbreite Pfützen, schlagen ihm das Wasser gegen den Körper, doch Rafael van Gouten fährt unbeirrt weiter, und sobald ihm jemand entgegenkommt, macht er einen Bogen. Mehr als undeutliche Schatten sieht er nicht, nur schemenhafte Figuren, die sich mit gesenktem Kopf gegen die Wassereinschläge stemmen, vielleicht sind es aber auch Roboter, die schwere Lasten in den Windböen auszubalancieren versuchen, so genau will er es gar nicht wissen.

Als schlagartig der Regen mit einem letzten Tusch endet und die schwarzen Wolken Platz für einen blauen Himmel machen, steigt er vom Rad und schiebt es an die Reling. In einem letzten Aufflackern der Sonnenstrahlen sieht er die Kriegsschiffe. Sie säumen den östlichen Horizont wie eine winzige Spitzenbordüre, nur ein kurzes Zusammenspiel des Lichts und der Wolken macht ihr mattes Graugrün für seine Augen sichtbar.

Ein Schwindel der Erschöpfung gibt Rafael das Gefühl, von der Welt abgeschnitten zu sein, sich selbst und alle Dinge von weit, weit weg zu betrachten. Er fühlt nichts mehr, und eigentlich ist er auch nicht traurig. Schon gar nicht wegen Saïda, bestimmt nicht. Soll sie mit ihrem kleinwüchsigen Oberarzt treiben, wonach ihr ist. Ein paar Dinge will er allerdings noch von ihr wissen.

Zu seinen Füßen perlt noch immer Regen über eine aufgezogene Persenning, tropft von Drahtrollen herab, plätschert durch den Wassergang und verschwindet gurgelnd in der Lenzpforte.

Er hat sich immer gerne eingeredet, dass sein Leben besonders sei, anders, waghalsiger als das anderer. Jetzt hat er bekommen, wonach er suchte – und versteht nichts, rein gar nichts von dem, was um ihn herum geschieht. Aber vielleicht findet er eine Antwort bei den Nachbarn im Asiatischen Sektor. Oder bei seiner ehemaligen Geliebten.

Die Notbeleuchtung im Versorgungstunnel ist schwach, Rafaels Augen brauchen eine Weile, um sich an das grünliche Licht zu gewöhnen. Die Gleise scheinen sich meilenweit vor ihm zu erstrecken. Waggons zischen an ihm vorbei, ihr lauwarmer Fahrtwind streicht stürmisch über seine regenfeuchte Haut. Ohne Fracht rasen sie in beiden Richtungen hin und her, ohne Sinn und Nutzen.

Er hat kaum ein Gefühl in den Beinen, in seinen Schuhen steht das Regenwasser. Das Echo seiner Schritte auf den Metallplatten des Notstegs klingt so fremd, dass er alle hundert Meter in einer der Servicebuchten haltmacht und sich umschaut. Er will rechtzeitig sehen, ob jemand ihm folgt, ob eine vieläugige und mehrbeinige Menschmaschine sich an seine Fersen geheftet hat.

Endlich treten die Gleisschwellen aus der Dunkelheit hervor. Schwaches Licht vom Ende des Tunnels wird von den Wänden reflektiert und spiegelt sich in den Pfützen im Gleisbett. Je näher er der Transithalle kommt, desto mehr Waggons stauen sich. Die automatisierten Rangiersysteme haben versagt, Ampeln springen zwecklos zwischen Rot und Grün.

Als er eine der unbeleuchteten Werkstattnischen erreicht, wo die Gleistechniker ihr Werkzeug und ihre Kisten mit den Alkoholvorräten lagern, stellt er sich in den Schatten und beobachtet das Geschehen.

Der Tunnel öffnet sich auf die über zwei Stockwerke gehende Transithalle und mündet in einem Delta von Gleisen. Keiner der Züge, die ihm entgegengekommen sind, stammt aus den anderen Sektoren; sie alle sind von dieser Stelle aus zurückgeschickt worden wie von Geisterhand, wahrscheinlich ist ein Programmierfehler schuld, ein Kurzschluss vielleicht. Sämtliche Schotten, durch die sie den Sektor verlassen könnten, sind verschlossen.

Am anderen Ende der Rangierhalle, gut zwei Dutzend Gleise von ihm entfernt, ist der Checkpoint für das Personal. Normalerweise wachen dort die Lukenwarte, die Türsteher der Security, darüber, dass kein Unbefugter den Europäischen Sektor verlässt. Oder ihn, vom Asiatischen Sektor aus kommend, betritt. Der Grenzposten scheint aufgegeben worden zu sein, das Wachhäuschen steht leer.

Je näher Rafael dem Checkpoint kommt, desto enger gedrängt stehen die Waggons. Er muss über Kupplungsgelenke steigen und hangelt sich über Griffleisten voran. Unter einem der Waggons schlagen Funken hervor und prallen gegen seine vom Regen aufgequollenen Schuhe. Es stinkt nach Kabelbrand, als er die letzte Hürde mit einem Sprung bewältigt und mit beiden Füßen auf dem Oberschenkel eines Menschen landet. Entsetzt taumelt er zurück.

Direkt vor ihm liegen zwei Körper.

Sie scheinen sich aneinanderzuklammern, sich in einem endlosen Kuss zu umarmen. Die Frau, die auf dem kleineren Mann liegt, trägt einen mit Brandlöchern übersäten Rucksack, ihr linker Arm ist auf unmögliche Weise auf dem Rücken verdreht.

Rafael greift nach den schmalen Fußknöcheln der Frau und zieht. Doch ihr Körper ist schwer, und das Liebespaar will auch im Tod nicht voneinander lassen. Er ruckelt, bis sie sich endlich löst und zur Seite wegkippt.

Er schaut weg, dann wieder hin, er kann nicht widerstehen. So geht es ein paar Mal, bis er aus den aufgerissenen Augen, dem halboffenen Mund und der hohen Stirn, in deren Mitte ein kleines, kreisrundes Loch klafft, ein Gesicht zusammensetzt, das er wiedererkennt, das er über und über geküsst und gestreichelt hat. Das am Heiligabend unter Adventssternen und Discokugeln verliebt einen Mann in einer schneeweißen Uniform anhimmelte.

Jetzt liegt Nelson leblos auf dem Rücken. Das Hemd hängt ihm aus der Hose, Lichtungen rosiger Kopfhaut öffnen sich in seinem verstrubbelten braunen Haar. Er scheint unversehrt, eine feine graue Schicht hat sich wie Vulkansand über sein Gesicht verteilt, sein Haar ist versengt, die Augen sind geschlossen.

All dies passiert nicht, sagt sich Rafael. Von einem Moment zum anderen hat er die Wirklichkeit verlassen und eine Gespensterwelt betreten, in der nichts irgendeinen Sinn ergibt. Oder Hoffnung macht.

Darauf achtend, Saïda nicht weiter anzublicken, nicht ihre wachsweiße Haut zu berühren, steigt er über die Toten hinweg und legt seine schweißnasse Hand auf eines der Biometriepads. Erst im dritten Versuch ruckelt das Tor in seiner Schiene, schließt sich aber sofort wieder. Dreimal, viermal geht das so, es kämpft gegen einen Widerstand an. Rafael zerrt am Griff. Endlich gibt das Tor einen Spalt frei, öffnet sich ein Stück weiter. Ein Arm fällt ihm entgegen, ein schmächtiger Oberkörper rutscht hinterher, ein Kopf, dessen lange, schwarze Haare von Blut verklebt sind.

Mit dummer Beharrlichkeit will das Tor sich schließen und fährt auf seiner Laufschiene immer wieder gegen den Brustkorb der Leiche, aus dem Blut sickert und eine kreisrunde Lache bildet. Das irrwitzige Flackern roter Alarmlampen scheint aus dem Inneren der Schleusenkammer auf ein schmales, asiatisches Gesicht.

Rafael wünscht sich, er hätte den Mut, der jungen Frau die

Zunge zurück in den Mund zu stopfen. Dick und blau ragt sie hervor, als wolle sie den blassen Lippen entkommen, die nass sind von Blut.

Begleitet von einem Zischen, strömt eine Brise kühler Luft aus dem Schleusenraum herüber. Die Luft um ihn herum gerät in Bewegung, riecht beißend, süßlich, riecht nach Ozon.

Er spürt ein Zittern seiner Mundwinkel, er sieht, wie die Haare auf seinem Arm sich aufstellen. Angst schießt durch seine Nervenbahnen. Mit großen Sprüngen rennt er zurück in Richtung seines Tunnels. Seine wilde Flucht führt ihn im Zickzack zwischen Waggons hindurch. Er stürzt über Gleisschwellen, rappelt sich wieder auf. Er blickt nicht zurück, bis er die Gleishalle hinter sich gelassen hat, den Tunnel erreicht und an Geschwindigkeit zulegen kann. Im zweiten Anlauf gelingt es ihm, auf einen der gerade anfahrenden Frachtwaggons zu springen.

Er lässt sich auf den kalten, schmutzigen Boden fallen und starrt kläglich auf die über ihn hinwegrasende Decke des Transporttunnels, bis der Waggon endlich abbremst, mit sachtem Schwanken die Weichen kreuzt und im menschenleeren Verladebahnhof im Zentrum des Europäischen Sektors der *Nyx* haltmacht.

## 34° 52' WESTLICHER LÄNGE; 28° 38' NÖRDLICHER BREITE

Kalle Ulfung erwacht mit neuen Kräften. Ein Gähnen lang nur muss er überlegen, wie er unter dieses Federbett geraten ist, dann strampelt er es von sich. Er sieht sich um. Sonnenlicht scheint auf eine Holzkiste und einen grünen, glänzenden Apfel auf dem Tisch. Es ist kein Laut zu hören. Rosanna ist gegangen.

«Wer kann mir meine Träume erklären, bitte? Wer sagt mir, was geschehen ist mit der Frau aus meinen Träumen?» Er flüstert vor sich hin, während er seine Knochen in Bewegung setzt, bis sie ein koordiniertes Ganzes ergeben, sich zurechtrütteln zu einem Greis, der mit hängenden Schultern auf einer Bettkante sitzt.

Rosanna hat seine Hausschuhe vor ihm abgestellt. Sie sehen verbeult, mitgenommen aus, und woher der Sand kommt, den er aus ihnen schüttet, kann Kalle sich nicht erklären. Mit einem Schwindel im Kopf wankt er zu einem Haufen mit Kleidern und Krimskrams, die er beim Näherkommen als sein Eigen erkennt. Rosanna hat seinen Seesack auf den Boden entleert. Mit Rasierzeug und einem Fläschchen Shampoo tapst er ins Badezimmer.

Geschlagene drei Minuten hockt er auf dem Toilettensitz, doch kein Tröpfchen will herauskommen. Trotzdem spült er.

Vor dem Spiegel stehend, befreit er seine Wimpern von kleinen Krusten. Es sind die mineralisierten Reste seiner Tränen, die Ausscheidungen seiner Fieberträume.

Er kämpft mit den knirschenden Armaturen, putzt sich die Zähne und rasiert sich. Mit einem altersschwachen Klötern kämpft der Apparat sich durch das stoppelige Barthaar. Einige der Haare spritzen zwischen die Flakons und Make-up-Utensilien auf dem Waschgestell.

Während Kalle sich auszieht, entdeckt er auf einem Wäschekorb ein Nachthemd aus rosaroter Seide. Die Säume der Ärmel und das Dekolleté sind mit Spitze eingefasst. Der weiche Stoff, in den er seine Nase vergräbt, duftet nach Orangenblüten. Er fühlt sich zu Hause.

Nackt steigt er in die Wanne. Das Wasser, das aus dem Duschkopf auf seinen Schädel rinnt, riecht anfangs rostig und faulig. Im Sitzen seift er seinen Körper mit beinah ritueller Sorgfalt ein, er will sich vom Fieberschweiß und von seinen Träumen reinigen. Als er sich den Seifenschaum vom Bauch und von den Beinen spült, schockiert ihn das Wasser mit plötzlicher Eiseskälte.

In Rosannas Frottéhandtuch gehüllt, macht er Ordnung in

seinen Siebensachen. Der Seesack ist verschwunden, also stapelt er die saubere Wäsche auf dem Kabinenboden, dann öffnet er das Holzkästchen auf dem Tisch ohne eine Spur schlechten Gewissens. Er findet eine Schachtel mit dicken roten Patronen, aber keine Waffe. Die Frau ist also bewaffnet. Passt zu ihr. Er beißt in den Apfel, der ohne Geschmack ist und sauer.

Sobald er die Augen schließt, bedrängen ihn seine Traumbilder.

Die Frau in dem weißen Kleid saß neben ihm, der Fahrtwind blies ihr den Pony aus der Stirn, ihre Augen tränten. Sie fuhren durch ein Tal voller Olivenbäume, über ihnen ragte eine nie fertiggestellte Autobahnbrücke in den Himmel. Er überholte einen Traktor. Plötzlich musste er beschleunigen, um es rechtzeitig in die Kurve zu schaffen. Ihr Wagen ging schlingernd in die Kurve, sie schafften es gerade noch so zurück in ihre Spur.

Ab hier geraten die Bilder durcheinander, ziehen sich zurück, als wären sie unerlaubt gegen den Strom der Zeit heraufgespült worden, bis vor Kalles Füße. Für einen Augenblick segelt er zwischen zwei Welten und glaubt ganz genau zu verstehen, warum es heißt, das ganze Leben sei Traum.

Es war seine dümmste Idee überhaupt, die Schlaftherapie abzubrechen, sagt er sich. Seine Träume schwemmen Dinge hervor, die besser versenkt geblieben wären.

Noch einmal nimmt er sich seine Habseligkeiten vor, wühlt sich durch Wäsche und T-Shirts, stößt aber wieder nur auf das gerahmte Foto, das sein Vater am Tag seines achten Geburtstags von ihm auf dem Teppich gemacht hat.

Alle Menschen besitzen Fotos, überlegt Kalle. Sobald man ihnen gegenübersitzt, kramen sie Fotokisten hervor oder quetschen einem ihre vergilbten Fotoalben vor die Nase, suchen nach Schnittmengen in Biographien und füttern einen mit Belanglosigkeiten aus ihrem früheren, besseren Leben. Wo aber sind seine Bilder geblieben?

Plötzlich fällt es ihm ein. Mit kristallklarer Schärfe sieht er das Fotoalbum aus rotem Kunstleder vor sich und auch die mitfühlende Miene Packers, der es ihm abnimmt. Kalle spürt, dass es ein feierlicher Moment war. Aber wieso?

Bei nächster Gelegenheit wird er sich auf die Suche nach Packer begeben, auch auf das Risiko hin, ihn in den liebenden Armen Cecilia Pérez Gascas aufzustöbern. Auf seinem Rückweg wird Kalle dann einen Abstecher in das Zentrum der Schlaftherapie machen, einen Bückling vor Doktor Zazcyk hinlegen und um Hilfe und Tabletten bitten. Denn er will nicht mehr träumen.

## 34° 52' WESTLICHER LÄNGE; 28° 38' NÖRDLICHER BREITE

Es stinkt nach Schimmel und geronnener Milch, die Klimaanlage der Kantine ist ausgefallen. Rosanna Gardella bewegt sich bedächtig zwischen Tellerscherben, sie weicht Messern, Gabeln, Suppenlöffeln aus.

Die Auslagen sind geplündert worden, ein paar welke Spinatblätter und Schlieren von Mayonnaise an den Scheiben der Salatbar sind alles, was von der letzten Kantinenmahlzeit übrig blieb. Sie wandert vorbei an den Free-Flow-Theken und der Coffee-Station, an den Kühlschränken, die sämtlich offen stehen. Jemand hat ein sandfarbenes, in Zellophan gewickeltes Käsesandwich übersehen. Es schmeckt widerwärtig, aber sie schlingt es hinunter.

Die Kühlkammern sind leer geräumt, ein einziger Blick in die Großküche sagt ihr, dass eine Suche dort nicht mehr lohnt. Sämtliche Töpfe sind von den Herden gerissen worden, auf der Mittelinsel türmen sich ölverschmierte Pfannen und Kasserollen, Mehl aus aufgeplatzten Säcken bedeckt die Verwüstung wie Pulverschnee.

Im untersten Regal eines Lagerraums findet sie ein paar Dosen mit Litschis und mit Tomatensuppe, eine Packung Cannelloni al Parmigiano. Sie stopft ihr Beutegut in den Seesack, der Kalle gehört. Als sie auf die Knie geht, um mit dem Griff einer Schöpfkelle nach einem Eimer mit Dillgurken zu fischen, hört sie Schritte. Es sind zögernde Schritte.

Sie setzt sich auf und greift nach der Pistole in der aufgesetzten Tasche ihres Ponchos. Sie hält die Waffe mit beiden Händen und richtet ihren Lauf auf den Eingang.

Ein Mann mit gelblichen Haarbüscheln über den Segelohren bleibt vor der Tür des Lagerraums stehen. Er trägt einen weißen Anzug und blinzelt Rosanna und ihre Waffe an, fassungslos, erschöpft. Dann schnieft er und wischt sich über die breite Boxernase. Als sie in ihm einen der Musiker aus Madeira erkennt, ist er schon verschwunden. Sie merkt, dass sie am ganzen Körper schwitzt.

Von ferne sind Stimmen und Stiefeltritte zu hören. Rosanna macht sich klein und schleicht geduckt zwischen den Kantinentischen in Richtung eines Notausgangs. Weil sie dabei Überbleibsel von den Tischen aufsammelt, sich auch ständig nach Verfolgern umsieht, stößt sie gegen eine Frau in einem zerrissenen roten Abendkleid. Mit geschlossenen Augen sitzt sie im Schneidersitz zwischen Stuhlbeinen und beißt auf einem Schokoladenweihnachtsmann herum, der noch in Stanniol verpackt ist.

Rosanna macht, dass sie wegkommt.

Steif wie eine ihrer mexikanischen Zuckerstangen steht Cecilia Pérez Gasca in ihrem Kiosk. Sie trägt eine Gazemaske überm Mund und weiße Handschuhe. Weit und breit ist kein Mensch auf dem Schwimmdeck zu sehen.

«Wartest du auf Kunden?» Rosanna versucht, freundlich zu klingen.

«Die kommen nicht mehr.» Cecilias Stimme dringt gedämpft durch die Maske. «Ich halte Wache. Plünderer sind unterwegs.» Unter kampflustigen Augenbrauen mustern zwei dunkle Augen Rosanna und den Seesack mit unverhohlener Verachtung.

«Wer Hunger hat, muss essen», verteidigt sich Rosanna. «Und die Seeluft zehrt. Aber sei unbesorgt: Ich bin nicht hier, um dir deine Marzipanschweinchen zu stehlen. Ich möchte wissen, was es mit Kalle auf sich hat.»

«Mit Kalle? Auf sich hat?» Cecilia hüstelt, dabei rutscht ihr die am Nasensteg geklebte Brille auf ihr enormes Dekolleté.

«Genau. Was fehlt ihm? Was steckt hinter seinen Träumen?»

«Hat er mir nie verraten. Das ist sein großes Geheimnis. Ein toller Mann, doch bevor er mit seiner Schlafkur begann, war er kaum zu ertragen. Der Schwede ist eben so, habe ich damals gedacht. Verschlossen. Frostig. Ein Trauerkloß.» Cecilia verharrt einen Moment und starrt auf einen Punkt hinter Rosannas Rücken. Sie möchte sich umblicken, ringt den Impuls aber nieder.

«Wir hatten uns eine Zeitlang aus den Augen verloren, bis er eines Tages wieder zu mir kam und sich darüber beklagte, wie schnell seine kostbarsten Erinnerungen verschwanden. Er hatte gerade mit seiner Schlafkur begonnen. Sie beruhigte ihn. Man sah ihn sogar lächeln. Drei, vier Jahre ist das her.»

Rosanna nickt. «Er hat seine Medizin abgesetzt.»

«Typisch Kalle. Er denkt immer nur bis zur nächsten Ecke.»

«Wie kann ich ihm helfen?»

«Helfen?» Cecilia schnauft. «Wozu? Schau dich doch um.»

Rosanna schafft es nicht länger. Sie muss sich umdrehen, denn immer wieder starrt Cecilia in Richtung des Olympiabeckens.

Einer der großen, vierbeinigen Transportroboter bewegt sich stampfend auf sie zu. Das Ding ist mindesten zwei Meter hoch und ebenso breit. Flankiert wird es von zwei kleineren, wendigen Modellen, deren Metallhaut im Sonnenlicht kupfern glänzt.

Automatisch umklammert Rosanna die Waffe in ihrer Tasche. Keine Sekunde lässt sie die Augen von den Robotern, die mit steifen Bewegungen den Kiosk anzusteuern scheinen.

Knapp fünf Meter vor ihr bleibt das ungelenke Trio stehen. Die kleineren Maschinen stellen sich neben ihrem Anführer auf die Hinterbeine. Aus ihren Unterleibern fahren Dutzende feiner, silbriger Fühler hervor. Ein metallisches Zirpen begleitet ihr Schlängeln.

Sie nehmen die Witterung auf, denkt Rosanna, sie unterhalten sich über uns. Sie hält den Atem an und rührt sich nicht. Nicht einmal zu blinzeln traut sie sich.

Plötzlich brechen die Roboter ihre unheimliche Vorführung ab, machen kehrt und ziehen in Richtung Schiffsinneres ab.

Rosanna sammelt sich, atmet tief ein und aus, fragt: «Was war das denn?»

«So geht es seit dem Sonnenaufgang. Sie patrouillieren. Sie testen jeden, der ihnen begegnet.» Cecilias schwarze Augen starren Rosanna durch verschmierte Brillengläser an.

«Testen?»

«Hast du es nicht gerade eben gesehen? Sie stellen sich auf ihre putzigen Beinchen und strecken die Fühler aus. Ich fürchte, sie können es riechen, wenn jemand eine blaue Zunge bekommt.»

«Das ist ja schrecklich.»

«Ach was. Ich habe Schlimmeres gesehen. Der Teufel ist nämlich auch unterwegs. Er steckt in diesen anderen Maschinen.» Mit den Händen formt sie eine große Kugel in der Luft. «Er nimmt die Farbe der Nacht an und macht sich unsichtbar. Erst hat er die Piraten erlegt. Jetzt holt er sich einen nach dem anderen die Kranken.»

«Hast du keine Angst, so ganz alleine in deiner Hütte?»

«Sehe ich aus, als würde ich mich fürchten?» Cecilia füllt einen Papierbeutel bis zum Rand mit Salmiakrauten. «Hier, nimm das. Für Kalle, das reicht eine Weile. Sag ihm, ich wünsch ihm alles Gute. Wir hatten schöne Zeiten miteinander.»

Es ist ein letzter Gruß, das spürt Rosanna.

Kalles Gesichtshaut hat deutlich an Farbe gewonnen, das Rot in seinen Augäpfeln hat sich aufgelöst. Neugierig sieht er Rosanna dabei zu, wie sie den Seesack leert. Zur Beute aus dem Lagerraum sind Fundstücke von den Kantinentischen gekommen: vergoldete Walnüsse und Hustendrops, Cocktail-Snacks, Zigaretten.

Sie geht zum Kühlschrank und kommt mit einer Flasche Roséwein und zwei Gläsern zurück und stellt sie auf den Tisch.

«Ein paar Menschen habe ich gesehen.» Sie füllt die bauchigen Gläser bis zur Hälfte. «Die Roboter sind weit in der Überzahl.»

«Ganz schön waghalsig von dir, über die Decks zu ziehen. In der Kantine zu plündern! Auf deinen Mumm!»

Sie stoßen an. Rosanna leert ihr Glas auf einen Zug. Als sie aufschaut, sieht sie nichts als seine Augen. Todschick ist er, findet sie. In der Nacht sah es nicht danach aus, als würde er sich je erholen. Bis ins Mark ausgehöhlt, mit Schüttelfrost und bebendem Brustkorb lag er danieder.

«Ein irres Bild», sagt sie und zeigt auf den Bilderrahmen, der auf Kalles Kleiderhaufen liegt.

«Ich gebe zu, seine Tricktechnik war nicht besonders ausgeklügelt. Aber mein Vater war ein begeisterter Hobbyfotograf. Er hat ein weißes Laken zwischen den Apfelbäumen gespannt, als Hintergrund. Auf dem Rasen standen Holzkörbe, darauf war ein Teppich ausgebreitet. An seine Ecken knotete er Drähte, sodass es aussah, als würde er in der Luft Wellen schlagen. Ich setzte mich darauf, verschränkte meine Arme, und mein Vater drückte ab. Im Labor ließ er das weiße Laken durch eine Aufnahme des Taj Mahal ersetzen.»

«Dein Traum vom Fliegen erfüllte sich in einer Fotomontage.» Rosanna greift nach ihrem Weinglas, ohne ihn aus den Augen zu lassen.

Kalle klopft mit fragender Miene auf die Pistolenkiste, die noch immer auf dem Tisch steht.

«Ein Abschiedsgeschenk meiner Enkel.» Sie erhebt sich. «Ich brauche Luft. Mein Kopf.»

Mit vollen Weingläsern treten sie auf den Balkon. Es ist windstill, das Meer glänzt schwarzblau. Die *Nyx* pflügt unermüdlich durch die atlantischen Wassermassen auf ein fernes Ziel hin.

Sie beugen sich weit über die Reling und spähen in die Tiefe. In der Ferne sehen sie Menschen, die wie sie auf den Balkonen stehen und auf das Meer blicken. Auf gut Glück winkt Rosanna ihnen zu, doch keiner erwidert ihren Gruß.

«Wohin geht unsere Fahrt? Mir kommt es vor, als würde es mit jeder Stunde wärmer.»

«Wir fahren gen Westen. Amerika. Wenn die Erde sich nicht auf ihrer Achse verschoben hat. Bei diesem Tempo müssten wir die Karibik in zwei, drei Tagen erreichen.» Kalle kratzt sich die Nasenspitze. «Wie geht es deiner dänischen Freundin?»

«Trine ist gestorben. Vor meinen Augen.»

Minutenlang starren sie wortlos aufs Meer.

«Die Welt geht doch nicht einfach so unter, oder?» Kalle legt seine Hand auf ihre Schulter. «Wo sind all die Leute hin?»

«Ich habe heute früh bei allen Nachbarn geklopft.»

«Und?»

«Nichts. Am Ende meines Korridors haben sich zwei Frauen in einer Kabine verschanzt. Sie wollen die Tür nicht öffnen, sagen sie, sie trauen niemandem mehr.» Rosanna erzählt ihm von ihrer Begegnung mit dem Roboter-Trio, von der großen, stampfenden Maschine und ihren winzigen Begleitern. «Sie suchen nach Infizierten.» Rosanna verschweigt, dass sie mit Cecilia gesprochen hat, weil sie findet, dass die Mexikanerin in diesem

Moment kein Thema zwischen ihnen sein sollte. Auch die Salmis hält sie vor Kalle versteckt. Der maßlose Verzehr von Lakritz pusht Kortisol-Pegel und Blutdruck, so viel weiß sie.

«Habe ich von diesen Monstern nur geträumt? Oder habe ich sie in der Nacht wirklich gesehen?» Kalle blickt sie verlegen an. «Diese Kugeln meine ich, aus denen Spinnenbeine ragen? Sie verschmelzen mit ihrer Umgebung, dann schlagen sie aus dem Nichts zu.»

«So in etwa war es.»

Die Schnelligkeit, mit der die Sonne dem Horizont entgegenplumpst, kommt Rosanna brutal, ja hämisch vor. Doch so klar ist der Himmel, dass es noch immer hell ist, als sie in ihre Kabine zurückkehren.

Sie sind beim dritten Glas Rosé, als Kalle sie fragt: «Wo hast du deinen ersten Mann kennengelernt?»

«Bei einem Betriebsausflug der Regionalbibliotheken. Auf der Busfahrt nach Palermo. Er hat mir sofort gefallen, und ich ihm auch. Es ist schwer zu sagen, warum man plötzlich einen Menschen liebt. Es sind Kleinigkeiten. Wie er aus dem Busfenster kuckt. Wie er sich die Haare aus der Stirn streicht. Wenn ich heute an ihn denke, dann sehe ich immer noch den lesenden Mann mit dem bunten Hemd in der hintersten Sitzreihe. Das war es wohl. Zwei Wochen später haben wir geheiratet.»

«Hui. Du hast es eilig gehabt.»

«Ich war jung, leichtgläubig. Ich trug weiße Netzhandschuhe, und in meinem Stirnband steckte eine lange Feder. Ich fürchte, ich war die Einzige, die das extrem abenteuerlustig fand. Und er? Sobald er sich meiner sicher war, glaubte er, ich wäre da, um ihm das Frühstück und sein Bett zu machen und das Leben schöner.»

Rosanna will ihn fragen, wann er sich zum ersten Mal verliebt hat, doch rechtzeitig fällt ihr ein, dass er sich wahrscheinlich nicht daran erinnert. Schnell spricht sie weiter, um ihn nicht verlegen zu machen. «Beim ersten Mal durfte er mich nur bis zur Wohnungstür begleiten. Ich gab ihm einen Abschiedskuss – das war's.» Sie muss sich räuspern. «Weißt du, ich war keine besondere Schönheit damals. Ich fühlte mich unsicher. Aber ich habe mit Humor gepunktet. Bekanntlich reißen Männer die Witze lieber selber. Wenn die Frau dann höflich lacht, finden sie sich total sexy. Das war für mich natürlich eine Katastrophe.»

Als Kalles Lachen verebbt, reißt Rosanna eine der Snacktüten auf und füllt eine Glasschüssel mit Kartoffelchips.

«Du sprichst viel in deinen Träumen. Ich verstehe nur manches. Aber immer wieder kommt ein Auto vor. Du bist früher viel unterwegs gewesen, was?»

«Schon möglich.» Sofort taucht die Frau in Weiß vor seinen Augen auf.

«Vielleicht warst du mal Fernfahrer?»

«Niemals. Ich hasse Autos, das weiß ich. Nein, ich war Bademeister. Als junger Mann. Dann irgendwas mit Gärten und Pflanzen. Und ich glaube, ich brauche dringend meine Schlafmedizin.»

«Wo willst du sie dir besorgen?»

«Weiß nicht.» Mutlos blickt er sie an.

«Übrigens», sagt sie, den Mund voller Chips: «Für den Fall der Fälle habe ich schon mal gepackt.» Sie deutet auf einen unauffälligen braunen Rollkoffer, der am Fußende ihres Bettes steht.

Kalle nickt, als hätte er sich das schon so gedacht. «Ja, es ist an der Zeit, sich Gedanken über eine Flucht zu machen.»

Mit gedämpften Stimmen sprechen sie über mögliche andere Routen der *Nyx*, entwerfen phantastische Fluchtszenarien, kalkulieren ihre Chancen, und wann immer sie ein Geräusch hören, verstummen sie. Mal ist es ein bekanntes Surren, wie es die Serviceroboter in den Fluren machen, mal ein fremdartiges, schweres Brummen oder fernes Türenschlagen. Stimmen hören sie nicht. Ihre Unterhaltung erstirbt.

Kalles Hände wandern über den Tisch und sammeln Chipskrümel zusammen. Sein Gesicht ist leicht gerötet.

Ihre Blicke haben sich seit Minuten nicht getroffen, als Rosanna sich einen Ruck gibt. «Also, was ist.» Es klingt nicht wie eine Frage.

Sofort nimmt er ihre Hand, zieht sie zu sich heran. Beugt den Kopf und küsst ihre Finger.

«Ach», sagt sie. Streichelt über sein Haar, steht auf, umrundet den Tisch und nimmt ihn in die Arme.

«Himmel, womit habe ich das verdient?»

«Jetzt rede nicht.»

## 37° 21' WESTLICHER LÄNGE; 27° 57' NÖRDLICHER BREITE

«Nun sag doch endlich was.»

Rafael van Gouten aber schweigt. Er sieht Polly nicht einmal an. Stumm und in sich gekehrt, sitzt er auf der Schlafdecke zu ihren Füßen, und alle paar Sekunden kippen seine Lider runter. Hin und wieder nippt er an der Tasse des bitteren Tees, der ihnen beiden helfen soll zu vergessen. Bei jedem Schluck verzieht er das Gesicht und sieht dabei aus wie jemand, der gleich aufspringt, an Deck rennt und sich ins Meer schmeißt.

Am Abend ist er zu ihr gekommen, erschüttert von seinem Ausflug an die Sektorengrenze. Sein Hab und Gut hat er in einem ausgebeulten Koffer angeschleppt, es großflächig auf ihren zwölf Komma neun sechs Quadratmetern verteilt, zum Kurz-mal-Lüften, hat er gemeint.

Er hat geschluckt, was Polly ihm von der Seuche und dem

sterbenskranken Versuchskaninchen Virtanen erzählt hat. Verdaut aber hat er es längst noch nicht, auch über den Tod seiner marokkanischen Freundin Saïda wird er so schnell nicht hinwegkommen. Und ihr, Polly, setzt zu, dass Charanya Suraswadi im Sterben liegt. Die zurückgelassene Krankenakte der Gesundheitsoffizierin verrät es, ihr mit Antibiotika und Polymerase-Hemmern getränktes Blut, sie ist ein wandelnder Leichnam. Eine Virenschleuder.

Pollys Mund ist trocken wie Packpapier. Seit die Gesundheitsoffizierin ihr einen Teil der Wahrheit offenbart hat, prügelt die Müdigkeit auf sie ein. Ihre Gedanken sind zähflüssig, Krämpfe durchschütteln ihre Eingeweide, und doch hat das Meskalin ihren Kopf noch immer nicht erobert. Es belagert ihn bloß.

Sie steigt vom Bett und brüht erneut frischen Tee auf. Rührt eine Messerspitze vom grauen Pulver aus ihrem Silberdöschen ins Teewasser, löst löffelweise Honig darin auf. Sie hat sich nie an den stechend bitteren Geschmack des Pulvers gewöhnen können. Es ist widerwärtig, aber wenn die ersten Wellen von Übelkeit über sie hinweggerollt sind, schüttelt das Meskalin die Erschöpfung ab und führt sie ins Land der heiteren Sorglosigkeit.

Sie nimmt einen großen Schluck. Die bittere, heiße Flüssigkeit schwappt durch ihren Mund. Ihr Gaumen faltet sich zusammen wie eine Auster im Zitronenbad. Brechreiz schüttelt sie. Sie kann den Abstieg der Flüssigkeit durch Kehle und Speiseröhre verfolgen, dann verklumpt sich ihr Magen.

Aus Rafaels Mund dringt ein Keuchen. Er würgt ein paarmal, übergibt sich aber nicht. Er scheint auf irgendetwas herumzukauen.

«Meine Oma hat immer gesagt, Medizin muss bitter sein, damit sie wirkt.» Wie zur Strafe für ihren Vorwitz wird Polly heiß und schwindelig. Sie lässt sich zu Rafael auf die Decke fallen.

Seine Pupillen sind so groß wie die Knöpfe an seinem Bademantel. Sie ziehen sich zusammen und weiten sich, oder kommt es ihr nur so vor? «Schielst du?», fragt sie.

«Du spinnst wohl.»

Polly rückt näher heran. «Nein, ehrlich, es stimmt. Du schielst.»

Als sie sieht, wie die Streifen ihrer Trainingshose sich schlängelnd miteinander verflechten, ist sie aber nicht mehr so sicher. Sie wartet, bis der Schwindel verfliegt, reißt ihre Augen weit auf und sendet im Geist einen Strahl aus. Pfeilgerade schießt er durch die Kabine, prallt unterhalb der Decke auf die Wand, von dort aus an die Kunstholzpaneele und weiter, um knapp neben ihren Beinen aufzuschlagen, dann, hoch über ihrem Kopf, das Kojenbett zu durchdringen. Er touchiert das Tischchen und nähert sich im Kreuz und Quer unaufhaltsam der Küchenzeile, kurz sieht sie das mechanische Auf und Nieder ihres Kopfes im Ankleidespiegel: ein verrücktes Huhn beim Krumenpicken.

«Was machst du da?» Rafaels Stimme dröhnt in der Stille wie ein Geröllaster.

«Ich vermesse den Raum. Ich hab dir davon erzählt.» Polly darf ihren Blick nicht eine Sekunde lang vom komplizierten Zickzackkurs des Strahls losreißen, sie kann ihn beim Sprechen nicht anblicken: «Warum lachst du?»

«Das sieht komisch aus. Erklär doch mal.»

«Es ist wie beim Billard. Du versetzt deiner Kugel einen Stoß mit dem Queue und folgst ihrer Bahn über das Tuch, berechnest die Karambolagen, die Aufschlagpunkte. Mein Billardtisch ist dreidimensional, und meine Spielkugel ist ein lautloser Strahl. Er kennt kein Effet, verliert nie seine Energie und durchdringt jede Materie. An den Wänden prallt er ab. Einfallswinkel gleich Ausfallswinkel. Immer über die Bande spielen. Er schießt durch den Raum, bis er ihn in Hunderte imaginärer Schichten zerteilt hat. Du kannst dir vielleicht vorstellen, wie anstrengend das ist. Aber es ist auch enorm beruhigend. Wie Yoga.»

«Landvermessung, das wäre es für dich gewesen.»

«Irrtum. Dies hier funktioniert nur in geschlossenen Räumen.»

Er hält eine Hand vor Pollys Augen.

«Lass das», ruft sie und versucht noch, ihren Strahl in Höhe der Badezimmertür wieder einzufangen. Zu spät.

Sie rempelt ihn ein bisschen, er rempelt sie zurück, und auf einmal ist er ihr viel näher als sonst. Er hat sehr schöne feuchte Augen. Und seine Lippen sehen weich aus. Aber was denkt sie da überhaupt? Sie ist high wie ein Bomberpilot.

«Seit wann machst du das?»

«Seit ich mir abgewöhnt habe, sieben Mal vor dem Schlafengehen zu pinkeln. Habe ich dir davon erzählt?»

«Ja. Du hast ein Ritual gegen eine Zwangsneurose getauscht.»

«Es gab Nächte, in denen ich meinem Raumstrahl so lange hinterherschaukelte, bis ich bewusstlos ins Kissen kippte.»

«Muss süß ausgesehen haben.» Rafaels Hand liegt auf ihrer Schulter.

«Als ich auf einer Klassenreise in Istanbul die Blaue Moschee betrat, bin ich fast verrückt geworden. Überall Mosaike, an Wänden, Decken, Böden. Der Lehrer musste mich im Taxi zur Herberge fahren.»

«Und ich habe ständig mein Spielzeug sortiert, meist nach Farbe. Manchmal mussten sie auch der Größe nach antreten: Legosteine, Kuschelbären, Kakteen, Autos, Malkreiden.»

«Nett. Ich glaube, du machst dich über mich lustig. Wollen wir doch mal sehen. Wenn es dir gelingt, einmal um dieses Tischchen zu gehen, ohne an eine Kaulquappe zu denken, dann darfst du mich küssen.»

Er springt auf und geht einmal um den Tisch, ein zweites, ein drittes Mal. «Geschafft!»

«Du lügst doch. Das weiß ich. Ich habe dir einen Zwangsgedanken verpasst.»

Er besteht nicht auf seinem Recht. Er sitzt schon wieder neben ihr, ein Stück näher noch. Kurz bildet sie sich ein, dass er nach Rauch riecht, nach schwelendem Herbstlaub. «Du riechst gut.» Sie betrachtet ihn eingehend. Zum Glück schielt er nicht mehr.

«Was hast du gesagt?», fragt er.

«Ich habe nichts gesagt.»

«Bist du auch voll drauf?»

«Vielleicht ein bisschen. Alle paar Minuten muss ich aufstehen und kontrollieren, ob die Tür geschlossen ist. Ich kann nicht anders.» Sie kriecht auf allen vieren durch die Kabine, rüttelt am Türgriff, presst ihr Ohr gegen das Metall, kriecht zu ihm zurück, fragt: «Was gibt's da zu lachen?»

«Du hast mir gesagt, dass Männer dich kaltlassen.»

«Habe ich das? Ach was.» Polly beißt sich auf die Lippen, weil es sich anfühlt, als würde eine Ameise dort langkriechen.

«Was denn nun?»

«Das kann bei Frauen, die eigentlich Frauen lieben, schon mal vorkommen, weißt du. Ist kein Drama.» Sie muss kichern. «Jetzt mal im Ernst. Was hat es mit der Liebe schon auf sich?» Sie staunt selbst über ihre Worte. Das ist doch nicht sie, die da redet. Es ist der Geist des San-Fernando-Kaktus. Und der ist gesprächig. «Wo ist schon groß der Unterschied? Bei all dem Getue geht es doch nur darum, die Eingänge zu finden. Haha, falsch. Ich meine, die Zugänge zu finden. Die Zugänge zum anderen zu finden. Darum geht's. Symbiose. Wer will denn schon einsam sein?»

Rafael legt den Kopf ein wenig schräg. «Fühlst du dich so? Einsam?»

«Nein.»

«Nicht lügen. Ich seh's dir doch an.»

Rafael hat natürlich recht. Sie hat Liebeskummer und wurde für eine Jüngere verlassen. Sie fühlt sich hundeelend und eiskalt und nähert sich einem Punkt, an dem sie in irgendeine Affäre zu taumeln pflegt, nur um nicht allein sein zu müssen. Aber kein Wort davon wird ihr über die Lippen kommen.

«Zeig deine Zunge!», fordert sie ihn auf.

Ohne zu zögern, streckt er sie Polly entgegen.

«Sieht ganz okay aus.»

«Jetzt du.»

Als sie zögert, lässt er seinen Kopf gegen ihre Schulter sinken. Sein Atem ist warm an ihrem Hals, und sein kurzgeschorenes Haar kratzt an der Wange. Sie sagt nichts, sieht nur dabei zu, wie seine Finger über ihren Arm krabbeln, hoch und runter, wieder hoch, dann unter dem T-Shirt-Ärmel bis in ihre Achselhöhlen hinein. Gänsehaut breitet sich auf ihrem Arm aus, sendet Schauer den Rücken hinab, breitet sich warm in ihrem Inneren aus.

«Das kitzelt», sagt sie leise. «Und eigentlich möchte ich bloß mit dir hier einschlafen.»

Sie lässt sich zurückfallen. Ihr Mund öffnet sich für seinen.

## 37° 34' WESTLICHER LÄNGE; 27° 48' NÖRDLICHER BREITE

Es ist doch überraschend, wie alles flutscht, wenn man nur die richtige Teemischung trinkt. Er liegt nackt auf, neben, unter Polly, ihr ganzer Körper hat sich zwischen seine Beine geschoben, ihr Ellenbogen quetscht ihm in die Rippen. Sie riechen nach Raubtier, ihre Nasen bekriegen sich wie Seelöwenbullen, und ihre vorwitzige Brustwarze, die gegen seine Zungenspitze drückt, fühlt sich riesig an, so gewaltig wie der Felsblock des Sisyphos, seit Ewigkeiten versucht er, ihn den Berg hinaufzustemmen.

Der schlammige, ätzende Geschmack des Meskalin hat sich

in den entlegensten Falten seines Mundes verschanzt und schießt seine Giftpfeile ab. Die Kabinenwände rücken näher und näher, und in der Hitze des Gefechts schickt sie einfach immer ihn, die Kabinentür zu kontrollieren. Ständig kommen ihm diese Kaulquappen in den Sinn, die Totenmaske Saïdas und der Gestank von Ozon, der ihren verrenkten Körper vor den Schleusentoren umwehte, doch keine dieser Widerwärtigkeiten dämmt sein Verlangen. Zu lange hat er davon geträumt, dieser Frau durch das schweißfeuchte Haar hinter den Ohren zu streichen, ihren schlanken Vogelhals zu würgen, spielerisch nur, na logisch, sie rundum abzutasten und dabei in ihre porzellanblauen Augen zu blicken.

So reicht ein Zucken ihrer Augenlider und die kleinste ihrer Liebkosungen, ein Streichen ihrer einen Hand auf seinem Rückgrat, ein packender Griff ihrer anderen in seine Hinterbacken, ihn ins Gleiten zu bringen, ins Fließen. Am Leib zuckend, nach Luft schnappend, ergießt Rafael sich in das Kräuselhaar zwischen ihren Beinen, und sie sieht auch noch ungläubig zu dabei, mit einer kleinen Falte zwischen ihren Augen und stößt kaum ein Stöhnen aus, nur einen Hauch.

«Na.» Mehr sagt sie nicht.

Ich hab's gnadenlos vergeigt, denkt er, eine fette Fünf minus. Als er ihr einen verstohlenen Seitenblick zuwirft, kippt ihr Kopf mit einer Miene amüsierter Enttäuschung zur Seite weg. In derselben Sekunde noch schläft sie ein.

«Alles eine Scheißidee», murmelt er, urplötzlich geplagt von einem Heißhunger auf Schokoladenpudding. Dann packt sich der Schlaf auch ihn.

Ein Zirpen lässt Rafael erwachen. Das Streichen von Metall auf Haut. Das Tapsen nackter Sohlen auf dem Kabinenboden, direkt neben seinem Kopf. Er will auf die Uhr an der Wand schauen, doch da leuchten keine Ziffern. Den Kopf kann er nicht drehen, seine Arme kaum spüren. Ihm fällt ein, dass dies nicht sein Bett ist, er begreift, dass Pollys Arm schwer auf seinem Brustkorb ruht, ihr Atem in sein Ohr pustet.

Er sieht nichts, keine Schatten, keine Umrisse, doch er spürt, dass jemand im Raum mit ihnen ist. Das Zirpen, das ihn geweckt hat, wird lauter.

Er löst seine Arme aus Pollys Umklammerung, reckt sie in Abwehrhaltung in die Schwärze hinein. Seine Augen gewöhnen sich an die Dunkelheit. Ein feiner Lichtstrahl dringt durch eine Ritze zwischen Tür und Pfosten. Rauchgeruch steigt in seine Nase. An der Stille merkt er, dass auch Polly jetzt wach ist.

Sie springen gleichzeitig auf und stürzen polternd zum Lichtschalter.

Der Mann steht mit dem Rücken zu ihnen. Er dreht sich langsam und in Trippelschritten um seine eigene Achse. Wie in Trance blinzelt er ins Deckenlicht. Aus seinem Mundwinkel läuft ein Speichelfaden auf den Pyjama, auf seine Brust, gegen die er einen Metallkäfer drückt. Seine vielen Beinchen strampeln in der Luft. Ihre Gelenke sind es, die das Zirpen hervorbringen.

Polly steht nackt und mit zerrauftem Haar vor der Gestalt mit dem seltsamen Spielzeug. In einer Haltung, wie asiatische Kampfsportler sie einnehmen, wippt sie von einem Fuß auf den anderen. «Wer ist das?», fragt sie angeekelt.

Ich muss etwas sagen, etwas tun, denkt Rafael. Doch die Umrisse der Kabine kommen ihm verschwommen vor, wie in einem Zerrspiegel, die Proportionen stimmen nicht. Unbeholfen, auf Abstand achtend, drückt und schubst er den Eindringling in Richtung Tür.

Kaum stehen sie im Korridor, gibt er ihm einen Stoß. Protest seufzend setzt der Pyjamamann sich in Bewegung. Nach ein paar holprigen Schritten entgleitet ihm der Metallkäfer. Die Maschine schlägt scheppernd auf und strampelt auf dem Rücken vor sich hin, der Kerl nimmt torkelnd Reißaus. Rafael schimpft ihn ein blödes Arschloch und registriert, dass er splitternackt ist, dass schwarzgraue Rauchfahnen unter der Tür einer Nachbarkabine hervorquellen und wie ein auf den Kopf gestellter Wasserfall zur Decke aufsteigen.

Keine zwei Minuten später verlassen er und Polly die Kabine mit der Unglückszahl 271 829 auf den Knien, im Gepäck das Nötigste und über den Köpfen jeder ein Handtuch, das sie gegen den suppendichten Rauch und das Tröpfeln aus den Sprinklern schützt.

## 37° 56' WESTLICHER LÄNGE; 27° 57' NÖRDLICHER BREITE

Rosanna löst sich aus seiner Umarmung, um die Balkontür zu schließen und den Regler der Heizung hochzuschrauben. Schnell kehrt sie zurück zu ihm, der regungslos in der Mitte der Kabine steht, und legt ihre warmen Hände auf seine Wange, auf seine Brust.

Mit feierlicher Miene öffnet sie die obersten Knöpfe seines Hemds, nimmt ihn bei der Hand und führt ihn zum Bett.

Jeder für sich, sitzen sie auf einer Seite der Matratze und ziehen sich aus.

«Ist doch superkomisch.» Kalle streift sich die Socken ab. «Oder etwa nicht?»

«Was?»

«Na, wir beide hier.»

Sie schweigt liebenswürdig, zieht ihre Spange aus den Haaren, nimmt seine Hand und legt sie auf ihre Brüste. Sofort greift er zu. Sie fühlen sich üppig und schwer an. Kalle möchte auf der Stelle über sie herfallen, er ist selbst überrascht von seinem jugendlichen Elan, und ja, ein kleines Wunder, auch von seiner munteren Erektion. Doch schon beim ersten Vorstoß, der ihn ganz nah an Rosanna heranbringen soll und ihn zu einer leichten Schrägneigung zwingt, spürt er ein Stechen in seiner künstlichen Hüfte.

Ein solch gemeiner Schmerz hat ihn lange nicht drangsaliert. An Verschnaufen ist aber jetzt nicht zu denken. Aufseufzend lässt er sich auf den Ellenbogen fallen und robbt auf einem Knie voran.

Kaum ist er bei ihr angelangt, empfängt sie ihn mit beiden Armen und küsst ihn auf den Mund. Auf einmal springt die Angst ihn an, Rosanna könnte ihn im Dämmerlicht eingehend mustern, den nackten Mann, der sich wie ein halbtoter Hund über ihre Matratze schleppt. Sie würde die welke Haut über seiner Brust betrachten, seine breiten Entenfüße und Zehennägel, die immer mehr den Fängen eines Greifvogels ähneln. Auch sein Hintern fällt ihm ein, der, wenn er ihn unter Verrenkungen im Spiegel betrachtet, bloß noch an Trockenpflaumen erinnert. Und, oh Gott, sein schrumpeliger Schwanz, aber immerhin der dürfte kein Thema sein, denn er steht gerade eins a.

Um zu verhindern, dass sie einen genauen Blick auf ihn wirft, küsst Kalle sie, als ginge es um sein Leben. Seine Zunge gibt ihr Bestes, sie tastet sich durch die Tiefen ihres Mundes, balgt mit ihrem Gegenpart, wandert über ihre Lippen zum Hals, liebkost ihr Schlüsselbein, hinterlässt eine Spur zähen Speichels auf dem Weg zu ihren Brüsten und macht sich mit Begeisterung über ihre Nippel her, als Rosanna ihn von sich stößt. «Du willst mich nicht auffressen, oder?», flüstert sie in sein Gesicht, nach Atem ringend. «Beruhige dich mal.»

«Es ist sehr lange her. Ich glaube, ich habe vergessen, wie es geht.»

Sie lacht liebevoll, so hört es sich jedenfalls an, aber auch ein bisschen dreckig, und deshalb fasst Kalle sofort neuen Mut. Seine Zunge allerdings hält er ab sofort in Schach.

Verlegen streichen seine Hände durch ihr schütteres Haar, es kräuselt sich schweißfeucht an den Ohren. An ihrer Seite liegend, sein Gesicht dicht an ihrem Gesicht, gibt er sich endlich seiner Lust hin. Mit den Fingerspitzen wandert er den Schwung ihrer Lenden und des Hinterns nach, er streicht über ihren knittrigen Bauch.

Als er sich zu fragen beginnt, wie er weiter vorgehen soll und ob sie es schätzt oder als brachial empfindet, wenn er jetzt draufgängerisch auf sein Ziel voranprescht, das völlig haarlos ist und sich verlockend weich anfühlt, er hat schon mit zittrigen Fingern vorgetastet, haucht Rosanna ein warnendes «Vorsicht». Mit zupackender Entschlossenheit drückt sie ihn auf den Rücken und legt sich auf ihn. Er schließt die Augen und überlässt sich der Wärme ihrer Haut. Er spürt ihren Atem an seinem Hals, ihren Herzschlag an seiner Brust.

Als Kalle nicht mehr zu sagen weiß, wo sein Körper endet und der ihre beginnt, stellt er fest, dass seine Erektion Zentimeter um Zentimeter an Spannkraft verliert. Ein verschwitzter Klumpen Haut bleibt übrig vom strammen Ständer, eine schlappe Fleischwurst, eingeklemmt zwischen zwei Bäuchen. Wellen der Scham fließen durch seinen Körper.

«Ich bin zu alt für so was», sagt er, stoßweise atmend, in das Knistern der Laken und die angespannte Stille hinein.

«Ach was.» Aufmunternd klopft sie ihm auf die Brust. «Solange wir kein Halsband mit Plakette tragen müssen, um zu erfahren, wer wir sind, ist doch alles okay. Wir können machen, wonach uns der Sinn steht. Solange wir wollen.»

Dies ist keine Körperhaltung, die Rosanna länger erträgt. In geradezu schmerzhafter Stellung wie ein Frosch auf Kalle zu hocken. Ihr Halswirbel knackt, als sie seitlich von ihm gleitet. Sie tastet sich zu ihrem Nachttischlämpchen. In seinem gnädigen Schein besieht sie sich die Bescherung. Das Malheur.

Flach wie ein Brett liegt er auf dem Rücken, hält den Kopf zwischen beiden Händen und starrt an die Decke der Kabine.

Kalle Ulfung, du bist zartbesaitet wie ein Mädchen. Weil Rosanna sich an seinen Unterleib in diesem Moment nicht herantraut – wozu ein Messer an die offene Wunde legen?, – streichelt sie stattdessen über das Seepferdchen-Tattoo auf seinem Oberarm. Sie fragt sich: Wie viele Jahre müssten wir leben, um alle Scham hinter uns zu lassen?

Rosanna ist glücklich. Dies sind die ersten Minuten ihres neuen Lebens, sie fühlt es, weiß es. Kalle und sie werden der Zukunft, so kurz sie auch währen mag, gemeinsam entgegengehen. Sie fühlt mit jeder Faser ihres Körpers, dass dies ein Moment aufrichtiger Liebe ist. Fast ist es, als stecke sie im Körper einer anderen, Glücklicheren. Sie hat sich gehäutet, ihr altes Ich abgelegt wie die Perücken, deren Kunsthaar im Licht auf der Kommode schimmert. Zwei Jahre lang hat sie ihren haarlosen Schädel ertragen müssen und sich morgens, wenn sie vorm Spiegel stand und sich schminkte und die Lippen anmalte, aus Kopftüchern einen schicken Turban gebunden, um ihren nackten Schädel nicht im Spiegel sehen zu müssen. Ihr Haar ist nicht gleichmäßig nachgewachsen, dafür aber kräftiger, und über den Schläfen sprießen wieder die Locken ihrer Kindheit. Sie wird dem Tod in einer passablen Fasson entgegentreten.

«Es tut mir leid.» Kalle beißt sich auf die Lippe. «Jedenfalls sollst du wissen … Es ist nicht so …»

«Ich finde, ab sechzig sollte Sex kein Gesprächsthema mehr sein.»

Er sieht sie verunsichert an.

«Kleiner Scherz.» Humor ist immer gut. Gerade beim Sex sollte er nicht fehlen, Rosanna weiß es aus Erfahrung. Und dass er beizeiten und nahtlos ersetzt werden muss durch reines, den Verstand lähmendes Verlangen. Weil kein Mensch es schafft, sich gleichzeitig oben- und untenrum totzulachen.

«Wenn ich mir ein Alter herbeizaubern könnte, würde ich sagen: Ach bitte schön, fünfzig! Nicht jünger. Mit fünfzig hatte ich ein gesundes Selbstbewusstsein. Damals musste ich mich noch nicht langmachen wie eine Giraffe, um meinen Ziehharmonikahals zu kaschieren.»

Sie entringt ihm ein müdes Lächeln, immerhin. Weil sie spürt, dass es nicht reicht, ihn wieder auf die Spur zu bringen, redet sie weiter. «Mit siebzig war Sex schon schwieriger. Da wird ein Kuss, also ein richtiger, ernstzunehmender Kuss, leicht zum Austausch von Essensresten. Trotzdem war ich mir meiner erotischen Anziehungskraft jederzeit bewusst. Ich konnte den Sex genießen. Ich ließ mich einfach gehen.»

«Hemmungslos?»

«Fast. Hemmungslos hat so einen Beigeschmack. Ich bin doch kein Luder.»

Rosanna sieht einen Funken durch das Braun seiner Augen segeln. Schon spürt sie seine kräftigen Hände. Sie wandern über ihren Busen, über Bauch und Schenkel und machen gar keinen Halt mehr. Auch wonach sie selbst neugierig greift, fühlt sich wieder blutvoll und gesund an, von den Jahren verschont. Sie drückt ein paarmal zu. Sie kann es nicht lassen: «Ich war immer schon ein haptischer Mensch. Rein optisch hat ein Penis mich nie erregen können. Ich habe die Dinge gern im Griff.»

Von nun an gibt Kalle sein Allerbestes. Er durchrüttelt ihren Leib und ihre uralte Seele.

## 41° 31' WESTLICHER LÄNGE; 24° 55' NÖRDLICHER BREITE

Es ist ein langer, behäbiger Tag, sie haben ihn verstreichen lassen. Haben das Gewächshaus kaum einmal verlassen, aus Angst, aber auch weil das Meskalin sich nur widerwillig aus ihren Körpern und Gehirnen zurückzieht. Polly liegt flach auf dem Rücken, umrahmt von Gießkannen, in denen Spinnen hausen, fett und groß wie Kinderdaumen. Eine aufgebockte Schubkarre verbarrikadiert die Tür von innen. Als würde das helfen, wenn und im Fall …

Die Scheiben des Gewächshauses sind beschlagen von Kondenswasser, in dünnen Fäden rinnt es am Glas hinab. Es riecht nach feuchten Baumstämmen und Hundsminze. Mit jeder Stunde ist es wärmer geworden, seit dem Morgen scheint die Sonne von einem wolkenlosen Himmel auf das von Rost löchrige Dach. Es wurde aus den flachgehämmerten Blechen von Speiseöldosen gelötet. Sobald Polly mit dem Zählen der Löcher beginnt, sieht sie doppelt.

Um die Mittagszeit ist ein seltsam gebauter Roboter vorbeigewankt. Er sah aus wie eine Gottesanbeterin und leuchtete die Beete mit seinen mandelförmigen blauen Augen ab. Für sie und Rafael hat er sich nicht interessiert.

Rafael ist auf der Suche nach Essbarem. Zum ersten Streit kam es schon beim Aufwachen. Natürlich hat er die Tür der Kabine offen stehen lassen. Und logisch ist er also schuld daran, dass ein verwirrter Nachbar sich in der Nacht in ihre Kabine geschlichen hat. Dankbar solle sie ihm sein, hat er zu sagen gewagt. Den Brand hat schließlich er gerochen. Nicht sie.

Zum Glück sind ihre Erinnerungen vage. Gnädig ausradiert. Beruhigend immerhin ist, dass sie keine Schürfwunden auf ihrer Haut entdeckt. Sogar ihren Hintern hat sie abgetastet. Man weiß ja nie. Schon gar nicht, was in unseren Nächsten vorgeht.

Wie weit ist sie in der Nacht gegangen? Welche Berührungen hat sie zugelassen? Haben sie gevögelt? Ein Gefühl der Scham schwappt in Polly auf und brandet als Hitzewelle gegen ihre Stirn.

Sie will, sie kann nicht länger stillliegen.

Bewaffnet mit einem Laubrechen, dem fast alle Zinken fehlen, verlässt sie das Gewächshaus. Auf der Suche nach einem Ort zum Pinkeln, wandert sie die Gänge zwischen den Gartenparzellen ab. Eines der Beete, es kündet von der pflegenden Hand seines Kleingärtners, ist bedeckt mit zerschredderten Apfelschalen, aus einer Kantinenküche als Dünger abgestaubt. Zwischen den fauligen Obstresten wagen zarte Oleandertriebe sich ans Licht. Oleandrin, muss sie unwillkürlich denken, ein wirksames Herzglykosid, ein qualvoller Tod.

Sie pinkelt auf ein von kargen Rosmarinbüschen überwuchertes Rechteck. Unbarmherzig wird sie dabei von einem Gartenzwerg angestarrt. Er reckt ein rostiges Küchenmesser in die Luft, die Hälfte seiner Nase fehlt ihm. Provoziert von ihrem Urinstrahl, dreht eine Feuerameise panische Runden, bevor sie sich in das Leinen von Pollys Schuhen verbeißt.

Ohne sich zu weit zu entfernen, streift sie geräuschlos zwischen den Beeten umher. Eines nach dem anderen öffnet sie die Vogelhäuschen am Wegesrand. Sie findet schimmelige Getreidekörner und Brotreste, die sie auf Maden durchsucht, bevor sie die Bröckchen einzeln weich lutscht. Aus einem der Kästen fällt ihr ein verschnürtes Paket entgegen. Aus mehreren Schichten Aluminiumfolie löst sich eine Handvoll Metallschrott, scharfkantig, wertlos. Enttäuscht wirft sie ihren Fund in einen Schacht, aus dessen Tiefen ein Hauch kalter Luft aus fernen Klimaanlagen heraufweht, der Rauchgestank mit sich trägt. Sie wartet lange. Kein Aufschlagen ist zu hören, kein Scheppern.

Als die Sonne sich hinter einer Armee gelbweißer Kugelwolken davonstiehlt, kehrt sie zurück. Rafael steht draußen auf

Deck und winkt sie aufgeregt zu sich an die Reling. Beim Näherkommen sieht sie, dass er keinen Proviant herbeigeschafft hat.

Drei Decks unter ihnen trägt ein Arbeitsroboter einen Menschen in seinen wulstigen Greifarmen. Die erschlafften Arme und Beine des Mannes wippen mit jedem Schritt der Maschine, sein auf und ab pendelnder Kopf scheint ihnen dabei ermunternd zuzunicken. Der untere Teil seines Gesichts ist mit einem Tuch verbunden. Mit wenig Abstand folgt ein weiterer Roboter. Er ist kleiner und zieht einen Schlafsack hinter sich her, aus dessen Öffnung lange graue Haare hervorquellen.

Polly sieht den Maschinen mit den Leichen hinterher, bis ihre Tritte verklingen, bis das Wischen des Schlafsacks auf den Planken verebbt. Sie spürt den Wind auf ihrer Haut, die wärmenden Strahlen der Sonne, Rafaels Hand auf ihrer Wange, seine fremd klingende Stimme, die zu ihr sagt: «Nicht weinen, bitte.» Er summt ein paar Minuten lang leise vor sich hin, es ist eine simple Melodie, mit der man Kinder im Gewitter beruhigt, nach dem Erwachen aus Albträumen. «Und wir sind noch am Leben?», sagt er dann. «Erklär mir das mal.»

«Wer krank ist, wird aussortiert. Wer stirbt, wird weggeschafft.» Ihr fällt ein, was sie auf den wandgroßen Monitoren seines kongolesischen Dispatchers gesehen hat. Ein Lichtergewimmel auf Deck 25, Hochbetrieb auf dem Bestattungsdeck. Das andere Zentrum der Roboteraktivität ist die Wabe im Bauch der *Nyx*, ist der Virologie-Komplex zwischen Deck 8 und 12. Ihr fällt ein, was Milan Vladetic seinem griechischen Freund über die Ärzte in der Virologie anvertraute: Es sind keine Menschen. Es sind Maschinen. Und irgendwann werden sie mich holen.

«Wir sollten uns nicht so offen präsentieren.» Rafael zieht sie von der Reling fort.

«Wir sind nicht infiziert. Wir interessieren sie nicht.»

«Hast du dir das so ausgerechnet?» Er sieht leichenblass aus.

Ihm stehen Tränen in den Augen. «Sagen dir das deine Quersummen?»

«Ich will es einfach glauben. Kein Virus tötet eine gesamte Population. Es gibt immer Überlebende. Fast immer.» Polly zögert. «Vor einem halben Jahrhundert haben Forscher ein Pockenvirus gebastelt, das alle Labormäuse tötete. Wirklich alle. Das aber war ein Versehen. Und es waren Australier.»

«Und wir sind keine Mäuse.»

«Da bin ich mir nicht mehr so sicher. Die Epidemiologen haben hier mit zweiundzwanzig Patienten begonnen. In einem von ihnen geriet das Vakzin außer Kontrolle. Bevor es Vladetic töten konnte, nahm er sich das Leben. Als sie verstanden, wie eilig es ist, haben sie zum vielleicht letzten Mittel gegriffen. Sie haben uns durchgeimpft, die Patienten, das Personal, Kranke und Gesunde, einfach alle – aber mit verschiedenen Vakzinen.»

«Wie macht man so was?»

«Mit dem Trinkwasser, einem Impfpflaster oder dem Frühstücksei, sie hatten viele Wege. Irgendetwas wird schon anschlagen. Trial and Error.»

Langsam gehen sie das Deck auf und ab, halten sich aber fern der Reling und nah an den blattlosen Hecken, die das Areal der Gartenparzellen umzäunen.

«Was weißt du über das Virus?»

«Es ist eine Kreuzung aus Rift-Valley und dem Blauzungenvirus. Aber auch Bausteine menschlicher DNA wurden darin gefunden.»

«Wie kann so etwas passieren?»

«Viren gentechnisch zu verändern ist kein Kunststück. Das Blauzungenvirus ist ein robustes, flexibles Virus. Du könntest ein erkranktes Schaf küssen, ihm die Schnauze ablecken, es würde dir nichts passieren. Aber du kannst ihm auch die Gene des Frettchens zuführen, sogar menschliche oder künstlich manipulierte Gene.»

«Frettchen?»

«Die Lieblingstiere der Virologen. Was die Influenza angeht, sind sie den Menschen am ähnlichsten.» Polly spürt, dass sie ungeduldig wird. «Herausgekommen ist ein waffentaugliches und rekombinantes Virus, eine Chimäre.» Sie wartet nicht auf seine nächste Frage. «In der griechischen Mythologie ist die Chimäre ein Ungeheuer. Es hat den Kopf eines Löwen, den Körper einer Ziege und den Schwanz einer Schlange.»

«Und unseres hat auch noch die Zunge eines Tintenlutschers. Kannst du mir das erklären?»

«Das Virus nistet sich im Zentralnervensystem ein. Von dort aus bewegt es sich entlang der Nervenbahnen. Die Geschmacksnerven im Mund sind mit dem Gehirn verankert.»

«Das klingt heimtückisch.»

«Viren haben kein Bewusstsein, sie sind nicht niederträchtig. Sondern einzig und alleine auf ihre Replikation ausgelegt.»

«All das hat dir deine Kollegin erzählt?»

«Suraswadi war nicht besonders redselig. Das Virus ist dabei, auch ihr Gehirn zu zerstören. Manches muss ich mir zusammenreimen. Und ich habe die Krankenakte von Vladetic gelesen.»

«Warum haben diese Killermaschinen mich am Leben gelassen?» Unter einem Laubengang kommt Rafael zum Stehen. «Die erste hat mich in einen Windelcontainer hineingeprügelt. Die nächste hing dicht über mir in den Seilen. Beide hätten mich in Stücke schlagen können.»

«Könnte ja sein, dass du ein gutes Standing bei ihnen hast. Du bist ihnen etwas wert. Vielleicht haben sie geprüft, ob du noch gesund bist. Vergiss nicht, dein Kollege war ein Risikofaktor. Virtanen gehörte zu den Versuchskaninchen.»

Er grübelt vor sich hin, scharrt Erdklumpen und braune Blätter mit den Schuhen zusammen.

«Was ist heute Nacht passiert?» Polly steht steif vor ihm.

«Was meinst du?»

«Na, zwischen uns. Wie weit sind wir gegangen?»

«Ach so. Ziemlich weit. Glaube ich.» Rafael lächelt sie erleichtert an.

Er bildet sich wohl ein, sie hätte sein erwartungsvolles Gesicht vergessen. Oder die Scham in seinen Augen, als sein ganz persönlicher, übereifriger Triple-A-Pass versagte, und zwar viel zu früh für ihren Geschmack. Doch ihre Erinnerungen kehren wieder, eine nach der anderen.

Als sie endlich den Mut fasst, einen einfachen Schritt zu tun und ihn in die Arme zu nehmen, ihm zu sagen, dass keine Zukunft hat, was sie in der Nacht begonnen haben, sagt er: «Wir sollten uns … ach scheiß drauf.»

Er dreht schnell ab und lässt Polly allein zurück, unter einem Spalier aus morschem Holz, Spinnweben und Herbstlaub.

## 46° 37' WESTLICHER LÄNGE; 21° 58' NÖRDLICHER BREITE

Die Gleistafeln verkünden die Ankunft des Expresszugs nach Toledo, kein Reisender wartet, kein Schaffner fegt den Bahnsteig. Rosanna Gardella will den Therapiebahnhof von Mariinsk schon unverrichteter Dinge verlassen, als sie auf einer der Bänke ein beigebraunes Kleiderbündel liegen sieht. Sie ist so schnell bei Melinda Buzek, dass ihr kaum Luft und Kraft bleiben, an ihrem leblosen Körper zu rütteln und zu begreifen, dass die Freundin aus ihrem Schlaf nicht erwachen wird.

Sie liegt auf der Seite, die Knie angezogen. Ihr Haar, auf das sie so stolz war, hat alle Farbe verloren. Das Wärmekissen, auf dem ihr ausgemergelter Kopf ruht, ist erkaltet.

In Melindas Handtäschchen findet sie außer einem parfümierten Seidentuch und einem ausgetrockneten Lippenstift nur ein Holztäfelchen in Form einer Kuh, Teil des Legespiels, das sie ihr geschenkt hat.

Rosanna spürt Erleichterung, keine Trauer oder Verzweiflung. Ich werde jetzt nicht gefühlsduselig sein, sagt sie sich, schon gar nicht werde ich mir Selbstmitleid gestatten.

Sich misstrauisch nach Robotern und vielbeinigen Kreaturen umschauend, schreitet sie zum Büro des Fremdenverkehrsamtes. Sie lässt sich Zeit dabei, in den Auslagenkästen nach dem Passenden zu suchen.

Es ist ein schweres, bunt illustriertes Märchenbuch, mit dem sie zurückkehrt, Platz neben Melindas Kopf nimmt und aus der Kleinen Meerjungfrau vorzulesen beginnt:

«Weit draußen im Meere ist das Wasser so blau wie die Blütenblätter der schönsten Kornblume, und so klar wie das reinste Glas, aber es ist dort sehr tief, tiefer als irgendein Ankertau reicht, viele Kirchtürme müssten aufeinandergestellt werden, um vom Grunde bis über das Wasser zu reichen. Dort unten wohnt das Meervolk.»

Rosanna liest furchtlos, mit ihrer markanten Vorlesestimme, so wie sie es für die schwerhörige Freundin stets getan hat. Wer immer auch auf dem Bahnhof ist und zuhören mag, soll gern zuhören.

Als die jüngste Tochter des Meereskönigs in der Nacht durch das dunkelblaue Wasser hinaufsieht, wo die Fische mit ihren Flossen und Schwänzen einherrudern, ... schlägt der Schmerz über Rosannas rechtem Auge zu wie eine Faust. Blitze schlagen in ihrem Kopf ein, blenden sie völlig, lassen sie nach Luft schnappen.

Mit zittrigen Fingern angelt sie in ihrer Handtasche nach dem Joint. Er ist dick wie ihr Zeigefinger, fest wie ein Holzpflock und qualmt wie eine alte Lok. Sie inhaliert, bis ihre Lungen beinah platzen, und hustet den Rauch hervor. Kalle baut die Joints sehr fachmännisch, und alle Samen pult er sorgfältig heraus, sie hat ihn dabei beobachtet. Er schafft es locker mit geschlossenen Augen, so wie andere ihre Waffen unter einem Handtuch auseinandernehmen, reinigen, zusammensetzen.

Als die Schmerzen sich zurückziehen, unter der Wirkung des Cannabis beinah ganz von ihr ablassen, liest sie weiter: «Mehr und mehr kam die kleine Seejungfer dazu, die Menschen zu lieben, und mehr und mehr wünschte sie, zu ihnen hinaufsteigen zu können, denn die Menschenwelt erschien ihr weit größer als die ihre. Sie konnten zu Schiff über die Meere fliegen, auf die hohen Berge weit über den Wolken steigen, und ihre Länder erstreckten sich mit Wäldern und Feldern weiter, als sie blicken konnte ...»

Mit dem Licht, das auf einmal durch den Bahnhof flutet, stimmt etwas nicht. Rosanna spürt, dass sie beobachtet wird. Irgendjemand, irgendetwas richtet seine Augen oder Fühler auf sie. Wenn der Tod jetzt kommt, dann kommt er wenigstens schnell. Und er erwischt sie bekifft wie eine karibische Ganja Queen. Bereitwillig schließt sie die Augen, legt das Märchenbuch auf ihren Schoß.

Nichts geschieht.

Irgendwann öffnet sie die Augen und sieht sich aufmerksam um. In einem der Schrotthaufen glaubt sie ihren vom Sturm zerfetzten Regenschirm wiederzuerkennen. Auch steht ein neuer Zug auf dem Abstellgleis. Er glänzt fabrikfrisch und in aerodynamischer Pracht, mit seiner Nadelspitze ist er sicher schnell, pfeilschnell. Seine Frontscheinwerfer brennen einen Strahl in den Staub des Gleisbetts, und seine Türen stehen offen. «Ich weiß es!» Rosanna möchte den Finger in die Luft recken, so als gehe es um gute Schulnoten. Ich weiß jetzt, wo ihr Maschinen euch versteckt, denkt sie, wenn ihr nicht über Wände und Decks rast und Tod und Verderben bringt. Sie ahnt schon lange, dass dieser Bahnhof ein perfektes Versteck ist für alle, die unförmig und sperrig und hässlich sind.

Sie weiß nicht zu sagen, ob es ihre trüben Augen sind, das Cannabiol oder optische Turbulenzen: Über dem Gleisbett vor ihrer Bank gerät die Luft in Bewegung, wird schlierig wie über dem Asphalt in der Sommerhitze, wirbelt in Kreisen umher, so als wäre sie gefangen in einer freischwebenden gläsernen Kugel. Um den aufsteigenden Geruch des Ozons zu neutralisieren, lutscht sie ein paar der Salmis, die Cecilia Pérez Gasca ihr mitgegeben hat. Der Geschmack ist eklig. In Kalles Mund schmecken sie besser.

«Und die kleine Seejungfer hob ihre durchsichtigen Arme empor zu Gottes Sonne, und zum ersten Male fühlte sie Tränen in ihre Augen steigen. Auf dem Schiffe erwachte wieder Geräusch und Leben, sie sah den Prinzen mit seiner schönen Braut nach ihr suchen, wehmütig starrten sie in den wogenden Schaum, als ob sie wüssten, dass sie sich in die Wogen gestürzt hatte. Unsichtbar küsste sie die Stirn der Braut, lächelte dem Prinzen zu und stieg dann mit den anderen Kindern der Luft zu der rosenroten Wolke hinauf, die über ihnen dahinsegelte.»

Als das Buchstabenchaos auf der Gleistafel sich schnatternd ordnet und den Shinkansen nach Osaka ankündigt, nimmt Rosanna Abschied von ihrer toten Freundin: «Oh, es war schön, dich zu sehen.»

So weit sie voraus und zurück blicken kann, halten Kampfroboter über die gesamte Länge des Außendecks Wache. Der Anblick der stummen, reglosen Metallwächter ist deprimierend. Warum behält keiner von ihnen das Meer im Auge?, fragt sich Rosanna. Die Antwort ist simpel: Weil ihr keinen Angriff von Piraten mehr fürchtet. Ihr Maschinen wollt verhindern, dass wir Menschen das Schiff verlassen. Wir stehen unter Quarantäne.

Als sie das Olympiabecken erreicht, lässt sie sich erschöpft auf einer der Sonnenliegen nieder. Trine Poulsen kommt ihr in den Sinn, ihr Dickschädel, ihr grauenvolles Ende. Rosanna schließt die Augen und stellt sich das Schwimmbecken vor, so wie es früher einmal war, bis zum Rand mit azurblauem Wasser gefüllt, belagert von Sonnenanbetern und den nach Gesellschaft Dürstenden. Wie es wäre, alle Kleider auszuziehen und ins Schwimmbecken zu gleiten, mitten auf dem Ozean Bahnen zu ziehen und sich, auf dem Rücken treibend, im Abendhimmel zu verlieren.

Ich will heute Nacht, will den Rest meines Lebens unter den Sternen schlafen, sagt sie sich, als sie aus ihrem Tagtraum erwacht.

Sie passiert den Kiosk von Cecilia Pérez Gasca, der mit Sperrholz stümperhaft zugenagelt ist, und gelangt, größtmöglichen Abstand von allen Maschinen haltend, zur Versorgungsstation No. 3. Deren Türen sind zwar verschlossen, anderes hat Rosanna nicht erwartet, doch vor dem Eingang zur benachbarten Stationsapotheke stehen zu ihrer großen Freude sieben lebendige Senioren Schlange. Keinem von ihnen hängt die Zunge aus dem Mund, keiner sabbert sich aufs Kinn oder stiert sie blödsinnig an. Sie alle warten zivilisiert darauf, von zwei Frauen hinter dem Tresen bedient zu werden. Beide sind vom resoluten Typ und in Rosannas Alter, es ist beruhigend.

Als sie an die Reihe kommt, muss sie um Hilfe und Beratung bitten. Ihr Anliegen ist ein bisschen kompliziert, so wie alles mit Kalle. Doch am Ende bekommt Rosanna, was sie will, auch dies ist so bei Kalle.

# 52° 12' WESTLICHER LÄNGE; 18° 16' NÖRDLICHER BREITE

«Hab ich dich! Endlich!»

Kalle Ulfung ist kilometerweit marschiert, hat sich die Hacken auf wackligen Planken krumm getreten und allen Maschinen und Robotern, die ihm begegnet sind, die kalte Schulter gezeigt. Sogar den Toten in der marineblauen Uniform der Einsatztruppe hat er ignoriert, der mit einer klaffenden Rückenwunde hinter einer Streusalzkiste lag. Packer jedoch hat er nirgends auftreiben können, auch aus dem verschlossenen Kiosk Cecilias kam keine Antwort auf sein Klopfen.

Jetzt aber. Hätt er sich denken können. Auf dem Gartendeck.

Packer kniet im Beet und beackert den bröseligen Boden. Es sieht aus, als würde er heimlich einen Hamster beerdigen. Er trägt ein Hawaiihemd, seine sandigen Füße stecken in Holzsandalen. «Was suchst du hier oben?» Seine Nase läuft, seine roten Pausbacken glühen, er krächzt wie ein Rabe. Seine Augen verraten einen Stich Furcht.

Hat Packer Angst, ich könnte ihm wegen meiner alten Flamme Cecilia Übles wollen?, fragt sich Kalle. Ihn zur Rede stellen wegen einer längst vergangenen Affäre? Eins a lächerlich.

«Paul, sag die Wahrheit. Hast du ein rotes Fotoalbum für mich aufbewahrt?»

Packer betrachtet ihn forschend. Seine Mundwinkel arbeiten. «Es ist dir also ernst?»

Kalle nickt.

Packer klopft sich die Erde von den Händen und Knien und verschwindet in einem der größeren Gewächshäuser. Ihr gemeinsames Beet ist großflächig mit geraspelten Apfelschalen bedeckt. Gesättigt mit britischer Renitenz, glaubt Packer offenbar noch an den nächsten Frühling, an eine Zukunft auf der

*Nyx.* «Wohnst du neuerdings hier?», fragt Kalle ihn, als er zurückkehrt. «In einem Glashaus?»

«Es ist luftiger als unter Deck.»

«Und Cecilia …?»

«Wir sind jetzt ein Paar.» Packer sagt es in einem Satz, schnörkellos. Er zwirbelt verlegen seinen Schnurrbart, überreicht Kalle das Fotoalbum. «Du bist sicher, dass du es haben willst?»

«Absolut. Warum nicht?»

«Weil du mich damals gewarnt hast: Sollte ich jemals zu dir kommen, Paul, und dich um mein Fotoalbum bitten, tu so, als wüsstest du von nichts.»

«Jemandem, der keine Erinnerungen hat, kann man superviel erzählen.» Kalle denkt nach. «Warum gibst du es mir trotzdem?»

«Du scheinst wild entschlossen.» Packer zieht Rotz hoch. «Bevor unser Pachtvertrag auf der *Nyx* für immer ausläuft.»

Seit ihn in der Frühe Rosanna aus ihrer Umarmung entlassen hat, fühlt Kalle sich gewappnet. Beseelt von der Idee, einen Blick zurück zu wagen auf verstrichene Jahre und vergangene Zeiten. «Ich werde mich nicht in eine dunkle Ecke verziehen und wie ein sterbender Kater auf mein Ende warten.»

Sie setzen sich auf die teerschwarzen Holzbohlen ihrer Parzelle, einer neben den anderen. Kalle lässt ein paar Minuten verstreichen, bis er das Album von seiner Rückseite her öffnet.

Kinder winken ihm entgegen, der Größe nach sortiert stehen sie Spalier vor der Domkirche von Uppsala, sie haben ihn in ihrer Mitte platziert. Es sind die Kinder seiner Schwestern, natürlich, er erkennt sie alle wieder. «War wohl mein Siebzigster. Oder so.»

Mal um Mal jüngere Fassungen seiner selbst grinsen ihn an. Schauen schief in die Kamera, gehen sich verlegen durchs platinblonde Haar. Er klammert sich an Weingläser oder an eine übertrieben aufrechte Haltung, er verliert sich inmitten von

Gruppen von Männern und Frauen, deren Gesichter ihm nichts sagen.

«An ein paar Dinge kann ich mich erinnern.» Eine kleine Bucht und ein Holzboot, es liegt vertäut an einer krumm gewachsenen Kiefer oberhalb der Uferlinie. Eine Frau mit kurzen roten Haaren, sie ist um die vierzig, hält einen Hund an ihrer Leine. «Das war auf Järflotta. Ich hatte was mit ihr. Glaube ich.»

Doch mit jeder umgeblätterten Seite werden seine Erinnerungen vager. Ihr schwaches Häkelwerk löst sich in zusammenhanglose Fetzen auf, als er auf eine ganze Reihe rosa-gelb verfärbter Polaroids stößt. Sie zeigen ihn in einem weitläufigen Garten, er sitzt schief und todtraurig auf einer Holzbank, posiert vor Rotbuchen und Kastanien in Laubhaufen, hier und dort stehen Gestalten in weißen Kitteln, den Hintergrund bilden Ziegelmauern, die Klinkerfassaden mehrstöckiger Gebäude. Dies war ein Sanatorium, denkt Kalle, und er war Patient.

«Hier ist Malin. Sie sieht mir ähnlich, um den Mund herum. Von der Mutter hat sie die Augen.» Es sind nur drei Fotos, die er von seiner Tochter hat.

Auf den nächsten Seiten, es scheinen Jahre ohne Bilder vergangen zu sein, versorgt er Sonnenblumen mit einer Gießkanne. Steht zwischen Marktständen mit Blumenzwiebeln. In Overall und Holzpantinen wässert er Apfelbäumchen mit dem Schlauch, der Strahl schießt zwischen seinen Beinen hervor, das musste wohl sein.

«Hähä.» Packers Lachen klingt nach Vogelwelt. «Fotogen warst du nie.» Wieder saugt er seinen Nasenschleim in tiefere Höhlen hinein.

«Himmel, brauchst du ein Taschentuch?»

Kalle sieht dabei zu, wie ein Topfen hellen Blutes aus Packers Nase perlt und in seinem Seehundbart versickert.

«Du hast da was.» Kalle tippt sich mit dem Zeigefinger an die Oberlippe.

«Das habe ich in letzter Zeit öfter mal. Cecilia hat mich angesteckt. Bei Wind und Wetter in ihrem zugigen Kiosk herumstehen, das musste ihr auf die Bronchien schlagen.»

Kalle schließt die Augen und versucht sich zu konzentrieren. Gesichter, Menschen, Häuser, Farben, er kann sie nicht dechiffrieren, sie ergeben nicht sein Leben. Doch er spürt, dass er einen Schlüssel finden wird, der ihm die Türen zu seiner Erinnerung öffnet.

Er schlägt das Buch zu.

«Und?», fragt Packer.

Kalle antwortet nicht.

«Ich kann dich nicht zwingen, deine Fotos wieder rauszurücken.» Packer sieht ihn von der Seite an, halb beunruhigt, halb neugierig. «Wenn das hier auf ein böses Ende hinsteuert …» Ein weicher Rülpser entweicht ihm. «Die Hölle sind unsere erfüllten Träume, denk dran. Du solltest wissen, dass du jahrelang nicht hast schlafen können. Und nicht hast leben wollen.»

Kalle schweigt. Er lässt sich seine wachsende Angst nicht anmerken.

«Sie haben dich aus einem Auffangnetz herausgefischt wie eine Robbe. Prellungen, Gehirnerschütterung, gebrochene Rippen. Du hast Schwein gehabt. Es fehlte kein Meter. Mit einem Bein bist du zwischen den Tauen hängengeblieben. Das war deine erste Hüft-OP.»

«Wie lange war ich in Behandlung?»

«Ich bin nicht dein Arzt. Aber ich glaube, dass sie nur wenige Wochen nach deiner Ankunft hier an Bord begann.»

«Das ist lange, lange her. Du meinst, ich habe sechzehn Jahre meines Lebens an diese Scheißpillen verloren?»

«So würde ich es nicht ausdrücken. Du hast es mit unterschiedlichen Therapien versucht.»

«Meine Erinnerungen wurden ausgelöscht. Ich will mein Leben zurück. Wer war ich? Wo hab ich gelebt? Welche Musik hab ich gehört? Nur ich selbst kann mir diese Fragen beantworten.»

Wieder und wieder wendet Kalle das Album, öffnet es dann auf der ersten Seite. So wie es sich gehört, denkt er. Weiter jetzt. Kein Zurückweichen. Er braucht die Vergangenheit, so wie jeder Mensch auch.

Baby Kalle mit kugelrundem, haarlosem Schädel. Todmüde, stolze Gesichter, seine jungen Eltern mit Kinderwagen. Ein fünfter Geburtstag, so steht es auf der Tafel, die man ihm geschenkt hat, mit Malkreiden in Rot, Grün und Blau geschrieben. «Gelb fehlte, deshalb wurde es für immer zu meiner Lieblingsfarbe.»

Schmale Schultern, große Nase, steht er auf einer Wiese vor dem Bauernhof der Großeltern. Der Ort fällt ihm ein: Ösmo. «In meinen Ferien musste ich beim Melken helfen. Danach schnell die Haare waschen, weil sie nach Kuh stanken. Das Wasser war eiskalt, denn die Kälber bekamen das warme Wasser. Im Winter fror meine Frisur zu Eisfladen. Seither liebe ich es, mit frisch gewaschenen blonden Haaren rumzulaufen.»

Packer sieht ihn mit einer unerträglichen Mischung aus Mitleid und Sorge an.

«Sonst passierte ja nichts. Manchmal hörte man einen Traktor, einen röhrenden Hirsch, der Hund jagte den Hasen hinterher. Das Geilste war die Hühnerschlachtung.»

Kalle blättert weiter. Vorsichtig. Jede Seite kostet frischen Mut.

Fußballturnier in Göteborg. Zu lange, fusselige Haare über seinem halbfertigen Gesicht. Abschlussfeier auf dem Vorplatz der Schule. Da stehen sie, die Wikströms, Puolitaivals, Myrbäcks, an diesem heißen, sonnigen Tag, in festlichen Kleidern, sogar die Namen seiner Freunde fallen ihm ein. Er sieht sich am Rand der Schülermenge stehen, mit Schlips, Sonnenbrille und weißer Kapitänsmütze. Schon damals war sein Weg vorgezeichnet. Der ewige Kreuzfahrer.

«Und hier. Da war ich einen Winter lang Caddie im Golfclub. In Kenia? Mombasa? So was. Überall saßen Affen im Gebüsch und holten sich die Golfbälle. Kein Mensch wusste, warum sie die sammelten.»

Die Sommermonate als Bademeister. Liegewiesen, Rettungsringe, Bikinimädchen. Dann Kühe auf Sommerwiesen und Butterblumen, eine Kuh, er glaubt sie muhen und das Gras rupfen zu hören, plötzlich die Nahaufnahme eines Kuhkopfes. In ihren glotzenden Augen spiegelt sich die Fotografin. Er kann ihre Umrisse erkennen. Sein Herz weiß vor ihm, was auf ihn zukommt.

Die Frau aus seinen Träumen sieht ihn an. Sie steht in einer südlichen Landschaft, vor Olivenhainen und ockerfarbenen Hügeln. Auf dem nächsten Bild lehnt sie am Heck eines taubenblauen Cabriolets. Fährschiffe liegen im Hafen von Messina, die Mutter Gottes funkelt golden auf ihrer Mariensäule.

Kalle sieht seinen Händen dabei zu, wie sie hastig Tränen von den Fotos wischen. «Wer ist sie?» Er reibt seine nassen Fingerspitzen gegen die Schläfen.

«Deine Frau.»

Das Fotoalbum rutscht ihm vom Schoß.

«Sie starb ein paar Wochen nach eurer Hochzeit.» Packer wirft seine Arme um ihn, will ihn an sich ziehen. Zu spät. Die Kräfte verlassen Kalle schlagartig, der Kummer bohrt sich durch sein Herz wie ein Speer, er kippt um und schlägt mit dem Hinterkopf zwischen Apfelschalen und Oleandertrieben auf. Er hat seine Erinnerungen wieder.

«Nur Maschinen kommen hier noch durch.» Die Frau, deren Stimme soldatisch flach, aber hell klingt wie die eines Kindes, deutet auf die Kampfroboter, stumme Riesen, die in den Korridoren der Virologie Wache halten. «Keine Menschen.»

«Hallo, erkennst du mich nicht?» Polly Sutter geht noch einen Schritt näher an die Soldatin heran. «Du musst uns helfen.» Sie hebt beide Hände, eine Geste der Ratlosigkeit. «Wenn wir jemals entkommen wollen, müssen wir verstehen, was hier geschieht.»

Die Frau nickt. Polly kann keinerlei Regung in ihrer Mimik erkennen. Vielleicht liegt es auch am Licht, das gleißend von der gewölbten Decke und den Wänden auf sie herabscheint, alle Konturen glättet und ihre helle Haut durchlässig, ihr feuerrotes Haar vergilbt erscheinen lässt.

Begreift sie denn nicht, wie verzweifelt wir sind?

Wieder sind Polly und Rafael durch unendlichen Reihen von Korridoren gelaufen, überall stinkt es nach Brand und Rauch, die noch Lebenden verlassen ihre Kabinen und irren auf der Suche nach Nahrung und verschwundenen Gefährten ziellos umher, es ist ein Veitstanz um Banales und Wichtiges, das vor dem Ende noch erledigt werden muss. Kampfroboter blockieren von Stunde zu Stunde mehr Decks und kontrollieren in geschlossenen Formationen die Kabinengänge. Ohne Rafaels Triple-A-Pass wären sie nicht weit gekommen, sie nimmt alles zurück, was sie an Schlechtem über ihn gedacht hat.

Es ist bloß ein Flattern ihrer langen, rotblonden Wimpern, doch binnen eines Lidschlags begreift Polly die Botschaft: Die Soldatin wird ihnen helfen, auch sie hat nichts mehr zu verlieren.

Sie passieren die verlassene, gläserne Röhre der Pförtnerloge und biegen in den breitesten der Korridore ab. An seinem Ende füllt ein Roboter den Gang mit seinem Metallkörper aus.

Sie lassen sich von der Soldatin führen, immer tiefer in den Korridor hinein, es riecht nach Rosmarin, die Luft wird kühler. Zielstrebig nähern sie sich der Maschine, und als Polly schon fürchtet, sie und Rafael könnten in eine Falle und in die Zangenarme des Kampfkolosses gehen wie die Schlachtlämmer, machen sie vor einer Stahltür halt.

Durch diese Tür, die keine Griffe hat und in einen Raum voller Monitore führt, ist Charanya Suraswadi verschwunden, vor den Vorwürfen und Fragen Pollys flüchtend. Vor vier Tagen, fünf Tagen, oder ist es länger her? Sie hat das Zeitgefühl längst verloren.

Die Kameraperspektiven springen hin und her. Alle paar Sekunden zeigen sie auf Dutzenden von Bildschirmen wechselnde Ansichten vom Inneren der Virologie. Die Arbeitstische der Laboratorien, auf denen Kolben und Schüttelapparate stehen, die Brutschränke und Zentrifugen. Das Innere einer Schleusenkammer, Schutzanzüge, ein am Boden liegender Vollschutzhelm. Es sind die Sicherheitslabore der Stufe 3 und 4, auch an den Warnsymbolen erkennt es Polly, an den roten Luftschläuchen, die wie Faschingsgirlanden von der Decke hängen.

Leben ist auf keinem der Bildschirme zu sehen.

«Wo sind die Menschen?» Rafaels Stimme ist angespannt, er flüstert. Auch die fragenden Blicke der Soldatin spürt Polly auf sich ruhen.

Die Türen zum Monitorraum öffnen sich. Die Silhouette einer gekrümmten Gestalt taucht im Türrahmen auf. Sie stützt sich auf einen Rollator. Sie fragt: «Habt ihr, was ihr wissen wollt? Seid ihr zufrieden?»

Es braucht ein paar Momente, bis Polly die brüchige Stimme deuten kann. «Woher kommst du denn?»

«Das ist eine selten dämliche Frage. Ich arbeite hier.» Charanya Suraswadi trägt wieder die gelbe Krawatte zu ihrem Arztkittel, so wie an Pollys erstem Tag an Bord der *Nyx*. «Was aber habt ihr hier zu suchen?»

«Du wurdest festgenommen. Ich habe es doch gesehen. Drei Soldaten haben dich abgeführt.»

«Haben sie das? Vielleicht sah es nur so aus.» Sie betrachtet ihre Gäste mit einem abwesenden, fast schläfrigen Lächeln. «Niemand wird mich festnehmen. Ich werde hier gebraucht. Die Maschinen können nicht alles besser als wir. Sie sind zitterfrei, und sie stellen fehlerfrei Molekülstrukturen auf. Sie fürchten keine Ansteckung. Sie besitzen sogar einen Willen. Aber ihnen fehlt die Neugier. Für die Forschung taugen sie nicht.»

In Schlangenlinien kommt Suraswadi auf Polly und Rafael zu. Sie ist den Umgang mit einem Rollator nicht gewohnt. Ihre Augen sind rot geädert, die Wunde auf ihrer Nase hat sich hässlich entzündet und eitert aus ihrem Zentrum.

«Wer bist du in Wahrheit?», fragt Polly.

«Ich forsche. Ich forsche an human- und tierpathogenen Viren und ihren Replikationsmechanismen. Ich konstruiere neue Organismen durch gentechnische Manipulationen.» Suraswadis leiernde Stimme bekommt Schärfe, eine Spur alter Autorität. «Im Gegensatz zu Leuten wie dir reicht es mir nicht, Asthmaanfälle und Schnittwunden zu behandeln. Oder die rektalen Verrenkungen des technischen Bordpersonals.»

Sie betrachtet uns mit absoluter Verachtung, denkt Polly, sie weiß alles über uns. Sie hatte eine Schwäche für mich, anfangs, sie war fürsorglich. Ihr fallen Berührungen ein, die leicht waren, fast zufällig. «Ich nehme an, du wirst gut bezahlt für deine Verbrechen.»

«Meine Arbeit birgt Risiken. Nur wenige von uns sind noch am Leben. Sämtliche Bioinformatiker sind tot.» Suraswadi beugt sich vor, stützt sich auf die Griffe des Rollators, als müsste sie sich gegen einen Sturm stemmen. Sie macht keinen Laut, aber sie presst die Lippen aufeinander wie im Schmerz.

«Wie kommen wir lebend vom Schiff? Warum werden wir nicht ausgeflogen und gerettet?»

«Niemand wird von der *Nyx* entkommen. Jetzt nicht mehr. Hast du nicht gesehen, wie es den Piraten ergangen ist? Ein paar Klumpen Fleisch sind von ihnen übrig geblieben.»

Drohend baut sich Polly vor ihr auf. Doch der hohle Blick aus Suraswadis blutgesprenkelten Augen lässt sie Abstand halten, dieses nervöse Drücken am Hals, das Kratzen am Wundschorf auf ihrer Nase.

«Wir sind keine Piraten. Wir sind nicht krank. Ich will hier nicht sterben!»

«Das Virus hat euch verschont. Bilde dir nichts darauf ein. Bei mir hat das Vakzin nicht angeschlagen. Aber bei dir. Ich bin es, der du dein Leben zu verdanken hast.»

Polly erinnert sich an die Weihnachtsfeier. Aus dem Nichts war Suraswadi zu ihr an den Tisch getreten, um mit ihr anzustoßen. Mit einem Glas voll Sekt und Vakzin.

«Wusste Nelson von alldem hier?»

«Er wurde diskret gefragt, ob er sich engagieren, mithelfen wolle. So wie ich und alle anderen Epidemiologen auch. Am Ende fehlten ihm die Eier, so drückt man es wohl aus. Zu viele Frauengeschichten, zu gut bezahlte Vorträge. Zu wenig wissenschaftlicher Ehrgeiz.»

«Vielleicht fehlte ihm deine Ruhmessucht? Dein Wahnsinn? Bereust du nicht, was du getan hast? Bist du nicht verzweifelt?»

Falls Suraswadi sich angegriffen fühlt, verbirgt sie es. Sie lächelt. «Vielleicht? In einer winzigen Ecke meines Herzens? Ich müsste mal in mich hineinhorchen.»

«Wer hat die Maschinen an Bord geschafft?» Tränen der Wut steigen Polly in die Augen. «Wer hat euch erlaubt und den Befehl erteilt, die *Nyx*, ein schwimmendes Altersheim, in ein Labor zu verwandeln? Versuche an Menschen zu machen?»

«Du suchst nach den Schuldigen? Nach einem Oberschurken? Sei nicht kindisch.» Suraswadi verzieht ihr Gesicht zu einem Hohngrinsen. «Das Militär hat längst das Kommando an Bord übernommen. Flottenadmiräle und Marineinfanteristen haben die *Nyx* gekapert. Zu medizinischen Zwecken. Zum Wohle der Menschheit. Nicht, um euch beide zu retten.»

«Wer hat das veranlasst?» Polly fühlt sich betrogen, überrumpelt, als Opferlamm.

«Der Auftrag kam von ganz oben, das sollte dich beruhigen. Das Weltseuchenzentrum gab den Befehl, die U.S. Navy führte ihn aus. Sie schickte eine Flottille zu unserer Begleitung. Ein Ärzteteam setzte auf die *Nyx* über, rekrutierte Personal, gab Anweisungen. Seit jenem Tag bin auch ich auf der Suche nach einem Virostatikum.»

Polly fallen die Tarnkappenschiffe ein, die in einem Industriehafen Oslos vor Anker lagen, als sie vor Wochen mit einer Fähre auf die *Nyx* übersetzte. Neun Schiffe, alle im selben stumpfen Grau. «Warum das US-Militär?»

«Niemand ist besser gerüstet, wenn es um Kriseneindämmung geht. Um Eskalationskontrolle. Kapierst du? Ihre Maschinen haben doch gezeigt, wozu sie in der Lage sind, oder etwa nicht?» Suraswadi brüllt fast. «Warum stellst du dich immer wieder so dumm?»

Während Polly noch den Sinn der herausgespuckten Sätze zu begreifen versucht, sieht sie Rafael im Dämmerlicht mit den Armen rudern. Er und die Soldatin haben sich längst von der triefäugigen, fiebernden Erscheinung Charanya Suraswadis entfernt. Wortlos deutet er auf eine Wand voller Monitore in der Ecke des Raums.

Glaskäfige verschiedener Größe. Beschlagene Scheiben, über die Wasser rieselt. Die Umrisse großer Tiere. In einem der Käfige kann Polly ein Rind erkennen. In einem anderen stehen Lämmer, ihr Fell ist mit farbigen Symbolen markiert. Kühlschränke und Sicherheitsvitrinen, vor denen Roboter zentrifugieren und pipettieren, schnelle, bewegliche Maschinen in himmelblauer Chirurgenmontur und in Menschengestalt, doch ohne Gesicht, ohne Haut und Haar.

«Was geht dort vor?» Polly zeigt auf die Bildschirme. Wie in Zeitlupe wendet Charanya Suraswadi sich um.

«Die inneren Bereiche sind den Wissenschaftlern verschlossen. Die meisten der automatisierten Einheiten dort werden von außerhalb dirigiert. Einige wenige aber arbeiten autonom.» Im Schein der Bildschirme haben Suraswadis Augäpfel eine silbrige Färbung angenommen, sie sehen aus wie gesprungenes Glas, das sich in hauchdünnen Splittern abschält. «Kein Mensch darf das Labor der Sicherheitsstufe 5 betreten.»

«Sicherheitsstufe 4, davon habe ich gehört, ja. Aber S 5?»

«Es ist das Reich der Maschinen. Für uns ist es dort zu gefährlich.»

«Da sind aber Menschen.» In Rafaels Stimme ist Entsetzen.

Auch Polly sieht sie jetzt auf dem Bildschirm: vier Körper, die auf Bahren ruhen. Sie sind nackt. Ihre Gliedmaßen liegen schlaff und regungslos auf dem Metall. Kabel wachsen aus ihren Köpfen und Rümpfen.

«Und den da kenn ich.» Jetzt geht Rafaels Arm wieder auf und ab wie bei einem Kind, das die bösen Geister verscheuchen will.

«Er lebt?» Rafael erkennt den Mann, dem Infusionsschläuche und farbige Kabel entwachsen. Man hat ihn entkleidet und an Beinen und Armen fixiert. Seine schwarze Lockenmähne hat man ihm gelassen, doch sein Körper ist eingefallen und farblos.

«Reima Virtanen.» Rafaels Kiefermuskeln sind so angespannt, dass es schmerzt. «Er muss doch frieren.»

Auch Polly und Charanya Suraswadi sind näher gekommen.

Der Finne liegt in einem Raum, dessen kahle Wände vollständig aus blankem Stahl bestehen. Vier Betten bilden ein Karree, in dessen Mitte eine vielarmige Maschine operiert. Die jähen, insektenartigen Bewegungen ihrer Arme sind fließend und kaum mit den Augen zu verfolgen, so als würden sie ein unsichtbares Netz spannen. Aus ihrer eiförmigen Körpermitte entspringen Kabel und Drähte, die sie mit den zwei Männern und zwei Frauen auf den Metallbahren verbinden. Eine Spinnenkönigin und ihre Beute, denkt Rafael angeekelt, oder ist es ihre Brut?

«Wie kriegen wir ihn da wieder raus?» Pollys kalte, feuchte Hand tastet nach seiner.

«Das wird nicht funktionieren.» Suraswadi ruckelt sich auf ihrem Rollator voran. Ihr Arm knickt weg, sie fängt sich an einer Querstrebe ab. «Dieser Mann da ist unser größter Schatz. Virtanen und die anderen.»

«Euer Schatz?» Rafael will nicht glauben, was er hört

«Sein Körper hat den tödlichen Erregerstamm besiegt. Noch in der Nacht, als wir davon erfuhren, ließen wir ihn auf Deck 75 einfangen.»

«Die Menschmaschine. Das Spinnentier. Und mich hat es in eine der Tonnen gerammt.»

«Das hast du einem Programm zu verdanken, das in diesen

modernen Armeerobotern steckt.» Während Suraswadi spricht, tropft schaumiger Speichel aus ihrem Mundwinkel. «Nicht nur dass sie kein gesundes Leben töten, sie wollen es auch nicht. Sie zeigen ein Herz, wenn es sein muss.»

Polly ballt die Fäuste, schreit in das unbegreifliche Gemurmel der Gesundheitsoffizierin hinein: «Aber Reima Virtanen lebt! Ihr könnt ihn dort nicht verrecken lassen wie eine Laborratte.» Sie langt über den Rollator und rüttelt Suraswadi an der Schulter.

Zwei Fäden zähen rot-grünen Eiters fließen aus ihren Nasenlöchern. Sie bemerkt es nicht einmal. «Reg dich nicht immer künstlich auf. Das Ziel allen Lebens ist der Tod, wir wissen es doch. Und vergiss nicht, er war sterbenskrank, als wir ihn in unser Programm aufnahmen.»

Die Kamera, die auf Virtanen ausgerichtet ist, zoomt in regelmäßigen Abständen sein Gesicht heran. Aus der Nähe ist es schwierig, ihn wiederzuerkennen. Seine Augen sind halb geschlossen, jede Muskelkraft ist aus seinem Gesicht entwichen.

«Sein Gehirn funktioniert nicht mehr. Wir haben ihn in ein Koma versetzt, aus dem er nicht wieder erwacht ist. Seit über einer Woche zeigt er keine physischen Reaktionen, keine Reflexe.» Suraswadi spricht mit gleichgültiger Stimme. «Er wird als Brutofen benutzt. Als Bioreaktor. Wenn wir Glück haben, wird er unser aller Leben retten.»

«Glück?» Kopfschüttelnd steht Rafael vor dem Halbrund aus Bildschirmen, zum Zuschauen verdammt.

«Es ist ein Rennen gegen die Zeit. Seit über dreißig Stunden sehen wir keine Toten mehr mit blauen Zungen. Das Virus weicht unserer Immunkontrolle aus. Es mutiert.»

Als Rafael die Faust zum Schlag erhebt, reißt Charanya Suraswadi verblüffend schnell die Hände vors Gesicht und krallt ihre Nägel in die eigene Haut. Langsam, ohne einen Schmerzenslaut, fährt sie von der Stirn abwärts und pflügt sich durch das weiche Fleisch ihrer Wangen. Blut und Eiter sickern über ihre aufeinandergepressten Lippen, tropfen auf den Hals und ihre Brust und die Seide der zitronengelben Krawatte. Ein Schütteln geht durch ihren Körper. Ihre Zähne schlagen aufeinander. Sie taumelt. Es kracht, als sie mit dem Kopf auf dem Boden aufschlägt.

## 55° 36' WESTLICHER LÄNGE; 15° 43' NÖRDLICHER BREITE

Kalle Ulfung spricht leise und atemlos: «Wir haben zum Tanken gehalten, an einer dieser Agip-Raststätten. Haben Kaffee getrunken und Zitronenlimonade, die mochte sie am liebsten. Neben uns saßen braun gelockte Kinder, Jugendliche um ein Transistorradio. Die Strecke zwischen Palermo und Corleone ist voller Hügel und kurvig, musst du wissen. Und die Mittagshitze macht einem ordentlich zu schaffen, völlig verrückt, die Sonne schlägt aufs Gehirn. Aber wir? Waren natürlich im Cabrio unterwegs, ich liebte diese alten Chevrolets. Sie war müde geworden vom Fahren, also tauschten wir die Plätze. Ich bestand darauf.

Auf dem leeren Parkplatz zog ich eine schnelle Runde und ein paarmal die Handbremse. Sie hatte ihren Spaß, wenn der Wagen sein Hinterteil schwenkte. Nach ein paar Minuten überholte ich einen roten Schrottlaster aus Catania. Er fuhr Armierungseisen und Kabelrollen durch die Gegend, sobald es bergauf ging, pustete er Rußwolken auf uns. Ich musste lange warten, bis eine Gelegenheit zum Überholen kam. Ein kurvige Strecke, wie gesagt, ein ständiges Schalten. Unser Cabrio war Baujahr 67, ein Modell mit Sportfederung und V-8-Motor, aber das sagt dir wohl nichts? Sobald wir mal auf gerader Strecke fuhren, hielt ich ihre Hand, sie hielt meine. Wäre ich nicht angeschnallt gewesen, ich hätt gehüpft vor Seligkeit, ich wär ihr um den Hals gefallen.

Flitterwochen. Drei Tage Palermo, drei Tage an der Südküste, drei Tage zum Herumfahren, so in etwa. Sizilien, das war ihr Wunsch gewesen. Ich wär ja lieber nach Kreta. Egal. Als Kellnerin wusste sie die Männer kleinzukriegen. Wir sind uns in Uppsala über den Weg gelaufen. Im Royal. In einem Palmenhaus hat sie mich geküsst.

Du nickst, Rosanna? Hab ich dir im Traum davon erzählt? Na gut. Irgendwann, nicht weit hinter Corleone, hielten wir am Straßenrand. Sie wollte, dass ich Fotos von ihr mache. Sie trug ihr weißes Hochzeitskleid, superschlicht, eins von denen, die sie überall würde anziehen können. Mit meinen Fotos war sie unzufrieden. Mal blies der Wind ihr den Hut vom Kopf, mal machte sie angeblich X-Beine oder einen Buckel. Aber egal, ich hab die Bilder nie entwickeln lassen.

Wir fuhren weiter, es war schon recht spät, wir wollten in Agrigento übernachten. Plötzlich, kurz vor einer kleinen Brücke, schob sich ein Mähdrescher vor uns auf die Landstraße. Zum Bremsen blieb keine Zeit, war kein Raum, also überholte ich. Ein schwarzes Auto raste uns entgegen. Ich stieg voll aufs Gas. Der Motor brüllte auf, die Reifen quietschten, ich steuerte gegen, riss das Steuer nach rechts, wir schafften es gerade noch mit der Kurve zurück auf unsere Fahrbahn.

Ich vergaß, den Fuß vom Gaspedal zu nehmen. Ich hab nicht mit dem roten Schrottlaster gerechnet. Er hatte uns überholt, als wir unsere Fotos machten, jetzt kroch er den Berg hoch. Wie eine Wand tauchte er vor uns auf.

Als ich zu mir kam, war es total still. Der Aufprall hat den Motor gestoppt.

Die Eisenstangen … Sie sind mitten durch ihre Brust. So als wäre sie ein Wesen aus Luft. Nur auf ihrem Schoß klebte ein bisschen Blut. Ihr Kopf hing schief zur Seite, wie bei diesen chinesischen Porzellanfigürchen. Ihre Augen standen offen, aber mich kann sie ja nicht mehr angesehen haben, oder? Die Scherben in ihrem Haar glitzerten wie ein Diamantencollier.

Das war also mein Leben. Danach ist nichts Nennenswertes mehr passiert. Ich hab noch mal geheiratet und eine Tochter bekommen, dafür bin ich dankbar. Ich hab gearbeitet, wo man mich ertrug, aber in Wirklichkeit war ich zu gar nichts mehr zu gebrauchen. Komplizierte Lebensumstände waren nichts mehr für mich. Manchmal wartete ich nur darauf, dass mein zerbrochenes Herz mit dem Schlagen aufhören würde.

Sie war immer bei mir, ein Geist, unberührbar. Meine Erinnerungen waren der Ort, an dem ich sie wiedersehen konnte. Aber immer musste ich erst durch dieses Tor treten, vor dem sie stand und mich im weißen Kleid und mit toten Augen erwartete.

Verstehst du jetzt, dass ich sie wieder vergessen muss?»

«Du solltest dir vergeben.» Es sind Rosannas erste Worte, seit Kalle, in einem Gewächshaus auf drei Säcke Kunstdünger gebettet, mit dem Erzählen begonnen hat. «Ich jedenfalls vergebe dir.»

Sie legt ihren Poncho über ihn und holt einen ganzen Stapel von Medikamenten aus seinem Seesack hervor, längliche, blassblaue Schachteln. «Du nimmst eine am Tag, später reicht eine pro Woche. Die Frauen in der Apotheke haben versprochen, dass sie keine zwanzig Stunden brauchen, um anzuschlagen.»

«Ja, gut so. Erinnerungen sind ein nutzloser Dreck.»

## 57° 02' WESTLICHER LÄNGE; 14° 44' NÖRDLICHER BREITE

Es war Paul Packer, der Rosanna aus ihrer Kabine hoch aufs Gartendeck geholt hat, es gehe um Leben und Tod, sagte er grimmig. Und um Kalle.

Die kurze Dämmerung weicht der Nacht, die ersten Sterne erscheinen am klaren Horizont. Kalle und Rosanna haben sich in dem Gewächshaus verkrochen, das Packer ihnen überlassen hat. Die Lücken im Glasdach, unter dem sie liegt und den endlich schlafenden Kalle in den Armen hält, haben sie nicht geflickt. Es wird nicht regnen in der Nacht.

Packer ist auf der Suche nach seiner Mexikanerin, seit dem Mittag schon. Cecilias Kiosk ist abgebrannt, sie selbst verschwunden.

Flüchtlinge haben sich überall auf dem Gartendeck einquartiert, und wer spät kam, hat Decken oder Matratzen auf unkrautüberwucherten Rabatten auslegen müssen. Zwei klapprige Schachteln, sie sehen aus wie hundertzwanzig, haben sich aus Duschvorhängen und Handtüchern einen Unterstand gebaut.

Nicht, dass es hier oben im Freien sicherer wäre als unter Deck. Den meisten Unterkünften fehlen die Scheiben, die Türen zu den Schuppen hängen schief in den Angeln, und Rosanna bricht der Schweiß aus, wenn sie nur in ihre Pantoffeln steigt. Doch sie ist dem beißenden Gestank von Rauch und Feuer entkommen, der einem unter Deck die Luft zum Atmen nimmt.

Seit Stunden hat sich keine Maschine blickenlassen, kein Lieferroboter, kein Kampfautomat, sogar die seltsamen Kästen mit ihren silbrigen Fühlern haben ihre Kontrollgänge aufgegeben. Rosanna fragt sich, ob das ein gutes Zeichen ist. Und sie denkt, dass es an der Zeit ist, den Therapiebahnhof in Flammen aufgehen zu lassen. Denn dort hausen die größten, die gefährlichsten der Maschinen.

In der letzten Nacht hat Rosanna dabei zugesehen, was sie mit jenen anstellen, die von der *Nyx* zu fliehen versuchen. Sie werden beschossen, ihre Boote pulverisiert, die schmelzenden Metallgerippe versinken glühend in der Tiefe. Einen Kapitän hat die *Nyx* nicht mehr, wenn die Gerüchte stimmen. Er wurde vor zwei Nächten mit dem Hubschrauber ausgeflogen, zusammen mit den Nautischen Offizieren.

Am schlimmsten ist, was die Leute vom Bestattungsdeck

berichten: Der Tod und seine Handlanger, die Maschinen, füttern die Schächte der Krematoriumsöfen mit reicher Ernte. Die Särge sind ausgegangen an Bord.

Etwas Alkohol hat Rosannas Trübsinn vertrieben. Ihre Tabletten aber zeigen keine Wirkung mehr. Wenn der Schmerz über sie herfällt, liegt sie still und erduldet ihn. In diesen Momenten löst sie sich von sich selbst. Die Medizin, die ihr helfen könnte, ist als Erstes aus den Apotheken verschwunden. Zu viele Leute hier haben mit den gleichen Beschwerden zu kämpfen wie sie.

Ein paar Gewächshäuschen weiter haben sich die junge Ärztin und ihr holländischer Freund einquartiert. Ein unwahrscheinliches Pärchen, auch wenn sie sich wie verrückt schöne Augen machen. Ein jeder kann es sehen, wenn sie miteinander rumschnäbeln. Wetten würde Rosanna auf eine Hochzeit allerdings nicht. Denn wer hat hier schon eine Zukunft?

Seit sie zuhören und denken kann, erzählt man ihr, dass wir in Zeiten des Niedergangs leben – alles geht den Bach runter, der Untergang naht, rechne mit dem Schlimmsten, wer setzt denn Kinder in eine solche Welt? Sie hat von Anfang an nicht hingehört. Und hier ist sie immer noch, na also. Aber was hier geschieht, auf der *Nyx* …? Hätte es die Dinge zum Guten geändert, wenn alle rechtzeitig die Augen geöffnet hätten? Niemand hat gewagt, das Kind gleich beim Namen zu nennen. Weil es ein wütendes, zerstörerisches Kind ist, eines, das niemand an die Hand nehmen will. Ein Virus aus der Hölle, doch von Menschenhand geschaffen, wie man so hört.

Wir haben uns lange gesagt, dass wir davonkommen werden, denkt Rosanna. So ist es immer schon gewesen, wenn die Qualen das Maß des Menschlichen übersteigen und alles vom Grauen durchtränkt ist. In Kriegen und in den Zeiten der Pest blicken wir auf das Blau des Ozeans und auf die Wolken am Himmel und in die Augen eines anderen und sagen uns, die

Welt ist schön, und mir wird schon nichts passieren. Denn wir gehören zu den Glückspilzen, die in solchen Fällen davonkommen.

Die Leute bereiten weiter Großes vor oder ordnen Kleines. Ihren Nippes haben sie hier hochgeschleppt, Lieblingsbücher, Stehlampen, sogar einen Ara, der auf seinem Papageienständer herumhampelt und auf Portugiesisch flucht.

Rosanna verzieht sich zum Pinkeln hinter einen Betonmischer. Er steht neben unkrautbewachsenen Schutthaufen. In seiner schmutzigen Trommel hat jemand hat eine Schmuckschatulle mit durchscheinenden Steinen und Armreifen versteckt. Sie legt den Schmuck zurück. Auch ihren Notfallkoffer hat sie in der Kabine gelassen. Wozu braucht sie ihr Zeugs noch? Eine Flasche Wein, Salmis, mehr trägt sie nicht bei sich. Und natürlich ihr letztes Märchen, es ist fertig geschrieben. Es wird Kalle davon erzählen, wie sein Leben war. Wie seine Liebe begann. Denn er ist schon wieder dabei zu vergessen. Besser so!

Rosannas Verstand und ihre Vernunft reichen weiter, aber immer noch hat sie ein Gefühl, als seien die auf den Decks verstreuten Leichen nichts als ein böser Traum innerhalb eines anderen bösen Traums. Und morgen schon wird sie mit allen anderen zusammen den angenagten Apfel aus dem Paradiesgarten auf Hochglanz polieren und wieder in den Baum hängen.

Sie erwacht von Schmerzen hinter ihren Augen, von Scheppern und dem glucksenden Gelächter von Frauen und Männern. Jemand macht gekonnt Tierlaute nach. Sie findet Kalle auf einem umgedrehten Eimer am Rand eines Beetes sitzend. Er hat sich ein feuchtes Taschentuch in den Nacken gelegt, weil er so schwitzt. Voller Rührung sieht Rosanna ihm dabei zu, wie er eine Tomatensuppendose mit einem Taschenmesser bearbeitet. Vorsichtig biegt er den zerfransten Deckel auf und will ihr die Dose reichen.

«Ich habe doch keinen Hunger mehr», sagt sie. Er sieht sie besorgt und fragend an.

In eines der Beete haben die Leute Fackeln gerammt. Sie starrt in die Flammen, bis es plötzlich knistert. Ein Nachtfalter, der in das Feuer geflogen ist.

«Du trägst Lippenstift?» Auf einmal steht die Ärztin neben ihr. «Jetzt? Im Ernst?»

«Kriegsbemalung», antwortet Rosanna. «Wie die Indianer. Ich lasse mich nicht gehen.»

Polly und Rafael wollen hoch aufs Dach der *Nyx*, auf Deck 75, sich einen Überblick verschaffen.

«Nur zu», ruft Rosanna ihnen hinterher. «Und kommt mir mit einem Fluchtplan zurück!»

«Wird gemacht», ruft der junge Mann über die Schulter, «Aye, aye, Tantchen!»

## 58° 01' WESTLICHER LÄNGE; 14° 14' NÖRDLICHER BREITE

Polly Sutter ringt nach Luft, als sie Deck 75 durch eine Steigluke betritt. Sie und Rafael haben über dreißig Stockwerke bewältigt, eine halbe Stunde lang sind sie immer nur hoch, wie die Alpinisten.

Durch die Korridore zieht Rauch, sogar auf Deck wird die Luft dicker: Lagerfeuer brennen, auf den Promenadendecks verfeuern die Leute Holzplanken und Gestühl.

Eine schmale Mondsichel leuchtet ihnen den Weg. Rafael führt sie über die Gleise eines Rangierbahnhofs, unter Kranauslegern hindurch und vorbei an Rollcontainern, aus denen der schwere, süßliche Gestank von Fäkalien aufsteigt, seit Tagen hat niemand sie geleert. Als sie am Ende eines Gewirrs schmaler Transportgänge das Außendeck erreichen, weht ein warmer, schwüler Wind vom sternenklaren Himmel. Er bringt einen fremden Geruch mit sich, den Polly sich nicht erklären kann.

Ihr ist heiß, die Seeluft dampft ihr aus dem Kragen. Vor ihnen liegt das Meer als eine eintönige Masse, das schwache Mondlicht ringt dem schwarzen Nichts düstere graue Nuancen ab.

«Wenn man wenigstens Flugzeuge sehen könnte.» Polly sucht den Himmel ab. Die Sterne sind hell und nah, ein Satellit zieht funkelnd auf seiner Bahn voran. «Dann wüssten wir, dass die Welt noch existiert.»

«Ich hab oft nachts hier gestanden und mir vorgestellt, wie es wäre, ins Meer zu stürzen.» Rafael hebt theatralisch die Hände. «Kein Mensch bekommt es mit, keine Maschine schlägt Alarm. Die *Nyx* fährt weiter, ich kämpfe in ihrem Sog damit, Halt an der Bordwand zu finden, die Lichter verblassen in der Ferne, dann ist auch das vorbei. Viel weiter bin ich mit diesen Gedanken nie gekommen. Umspült von der Unendlichkeit, völlig allein … unvorstellbar.»

Halt die Klappe, fleht Polly still. Plapper nicht so gedankenlos vor dich hin.

Rafael erhört sie nicht. «Was kann überhaupt leben in diesen Tiefen? Mein Opa hat mir früher immer von den Seeleuten erzählt, die bei einer Flaute außenbords sprangen, mitten im Ozean. Dann hielten sie sich so dicht an der Bordwand und den Strickleitern, wie es ging. Wir sind eben keine Fische.»

Polly hält nicht länger an sich, sie zischt: «Sei endlich still!»

«Ist ja gut. Schon gut. Noch stehen wir im Trockenen.» Kopfschüttelnd zieht er ab. «Nicht zu fassen.»

Sofort bereut sie ihren Ausbruch. Sie hasst sich in solchen Momenten selbst, ihren aufbrausenden Zorn. Was würde Rafael wohl denken, wenn er einen Augenblick in ihrem Kopf verbringen könnte, um mal nachzusehen, was da los ist? Würde er erschrocken wieder herausspringen? «Warte doch!»

Kaum hat sie Rafael eingeholt, beginnt sie zu sprechen: «Es war der vorletzte Tag der Sommerferien ...» Sie nimmt noch einen Anlauf. «Die See war unruhig. Aber warm war es. Einer dieser Spätsommertage, an denen man immer wieder ins Wasser will ...» Sie stockt. «Ich wollte alleine raus. Endlich ohne meine nervige Schwester Emma, ohne meinen Vater. Er sagte: Auf keinen Fall, ein Unwetter zieht auf. Ablandiger Wind. Meine Mutter hielt sich raus bei solchen Gelegenheiten. Mal war es ihr zu stürmisch auf dem Wasser, immer zu kalt, und die Quallen ekelten sie. Ich aber wollte unbedingt. Ich war eine ausdauernde Schwimmerin, die schnellste in der Klasse.»

Sie bewegen sich im Schatten langgestreckter, flacher Schuppen. Immer wieder sieht Rafael sich misstrauisch um. Im Licht der Sterne kann Polly die Umrisse seines Gesichts erkennen, das Weiß der Augen und die langen Wimpern.

«Es war Nachmittag, die Leute kehrten von ihren Ausflügen zurück. Der Mann vom Bootsverleih half einer ganzen Familie aus ihren Tretbooten, und niemand sah, wie ich in ein Kanu sprang. Nummer neunzehn. Das Paddeln war nicht so einfach. Meine Arme waren zwar lang, aber nicht kräftig genug. Doch ich kam schnell voran. Der Wind half mir.»

Über eine rutschige Sprossenleiter ersteigen sie die Arbeitsplattform eines Mastkrans. So weit Polly schauen kann, herrscht auf den meisten Decks der *Nyx* Dunkelheit. Weit weg blinken Signalmasten. Nur vereinzelt brennen Lichter, ihrem Flackern nach könnten es auch Lagerfeuer sein. Über allem schwebt die Kapitänsbrücke wie ein Raumschiff in der Nacht, ein bizarres Luftschloss. Eine seltsame Aura aus rötlichem Licht wölbt sich über ihre Aufbauten.

«Niemand kam mir hinterher. Ich schloss die Augen und ließ mich treiben. Als ich das nächste Mal zum Ufer sah, waren die Leute klein wie Figuren im Spielzeugland. Mir war kalt, das Rudern fiel mir schwerer und schwerer. Nach ein paar Minuten sah ich ein, dass ich chancenlos war. Der Wind hatte leichtes Spiel mit dem Boot. Ich trieb immer weiter ab.»

«Und dann?» Rafael fragt sie leise, den Mund an ihrem Ohr, als sie nicht weiterspricht. Er ist immer näher an sie herangerückt.

«Ich sprang ins Wasser. Die Ostsee war noch warm, und Quallen haben mir niemals Angst gemacht. Aber es hat Ewigkeiten gedauert, die Leute wurden und wurden nicht größer. Irgendwann konnte ich meinen Vater an seiner bunten Badehose erkennen. Er rannte am Ufer hin und her. Hinter ihm waren schwarze Wolken am Himmel aufgezogen. Ein Sonnenschirm hüpfte über den Strand.»

Polly zündet sich eine Zigarette an, zieht zweimal, wirft den Stummel auf die Erde und zertritt ihn wütend.

«Je näher ich dem Ufer kam, desto länger hielt ich meinen Kopf beim Kraulen unter Wasser. Ich wusste, dass nichts als Riesenärger auf mich warten würde. Ich schwamm und schwamm, dann plötzlich entdeckte ich meinen Vater: Er saß in einem Kanu und schlug wie ein Verrückter mit seinem Paddel aufs Wasser ein.» Polly lacht auf, es klingt schrill. «Er war hinter meinem Boot her. Ich hörte ihn meinen Namen brüllen. Ich rief zurück, aber er war längst ...»

Ein Rascheln lässt sie auffahren. Ein Vogel hockt auf einem Gangspill und starrt sie einäugig an. Im schwachen Mondlicht schimmern seine blauen Flügel. Es muss ein Raubvogel sein, denkt Polly, mit seinem gekrümmten Schnabel. Von woher kommt er?

Plötzlich glaubt sie auf ihrer Zunge die würzige Note herauszuschmecken, die der Wind über fernsten Gärten und Wäldern aufgesammelt hat, den Geruch des Landes.

Sie sieht hoch zum Firmament. Zwischen unruhig flackernden Sternentrauben erkennt sie mühelos die ewigen Konstellationen, unter denen der Erdball dahinrast: die Wiege der Corona

Borealis und die Füße des Kentauren, die Stachel des Skorpions. «Wir haben unseren Kurs geändert.»

«Ach ja?» Rafael blickt sie seltsam an. «Was sagt man dazu?»

«Hier unten verirre ich mich ständig. Ich kann mir nie merken, in welche Richtung die Türen aufgehen. Aber da oben kenne ich mich aus, glaub mir. Wenn der Löwe am Zenit steht und der Skorpion mit dem Kentauren die Position getauscht hat, dann kann es nur eines bedeuten: Die *Nyx* steuert jetzt den Süden an.»

«Aber dann …, dort irgendwo …», Rafael tastet sich in Gedanken vor, streckt den Arm in Richtung schwarzer Nacht, «liegen die Antillen.» Er macht ein gequältes Gesicht.

«Und?», fragt sie vorsichtig.

«Weißt du noch, was Tantchen uns erzählt hat?»

«Du solltest aufhören mit diesem Tantchen.»

«Ja, ja. Am Heiligabend? Ihr Lotteriegewinn? Erinnerst du dich?»

Polly schüttelt den Kopf.

«Egal. Tantchen wird uns retten.»

Sie kommt kaum hinterher, so schnell marschiert Rafael davon.

## 61° 12' WESTLICHER LÄNGE; 12° 55' NÖRDLICHER BREITE

Hier steht sie wieder auf der ölbekleckten Plattform knapp über den Wellen, und das Tauchboot schwebt in den Greifarmen eines Hydraulikkrans heran. Im Mondlicht schimmert die Silberkugel wie ein Opal. Diesmal ist es kein Lotteriegewinn, der Rosanna Gardella weit nach Mitternacht aufs Hangardeck geführt hat. Es ist die dumme Idee eines Holländers.

Rafael dirigiert das Tauchboot, er gibt sich Mühe an dem

Schaltkasten, doch die *Hadal* torkelt um die eigene Achse, hängt schief an ihren Ketten, und die Stummelflügel rotieren, das sollte alles nicht sein. Kalle und Paul Packer bewachen den Ausgang zur Plattform, schlecht verborgen stehen sie krumm zwischen aufgebockten Booten und Gabelstaplern, ein letztes Aufgebot.

Auch Rosanna ist zu rein gar nichts mehr zu gebrauchen. Sie hält sich an einem Handtäschchen und ihrer uralten doppelläufigen Pistole fest und richtet sie mal hierhin, mal dorthin, wer weiß schon, von wo ein Angriff zu erwarten ist? Der Abstieg hat sie ihrer letzten Kräfte beraubt, ihre Knochen sind mehlig. Den anderen perlt der Schweiß aus allen Poren, ihr aber wird von Minute zu Minute kälter, kein Funken Leben zuckt in ihren eiskalten Füßen.

Dabei ist sie doch ihrer aller Rettung. Tantchen, nur du kannst uns ans Ufer führen, behauptet Rafael. Rosanna hat es aufgegeben, ihn für seine schnoddrige Art ermahnen zu wollen. Sie ist wohl ein Vorrecht der Jugend.

Es ist Rafaels törichter Plan, mit dem Tauchboot zu fliehen. Doch was erinnert sie schon noch von den flinken Handgriffen des bangalischen Piloten, seinen schmalen Fingern, die über den Touchscreen tanzten? Welcher Schalter, welcher Knopf wird sie alle auf ein Eiland der Antillen retten, an eine karibische Küste, von der sie nur ungefähr ahnen, wo sie liegt?

Egal, Hauptsache, weg, sagt Polly. Der Ärztin hängt ihr Kopf im Nacken, seit sie die Plattform erreicht haben. Sie starrt mit aufgerissenen Augen himmelwärts, die nie endende Bordwand empor in tintenschwarze Unendlichkeit.

Immerhin, die *Hadal* hängt jetzt knapp über den sanft vorbeiziehenden Ozeanwellen. Das Tauchboot schlingert nicht mehr, ausbalanciert hängt es in den Greifarmen des Krans. Im Scheinwerferlicht schimmert seine Hülle wie Fischhaut.

Sie müssen nur noch in die Kugel klettern.

Platz ist dort für vier.

Es trifft Packer. Ohne seine Mexikanerin geht er nicht, sagt er. Rosanna wird ihm seine Illusion nicht nehmen. Ihr Gefühl sagt ihr, dass Cecilia nicht mehr am Leben ist. Dass sie selbst es war, die ihren Kiosk in Flammen aufgehen ließ. Cecilia ist sehr krank, und Paul ist es auch. Sollen statt seiner die beiden Liebespaare von der *Nyx* entkommen.

Das Tauchboot nähert sich der Plattform. Rafael macht seinen Job, patent, verlässlich, womöglich taugt er doch zum Vater und Ehemann, denkt Rosanna, als ein Klirren sie aufhorchen lässt.

Erst glaubt sie an eine Sinnestäuschung. Ein rötlicher Schimmer färbt das Glas der Tauchkugel, von ihrem höchsten Punkt aus ergießen sich Kaskaden glühender Tupfen, mehr und mehr, bis die Kuppel dunkelrote Blasen wirft.

Welche Knöpfe hat der Holländer da gedrückt? Rosanna bestaunt das Farbspiel, sie spürt schon die Hitze, die von dem Tauchboot ausstrahlt, aber sie sieht die Gefahr nicht kommen, die sich ihnen von oben nähert.

## 61° 12' WESTLICHER LÄNGE; 12° 55' NÖRDLICHER BREITE

Die Glashülle der Tauchkugel zerbröselt wie Eierschale, fällt in sich zusammen. Grüner Rauch steigt von ihrem Rumpf auf, prasselnd zerspringen die Glieder der Metallketten, an denen es hängt.

Die *Hadal* prallt auf die Wellen, inmitten von Dampf und brodelnden Schaumkronen, mit dem brutzelnden Geräusch eines Steaks in der Pfanne. Eine Hitzewelle schnappt nach Rafael, dann geht das Tauchboot vor seinen Augen unter, färbt das Meer mit seinem Verglühen, ein in die Tiefe sinkender Regenbogen.

Die Plattform, auf der Rafael steht, erbebt, ihre Stahlplatten knirschen. Elektronischer Ozongestank füllt die Luft. Im Eingang zum Hangardeck treibt eine milchige Wolke, sie dehnt sich und schrumpft, so als würde sie atmen. Links und rechts von ihr liegen Kalle und Paul flach wie Flundern, vor Schreck einfach umgekippt. Polly ist auf die Knie gegangen, mit stumpfem Blick sieht sie Rafael an.

Alle sind gelähmt, sprachlos.

Nur das Tantchen wagt sich vor. Aus ihrem Handtäschchen zieht sie eine Pistole hervor, richtet sie auf die Wolke, schießt. Zwei gleißend helle Leuchtspuren jagen aus der Mündung hervor und prallen auf den Nebel. Sie hat eine Signalpistole abgefeuert, die Geschosse hängen flammensprühend mitten in der Luft. «Seht ihr das?», ruft sie schrill.

Kurz ist die ganze Wolke von funkensprühenden Entladungen übersät, dann erlischt die Leuchtspurmunition, der Nebel lichtet sich. Rafael glaubt Beine zu sehen, plump geformte Füße, Tierhufen ähnlich. Sehnige Arme aus Metall und Muskelsträngen, die sich in einem schnellen Rhythmus zusammenziehen, so als gäbe ein rasendes Herz den Takt vor. Rötliche Kugelgelenke, die mit Streifen blasser Haut verwachsen sind.

Rafael weiß, wie es sich anfühlt, über diese Haut zu streichen, die ledern und borstig ist wie eine Schwarte.

So seht ihr also aus, denkt er. Seit Jahren geistern Geschichten von Tarnkappenkriegern durch die Welt, von den unsichtbaren Hightech-Waffensystemen der Armeen. Ihre Beschaffenheit hat er sich nie vorstellen können, schon gar nicht ihre Schlachtfelder. Nun steht einer von ihnen vor ihm.

Endlich gibt der Nebel auch den quecksilbrigen Rumpf frei, schließlich einen Schädel ohne ein Vorn oder Hinten, ohne Mund oder Nase. Wimpernlose schwarze Augenpaare blicken auf Rafael herab, Augenpaare, hinter denen in diesen Sekunden über sein Schicksal und das der anderen entschieden wird.

Panik steigt in ihm auf, eine Angst, die er im Magen spürt, dann wie ein Stahlband um seine Brust. Sei still, weiche langsam zurück, sagt eine Stimme in ihm. Sieh dem Ding nicht in die Augen. Du bist kein Soldat, du bist bloß der Gurkenschnitzer, es wird dich verschonen.

Rafael hebt seine Arme in einer Geste der Wehrlosigkeit.

Rosanna tut es ihm nach, die Pistole noch in der Hand. «Kannst du mit uns reden?» Ihre Stimme ist weich, so als spreche sie mit einem furchtsamen Kind. «Weißt du, wie es sich anfühlt, ein Mensch zu sein?»

Sie muss den Verstand verloren haben. Die Kampfmaschine antwortet nicht. Rührt sich nicht. Sie gibt klickende Geräusche von sich, wie ein abkühlender Motor. Dann neigt sich ihr Kopf, pendelt zu allen Seiten.

Sie prüft uns, denkt Rafael, sie erwägt, was sie mit uns anstellen soll.

Er hört das schwere Atmen Pollys, das wehmütige Plätschern der Wellen, und er stellt sich vor, eine Riesenwelle würde sich in diesem Moment hinter ihnen auftürmen und sie alle mit einem Schlag von hier an ferne sonnige Gestade fortspülen. Er spürt, dass sich ein altbekanntes Grinsen auf seinem Gesicht ausbreitet, das Grinsen der Furcht, seine Grimasse der Angst.

Ja, wer bist du? Ein hydraulisches Monster aus Nanoröhrchen, Prozessoren, Sensoren und im Labor gezüchteter Muskelmasse? Ein ferngesteuerter Insektenmensch, ein neuronal vernetzter Cyber-Krieger? Oder steckt da mehr in deinem Titanschädel als unzählige Datenmengen und immer klügere Algorithmen? Haben sie das Herz und das Hirn eines Menschen in dich hineingesteckt? Bist du eine neue Spezies? Fühlst du Zorn? Pfuscht Mitleid in dein Tun? Lest ihr unsere Gedanken?

All dies zu fragen traut Rafael sich nicht, und das Getöse in seinem Kopf wird immer lauter, gleich dreht er durch, doch plötzlich springt die Maschine mit den flüssigen Bewegungen eines Raubtiers davon. Die Stahlplatten dröhnen unter ihren Sprüngen, dann rast sie in Sekunden die Schiffswände hoch, als gäbe es kein Unten und kein Oben in ihrer Welt.

Wir waren nichts als eine Rechenaufgabe für dieses Geschöpf, denkt Rafael. Und es hat die Lösung gefunden. Es lässt uns am Leben, weil wir sowieso keine Chance haben.

## 61° 12' WESTLICHER LÄNGE; 12° 55' NÖRDLICHER BREITE

Woher bloß, fragt sich Kalle Ulfung, aus welchen Rüstkammern holt Rosanna sich diesen Mut, diese Kühnheit? Mit einer mickrigen Feuerwaffe in der Hand beschießt sie das Riesenmonster. Und der Holländer erst. Grient die Killermaschine an, als wäre die ein Teletubbie. Jetzt rennt Rafael zwischen den endlosen Reihen aufgebockter Landungsboote umher, reißt ein Schlauchboot nach dem anderen vom Gestell. Ist es vielleicht keine Furchtlosigkeit, die ihn vorantreibt wie eine Rakete, sondern blanker Irrsinn?

Kalle staunt. Sortiert. Begreift langsam, fragt: «Wer steigt denn mitten auf dem Ozean in ein Gummiboot?»

«Du. Wir alle. Jetzt oder nie.» Rafael brüllt ihn an, wie man Schwerhörige anbrüllt, das Echo seiner Worte hallt durch den Hangar. «Der Kurs, den wir jetzt halten, führt auf den Ozean zurück. Näher an Land werden wir nie wieder kommen.»

«Warum besteigen wir keines dieser schnittigen Boote da hinten?», wendet Kalle ein. «Die haben immerhin einen Motor?»

«Kein Metall! Kein Motor!» Rafael zerrt das kleinste aller Boote unter einer Persenning hervor. Ein knallrotes Ding, porös sieht es aus, schlapp, ewig gelagert. «Erinnert ihr euch an die Piraten? Wie ihre Boote brannten und versanken, alle miteinander?»

Na logisch, Kalle erinnert sich, ist doch erst ein paar Tage her.

Er und die fesche Ärztin haben vom Grilldeck aus dabei zugesehen, wie die Boote der Seeräuber explodierten und versanken. Ein einziges nur ließen die Maschinen unbehelligt durchs Flammenmeer davontreiben: ein Gummibötchen, auf dessen Boden zwei Piraten kauerten. Waren sie die Einzigen, die lebend von der *Nyx* entkommen konnten? Wurden sie von den Maschinen übersehen? Und dann auf hoher See von ihren Gefährten eingesammelt? Oder drehen sie, verhungert und verdurstet, ihre Kreise in irgendeinem Müllstrudel des Atlantiks bis ans Ende aller Tage?

Kalle ist beunruhigt. Untätig hockt er auf dem Boden des Hangars, neben ihm liegt Packer auf dem Rücken und starrt in das Licht der Deckenstrahler. Kalle rüttelt an ihm, doch er kneift die Augen zusammen, schüttelt nur den Kopf, macht keinen Mucks. Er ist nicht mehr ansprechbar.

«Bringen wir diesen Unsinn hinter uns.» Polly meldet sich zu Wort. «Rette sich, wer kann.» Das Gesicht der Ärztin glüht wie im Fieber, ihre stattliche Nase scheint an der Not zu wachsen. Sie rackert sich ab, sie hilft, das Schlauchboot und zwei Paddel auf die Plattform zu schleppen.

Rosanna steht mit grauem Gesicht und lippenstiftverschmiertem Mund auf der Plattform, noch immer richtet sie ihre Signalpistole in die Luft. Sie so zu sehen überschwemmt Kalle mit Glück, doch dann erschrickt er. Da stimmt etwas nicht mir ihr, vielleicht mit den Augen, denkt er. Ihre Blicke gehen durch ihn hindurch und durch alles, was sie kreuzen.

Das Schlauchboot liegt ruhig im sanften Auf und Nieder der Wellen, aber Kalle lässt sich nicht täuschen. Die Bugleine, an der es in den zitternden Händen der Ärztin hängt, ist gespannt wie eine Angelrute. Der Sog ist stark, die *Nyx* ist mit hoher Knotenzahl unterwegs.

«Frauen und Kinder zuerst.» Polly blickt ihn auffordernd an.

Kalle versucht einen Protest, doch es ist nur ein Hüpfer, dann landet er als Erster auf den Luftkammern, es ist wie ein Plumpsen aufs Wasserbett.

Rosanna stellt sich schusselig an, sie purzelt auf den wulstigen Schlauch des Boots, rutscht mit dem Kopf auf Kalles Rippen, schlägt mit ihrem Handtäschchen zu, es ist kein Vergnügen. Sich umarmend machen sie Platz für den Nächsten.

Rafael hangelt sich Stück um Stück herab, um das immer tiefer im Wasser liegende Boot nicht ins Krängen zu bringen. Seine Hände rutschen von der schlüpfrigen Plattform, er schlägt im Bug auf. Das Heck steigt empor, von vorn drischt die Gischt auf sie ein, es ist, als würden sie durch ein Klosett gespült.

Durch einen Wasserschleier beobachtet Kalle, wie sehr Polly mit der Leine zu kämpfen hat. Das Boot ist eng und schwer gepackt, es liegt tiefer und tiefer.

Polly sitzt am Rand der Plattform, ihre Füße baumeln über ihren Köpfen in der Luft, aber sie macht keine Anstalten, zu springen. Sie ist erstarrt. Kalle sieht tiefe Verzweiflung in ihren Augen, nackte Angst. Sie kann nicht schwimmen, sagt er sich. Solche Leute gibt's. Doch sie sollte jetzt keine Sperenzchen machen.

«Komm endlich, spring!» Rafael brüllt gegen das Brandungsrauschen an.

«Ich kann nicht.» Polly ist kaum zu hören. «Ich kann nicht.» Sie hört nicht mehr auf, den Kopf zu schütteln. Ihre Kräfte lassen nach, sie lässt Leine. Sofort macht das Boot einen Sprung. Wenn sie das noch einmal macht, denkt Kalle, dann sind wir außer Reichweite. Und sie bleibt auf der verdammten *Nyx* zurück.

Hinter Pollys Rücken taucht die Gestalt Paul Packers auf. Kalle kann sein Gesicht nicht sehen, das Flutlicht blendet ihn, doch er stellt sich vor, dass Paul sein gönnerhaftes Schlaumeiergrinsen aufgelegt hat, bevor er ihr mit beiden Armen einen Stoß in den Rücken versetzt.

Polly hebt ab, fliegt, landet schreiend auf und zwischen ihnen. Ein Wasserschwall schwappt über den Rand des Bootes, sie alle schleudern umher wie Wäsche in der Trommel, Kalle liegt zuunterst, sein Bein hängt tief im Wasser.

Es ist also ein warmes Meer, in dem wir ersaufen werden, denkt er. Er will Packer ein Lebewohl zuwinken, doch seine Arme klemmen unter fremden Beinen fest. Der Rumpf der *Nyx* schießt an ihnen vorüber, ihr Schlauchboot kreiselt in den Wellen, grußlos überlässt Kalle seinen besten Freund dem Schicksal.

## 61° 12' WESTLICHER LÄNGE; 12° 55' NÖRDLICHER BREITE

Die Welt rast im Zickzack vorbei, von allen Seiten spritzt Gischt auf, Tropfen perlen ihnen übers Gesicht. Um sie herum braust, wirbelt und schäumt es, hilflos sind Rafaels Versuche, die gewaltige Schiffswand der *Nyx*, die fransigen, messerscharfen Gehäuse der Seepocken mit zwei Paddeln auf Abstand zu halten. Ihr Schlauchboot hängt im Sog der Strömung fest, sie schießen auf den Schiffskörper zu, werden wieder fortgestoßen, es ist, als spiele der Gigant mit ihnen.

Mit einem Donnern schlägt nicht weit entfernt von ihnen etwas Riesiges auf die Wogen. Eine Flutwelle rauscht heran, ihr Boot bäumt sich auf, rollt, schlingert. Rafael sieht noch den verbogenen Stahlrahmen eines Gabelstaplers, die zerberstende Fahrerkabine, dann versinkt die Baumaschine in einem Wellenfeld voll aufsteigender Blasen.

Immer weiter braust die *Nyx* voran, Rafael gibt es auf, gegen die übermächtige Strömung anzupaddeln. Völlig ermattet lässt er sich neben Polly auf den Rücken gleiten. Er rutscht zwischen die Beine der beiden Alten, die in fester Umarmung schicksalsergeben auf ihr Ende oder auf bessere Zeiten zu warten scheinen.

Über ihm, jenseits der nachtschwarzen Bordwand, hellt sich der Himmel plötzlich auf. Schlieren von Orange und Rot und Gelb färben die Wolken, sofort kommen ihm die Gemälde der holländischen Meister in den Sinn, ihre brennenden Städte, Allegorien auf das Inferno, und schon nimmt eine Riesenwelle ihr Boot huckepack, reißt es mit sich und lässt es in ein Tal stürzen. Ein paar Mal geht das so, bis Rafael begreift, dass sie im Heckschweif des gewaltigen Schiffskörpers umherwirbeln wie in einer Achterbahn, dass die *Nyx* an ihnen vorbeigezogen ist.

So weit er in der Dunkelheit sieht, brodelt das Kielwasser, dann irgendwann legen sich die Schaumkronen, und sie schaukeln träge wie eine Boje.

Lange starrt er auf das Schiff, das von unermesslicher Größe ist und sie in der Finsternis zurücklässt. Feuer wüten auf dem Rücken dieses Molochs, er speit Rauchsäulen aus, die schmutzig rot gen Himmel schießen wie böse Geister, die ihr besessenes Opfer freigeben.

«Sie wird untergehen.» Pollys Stimme ist brüllend laut in der Stille.

## 61° 12' WESTLICHER LÄNGE; 12° 57' NÖRDLICHER BREITE

Richtungslos dümpeln sie unter dem von Sternen übersäten Firmament, seit Stunden schon, in denen Polly Sutter denkt, dass sie in diesem Schlauchboot sterben wird. Immer kleiner ist die *Nyx* geworden, immer schwächer funkelnd hängt sie am südlichen Horizont wie ein Tautropfen in einem Spinnennetz, dann verlischt sie, versinkt zwischen Erde und Himmel und lässt sie alleine auf dem Ozean zurück.

Das Meer ist blank und schwarz wie Tinte.

Die beiden Alten liegen eng umschlungen im Bug des Schlauchboots, sie schlafen wohl. Polly aber kommt nicht zur Ruhe. Wenn sie das Atmen der anderen nicht mehr erträgt, das Plätschern des Wassers oder die unheimliche Stille zwischendurch, dann drückt sie ihr Ohr auf die Gummihaut des Bootes. Es macht Geräusche wie Luft in einem Heizungsrohr, und sie denkt sich zurück in ihr Bett in einer Etagenwohnung, in einer Stadt, in ein Leben an Land.

Eng an ihren Rücken gepresst liegt Rafael. Sie spürt, dass er darauf wartet, dass sie mit ihm spricht. Immer wenn sie glaubt, dass auch er eingeschlafen ist, streicht seine Hand über ihr Gesicht, über ihre Stirn.

«Du jonglierst wieder mit Ziffern, was?» Sie spürt seinen warmen Atem an ihrem Ohr.

«Ich tue mein Allermöglichstes. Aber nein. Mir fallen keine Zahlen mehr ein. Ich sehe keine Muster.»

«Das ist ein gutes Zeichen, oder?»

«Also, ich sehe weit und breit keine Zeichen, die Gutes verheißen. Wohin treiben wir, was denkst du?»

«Wir werden sehen …», beginnt er, wechselt im Flüstern in eine tiefere Tonlage. «Erklär mir erst mal, was da los war. Wieso wolltest du nicht zu uns ins Schlauchboot springen?»

«Hm?» Polly stemmt sich an der klebrigen Wand des Bootes hoch, wälzt sich behutsam von einer Seite auf die andere, um die Alten nicht zu wecken. Bei jeder ihrer Bewegungen schwappt warmes Wasser zwischen ihren Zehen auf.

Wieso begreift Rafael den Ernst der Lage nicht? Er klammert sich an ein ominöses Glück, an unsichtbare Schutzengel. Bis zum letzten Atemzug wird er an die eine segenbringende Meeresströmung glauben, die sie an den Palmenstrand einer Antilleninsel spült, so wie er auch an die Liebe glaubt. Das ist gefährlich albern. Polly will nicht reden, nichts erklären. Sie will wissen. «Das vorhin, dieses Ding ...Was für Maschinen sind das?»

Er antwortet mit einem Seufzen, dann ist es lange still. Als sie ihn in die Seite stößt, spricht er: «Ilunga hat immer wieder mal Andeutungen gemacht. Ihn faszinierten diese neuartigen Waffensysteme. Mir kam es zu phantastisch vor, wenn er davon erzählte, wie weit die Militärs mit ihren Kampfmaschinen gekommen sind. Ich hätte ihm besser zuhören sollen.»

«Das klingt nach Zaubermänteln und Tarnkappen. Nach dem Traum davon, sich unsichtbar machen zu können.» Polly denkt mit Schaudern an das unheimliche elektrische Knistern, das Funkensprühen, das dem Erscheinen der Kampfroboter voranging. «Dieses Ding ... mal war es durchsichtig, dann hing es plötzlich in einer glühenden Wolke direkt vor uns in der Luft. Und immer stank es nach Ozon.»

«Mein technischer Verstand reicht nicht weit, aber ich habe gesehen, was ich gesehen habe, und ich kann mir ausmalen, dass es gewaltige Energiefelder sind, hinter denen sich die Maschinen verbergen. Adaptive Tarnung, dafür braucht es große Mengen an Energie. Um die Feldlinien des Magnetfelds verbiegen zu können, muss alle Materie auf mindestens minus zweihundert Grad Celsius gekühlt werden.»

«Woher kommen die Dinger? Und wo an Bord haben sie sich versteckt?»

«Du hast Suraswadi gehört», sagt er bitter und fasst mit seiner Hand nach ihrem Bauch, so als müsse er sich ihrer Gegenwart vergewissern. «Wenn ich ihre Worte richtig deute, dann haben die Maschinen ihre Basis auf den Kriegsschiffen, die uns seit Wochen eskortieren. Und wenn es stimmt, was Rosanna behauptet, dann haben sie sich auf dem Therapiebahnhof der *Nyx* häuslich eingerichtet.»

Ein Plätschern ist zu hören. Sie horchen erschrocken in die Nacht, doch da ist nur das Schlafsäuseln der beiden Alten.

«Woraus bestehen sie? Aus Fleisch und Stahl? Aus Mensch und Tier und Maschine? Hast du die seltsam geformten Füße gesehen? Diese Spinnenbeine?» Polly hört den geschwätzigen Klang ihrer eigenen Stimme in der Dunkelheit, und genau dieses Plappern will sie hören, weil es ihre Ängste zähmt. Jetzt nur nicht darüber nachdenken, dass sie in einer Gummiwanne auf den endlosen Gewässern zwischen Kontinenten treibt.

«Sie haben das Beste aus beiden Welten zusammengefügt, so stell ich es mir vor. Teile des menschlichen Körpers mit Teilen aus der Maschinenwelt. Im Labor gezüchtete Muskelstränge, Sehnen und Nervenbahnen, kombiniert mit Prozessoren, optischen Linsen und Silicium.»

«Und was steckt in ihren Köpfen? Ein Gehirn wie das unsere? Oder Millionen winziger Schaltungen? Lichtblitze?»

Sie wartet und wartet auf Rafaels Antwort, aber er schweigt. Gerade als sie sich fragt, ob er eingeschlafen ist, sagt er: «Du bist mir noch eine Antwort schuldig.» Er spricht leise, mit unterdrückter Wut. «Was war los mit dir? Wärst du lieber auf der *Nyx* geblieben?»

Polly kneift sich verlegen den Nasenrücken, sie schüttelt den Kopf, obwohl er sie in der Dunkelheit kaum sehen kann. Noch immer glaubt sie den Stoß in den Schultern zu spüren, den Paul Packer ihr versetzt hat. Endlich öffnet sie ihre verklebten Lippen, beginnt zu sprechen: «Mein Vater … Ich habe mir immer vorgestellt, wie er vor Erschöpfung aus seinem Kanu fiel, als er das leere Boot erreichte. Er muss geglaubt haben, dass seine Tochter ertrunken ist. Zwei Tage später wurde sein Kanu an irgendeiner Steilküste angetrieben.»

Polly öffnet die Flasche, die sie bei sich haben. Sie trinkt zwei winzige Schlucke von dem warmen Wasser, dann reicht sie die Flasche an ihn weiter.

«Immer, wenn ich ins Meer steigen soll, sehe ich meinen Vater vor mir. Wie er weinend ein paar letzte Schwimmzüge schafft, bevor die Strömung ihn unter Wasser zieht. Wie er auf den Meeresgrund sinkt. Wie sein aufgequollener und bleicher Körper die Neugier der Fische und Krebse weckt.» Es ist gesagt, denkt Polly, endlich hat sie es ausgesprochen. «Er wurde nie gefunden. Noch heute schwebt sein Skelett dort unten, schwarz von Algen und verrottet und …»

«Hör auf. Du kannst nichts dafür. Du warst ein Kind.» Rafael hält sie fest an sich gedrückt, sie kriegt kaum Luft. Sie spürt seine feuchte Haut auf ihrer Haut, seine Lippen auf ihrer Wange.

«Nicht einmal meine Mutter hat mir verziehen. Dein Vater hatte Herzprobleme, so hat sie mich und alle anderen beschwichtigt. In ihren Augen aber konnte ich sehen, was sie wirklich über mich dachte.» Die Schuld ist wie ein Parasit in mir herangewachsen, denkt Polly. Sie lebt in mir wie eine Nesselqualle und sondert Gift ab.

«Ein paar Wochen später verlor ich immer öfter das Gleichgewicht. Der Fahrradweg stieg plötzlich steil an, beim Gehen musste ich mich an Straßenlaternen festhalten, um nicht hinzufallen. Der Boden des Klassenzimmers kippte zur Seite weg. Irgendwann habe ich gelernt, mich vor diesen Schwindelanfällen zu schützen. Ich sandte meine Vermessungsstrahlen aus und fand Ruhe in Zahlen und Symmetrien.»

Polly schließt die Augen und lauscht auf Rafaels Herzschlag. Mit den Fingern tastet sie über sein Gesicht. Seine Lippen sind aufgesprungen.

Plötzlich stehen in der Luft zwischen ihnen alle Atome still. Sie halten sich stumm in den Armen und überlassen sich dem Fluss der Zeit und dem Warten auf die eine, die segenbringende Strömung des Ozeans, auf die Winde des Glücks.

## 61° 12' WESTLICHER LÄNGE; 12° 58' NÖRDLICHER BREITE

Rosanna erwacht mit Kopfschmerzen und hämmerndem Herzen. Sofort richtet sie ihre Pistole in die Dunkelheit, zielt blind in alle Richtungen. Dann fällt ihr ein, dass die Waffe nicht mehr geladen ist und sie auf einem Schlauchboot über den Atlantik treibt.

Die anderen schlafen. Zwischen ineinandergerutschten, geknickten, verdrehten Gliedmaßen sucht sie nach ihren eigenen Beinen. Sie stecken in schwarzen, von Laufmaschen berankten Strumpfhosen, doch sie spürt sie nicht mehr, nicht einmal ein Ameisenkrabbeln wiederkehrender Durchblutung. Ihr Körper sammelt sein Blut im Kern.

Kalle lehnt verkrümmt an ihrer Schulter, das Gesicht hat er zum Himmel gekehrt. Sein Mund ist leicht geöffnet, sein Bart ist vom Tau der Meeresluft beschlagen. Er sieht glücklich aus.

Sie tastet nach der Handtasche, die einst Melinda Buzek gehörte, und vergewissert sich, dass der Briefumschlag noch in ihr steckt. Mit den von ihr geschriebenen Erzählungen, die Kalle eine Vergangenheit schenken werden. Eine Vergangenheit, die sie sich für ihn zusammenphantasiert hat, die nicht echt ist, an der er aber nicht zerbricht.

Das Leben braucht nur ein paar tröstende Worte, denkt Rosanna, aber viel, viel Liebe. Und nichts anderes als Liebe fühlt sie, wenn sie an Kalle denkt. Aber was eigentlich ist das, die Liebe? Eins der tausend ungelösten Rätsel, die sie zeit ihres Lebens mit sich herumschleppt, aber nie aufgeben wird lösen zu wollen. Wie geht es zu, wenn ein anderer uns mit Sehnsucht erfüllt? Wenn ein Begehren in uns erwacht?

Manche Leute glauben, die Liebe gehöre zum Menschen wie der Flügelschlag zum Vogel, wie das Gewicht zum Blei. Die Liebe käme von ganz allein. Das ist auf eine tragische Weise falsch, denkt sie. Man kann Wunder mit der Liebe anrichten. Und Unheil.

Die Schmerzen in ihrem Kopf sind fürchterlich. Wenn sie zum Himmelszelt aufschaut, dann weiß sie nicht zu sagen, ob die Sterne tatsächlich über ihr funkeln oder ob sie in den Windungen und Furchen ihres Gehirns aufstrahlen wie ein Feuerwerk.

Die jungen Leute glauben, sie hätte geschlafen. Dabei hat sie wach gelegen und ihren Stimmen gelauscht, und jetzt weiß sie, dass Polly zu jenen gehört, die sich immerzu selbst im Weg stehen. Es ist ihr Wesen, allein zu sein, und wenn nicht ein anderer ihr aus der existenziellen Kälte heraushilft, wird sie daran zugrunde gehen. Es gibt eben Menschen, die ertragen es nicht, wenn sie berührt und geliebt werden. Der junge Holländer aber schert sich nicht um Empfindlichkeiten, das könnte Pollys Rettung sein. Er weiß, was er will. Er will sie berühren und lieben, und er will, dass wir vom nördlichen Äquatorialstrom an eine Küste getragen werden, auf die Inseln über dem Wind.

Eine warme Brise streicht über ihre Haut. Der Schweiß auf ihrem Rücken kühlt ab. Das Boot schaukelt leicht, es liegt nicht mehr still wie in den ersten Stunden nach ihrer Flucht.

Rosanna weiß nicht, ob sie träumt, ob sie schon gestorben ist oder noch bei Sinnen, als bunte Lichterketten aus dem Nichts auftauchen. Sie spannen sich auf einer dünnen Linie am Horizont und steigen in parallelen Reihen zum Himmel auf. Es sind Dutzende blinkender Lichter, rot und weiß und grün.

Ist die *Nyx* zurückgekehrt, um uns aus der Seenot zu retten?, fragt sie sich erschrocken. Oder habe ich die wirkliche Welt längst verlassen, und dies sind die Tore meines neuen, himmlischen Heims, zu Ehren meiner Ankunft festlich illuminiert?

Sie schaut und schaut und macht sich so klein und schmal, wie sie kann, um den Kopf mit der Strömung drehen zu können, ohne Kalle zu wecken. Nach und nach erkennt sie Details.

Hunderte von Positionslichtern hängen an gewaltigen Turmgerüsten, auf Stahlverstrebungen und Antennen. Ihr Licht scheint auf algenbewachsene graue Bojen, so groß wie Häuser, die sich synchron auf der Wasseroberfläche bewegen und mit pumpender Regelmäßigkeit auf- und absteigen.

Dies muss ein Wellenkraftwerk sein, sagt sich Rosanna, und dass niemand seine Stützpfeiler mitten im Nichts in den Boden des Ozeans rammt.

Die Küste ist nicht weit.

Die Dinge werden sich fügen.

Kurz erwägt sie, die anderen zu wecken, ihnen Hoffnung zu machen, lässt es aber bleiben.

Sie muss den Kampf mit dem Schmerz in ihrem Kopf erneut aufnehmen. Sie versucht, ihn in seine Ecke des Rings zu drängen. Es gelingt ihr. Am besten ist es, wenn sie stillsitzt, dösend, wie zu Stein erstarrt.

Es kann plötzlich ganz schnell gehen. Dann wird sich das Leben in ihr auf und davon machen. Rosanna stellt sich vor, wie ihre Seele eine Weile über den Brandungswellen und dem gestrandeten Schlauchboot umherflattert und Abschied von ihrer leiblichen Hülle nimmt. Sie wird mit den Reflexen des Sonnenlichts über die unbewegte Oberfläche tänzeln, dann aufsteigen und sich im kosmischen Nebel auflösen.

Als Rosanna Stunden später aus einem Dämmerschlaf erwacht, glänzt das Meer ölig im ersten Licht des anbrechenden Tages. Nie hat sie sich träumen lassen, dass ihr der Anblick dieser farblosen, wogenden Wüste noch einmal so lieb sein würde. Es könnte der klare Morgen eines herrlichen Tages werden.

Es wird Kalle sein, der ihr die Augen schließt.

## 61° 13' WESTLICHER LÄNGE; 13° 0' NÖRDLICHER BREITE

Erwachend, steif von einer Nacht im Schlauchboot, reibt sich Kalle Ulfung die Augen. Im weißen Licht der Morgensonne schaukeln sie in den Uferwellen. Die Luft riecht nach Salz und Morast, er hört Gemurmel.

Sacht, um Rosanna nicht aus ihrem Schlaf zu wecken, hievt er die Beine über den Rand, stemmt sich hoch und rutscht mit den Knien voran aus dem Boot. Sofort versinkt er bis zu den Waden in einem Brei aus Algen und Sand, warmer Modder presst sich zwischen seinen Zehen hervor und schwemmt in Schlieren mit der Strömung fort.

Kalle nimmt das Schlauchboot an der Leine und zieht es hinter sich her. Kleine Muschelreste stechen ihm in die Fußsohlen, Mücken umschwirren ihn, eine Fliege landet auf seiner Nase, und nach ein paar wackeligen Schritten fällt er, die Brust voran, in die lauwarme Brühe, aber das sind Kinkerlitzchen. Er ist am Leben. Er schreitet mit bloßen Füßen über Sand und durch Wellen.

Der Antillenstrom hat sie heil an die Küste einer Insel gespült, es ist so gekommen, wie vom Holländer vorhergesagt. Jetzt erkunden Rafael und Polly die kleine Bucht, in der sie gestrandet sind; eingerahmt von Gräsern und Schilfrohr, scheinen die beiden in der prallen Helligkeit über dem Sand zu schweben. Er hat den rechten Arm um ihre Schulter gelegt, ihr linker Arm ruht auf seiner Schulter, ab und zu bleiben sie stehen und sehen sich nach ihm und Rosanna um. Einmal winken sie ihm zu. Dass diese jungen Leute immer so ruhelos sind, denkt Kalle. Immer mit sich beschäftigt.

Die letzten Meter strampelt er auf Händen und Knien dem Ufer entgegen. Er lässt sich auf den Bauch sinken, drückt sein Gesicht in den Sand. Saugt den Geruch von Algen und pflanzlicher Verwesung tief ein, lacht, ohne ein Geräusch dabei zu machen.

Er rappelt sich wieder auf, um das Boot an Land zu ziehen. Rosanna hat sich keinen Millimeter bewegt, doch sie ist erwacht. Sie lächelt ihn eigentümlich fremd an, mitleidig. Sie hat wohl noch nicht begriffen, dass wir uns gerettet haben, sagt er sich, während er ihr aus dem Schlauchboot hilft. Kaum hat Rosanna den Strand erreicht, verliert sie die Balance und reißt ihn im Fallen mit sich auf den Sand.

Sie ist wie ein Schatten, denkt Kalle. Ich kann geradezu durch sie durchblicken. Er legt seinen Kopf auf ihre Brust. Sie fühlt sich weich und ein wenig warm an, doch er spürt eine Wärme, die nur von der Sonne kommt. Tiefer, reißender Schmerz steigt in ihm auf.

«Sag mir, was ich tun soll.» Er hält seinen Mund dicht vor ihren. «Sag's mir.»

Ihre Hände drücken gegen seine Brust, sie umklammern die kleine Handtasche. «Hier.» Er muss sein Ohr fast auf ihre Lippen drücken, damit er sie verstehen kann. «Damit du von nun an nicht wieder alles vergisst. Dies ist deine Geschichte. Unsere Geschichte.» Die Augen fallen ihr zu. Sie atmet ruhig. Sie schläft ein.

Das Täschchen ist fast ganz mit Salmiakrauten gefüllt. Die bunte Papiertüte, in der sie verstaut waren, hat sich aufgelöst. Zwischen den Fetzen steckt auch ein Briefumschlag. Er ist zerknittert, an einer Ecke feucht und eingerissen, von den Salmis schwarzbraun verfärbt, aber die Briefe mit Rosannas Erzählungen, die darin stecken, sind unbeschadet, wohlgeformt und leserlich geschrieben.

*Zeit für die Mittagspause, sagtest du. Also hielten wir an einer Tankstelle. In der Bar bestellten wir Brote mit Schafskäse, dazu tranken wir Kaffee, ich auch noch Zitronen-*

*limonade, die mochte ich am liebsten. Neben uns scharten sich braun gelockte Kinder um ein Transistorradio und Gepäck.*
*Als es weiterging, wolltest du den Platz am Steuer nicht abgeben. Ich habe einen Heidenkrach geschlagen. Kalle, du bist verrückt, rief ich dir zu, bei dieser Affenhitze stundenlang über Hügel und Berge zu rasen, jetzt fahre ich, basta!*
*Noch auf dem Parkplatz habe ich ein paar Runden gedreht, die eine Hand am Steuer unseres Cabrios, die andere mit der Zigarette, und ein paar Schwenker mit angezogener Handbremse habe ich auch hingelegt. Du hast dir die Sonnenbrille ins Haar geschoben und mich angeschaut, das Blitzen in deinen Augen hat deinen Ärger verraten. Meine Freude am Fahren hat dich nicht immer amüsiert. Nicht halb so sehr wie der Spaß, den ich dabei habe, mir ein nacktes Handgemenge mit dir zu liefern. Eine versaute Rauferei.*
*Kurz hinter Corleone hielten wir an. Ich wollte Fotos machen. Man ist nicht ewig jung und entzückend. Und so verliebt, stimmt's? Die Bilder sind schön geworden: ich im Hochzeitskleid, auf meinem Kopf der taubenblaue Hut, du mit platinblondem Haar und in weiten Safarihosen; wir beide vor dieser schroffen, sonnenvertrockneten Landschaft. Das Foto, auf dem ich diese peinlichen X-Beine mache, durfte nicht ins Album.*
*Es war kaum Verkehr auf den Landstraßen. Ich spürte deinen Missmut, deinen kaum verhohlenen Drang, mir ins Steuer zu greifen, wenn ich mal wieder einen Laster überholte, ohne sehen zu können, was in der nächsten Kurve auf uns zukam. Ha! Ich habe es dir nie ins Gesicht gesagt, aber es ist die Wahrheit: Am Steuer bin ich besser als du. Auch als ich plötzlich am roten Schrottlaster vorbeiziehen musste, am Berg. Nur unsere Hinterräder kamen ins Schleudern. Dann war unsere Fahrt frei.*

*Die Küste erreichten wir am frühen Abend. Wir mischten uns zwischen die anderen Touristen auf der Strandpromenade, tranken einen Aperitif und sahen badenden Kindern und der Sonne beim Untergehen zu. In der Altstadt aßen wir ein Softeis und spazierten staunend vor den Schaufenstern der bis spät geöffneten Geschäfte.*
*Unser Restauranttisch stand auf der Hafenmole direkt über kleinen, schwankenden Fischerbooten. Ich habe die Scampi alla griglia gegessen und du den Schwertfisch, wir teilten uns eine Flasche Casalj, den letzten Tropfen hast du mir gelassen, so bist du. Wir blieben, bis wir die letzten Gäste waren, und beobachteten die Kellner dabei, wie sie ihre Uniformjacken aufknöpften und müde abräumten. Sie machten ein paar anstößige Witze über uns, aber sie ließen uns am Tisch sitzen, ein guter Kellner hat Gespür für die Sehnsüchte seiner Gäste. Die Hafenlaternen erloschen eine nach der anderen, und wir versprachen uns, ein ganzes Leben so zu leben wie an diesem Tag, auf Reisen, unterwegs, hin zu einem Ort am Meer.*

## 61° 13' WESTLICHER LÄNGE; 13° 0' NÖRDLICHER BREITE

Die Schmerzen kommen so plötzlich und so stark, dass Rosanna Gardella nicht überleben will. Die Sterne über ihr explodieren, von überall her stürzen Kometen auf sie herab, Galaxien kollidieren, immer heller leuchtet das Himmelszelt, und sie will Kalle fragen, ob auch er sieht, was sie sieht. Sie streckt die Arme nach ihm aus, aber es ist nicht er, der sie zu sich holt, und sie versteht.

Der Tod nimmt sie mit sich wie ein Geschenk.

Der Trampelpfad führt sie vom Ufer weg, durch Röhricht und zwischen umgestürzten Bäumchen hindurch in eine noch kleinere Nebenbucht, von dort aus weiter in Richtung einer Anhöhe. Umtanzt von Insekten, gehen sie barfüßig durch das Schilf, jeder Schritt sticht und kitzelt Pollys Knöchel. An steilen Stellen kommen sie nur auf allen vieren voran.

«Wusste ich's doch.» Rafael steht vor einem bunt gestreiften Stofffetzen. Fadenscheinig, zerrissen hängt er über ihm im Dorngestrüpp. «Hier gibt's keine einsamen Inseln.»

In diesem Moment sieht sie dünne Rauchfähnchen über fernen Baumwipfeln aufsteigen. Sie fühlt große Erleichterung. Ihre Angst, auf wundersame Weise von der *Nyx* und übers Meer entkommen zu sein, bloß um auf einem unbehausten Eiland zu krepieren, ist groß gewesen. Zum ersten Mal seit Tagen hat sie Hunger.

Als sie die Anhöhe erreichen, schauen sie sich um. Die aufsteigende Sonne färbt das Meer in einem karibischen Kobaltblau, die Brandung rollt langsam und geräuschlos gegen sattgrüne Landzungen. Klein wie angeschwemmtes Treibholz sind die Umrisse der beiden Alten an der Wasserkante; reglos liegen sie nebeneinander am Strand. Polly glaubt ein klägliches Seufzen aus der Bucht zu hören, fast ein Schluchzen; sie nimmt es für das Rascheln des Windes in den silbrigen Blättern der Büsche.

Der Pfad führt sie weiter ins Hinterland. Sie waten durch eine Senke und balancieren auf modrigen Bohlen über einen Tümpel, an dessen Oberfläche unzählige Mückenlarven hängen. Die schwüle Luft klatscht auf Pollys Haut wie ein nasses Laken, ihr T-Shirt hängt tief über der von Erde schmutzigen Hose. Das dröhnende, aber noch ferne Brummen eines Generators füllt sie urplötzlich mit einer Sehnsucht, deren Existenz sie längst abgeschrieben hatte. Sie sieht sich Rafaels Gesicht an, seine geschwollenen Augenlider, die schweißglänzende Nase, kreuz und quer mustert sie seine Züge, so als könne sie dort eine Erklärung für die Vorfreude finden, die sie fühlt.

«Was starrst du mich so an?» Verlegen tastet er sein Gesicht ab. «Hast du eine Acht entdeckt? Ein Pentagramm? Mosaiken?»

«Du hast da eine Mücke sitzen.» Sie wischt das Insekt weg. Ein Tropfen Blut perlt über seine Wange.

«Zählst du jetzt meine Insektenstiche? Ich kenn dich doch.»

«Nein, du kennst mich nicht.» Sie nimmt ihn bei der Hand. «Und ich starr dich an, solang ich will.» Polly möchte auf der Stelle losheulen, sie weiß nicht, warum. Als sie den Moment überstanden hat, flattert ein Schwarm kleiner grüner Vögel aus dem Röhricht auf und fliegt über ihren Köpfen davon. Sie stehen vor einem Holzschuppen, dessen Tür lose in den Angeln hängt. Bis auf rostige Kanister und einen Kescher ist der Schuppen leer geräumt. Der Weg auf seiner Rückseite wird schnell breiter und mündet auf eine palmengesäumte Landstraße. Sie folgen ihr in Richtung des tuckernden Generators. Das Licht staut sich über dem Asphalt, die Sonne brennt Polly im Nacken. Sie steigen über herabgewehte Palmwedel und weichen mit Regenwasser gefüllten Schlaglöchern aus, Überbleibseln eines Sturms. Die Straße führt sie am roh gezimmerten Holzpfahl einer Bushaltestelle vorbei, an Maisfeldern und Papayapflanzungen, ein unbestellter Acker stößt an enggesetzte Bananenstauden. Sie fassen einen kleinen Friedhof ein. Die im Wind schwankenden Bananenblätter umfächeln weiß getünchte und hellgrün gestrichene Grabsteine, einige sind mit Muschelketten und Plastiksträußen geschmückt. Auf dem offenen Grasland, das sich hinter den Grabstellen ausdehnt, weiden Kühe.

Polly hat ihre Worte nicht vorbereitet, sie kommen unvermittelt. «Ich bin es nicht gewohnt, dass sich jemand um mich kümmert.»

«Ich auch nicht.» Er antwortet sofort. «Überhaupt nicht. Null.»

«Und wir werden, egal was auch passiert, zusammen weitermachen, hörst du? Du bleibst bei mir. Ich bleibe bei dir.»

Was als sanftes Summen durch Pollys Worte zieht, wird lauter, schwillt an zu einem Geräusch, wie es schwere Reifen auf dem Asphalt machen.

Es ist eine Eingebung, die sie nach Rafaels Schulter greifen und ihn grob hinter eines der hüfthohen Zementsockelgräber zerren lässt. Er will sie noch wegstoßen, sieht sie ungläubig an, kauert sich dann doch neben sie. Gebannt warten sie hinter dem Grabstein. Direkt vor ihren Augen, eingefasst zwischen bunten Kacheln, hängt ein Porträtbild. Es hat an den Rändern Farbe verloren, sein Glas ist von der Feuchtigkeit beschlagen, und es zeigt eine Frau in Pollys Alter. Sie hat ein breites, lächelndes Gesicht und trägt eine Blütenkrone, und zu gerne würde Polly sich jetzt ausmalen, wer diese Frau einmal gewesen ist, wie sie gelebt hat. Doch das Geräusch von der Straße wächst zu einem Donnern an.

Sie löst ihren Blick von dem Bild und lehnt sich aus ihrem Versteck heraus.

Militärlaster rollen ihnen auf der Straße entgegen, mit ihren mannshohen Reifen müssen sie keine Rücksicht auf die Schlaglöcher nehmen. Als der erste der Laster vorbeizieht, sieht sie Dutzende von Robotern in Reih und Glied auf der offenen Ladefläche stehen. Im Sonnenlicht schimmern ihre Rüstungen bronzefarben und golden wie das Gefieder von Fasanen, und sofort erkennt Polly in ihnen die Kampfroboter wieder. Es sind die gleichen Modelle, wie sie auch auf der *Nxy* ihren Dienst versahen.

Der Konvoi rast an ihnen vorbei. Polly zählt achtzehn Lastwagen, es ist ein ganzes Bataillon, denkt sie, als der letzte der Wagen sich mit einigem Abstand nähert. Er ist kleiner, und über seine Ladefläche spannt sich ein kuppelförmiger Käfig aus Glas.

Nur einen einzigen Blick wirft sie auf den quecksilbrigen Rumpf und die Spinnenbeine aus Metall und die sehnigen Muskeln, dann ist das Maschinenwesen an ihnen vorbeigerast. Es hat, Polly ist sich ganz sicher, aus seinen wimpernlosen schwarzen Augenpaaren auf sie herabgestarrt.

# NACHWORT

*Nyx* ist ein Roman, kein Geschichtsbuch, ist Phantasie, keine Dokumentation, und kaum etwas von dem, was ich beschreibe, ist Wirklichkeit. Alles aber könnte eines Tages wirklich sein.

Im Dezember 2004 fuhr ich mit dem Zug von Stockholm nach Umeå im Norden Schwedens, als meine Sitznachbarin in Uppsala aus dem Zug stürzte und einen Stapel medizinischer Fachzeitschriften im Abteil zurückließ. Beim Blättern in einer Ausgabe des *British Medical Journal* stieß ich auf einen Artikel über eine Studie der Geriatrie-Ärztin Lee Lindquist von der Feinberg School of Medicine in Chicago: «Living on cruise ships is cost effective for elderly people.»

Ihrer Ansicht nach waren ältere Menschen mit Pflegebedarf auf einem Kreuzfahrtschiff besser aufgehoben als in einem Pflegeheim, biete der Bordaufenthalt höhere Lebensqualität und eine deutlich bessere medizinische Versorgung. Wer im Alter von achtzig auf ein solches Schiff entsandt würde, kalkulierte die Medizinerin, würde bis zu seinem Tod Kosten von 230 497 Dollar verursachen – nur 2000 Dollar mehr als an Land. Und das bei Meeresblick und frischer Luft, mit Swimmingpool, Captain's Dinner und Diavorträgen über den Nachthimmel der Karibik.

Meine Neugier war geweckt. Ich hörte mich um, begann zu recherchieren und stellte fest, dass die Welt längst dabei war, sich auf eine Zukunft einzurichten, in der schwimmende Altersheime und Schiffsriesen wie die *Nyx* über die sieben Weltmeere kreuzen.

*«Über 40 000 Menschen dient die* Freedom *als Wohnsitz, hinzu kommen 16 000 Mann Bordpersonal und rund 40 000 touristische Besucher. Insgesamt kann das Schiff bis zu 115 000 Menschen aufnehmen. Eine City auf Kreuzfahrt – 1,3 Kilometer lang, 221 Meter breit und 100 Meter hoch. ‹Die* Freedom *ist keine Utopie›, kommentiert Horst Nowacki vom Institut für Schiffs- und Meerestechnik der Technischen Universität Berlin das ambitionierte Projekt. ‹Jedenfalls nicht in technischer Hinsicht. […] Der Bau ist lediglich eine Frage des Geldes.›*
*Erdacht wurde die* Freedom *Anfang der 90er Jahre von dem US-Ingenieur Norman L. Nixon. Der Leiter der Engineering Solutions Inc. (ESI) sieht in der ‹City at Sea›, wie er sein Kind nennt, die ‹Verwirklichung eines Menschheitstraums›.*
*Die* Freedom *wird dabei keinen Hafen anlaufen, sondern selbst einer sein und somit das Ziel vieler Schiffe und Menschen.»*
MARE, JUNI 1999

*«Die Zahl der Pflegebedürftigen wird sich bis ins Jahr 2030 auf 3,4 Millionen erhöhen. Eine halbe Million Vollzeitkräfte werden dann im Pflegesektor fehlen.»*
STATISTISCHE ÄMTER DES BUNDES UND
DER LÄNDER, 2010

*«Die abenteuerlichste Vision entwarfen Schiffsdesigner mit dem schwindelerregenden Modell einer Hightech-Arche: ‹Lilypad, die schwimmende Öko-Stadt›, ein 500 000 Quadratmeter großes, sich selbst versorgendes Meeresraumschiff, könnte – auf dem Papier – 50 000 Klimaflüchtlinge aufnehmen.»*
STERN, 15. DEZEMBER 2011

*«Im Jahr 2050 wird jeder fünfte Mensch 60 Jahre oder älter sein, erstmals gibt es dann mehr Alte als Kinder.»*

QUELLE: UNO, BERICHT ZUR BEVÖLKERUNGS-ENTWICKLUNG, 2013

*«25 Prozent der 2010 geborenen Mädchen, so wird prophezeit, werden 100 Jahre alt.»*

W&V MAGAZIN, 31. MÄRZ 2014

*«Der japanische Konzern Mira Cruise, der im vergangenen Monat die* Fuji Maru *(Baujahr 1989, 23 200 Bruttoregistertonnen) erwarb, wird das Kreuzfahrtschiff unter dem Namen* Mira 1 *in das weltweit erste kommerzielle Krankenhausschiff umbauen. Ab April 2015 werden Passagieren Behandlungen für eine ganze Reihe von Langzeit-Erkrankungen angeboten werden, während sie zwischen exotischen Orten kreuzen und die luxuriösen Umstände an Bord eines Kreuzfahrtschiffes genießen.»*

TRADEWINDS, 17. JANUAR 2014

## DANKSAGUNG

Ohne den Beistand meiner Frau Renée Listerdal wäre die Nyx schon nach wenigen Wochen mit Mann, Maus und Maschinen in den Tiefen des Oslofjords versunken.

Besonderen Dank auch an Marcus Gärtner («Ist das nötig? Geht das nicht knapper?») und meine Lektorin Susann Rehlein («Lass das raus, bitte ich sehr»), an Thomas Hölzl («Also, ich arbeite lieber mit Büchern als mit Viren») und meine Kollegin Christine Zerwes («Hast du eine Meise?»).

MIX
Papier aus verantwortungsvollen Quellen
FSC® C083411

Das für dieses Buch verwendete Papier ist FSC®-zertifiziert.